Barbara Bickmore ist ehemalige Universitätsprofessorin. Sie ist Mutter von drei Kindern und lebt in Eugene, Oregon.

Von Barbara Bickmore sind außerdem erschienen:

Simbayri – Jenseits der Sonne (Band 02887)
Wer den Himmel berührt (Band 60352)
Der Mond am anderen Ende der Welt (Band 60396/03243)
Die Bucht der Wildgänse (Band 60471)

Vollständige Taschenbuchausgabe September 1997

Titel der Originalausgabe »Distant Star«

Originalverlag Ballantine Books, New York
Umschlaggestaltung Agentur Zero, München
Umschlagfotos P. V./Bavaria, Düsseldorf; Comstock, Berlin
Satz MPM, Wasserburg
Druck und Bindung Elsnerdruck, Berlin
Printed in Germany
ISBN 3-426-60239-3

5 7 9 10 8 6 4

BARBARA BICKMORE

Ein ferner Stern in China

Roman

Aus dem Amerikanischen von
Uschi Gnade

Knaur

Gewidmet:

Freundschaften,
die der Zeit standgehalten haben

Diane Browning
für drei Jahrzehnte kontinuierlicher Freundschaft
und Zuneigung

Ilene Pascal,
die neben anderen wesentlichen Verdiensten
meiner Romanheldin und meinem Hund
den Namen gegeben hat

Dorothy Milbank Butler,
die ich am ersten Schultag der zweiten Klasse
kennengelernt habe und der ich nach wie vor sehr
zugetan bin.

Danksagungen

Ich möchte mich bedanken bei

Bill und Mary Ann Miller,
die weit über das hinausgegangen sind, was man von einer Freundschaft erwartet, und die mich gerettet haben, als ich nicht mehr weiterkam

Bill und Barbara Bruce
für ihre Freundschaft und Bill für seine redaktionellen Vorschläge

Brigid und Malcolm Delano,
ohne die einiges anders wäre

Debra Clapp,
meiner älteren Tochter, dafür, daß sie mit mir auf einer zweimonatigen Chinareise nahezu sechstausend Kilometer zurückgelegt hat (und für vieles mehr)

Lisa Clapp,
meiner jüngeren Tochter, dafür, daß sie während dieser Zeit das heimische Herdfeuer gehütet und diese Reise und so vieles andere in meinem Leben ermöglicht hat

Sarah Flynn,
weil sie die Lektorin ist, die sich Autoren erträumen

Meg Ruley,
meiner Agentin, die schon immer dafür zuständig war, Träume wahr werden zu lassen.

RUSSLAND
MONGOLEI
Ulan Bator
Harbin
Wladiwostok
CHINA
Chinesische Mauer
Peking
Tientsin
KOREA
Yenan
Provinz Schantung
Gelbes Meer
Sian
Yangtze Fluß
TIBET
Langer Marsch
Nanking
Schanghai
Wuhan
Whang Pu
Chung-King
Yangtze Fluß
Lu-Shan
Ostchinesisches Meer
Langer Marsch
Kunming
Pearl Fluß
Kanton
TAIWAN
Hong Kong
BURMA
Franz. Indo-china
Südchinesisches Meer

TEIL I

1923–1925

1

Chloe schlang die Arme um sich, als sie an der Reling lehnte und beobachtete, wie die weiße Skyline von San Francisco am Horizont immer kleiner wurde. Eine sanfte Meeresbrise wehte ihr eine Strähne ihres schwarzen Haares ins Gesicht.

Sie konnte kaum glauben, was sich in den letzten zwei Monaten ereignet hatte. Sie hätte sich beim besten Willen nicht vorstellen können, mit einundzwanzig Jahren auf dem Weg in den Orient, in den Fernen Osten, zu sein. Noch im Mai hätte sie niemals das jetzige Geschehen vorhersagen können, ganz zu schweigen von der Zukunft, die sich so verlockend vor ihr erstreckte.

Sie war genau da, wo sie sein wollte – himmelweit entfernt von Oneonta im Norden von New York.

Sie wandte den Kopf um und musterte ihren frisch angetrauten Ehemann. Slade war in den letzten Ausblick auf die Vereinigten Staaten versunken, die hinter ihnen lagen. Er drehte sich zwar nicht zu ihr um und sah sie auch nicht an, aber er mußte ihren Blick gespürt haben, denn er streckte einen Arm aus, legte ihn um ihre Schultern und zog sie eng an sich.

Sie schaute ihn nur zu gern an. Dabei sah er nicht weiter umwerfend aus; seine Gesichtszüge waren zu durchschnittlich, um zu beeindrucken. Und doch fiel er in jeder Ansammlung von Menschen auf. Eine gewisse Anmut ging von ihm aus, insbesondere von seinen Händen. Und von seinem Gang. Aber sie glaubte, daß es mehr mit seinen Augen als mit irgend etwas sonst zu tun hatte. Klare graue Augen. Ungewöhnlich nur insofern, als ein Blick in diese Augen genügte, um zu wissen, daß er zuhörte.

Vielleicht war seine ausgeprägte Fähigkeit, anderen zuzuhören, das, was ihn im Alter von achtundzwanzig Jahren zu einem der berühmtesten Korrespondenten der CHICAGO TIMES gemacht hatte.

Sie hatte seine Augen nicht gesehen, als sie ihn vor nur vier Monaten quer durch das Wohnzimmer der Monaghans in Chicago hinweg beobachtet hatte. Und doch hatte ihr Herz in dem Mo-

ment, in dem sie ihn sah – ein dunkler Schattenriß vor der untergehenden Sonne –, zu schlagen begonnen wie die Flügel eines Schwammspinners.
Als sie jetzt mit Slades Arm um ihre Schultern dastand, während die Schaumkronen um sie herum tanzten und die Skyline von San Francisco allmählich verschwand, dachte sie an Cass Monaghan und nicht etwa an Slade Cavanaugh. Cass Monaghan, der in diesen letzten vier Jahren weitgehend ihr Denken geprägt hatte, Cass Monaghan, der – gemeinsam mit seiner Tochter Suzi – Pygmalion gespielt und sie zu einer Person gemacht hatte, von der ihr nur vage bewußt gewesen war, daß sie in ihr steckte, und der sie gedrängt hatte, etwas zu wagen. Cass hatte sie, um bei der Wahrheit zu bleiben, gewarnt und ihr gesagt, ihr Leben als Gattin eines Auslandskorrespondenten würde nicht einfach werden, und China würde einer Frau hart zusetzen, und doch hatte er sie mit Slade bekannt gemacht. Dafür und für alles andere, was er im Lauf der Jahre für sie getan hatte, würde sie ihm ewig dankbar sein.

Ihre eigene Familie war das Aufregendste, was Oneonta zu bieten hatte. Chloe war das fünfte von sieben Kindern und verbrachte die Jahre ihres Heranwachsens größtenteils damit, Baseball zu spielen, zu reiten und mit ihren vier Brüdern an dem Ford Modell T ihres Vaters herumzubasteln.
Als sie fünfzehn war, beharrte ihre Mutter darauf, daß sie aufhörte, Fußball zu spielen, und anfing, sich das Haar hochzustecken.
»Fang an, eine Dame zu werden.«
Chloe fand es langweilig, sich wie eine Dame zu benehmen. Je älter sie wurde, so schien es, desto weniger interessant wurde das Leben, das ihr gestattet war. Sie beschloß, den Einschränkungen des Kleinstadtlebens zu entkommen, die ihr auferlegt wurden. Eines Tages würde sie in die Stadt entkommen. Nach Binghampton oder Albany oder sogar nach New York City.
Es war nicht etwa so, daß sie ihre Familie nicht geliebt hätte. Ihre Eltern, »Doc« Sheperd, der Apotheker der Stadt, und Louise, hatten immer Zeit für ihren Nachwuchs. Chloe konnte sich an keinen einzigen Abend erinnern, an dem am Eßtisch nicht gelacht worden wäre. Die ganze Familie zwängte sich, einer über dem

anderen, in den Ford und unternahm an den Sonntagen Picknicks am Otsego Lake in Cooperstown – dem See, der in James Fenimore Coopers Lederstrumpf-Erzählungen als Glimmerglass berühmt wurde. Hier fischten und schwammen sie und taten so, als seien sie Indianer.

Chloe schien nie zufrieden zu sein. Sie war immer von dem erfüllt gewesen, was ihre Mutter als »göttliche Unzufriedenheit« bezeichnete. Sie verstand nie ganz, was damit gemeint war, aber sie wußte nur zu gut, daß sie sich schnell langweilte und daß sie die Spannung suchte und – wie ihr Vater sagte –, wenn keine da war, sie selbst erfand. Sie wußte nicht, was sie wollte, aber es war nichts, was Oneonta ihr bieten konnte.

In Oneonta – das ziemlich genau in der Mitte des Staates New York liegt – bot das Leben so wenig Anregungen, wie man sich überhaupt nur vorstellen konnte. In späteren Jahren sollte Chloe ihr Heranwachsen als »Apfelkuchen, amerikanische Flagge, methodistisch und republikanisch« umreißen. Es war mit anderen Worten das, was in den frühen Jahrzehnten dieses Jahrhunderts als eine typische Jugend in der amerikanischen Mittelschicht galt.

Immer, wenn neue Leute in die Stadt zogen und deren Kinder in ihre Schulklasse kamen, freundete sich Chloe mit ihnen an, in erster Linie, weil sie frisches Blut in ihrem Leben haben wollte und um mehr vom Leben außerhalb ihrer Kleinstadt zu hören, in der das Leben – wie die Jahreszeiten – allzu regelmäßig ablief. Sie liebte Schneestürme, weil sie aus dem Rahmen des Alltäglichen fielen.

Chloe und ihre beste Freundin Dorothy brachten sich auf Doc Sheperds Schreibmaschine in der Apotheke selbst das Tippen bei, und im Winter ihres ersten High-School-Jahres gaben sie allmonatlich eine zweiseitige Zeitung heraus. Im nächsten Jahr überredeten sie Mr. Edgerton, den Rektor, sie die erste Zeitung der Oneonta-High-School mit Chloe als Chefredakteurin herausgeben zu lassen. Sie war gern für alles zuständig. Wenn Berichterstatter ihre Abgabetermine nicht einhielten, schrieb sie deren Artikel eben auch.

Es hatte nie ein Zweifel daran bestanden, daß sie das College besuchen würde. Von sämtlichen Kindern der Sheperds wurde erwartet, daß sie ins College gingen. Die Jungen gingen als erste von zu Hause fort. Walt war ans RPI gegangen, und Jeff ging ans Northwestern. Aber Mrs. Sheperd fand, Lorna sollte in der Stadt bleiben und die normale Schule besuchen, damit sie weiterhin zu Hause wohnen konnte. Dann ging Richard an die Universität in Buffalo. Ihre Eltern setzten als selbstverständlich voraus, daß Chloe als ein Mädchen Lornas Vorbild folgen und den Lehrberuf ergreifen, das dortige College besuchen und zu Hause leben würde, solange sie studierte. Aber Chloe hatte andere Vorstellungen.

Sie träumte davon, Dinge zu tun, wußte aber nicht, was. Als sie sich in ihrer eigenen Familie und den anderen Familien umsah, die sie in Oneonta kannte, gelangte sie zu der Feststellung, daß Frauen ihr Leben damit zubrachten zu reagieren. Sie führten den Haushalt für die Männer, sie packten ihre Sachen zusammen und zogen in eine andere Stadt, wenn die Stellung des Mannes sie dorthin führte, sie warteten ab, daß Männer Entscheidungen trafen, und dann fügten sie sich (oder stritten mit ihnen). Sie nähten und putzten und tratschten und waren in Wohltätigkeitsverbänden und im Eltern-Lehrer-Verband aktiv. Chloe fand, das Los einer Frau im Leben sei reichlich stumpfsinnig. Sie träumte davon, durch Europa zu reisen, und nicht davon, Bridge zu spielen. Sie malte sich in ihren Tagträumen aus, einen neuen Planeten zu entdecken oder eine zweite Marie Curie zu werden und einen wunderbaren Beitrag zum Wohl der Menschheit zu leisten. Sie dachte an Königin Viktoria, die eine Nation regiert hatte. An Sarah Bernhardt auf der Bühne. An Emily und Charlotte Brontë und Emily Dickinson, doch sie kam im Traum nicht auf den Gedanken, nicht zu heiraten.

Sie wußte, daß sie aus ihrer Kleinstadt entkommen wollte, nicht zu formlosen Hauskleidern aus Baumwolle verdammt werden wollte, zum Abstauben, dazu, täglich über den Zaun hinweg mit Nachbarinnen zu plaudern. Ihr Haar jeden Nachmittag um fünf ordentlich herzurichten, damit sie attraktiv für ihren Mann war, wenn er von einem harten (oder anregenden) Arbeitstag zurückkam und nichts weiter wollte, als den Abend damit zu verbringen, die Zeitung zu lesen oder Radio zu hören. Oder mit Frisky Gassi zu gehen. Oder Schnee zu schaufeln. Chloe wollte mehr als nur das. Chloe wollte entkommen. In eine Stadt gehen. Spüren, wie ihr

Herz vor Aufregung schlug, weil etwas Gräßliches oder Wunderbares passierte. Sie wollte Küsse spüren, die Leidenschaft oder Angst oder irgend etwas auslösten. Sie wurde von Ideen stimuliert, mit denen sie ringen mußte, Ideen wie denen, die sie in der elften Klasse im Kurs für amerikanische Literatur entdeckte, als sie sich in Thoreau verliebte und wünschte, sie könnte wie er so inbrünstig an etwas glauben, daß sie für dieses Prinzip bereitwillig ins Gefängnis gegangen wäre. Zugegebenermaßen hatte er dort nur eine Nacht verbracht, ehe ein Verwandter ihn gegen Kaution ausgelöst hatte, aber die Vorstellung, bereitwillig das persönliche Wohlbehagen und die Freiheit für eine gute Sache zu opfern, zog ihre gesamten geistigen Energien in ihren Bann. Oft saß sie in ihrem Schlafzimmer am Fenster, schaute auf die kahlen Äste der knorrigen Birnbäume hinaus und versuchte, sich höhere Ziele einfallen zu lassen – edle Ansinnen, auf die sie sich einlassen und für die sie sich, falls notwendig, opfern konnte. Aber ihr fiel nie auch nur eine einzige gute Sache ein, die diesen Einsatz gelohnt hätte. Sie konnte sich nicht weigern, ihre Kopfsteuer zu bezahlen, wie Thoreau es getan hatte, weil es so etwas heutzutage nicht mehr gab.

Daher war es nicht weiter erstaunlich, als ihr Englischlehrer vorschlug, sie solle sich an anderen Colleges als der normalen Schule in der Stadt bewerben. »Warum nicht Cornell?« schlug der Lehrer Doc und Mrs. Sheperd vor. »Ich denke, sie könnte ein Stipendium bekommen.« Der Gedanke, Chloe könnte ein College in einer anderen Stadt besuchen, war ihnen nie auch nur durch den Kopf gegangen, und die Vorstellung gefiel ihnen nicht besonders. Zu ihrer Zukunftsvision für alle ihre drei Töchter gehörte, daß sie an der normalen Schule ihren Abschluß machten und vielleicht ein oder zwei Jahre unterrichteten, ehe jedes der Mädchen heiratete, einen Hausstand gründete und Kinder bekam und vorzugsweise nicht mehr als ein paar Straßen weit entfernt wohnte.

Aber sie gaben gnädig nach, vor allem, nachdem ihr tatsächlich ein Stipendium gewährt wurde, und sie hofften nur, sie würde sich nicht in jemanden verlieben, der weiter weg lebte, zum Beispiel in Syracuse oder Buffalo oder, Gott behüte, in New York City. Genau das, was sie fürchteten, war Chloes große Hoffnung.

2

Ihre Zimmergenossin war Suzi Monaghan. Sie war eins siebzig – etwa genauso groß wie Chloe –, und sie wirkte distanziert und elegant. Sie trug Kleidung, die mit nichts Ähnlichkeit aufwies, was Chloe je in Oneonta gesehen hatte. Und ihr Haar war so blond, wie Chloes Haar schwarz war. Sie war keine Schönheit – ihre Wangenknochen waren zu ausgeprägt, ihre Augen lagen zu weit auseinander, ihre Schultern waren zu breit. Aber sie war eine so imposante und beeindruckende Erscheinung, daß die wenigsten je entdeckten, daß sie eigentlich keine Schönheit war. Anfangs war Chloe eingeschüchtert. Dieses kultivierte Großstadtmädchen war anscheinend durch nichts aus der Ruhe zu bringen.

Sie blieben in all den vier Jahren in Cornell Zimmergenossinnen, und immer, wenn sie gemeinsam einen Raum betraten oder durch die Straßen liefen, drehten sich Köpfe nach ihnen um.

Suzi kam aus einer anderen Welt. Chicago. Sie und ihr verwitweter Vater, der Herausgeber der CHICAGO TIMES, lebten in einem Penthouse mit Blick auf den Lake Michigan am Lake Shore Drive, und Suzi war gut mit dem Gouverneur von Illinois bekannt, war Gloria Swanson persönlich begegnet und dinierte im Weißen Haus. Ihre Stimme war vollendet moduliert, und ihre Augen waren blaugrün mit goldenen Sprenkeln.

Beide Mädchen spielten gern Tennis und waren sich darin einig, daß sie moderne Frauen waren, die vor der Eheschließung Karriere machen wollten, obwohl natürlich, das gestanden sie sich ein, ihre Karrieren nach der Hochzeit die ihrer Männer und Kinder sein würden. Aber sie wollten sich mit dem Heiraten Zeit lassen, bis sie selbst etwas getan hatten, wenn ihre Definition dessen, was sie damit meinen könnten, auch vage blieb.

Gemeinsam schlossen sie sich Pi Beta Phi an und gingen, wenn sie sich verabredeten, nach Möglichkeit zu viert zu ihren Rendezvous. Sie absolvierten Lambda Chi fast vollständig, wobei Chloe ein paar Monate lang einen Seitensprung mit einem Sigma Chi beging, der ihr das Skilaufen beibrachte und sie für einen Monat lahmlegte.

»Ich glaube, das hast du nur getan, damit man dir Ständchen bringt.« Suzi grinste ihre Freundin an einem verschneiten Samstagabend an, nachdem die gesamte Studentenverbindung für Chloe »The girl of my dreams is the sweetest girl ...« gesungen hatte. Brent war der erste Junge, den Chloe ihre Brust hatte berühren lassen, wenn auch nur durch den Pullover.

Im Mai rechneten sich die Mädchen aus, daß sie in ihrem ersten College-Jahr an jedem einzelnen Wochenende ein Rendezvous gehabt hatten. »Dagegen wird die Zeit zu Hause ziemlich abfallen«, seufzte Chloe.

»Dann komm doch für ein paar Wochen mit nach Chicago«, schlug Suzi vor, und das keineswegs zum ersten Mal.

Dort machte Chloe erstmals Bekanntschaft mit dem Großstadtleben, und sie wurde erstmals jemandem vorgestellt, der echte Macht hatte. Die Welt der Monaghans war dem strukturierten Kleinstadtleben im Norden New Yorks so unähnlich, so ganz anders, als jenes Leben, das nie Überraschungen bereithielt. Chloe hatte vorher nie reiche Leute kennengelernt und schon gar nicht jemanden, der so einflußreich war wie Cass Monaghan, Suzis Vater.

Cass Monaghan erschien Chloe, wie auch den meisten anderen, die ihn kennenlernten, wie ein Gigant, und doch maß er nur einen Meter achtundsiebzig, ein untersetzter Mann mit breiten Schultern und dichtem, krausem, rotem Haar und einem rötlichen Schnurrbart. Chloe vermutete, daß er Anfang Vierzig war, ein Dutzend Jahre jünger als ihr eigener Vater. Wie Suzi kleidete er sich elegant, und man brauchte nur zu sehen, wie er über die Straße lief, um zu wissen, daß er einflußreich und mächtig war. Er war der interessanteste Mensch, der Chloe je begegnet war. Er machte mit ihr einen Rundgang durch eine Zeitung, und es löste Ehrfurcht in ihr aus, daß sie sich an einem der Orte befand, die dazu beitrugen, das amerikanische Denken zu beeinflussen. Er war ein strenger Arbeitgeber, und Chloe konnte sehen, was Suzi ihr bereits gesagt hatte. Wenn man für Cass Monaghan arbeitete, dann war es verdammt ratsam, seine Sache so gut zu machen, wie man nur irgend konnte.

Das Großstadtleben beflügelte Chloe. Es tat ihr leid, als die Monaghans in der zweiten Woche ihres Aufenthalts bei ihnen beschlossen, ihr Sommerhäuschen ganz hoch oben auf der Michigan-Halbinsel aufzusuchen. Sie wollte mehr von Chicago sehen, weitere Museen besuchen, weitere Theaterstücke anschauen, ausgedehnte Schaufensterbummel unternehmen und noch öfter in eleganten Restaurants zu Abend essen.
Für die Fahrt zum Big Sable Point oben im Norden der Michigan-Halbinsel brauchten sie einen ganzen Tag. Cass beurlaubte den Chauffeur und fuhr seinen schnittigen offenen Wagen selbst. Als sie am späten Nachmittag der Duft von Pinienwäldern einhüllte und man erste Blicke auf den Lake Michigan werfen konnte, beschloß Chloe, daß sie vielleicht doch nichts dagegen hatte, die Stadt verlassen zu haben.
Außerdem waren Cass und Suzi zusammen die angenehmste Gesellschaft auf der ganzen Welt. Sie lachte so sehr, daß ihre Wangen schmerzten und sie Seitenstiche spürte. Es war ganz offenkundig, daß Cass Suzi vergötterte; wenn sie etwas haben wollte, gehörte es ihr bereits. Chloe war erstaunt darüber, wie oft sie sich umarmten und einander liebevoll ansahen und daß Suzi ihrem Vater nicht nur einen Gutenachtkuß gab, sondern ihn auch am Morgen beim Frühstück küßte. Selbst wenn sie nur einen kurzen Spaziergang machte, folgten ihr seine Blicke zärtlich. Es dauerte nicht lange, bis Chloe sich wünschte, Cass würde einen Arm auch um ihre Schultern legen oder ihr einen Gutenachtkuß geben. Er nahm sie tatsächlich noch vor Ende dieses Ausflugs in die Arme, und sie sonnte sich in der Wärme, von ihm akzeptiert zu werden.
Nach der Eleganz der Wohnung am Lake Shore Drive hatte sie mit etwas Luxuriösem gerechnet, aber was sie im Norden von Michigan vorfand, war eine rustikale kleine Blockhütte mit zwei Schlafzimmern und einem großen gemütlichen Wohnzimmer mit einem offenen Kamin in einer Wand und Fenstern mit Blick durch die Birken auf den See in einer anderen. Es gab keine Elektrizität, aber der Schein der Öllampen war freundlich und sorgte dafür, daß Chloe sich abends sehr behaglich fühlte. Cass fing Fische und kochte für sie und trug ein altes Hemd mit einem Loch im Ärmel

und eine braune Kordhose, die in der Blockhütte für ihn bereitlag. Er entspannte sich sichtlich.
Sie schwammen im See und paddelten an Buchten entlang, an denen Rotwild zur Tränke kam. Chloe hörte die Rufe von Seetauchern, die ihr Schauer über den Rücken laufen ließen, weil sie so einsam klangen. Kanadaenten, Krickenten mit grünen Flügeln und Gänsesäger bevölkerten das Wasser. Cass ging täglich bei Morgengrauen aus dem Haus, wenn alles in Dunst eingehüllt war; lautlos wie ein Indianer paddelte er über den See, damit er die Enten und die springenden Fische sehen konnte, die das Wasser aufwirbelten und silbernen Sprühregen auf dem See tanzen ließen, dessen Oberfläche um diese Morgenstunde so spiegelglatt war. Eines Tages stand Chloe ebenfalls früh auf und fragte ihn, ob sie ihn begleiten dürfe. Cass sah sie an und sagte: »Wenn du versprichst, kein einziges Wort zu sagen.«
Es war wunderbar. Wie der Anbruch der Schöpfung. Sie saß zusammengekauert im Paddelboot und hielt das Paddel in der Hand, während sie einfach nur dahockten und kaum noch durch das stille Wasser glitten, vom Nebel eingehüllt, und das Krächzen der frühmorgendlichen Frösche und die Rufe dieser Seetaucher hörten.
Cass griff nach einer Thermosflasche, goß zwei Tassen heißen Kaffee ein und reichte Chloe eine von beiden. Seine Hand berührte ihre, und einen flüchtigen Augenblick lang dachte sie: Ich will einen Mann wie Mr. Monaghan. Wovon sie sich angesprochen fühlte, war nicht nur seine luxuriöse Lebensweise. Und auch nicht seine Macht. Es fiel ihr leicht, mit ihm zu reden, und ebenso leicht fiel es ihr, mit ihm zu schweigen. Sie fand ihn bewundernswert.
»Was willst du eigentlich mit deinem Leben anfangen?« hörte sie ihn fragen.
Ihre Hände schlangen sich um die warme Tasse, und sie hatte die Ellbogen auf die Knie gestützt, als sie in den Dunst hinausschaute.
»Ich vermute, ich will, was jede Frau will«, antwortete sie.
Sein Lachen hallte über das Wasser. »Dann erwartet man also von jeder Frau, daß sie in genau derselben Form Erfüllung findet?« Er starrte sie an. »Wird denn von Männern auch erwartet, daß es das eine gibt, was uns allen universales Glück beschert?«

Chloe dachte einen Moment lang nach. »Frauen haben nicht die Möglichkeiten, die Männern offenstehen. Ich vermute, wir haben die Wahl, ob wir einen Klempner heiraten ... oder einen Arzt ... oder« – sie lächelte ihn an –, »einen Zeitungsverleger.«
»Und was heißt das? Wenn man einen Verleger zum Mann hat oder einen Präsidenten, ist man dann erfolgreicher, als wenn man einen Klempner heiratet?«
Ja, ganz gewiß, dachte sie. Aber sie sprach es nicht aus. Sie fragte sich, ob er sich vielleicht über sie lustig machte.
»Meine Güte.« Cass nahm sein Paddel und ließ es langsam ins Wasser gleiten. »Es tut mir weh, wenn ich sehe, welche Einschränkungen du dir auferlegst. Chloe, du kannst alles tun, was du willst, außer vielleicht, Präsident zu werden.«
Chloe wußte nicht, was sie darauf sagen sollte.
Als sie an die Anlegestelle zurückkehrten und Cass eine Hand ausstreckte, um Chloe beim Aussteigen aus dem Paddelboot behilflich zu sein, sagte er, ohne sie anzusehen, als er das Tau an einem Pfosten festband: »Ein kleiner Rat, Chloe, von jemandem, der die Neigung hat, Ratschläge zu erteilen. Tu nicht, was die Welt dir vorschreibt. Ich meine damit nicht etwa, daß du Vorschläge zurückweisen solltest. Sei mutig und wage etwas. Wage es, anders zu sein. Begnüge dich nicht mit etwas, wofür du dich nicht abzurackern brauchst.« Dann sah er sie an, und seine klaren blauen Augen lächelten strahlend.
Was außerdem noch wunderbar an Cass als Vater war, waren seine Fragestellungen. Er erklärte Suzi nicht allzuviel, sondern stellte ihr statt dessen Fragen. »Daddy hat mich immer zum Nachdenken gezwungen«, sagte Suzi einmal zu Chloe. »Er hat nie zugelassen, daß ich mich seinen Auffassungen einfach anschließe, selbst dann nicht, wenn es um Dinge geht, in denen ich seiner Meinung bin.«
Und diese Aufgabe übernahm Suzi bei Chloe. In ihrem ersten gemeinsamen Jahr als Zimmergenossinnen mußte Chloe alles in Frage stellen, woran sie je geglaubt hatte. Und alles, was sie gerade neu dazulernte. Sogar, was ihr Äußeres betraf.
Suzi sagte zu ihr: »Setz dein Aussehen ein, Chloe. Vielleicht hast du deine Schönheit nicht dir selbst zu verdanken, aber mein Gott, was soll's! Nutze sie zu deinem Vorteil. Niemand sieht so aus wie du.

Wer auf Erden hat schon violette Augen? Männer werden darin ertrinken. Nimm sie nicht einfach als selbstverständlich hin.«
»Dein Vater gibt sich so, als sei das Innere das, was zählt.«
Suzi dachte einen Moment lang nach. »Daddy ist nicht so wie andere Männer.«
Als sie später im Bett lag, ließ sie das Gespräch mit Cass draußen auf dem See noch einmal an sich vorüberziehen. Wenn Männer so viele Möglichkeiten hatten, fragte sie sich, warum hatten Frauen sie dann nicht auch? Er hatte ihr gesagt, sie könne alles tun, was sie wollte. Aber ihr fiel nichts Bestimmtes ein, was sie gern getan hätte. Für eine Frau gab es eigentlich nur zwei Alternativen: eine Ehe oder keine Ehe. Letzteres konnte sie sich noch nicht einmal vorstellen; es gelang ihr nicht, sich ein Leben auszumalen, in dessen Mittelpunkt kein Mann stand. Das Schlimmste, was einer Frau zustoßen konnte, war, allein zu sein. Das wußte schließlich jeder. Und doch nahm sie vage Sehnsüchte wahr, Sehnsüchte, die nichts mit einem Mann zu tun hatten.
Chloe war nicht klar, daß ihre Gespräche mit Suzi und mit Cass ihr Bewußtsein so sehr erweiterten, daß die Jungen, die sie kennenlernte, ihr oberflächlich, wenn nicht gar regelrecht dumm erschienen. Chloe führte mit anderen nie solche Gespräche, wie sie mit Suzi und deren Vater führte. Chloe und Suzi redeten darüber, ob es einen Gott gab oder nicht, ob es das reine Gute und das reine Böse gab, ob Macht einen korrumpierte oder ob diejenigen, die auf Macht aus waren, von vornherein und von Natur aus korrupt waren. Waren arme Menschen glücklich, weil sie nicht die Verantwortung der Reichen trugen, oder waren arme Menschen überhaupt jemals glücklich? Waren Margaret Sanger und ihre revolutionären neuen Ideen unmoralisch, oder bedeuteten sie die Erlösung der Frauen?
Über diesen letzten Punkt diskutierten sie stundenlang, nicht nur im ersten College-Jahr, sondern in all den vier Jahren. Margaret Sanger war wiederholt verhaftet und ins Gefängnis gesteckt worden, weil sie für Methoden zur Geburtenkontrolle eintrat. Suzi wagte die kühne Behauptung, daß Mrs. Sanger der Versklavung der Frauen ein Ende bereiten wollte. »Es scheint doch nicht fair zu sein, oder?« fragte sie. »Ich meine, Männer können es jederzeit tun, ohne Auswirkungen fürchten zu müssen, aber wir nicht. Nur

die Puritaner haben geglaubt, daß Männer und Frauen miteinander ins Bett gehen, um zielstrebig Kinder zu machen. Nur sie fanden, es dürfte keinen Spaß machen.«

Chloe konnte sich nicht vorstellen, außerehelichen Sex zu betreiben, und wenn man verheiratet war, würde es selbstverständlich dazu führen, daß man Babys bekam, und das war doch schließlich der Hauptzweck einer Ehe, oder etwa nicht? Sie wußte, daß Sex der Ehe vorbehalten sein sollte. Jede Frau, die es ohne den Segen der Ehe tat, war natürlich zu freizügig – und unmoralisch.

Darüber lachte Suzi. »Was? In den Nächten vor der Hochzeit ist es sündig und abscheulich, und in der Hochzeitsnacht wird es dann durch ein Wunder schön? Jetzt hör aber auf, Chloe, wie bist du denn auf die Idee gekommen?«

Chloe starrte Suzi ehrfürchtig an. Sie wies mit absolut niemandem in Oneonta Ähnlichkeit auf.

In ihrem vorletzten Studienjahr regierte Chloe als Königin über den Winter Ice Carnival und stellte fest, daß Geschichte sie faszinierte, und sie teilte ihr Gefühl von Ungerechtigkeit mit Suzi. Ihre Entrüstung richtete sich gegen den Kongo und die unmenschliche Behandlung der Eingeborenen durch Sklavenhändler und König Leopold. Im nächsten Trimester wurde ihr Feingefühl von dem Los der amerikanischen Indianer und deren Ausrottung durch ihre eigenen Landsleute verletzt. Die Sklaverei und den Bürgerkrieg hatte sie schon hinter sich, und sie bemühte sich, die Südstaatler nicht für ihre Haltung gegenüber diesem Teil der Menschheit zu hassen.

»Ich meine«, sagte sie zu Suzi, »mir ist klar, daß diejenigen, die ausgebeutet worden sind, die Armen und die Analphabeten sind, die Menschen, die nicht weiß sind. Aber sollte es denn nicht so sein, daß diejenigen unter uns, die faktisch überlegen sind, denjenigen von geringerer Intelligenz mit Güte und Mitgefühl begegnen?«

Suzi, die sich gerade einen Nagel feilte, schaute Chloe an. »Warum sprichst du von geringerer Intelligenz? Willst du damit etwa sagen, jeder Mensch, der nicht weiß ist, besitzt weniger Intelligenz?« Ihre Stimme war nicht frei von Schärfe, und Chloe kannte sie gut genug, um zu begreifen, daß Suzi fand, sie hätte gerade eine empörende Aussage getroffen.

Mit ihrem Sticheln begann Suzi, Chloes Wahrnehmung des Universums zu verändern. In ihrem Kurs für asiatische Geschichte lernte sie einen gesunden Respekt vor den Japanern, brachte aber kaum Achtung für die Chinesen auf. Als sie Japan durchnahmen, lag sie nachts im Bett und malte sich Teiche mit Lotosblüten und präzise japanische Blumengestecke aus und fragte sich, wie sie wohl ausgesehen hätte, wenn sie Schlitzaugen gehabt hätte. Sie sah sich selbst in einem Kimono vor sich, wie sie den dunstverhangenen Fudschijama anstarrte.

Aber als sie sich China zuwandten, erzählte ihr Lehrer, ein junger Mann in den Dreißigern, der Lumpensammeln als etwas Faszinierendes hätte hinstellen können, der Klasse: »Die Amerikaner mögen zwar Japaner und Chinesen miteinander verwechseln, weil beide der gelben Rasse angehören, aber es sind ganz unterschiedliche Völker. Während die Japaner rasen, um das zwanzigste Jahrhundert einzuholen, befindet sich China noch im dunklen Mittelalter. Es ist ein Land, das seit der Ming-Dynastie keinen bedeutenden Beitrag mehr zur Entwicklung der Menschheit geleistet hat. Im dreizehnten Jahrhundert, als Marco Polo hingereist ist, war es eine hochzivilisierte Kultur voller Wunder. Aber in den vergangenen sechshundert Jahren ist es mit China bergab gegangen. Mit seinen nahezu vierhundertfünfzig Millionen Einwohnern, von denen neunundneunzig Prozent Analphabeten sind, ist es stärker bevölkert als jedes andere Land auf Erden. China ist ein Wirklichkeit kein organisiertes Land, sondern es wird von Warlords regiert, die den Bauern Steuern auferlegen und sie durch Gewaltandrohung unterdrücken. China ist weitgehend so geblieben, wie es vor zweitausend Jahren war, und es verabscheut die Westmächte für ihren Versuch, es in dieses Jahrhundert herüberzuzerren. Es hat wenig zu bieten – Seide, Tee … sonst spricht wenig dafür. Nur seine Größe und seine Bevölkerung verleihen diesem Land Bedeutung. Es ist fast so groß wie die Vereinigten Staaten und hat die fünffache Bevölkerung. Die Chinesen sind ungebildet und rückständig, sie arbeiten wie in unserem Land die Tiere, und sie wissen nicht zu würdigen, was wir und andere europäische Mächte für sie tun. Sie verabscheuen uns für den Vertrag von Versailles.«

Im Sommer zwischen dem vorletzten und dem letzten Studienjahr, als Chloe ihre alljährliche Pilgerfahrt zu den Monaghans antrat, paddelten sie und Cass und Suzi für ein Picknick zu einer der winzigen Inseln hinaus. Sie fragte Cass, was er über China wußte. Er war der einzige Mensch, den sie kannte, der um die Welt gereist war. Er fuhr jeden Winter nach Europa, so viel wußte sie. Sie war nicht sicher, ob sie das Thema in der Hoffnung angeschnitten hatte, ihn mit dem beeindrucken zu können, was sie gelernt hatte, oder ob sie Antworten auf Fragen suchte, die ihr Lehrer unbeantwortet gelassen hatte.

Suzi stand auf. »Wenn ihr beide über Politik redet, gehe ich und werfe Steine ins Wasser.«

Chloe, die im Schneidersitz dasaß, sah Cass gebannt an und wartete auf eine Reaktion. »Ich bin nicht in China gewesen«, sagte er. »In Hongkong ja, aber nicht auf dem chinesischen Festland.« Er zupfte einen Grashalm aus, rieb ihn zwischen den Fingern und dachte nach. »Drück dich klarer aus, Chloe. Ich bin sicher, daß du keinen abendfüllenden Diskurs hören möchtest.«

»Erzählen Sie mir vom Vertrag von Versailles und warum er die Chinesen so sehr verärgert hat. Warum sind sie der Meinung, sie seien ungerecht behandelt worden?« Sie wußte mehr über die Verträge von 1796 als über geschichtlich so kurz zurückliegende Zeiten wie 1919.

Cass lehnte sich an einen Baumstamm. Die frühe Abendsonne warf goldene Strahlen auf sein rötliches Gesicht. Er zog ein Knie an und schlang die Hände darum. Chloe fragte sich plötzlich, wie er wohl als junger Mann gewesen war. War er gewesen wie irgendeiner der Jungen, die sie kannte? Würde einer von ihnen zu einem Cass Monaghan heranwachsen? Irgendwie zweifelte sie daran.

»Also, zunächst einmal ist China nie wirklich vereint gewesen und hat keine echten Armeen. Als China in den großen Krieg gegen Deutschland eingetreten ist, hat Amerika ihm einen Platz bei den Friedensverhandlungen zugesichert. Hunderttausende von Chinesen sind nach Europa geschickt worden, damit sie im Krieg unsere Seite unterstützen, und daher hat China als selbstverständlich vorausgesetzt, daß es, wenn Deutschland erst einmal besiegt ist, das Land wieder zurückbekommt, die große Provinz mit dem Namen Schantung, die Deutschland an sich gebracht hatte.«

»Das erscheint nur gerecht«, sagte Chloe, die laut dachte.
»Das sollte man meinen, nicht wahr?« Cass lächelte grimmig. »Aber Japan war den Alliierten zu Hilfe gekommen, weil England und Frankreich versprochen hatten, die Japaner dafür mit Schantung zu entlohnen. Präsident Wilson hat davon angeblich nichts gewußt. Als er darauf bestanden hat, daß Schantung an China zurückgegeben wird, hat Japan gedroht, seinen Beitritt in den Völkerbund zu verweigern. Da das Wilsons größter Traum war, hat er nachgegeben. Ich persönlich halte das für falsch. Und so haben es auch chinesische Studenten und andere Intellektuelle empfunden, die daraufhin gefordert haben, daß China sich weigert, den Vertrag zu unterschreiben. Tausende haben auf dem Tian An Men-Platz in Peking und in den Straßen von Schanghai und Kanton mit antiamerikanischen Transparenten und dem Ruf ›Nieder mit den Yankees‹ demonstriert. Nach allem, was ich darüber erfahren habe, war das in China eine große vereinigende Kraft, obwohl China heute immer noch alles andere als geeint ist. Nach wie vor kämpfen Faktionen um die Herrschaft. In diesem gigantischen Land gibt es tatsächlich keine Zentralregierung.«
»Tja, vielleicht ist Wilson recht geschehen«, sagte Chloe. »Ich meine, sein eigenes Land wollte schließlich auch nicht unterschreiben. Vielleicht ist das ausgleichende Gerechtigkeit?«
Cass nickte und streckte einen Arm aus, um eine Hand auf Chloes Hände zu legen. »Meine Liebe, ich habe nie verstanden, warum Amerika den Völkerbund abgelehnt hat. Ich prophezeie, daß wir diese Entscheidung eines Tages bereuen werden. Solche Dinge sind die Gründe dafür, daß ich eine Zeitung herausgebe.«
Chloe sah ihn an. »Wie meinen Sie das?«
Suzi, die zurückgekommen war, hörte sich die letzten Sätze des Gesprächs an. Sie ging auf ihren Vater zu, schlang ihm die Arme um den Hals und beugte sich herunter, um ihn auf die Wange zu küssen. »Er glaubt, er kann helfen, die Welt zu retten.«
Cass lachte und hob eine Hand, um Suzis Hand zu tätscheln. »Also, ich gäbe mich schon damit zufrieden, wenn ich dabei helfen könnte, einen kleinen Teil der Welt zu retten.«
Ja, dachte Chloe, das würde schon genügen.

3

Täglich traf für Suzi ein Exemplar der CHICAGO TIMES ein. Erst im vorletzten Studienjahr begann Chloe, darin herumzustöbern, und erst in ihrem letzten Jahr in Cornell verschlang sie die Zeitung geradezu.

So stieß sie erstmals auf Slade Cavanaugh. Er war der Paris-Korrespondent der TIMES, und obwohl er sehr klar und mit offensichtlichem Scharfblick über die Politik im Nachkriegseuropa berichtete, war das, was ihre Aufmerksamkeit weckte, ein Artikel über eine Spanienreise mit seinem Freund Ernie. Die Stierkämpfe in Pamplona, das Fischen in den eiskalten Bächen der Pyrenäen, Schilderungen der Kleinbauern und der Landschaft. Chloe konnte alles ganz deutlich vor sich sehen.

Sie roch den frisch gebrühten Kaffee, und die duftenden Croissants ließen ihr das Wasser im Mund zusammenlaufen, wenn er über die Straßencafés von Paris schrieb. In einem einzigen Satz beschwor er ein Bild herauf, das andere auf einer ganzen Seite nicht einfangen konnten.

Als Chloe seine Artikel erwähnte, sagte Suzi: »Daddy hält ihn für den besten politischen Analytiker in ganz Europa, obwohl er erst achtundzwanzig ist.«

»Erzähl mir mehr über ihn«, drängte Chloe Suzi.

»Er ist nicht so wie seine Artikel. Ich habe ihn kennengelernt, als Daddy ihn direkt von der Columbia University wegengagiert hat. Damals war er ein wenig unbeholfen, aber du darfst nicht vergessen, daß ich Daddys Freunde gewohnt war. In seinem ersten Jahr in Chicago, als er dort gearbeitet hat, ist er häufig zum Abendessen zu uns gekommen. Ich habe die High-School besucht, war im zweiten Studienjahr. Er war still und höflich, und Daddy hat mir gesagt, ihm stünde eine große Zukunft bevor. Dann hat er ihn fortgeschickt, damit er über den Krieg berichtet. Nach dem Krieg hat Daddy ihn in Frankreich gelassen, und inzwischen ist er so berühmt wie die Leute, über die er schreibt. Seitdem habe ich ihn noch ein paarmal getroffen. Er ist nicht mehr still.« Suzi lachte. »Ich glaube, sein Ruhm hat ihn tatsächlich ein bißchen arrogant werden lassen. Es gefällt ihm, bedeutend zu sein. Andererseits kann er einen mit seinem Charme um den kleinen Finger wickeln. Ich gebe zu, daß ich mich im letzten August um ihn bemüht habe, als Daddy und ich in Europa waren, aber nachdem wir den ganzen Abend über miteinander getanzt hatten, hat er mich auf die Wange geküßt, und das war auch schon alles.«

Chloe wünschte, sie würde Berühmtheiten kennen. Und diese Chance bot sich ihr eher, als sie erwartet hatte.

Im Frühjahr ihres letzten Studienjahres, als Chloe sich fragte, was sie nach dem Abschluß mit ihrem Leben anfangen sollte, luden die Monaghans sie für die Osterferien nach Chicago ein. Suzi drängte Chloe, nach Chicago zu ziehen und dort zu arbeiten.

»Wir können bei Daddy leben, bis wir Jobs gefunden haben, und dann können wir uns eine Wohnung nehmen.« Karrierefrauen. Das hatte einen leicht bohemienhaften Anstrich und reizte Chloe. Aber sie fürchtete, die einzigen Jobs, die ihr offenstanden, würden Sekretärinnenposten sein. Sie wünschte, es gäbe etwas Bestimmtes, was sie tun wollte – einen Traum, dem sie hätte nachjagen können.

An dem Wochenende in den letzten Märztagen, an dem sie in Chicago eintrafen, veranstaltete Cass eine kleine Dinnerparty, eine förmliche Einladung, zu der die Herren im Smoking und die Damen in Abendkleidern erschienen, und dort lernte Chloe Slade Cavanaugh kennen. Sie und Suzi hatten sich gerade umgezogen und betraten das riesige Wohnzimmer der Monaghans, in dem sich vielleicht ein Dutzend Leute aufhielten. Am anderen Ende des Raumes stand er, zeichnete sich als Silhouette gegen die untergehende Sonne ab.

Chloe versetzte Suzi einen Rippenstoß und flüsterte: »Wer ist das?«

Suzi schaute zum anderen Ende des Zimmers und antwortete: »Slade Cavanaugh. Daddy hat mir gar nicht erzählt, daß er hier sein wird. Ich frage mich, warum er wohl aus Europa zurückgekommen ist.«

Chloe konnte ihn nicht aus den Augen lassen. Nicht etwa, daß er besonders gut ausgesehen hätte. Das war nicht der Fall. Sein braunes Haar lockte sich etwas zu lang, und er war zu dünn, regelrecht schlaksig. Tatsächlich hatte er kein einziges auffälliges Merkmal an sich. Zwischen langen, schmalen Fingern hielt er eine Zigarette und lauschte gebannt jemandem, der mit ihm sprach. Da die Sonne hinter ihm stand, konnte Chloe seine Gesichtszüge nicht klar erkennen, aber von der Haltung, in der er dastand, und von seinen Gesten und seinem strahlenden Lächeln ging etwas aus, was sie fesselte.

Slade reagierte auf den Mann, mit dem er redete, mit einem Kopfschütteln, warf den Kopf zurück und lachte, und in dieser Sekunde sah er Chloe. Sie nahm den Moment, in dem er sie bemerkte, überdeutlich wahr, denn seine Augen schweiften nicht weiter, sondern blieben auf ihr ruhen. Chloe erwiderte seinen Blick, und ein kleines Lächeln spielte um ihre Lippen.

Chloe spürte eine Erregung, eine Herausforderung, die ihr neu war. Slade setzte sein Gespräch zwar fort, doch sein Blick löste sich nicht von ihr.

Eine Minute später begann er, sich anmutig einen Weg durch das Zimmer zu ihnen zu bahnen.

Seine Blicke lösten sich von ihr und richteten sich auf Suzi. Er beugte sich vor und küßte sie auf die Wange. »Ich habe mich darauf gefreut, dich wiederzusehen.« Er grinste, und es war, als existierte Chloe eine Minute lang gar nicht mehr. Seine gesamte Intensität galt Suzi.

Suzi lächelte. »Du bist rübergekommen, damit ich dich meiner besten Freundin vorstelle, und ich weiß es.«

Slade wandte sich zu Chloe um. »Das besagt etwas sehr Gutes über Sie.« Er streckte die Hand zu einem Händedruck aus. Irgendwo in weiter Ferne hörte Chloe, wie Suzis Stimme sie einander vorstellte. Sie sah in seine klaren grauen Augen und hörte sich selbst sagen: »Ich habe bisher noch nie eine Berühmtheit kennengelernt.«

Er hielt ihre Hand immer noch, und sie hörte ihn sagen: »Ich habe das Gefühl, das war es wert, nach Hause zurückzukommen.«

Suzi ging.

»Ihr seid in all den Jahren in Cornell Zimmergenossinnen gewesen? Dann kennen Sie die Monaghans, und ich kann Ihnen nur sagen, mir ist kein Mensch auf diesem Planeten wichtiger als Cass Monaghan. Für ihn würde ich ans Ende der Welt reisen. Sie können sich glücklich schätzen, mit Suzi befreundet zu sein.«

Chloe hatte keinerlei Erinnerung daran, was sie zu ihm sagte. Sie bemühte sich, nicht zu übersprudeln, und sie versuchte, nicht wie ein alberner Fan zu wirken, doch sie erinnerte sich, etwas zitiert zu haben, was er geschrieben hatte, und seine Augen strahlten.

Eine der faszinierendsten Eigenschaften an Slade Cavanaugh war, daß er genauso interessant zu reden verstand, wie er schrieb. Er beantwortete Chloes Fragen mit einer erfrischenden Offenheit, eine Eigenschaft, die sie bei Männern nicht gewohnt war. Er hatte bereits kleine Fältchen um die Augen, und Chloe konnte ahnen, daß unter seinen amüsanten Geschichten und seinem beträchtlichen Charme ein grundlegend ernsthafter Mann steckte. Gegen Ende des Abends wagte Chloe, die von seiner Spontaneität beeindruckt war, diese Beobachtung in Worte zu fassen.

Er lachte und sagte: »Ich bezweifle, daß Ihnen in dem Punkt irgend jemand zustimmen würde.«

»Ich rede nicht von irgend jemandem. Ich rede von Ihrem wahren Ich«, sagte sie und sehnte sich danach, die Hand auszustrecken und sie ihm auf den Arm zu legen, und dabei hoffte sie, sie würde den Puls spüren, der unter seinem Smokingärmel schlug.

Sein Schweigen war so versonnen wie sein Blick. Er antwortete ihr nicht direkt, sondern starrte in sie hinein. »Ich glaube«, sagte er schließlich und nahm ihre Hand, »daß ich von hier verschwinden und an einer Straßenkreuzung oder irgendwo sonst stehen möchte, wo uns niemand beobachtet, damit ich dich küssen kann.«

Seine Hand schlang sich um ihre, als sie wortlos hinter dem älteren Fahrstuhlführer am Aufzug standen. Sie hielten einander fest an den Händen, als sie durch die Eingangshalle rannten, und sie konnten nicht aufhören zu lachen, bis sie die nächste Kreuzung schon fast erreicht hatten. Es war kühl, und eine Brise vom See her peitschte Zigarettenbanderolen um ihre Beine, als Slade stehenblieb. Während Chloe an das kalte Gebäude gelehnt war, beugte er sich vor und berührte ihre Lippen mit einem zarten, sachten Kuß, bis sie die Arme um ihn schlang. Die Spannung, die den

ganzen Abend zwischen ihnen geknistert hatte, entlud sich in ihren Küssen, und in diesem Moment fand Chloe etwas, was sie nie bei jemand anderem gefunden hatte.
Sie verbrachten die nächsten fünf Nachmittage und Abende gemeinsam.
Eines späten Abends fragte Chloe Cass nach Slade. Sie trat an ihn heran, als sie ins Haus kam und Slades Küsse noch auf ihren Lippen spürte. Cass saß in der Bibliothek, obwohl Mitternacht schon vorüber war, machte einen konzentrierten Eindruck und hatte Papiere auf seinem Schreibtisch ausgebreitet. »Darf ich stören?« fragte sie.
Er blickte auf, sein Gesicht verzog sich zu einem Lächeln, und er sagte: »Jederzeit.« Langsam legte er den Bleistift aus der Hand.
Sie warf ihren Mantel auf einen Stuhl und trat an seinen Schreibtisch, um sich auf den Ledersessel ihm gegenüber zu setzen.
»Reden Sie mit mir«, sagte sie. »Über Slade.«
Er sah sie an, die Ellbogen auf seinen Schreibtisch gestützt, und seine Finger bildeten vor seinem Gesicht eine Pyramide. Schließlich nahm er seine randlose Brille ab, legte sie in den runden Lichtschein der Lampe und sah sie wieder an. »Was willst du wissen?«
»Ganz gleich, was. Alles.«
Er wartete noch eine Minute und lehnte sich dann auf seinem Drehstuhl zurück. Jetzt sah er sie nicht an. »Ich habe mich die ganze Woche über bemüht, den Mund zu halten. Aber da du mich jetzt fragst ...« Er zog an seinem Schnurrbart. »Slade ist einer meiner Spitzenmänner. Akkurat, zuverlässig, lesbar, verwegen. Für eine Geschichte geht er überall hin und tut alles dafür. Ich weiß nicht, was für eine Sorte Ehemann er abgeben würde, aber ich wäre stolz, ihn als Sohn zu haben.«
»Nun«, sagte Chloe lachend, »so weit ist es nicht gekommen.«
»Noch nicht.«
»Noch nicht.« Sie nickte.
Cass grinste. »Ich bin stolz darauf, daß er für mich arbeitet, und er gehört zu den Leuten, denen ich in ihrem Job uneingeschränkt vertraue. Ich bin nicht sicher, ob er eine Frau glücklich machen würde. Er ist mit diesem Job verheiratet.«

Chloe stand auf, faltete die Hände hinter dem Rücken und trat ans Fenster. Der Lake Michigan erstreckte sich als graue Fläche tief unter ihr. »Cass, ich werde nächsten Monat einundzwanzig, und ich habe noch nie gefühlt, was ich bei ihm fühle.« Sie wandte ihm das Gesicht zu.

Cass zuckte die Achseln. »Er ist ein erstklassiger Reporter. Er ist zäh, meine Liebe, ein harter Brocken. Er tut *alles*, um an eine gute Geschichte zu kommen. Er wird die Bequemlichkeit dafür opfern und mühselige Reisen unternehmen, und er ist auf gefährliche Konfrontationen aus. Außerdem ist er berühmt, und er mag den Ruhm. Was ist das für ein Leben für eine Frau?«

Chloe fand, es klang aufregend. Sie lächelte Cass an.

Sie träumte von Slade. Zum ersten Mal in ihrem Leben träumte sie von Händen, die sie berührten, von einer Zunge, die federleicht über ihren Hals glitt, davon, nackt neben ihm zu liegen – ohne einander zu berühren, aber im Gleichklang atmend, die Hände ineinander verschlungen, im Dunkeln flüsternd.

Als sie nach Ablauf der Woche mit dem Zug nach Ithaca zurückfuhr, war Chloe eine verliebte Frau. Am ersten Abend in Ithaca wollte Chloe ihm schreiben und ihm mitteilen, daß sie ihn vermißte und liebte. Das Wort war zwischen ihnen nicht gefallen.

Statt dessen schrieb sie an ihre Eltern, schilderte ausführlich die Freuden ihres Aufenthalts in Chicago und berichtete ihnen, sie hätte einen sehr netten jungen Mann kennengelernt, ohne zu erwähnen, daß er Auslandskorrespondent war. Nach allem, was sie wußte, konnte er seinen nächsten Auftrag in Chicago, Washington oder sogar San Francisco bekommen. Das klang doch alles äußerst reizvoll, und Chloe war egal, wo sie landen würde. All diese Orte waren weit kosmopolitischer als der Norden von New York.

Während sie weiterhin die Jungen sah, mit denen sie vor den Osterferien ausgegangen war, wartete sie täglich auf einen Brief von Slade. Aber in der ersten Woche kam keiner und auch nicht in der zweiten und der dritten.

Gegen Ende des Monats versuchte sie, ihn aus ihren Gedanken zu verdrängen, versuchte, sich nicht an die Berührungen seiner Lippen zu erinnern, an den Ausdruck in seinen Augen, an den Klang

seines Lachens. Aber wenn sie abends ausging, verglich sie jeden Jungen, mit dem sie sich verabredete, mit Slade. Dabei, sagte sie sich, konnte er jede Frau auf Erden haben. Nach den Europäerinnen, die er gewohnt war, mußte sie ihm wie das reinste Schulmädchen erscheinen. Ihr Herz schmerzte.
Als Vergißmeinnicht von Forsythien, Tulpen und Narzissen abgelöst wurden, befahl sie sich, nicht mehr an ihn zu denken. Sich mit erfreulicheren Dingen zu beschäftigen. Der Birnbaum zu Hause mußte in üppiger weißer Blütenpracht stehen, dachte sie mit einem schmerzhaften Gefühl von Einsamkeit, das sie nie zuvor gekannt hatte.
Der Mai ging vorüber.
Sie traf Vorkehrungen, Suzi nach dem Abschluß nach Chicago zu folgen, unterrichtete ihre Eltern jedoch noch nicht über diesen Plan. Sie war wütend auf sich selber, weil nichts wirklich von Bedeutung zu sein schien.
Zwei Tage vor der Abschlußfeier, am zehnten Juni, plärrte eine Stimme die Treppe des Studentenheims hoch: »Chloe, da ist Besuch für dich.«
Es dämmerte ihr nicht eine Sekunde lang. Nicht hier in Ithaca. Sie und Suzi, die ihre Prüfungen abgelegt hatten, waren gerade vom Tennisspielen zurückgekommen, und Schweiß rann an ihrem Gesicht herunter. Mit einer unwirschen Handbewegung strich sie sich das volle Haar zurück, stürmte die lange Treppe hinunter und wünschte sich, sie wäre unter der Dusche. Inmitten der riesigen Eingangshalle stand in einer weißen Segeltuchhose und mit einem leicht zerknitterten weißen Hemd Slade Cavanaugh und hielt etwas vor sich hin, was mindestens fünf Dutzend gelbe Rosen sein mußten. Er grinste, als Chloe abrupt auf einer Treppenstufe stehenblieb, sich die Hand auf die Kehle schlug und ihr der Atem stockte.
Er setzte gespielt eine feierliche Miene auf, sank auf sein rechtes Knie, hielt die Rosen jetzt im linken Arm und sagte mit einer Stimme, die die Treppe hinauf und durch die Korridore hallte: »Ich bin gekommen, Geliebte, um dich um deine Hand zu bitten.«
Einen Moment lang verhinderte ihre Gereiztheit jede Reaktion. Wie sicher seiner selbst er sich doch war! Er hatte eine Woche lang

um sie geworben, und darauf waren zwei Monate und zehn Tage Schweigen gefolgt. Wie kam er auf den Gedanken, sie hätte auf ihn gewartet, wollte ihn, sei bereit, ihn zu heiraten? Wie kam er auf den Gedanken, es gäbe keinen anderen in ihrem Leben? Wie konnte er es wagen, ihre Zustimmung als selbstverständlich vorauszusetzen!

In einem Labyrinth von Korridoren lugten Köpfe durch Türen, als Chloe ansetzte, die restlichen Stufen hinunterzurennen. Er war aufgesprungen und stürzte mit ausgebreiteten Armen, die sie erwarteten, auf die Treppe zu. Von Blumen umwogt, umarmte und küßte er sie und murmelte immer wieder: »Chloe, Chloe, Chloe. Was für ein gottverdammter Name, wenn man versucht, ihn romantisch klingen zu lassen.«

Sie lachte und atmete Rosenessenz ein, die sie noch Jahre später als den romantischsten Duft auf Erden ansehen sollte. »Warum hast du so lange gebraucht?« flüsterte sie.

»Ich mußte noch ein paar Drachen töten, ein paar Phantome abschütteln.« Er hielt ihr die Blumen hin und trat einen Schritt zurück, damit er sie ansehen konnte. »Wie bald können wir heiraten?« fragte er. »Wir brechen Anfang August nach China auf.«

»Nach China?« Sie starrte ihn an.

Seine Lippen lagen wieder auf ihren, und sie hörte ihn lachen, als sie in all den Rosen erstickten. Chloe wußte, daß sie mitkommen würde, ganz gleich, wann oder wohin er auch ging.

4

Cass hatte noch nie einen Mann in China gehabt. Er sagte zu ihnen beiden: »Die Welt hält China für eine stumpfsinnige, rückständige Gegend. Ich habe den Verdacht, daß sich dort eine ganze Menge abspielen wird. China ist im Aufruhr, seit 1911 die Mandschus gestürzt worden sind. Seitdem ist niemand zuständig. Faktionen bekämpfen einander. Sie wollen sich Hals über Kopf in die Demokratie stürzen, ehe die Leute auch nur die geringste Ahnung von Selbstbestimmung haben. Jahrtausende lang hat man diesen Menschen gesagt, was sie zu tun haben. Jetzt glauben sie, sie könnten plötzlich Knall auf Fall ihre eigenen Entscheidungen treffen.«

»Aber Sie glauben doch an die Demokratie, oder nicht?« fragte ihn Chloe.

Er war zur Hochzeit nach Oneonta gekommen und unterrichtete das junge Paar über seinen Auftrag. »Natürlich glaube ich an die Demokratie.« Cass zog an seinem Schnurrbart. Er und Slade saßen auf der Veranda vor dem Haus der Sheperds auf breiten Lattenstühlen, und Chloe saß auf der Armlehne von Slades Stuhl und hatte eine Hand auf seine Schulter gelegt.

»Aber ich glaube auch daran«, fuhr Cass fort, »daß man ihr eine Chance geben sollte. Man muß darauf hinarbeiten und kann sie nicht einfach einer unvorbereiteten, ungebildeten und ahnungslosen Bevölkerung aufdrängen. Die Chinesen – die Gebildeten, diejenigen, die mehr als ihre eigenen geographischen Grenzen wahrnehmen – wollen sich aus den Zeiten der Feudalherrschaft mitten ins zwanzigste Jahrhundert stürzen.«

»Was ist dagegen einzuwenden?« fragte Chloe.

»Man gelangt nicht mit einem Schlag vom Mittelalter in die fortgeschrittenen Stadien der industriellen Revolution. China weiß selbstverständlich nicht, daß es rückständig ist. Es ist immer der Mittelpunkt des Universums gewesen.«

Slade lächelte. »Und der ist es natürlich nicht. Der sind wir.«

Cass sah ihn an und lachte. »Das klang nun wirklich arrogant, oder etwa nicht? Ich fürchte lediglich, daß China zum jetzigen Zeitpunkt nicht wirklich reif für die Demokratie ist, wie wir sie kennen. Ich fürchte, daß die Mächte, die darum kämpfen, nicht die leiseste Chance haben.«
»Was mich interessiert«, sagte Slade, der bereits einige Hausaufgaben gemacht hatte, »ist, wie sie ein Staatsoberhaupt einsetzen, wenn man ihnen die Chance gibt. Ich meine, es gibt dort keine Wahlen.«
Cass nickte. »China ist enorm gespalten. Nach allem, was ich gelesen habe, vermute ich, es liegt zum Teil daran, daß die Kleinbauern aus dem einen Dorf noch nicht einmal wissen, was im Nachbardorf passiert. Neuigkeiten breiten sich genau so weit aus, wie ein Mann laufen kann. Daher ist es von keinerlei Interesse, was sich hundert oder tausend Meilen weit entfernt abspielt. Das geht über das Fassungsvermögen hinaus. Die Leute, die versuchen, sich Macht zu verschaffen, sitzen in den Städten und kümmern sich überhaupt nicht um die Landbevölkerung, und doch bilden Kleinbauern neunzig Prozent der Bevölkerung.«
Cass nahm seine Brille ab, hauchte die Gläser an und putzte sie mit dem Taschentuch aus seiner Jackettasche. »Sun Yat-sen hofft immer noch, Präsident zu werden. Ich weiß nicht, was für ein Mann er ist, nein, wirklich nicht. Ich vermute, er ist nicht sonderlich durchsetzungsfähig, wenn er sein Ziel in all diesen Jahren nicht erreicht hat.« Er sah Slade an. »Das ist eines der Dinge, die ich von Ihnen erwarte. Was für ein Mensch ist Dr. Sun? Und ich will mehr über diese anderen wissen, die sich bemühen, China zu vereinen, sei es um der Selbsterhöhung der eigenen Person willen oder aus patriotischen Gründen.«
Chloe legte ihre Hand auf Slades und fühlte sich jetzt schon als ein Teil von ihm, obwohl die Hochzeit erst am folgenden Tag stattfinden würde. Gleichzeitig begriff sie, daß sie so gut wie nichts voneinander wußten. Diese Vorstellung war aufregend. Sie hatten ein Leben lang Zeit, sich kennenzulernen.
Sie wußte, daß ihre Eltern am Boden zerstört waren. Sie würde sie für drei Jahre verlassen. Aber sie wäre ohnehin nicht dagewesen ... wäre nach Chicago oder New York oder sonstwohin gegan-

gen. Es kam nur daher, daß sie es gewußt hatte und daß ihre Eltern es nicht hatten wahrhaben wollen. Sie war sicher, daß sie sich aus tiefster Seele eingeredet hatten, sie würde nach Hause zurückkommen und einen Job finden, bis sie sich verliebte, heiratete und ihre Enkel in Oneonta großzog.

Aber sie mochten Slade. Wenn Cass sich für Slade verbürgte, mußte der junge Mann in Ordnung sein. Schließlich war Cass Monaghan berühmt.

Die Trauung würde in der Methodistenkirche stattfinden, doch Slade hatte Chloe gewarnt: »Ich mache das um deinetwillen mit, aber ich muß dich warnen, ich habe nicht gerade viel Geduld mit organisierter Religion.«

Cass und Suzi waren am Vortag mit Slade eingetroffen, und am vergangenen Abend hatte Cass nach dem Abendessen gesagt: »Chloe, können wir einen kleinen Spaziergang miteinander machen?«

Sie liefen durch die von Bäumen gesäumte Straße von Oneonta, in der die Sheperds wohnten, und die Straßenlaternen warfen Muster, wenn sie durch das Ahornlaub tanzten und leuchteten. Er legte einen Arm um sie und sagte: »Es ist noch nicht zu spät, verstehst du.«

Sie wußte, wovon er sprach. »Cass, so habe ich noch nie empfunden. Ich bin verliebt.«

»Eine reine Drüsenangelegenheit«, sagte er. »Mein Ratschlag ist: Geh mit ihm ins Bett.« Das schockierte sie, und sie sah ihn an. »Reiß mit ihm einen Monat nach Tahiti aus. Lerne ihn kennen, ehe du gelobst, dein Leben mit ihm zu verbringen.«

Sie lächelte ihn an und sagte: »Machen Sie sich keine Sorgen. Ich werde sehr glücklich mit ihm werden.«

Er seufzte. »Mein Gott, wie sehr ich das hoffe. Ich fühle mich dafür verantwortlich.«

»Cass, Sie sind sein Trauzeuge! Sie müssen ihn doch mögen!«

»Natürlich mag ich ihn. Er ist ein phantastischer Reporter. Der beste, den ich habe, aber ich mache mir Sorgen um dich.«

»Wahrscheinlich werde ich Ihnen für den Rest meines Lebens dankbar sein. Ich weiß nicht, warum Sie sich solche Sorgen machen. Er ist Ihr liebster Angestellter, und Sie sagen seit Jahren,

daß ich für Sie wie eine zweite Tochter bin. Ich hatte schon den Verdacht, Sie hätten uns vorsätzlich zusammengebracht.«
»Das ist es ja gerade.« Er blieb stehen, nahm den Arm von ihr, legte die Hände auf ihre Schultern und drehte sie mit dem Gesicht zu sich um. »Chloe, ich habe ihn nicht nur nach China geschickt, weil er so gut ist und weil ich dort einen Spitzenmann brauche, sondern auch, damit du etwas erleben und dich weiterentwickeln kannst. Und doch macht mich das, was ich selbst mit angezettelt habe, jetzt nervös.«
»Ich bin ein großes Mädchen, Cass. Ich weiß, was ich tue.«
»Ich wünsche mir, daß du recht hast. Wenn du es dir nicht ausreden läßt, dann werde ich dich eben tatkräftig unterstützen. Wenn ich gläubig wäre, würde ich für dich beten. Ich habe den Verdacht, du wirst es brauchen. Wenn ich ein Magier wäre, würde ich meinen Zauberstab über dir schwingen. Ich habe dich sehr ins Herz geschlossen, meine Liebe, und ich werde mir Tag und Nacht Sorgen um dich machen.«

Endlich waren sämtliche Kirchenbänke besetzt, und Chloe war vielleicht die schönste Braut, die Oneonta je gesehen hatte. Ihr Brautkleid hatte eine lange Satinschleppe und einen Schleier, der ihr bis auf die Taille reichte. Sie hatte sich schon immer auf ihren Hochzeitstag gefreut; sie hatte gewußt, wie aufregend alles sein würde. Aber keiner der Pläne für die Hochzeit oder für das Trauungszeremoniell ging ihr so nah, wie sie es erwartet hatte. Ihre Gedanken drehten sich ausschließlich um Slade, um ihrer beider gemeinsame Zukunft und darum, ihr Leben mit ihm zu verbringen und nach China zu gehen. Diese Überlegungen beschäftigten sie weit mehr als das Zeremoniell, das sie aneinander binden würde.
In der Nacht vor der Hochzeit, nachdem die Trauungszeremonie einstudiert worden war, schlief Suzi in Chloes Schlafzimmer. Sie lag auf dem Bett, strampelte mit den Beinen in der Luft und sagte: »Ich beneide dich in vieler Hinsicht. Und doch würde ich irgendwie nicht nach China gehen wollen. Ich glaube, dort wirst du wahrhaft einsam sein. Slade hetzt herum und macht Jagd auf Geschichten, und du bist allein und hast niemanden, mit dem du reden kannst.«

»Um Himmels willen, Suzi«, sagte Chloe. »Tu mir das nicht an. Ich kann Slade auf seinen Reisen begleiten, und dein Vater hat uns erzählt, daß es in Schanghai bereits eine Menge anderer Ausländer gibt, Briten und Amerikaner. Es ist doch nur für drei Jahre. Mir ist ganz gleich, wohin ich drei Jahre lang gehe, solange ich mit Slade hingehe.«
Suzi sagte versonnen: »Ich wünschte, Daddy stünde Grant auch so wohlwollend gegenüber.« Cass lehnte sich gegen die Vorstellung auf, einen Schwiegersohn zu bekommen, der ihm altersmäßig näher war als seiner Tochter.
»Wirst du ihn heiraten?« Chloe stand vor dem Spiegel, zog sich das Haar aus dem Nacken und band es sich gegen die Schwüle New Yorks im Juli mit einer Schleife hoch.
»O Gott, ich weiß es nicht. Ich habe mich Hals über Kopf rasend verliebt. Und ich glaube, daß er es auch ist, aber er erzählt mir nur immer wieder, er sei zu alt für mich.«
Im Juni war Suzi – wie schon seit Jahren – mit ihrem Vater zur alljährlichen Verlegertagung gereist, die in White Sulphur Springs abgehalten wurde. Sie besuchte die Tagung schon seit so vielen Jahren, daß eine Reihe der Männer sich noch an Zeiten erinnerten, als sie sieben, acht und neun Jahre alt gewesen war und ihnen auf dem Schoß gesessen hatte. Dort hatte Suzi eines Abends an Cass' Tisch Grant Moore kennengelernt, den Herausgeber des ST. LOUIS DISPATCH. Noch vor Ablauf des Abendessens hatte sich Suzi in den einzigen Mann verliebt, den sie jemals lieben würde.
Aber Grant war neununddreißig, also achtzehn Jahre älter. Er hatte zwar die ganze Woche damit zugebracht, mit Suzi zu tanzen, mit ihr Tennis zu spielen, mit ihr in dem überdimensionalen Pool zu schwimmen und mit ihr in den Rosengärten spazierenzugehen, doch erst am letzten Abend hatte er sich dazu durchgerungen, sie zu küssen. Dann hatte er sich von ihr losgerissen und geflüstert: »Suzi, wir dürften das alles nicht tun. Ich habe zwei Kinder und eine Exfrau, und ich bin zu aufgebraucht für dich!«
Er hatte ihr gesagt, es sei eine wunderbare Woche gewesen, aber sie sollten einander nicht wiedersehen. Am nächsten Sonntag und am darauffolgenden hatte er sie trotzdem angerufen. Dann hatte er seine Anrufe eingestellt.

Cass gab zu, daß Grant ein guter Mann war, aber er sagte: »Er ist *mein* Freund. Er ist alt genug, um dein Vater zu sein! Um Gottes willen, er ist nur drei Jahre jünger als ich!«

Suzi sah nicht ein, was Alter mit Liebe zu tun hatte.

Suzi hatte schon von klein auf gewußt, daß sie für die TIMES arbeiten wollte, aber nicht als Reporterin, sondern auf dem Sektor Finanzen. »Eines Tages«, gelobte sie, »werde ich die erste Frau sein, die eine erstklassige amerikanische Zeitung herausgibt.«

Chloe lachte. »Du wirst heiraten und Kinder bekommen und all das vergessen. Wir mögen zwar von hohen Zielen geträumt haben, aber wenn man sich erst einmal verliebt ...«

Suzi blieb fest. »Ich kann mich verlieben *und* Karriere machen.«

Chloe lächelte in sich hinein. Alles, was sie jetzt noch wollte, war, Mrs. Slade Cavanaugh zu sein.

»Fürchtest du dich?« fragte Suzi.

»Ob ich mich fürchte? Du meinst, vor China?«

»Nein. Vor dem Sex. Ich meine, jetzt bist du einundzwanzig Jahre lang Jungfrau gewesen, und morgen abend wirst du ... nun ja ... eine verheiratete Frau sein.«

Chloe lächelte in den Spiegel. »Vielleicht ein wenig nervös. Was ist, wenn ich ihn enttäusche? Ich weiß nicht so genau, was ich tun muß. Ich habe Mom gefragt, aber ...«

»Aber was? Ich wünschte, ich hätte eine Mutter, die ich fragen könnte.«

»Als ich sie gefragt habe, was von mir erwartet wird, hat sie mich ganz komisch angesehen und gesagt: ›Liebes, du brauchst überhaupt nichts zu tun. Du liegst einfach nur da.‹«

Chloe und Suzi sahen einander an. Und dann fing Suzi an zu kichern, ehe sie beide in unkontrollierbares Gelächter ausbrachen. Ganz gleich, was innerhalb der nächsten Stunden jemand sagte, die Mädchen sahen einander über das Zimmer hinweg an und fingen an zu lachen, bis ihnen Tränen in den Augen standen.

Für den Rest ihres Lebens sollte sich Chloe nie an die Einzelheiten ihres Hochzeitstags erinnern. Sie erinnerte sich nicht daran, den blauen Strumpfgürtel angezogen zu haben, und auch nicht daran, daß ihr Vater sie und Suzi, Dorothy, Lorna und

Marian zur Kirche gefahren hatte. Sie konnte sich nicht daran erinnern, daß Slades Gesicht dagewesen war, als sie ihm ihr Jawort gegeben hatte. Jahre später fragte sie sich, wenn sie sich die Schnappschüsse ansah, wo sie an dem Tag, an dem sie Chloe Cavanaugh geworden war, mit ihren Gedanken bloß gewesen sein mochte.

Sie erinnerte sich dagegen an die Ankunft in der Pennsylvania Station in New York City um halb zwei morgens und auch daran, daß zu diesem Zeitpunkt ihr Reisekostüm aus zartrotem Leinen bereits zerknittert war. Von der sechsstündigen Zugfahrt war ihr heiß, und sie fühlte sich klebrig. Und sie erinnerte sich an das Foyer des Hotels, dessen Namen sie noch nie gehört hatte. Es war in Gold und Dunkelrot gehalten. In ihrem Zimmer standen Dutzende von gelben Rosen und eine Flasche Champagner. Nachdem sie die halbe Flasche getrunken hatte, war sie, ganz gleich, was ihre Mutter ihr auch gesagt haben mochte, absolut unfähig, still dazuliegen, daran erinnerte sie sich auch noch. Slades Küsse und die Art und Weise, wie seine Hände sie berührten und wie ihre nackten Körper einander in der Dunkelheit von Kopf bis Fuß spürten, erweckten sie trotz der Erschöpfung, die sie empfand, zum Leben. Sie wollte auch wirklich, daß er nie wieder aufhörte, sie zu berühren, nie mehr seine Lippen von ihren Brüsten nahm, sich nie mehr aus ihr zurückzog. Doch das tat er. Viel zu schnell. Während ihre Nervenenden noch vor Verlangen und vor Sehnsucht wie aufgerieben waren, murmelte er: »O ja, ich liebe dich, Mrs. Cavanaugh.« Er schlang einen Arm um sie und blieb still liegen. Eine Minute später konnte sie aus der Gleichmäßigkeit seines Atems ersehen, daß er eingeschlafen war. Und sie war hellwach, elektrisiert, mit einem Prickeln und wild vor ... Sie wußte nicht, was.

Als sie dort in der Dunkelheit lag und selbst um drei Uhr morgens noch den Großstadtlärm hörte, ließ sie die Finger federleicht über den Arm gleiten, den Slade um sie geschlungen hatte, und sie wollte wieder seine Küsse auf ihrem Körper spüren. Wünschte sich, daß die Sehnsüchte, die er in ihr geweckt hatte, gestillt wurden. Wollte ... Und dann schämte sie sich. Sie schaute auf die Wand, an der die Spiegelung der Neonreklame aufblitzte und wieder erlosch, und sie dachte: Das ist meine Hochzeitsnacht, und ich bin wirklich glücklich.

Dieses Glück hielt an, als der Zug fünf Tage lang durch das Land raste. Sie lag nachts allein in ihrer Koje im Schlafwagen und verzehrte sich nach ihrem Mann, der in der Koje über ihr lag, denn in dem vollen Waggon blieb ihnen jegliche Intimsphäre versagt. So kam es, daß sie trotz des Umstands, daß es erst zehn Uhr morgens war, als sie in San Francisco eintrafen, und ehe sie die leuchtend weiße Stadt gesehen hatten, die sich über blauem Wasser an die Hügel schmiegte, und als sie in ihr Hotelzimmer geführt wurden, auf das Bett fielen, sich die Kleider herunterrissen und jeder rasend vor Verlangen nach dem Körper des anderen war. Und doch war der Liebesakt so schnell vorbei, daß Chloes lechzender Körper sich wieder in einem luftleeren Raum befand, in einem ungewissen Schwebezustand.
Während sie darauf warteten, daß ihr Schiff auslief, verbrachten sie einen großen Teil der Zeit damit, sich die Sehenswürdigkeiten anzuschauen, Händchen zu halten und zu lächeln und manchmal buchstäblich zu rennen, und sie waren von einem so großen Glück erfüllt, daß es aus ihnen heraussprudelte und Passanten ansteckte, die beim Anblick von zwei jungen Menschen lächelten, die so offensichtlich verliebt waren.
Das Glück hielt während der gesamten Überfahrt auf dem Pazifik an. Nicht eine Wolke war am Horizont zu sehen. Alles Neue, was sie über Slade erfuhr, faszinierte und begeisterte sie.
»Weißt du«, sagte er. Sie standen an der Reling, an der sie, so schien es Chloe, die halbe Zeit ihrer Überfahrt verbracht hatten. »England hat China immer enorm schlechte Dienste erwiesen. Im frühen neunzehnten Jahrhundert hat England, um der Handelsbilanz willen, das Opium in China eingeführt. Hast du das gewußt?«
Ja, Cass hatte es ihr erzählt. Ihr Geschichtsprofessor hatte Opium in China schlichtweg als die Gewohnheit von faulen, unmoralischen Heiden abgetan. Slade fuhr fort: »Die armen Bauern, die hofften, sich aus ihrer hoffnungslosen Lage zu befreien, sind mit Opium ins Land der Träume entschwunden und konnten eine Zeitlang ihr Elend vergessen. Aber es hat auch ihre Energien

vergeudet und ihre Moral aufgeweicht, und die Engländer haben sich enorm daran bereichert.«

»Es wäre doch komisch, findest du nicht auch«, sagte Chloe versonnen und starrte zum Horizont hinaus, »wenn eines Tages China oder andere Länder, die die Briten und wir selbst korrumpiert haben, es umgekehrt anstellen würden. Wenn der Orient irgendwann ganz viel Opium anbauen und es nach England und Amerika schicken würde und wir dadurch unsere Moral und unsere Fähigkeit verlieren würden, es zu etwas zu bringen? Das würde uns nur recht geschehen.«

»Das wäre allerdings ausgleichende Gerechtigkeit, nicht wahr? Aber es ist zu unwahrscheinlich.« Er redete weiter, lenkte das Gespräch jedoch in eine andere Bahn. »Nun, ich glaube nicht, daß diese imperialistischen Länder, wir inbegriffen, immer allzu human sind. Schließlich ist es Chinesen jahrelang verwehrt geblieben, amerikanische Staatsbürger zu werden. Sie waren gut genug, um unsere Eisenbahngleise zu verlegen, unsere Köche zu sein und unsere Kleider zu waschen, aber nicht gut genug, um als echte Menschen anerkannt zu werden.«

Sie drehte sich um, lehnte sich mit dem Rücken an die Reling und sah in seine klaren grauen Augen, betrachtete sein Profil mit der geraden Nase, das sich gegen den Himmel abzeichnete, sein dichtes Haar, durch das sie so gern mit der Hand fuhr, den Mund, von dem sie fand, er sei so sexy wie kein anderer auf Erden, und sie dachte sich, daß sie unter seiner Anleitung noch viel lernen konnte. Vielleicht begann ihre wirkliche Weiterbildung gerade erst.

Chloes erste Vorahnung, daß vollkommenes Glück nur vorübergehend war, stellte sich sechs Meilen vor der Küste von China ein, als der braune Schlamm des Jangtsekiang, der den Gestank von China mit sich trug – den Geruch eines öffentlichen Aborts –, sich in den Pazifik ergoß. Wie eine gewaltige Schlammlawine verlangsamten die dickflüssigen Schwalle das Schiff. Verfaulte Orangenschalen trieben darauf, als führte dieser Strom ein Eigenleben.

»Wie der Rest von China«, murrte ein Handelsvertreter von Standard Oil, voller Erbitterung darüber, wieder in dieses Land geschickt worden zu sein, in dem er bereits fünf Jahre zugebracht hatte. »Verfault. Es stinkt. Nicht nur vom Geruch her, wenn der auch am auffälligsten ist. Schmutzig. Unzivilisiert. Das gottverdammteste und rückständigste Land auf Erden. Da leben noch nicht mal Menschen. Das sind Tiere ... Lasttiere. Und sie haben keinerlei Vorstellung, was das Wort *sauber* bedeutet. Sie werden keine drei Jahre brauchen, um darum zu betteln, wieder nach Hause zu dürfen. Ich würde eine Frau nicht herbringen, nicht für den Tee von ganz China.« Er lachte über seinen eigenen Witz. »Das ist kein Leben hier für eine anständige zivilisierte Amerikanerin.«

Chloe griff nach Slades Hand. Sie wollte die Sicherheit spüren, die er ihr gab. Der Gestank war wirklich gräßlich, und doch sah sie ihn in keiner Weise als ein Omen an.

Sechs Meilen weiter westlich verließen sie den Pazifik und bogen in den Hwangpukiang, einen Nebenfluß des Jangtsekiang, der nach Schanghai führte. Die meisten Passagiere waren trotz der sengenden Sonne an Deck. Aus dem Nichts erschienen Sampans, die von dürren Männern in blauen Baumwollhosen und mit nackter Brust anscheinend ohne jeden Kraftaufwand gestakt wurden. Scharen von Chinesen waren beidseits des Flusses mit Arbeiten beschäftigt, die in Amerika von Pferden und Maschinen verrichtet wurden. Ein Schauer überlief Chloe. Es ist doch nur für drei Jahre, sagte sie sich. Drei Jahre lang halte ich bestimmt alles aus. Und erst recht mit Slade an meiner Seite.

Sie schaute ihn an und sah, daß seine Augen vor Aufregung funkelten. Er legte einen Arm um ihre Schultern. »Mein Gott«, sagte er, und seine Stimme bebte vor Spannung. »Sieh dir das an, Chloe! Sieh dir das bloß an!«

Sie tat es. Aber sie konnte an nichts anderes denken als an den Geruch. Sie preßte sich ein Taschentuch vor die Nase und bemühte sich zu verhindern, daß sie sich übergab. Während sie hinsah, ließ ein Mann eine Peitsche durch die Luft knallen, und dann hörte sie das Übelkeit erregende Geräusch, mit dem die Haut eines Bauern von der Peitsche aufgerissen wurde. Der Kuli fiel zu Boden, und Blut sprudelte aus der roten Strieme auf seinem Rücken. Niemand schenkte dem Beachtung, doch ihre Finger gruben sich in das Fleisch von Slades Arm.

Männer, die unter den Lasten auf ihrem Rücken tief gebeugt waren, schlurften dahin. Schreie und eine Kakophonie von lauten Geräuschen ließen sie fast taub werden, ein Lärm, der sie in all den Jahren begleiten sollte, die sie in China verbrachte.
Als das Schiff sich auf dem schlammigen gelben Fluß langsam auf die Stadt zubewegte, sah sie einen Mann, der gegen eine Wand urinierte, und sie beobachtete kleine Kinder – Jungen, die nicht älter als neun oder zehn Jahre waren, das wußte sie mit Sicherheit – hin und her rennen und Befehle befolgen, die ihnen zugeschrien wurden, und manchmal bekamen sie Schläge auf die Schläfen und rannten weinend fort. Aber das, was am stärksten auf ihre Sinne einstürmte, waren die Gerüche. Auf der Farm ihrer Tante hatten sie einen Außenabort benutzt, und genauso roch es hier, nur zehnmal schlimmer. Sie schmeckte den fauligen Geruch des Orients, weil er sich auf den Innenseiten ihrer Nasenflügel und auf ihrer Zungenspitze absetzte und sie überzog.
Sie sah ihren Mann an und fragte sich, ob es wohl sein konnte, daß er den Geruch nach Exkrementen und Urin nicht wahrnahm. Als sie seine leuchtenden Augen bemerkte, wurde sie von der gräßlichen Vorahnung gepackt, daß China nicht gut für sie beide sein würde. Zum ersten Mal in ihrem Leben befiel sie die blanke Angst, eine Angst, die so bitter war, daß sie sie schmecken konnte. Und sie schmeckte genau so, wie sie roch.

5

Von Slades Spesenkonto und seinem Gehalt konnten sie sich das Hotel Kathai nicht leisten, und daher zogen sie – wie fast alle anderen Journalisten in Schanghai auch – ins Astor Hotel.

Schanghai, das bereits als einer der führenden Seehäfen der Welt galt, wies keinerlei Ähnlichkeit mit einer amerikanischen Stadt auf. Es gab keine hohen Gebäude, und es breitete sich meilenweit aus. Die meisten Seehandelsgüter, die in den Werften gelöscht wurden, wurden nicht von seetauglichen Schiffen weiterbefördert, sondern von chinesischen Dschunken, die auf den Meeren von Singapur in Malaysia bis Wladiwostok im äußersten Osten von Sibirien verkehrten. Es hatte mehr als eineinhalb Millionen Einwohner, aber nicht eine einzige Straßenlaterne, und es konnte sich lediglich eines kleinen Elektrizitätswerks rühmen, das nur äußerst unzuverlässig funktionierte. Ein primitives Telefonsystem mit unhandlichen Apparaten, die mit einer Kurbel betrieben werden mußten, war im Besitz derer, die Telefonanschlüsse hatten, und das waren nicht gerade viele.

Als sie im Hotel eintrafen, gab Slade Chloe einen Abschiedskuß und ging, um bei dem amerikanischen Konsul vorzusprechen. Die CHICAGO TIMES durfte man niemals unterschätzen. Nur die NEW YORK TIMES und die TIMES von London hatten in Schanghai ein höheres Prestige, aber das traf im Grunde genommen wohl weltweit zu.

Chloe, die gar nicht erst mit dem Auspacken begann, machte ein Nickerchen, während Slade fort war. Die gräßliche Schwüle ermattete sie. Über dem Bett hingen Moskitonetze. Der Hoteldirektor, dessen Kunden ausnahmslos Ausländer waren, hatte sie gewarnt; sie sollten immer die Netze zuziehen, wenn sie schliefen, da der Stich eines malariaverseuchten Moskitos tödlich sein konnte.

Als Slade zurückkam, war es fast vier, und er weckte Chloe und nahm ihre Hände. »Was ist los?« fragte er, da ihm ihr Unbehagen auffiel. »Nichts«, log sie. Sie wollte ihm nicht erzählen, daß sie

nicht sicher gewesen war, wie sie ihre Notdurft verrichten sollte; es gab keine Toilette. Sie waren zwar schon seit sechs Wochen verheiratet, aber sie konnte trotzdem noch nicht so ohne weiteres mit ihm über Körperfunktionen und Ausscheidungen reden. In dem schäbigen, gekachelten Bad gab es ein Waschbecken, doch aus dem Hahn lief nur ein dünner Strahl kaltes Wasser, und außerdem leckte er unablässig, und ansonsten gab es einen Schlitz im Boden des beengten Raumes. Während Slade fort war, hatte sie den Schlitz lange betrachtet und sich gesagt, er *müsse* die orientalische Entsprechung einer Toilette sein. Man mußte sich darüberkauern, und da man sich nirgends festhalten konnte, hoffen, daß man nicht Hals über Kopf hineinfiel. Sie zog an der Kette, die daneben angebracht war, und ein gemächliches Rinnsal Wasser floß aus der Wand und durch die Rinne um den Schlitz herum und spülte alle Spuren weg. Chloe hatte vor Abscheu die Nase gerümpft.
»Pack etwas Hübsches aus deinem Koffer aus«, sagte Slade, und seine Stimme war voller Enthusiasmus. »Wir essen heute im Konsulat zu Abend, aber nicht vor acht. Komm schon, Schätzchen, steh auf. Laß uns losziehen und diese Stadt erkunden.« Lachend packte er sie und zerrte sie aus dem Bett.
Er winkte den wenigen Rikschakulis ab und griff nach Chloes Hand. »Wir laufen zu Fuß.« Er hörte überhaupt nicht auf zu grinsen.
Hier, wo die Ausländer lebten, gab es nicht die Horden von Menschen, die sich an der Anlegestelle um sie gedrängt hatten und Schweiß und seltsame Gerüchte ausdünsteten. Die Straßen in diesem Viertel wurden nicht von Kulis verstopft, die um Fahrgäste für ihre schmutzigen Rikschas wetteiferten. Am Straßenrand war ein Kiesweg, und hinter den hohen Mauern erhaschte Chloe Blicke auf Villen mit prachtvoll gepflegten Rasenflächen.
»Dieser Teil der Stadt wird der Bund genannt«, erzählte ihr Slade. »Hier sind die meisten Konsulate untergebracht – das amerikanische nicht, aber es ist nur ein paar Straßen weiter –, und hier wohnen die reichen Ausländer. Du wirst es nicht glauben, aber hier hat kein Chinese Zutritt, es sei denn, als Dienstbote oder Lieferant. Ich meine, kannst du dir das vorstellen? Daß es den Chinesen nicht gestattet ist, ihren eigenen Grund und Boden zu betreten?«

Chloe fand hier eine Ruhe, die unvorstellbar schien, wenn sie von Unmengen von schwatzenden Chinesen umgeben war, die ausschließlich in den höchsten Dezibel redeten. »Dieser Park dort drüben« – Slade wies auf die andere Straßenseite –, »ist der Ort, an dem die Europäer und die Amerikaner am Abend spazierengehen, sich Konzerte anhören und frische Luft schnappen. Vielleicht ist das das gesellschaftliche Ereignis des Tages. Wahrscheinlich werden wir hier in der Nähe wohnen.«

Sie schob ihren Arm in den von Slade.

Sie kamen an riesigen viktorianischen Gebäuden vorbei, unerschütterlich und stabil, Früchte enormen Reichtums. Sie lasen die Messingtafeln auf den hohen Mauern. Das Asian Petroleum Building, der Schanghai Club, die Bank of Japan, etliche Dampfschiffahrtsgesellschaften, eine Bank nach der anderen, darunter eine mit einer weißen Kuppel, die ganz wie ein Kapitol wirkte, abgesehen davon, daß beidseits des Eingangs zwei riesige Löwen saßen. Jedes einzelne Gebäude, darunter auch das britische Konsulat, das einem Palast ähnelte, zeugte von Macht. Und sie alle schauten auf den verdreckten, lauten Fluß hinaus – auf dem es hier ruhiger zuging als ein paar Straßen weiter.

Sie verließen den Bund, in dessen Toren Schilder hingen, die sie damals noch nicht sah, und darauf stand sowohl auf Englisch als auch auf Chinesisch: HUNDEN UND CHINESEN IST OHNE ZULASS KEIN ZUTRITT GESTATTET. Sie spazierten in die größte Stadt Chinas, wurden hineingestürzt, wie sie es später bezeichnen sollte. Schmale zweistöckige Gebäude stießen aneinander. Chloe fielen die steilen Dächer auf, die über die Straße vorsprangen, da die Gebäude direkt am Straßenrand standen, meilenweit graue Mauern. Im Stadtzentrum, von dem Chloe fand, mit seinen engen, gewundenen Gassen und der Wäsche, die quer über die Straßen hing, ähnelte es einer verrückten Patchworkdecke, gab es fensterlose finstere Geschäfte, die kaum die Größe eines Badezimmers zu Hause hatten. Kinder lachten und rannten hemmungslos umher. Chloe beobachtete, wie ein kleiner Junge sich mitten auf den Bürgersteig kauerte und sich erleichterte. Seine Hose, fiel ihr auf, war einfach offen, hatte einen Schlitz zwischen den beiden Hosenbeinen. Kein Wunder, daß es in Schanghai so roch, wie es roch.

Auf einem kleinen Podest mitten auf einer Straßenkreuzung regelte ein bärtiger Inder mit einem weißen Turban den Verkehr.
»Hast du gewußt, daß Polizisten in den von Ausländern besetzten Städten Sikhs sind?« fragte Chloe Slade.
»Nein«, sagte er lachend. »Das wußte ich noch nicht. Weißt du auch, warum?«
»Nein«, murmelte sie.
Wo die Leute auch liefen oder standen, sie spuckten auf die Straße oder auf den Bürgersteig, oder sie schneuzten sich die Nase – nahmen die Nase zwischen die Finger und schneuzten sich einfach, und Rotz zerstäubte im Wind oder fiel auf den Boden oder klatschte demjenigen, der vor ihnen herlief, hinten auf die Jacke.
»Oh«, sagte sie mit matter Stimme, und ihre Mundwinkel verzogen sich vor Abscheu. Slade schien es noch nicht einmal zu bemerken.
Der Lärm war einfach unglaublich. Die Leute redeten aus voller Kehle miteinander. Es waren Städter, und nur wenige trugen die Jacken und Hosen aus blauer Baumwolle, die die Uniform der chinesischen Bauern waren. Die Männer aus der Stadt trugen oft lange, schlicht geschnittene Gewänder. Die meisten waren aus Baumwolle, aber ab und zu wies die Eleganz von Seide auf Reichtum hin.
Manche trugen noch lange Zöpfe, die ihnen geflochten und schimmernd auf den Rücken hingen. Chloe wies auf sie. »Ich habe gelesen, daß Zöpfe jahrhundertelang ein Symbol der Unterdrückung gewesen sind. Die Mandschus haben das Tragen von Zöpfen jahrhundertelang allen Chinesen abverlangt. Dann haben 1911, als die Mandschudynastie gestürzt worden ist, die Chinesen ihre Zöpfe abgeschnitten, um zu bekunden, daß sie nicht mehr unter ihrer Vorherrschaft stehen.«
Slade drückte ihre Hand. »Wenn ich sehe, wie viele sie noch tragen, dann stelle ich mir vor, daß manche ihre Zöpfe liebgewonnen haben. Ich vermute, auf dem Land gibt es wahrscheinlich noch Millionen von Menschen, die noch nie etwas von der Revolution gehört haben.«
»Noch nichts davon gehört?« fragte Chloe. »Sie hat vor einem Dutzend Jahren begonnen.«

»Liebling, soweit ich weiß, gibt es Millionen von Bauern, die keine Ahnung haben, daß China überhaupt ein Land ist und wer es regiert. Was nicht heißen soll, daß das derzeit irgend jemand weiß.«
Es waren nirgends gutgekleidete oder attraktive Frauen zu sehen. Die, die sie sah, hatten schief oder ungleichmäßig kurzgeschnittenes Haar oder hatten es im Nacken zu Knoten aufgesteckt, und sie trugen ausnahmslos Hosen.
»Ich vermute«, sagte Chloe, »die chinesischen Frauen bemühen sich, so reizlos wie möglich auszusehen, wenn sie aus dem Haus gehen. Vielleicht fürchten sie, wenn sie zu attraktiv sind, werden neidische Götter sich an ihnen rächen wollen. Aber noch wahrscheinlicher ist, daß irgendein Mann sie ansehen und begehren wird. Ich wette, diese Sitte ist von Männern erfunden worden, um andere Männer von ihren Frauen fernzuhalten.«
Slade schaute auf sie herunter. »Wo hast du denn das gehört?«
»Weißt du, ich habe schließlich auch ein wenig über China gelesen.« Sie lächelte und war ziemlich stolz auf ihr beschränktes Wissen.
Alte Frauen mit selbstgemachten Besen, die archaisch wirkten, humpelten auf winzigen Füßen herum und fegten die Bürgersteige und die Straßen. Eine vergebliche Mühe. Sie erreichten damit nur, daß der Staub aufgewirbelt wurde und sich dann wieder absetzte.
»Sieh dir nur diese verkrüppelten Frauen an! Diese winzigen Füße. Sie können nicht länger als höchstens acht bis zehn Zentimeter sein! Schon allein von dem Anblick könnte mir übel werden.«
Als Slade nichts sagte, fuhr Chloe fort: »Wahrscheinlich auch so eine Idee, die sich die Männer ausgedacht haben, damit ihnen die Frauen nicht fortlaufen können. Mein Gott, stell dir nur vor, wie schmerzhaft das sein muß!«
»Was bringt dich auf solche Gedanken?« fragte Slade. »Das klingt ja ganz so, als entwickelten Männer barbarische Ideen, um den Frauen den Platz zuzuweisen, der ihnen zusteht.«
Chloe, die vollauf damit beschäftigt war, sich umzusehen, dachte: Ja. Der uns zusteht.
Sie fragte sich, wie jemals jemand diese Straßen überquerte, in

denen sich Rikschas und Fußgänger drängten. Nahezu alle starrten Chloe und Slade an, versetzten ihren Nachbarn Rippenstöße und deuteten auf sie.
Alte Männer saßen an Straßenkreuzungen und spielten chinesisches Schach oder Mah-Jongg, und alte Frauen rauchten Pfeifen. »Wahrscheinlich Opium«, flüsterte Slade. Kleine Kinder rannten unbeaufsichtigt herum, und Chloe wagte die Behauptung, daß man sich wie in einem gigantischen Woolworth vorkam. Alles war so schreiend bunt.
Sie klammerte sich an Slades Hand fest. Schon allein die Anzahl der Menschen schüchterte sie ein. Im Vergleich zu Schanghai erschienen Chicago und New York City wie spärlich besiedelte Städte. Ab und zu drehte Slade sich um, sah sie an und drückte ihre Hand. Sie konnte kaum glauben, daß sie, die sich immer nach dem Exotischen gesehnt hatte, nach ganz anderen Dingen, nach dem Entkommen aus dem Kleinstadtleben in Amerika, sich jetzt in einer Umgebung befand, die fremdartiger war, als sie es sich je ausgemalt hätte, auf einem Kontinent, der eine halbe Welt von zu Hause entfernt war, umgeben von ungewohnten Menschen und Dingen.
Plötzlich gelangten sie an ein riesiges Tor, mehrere Stockwerke hoch, das weit offen stand, und dahinter sah sie Laub, einen Park. »O Slade«, sagte sie, »laß uns da reingehen. Unter diesen Bambussträuchern steht eine Bank, und dort ist nicht so viel Trubel...«
Er neigte den Kopf zur Seite und sah sie an. »Selbstverständlich, Liebling.« Seine Stimme klang besorgt.
Als sie auf der Bank gleich hinter den gigantischen Torflügeln saßen, konnte sie erkennen, daß Slade ungeduldig darauf wartete weiterzuziehen, aber sie wollte einen Moment Ruhe haben.
Eine Schar von Soldaten hielt lautstark vor dem Tor an. Ihr Kommandeur, der auf einem Pferd saß, schrie einem Fußsoldaten, der eine schlecht sitzende Uniform trug, etwas zu, und daraufhin stieß dieser fünf andere Männer in eine gerade Linie, direkt unter den Toren. Das Fünfergespann, das jetzt nebeneinanderstand, war kunterbunt zusammengewürfelt, drei in den blauen Trachten chinesischer Bauern, einer in Lumpen und einer in einem zerknitterten, aber sehr weißen Hemd und einer frisch-

gebügelten schwarzen Hose, die mit einer Schnur zusammengebunden war.
O mein Gott, dachte Chloe und griff Slades Hand. Sie werden diese Männer erschießen. Aber nirgends waren gezückte Gewehre zu sehen, und sie begann, etwas leichter zu atmen, als der Kommandeur abstieg und einem seiner Männer die Zügel zuwarf. Er sprach leise mit einem der Soldaten, der auf die fünf aufgereihten Männer zuging und sie noch gleichmäßiger ausrichtete, bis sie in einer präzisen Formation nebeneinander standen. Chloe hatte das sichere Gefühl, daß sich jeden Moment etwas Makabres und Grauenhaftes abspielen würde, doch nirgends waren Waffen zu sehen. Sie und Slade blieben sitzen, waren wie gelähmt.
Der Kommandeur lief vor den Gefangenen auf und ab, und Chloe hatte den Eindruck, daß er ihnen vorschrieb, was sie zu tun hatten. Dann schlenderte er ans Ende der Reihe, blinzelte, wie es ein Künstler hätte tun können, um die Perspektive genau abzuschätzen, und zog ein breites silbernes Schwert aus einer langen Scheide an seinem Gürtel. O nein, dachte Chloe, die das Gefühl hatte, in einem Alptraum gefangen zu sein; sie zwang sich mit aller Willenskraft dazu, daraus zu erwachen. Sie schlug sich zwar die Hand auf die Kehle, konnte sich aber nicht von der Stelle rühren.
Der Kommandeur berührte die Klinge und fuhr mit dem Daumen über die Schneide, und ein Lächeln stahl sich auf sein Gesicht. Mit einem lauten Aufschrei hob er den Arm, hielt das Schwert hoch über seinen Kopf und fing an zu rennen. Er senkte den Arm zu einem rechten Winkel, hielt ihn steif von sich und hieb mit größter Präzision und Sorgfalt sämtliche fünf Köpfe ab, ohne auch nur im Laufen innezuhalten. Die Köpfe flogen holterdiepolter durch die Luft. Die Körper zuckten wie Marionetten, brachen in ungelenken Stellungen zusammen und sackten auf den Boden. Während Chloe noch wie erstarrt hinsah, rollte einer der Köpfe über den Pfad, bis er mit der rechten Gesichtshälfte nach oben vor ihren Füßen liegen blieb und sie mit flehentlichen und erstaunten Augen ansah.
Blut begann herauszusickern und eine Pfütze um den abgetrennten Hals herum zu bilden.
Als sie aufblickte, sah sie Tropfen rubinroten Blutes wie karmesin-

rote Tränen am Ende des Schwertes schimmern, das im Sonnenschein funkelte. Der Kommandeur zog ein Tuch aus der Tasche, wischte das Schwert damit ab, steckte es dann in die Scheide und stieg auf sein Pferd. Er gestikulierte, ließ sein Pferd umkehren und ritt davon, während seine Männer die noch zuckenden Körper auf einen Karren packten. Ein Soldat kam herübergerannt, lächelte Chloe und Slade an und beugte sich vor, um den Kopf aufzuheben, der Chloe voller Erstaunen anstarrte.
Innerhalb von fünf Minuten war alles vorbei. Nur die Blutlachen waren noch zu sehen, wo die ermordeten Männer hingestürzt waren und die rollenden Köpfe eine Spur gesprüht hatten, ehe sie still liegen geblieben waren. Weder Chloe noch Slade hatten sich von der Stelle gerührt.
Sie konnte Slades kalte Finger spüren, die sich starr um ihre schlossen.
»Zum Teufel, laß uns bloß von hier verschwinden«, sagte er. »Ich brauche sofort eine Schreibmaschine.«
Sie saß immer noch auf der Bank, wo sie sich vorbeugte und sich übergab, bis nichts mehr in ihr war und nur noch trockenes Würgen ihren bebenden Körper erschütterte.

6

»Zuallererst«, sagte Ann Leighton, »müssen Sie sich einen eigenen Rikschaträger besorgen.«
Chloe, die nicht an Dienstboten gewöhnt war, lächelte. Mit Oneonta hatte das hier weiß Gott nichts mehr zu tun.
Die Frau des Konsuls fuhr fort: »Weiße Frauen laufen hier nicht allein durch die Straßen, meine Liebe.«
Die Erinnerung an den Nachmittag ließ Chloe nicht los. Sie hatte eine Stunde lang zitternd in Slades Armen gelegen und ihm erklärt, sie könnte an diesem Abend absolut nicht im Konsulat zu Abend essen. Aber er hatte darauf bestanden, in ihren unausgepackten Sachen herumgewühlt und das grüne Leinenkleid herausgezogen, das von der langen Zeit im Koffer zerknittert war. Er hatte es zum Bügeln gegeben.
»Du kannst nicht einfach daliegen und über diese Szene nachdenken«, hatte er mit strenger Stimme gesagt. »Steh jetzt auf. Nimm ein Bad, leg diese langen Ohrringe an und zeig dem amerikanischen Konsul, daß die schönste Frau im ganzen Orient die Gattin des Chinaredakteurs der CHICAGO TIMES ist.«
Genau das hatte sie dann auch getan.
Laß das Adrenalin strömen, sagte sie sich. Hol tief Atem. Zieh die Schultern zurück. Zeig ihnen, woraus du gemacht bist.
Während des Cocktails vor dem Abendessen im Konsulat hatte sie die Aufmerksamkeit aller auf sich gezogen: zum ersten wegen ihrer frischen Schönheit und zum zweiten wegen ihres qualvollen Erlebnisses am Nachmittag. Sobald sie die Episode jedoch erst einmal totgeredet hatte, entspannte sie sich und lächelte wie erlöst während des Abendessens mit den Leightons und ihren anderen Gästen, dem britischen Geschäftsmann Edward Blake, genannt Ted, und seiner blonden Frau Kitty. Lou Sidney, der Korrespondent der Londoner TIMES, war ebenfalls dort.
Chloe hatte Freude an ihrem Partner zu ihrer Linken, Lou Sidney. Er war ein großer, kantiger Mann in einem verknitterten Leinen-

anzug, der in einer so formellen Runde deplaziert wirkte, und doch schien er, stellte Chloe fest, eine innere Sicherheit zu besitzen, die sie gleichzeitig beunruhigend und unwiderstehlich fand. Sie wolle ihn gern besser kennenlernen.
In dem Moment fühlte sie aber auch, wie Slades Augen sich in sie brannten und ein allzu vertrauter Blick aufblitzte. Sie erkannte die eifersüchtige Miene eines Mannes, mit dem sie ausging, wenn sie sie sah. Sie wußte aber auch, wie man mit dieser Miene umging. Sie neigte den Kopf zur Seite, lächelte Slade an und zwinkerte ihm zu.
Die Kellner räumten die Suppenschalen vom Tisch, und Chloe spürte die Aufmerksamkeit der anderen Männer und infolgedessen auch die der Frauen auf sich ruhen. Das war keine neue Erfahrung für sie. Im Lauf des Abendessens stellte Chloe fest, daß sie mehr und mehr in den Mittelpunkt der Aufmerksamkeit rückte. Sie brachte Neuigkeiten einer ganz anderen Art mit. Slades Neuigkeiten betrafen das »Gesamtgeschehen«, die unumstößlichen Nachrichten, die in den Zeitungen Schlagzeilen machten. Ihre Neuigkeiten, die sie zum größten Teil aus ihren Gesprächen mit Cass bezogen hatte, betrafen die *Menschen*, die in diesem »Gesamtgeschehen« im Rampenlicht standen. Sie erzählte von den Modenschauen in New York und Paris, auf denen eine Frau namens Chanel die Modewelt mit schlichten und doch unglaublich eleganten Entwürfen hatte aufhorchen lassen, aber auch einen Skandal mit Igor Strawinski hervorgerufen hatte. Auch Picasso sorgte für Skandale, er schuf aber auch abstrakte Gemälde. Ein Neuling in der russischen Politik, jemand namens Stalin, lag in einem Machtkampf mit den Trotzkisten.
Als Chloe weiterhin vor einem aufmerksamen Publikum redete, bemerkte sie einen neuen Ausdruck in Slades Augen. Dieser Ausdruck war ihr *nicht* vertraut – der Ausdruck eines Showstars, der von seiner Nebendarstellerin in den Hintergrund gedrängt wird.
Aber als die Essensgäste ihren Lammrücken aufgegessen hatten, wandte sich das Gesprächsthema wieder China zu.
»Wissen Sie«, sagte Ted Blake, »die Chinesen haben nie *wirkliche* Moralvorstellungen besessen.«

Von ihrer Kindheit an hatte Chloe ihre Äußerungen oft gemäßigt, aber nie ihre Prinzipien verraten, ein Zug, der ein paar Freunde verärgert, ihr aber andere gewonnen hatte, Menschen wie Cass. Jetzt beschloß sie, Ted Blake zu provozieren, indem sie sagte: »Finden Sie nicht, daß wir – ich meine die Briten und die Amerikaner – allzu arrogant sind? Sie meinen doch Moralvorstellungen, wie *wir* sie verstehen, oder nicht?«

Totenstille. Alle starrten sie an. Trotz neuerlicher Warnsignale aus Slades Augen machte sie hartnäckig weiter. »Ich meine, es ist doch unmöglich, die Moralvorstellungen einer Kultur nach denen einer anderen auszurichten, oder nicht?« Sie glaubte, irgendwo im Hintergrund die Stimme ihres Mannes zu hören, der versuchte, sie zu unterbrechen, doch sie blieb beharrlich. »Woher wissen wir denn schließlich, daß das, was wir unter Ethik verstehen, für den Rest der Welt ein Maßstab ist?«

Dann machte sie ein Zugeständnis an die Gereiztheit, die in Slades Augen aufblitzte. Schluß jetzt, und distanziere dich – die Botschaft war klipp und klar.

»Zumindest«, sagte Chloe, als sie die Anwesenden am Tisch der Reihe nach mit einem besonders strahlenden Lächeln bedachte, »zumindest ist das meine Meinung. Aber andererseits bin ich ja gerade erst vom College abgegangen.«

Nervöses Kichern zog sich um den Tisch.

In das Schweigen hinein stürzte sich Ann Leighton und sagte: »Sollten wir Damen uns in den Salon zurückziehen, während die Herren sich Zigarren anzünden und ihren Cognac trinken? Wir können die wirklich wichtigen Probleme des Lebens lösen. Und ich möchte mehr über diese Chanel hören ... und über Igor!«

Aus Höflichkeit lachten alle.

Lou Sidney zündete sich augenblicklich eine lange, dünne braune Zigarette an, während er Chloe mit einem erfreuten Zwinkern in die Augen sah.

Die beiden Frauen, Ann und Kitty, trugen Abendkleider, die förmlicher waren als alles, was Chloe je gesehen hatte. Slade hatte sie gewarnt, in Regierungskreisen kleideten sich Menschen förmlich und hielten sich strikt an die Anstandsregeln – und das insbesondere, wenn sie im Ausland lebten.

Ihr wurde klar, daß sie einen Kopfsprung in ein neues Leben gemacht hatte. Sie hatte sich immer Abenteuer gewünscht. Sie hatte sich immer etwas Exotischeres als Oneonta gewünscht. Und das hatte sie jetzt weiß Gott.

Ann und Kitty hatten offensichtlich den Eindruck, sie sollten Chloe die Prioritäten klarmachen: Zuerst einmal mußten sie sie über ihre Lebensweise in Schanghai in Kenntnis setzen, und zweitens mußten sie ihr helfen, ein angemessenes Haus zu finden.

»Ich fürchte«, sagte Kitty, »Sie werden feststellen, daß die Lebensumstände hier viel zu wünschen übrig lassen.«

Chloe hätte sich Kittys abgehackten britischen Akzent den ganzen Abend lang anhören können. »Ann ist natürlich in der glücklichen Lage, im Konsulat zu wohnen, und braucht sich darüber niemals Sorgen zu machen. Also sollte ich eigentlich mit Ihnen darüber reden. Wir wohnen in einer hübschen Wohnung ein Stück weiter, gleich hier am Boulevard.«

»Selbst dann«, stimmte Ann ihr zu, »wenn das amerikanische Konsulat nicht ganz im Bund liegt, werden Sie natürlich so nah wie möglich am Bund wohnen und ein möglichst zivilisiertes Leben führen wollen. Die meisten Europäer und Amerikaner leben hier.«

Kitty fiel ihr ins Wort. »Das ist Ihr erster beruflicher Auslandsaufenthalt, nicht wahr? Das merke ich Ihnen doch an. Wahrscheinlich haben Sie gerade erst geheiratet.« Sie streckte eine Hand aus und tätschelte Chloes Arm. »Ich erinnere mich noch, wie das war. Der Versuch, sich gleichzeitig an die Ehe und an ein fremdes Land zu gewöhnen. Wo alles so ganz anders ist als zu Hause.«

Sie schienen ihrer selbst so sicher zu sein, so ... so gut eingewöhnt, dachte Chloe. Sie fühlte sich ein wenig eingeschüchtert von den beiden Frauen, für die es so selbstverständlich war, im Ausland zu leben und die sich beide so gut auskannten.

»Es ist unser dritter Auslandsauftrag«, fuhr Kitty fort. »Wir haben ein paar Jahre in Portugal verbracht. Ein schönes Land, vergleichsweise, obwohl es unter dem Einfluß des Papstes steht. Dann kam Ägypten. Ah, Kairo. Schäfer, Segeln bei Mondschein auf dem Nil, die geheimnisvolle Sphinx. Ich hätte für immer dort bleiben können.«

»Ist es dort nicht auch schmutzig?« Die Worte sprudelten heraus, ehe Chloe nachgedacht hatte.
»Meine Güte, natürlich!« Kitty beugte sich vor. »All diese heidnischen Länder sind schmutzig. Aber wirklich sehr verschieden voneinander. Dort gibt es so viele Briten, verstehen Sie, das macht einen großen Unterschied. Andere Menschen mit denselben Wertvorstellungen. Das ist ja *so* wichtig.«
Chloe wußte nicht, was sie sagen sollte.
Kitty fuhr fort: »Natürlich gibt es auch hier eine große Anzahl von Briten und Amerikanern, aber das ist nicht ganz dasselbe. Die Chinesen sind ja sooo anders. Nicht ganz ...« Sie zögerte. »Oh, in Ägypten ist es ganz und gar nicht so wie hier.«
Ann sah Kitty einen Moment lang an und sagte dann zu Chloe: »Ich fürchte, Sie werden feststellen, daß China sehr laut ist. Es gibt in China keinen Flecken, an dem es nicht lautstärker zugeht als auf dem Times Square an Silvester. Und die Intimsphäre? Vergessen Sie es. Das ist etwas, wofür die Chinesen kein Verständnis haben. Ich habe gehört, daß es in ihrer Sprache noch nicht einmal ein Wort für Intimsphäre gibt!«
Chloe nahm an, sie müsse wohl übertreiben. Gewiß fand man das doch in den eigenen vier Wänden.
»Und Sie müssen immer daran denken, das kann ich gar nicht nachdrücklich genug betonen, immer« – Ann drohte ihr mit dem Finger –, »vor dem Schlafengehen die Moskitonetze zuzuziehen. Malaria, Cholera, Typhus, alle erdenklichen Seuchen. Trinken Sie nie« – und sie richteten ihren gestrengen Blick auf Chloe –, »nie unabgekochtes Wasser, und kaufen sie auch niemals etwas Eßbares bei diesen schmutzigen kleinen Straßenhändlern.«
Kitty schaute nicht mehr in die Ferne und mischte sich wieder in das Gespräch ein. »Sie brauchen einen erstklassigen Boy Nummer eins, auf den Sie sich verlassen können; er engagiert dann alle anderen Bediensteten, höchstwahrscheinlich Verwandte. Einen Koch. Eine Reinigungsfrau. Einen Mann, der das Essen serviert und Botengänge erledigt. Rikschaträger. Es gibt eine Etikette. Wenn Sie mit einem von ihnen Probleme haben, beklagen Sie sich niemals direkt bei demjenigen. Reden Sie mit Ihrem Boy Nummer eins.«

Chloe lächelte. »Und was tut dieser Boy Nummer eins eigentlich?« Sie konnte sich nicht vorstellen, nur für sich und für Slade so viele Dienstboten zu haben.
Kitty lächelte, da sie die Komik hinter Chloes Frage erkannte. Sie preßte ihre Fingerspitzen aneinander und kniff die Augen zu der stereotypen chinesischen Pose zusammen. »Ach so. Dahinter bin ich nie wirklich gekommen. Vielleicht sorgt er dafür, daß die anderen Chinesen arbeiten.« Sie legte ihre aufgesetzte Haltung ab und lächelte. »Ich weiß nur, daß er dringend notwendig ist und das Gesicht verliert, wenn sie sich an einen der anderen direkt wenden. Im Orient ist es von alleräußerster Wichtigkeit, das Gesicht zu bewahren. Lassen Sie nie einen Orientalen vor anderen das Gesicht verlieren, sonst werden Sie unglaublichen Ärger bekommen. Derjenige sucht auf unerforschliche Weise abgrundtiefe Rache.«
Chloe kam sich vor, als sei sie in der flimmernden Unwirklichkeit eines Kinofilms gefangen, als würden dieses Gespräch und erst recht alles andere, was ihr heute zugestoßen war, enden, sowie die Lichter angingen. »Das Gesicht verlieren? Was heißt das?«
Ann sprang ein, um zu antworten. Chloe spürte, daß diese beiden Frauen eng befreundet waren und daß sich der Dialog so sicher zwischen ihnen hin und her bewegte wie der Ball zwischen zwei meisterlichen Tennisspielern, die sich als Lockerungsübung mit einem Ballwechsel aufwärmten. »Lassen Sie es mich so erklären. Ein Chinese sagt nie: ›Ich weiß es nicht.‹ Wenn Sie jemanden nach der richtigen Richtung fragen, wird er Sie selbst dann irgendwo hinschicken, wenn er keine Ahnung hat, wohin Sie wollen, und er wird Ihnen sagen, wie Sie dort hinkommen. Auf die Art werden Sie sich oft verirren. Aber wenn er Ihnen sagen würde, er wüßte wirklich nicht, wie Sie dort hinkommen, dann würde er das Gesicht verlieren.«
»Ich verstehe das nicht«, fiel ihr Kitty ins Wort. »Mir erscheint es durch und durch albern. Aber im Orient ist das eine der treibenden Kräfte. Kleinigkeiten, die bei uns nicht die geringste Rolle spielen, sind hier von allergrößter Wichtigkeit.«
»Anders herum« – Ann lächelte Chloe an –, »sind Dinge, die für uns eine große Rolle spielen, hier von äußerster Bedeutungslosigkeit. Mit anderen Worten, man kann fast verrückt werden.«

Beide Frauen lachten, und Ann verdrehte die Augen himmelwärts. »Kann man eine Nation ernst nehmen, die so unglaublich untüchtig ist?«
Jetzt war Kitty an der Reihe, sie zu unterbrechen. »Dinge, die gestern hätten erledigt werden sollen, können ohne weiteres im nächsten Jahr erledigt werden. Und auch dann nur vielleicht. Und das scheint auf lange Sicht keine Rolle zu spielen. Das Leben schreitet eben langsamer voran, und das hat etwas Angenehmes an sich. Wenn es heute nicht getan wird, dann werden sie es vielleicht morgen tun. Oder übermorgen ...«
Ein Kellner schlich sich in seinen Baumwollschuhen leise an, doch Ann bemerkte ihn augenblicklich. »Ziehen Sie einen Kaffee nach dem Essen vor«, fragte sie Chloe, »oder einen Likör?«
Chloe hatte in ihrem ganzen Leben noch keinen Likör getrunken.
»Ich nehme dasselbe wie Sie«, murmelte sie.
Ann wandte sich an ihren Diener und sagte: »Cointreau.«
Kitty lächelte. »Bei mir hast du nie Zweifel, stimmt's?«
»Oh«, sagte Ann lachend, »ich hege oft ernstliche Zweifel an dir, meine Süße. Aber nicht, wenn es um deine Vorliebe für Cointreau geht.«
Die beiden Frauen lächelten einander an. Eine wohltuende Beziehung, dachte Chloe. Ich hoffe, mir wird das auch passieren. Daß ich Freundinnen finde. Jemanden, den ich über den Tisch hinweg anlächeln kann, der versteht, was ich fühle, ohne daß ich gezwungen bin, es auszusprechen. Sie hatte dieses Gefühl nie bei jemand anderem als Suzi gehabt. Noch nicht einmal bei Slade. Und irgendwie überraschte sie das. Sie hatte geglaubt, wenn sie heiratete, würde automatisch etwas passieren und sie würde eins mit ihrem Mann werden. Aber andererseits, rief sie sich ins Gedächtnis zurück, hatte sie diese Beziehung zu Suzi im Lauf der Jahre aufgebaut, und Slade kannte sie erst seit fünf Monaten. Und in dieser Zeit hatte sie ihn nur eineinhalb Monate lang gesehen.
Seltsam, oder nicht, wenn man sich vorstellte, daß sie körperlich so intim miteinander sein konnten und einander doch in vielen anderen Hinsichten immer noch kaum kannten.

»In Ihrer ersten Woche hier werden Sie viel zu tun haben«, sagte Ann. »Morgen ist die Führung durch den Rosengarten, und dann ist da noch Polly Akins Tee. Natürlich sollten Sie dort auch hingehen«, sagte sie zu Chloe. »Um alle kennenzulernen, deren Bekanntschaft sich lohnt, zumindest unter den Frauen. Das ist am Donnerstag nachmittag, also übermorgen. Wir werden Ihnen unter der Hand eine Einladung beschaffen. Und das Abendessen im deutschen Konsulat ...«

»Wenn es hier eine Gruppe gibt, vor der man sich hüten sollte«, warf Kitty ein, »dann sind das die Deutschen, diese Hunnen. Zum Glück haben sie im Krieg eine Menge Einfluß eingebüßt, aber sie haben immer so verdammt recht. Sie sind so unumstößlich sicher, daß sie wissen, wie und nicht anders man alles am besten macht und daß es *nur* so geht.«

Ann lachte, ein silbriges Lachen, das durch das Zimmer trieb. »Und die Briten sind natürlich überhaupt nicht so, meine Liebe.«

»*Touché.*« Kitty hob ihr Glas und lächelte über den Rand. »Das geschieht mir recht. Der einzige Unterschied ist der, daß *wir* recht haben.«

»Am deprimierendsten sind wirklich die Weißrussen«, fuhr Ann fort. »Schanghai, Peking, Tientsin, Harbin, überall wimmelt es von ehemaligem Adel – und denjenigen, die behaupten, dazuzugehören –, der vor dem roten Terror geflohen ist. Es sind wirklich gebrochene Menschen. Diejenigen, die auf der Flucht ein paar Schmuckstücke aus dem Besitz der Familie mitnehmen konnten, haben russische Restaurants oder Teehäuser aufgemacht. Andere sind Dienstboten und Hausmädchen bei reichen Amerikanern geworden, Butler ... ich würde nicht eine Minute lang einen von denen anstellen. Sie sind so hochmütig. Andere – nun ja.« Sie zuckte die Achseln.

Kitty nickte. »Ich fürchte, Sie werden hier nicht allzu viele junge Frauen in Ihrem Alter finden. Die meisten Vizekonsuln sind junge, unverheiratete Männer. Ich vermute, verheiratete Männer wollen ihre Familien nicht im Orient in Gefahr bringen. Sie nicht diesem Schmutz aussetzen, verstehen Sie. Wenn sich hier nicht so viel Geld machen ließe, wüßte ich nicht, warum irgendein zivilisierter Mensch sich in den Orient verirren sollte. Die Menschen hier sind keine Christen, noch nicht einmal die, von denen die Missionare glauben, sie hätten sie bekehrt.«

Sie unterbrach sich, um von ihrem Likör zu trinken, und Chloe fragte: »Ist es denn so wichtig, daß sie glauben wie wir?«

Ihr fiel der kurze Blick auf, den die beiden Frauen miteinander wechselten. Ann sagte: »Meine Liebe, das sind Heiden. Ungläubige. Barbaren. Sie besitzen nur wenige versöhnende Eigenschaften, die das ausgleichen könnten. Ein oder zwei, aber wirklich nur einzelne, sind gebildet oder das, was hier als Bildung durchgeht. Aber selbst sie sind schwer zu verstehen. Ihre Englischkenntnisse sind recht minimal, und sie sprechen es mit den komischsten Akzenten.«

Warum sollten sie das auch nicht tun? fragte sich Chloe. Schließlich ist das hier *ihr* Land. Aber etwas riet ihr, das nicht laut zu sagen. »Bemühen Sie sich denn nicht, Chinesisch zu lernen?« fragte sie statt dessen.

Kitty lachte. »Oh, meine Liebe, das ist eine undankbare Sprache. Vielleicht könnte man die Ideogramme erlernen. Das sind die Bilder, die sie anstelle von Worten malen. Aber hören Sie sich doch nur diesen Singsang an. Sie werden es bald sehen. Es ist wirklich unmöglich zu erlernen.«

Die beiden Frauen lachten.

Chloe trank von dem Cointreau und stellte fest, daß er in ihrer Kehle brannte.

Am Morgen kündigte Slade an: »Lou Sidney hat sich anerboten, mich unter seine Fittiche zu nehmen. Mich bei den anderen Journalisten einzuführen. Er sagt, er hat ein Büro, das ich mit ihm teilen kann.« Er band sich vor dem Spiegel die Krawatte und schaute von seinem eigenen Spiegelbild zu ihr. »Es scheint, als hättest du gestern abend für eine beträchtliche Sensation gesorgt. Du hast sie alle ganz gaga gemacht.«

»Gaga?« Sie kicherte.

»Also, keiner der Männer dort konnte den Blick von dir losreißen. Und nachdem du ihnen von unserem Erlebnis am Nachmittag berichtet hast, schien jeder von ihnen dich beschützen zu wollen.«

Sie war überrascht über seinen scharfen Tonfall. Ah, Eifersucht.

Sie hatte gehofft, Slade sei einer der Männer, die nicht darunter litten. »Wäre es dir lieber, wenn ich in langweiligen Sachen rumlaufe?« fragte sie. »Schließlich warst du derjenige, der mein Kleid ausgesucht hat, oder etwa nicht?« Ihr Tonfall klang verteidigend.

»Himmel, Chloe, ich bin stolz darauf, daß du so gut aussiehst. Es geht darum, wie du dich benommen hast. Als hättest du es dringend nötig, im Mittelpunkt der Aufmerksamkeit zu stehen. Ich fand das nicht gerade furchtbar feminin.«

Sie blickte zu ihm auf und bemerkte den dünnen, geraden Strich seiner mißbilligenden Lippen.

Aha, dachte sie. Da hatte nicht Slade Cavanaugh, der berühmte Korrespondent, im Rampenlicht gestanden! Sie machte sich innerlich eine Notiz, in Zukunft mehr darauf zu achten.

Dann beugte sich Slade, als wollte er ihr zeigen, daß er ihr nicht böse war, zu ihr herunter und küßte sie auf die Stirn. »Such uns ein Haus. Ich hasse Hotels. Ich habe zu viele Jahre in Hotels gelebt.« Und dann war er für den Rest des Tages gegangen.

Wie stelle ich es an, ein Haus zu finden? fragte sich Chloe. Ann und Kitty hatten ihr geraten, etwas in der Nähe vom Bund zu suchen, wo die meisten Ausländer lebten. Vielleicht konnte ihr jemand vom Konsulat ... Und in genau dem Moment wurde an die Tür geklopft. Als sie öffnete, stand Chloe einer jungen Frau mit zerzaustem leuchtend rotem Haar gegenüber. Sie lächelte, und ihre Sommersprossen betonten ihre blasse Haut. »Ich bin Daisy Maxwell«, sagte sie. »Mrs. Leighton hat mich hergeschickt. Sie dachte, Sie könnten bei der Wohnungssuche Hilfe brauchen, weil Sie kein Chinesisch sprechen und so weiter.«

Sie trat ein, setzte sich und machte es sich bequem. »Wäre Ihnen das lieb?« Sie lächelte wieder.

»O ja«, sagte Chloe, die sich freute, eine Frau gefunden zu haben, die in ihrem Alter war. »Ich hatte mich schon gefragt, wie auf Erden ich das anstellen soll.«

»Tja, hier bin ich, und ich helfe Ihnen gern. Das ist genau das, worin ich wirklich gut bin. Neuankömmlingen Schanghai zu zeigen. Aber in Wirklichkeit bin ich Sekretärin im Konsulat.«

»Sie leben schon lange hier?« Chloe stand noch und fragte sich, ob

der gutsitzende Rock und die Bluse, die sie trug, in Ordnung waren. Daisy trug ein marineblaues Baumwollkleid und eine weiße Jacke aus grobem Leinen.
»Ich bin jetzt seit fünf Jahren hier«, antwortete Daisy. Ihre Augen waren sanft wie die eines Rehs, und sie redete irgendwie abrupt und atemlos. »Meine Eltern haben mir zum College-Abschluß eine Weltreise geschenkt, und weiter als bis hierher habe ich es nie geschafft. Der erste Zwischenstop nach Honolulu. Was ist, sind Sie soweit? Ich habe zwei Rikschaträger draußen warten lassen.«
Chloe schnappte ihre Handtasche und folgte Daisy durch den breiten Treppenaufgang in das schäbige, heruntergekommene, einst elegante Hotelfoyer. Sämtliche Gebäude, verriet ihr Daisy, waren weniger als vier Stockwerke hoch, weil das hieß, daß keine Aufzüge erforderlich waren. Chloe sollte sich glücklich schätzen, ein Zimmer im zweiten Stock zu haben.
Mit unbehaglichem Gefühl stieg Chloe in die Rikscha. Sie war es nicht gewohnt, sich durch die Gegend tragen zu lassen. Die Rikschakulis mit den entblößten Oberkörpern und den konischen Hüten liefen in einem gleichmäßigen Dauerlauf. Chloe hatte nie tropische Bäume gesehen wie die, die die breiten Alleen säumten. Verkümmerte Palmen und Banyanbäume waren mehr grau als grün.
»In China ist alles staubig«, rief ihr Daisy aus ihrer Rikscha zu. »Das kommt vom Schmutz. Das ist in China die vorherrschende Farbe. Schmutz. Grau oder staubfarben.«
Bald darauf rief Daisy den Rikschajungen etwas zu, die daraufhin vor einer hohen Mauer stehenblieben. Daisy stieß die breiten Holztüren auf. In der Hitze des Spätsommers war es sengend heiß im Innenhof.
Das dunkle zweistöckige Haus war mit enormen, zu prall gefüllten Roßhaarsofas, Sesseln und dicken Wollteppichen angefüllt. Im Hof stand nur ein einziger Bambusstrauch. Die Küche hinter dem Haus war klein und schmutzig und in der Hitze stickig. Chloe konnte sich nicht vorstellen, einem Koch zuzumuten, daß er dort seine Tage verbracht.
Unwillkürlich schüttelte sie den Kopf. Daisy lachte. »Tja, es liegt dicht am Bund und ist nah am gesellschaftlichen Leben der

Amerikaner. Wenn es Ihnen nicht gefällt, gibt es noch einige andere Häuser, die ich Ihnen zeigen kann.«
Aber Chloe fand sie alle ganz abscheulich. Sie standen zwar in ummauerten Höfen, aber doch direkt an den Hauptverkehrsstraßen, und der Lärm und der Staub der Stadt trieben über die Mauern. »Ich glaube, es wäre mir unerträglich, mit all diesem Lärm zu leben«, entschuldigte sich Chloe. Sie kam sich undankbar vor, weil ihr nicht wenigstens eines der Häuser gefiel. »Wo wohnen Sie eigentlich?« fragte sie Daisy.
»Oh, den Stadtteil würde ich nicht empfehlen«, sagte die junge Frau. »Das ist keine Gegend, in der anständige junge amerikanische Familien leben.«
»Wir sind keine Familie«, sagte Chloe. »Nur mein Mann und ich.« Aber das war doch schließlich eine Familie, oder etwa nicht?
»Ja, aber Sie werden Gäste empfangen und ... Also gut, kommen Sie mit, ich lade sie auf eine Tasse Tee ein. Dann können Sie es sich selbst ansehen.«
Daisy hatte recht gehabt. Für Chloe wäre es unerträglich gewesen, in ihrer Wohnung zu leben. Sie lag im zweiten Stock über einer Bank, und der gesamte Tumult von der Straße unten hallte herauf. Das enge Treppenhaus war finster, sogar um die Mittagszeit. Die ungetünchten grauen Zementwände trugen ihren Teil zu der tristen Unbehaglichkeit bei. Auf dem obersten Treppenabsatz traten sie in eines der trostlosesten Zimmer, die Chloe je gesehen hatte. Was Daisy Wohnzimmer nannte, maß zwölf Quadratmeter und war komplett apfelgrün gestrichen – apfelgrüner Fußboden, apfelgrüne Wände, eine apfelgrüne Decke. In der Mitte stand ein Tisch mit vier harten Holzstühlen und zwei Stühlen mit Sitzpolstern. Abgesehen von einem schokoladenbraunen Schrank waren das die einzigen Einrichtungsgegenstände. Aber das Schlafzimmer ... ah, das Schlafzimmer!
»Irre!« schnaufte Chloe.
Daisy lächelte erfreut.
Hier, dachte Chloe, verbrachte Daisy ihre meiste Zeit.
Der Raum hatte zwar die gleiche Größe wie das Wohnzimmer, doch darin stand das größte Bett, das Chloe je gesehen hatte. Es ließ gerade noch genug Raum für ein Bücherregal, das eine ganze

Wand einnahm. Auf dem Bett lagen mindestens fünfzehn Kissen mit bunten Bezügen. Das einzige, was Chloe dazu einfiel, war, wieviel Arbeit es machen mußte, sie abends zu entfernen und am Morgen wieder zu arrangieren. Es wirkte ganz so, wie in ihrer Vorstellung ein Bordell aussehen mußte, abgesehen von den Büchern. Es waren Hunderte. Auf der dunkelblauen Decke, die einen krassen Gegensatz zu den weißgetünchten Wänden bildete, hatte Daisy überall Hunderte von kleinen silbernen Sternchen verteilt, Sternchen von der Sorte, die Chloes Grundschullehrer neben eine ausgezeichnete Benotung oben auf ihre Arbeiten geklebt hatten.

Chloe bemerkte, daß Daisys Blick auf sie geheftet war, weil sie eine Reaktion von ihr erwartete. Sie lachte. »Das ist allerdings ganz etwas anderes. Haben Sie das alles selbst gemacht?«

»Das kann man wohl sagen.« Daisy lächelte wieder. »Kommen Sie mit in die Küche, solange ich uns einen Tee mache.« Die Küche erreichte man durch einen schmalen Korridor, und sie war nicht größer als das winzige Bad nebenan. Die dunkle, stickige, vollgestellte Küche war noch deprimierender als die Häuser, die sie angesehen hatten.

»Was mich hier begeistert«, sagte Daisy und zündete einen Brenner mit einem Streichholz an, »ist, daß etliche Straßenzüge weit niemand Englisch spricht.«

»Mrs. Blake hat mir gesagt, es sei ganz unmöglich, Chinesisch zu lernen.«

Daisy warf ihr einen Blick zu und kniff die Augen zusammen. »Aber wir erwarten selbst von den Ungebildetsten unter ihnen, daß sie genügend Englisch lernen, um unsere Häuser zu putzen und uns zu verstehen, was? Ich habe seit meiner Ankunft hier Chinesisch gelernt. Ich will nicht bestreiten, daß es schwierig ist, aber ich denke andererseits gar nicht daran, das Volk zu beleidigen, in dessen Land ich lebe, indem ich seine Sprache nicht erlerne.«

»Mein Mann empfindet das genauso. Er will die Sprache lernen, aber ich weiß nicht, ob ich mich dem gewachsen fühle.«

Daisy nickte. »Was hat es für einen Sinn, in einem fremden Land zu leben, wenn man bis auf andere Amerikaner und Engländer dort niemanden kennenlernt? Und trotz ihrer entsetzlichen Arroganz ziehe ich oft die Engländer vor. Sie fühlen sich überall zu Hause. Obwohl man natürlich, wenn man nicht weiß ist und das königliche Englisch spricht, nicht wirklich ... nicht wirklich ein Mensch ist. Ich nehme an, so kann man das sagen. Aber sie nehmen alles so viel gelassener hin. Sie setzen Untüchtigkeit im Orient als gegeben voraus und begegnen ihr reichlich gnädig. Die Amerikaner dagegen lassen sich von der Unwirtschaftlichkeit und der mangelnden Hygiene in den Wahnsinn treiben. Ich weiß nicht, was von beidem schlimmer für sie ist.«

»Und Ihnen geht das nicht so?« fragte Chloe, als sie die Tasse und die Untertasse annahm, die Daisy ihr reichte. Sie folgte ihrer Gastgeberin an den zerschrammten Tisch in dem apfelgrünen Zimmer.

»Anfangs schon«, gab Daisy zu. »Aber mir geht es hier blendend. Ich lasse mich treiben. Mein Pflichten als Sekretärin im Konsulat fordern mir eigentlich nicht allzuviel ab, nur zwischendurch. Ich mache die meisten Übersetzungen ... ich habe nicht nur das Sprechen gelernt, sondern ich kann auch recht gut Chinesisch lesen und schreiben.« Aus ihrem Tonfall klang Stolz.

»Wir haben immer stundenlange Mittagspausen, und es gelingt mir, furchtbar interessante Leute kennenzulernen, mit denen ich abends essen gehe. Und mindestens einmal in der Woche gehe ich zum Rennen. Himmel, ich habe mich früher nie für Pferde interessiert, aber es macht großen Spaß. Ich fühle mich dabei wesentlich wohler, als wenn ich Leute von der Sorte empfangen müßte, wie die Leightons sie einladen, und wenn ich diese Form von Fassade aufrechterhalten müßte, obgleich ich sicher bin, daß sie es gewohnt sind, so zu leben. Ich würde mich abgrundtief langweilen, wenn ich all diese Teegesellschaften besuchen müßte, zu denen Mrs. Leighton geht, oder wenn ich dauernd in Topform sein und sichergehen müßte, daß ich sozusagen Onkel Sam würdig repräsentiere.«

»Dann sind Sie also immer beschäftigt?« Chloe fand die junge Frau ziemlich unwiderstehlich und auf ihre eigene Art charmant.

»Ach, du meine Güte«, sprudelte Daisy heraus. »In Schanghai wimmelt es nur so von alleinstehenden Männern. Und all diese alleinstehenden Männer sind auf der Suche nach Frauen, mit denen sie tanzen oder abends essen gehen können, die sie zu Picknicks einladen und mit denen sie aufs Land fahren können – das heißt, soweit es Straßen gibt. Zum Glück herrscht hier ein Mangel an jungen Frauen. Zu Hause bin ich nie so begehrt gewesen. Und bei all den neuen jungen Vizekonsuln habe ich die erste Wahl. Die Journalisten sind weltweit plötzlich dahintergekommen, daß es sich lohnt, über China zu schreiben. Sämtliche jungen Angestellten von Standard Oil kommen direkt vom College aus hierher, und Schanghai ist für sie zwar nur eine Zwischenstation auf dem Weg ins Landesinnere, aber ich zeige ihnen die Sehenswürdigkeiten von Schanghai, ehe sie weiterziehen, um ihre Jahre hier damit zu verbringen, durch China zu ziehen und Öl zu verkaufen, um Millionen von Lampen anzuzünden. Wenn sie einer nach dem anderen hier durchkommen, habe ich ein paar Tage Spaß mit ihnen, und wir hauen gemeinsam auf den Putz. Dann schlägt alles ein anderes Tempo ein, und die Menschen sind abwechslungsreich.«

Chloe, die Daisy auf den ersten Blick für unscheinbar gehalten hatte, fand sie inzwischen außerordentlich attraktiv. Ihr gefielen ihr Elan, ihre Offenheit und ihre Aufgeschlossenheit. Sie glaubte, daß Daisy sich auf lange Sicht besser halten könnte als Ann Leighton und auch Kitty Blake. Zumindest, dachte sie, entsprechen ihre Energie und ihre Abenteuerlust weit eher der meinen.

Da sie Chloes Stimmung erahnte, schlug Daisy ein Mittagessen in »einem typisch chinesischen Restaurant« vor. »Nicht etwa in einem, in dem man andere Amerikaner findet. Oder zumindest keine von der Sorte, die im Bund leben.«

Es war ein großes, volles, lautes Lokal. Der Lärm überstieg sogar den Krach auf der Straße noch um etliche Dezibel. »Die Leute hier«, sagte Daisy, »haben keine Ahnung, wie man redet, ohne zu schreien. Ich frage mich, ob das im ganzen Land wie eine Infektion verbreitet ist.«

Sie fanden zwei Plätze nebeneinander an einem bereits vollen Tisch und beobachteten, wie ihre Tischnachbarn sich von den verschiedensten Gerichten auf dem Tisch bedienten und sich ständig vorbeugten, um sich etwas aufzuladen. Endlich tauchte ein

Kellner auf und knallte Schalen vor sie hin. Die Eßstäbchen machten keinen besonders sauberen Eindruck. Ihre Nachbarn reichten ihnen vollgehäufte Schüsseln.

Daisy lachte und legte eine Hand auf Chloes Arm. »Sie sollten sehen, wie sehr Sie die Nase rümpfen. Gewöhnen Sie sich daran. Das hier ist China.«

Es gab Schüsseln mit Reis und Schweinefleischröllchen und Rindfleischgerichte, tausendjährige Eier, Streifen von rohem Fisch und ... und ... und ... Fischaugen. *Fischaugen!* Aber es kam immer noch mehr Essen: Schüsseln mit Grünzeug und einer schwarzen Masse.

Daisy machte sich begeistert darüber her, beugte sich vor, verschaffte sich Ellbogenfreiheit und bediente sich. Sie schlang all diese fremdartigen und gräßlich riechenden Gerichte in sich hinein und zählte dabei Chloe die jeweiligen Zutaten auf.

Nachdem sie Hühnerknochen auf den Fußboden zwischen ihnen gespuckt hatte, begann die Frau neben Chloe eine lebhafte Diskussion. Der Mann, der ihnen am Tisch gegenübersaß, fing an, sie anzuschreien.

Daisy deutete auf ein Gericht ganz in ihrer Nähe. »Das ist gebackener Aal.«

Chloes Kiefer fiel herunter, und Daisy lachte. Also gut, dachte Chloe. Also gut, Himmel noch mal! Sie holte tief Atem, zögerte einen Moment, griff dann nach dem Aal und nahm sich eine kleine Portion.

Zitternd vor falschem Heldenmut, schluckte sie den Aal herunter. Sie füllte sich Reis in die Schale und griff nach einer kleinen, aber sehr süßen saftigen Orange. Es gab, fand sie, schlimmere Dinge zum Mittagessen als Reis und eine Orange, doch der meiste Reis fiel ihr von den Stäbchen wieder in die Schale. Sie streckte die Hand nach ein paar Erdnüssen in einer Schale neben sich aus. Die Frau neben ihr brach in sprudelndes Gelächter aus, schüttelte den Kopf und stieß Chloe mit dem Ellbogen an.

Die umgänglich wirkende Frau hatte fröhliche Augen, und mit einem freundlichen Lächeln bewegte sie geschickt ihre Eßstäbchen und hob damit schnell eine Erdnuß nach der anderen hoch. Der Mann neben der Frau beugte sich vor und lächelte durch eine

Zahnlücke. Chloe umklammerte ihre Eßstäbchen und konnte spüren, wie das Paar sie anstarrte und ihr von ganzem Herzen Erfolg wünschte. Die Frau nickte noch einmal und führte es ihr vor. Chloe griff nach einer Erdnuß, rang darum, sie zwischen den Stäbchen festzuhalten, und spürte, wie der Erfolg sie erröten ließ, als die Erdnuß nicht herunterfiel, ehe sie ihren Mund erreicht hatte. Das Paar grinste, und die Frau, die diesen kleinen Erfolg anscheinend als ein Zeichen dafür nahm, daß Chloe jetzt Chinesin war, begann einen schnellen Wortschwall herauszusprudeln.
Chloe lächelte sie zwar an, aber sie konnte sich beim besten Willen nicht mit ihr unterhalten. Die Frau kommunizierte jedoch eifrig mit ihr. Während der gesamten Mahlzeit bezog sie Chloe in das Gespräch mit ein. Ihr Mann sagte wenig, schüttelte aber den Kopf und lächelte Chloe ebenfalls an. Chloe befolgte die Anweisungen der Frau, wie sie jedes einzelne der Gerichte zu essen hatte. Die Frau demonstrierte ihr, daß sie noch nicht einmal ihren Reis auf die richtige Weise aß.
»Halten Sie sich die Schale ans Kinn und schaufeln Sie ihn so schnell wie möglich in Ihren Mund«, schrie Daisy. Jedesmal, wenn es Chloe gelang, Anweisungen zu befolgen, tätschelte die Frau ihre Hand.
Als die Mahlzeit beendet war und sie aufbruchsbereit waren, fand Chloe, die Daisy »ni hau« hatte sagen hören, wenn sie mit Menschen ins Gespräch kamen, sie könnte wenigstens das auf Chinesisch sagen.
Wieder sprudelndes Gelächter. Die Frau streckte noch einmal den Arm aus und nahm Chloes Hand. Ohne Chloes Hand loszulassen, übermittelte sie ihr irgendwie, daß man »ni hau« nur zur Begrüßung sagte und daß sie zum Abschied »zai jian« sagen sollte.
Als sie das Lokal verließen, grinste Daisy. »Ihre erste Chinesischlektion.«
»Sind die Chinesen alle so freundlich?« fragte Chloe, die ihr erster Kontakt mit einer Chinesin hatte auftauen lassen.
»Nein, die meisten von ihnen nennen uns ausländische Hunde und sehen uns als Imperialisten an. Was wir natürlich auch sind. Aber im persönlichen Kontakt habe ich unter den Chinesen ein paar sehr gute Freunde gefunden.«

Auf ihrer ausgedehnten vormittäglichen Suche hatten sie kein Haus entdeckt, das Chloe auch nur in Betracht gezogen hätte. Lieber wollte sie im Astor Hotel bleiben, als gezwungen zu sein, in diesen dunklen, lauten, niederdrückenden Häusern zu leben, die Daisy ihr gezeigt hatte. Und dann waren sie auch alle noch so eingerichtet ... mit diesen Möbelstücken, die allzu deutsch wirkten. Es erinnerte sie an das Haus ihrer Großmutter mit den kleinen Polsterschonern auf den schweren Bezügen der pieksenden Roßhaarfüllungen, die Chloe absolut nicht leiden konnte und die so kratzig waren.

Als sie wieder im Hotel war, legte sich Chloe hin, da sie von der ausgedehnten Wohnungssuche, dem Lärm und der Hitze erschöpft war. Dennoch verspürte sie eine anregende Faszination durch all das Neue, und auch ihre neue Freundin und der Kontakt mit dem »echten« China trugen dazu bei.

Es war schon nach vier, als Slade zurückkam. »Mein Gott, du verbringst ja die meiste Zeit im Bett! Komm schon, Lou wird uns ein Haus zeigen.« Sie hatten bereits gehört, daß Chloe alles, was Daisy ihr gezeigt hatte, rundheraus abgelehnt hatte.

Die sengende Hitze des Tages hatte nachgelassen, und die Luft wirkte leichter und weicher. Lou Sidney erwartete sie vor dem Hoteleingang in einer Rikscha. Chloe und Slade stiegen in eine Doppelrikscha. Slade hielt ihre Hand. Seine Augen funkelten, und Chloe merkte, wie sehr er in die Stadt um sie herum vertieft war und sie in sich aufsog, wie sein Arm auf der Rückenlehne der Rikscha lag und daß man seiner Körperhaltung anmerken konnte, wie aufgeregt er war.

Eine halbe Stunde später, nachdem die Rikschajungen durch die Stadt gelaufen waren, kamen sie vor einer schmutzigen Mauer an, deren Eingang eine enorme, mit Schnitzereien reich verzierte Eichentür war. Lou sprang aus seiner Rikscha und wühlte in der Tasche nach den Schlüsseln. Chloe schaute die schmale Straße mit dem Kopfsteinpflaster hinunter und sah auf beiden Seiten nur Mauern. Sie näherte sich der massiven geschnitzten Tür, und sobald sie eingetreten war, wußte sie, daß dies ihr erstes gemeinsames Haus werden würde. Ein großer weißgetünchter Bungalow mit Blick auf den Fluß stand auf einem kleinen Hügel, der gerade hoch genug war, um die abendliche Brise sachte in ihr langes Haar wehen zu lassen. Bambussträucher und Weiden hingen über das Wasser. Eine riesige Veranda zog sich um die Fassade und eine Seite des Hauses. Lou sagte, das Haus hätte einem Regierungsbeamten gehört, der aus ungeklärten Gründen geköpft worden war, und kein Chinese wollte dort leben und dasselbe Schicksal erleiden.

Das Haus war unmöbliert. Das begeisterte Chloe ganz besonders. Aber ihre spezielle Liebe galt dem Bad, das – zu ihrer großen Freude – mit einer Toilette im westlichen Stil ausgestattet war, doch das Glanzstück war eine Wanne auf verschnörkelten Füßen. Sie war zwar klein und innen grün glasiert, doch außen war sie von einer gelben Farbschicht überzogen, und um die gesamte Wanne wand sich in Smaragdgrün und dunkleren Grüntönen ein feuerspeiender Drache, der am einen Ende aus dem Fenster starrte.

Lou ging voraus durch das geräumige Wohnzimmer, dessen breite Türen auf die Veranda führten, und von dort aus konnten sie durch die Weiden über die Wiesen auf den träge dahinfließenden Fluß schauen. Am anderen Ende des Rasens sträubte in dem Moment ein Pfau sein Gefieder, fächerte die phosphoreszierenden Federn auseinander und schrie laut.

»Als ich Sie gestern abend kennengelernt habe, hatte ich gleich den Verdacht, daß Ihnen dieses Haus gefallen könnte«, sagte Lou, dessen fahles Gesicht sich zu einem Grinsen verzog. Chloe betrachtete ihn und fand, mit seiner hohen Stirn, dem langen Kinn und den großen, leicht gelblichen Zähnen hätte er etwas von einem wiehernden Pferd. »Ich dachte mir schon, daß dies das richtige Haus für Sie ist.« Chloe stellte fest, daß er so ziemlich die wärmsten Augen hatte, die sie je gesehen hatte.

Hinter ihnen hörte sie vom Fluß her die fernen Rufe, vernahm den leisen Klang einer Glocke, spürte, wie die tropische Brise sie einhüllte, und sie wußte, daß sie ein Zuhause in China gefunden hatte. Wenn sie auch daran zweifelte, daß sie sich in China je heimisch fühlen würde.

7

Cass hatte ihnen tausend Dollar gegeben, »damit ihr euch in einem Haus einrichten könnt, in dem ihr gern lebt«. Daher machte sich Chloe – nachdem sie Daisy um ihren Beistand gebeten hatte, um sich in der Stadt zurechtzufinden – an die Einkäufe. Die einzigen amerikanischen Einrichtungsgegenstände, auf denen sie beharrte, waren Matratzen, denn sie weigerte sich, die zwei bis drei Zentimeter dicken Lagen Baumwolle auf einem Lattenrost, auf denen die Chinesen schliefen, auch nur in Betracht zu ziehen. Abgesehen davon füllte sie das Haus mit Bambusmöbeln und Kissen in leuchtend gelben und weißen Baumwollbezügen und setzte da und dort mit einem knalligen Blau oder Smaragdgrün Akzente. Sie hängte überall Öllampen auf und stellte Lampen auf die Tische, so daß ihr Haus an den Abenden das hellerleuchtetste Haus in diesem Teil von Schanghai war.

Goa Hu, den Boy Nummer eins, den Ann Leightons Boy Nummer eins empfohlen hatte, forderte sie augenblicklich auf, einen Gärtner zu engagieren, der sich ans Werk machte, um einen kleinen ovalen Teich herum, in den er Goldfische und einen einzigen Flecken Seerosen setzte, eine Landschaft von heiterer Schönheit zu gestalten.

Chloe begeisterte sich dafür. Sie fand, ihr Haus sei das schönste, das man sich überhaupt nur denken konnte. Sie war vernarrt in das Zimmer mit dem Blick auf den Fluß unter den Trauerweiden, die ständig ihr Laub abwarfen. Dort schliefen sie und Slade. Sie fand einen wedgewoodblauen Stoff und ließ daraus eine Bettdecke und Vorhänge nähen, sie sich ihrer Meinung nach dramatisch gegen die nüchternen weißen Wände absetzten. Vor ihrem Fenster kreischte hoch oben in einem Baum der Pfau.

Besonders begeisterte sie sich für das Bad mit dem Drachen, der sich um die gelbe Wanne wand. Immer, wenn sie badeten, unternahmen die Dienstboten zahllose Gänge und brachten dampfend heißes Wasser, das in Kesseln in der Küche hinter dem Haus gekocht wurde. Slade brachte einen Gummischlauch an, damit das Badewasser direkt aus dem Fenster abgelassen werden konnte und an den Wänden herunterlief, damit der Rasen grün blieb. Außer am Bund und vor den Konsulaten war ihr Gras das einzige, was Chloe in ganz Schanghai sah. China war kein Land, das ästhetischen Kriterien allzu hohen Wert beimaß. Jeder Fleck urbares Land war für den Anbau von Nahrungsmitteln und nicht für die Schönheit bestimmt. Und schon gar nicht dafür, zusätzliche Arbeit zu schaffen, Arbeiten wie das Mähen des Rasens, die keine materiellen Werte einbrachten.

Alle erzählten ihr, es sei eine Dummheit, so weit vom Bund entfernt zu wohnen, aber sie war verliebt in das Haus. Sie genoß es, nachts im Bett zu liegen, den Geräuschen vom Fluß her zu lauschen und den Mondschein, der durch das Weidenlaub gefiltert wurde, auf ihrem nackten Körper tanzen zu lassen, nachdem sie und Slade einander geliebt hatten.

Sie lächelte in sich hinein, weil sie wußte, daß im Nebenraum ein grüner Drache war, der sich um eine gelbe Porzellanwanne wand, zum Fenster hinausstarrte und Gefahren abwehrte.

Der Koch kam nicht auf Empfehlung von Gao Hu, sondern auf Empfehlung von Lou, der sagte: »Er ist der Koch von jemandem gewesen, den ich oben im Norden kenne, wo jetzt Hungersnot herrscht. Ich glaube, er wird Ihnen gute Dienste erweisen.«

Er tat mehr als nur das.

Ihre ersten Gäste waren Lou und Daisy, die sie zum Abendessen einluden. Es war eine göttliche Mahlzeit: gedünstete Jungtaube, Hopei-Wasserkastanien, importierte Bambussprossen und Pilze, die sie und der Koch auf dem Markt gefunden hatten, Lotoswurzeln und Litschis. Zum Nachtisch gab es die wunderbaren roten und weißen Datteln von Te-chow in der Provinz Schantung und Tang-shan-Birnen, die in dem Shao-hsing-Wein aus Tschekiang eingelegt worden waren.

»Ich wette«, sagte Daisy, »Sie sind die ersten Ausländer, die ihren Gästen chinesisches Essen vorsetzen. Ich bekomme immer nur Roastbeef und Yorkshire-Pudding, oder, wenn ich Glück habe, setzt man mir in der französischen Gemeinde französische Küche vor, aber niemand serviert jemals eine solche Mahlzeit.«

Das brachte Chloe auf die Idee, nie mehr etwas anderes als chinesisches Essen zu servieren, an dem sie schnell viel Geschmack gefunden hatte.
Slade lehnte sich jedoch dagegen auf. »Ab und zu, Schätzchen, nur ab und zu etwas, was ich wiedererkenne.«
Aber wirklich nur ab und zu.
Chloe konnte sich nicht erinnern, wie es dazu gekommen war. Aber schon in den allerersten Monaten, die sie in Schanghai verbrachten, wurde es zu einer absoluten Selbstverständlichkeit, daß man am Sonntagabend zum Buffet bei den Cavanaughs vorbeischaute.
Lou sagte: »Den größten Spaß daran macht, daß man nie vorher weiß, wen man hier treffen wird.« Schon bald traf man hier alle.
Lou sagte zu ihr: »Es kommt mir nie so vor, als seien es dieselben Leute, die ich bei den Abendessen in den Konsulaten treffe, und doch sind sie alle hier.«
»Das kommt daher«, sagte Chloe, »daß alle anderen auch kommen. Diejenigen, die selten in die Konsulate eingeladen werden.«
Zu Dutzenden tauchten sie jeden Sonntag auf. Es machte den Leuten Spaß, sich in ihren Rikschas in diesen malerischen Stadtteil tragen zu lassen, und sie brachten Schüsseln mit Essen mit, und immer war es eine chinesische Delikatesse, die sie ihre Köche von sich aus niemals hätten zubereiten lassen.
Eines Nachmittags erschienen Slade und Lou mit Schnüren voller chinesischer Lampions, die sie um den Garten herum spannten. Ab sofort war das Haus der Cavanaughs an den Sonntagabenden in mehr als nur einer Hinsicht der hellste Ort in Schanghai.
An einem anderen Nachmittag tauchte Lou grinsend auf. »Komm mit«, sagte er zu Chloe und zog sie an der Hand hinter sich her. Vor dem großen hölzernen Tor stand in einem Karren, den zwei Ochsen zogen, ein zerschrammtes Wandklavier. »Genau das Richtige für die Sonntagabende.«
Chloe betrachtete es mißmutig. Es war potthäßlich. »Wer spielt?« fragte sie.
»Ich. Und ich habe einen Mann aufgetrieben, der herkommt, um es zu stimmen.«
Chloe strich es hellblau an, damit es zu dem Pfau paßte, der

inmitten der großen Gesellschaft über die Veranda stolzierte, und Lou war nicht der einzige, der auf dem Klavier spielte. Die Leute scharten sich darum und sangen Lieder aus der Heimat, die alten Standards. »It's three o'clock in the morning ...«, »Come on and hear, come on and hear. Alexander's ragtime band«, »Shine on, shine on, harvest moon«. Aber am meisten begeisterten sich alle dafür, wenn Lou sich ans Klavier setzte und anfing, Cole Porter zu spielen ... »When they begin the beguine« oder »Night and Day«.

An solchen Abenden schwang Chloe die Hacken und tanzte den Charleston, was jemanden dazu anregte, ein Vitrola-Grammophon und all seine Platten zu stiften. Die Leute fingen an, nicht nur auf der Veranda, sondern auch im Gras zu tanzen. Die Sonntagabende bei den Cavanaughs und Chloes hemmungsloses Gelächter, aber auch ihre Freude an allem, was ihr widerfuhr, machten sie in Schanghai zu einer Berühmtheit. Ihr Geschick darin, jeden einzelnen Besucher so zu begrüßen, als seien er oder sie der willkommenste Gast auf Erden, steigerte Chloes Beliebtheit noch mehr. Sie verschickten niemals Einladungen – die Leute kamen einfach. Schon bald wurde für die Sonntagabende nichts anderes mehr geplant. Wenn das Haus der Cavanaughs für alle Besucher aus dem Westen auch noch so abgelegen war, dann war es doch gerammelt voll, die Veranda und der Rasen inbegriffen.

Doch noch etwas anderes trug zu ihrem Ruhm bei und führte zu einer Auseinandersetzung zwischen ihr und Slade. Vielleicht begann es, als er zufällig mit anhörte, als jemand sagte: »Du kommst doch am Sonntagabend zu Chloe, oder nicht?«

Slade telegrafierte Geschichten nach Hause, Artikel, die mit der Kuomintang zu tun hatten, der revolutionären Partei, die von Dr. Sun angeführt wurde, Artikel, die über die Desorganisation und die mangelnde Einheit und Zielsetzung in China berichteten, die die Geschehnisse im Land sachlich und tatsachengerecht widerspiegelten.

Aber drei Monate nach ihrer Ankunft gegen Ende 1923 erhielten sie einen Brief von Cass.

Mir war nicht klar, daß ich zwei Berichterstatter bekomme, wenn ich Slade dafür bezahle, daß er für mich in China die Augen und die Ohren offenhält. Ich hoffe – ich setze es als selbstverständlich voraus – daß du nichts dagegen hast, Chloe, aber dieser Brief, den du uns über euren ersten Tag in Schanghai geschrieben hast, der, in dem du eure Reise auf dem Hwangpukiang und diese Enthauptungen als einen normalen Bestandteil des Alltags in China schilderst … nun, ich habe ihn veröffentlicht. Ich lege eine Kopie davon aus der Sonntagsbeilage bei und hoffe, daß du dich darüber freust. Wie du sehen wirst, habe ich den Verfassernamen sogar in dicken Buchstaben abgedruckt. Hier wird die menschliche Seite des Orients erfaßt. Mach weiter so!

CHLOE CAVANAUGH

Ihr Name sprang ihr in Buchstaben ins Gesicht, die mehr als einen Zentimeter groß waren. Sie hatte gerade erst begonnen, sich an ihren Ehenamen zu gewöhnen. »Sieh dir das an«, sagte sie und lächelte voller Freude und Stolz.

Slade schüttelte den Kopf. »Laß dich bloß nicht so davon beeindrucken. Es wird nicht so weitergehen. Ein Brief macht noch lange keinen Journalisten. Sehr nett, Schätzchen. Aber es ist ein reiner Zufallstreffer. Es ist etwas anderes, ob man in der Sonntagsbeilage erscheint oder ob man faktische Berichterstattung betreibt. Es ist reizend von Cass, aber dein Brief wäre bestimmt nicht abgedruckt worden, wenn du nicht einen Stein bei ihm im Brett hättest. Koste es aus, es macht Freude, das ist klar. Aber …« Seine Stimme verhallte.

Chloes Begeisterung legte sich. Er hatte recht. Er hatte vier Jahre lang Journalismus studiert und hatte in diesen letzten sieben Jahren hart an seinem Handwerk gearbeitet. Natürlich wäre ihr Text nicht veröffentlicht worden, wenn Cass sie nicht so gern gemocht hätte. Trotzdem machte es ihr Freude. Schreckliche Freude sogar. Den Namen Chloe Cavanaugh in großen schwarzen Buchstaben abgedruckt zu sehen.

Was Schanghai anging, so entwickelte sie eine Haßliebe zu dieser

Stadt. Sie erschreckte und begeisterte sie. Einmal, als sie Einkäufe in der größten Einkaufsstraße erledigt hatte, war sie sicher gewesen, ihre Rippen könnten jeden Moment eingedrückt werden, und daher gab sie auf und floh in die Sicherheit ihres Hauses. Ann Leighton hatte recht gehabt. Benutze deine eigene Rikscha. Misch dich nicht unter die Massen. Zum ersten Mal hatte sie ein Gefühl dafür bekommen, was »die Massen« bedeuteten. Sie rochen schlecht. Sie veranstalteten einen ohrenbetäubenden Lärm. Sie lebten in dunklen, stickigen Löchern, und man konnte nie in ihren Augen sehen, was sie dachten oder ob sie überhaupt irgend etwas dachten. Mit ihren schwarzen Schlitzaugen und dem glatten schwarzen Haar sahen sie alle gleich aus.

Gleichzeitig war sie sowohl von Schanghai als auch von seinen Bewohnern fasziniert. Sie brachte ganze Tage damit zu, die Stadt zu erkunden, manchmal allein, manchmal entweder mit Daisy oder mit Lou, manchmal mit beiden. Frauen wie Ann und Kitty rümpften schon allein bei dem Gedanken daran die Nase.

In den frühen zwanziger Jahren war die Londoner TIMES die einzige internationale Tageszeitung, die einen ständigen Korrespondenten im Fernen Osten hatte. Slade war der zweite Auslandskorrespondent, der längerfristig dorthin abgesandt worden war. Innerhalb der nächsten sechs Monate sollte die NEW YORK TIMES einen festen Berichterstatter abkommandieren, aber im Moment war sie noch von freischaffenden Journalisten oder von Lou Sidney abhängig, dessen Geschichten sie über seine Zeitung erwarben. Lou freute sich darüber, einen anderen Zeitungsmann zu haben, mit dem er reden und trinken konnte. Es gab zwar faktisch eine ganze Reihe von Journalisten, doch sie waren selbständig und hatten keinen festen Standort und wußten nie, ob man sie für die Geschichten bezahlen würde, die sie in die Staaten, nach Paris oder nach Berlin schickten.

Lou Sidney, der die Londoner TIMES seit mehr als fünf Jahren vertrat, war der alte Hase unter den Auslandskorrespondenten. Trotz seines beträchtlichen Talents und obwohl er von den »wichtigen« Westleuten in den Konsulaten, den ausländischen Banken und dem Chef von Standard Oil Informationen bekam und man ihm oft auch Vertrauen entgegenbrachte, fiel Lou, fand Chloe, völlig aus dem Rahmen. Sie schaute ihn an, mit seinen ständig gebeugten Schultern und den von der allgegenwärtigen Zigarette gelb verfärbten Fingern und Zähnen. Sein langes, zartes Gesicht mit den blauen Augen, die abwechselnd traurig waren, lachten, furchtbar ernst oder belustigt dreinblickten ... je nachdem, in welchem Moment man ihn gerade erwischte. Er konnte nicht älter als fünfunddreißig sein, doch seine Stirn war bereits faltig, und das wurde noch betont, wenn er die Augenbrauen hochzog.

»Ich mag Lou«, sagte sie an einem Sonntagabend, nachdem der letzte Gast gegangen war.

»Wer nicht?« erwiderte Slade darauf.

Chloe trat in die kühle Abendluft auf der Veranda hinaus. Slade folgte ihr und schlang seine Arme um sie. Sie lehnte den Kopf an seine Schulter zurück und beobachtete, wie das Bambuslaub in der Brise raschelte, lauschte den gedämpften Geräuschen in der Ferne und betrachtete die Mondsichel, die sich im Fluß spiegelte. Seine Hände glitten von ihrer Taille auf ihre Brüste und umfaßten sie.

Sie wandte ihm den Kopf zu, ließ die Zunge über seinen Hals gleiten und hörte sein leises Lachen. Mit den Lippen an ihrem Ohr zog Slade den Reißverschluß auf dem Rücken ihres Kleides herunter, streckte die Arme nach ihr aus und zog sie an sich. »Geh nicht rein.« Sie wußte, daß er im Dunkeln lächelte. »Bleib hier.« Seine Hände legten sich auf ihre Schultern, zogen ihr Kleid über ihre Arme, und seine Finger streiften sie. Sie stieg aus dem Kleid heraus, als es auf den Steinboden fiel. Aus der Ferne drangen die klagenden Töne einer Laute, deren dissonante Akkorde in der lauen Luft trieben.

Slades Arme legte sich um sie, und sie spürte, wie ihre Brüste anschwollen und sie ihn wollte, als sie mit den raschelnden Weiden über sich dastanden. Sie fühlte sich schön und von einem Verlangen entflammt, das jeden Nerv in ihrem Körper brennen ließ. Als er aus seinem Hemd schlüpfte, streckte sie die Arme nach ihm aus, und ihre nackten Körper berührten einander. Mit den Lippen auf ihrem Mund, hob er sich hoch und trug sie zu dem Liegestuhl hinüber. Sie schlang die Beine um ihn, als wollte sie ihn nie mehr loslassen, und er flüsterte: »O Gott, mein Liebling«, als sie sich ihm öffnete und hoffte, er würde langsamer als sonst vorgehen; sie wollte, daß dieser Moment bis in die Ewigkeit andauerte, wollte ihn in ihren Körper und in ihre Haut aufsaugen, wollte, daß die sich steigernde Spannung sie durchströmte, in ihren Blutkreislauf eindrang und sie auflud, bis sie still daliegen mußte, vom Liebesakt erfüllt und erschöpft.

Aber es war vorbei. Viel zu schnell. Sie hörte Slade stöhnen und spürte, wie sein Körper auf ihr zusammensackte. Sie lag im Dunkeln auf dem Liegestuhl und wartete darauf, daß die Sehnsucht und das Verlangen abnahmen, damit sie nicht länger diese Gier verspürte, die irgendwie nie gestillt wurde. Sie fuhr mit den Fingern durch Slades Haar und küßte seine Wange. Kurz darauf standen sie auf, hoben ihre Kleider auf und liefen nackt – Hand in Hand – in ihr Schlafzimmer, wo er sofort einschlief.

Chloe lag da, starrte in das Dunkel und fragte sich, ob Gartenpartys, Kricket, Pferderennen, die Buffets am Sonntagabend und die flüchtigen Begegnungen mit Slades Körper alles waren, was das Leben zu bieten hatte. Und wenn es so war, warum sie dann nicht zufriedener war.

Sie fühlte sich schuldbewußt, weil sie mehr wollte. Sie hatte, sagte sie sich, mehr, als sie sich je erträumt hatte: ein exotisches Land – ein Land, das sie täglich von neuem faszinierte und abstieß, einen berühmten, liebevollen Ehemann, ein sorgloses Leben, das so ganz anders war als jedes andere, das sie je gekannt oder sich ausgemalt hatte. Aber es erschien ihr nicht so, als sei das mehr. Nur anders.

»Ich glaube, ich werde Chinesisch lernen«, sagte sie laut vor sich hin und fragte sich, ob das ihrem Leben eine weitere Dimension hinzufügen würde.

Slade hatte bereits ein paar Ausdrücke gelernt, und vielleicht war es jetzt an der Zeit, daß sie sich in die Lage versetzte, eine Beziehung zu diesem Land aufzubauen.

8

Sie hatte bis auf ihre Hausangestellten, mit denen sie sich kaum verständigen konnte, bisher keine Chinesen kennengelernt. Gao Hu konnte genügend Pidgin-Englisch, um so ziemlich alles zu enträtseln, was sie getan haben wollte, und er konnte den anderen Hausangestellten Anweisungen erteilen. Er behandelte Chloe und Slade zwar mit unterwürfigem Respekt, doch Chloe hatte den Verdacht, daß in seiner Vorstellung er der Boß war. Sie fühlte sich nie wirklich wohl in seiner Nähe und kam sich in seiner Gegenwart oft wie ein zurückgebliebenes Kind vor.

Dann kam Mr. Yang in ihr Leben. Slade hatte ihn auf Chloes Wunsch hin engagiert, damit er an drei Nachmittagen in der Woche um zwei Uhr mittags ins Haus kam, um ihnen Chinesisch beizubringen. An jenen Tagen bemühte sich Slade gewissenhaft, zum Mittagessen nach Hause zu kommen, aber er schaffte es nicht immer.

Als Mr. Yang das erste Mal auftauchte, ein mittelgroßer schlanker Mann in einem grauen Seidengewand, das bis auf seine Füße fiel, die in weißen Socken und schwarzen Stoffschuhen steckten, mochte Chloe ihn auf Anhieb. Er hatte eine sehr aufrechte Haltung und war sehr förmlich, hielt mit beiden Händen ein Buch und verbeugte sich, als sie das Eßzimmer betrat, in dem der Unterricht abgehalten wurde. Er trug eine kleine, runde schwarze Satinmütze, die eng an seinem Kopf anlag; er setzte sie niemals ab. Seine Augen waren bodenlos schwarz. Ehe Chloe erfuhr, daß Gelehrte in China das allerhöchste Ansehen genossen, hatte er sich ihren Respekt bereits erworben, nicht nur durch die Geduld, mit der er versuchte, ihnen seine Sprache beizubringen, sondern auch damit, daß er jedesmal, wenn er sich erhob, um zu gehen, etwas Dramatisches in den Raum stellte. Am ersten Tag lautete der Satz, mit dem er von der Bühne abtrat: »Ein Gedanke, der die Meditation lohnt, ehe wir einander wiedersehen, ist etwas, was der große Philosoph Konfuzius gelehrt hat: ›Nur in der Erfüllung seiner gesellschaftlichen Verantwortung verwirklicht der einzelne seine vollständige persönliche Erfüllung.‹«

Chloe schrieb diese Worte nieder, als er gegangen war, damit sie sie nicht vergaß.

Mr. Yang lehrte Chloe weit mehr als seine Sprache. Er war zwar für zwei Stunden pro Sitzung engagiert worden, doch an vielen Tagen – insbesondere dann, wenn Slade früher ging oder gar nicht zum Unterricht erscheinen konnte – blieb er bis um fünf und nahm mit Chloe Tee und süßes Gebäck zu sich. Mr. Yang war Konfuzianer und schärfte Chloe seine Version der konfuzianischen Philosophie ein. Jahre später, als sie hörte, daß der große Philosoph Frauen geringer als Sklaven einschätzte und daß es im Konfuzianismus eine Klassenhierarchie gab, verstand sie das nicht, denn das waren nicht die Aspekte des Konfuzianismus, die Mr. Yang sie gelehrt hatte.

Chloe lernte wesentlich schneller Chinesisch als Slade, vielleicht, weil er mehr als sie zu tun hatte, vielleicht aber auch, weil sie den größeren Enthusiasmus und die größere Entschlossenheit dareinsetzte. Sie brachte täglich Stunden damit zu, die Sprache zu erlernen, und sie sagte die Worte immer wieder laut vor sich hin, während sie Ideogramme malte und versuchte, das Wort in Verbindung mit dem Bild zu bringen.

Oft stand sie morgens früh auf und ging mit dem Koch auf den Markt, obwohl sie ihm anmerkte, daß es ihm bei weitem lieber gewesen wäre, seine Einkäufe allein zu erledigen. Sie liebte diesen Teil des Tages. Er verlief so völlig anders als in den Vereinigten Staaten. In den gewundenen Gassen boten Händler ihre Waren feil, hielten potentielle Käufer regelrecht fest und schrien ihnen zu, sie sollten ihre Erzeugnisse kaufen. Prachtvolles frisches Gemüse füllte Körbe oder lag auf Zeitungspapier da – Blumenkohl, junges Rapsgemüse, Salatköpfe, Lotoswurzeln, geraspelter Meerrettich, eingelegtes und gesalzenes Blattgemüse und Kohl. Es gab riesige weiße Pfirsiche und Orangen mit einer straffen Schale, die süßer waren als jede ander Orange, die sie je gekostet hatte; tatsächlich fanden sich dort mehr Obstsorten, als sie je gesehen hatte: leuchtend gelbe saftige Loquats, Kirschen, würzige Bananen – kleiner und dunkler und ganz anders als die, die in Amerika verkauft wurden. Wassermelonen – hart, aber ohne Risse in der Schale und sehr grün; Ananas, die kleiner und brauner waren als die, die von Amerika importiert wurden; süße grüngoldene Warzenmelonen. Pfeilwurz, Grapefruits, große rote Datteln. Gigantische rötlichbraune Pilze und Litschis, Kakifrüchte, die mit süßem Saft gefüllt waren. Große braune Eier quollen aus Kisten und Körben. In den Geschäften mit dem Lehmboden gingen die Hühner ein und aus. Bohnengallerte und Fleischbällchen wurden an Ständen verkauft. In Waschzubern oder in nasses Zeitungspapier gewickelt, wurden riesige lebende Karpfen und manchmal auch Aale angeboten. Enten und Hühner wurden quakend und gackernd mit zusammengebundenen Füßen verkauft. Das würzige Aroma von frisch gemahlenem Ingwer und grellroten Peperoni hing in der Luft.

Nie waren ihre Sinne in Amerika so sehr angeregt worden.

Fast jeden Abend hatten sie eine Einladung zum Essen oder zu einem Ball, auf dem sie tanzten, zu einer schillernden Party. Chloe stellte schnell fest, daß sie für eine Woche in Schanghai mehr Abendkleider brauchte, als sie in ihrem ganzen bisherigen Leben benötigt hatte. Sie ließ Schanghai aufhorchen, als sie etliche traditionelle chinesische Seidengewänder mit Mandarinkrägen und langen Schlitzen über dem Knie in Smaragdgrün, Königsblau und Blutrot bestellte. Sie begann, sie zu ihren sonntäglichen Buffets zu tragen.

»Um Gottes willen, Liebling«, rief Slade aus, als sie das erste dieser Gewänder anzog, »was zum Teufel werden die Leute sagen?«

Sie grinste ihn an. »Daß ich ein Chinesenliebchen bin?«

Sie stand gerade vor dem Spiegel und legte sich lange Ohrringe an, und er betrachtete ihr Spiegelbild. »Vielleicht lasse ich mir Löcher in die Ohren stechen«, sagte sie. »Das wäre doch eine nette Geste, meinst du nicht auch?«

Er schüttelte den Kopf und fing dann an zu lachen. »Chloe, du schlägst aber auch alles«, sagte er. Aber er erhob keine Einwände.

Die Samstagnachmittage verbrachten die Ausländer in Schanghai bei den Rennen, und an den Sonntagen führte – nach einem schweren Mittagessen und dem darauffolgenden Mittagsschlaf –

die Marinekapelle im Park am Bund gleich neben dem Fluß vor dem ungezwungenen, wenn auch zunehmend delikateren Buffet der Cavanaughs ein Konzert auf.

Chloe sehnte sich nach einem Abend allein mit Slade, an dem nur sie beide vor dem Kamin das Abendessen zu sich nahmen, doch dazu kam es selten.

Gewöhnlich gelang es Slade, zum Chinesischunterricht nach Hause zu kommen, doch er eilte um Punkt vier wieder aus dem Haus, obwohl es Chloe lieb gewesen wäre, wenn er dageblieben wäre. Sie wollte von den Ereignissen des Tages hören, ein Glas goldenen chinesischen Wein mit ihm trinken und seine Hand halten, während er ihr erzählte, was sich im restlichen China zutrug.

Statt dessen verbrachte sie einige dieser späten Nachmittagsstunden mit Mr. Yang und lernte viel über China. Eines Tages sagte Mr. Yang, der mit verschränkten Armen aufrecht dasaß und auf den Tee wartete, zu ihr: »In China ist die *menschliche* Welt das Entscheidende. Die Welt der *Dinge* ist von zweitrangiger Bedeutung.« Er sparte sich diese konfuzianischen Tugendlehren bis nach dem Unterricht auf.

»Heißt das«, fragte Chloe, als der Boy Nummer zwei den Tee brachte, nicht etwa auf dem silbernen Tablett mit dem silbernen Teegeschirr, das Chloe und Slade als Hochzeitsgeschenk bekommen hatten, sondern in einer hohen, schmalen, grün und blau gemusterten Porzellankanne. Sie zögerte, als sie den Tee in die Tassen goß, die zueinander paßten und so zierlich und zerbrechlich waren, daß sie wirkten, als könnten sie bei der kleinsten Berührung zerspringen. »... daß ich nie meine Freude an Zeiten wie Weihnachten haben sollte?«

Mr. Yang verstand sie nicht. Als Chloe ihm mehr über Weihnachten erzählte und ihm den Brauch erklärte, Geschenke zu machen und entgegenzunehmen, schüttelte Mr. Yang heftig den Kopf, was dem amerikanischen Nicken gleichkam. »Der Überlegene weiß, was rechtens ist. Der Unterlegene weiß, was einträglich ist.«

Chloe hatte den Verdacht, das war seine indirekte Antwort auf ihre Frage. Wie immer würde sie über ihr Gespräch mit Mr. Yang nachdenken müssen, nachdem er gegangen war.

Sie verfolgte ihren Faden beharrlich weiter. »Heißt das, daß es schlecht ist, Geld zu verdienen?«
»Reichtum und Ehre«, sagte Mr. Yang, und seine unergründlichen Augen waren auf etwas in weiter Ferne gerichtet, »sind das, was jeder Mann anstrebt. Aber wenn sie unter Verletzung moralischer Prinzipien erlangt worden sind, dürfen sie nicht beibehalten werden.«
»Sie meinen« – Chloe strich sich mit der Hand über das Bein, fühlte, wie seidig ihre Strümpfe waren, und kostete den Luxus aus, den man für Geld kaufen konnte –, »wenn jemand etwas stiehlt, sollte er es wieder zurückgeben?«
Manchmal kam sie auf den Gedanken, daß Mr. Yang sie als ein naives Kind oder als einen Barbaren ansah, der direkte Fragen stellte, und das trotz des Wissens, daß man das im Orient nicht tat. Diesmal gestattete er sich den Anflug eines Lächelns.
»Er hätte es selbstverständlich gar nicht erst nehmen sollen. Demütigungen sind das, was jedem Mann widerstrebt. Aber wenn sich diese Umstände nur durch Verletzung von moralischen Prinzipien vermeiden lassen, dürfen sie nicht gemieden werden.«
»Meinen Sie damit« – sie lehnte sich auf ihrem Stuhl zurück, genoß ihre Unterhaltung mit dem chinesischen Gelehrten und fragte sich, warum sie und Slade nie über solche Dinge miteinander sprachen –, »es ist besser, arm und gut zu sein, weil reich notwendigerweise mit schlecht gleichzusetzen ist?«
»Nicht direkt.« Er streckte die Hand aus und stellte seine leere Teetasse auf den Tisch, lehnte sich zurück, steckte die Hände in den jeweils anderen Ärmel und saß mit verborgenen Händen, die flach auf seinem Bauch lagen, in der Haltung da, die sie für seine liebste hielt. »Reichtum ist nur dann in sich selbst schlecht, wenn er durch die Verletzung eines moralischen Prinzips erlangt worden ist. Ein integrer Mann vergißt die Menschlichkeit nie auch nur einen Moment lang.« Chloe nahm an, das gleiche galt auch für integre Frauen. Oder gab es so etwas in der konfuzianischen Ideologie nicht?
Mr. Yang fuhr fort: »Jen – eine der Lehren des Konfuzianismus – Jen ist unsere Fähigkeit zu lieben, und diese bildet den Kern unserer Menschlichkeit. Wenn jemand auf Kosten eines anderen

reich wird, dann ist *das* böse. Jen ist genau das, was uns wahrhaft menschlich macht, ist unsere innere Menschlichkeit. Unsere Liebe zur Menschheit aufzugeben, bedeutet, ein durch und durch menschliches Leben aufzugeben. Die Liebe zur Menschheit ist es wert, sein Leben dafür zu opfern. Sie ist die Grundlage aller menschlichen Werte und Verdienste.«

Sie schwiegen ein paar Minuten lang, während Chloe diese Vorstellungen verarbeitete. Dann fragte sie, und dabei hatte sie die Finger um die Knie gefaltet und beugte sich vor: »Das ist es, was das Leben lebenswert macht. Geht es darum bei Jen?«

Aus unbeweglichen Augen sah Mr. Yang Chloe lange Zeit an. Auch sie zuckte mit keiner Wimper, als sie in seine bodenlosen Augen starrte, als könnte sie dort vielleicht den Kern seines Wesens finden. Schließlich entdeckte sie dann tatsächlich die Andeutung eines Lächelns, eine Wärme, die sie geahnt, aber bisher nicht gesehen hatte.

Dann zog er einen Streifen Seide über den Tisch zu seinem Buch hin, schlug es auf und legte das Lesezeichen aus Stoff sorgsam hinein, damit es am Buchrücken keine Falten bekam, schloß das Buch und hielt es in beiden Händen. Er stand auf, verbeugte sich leicht und sagte: »Madame, Sie sind mir ein Vergnügen.«

Chloe spürte, wie ein Schauer sie überlief, als sie den Unterschied zu dem wahrnahm, was er zum Abschied so oft sagte: Es ist mir ein Vergnügen gewesen. Diesmal hatte er gesagt: »Sie«. Sie sind mir ein Vergnügen.

»Ah, Sir.« Sie neigte den Kopf. »Sie sind ein ausgezeichneter Lehrer.« Inzwischen wußte sie, daß es nichts Schmeichelhafteres gab, was sie ihm hätte sagen können.

Zum ersten Mal hatte sie das Gefühl, sie könnte auf dem Weg zu einem gewissen ansatzweisen Verständnis sein. Einen kurzen Moment lang fühlte sie sich Mr. Yang, dessen Welt so ganz anders war als ihre, unglaublich nah. Sie sah ihn an und fragte sich, ob er wohl eine Frau hatte, ob er Kinder hatte, und wenn ja, was für ein Vater er sein mochte. Was tat er in diesen Stunden, in denen er nicht hier war, nicht in ihrem Eßzimmer saß und versuchte, sie in seinen festen Glauben und in sein Denken einzuführen?

Der Moment der Wärme dauerte an, und sie riß sich zusammen,

um nicht die Hand auf seinen Arm zu legen, sich nicht bei ihm zu bedanken. Nachdem er gegangen war, hatten seine Worte: »Madame, Sie sind mir ein Vergnügen« eine so nachhaltige Wirkung, daß sie keinen Groll verspürte, als Slade nicht zum Abendessen nach Hause kam. Sie aß allein zu Abend und lächelte unablässig während ihres einsamen Mahls. Immer wieder von neuem wiederholte sie die Worte, bis sie glaubte, selbst wenn Slade ihr sagte, daß er sie liebte, erfüllte sie das nicht mit einer solchen Befriedigung.

Sie ertappte sich dabei, daß sie sich fragte, warum die Ehefrauen der Amerikaner, der Briten und der Franzosen in China sich so glühend für belanglose Dinge interessierten wie zum Beispiel, wer wen unter Druck setzte oder wer mit wem schlafen könnte oder wie unzuverlässig die Haushaltshilfen waren oder wie dumm die Chinesen und wie die Haushaltshilfen einem das letzte Hemd raubten. Sie spielte dreimal in der Woche morgens Tennis. Mindestens an einem Nachmittag in der Woche und nahezu jeden Abend besuchte sie Galaveranstaltungen. Sie hatte mehr hübsche Kleider, als sie geglaubt hatte, in ihrem ganzen Leben zu besitzen. Sie ließ keinen einzigen Tanz in Ermangelung eines Partners aus.
Und doch entzog sich ihr das Glück, von dem sie angenommen hatte, es würde sich mit einem solchen Leben von allein einstellen. Sie spürte die Rastlosigkeit, die sie ihr Leben lang begleitet hatte. Das Gefühl, nichts zu tun. Sie fühlte sich nutzlos. Der Reiz des Neuen in China hatte sich zwar noch nicht gelegt, doch er bescherte ihr nicht das, was sie sich davon erhofft hatte. Partys, auf denen man Tag für Tag dieselben Leute traf, waren auch nicht aufregender, als sie es in Oneonta oder in Ithaca gewesen waren. Sie wollte mehr ... viel mehr ... vom Leben. Aber sie wußte immer noch nicht, was.
Sie und Slade waren gemeinsam mit Lou Sidney die einzigen Journalisten, die zum Dinner für den neuen Botschafter, der in Peking stationiert war, ins britische Konsulat eingeladen worden. Da es keine zentralchinesische Regierung als solche gab, bedeutete eine Berufung nach Peking nur ein noch stumpfsinnigeres Leben als in Schanghai. In dieser Stadt im Norden gab es nicht

annähernd so viele Ausländer unter der Bevölkerung. In den langen Wintern war es wesentlich kälter und dunkler, es gab nicht so viele gesellschaftliche Ereignisse, wie Schanghai sie zu bieten hatte, und doch wurden, da es als die Hauptstadt eines Landes angesehen wurde, das in keiner Weise geeint war, Botschafter dorthin gesandt und legten ihre Referenzen dem dortigen Warlord vor, der keinen Einfluß auf den Rest von China hatte und nicht für das übrige China sprechen konnte.

Wie auf so vielen anderen Essenseinladungen drehte sich das Gespräch schon bald um Sun Yat-sen und seine ewigwährende Kandidatur für die Präsidentschaft eines vereinigten China.

»Er erscheint mir wie ein Träumer«, sagte Slade. Chloe sah ihn über den Tisch hinweg an und beobachtete, wie seine linke Hand lässig auf dem Tisch lag und seine langen, schmalen Finger leicht auf das weiße Tischtuch pochten. »Er hat die Zügel nie in die Hand genommen. Er hat mehr Zeit außer Landes als im Land selbst verbracht.«

»Aber niemand wird von den Chinesen mehr verehrt. China den Chinesen. Demokratie. Gleichheit. Freiheit.«

Chloe sah den Mann an, der diese Worte gesagt hatte. »Glauben Sie denn nicht an all das?« fragte sie ihn.

Der Mann hüstelte hinter vorgehaltener Hand. »Doch, selbstverständlich, selbstverständlich.«

»Aber nicht in China?« fragte sie.

Es herrschte Stille. Sie war so laut, daß Chloe sie hören konnte.

Ja, dachte sie, die Ausländergemeinde hat sich der Demokratie im jeweils eigenen Land so sehr verschrieben, aber sie fürchten sich alle zu Tode vor der Demokratie in dem Land, dem sie beim Erwachen helfen. Ihnen paßt der Status quo sehr gut ins Konzept, hatte Slade ihr erklärt; sie konnten Forderungen stellen und mit Vorzugsbehandlung rechnen. Sie wollten nichts, was dieses Handelsgleichgewicht ins Wanken bringen könnte. An jenen Abenden, an denen Lou und Slade in ihrem Wohnzimmer saßen, Zigaretten rauchten, Gin Tonic tranken und über dieses Land philosophierten, in dem sie jetzt alle lebten, hörte Chloe ganz genau zu.

Am nächsten Nachmittag ließ sie das Thema in ihr Gespräch mit Mr. Yang einfließen. Er hatte ihr eine einfache Übersetzung vom

Chinesischen ins Englische aufgegeben. Als sie die Übersetzung fertiggestellt hatten, dasaßen und auf Mr. Yangs geliebten Jasmintee warteten, für den sie ebenfalls eine Schwäche entwickelt hatte, fragte sie den Gelehrten: »Was für ein Mann ist Dr. Sun?«
Mr. Yang schüttelte den Kopf, als könnte er ihr keine eindeutige Antwort geben. »Ich glaube«, begann er, »daß Dr. Sun und seine Anhänger das Gefühl hatten, wenn die Mandschudynastie erst einmal gestürzt ist, würde ein neuer Menschenschlag zutage treten. Aber das ist nicht von einem Moment auf den anderen möglich. Ich persönlich glaube, daß die Mandschus zu übereilt und zu leichtfertig gestürzt worden sind. Ehe jemand die Zeit gefunden hat, sich Gedanken darüber zu machen, was dann geschehen soll. Niemand hat Pläne entworfen, wie das Volk regiert werden soll. Die Warlords der verschiedenen Provinzen waren nicht gewillt, ihre Autonomie aufzugeben.«
»Gibt es nicht sehr verschiedene Warlords?« fragte sie.
Mr. Yang nickte. »Die Bandbreite kann von ortsansässigen Banditen, die Dörfer terrorisieren, bis hin zu denen reichen, die Großstädte in der Größenordnung von Peking beschützen. Das hängt von ihrer Militärmacht ab. Diejenigen, die sich große Provinzen aneignen oder schwören, Städte und größere Ortschaften zu beschützen, beziehen ihre Gelder aus Steuereinnahmen. Sie wehren alle Eindringlinge ab. Manche, die eine große Militärmacht haben, herrschen über eine ganze Provinz.«
Chloe dachte an die Schutzzollkämpfe in den Vereinigten Staaten.
»In kleineren Ortschaften zahlen die Warlords Steuern an die Warlords ihrer Provinz oder der nächsten großen Stadt. Die Warlords der Städte haben Steuern früher an die Mandschus abgeführt. Jetzt gibt es keine Zentralregierung, und vielleicht behalten sie das Geld für sich.«
»*Warlord* ist ein so bedrohliches Wort.«
»In China«, sagte Mr. Yang und nickte zustimmend, »ist das Soldatentum kein ehrenwerter Beruf. Nur der Pöbel geht zur Armee. Die Soldaten vergewaltigen und plündern, sie nutzen Menschen aus, sie sind rücksichtslos und grausam. Man kann nur hoffen, daß der eigene Sohn niemals so tief sinken wird. Warlords dienen jedoch einem nützlichen Zweck. Wenn man Steuern an

einen Warlord zahlt, schwört er, gegen jeden anderen Warlord und gegen alle Banditen zu kämpfen, die in das Dorf kommen, und dann ist man sicher. Aber es ist kein ehrenwerter Beruf.«

»Warum duldet das Volk die Warlords?«

»Weil die gewöhnlichen Leute sich nicht selbst schützen können. Weil das in China seit 1850 Sitte ist.«

»Aber was ist mit Dr. Sun?« fragte Chloe noch einmal.

Mr. Yang zog die schmalen Schultern hoch und wollte damit andeuten, daß er es nicht wirklich wußte. »Ich glaube, da es keinen anderen Plan gegeben hat, was man nach dem Umsturz der Mandschus mit Millionen von Menschen anfangen soll, hatte Dr. Sun mit seiner Vorstellung von einer Republik Erfolg. Die Bauern und Ladenbesitzer haben nie gern Steuern für die Verschwendungssucht der Kaiserinwitwe bezahlt. Angenommen, das Land wird je geeint, dann glauben sie, daß man ihnen keine Steuern mehr für Luxusgüter auferlegen wird, wenn sie selbst kaum genug zu essen haben.«

Chloe konnte aus seinem Tonfall heraushören, daß er skeptisch war. »Sie glauben nicht daran?« fragte sie ihn.

Ein dünnes Lächeln huschte über das Gesicht ihres Lehrers. »Die menschliche Natur wird dabei nicht berücksichtigt. Jemand wird die Steuern einkassieren müssen. Jemand wird diese Macht haben. Und Macht führt zu Korruption.«

Chloe dachte an ihre eigene Regierung. Die war doch gewiß nicht korrupt. »Immer?« fragte sie. »Glauben Sie, daß Macht *immer* Korruption bedeutet?«

Mr. Yang steckte die Hände in die gegenüberliegenden Ärmel und saß mit seinen jetzt verborgenen Händen vor sich aufrecht da. »Ich weiß nur von wenigen Ausnahmen. Konfuzius, vielleicht Buddha, Ihr Christus. Aber deren Anhänger, die versucht haben, gewaltsam Macht an sich zu reißen, haben sich dann korrumpieren lassen. Nur wenn man die Augen auf einen fernen Stern richtet, ist Ideologie rein. Wenn er erst einmal naherückt und man ihn in die Hände nehmen kann, führt das zu Korruption.«

»Dann halten Sie also alle Religionen für korrupt?«

»Der Konfuzianismus ist keine Religion«, sagte er, und seine Augen starrten zum Fenster hinaus in den Pfirsichbaum, dessen

Zweige jetzt kahl waren. »Es ist ein Moralkodex, der auf ethischen Grundsätzen beruht. Eine Form, auf die man sein Leben begründen kann.«
»Ist das nicht im Grunde genommen der Kern einer jeden Religion, ein Moralkodex?« fragte Chloe.
Daraufhin lachte Mr. Yang, jenes bei ihm so seltene Lachen, ein kleiner, gepreßter Laut, doch Chloe konnte dem Schwung seiner Lippen ansehen, daß es ein Lachen sein sollte.
Chloe kam auf ihre ursprüngliche Frage zurück. »Ist Dr. Sun ein guter Mann?«
»Ich weiß wenig über ihn.« Mr. Yang schüttelte den Kopf, klemmte sein Stück Seide zwischen die Seiten seines Buches und bedeutete damit, daß er aufbruchsbereit war. »Er ist Christ.« Das machte ihn in Mr. Yangs Vorstellung nicht besonders achtenswert. »Er hat einen Teil seiner Jugend in Hawaii und einen großen Teil seines Erwachsenendaseins in Amerika zugebracht. Soweit ich gehört habe, ist er Arzt, aber ich glaube nicht, daß er länger Medizin praktiziert hat. Er hatte eine Frau und zwei Kinder, hat sie aber, so scheint es, im Stich gelassen, um Gelder für sein Anliegen aufzutreiben. Er hat sich eine zweite Ehefrau genommen. Viel mehr weiß ich nicht über ihn, obwohl in China zahllose Geschichten und Erwartungen kursieren. Er ist sehr hoch angesehen. Er wird ›der Vater des modernen China‹ genannt.« Er stand auf und verbeugte sich leicht.
Chloe erwiderte diese Höflichkeit und begleitete ihn ans Tor.

»Ich glaube, ich würde gern zehn bis vierzehn Tage verreisen«, kündigte Slade an, als sie sich zum Abendessen umzogen. »Magst du mitkommen?« fragte er.
»Ja«, antwortete sie augenblicklich, ohne auch nur zu wissen, wohin er fuhr. Es spielte keine Rolle.
»Ich will nach Kanton fahren und sehen, ob ich ein Interview mit Dr. Sun bekommen kann; ich möchte versuchen, mir ein Bild von ihm zu machen. Es sieht so aus, als würde er wieder Präsident von China, falls er eine Vereinigung erreichen kann. Wenn jemand das schafft, dann ist es Dr. Sun. Er ist der einzige Held, den China im Moment hat.«

»Das macht bestimmt Spaß«, sagte Chloe, als sie sich ihren Ohrring anlegte und sich im Spiegel betrachtete. »Wann fahren wir los?«

»Wie wäre es gegen Ende der Woche? Er und seine Frau sind beide durchaus amerikanisch orientiert; daher sollten sie an sich bereit sein, mit jemandem von der amerikanischen Presse zu sprechen.«

Chloe trat vor ihn hin. »Ich möchte mir liebend gern andere Teile von China ansehen.«

Slade beugte sich herunter, um sie auf die Wange zu küssen. »Dann laß uns doch hoffen, daß es wirklich Spaß macht. Vielleicht kannst du Madame Sun kennenlernen und dir einen Eindruck verschafften, wie sie ist. Sie ist in Amerika ins College gegangen.«

Chloe zog die Augenbrauen hoch. »Eine Chinesin, die in Amerika studiert hat?«

»Ihre Schwestern auch«, sagte Slade. »Die ersten chinesischen Frauen aller Zeiten, die in Amerika studiert haben. Soweit ich weiß, die ersten gebildeten Chinesinnen überhaupt.«

»Wie ungewöhnlich. Ich wußte gar nicht, daß man Chinesinnen überhaupt studieren läßt.«

»Vielleicht kannst du ihre Geschichte aus ihr herausholen.« Er legte die Arme um ihre Taille und schaute lachend auf sie herunter. »Siehst du, du bist mir eine echte Hilfe.«

»Oh, das gefällt mir.« Sie lächelte und dachte sich: Das gefällt mir *wirklich*.

9

Madame Sun«, sagte Slade beim Betreten des Hotelzimmers, »lädt dich zu sich zum Tee ein, während ich Dr. Sun interviewe.«
Chloe schaute zum Fenster hinaus auf den Garten hinter dem raschelnden Bambus. Sie fand den Garten ungepflegt. Aber andererseits, dachte sie, traf das auf alles zu, was sie in den zehn Monaten gesehen hatte, die sie bisher in China verbracht hatte.
Die dreitägige Zugfahrt von Schanghai war unbequem gewesen. Der Zug war nicht nur sehr voll gewesen, sondern sie hatte außerdem den Eindruck gewonnen, daß neunzig Prozent aller männlichen Chinesen rauchen mußten, und während der ganzen Reise hatte sie Atemnot ausgestanden. Auf den Fußboden war offensichtlich uriniert worden, und sie streckte die meiste Zeit den Kopf zum Fenster hinaus, weil sie hoffte, auf die Art atmen zu können, ohne sich zu übergeben. Die Decken auf den Bettstellen waren schmutzig und wohl seit der Benutzung durch den jeweiligen Vorgänger nicht gewechselt worden. Oder schon seit einem Jahr nicht mehr, dachte sie. Es gab keine Laken. Sie hoffte nur, wer auch immer vor ihr dort gelegen haben mochte, hatte keine Tb gehabt, ganz gleich, welcher von ihrem Dutzend von Vorgängern. Wenn sie schlief, dann nur sporadisch, denn ihr machte der Mangel an Hygiene zu schaffen, die Gerüche und der Lärm von Hunderten von unsauberen Menschen.
Das waren die Zeiten, in denen sie China haßte. Sie erinnerte sich an ihr Badezimmer zu Hause. Erinnerte sich an die Bäder in Risley Hall. Erinnerte sich an die Bäder der Monaghans in Chicago und sogar an das primitive, aber saubere Bad oben in der Hütte in Michigan. Sie erinnerte sich an das Bad ihrer Großeltern und beschwor jedes saubere und ordentliche Badezimmer vor ihren Augen herauf, das sie je gesehen hatte. Sie lag unter ihrer schmutzigen Decke und erinnerte sich voller Wehmut daran, sich die Zähne mit Wasser putzen zu können, das direkt aus der Leitung kam.

In Kanton war das Laub der Bäume, die die Straßen säumten, von einer graubraunen Staubschicht bedeckt. Es mochte zwar in der Stadt nicht ganz so hektisch zugehen wie in Schanghai, aber das war alles nur relativ, entschied sie. Wenn Slade sie allein ließ, wagte sie sich in die Stadt hinaus, um sich umzusehen. Da ihr jetzt minimale Sprachkenntnisse im Chinesischen zur Verfügung standen, hatte sie keine Angst, sie könnte sich verirren. Sie hatte von weißer Sklaverei gehört, von Verbrecherorganisationen, die Frauen entführten und sie nach Macao, Peking, Kanton oder Schanghai schickten, um sie dort in Bordellen arbeiten zu lassen. Nie wieder hörte man etwas von ihnen, von diesen weißen Frauen. Doch sie weigerte sich, sich von diesen Geschichten ängstigen zu lassen.
In Schanghai hatte sie ihren eigenen Rikschaträger, und das ermöglichte es ihr, sich frei durch die Stadt zu bewegen, zu Partys am Bund zu gehen oder andere Frauen zu Hause zu besuchen. Sie war stolz darauf, daß sie sich ein Haus abseits von der Gegend der Stadt gesucht hatte, in der die meisten Leute aus dem Westen lebten. Sie fühlte sich niemals unsicher dort, aber andererseits war sie auch nie allein. Der Koch ging zwar abends nach Hause ebenso wie die Wäscherin und das junge Mädchen, das die Hausarbeiten erledigte, doch Gao Hu wohnte in einem kleinen Zimmer hinter der Küche, und Chloe hatte den Verdacht, daß der Rikschaträger hinter dem Pampasgras unten am Fluß unter den Weiden schlief. Sie fragte nie, denn er vermittelte ihr ein Gefühl von Sicherheit, die Dienstboten nachts um sich zu haben, wenn Slade nicht zu Hause war. China ängstigte sie nicht so sehr, wie es sie faszinierte. Und jetzt, nach dem Zwischenfall an jenem Morgen, war sie außerdem noch wütend.
»Hast du mich gehört?« fragte Slade, und seine Stimme klang ein wenig gereizt.
Sie wandte sich zu ihm um und sah ihn an, da sie ihm erzählen wollte, was sich zugetragen hatte, und daher antwortete sie: »Ich habe gerade nachgedacht.«
»Dann hör jetzt auf zu denken und mach dich fertig.«
»Heute morgen ist etwas pass ...«
»Mach schon«, sagte er mit gereizter Stimme. »Du hast noch gar nicht angefangen, dich anzuziehen. Ich will nicht zu spät kommen.«

Sie konnte ihm anmerken, daß er ihr nicht zuhörte. Sie griff nach einer neuen Seidenbluse und beschloß, es ihm später zu erzählen.
»Madame Sun ... Was weißt du über sie?«
»Sie stammt aus einer der einflußreicheren Familien Chinas«, sagte er und löste seine Krawatte.
»Und damit willst du sagen ...?« Chloe ging rüber zu ihm und hob das Hemd auf, das er auf das Bett geworfen hatte.
Slade schlenderte zu der Waschschüssel und fing an, sich die Hände einzuseifen. »Ein interessanter Vater, nach allem, was ich gehört habe, der auf die eine oder andere Weise nach Boston gekommen ist, als er noch ein kleiner Junge war, vielleicht zehn Jahre alt. Dort haben sich ihn die Missionare geschnappt und ihn bekehrt. Sie haben ihn sogar ein Baptisten-College in Georgia oder South Carolina oder irgendwo da unten absolvieren lassen. Er ist zum Priester geweiht worden.« Slade lachte und trocknete sich die Hände an einem Handtuch ab. »Und dann ist er hierher zurückgekommen, um seinem Volk unsern Gott nahezubringen!«
»Wann war das?« Chloe strich Slades Krawatte glatt, die auf den Fußboden gefallen war.
»Ich weiß es nicht. In den achtziger Jahren, es dürfte jedenfalls rund vierzig Jahre her sein. Und wie es von den Missionaren heißt, die nach Hawaii gegangen sind: Sie zogen hin, um Gutes zu tun, und es ist ihnen wahrhaft wohl ergangen.«
»Willst du damit sagen, daß er schließlich eine Menge Geld verdient hat?« Sie schlüpfte in einen schwarzen Rock.
»Und ausgerechnet damit, daß er Bibeln verlegt hat. Er ist der größte Bibelverleger von ganz China geworden. Nach allem, was ich gehört habe, waren er und Dr. Sun zwei der maßgeblichen Beteiligten am Sturz der Mandschus und bei dem Versuch, China zu einer Republik zu machen ...«
»Ah«, sagte Chloe, die aufmerksam zuhörte, »dann ist Madame Suns Vater also ...«
»Charlie Soong«, sagte Slade.
»Er war ein guter Freund ihres Ehemannes? Dann muß sie viel jünger sein.«
Slade nickte. »Charlie hat seine drei Töchter, Ai-ling, Ching-ling – das ist Madame Suns Vorname – und Mei-ling nach Amerika

geschickt, als sie noch jung waren. Ich meine, die beiden jüngeren müssen etwa zehn oder elf gewesen sein, als sie alle ans andere Ende der Welt verfrachtet worden sind. Sie sind dort geblieben, bis sie das College abgeschlossen hatten. Die Söhne sind auch hingegangen. T. V., der älteste Sohn, hat Harvard absolviert. Er ist Dr. Suns Finanzberater.«

»Woher weißt du das alles?« fragte ihn Chloe.

Er trat ans Bett, setzte sich darauf und griff nach seinen Schuhen.

»Mach schon, erzähl mir mehr über Madame Sun«, drängte sie ihn.

»Ich habe gehört, ob es nun wahr ist oder nicht, daß ihr Vater – ihre ganze Familie – jeglichen Kontakt zu ihr abgebrochen hat, als sie Dr. Sun geheiratet hat. Er ist alt genug, um ihr Vater zu sein. Sie ist jetzt, ja, wie alt wohl – ich denke, Anfang Dreißig. Und er ist achtundfünfzig.«

Chloe fragte sich, wie eine Frau mit einem Mann ins Bett gehen konnte, der alt genug war, um ihr Vater zu sein. Das roch ein wenig nach Inzest, fand sie. Im Vergleich zu der straffen goldenen Haut Slades, von dessen athletischem Körper und von dessen Schlankheit sie sich so sehr angezogen fühlte, malte sie sich bleiche faltige Haut aus. Sie stellte sich vor, neben einem alten Mann nackt im Bett zu liegen, und ihr lief ein Schauer über den Rücken.

»Sie sind jetzt seit neun oder zehn Jahren verheiratet. Er war in Japan, wie ihre Eltern auch, als sie 1913 mit einem B. A. als Abschluß nach Hause zurückgekommen ist. Sie hat ihre Schwester Ai-ling als seine Sekretärin abgelöst und ihn dann geheiratet. Gerüchteweise heißt es, er sei noch mit einer anderen Frau verheiratet. Ich habe mehrfach die Behauptung gehört, Dr. Sun hätte sich von seiner ersten Frau scheiden lassen, mit der er dreißig Jahre oder mehr verheiratet gewesen sein muß, denn er hat einen Sohn, der älter ist als Madame Sun. Vielleicht haben sie seine erste Ehe, weil sie nicht christlich geschlossen wurde, für null und nichtig erachtet.«

»Vielleicht haben sie aber auch einen Ph. D. in rationalen Erklärungen«, sagte Chloe.

Slade sah sie an und lachte laut. »Komm schon.« Er streckte eine

Hand aus und packte ihren Arm. »Laß uns gehen. Ich möchte, daß du die wahre Madame Sun ausfindig machst, die wahre Soong Ching-ling.«

Als sie das Haus der Suns erreichten, das hoch auf einem Hügel mit Blick auf Kanton lag, brachte ein Bediensteter Slade an eine Tür, durch die er verschwand. Dann führte der Mann Chloe durch einen langen Gang zu einem Salon, der mit Möbeln im amerikanischen Stil eingerichtet war. Da und dort standen Kunstgegenstände herum, denen Chloe ansehen konnte, daß sie der chinesischen Vergangenheit entstammten, aber alles in allem war es ein Raum, den man in Amerika hätte vorfinden können.

In dem Moment öffnete sich eine Tür, und eine zierliche Gestalt, die sich wie eine Symphonie bewegte, betrat anmutig den Raum. Sie trug ein langes Kleid aus schimmernder grüner Seide, und ihr Gang hatte mehr von einem Gleiten als von Schritten. Sie trug amerikanische Schuhe aus schwarzem Lackleder mit hohem Absatz. Das Haar war im Nacken zurückgekämmt und ließ lange Jadeohrringe frei, die zu dem Kleid paßten. Die großen, leuchtenden Augen strahlten vor Klarheit; es lag etwas in ihnen, das Chloe wie absolute Reinheit erschien.

Chloe fand, sie wirkte mit ihren zarten Zügen zerbrechlich. Nie hatte sie ein hübscheres Wesen gesehen. Als die Frau den Mund aufmachte, war ihre Stimme sanft.

»Ich bin Madame Sun Yat-sen.« Sie hielt ihr auf amerikanische Art die rechte Hand hin, während sie mit der linken ein weißes Spitzentaschentuch umklammert hielt.

Mit einer Geste bedeutete sie, sie sollten sich setzen, ehe sie sich Chloe gegenüber auf einen breiten Ledersessel sinken ließ. Der wuchtige Sessel unterstrich ihre Zartheit nur noch mehr. Ein Teetablett wurde serviert, und Madame Sun schenkte Tee ein und reichte ihn Chloe in einer hauchdünnen, mit leuchtenden Farben bemalten Porzellantasse.

»Soweit ich gehört habe, sind Sie gerade erst vom College abgegangen. Ich dachte, ich erlaube mir einen Ausflug in die Nostalgie, und es könnte weit mehr Spaß machen, mit Ihnen zu reden, als bei den Männern zu sitzen.«

Chloe konnte die Augen nicht von dieser Frau losreißen. Zum ersten Mal in ihrem Leben hatte sie das Gefühl, einer majestätischen Gestalt gegenüberzusitzen. Sie merkte noch nicht einmal, daß sie etwas gesagt hatte, bis Madame Sun antwortete: »Ja, endlich werden wir ein geeintes China haben. Das ist aber auch an der Zeit, meinen Sie nicht?« Ihr Englisch war einwandfrei. »Aber ich rede Tag und Nacht über Politik. Erzählen Sie mir von Amerika. Ich habe es seit, oh, das müssen jetzt schon zehn Jahre sein, nicht mehr gesehen. Es waren glückliche Jahre, die ich in Ihrem prachtvollen Land verbracht habe. Ich bin mit zwölf Jahren dort hingegangen und geblieben, bis ich einundzwanzig war.«

»Haben Sie Ihre Familie in all der Zeit nicht gesehen?« erkundigte sich Chloe, die sich fragte, wie es wohl sein mochte, unter Fremden aufzuwachsen, und wie man so viele Jahre lang im Exil und fern von allem weilen konnte, was einem vertraut war.

Madame Sun lächelte sie an, und Chloe war geblendet. »Ich habe meine Eltern nicht gesehen, aber meine Schwestern waren bei mir. Ai-ling, meine ältere Schwester, hat das College in Macon, Georgia, besucht, als Mei-ling, meine jüngere Schwester, und ich dort hingeschickt worden sind. Mei-ling war die einzige, die eigentlich überhaupt nicht in China aufgewachsen ist. Als unser Vater uns nach Amerika geschickt hat, war Mei-ling gerade erst acht Jahre alt. Sie ist durch und durch amerikanisch aufgewachsen und erst vor kurzer Zeit zurückgekehrt. Aber Ai-ling und ich sind von zwei Kulturen geprägt. Als ich zurückgekommen bin, habe ich mich mehr als Amerikanerin und weniger als Chinesin gefühlt. Dagegen«, sagte sie mit einem versteckten Lächeln, »kämpfe ich immer noch an. Und doch würde ich diese Jahre in Amerika für nichts hergeben. Sie haben meinen Horizont ganz phantastisch erweitert.«

»Haben Sie Ihre Familie denn nicht vermißt?«

»Ich habe mich nie von meiner Familie entfremdet gefühlt. Und auch nicht getrennt von ihr, denn die Hälfte meiner Familie war schließlich bei mir.« Dann beugte sie sich vor, stützte eine Hand auf ihr Knie und sagte: »Erzählen Sie mir, wie es heute in New York City aussieht. Hat es sich sehr verändert? Ich wußte nicht, daß Städte so sauber sein können, bis ich Ihr Washington und Ihr New York gesehen habe.«

Chloe lachte laut. Niemand hatte New York City je als sauber bezeichnet. Und doch verstand sie Madame Sun. Im Vergleich zu den Städten des Orients war es sauber.
Madame Sun fragte Chloe, ob ihr das Leben in Schanghai gefiel, und dann sagte sie von sich aus, sie sei dort in einem großen Haus am Stadtrand aufgewachsen. »Es war eines der ersten Häuser mit sanitären Einrichtungen im amerikanischen Stil.« Sie lächelte. »Das vermisse ich in China am meisten.«
»Dann stehe ich damit nicht allein da?« fragte Chloe.
»Ich hoffe, daß Sie in keiner Hinsicht allein dastehen. Ich hoffe, Ihre Ehe wird so glücklich sein, wie meine es bisher gewesen ist.« Ihre Augen leuchteten, und ihre Stimme wurde eindringlicher. »Die Träume all meiner Kindheitsjahre haben eine Chance, wahr zu werden. Mein Mann und ich teilen denselben Traum miteinander, einen Traum von einem freien China, in dem jeder eine Chance hat. Einem Land, in dem niemand verhungert«, sagte sie, und ihre Augen waren auf irgendein Ideal in der Ferne gerichtet, und es war, als redete sie nicht nur mit Chloe, »und in dem die Menschen nicht durch Hungersnöte, wildwütende Krankheiten oder in Kriegen umkommen. In dem sich die Reichen nicht an den Armen noch mehr bereichern und die Armen nicht wie Tiere leben. In dem mein Volk frei sein kann und in dem Bildung jedem, der sie will, offensteht. In dem meine Landsleute nicht wie im finsteren Mittelalter leben.«
Sie rang das Spitzentaschentuch in ihren Händen und beugte sich vor, und jetzt durchdrangen ihre Augen Chloe. »Wissen Sie, daß wir bis vor kurzem, als manche in England und Amerika studiert haben, keine chinesischen Ärzte hatten? Wissen Sie, wie wenige Ingenieure wir haben, wie wenige Männer mit Träumen für die Zukunft unseres Landes, wie wenige Industrielle oder Männer, die auch nur das geringste vom internationalen Bankwesen verstehen? Es ist an der Zeit für uns! Die Welt hält uns für unfähig, das weiß ich, aber wir werden diese Behauptung widerlegen.«
Obwohl ihre schwarzen Augen sie fest ansahen, hatte Chloe den Eindruck, daß Madame Sun mehr mit sich selbst redete. Die Energie, die sie ausstrahlte, riß Chloe mit. Madame Suns Augen strahlten mit einem fiebrigen Glanz. »Es ist nicht etwa so, daß die

Chinesen nicht hart arbeiten. Sie tun es. Sie bewältigen mühselige Aufgaben wie Esel. Sie haben noch keine Gelegenheit gehabt, viel mehr zu tun, sie haben nur gelernt, Lasttiere zu sein. Mein Mann wird sie aus der Dunkelheit hinaus und in das zwanzigste Jahrhundert führen!«

Chloe spürte, daß ihr Herz heftig schlug. Welche Glut! Was für ein Sendungsbewußtsein. Welcher Idealismus. Und wenn man sich vorstellte, daß all das für diese Frau im Bereich des Möglichen lag. Für ihren Mann. Für dieses Land. Sie spürte, wie Tränen in ihre Augen traten, und sie blinzelte heftig, um sie zurückzuhalten.

Madame Sun lehnte sich auf dem großen Sessel zurück und entspannte sich sichtlich. Jetzt war ihr Lächeln heiter und gelassen. »Ich kann mir kein Leben ohne die Ehe mit Dr. Sun vorstellen. Die Ehe ist der Weg zur Erfüllung von Träumen.« Ihre Stimme drückte jetzt Zärtlichkeit aus.

Als Slade sein Interview mit Dr. Sun beendet hatte, führte ihn ein Bediensteter in den Salon, und Madame Sun stand auf, um ihn zu begrüßen; sie hielt ihm die Hand hin, ehe er den langgezogenen Raum auch nur zur Hälfte durchquert hatte. Als er auf sie zuging, sagte sie: »Es ist eine Ehre, den Mann einer Frau kennenzulernen, deren Ruhm ihr bereits vorausgeeilt ist.«

Slades Hand verharrte ein paar Sekunden lang mitten in der Luft.

»Es ist mein Mann, nicht ich ...«, wandte Chloe ein. Sie fand Madame Suns Lachen so musikalisch, wie sie sich den Klang einer Laute vorstellte.

»Ihr Mann ist in Amerika berühmt«, sagte Madame Sun und lächelte Slade strahlend an, »aber was Sie heute morgen getan haben, hat Sie in Kanton berühmt gemacht.«

Slade zog eine Augenbraue hoch.

»Was hat meine Frau denn heute morgen getan?«

»Sie hat der Entsprechung eines Bürgermeisters in Ihrem Land, Ch'en, dem Warlord von Kanton, ihren Sonnenschirm auf den Schädel geschlagen.« Madame Suns Gelächter war glockenhell.

Das klingt nicht gerade, als sei sie verärgert, dachte Chloe. Dann sagte sie laut: »Dem Bürgermeister? Dem Warlord?«

»Mein Gott, Chloe.« Slade starrte sie mit offenem Mund an. »Du hast was getan?«
»Ich wollte es dir vorhin schon erzählen …«
Madame Sun hing sich bei Chloe ein und lächelte. »Meine Liebe, Kanton hat den ganzen Tag darüber gelacht, als sich herumgesprochen hat, daß eine Amerikanerin den arroganten Ch'en geschlagen hat. Und dann auch noch mit einem Sonnenschirm!«
»Ich hatte nichts anderes zur Hand«, sagte Chloe. »Er hat einen Kuli so grausam zusammengeschlagen, daß ich dachte, der arme Mann könnte sterben. Er hat geblutet, und ich habe ihn ins Krankenhaus gebracht.«
»Chloe, mein Gott! Halte dich aus diesen Angelegenheiten heraus. Du bist …«
»Sie ist einfach wunderbar.« Madame Sun lachte immer noch. »Wir sind alle ganz begeistert.«

Auf dem gesamten Rückweg zum Hotel saß Slade schweigend neben ihr in der Rikscha, und dabei blieb es auch noch ein paar Stunden lang. Beim Abendessen versuchte Chloe, ihn aus sich herauszulocken. »Wie ist dein Interview gelaufen?« fragte sie.
»Gut«, sagte er und nahm mit seinen Stäbchen Krabbenfleisch. »Sun hatte einen russischen Berater, Nikolai Sacharow. Ein riesiger Typ. Er hat einfach nur dagesessen und nichts gesagt, bis das Interview vorbei war und der Tee serviert worden ist. Ich treffe mich morgen noch einmal mit ihm. Dieser Russe ist gewaltig, und er hat schwarzes Haar und einen wilden, struppigen Bart. Er hat mir gefallen, obwohl er Kommunist ist. Er besitzt einen eigenen Charme.«
»Macht es dich denn nicht nervös, daß einer der politischen Führer Chinas einen kommunistischen Ratgeber hat?« Chloe wollte, daß Slade weiterredete, damit er sich wieder fing und nicht mehr böse auf sie war.
»Anscheinend hat dieser Sacharow für Dr. Sun die Whampoa-Militärakademie gegründet. Diese Chinesen haben keine Ahnung von moderner Kriegführung, und Sacharow hat unter einem jungen Heerführer namens Chiang Kai-shek im Handumdrehen eine einsatzfähige Armee herangezüchtet.«

»Ist das nicht um so besorgniserregender, wenn China auf bolschewistischen Grundlagen ein Heer aufbaut?«
»Ich bezweifle, daß die KMT so mächtig ist«, sagte Slade, der seine Stäbchen hinlegte und nach dem warmen chinesischen Bier griff. Chloe wußte, daß KMT eine Kurzform für Kuomintang war, die politische Partei, die die Revolution von 1911 angeführt und sich im Lauf der Jahre langsam aufgebaut hatte. Sie war die größte und stärkste Partei in China, die *einzige* mit Einigkeit und Zusammenhalt, und ihr Vorsitzender war Dr. Sun.
»Ich habe das Gefühl, bei all seinem Idealismus ist Dr. Sun eine untaugliche Führungspersönlichkeit«, fuhr Slade fort. »Ein Mann mit hehren Träumen, der nicht weiß, wie man sie in die Praxis umsetzt. Ich habe den Verdacht, dieser Sacharow weiß es.«
»Wird China kommunistisch werden?« fragte Chloe. Alles, was sie wirklich über den Kommunismus wußte, war, daß ihr Vater ihn für brutal und grausam hielt, für versklavend und außerordentlich bedrohlich. Er raubte einem die individuelle Freiheit und war der Demokratie diametral entgegengesetzt, obwohl er öffentlich Gleichheit für alle verfocht. Ihr Vater schob die Schuld an all den Streiks in Amerika auf die russische Revolution und den Kommunismus.
»Ich bezweifle, daß ein einziger Russe bedeutet, ganz China könnte ein kommunistisches Land werden. Mein Eindruck ist, daß dieser Sacharow ein ganz außerordentlich guter Organisator ist. Und Sun hört auf ihn. Ich habe den Verdacht, er führt Verhandlungen, damit Sun wieder als Präsident ins Amt eingesetzt wird, ob in der Realität oder als reine Marionette.«
Chloe sagte: »Madame Sun würde niemals glauben, daß sich ihr Mann als Marionette hergäbe.«
Slade sagte: »Frauen halten ihre Männer immer gern für stark.«
Chloe sah ihn an. Hielten alle Männer, fragte sie sich, ihre Frauen gern für schwach? »Sie ist stark, diese Madame Sun, das ist sie wirklich.«
»Ich fand sie eher recht fragil und feminin und noch dazu gutaussehend.«
Chloe fand, gutaussehend sei, auf Madame Sun angewandt, eine Untertreibung.

Als sie sich fertig machten, um schlafen zu gehen, sagte Slade: »Du weißt, daß wir in diesem Land Gäste sind. Um Gottes willen, lauf nicht durch die Gegend und schlag auf Leute ein, und misch dich auch nicht ein, wenn es darum geht, wie jemand mit seinen Dienstboten umspringt! Der Bürgermeister! Jesus Christus! Das könnte erschreckende Vergeltungsmaßnahmen nach sich ziehen!«
»Schließlich wußte ich nicht, daß er der Warlord oder der Bürgermeister oder was auch immer ist...«
»Chloe, es ist von größter Wichtigkeit, was die Leute in China von mir halten.« Er wandte sich ihr mit finsterer Miene zu.
»Er hat einen Jungen zusammengeschlagen, der am Randstein gekauert hat und dem Blut aus dem Ohr und aus dem Auge gelaufen ist. Ich konnte ihn nicht anders dazu bringen aufzuhören...«
Slade zog seinen Schlafanzug an. »Ich hoffe, ich muß nie mehr hören, daß du so etwas noch einmal tust. Ihre Gewohnheiten sind nicht unsere. Und du hältst dich in *ihrem* Land auf. Ich möchte nie wieder etwas dergleichen hören. Hast du verstanden?« Er kroch unter die Decke und zog an der Schnur, die das Moskitonetz herunterließ, und sie waren jetzt durch die dünne Gazeschicht voneinander getrennt.
Sie stand außerhalb des Netzes und sah ihren Mann an.
»Chloe, hast du mich gehört?« fragte er noch einmal.
Sie antwortete nicht; sie war wütend auf ihn, weil er sie wie ein ungezogenes Kind behandelte. Ihre Hände waren zu Fäusten geballt.
Er murmelte in sein Kissen: »Der Ruhm eilt Ihrer Frau voraus!«
Sie ließ ihn einschlafen, ehe sie ins Bett kroch.
Während der Lärm der Stadt durch die Fenster des Hotelzimmers drang und unerwartet Feuerwerkskörper explodierten, lag Chloe wach und war voller Zorn auf Slade. Wie konnte er es wagen, so mit ihr zu reden!
Dann fing sie an, da sie ihre Gedanken nicht kontrollieren konnte, über die Frau nachzudenken, die sie heute kennengelernt hatte und die kurz vor der Erfüllung ihrer Kindheitsträume stand. Sie versuchte, an ihre eigenen Kindheitsträume zu denken. Ein Pferd zu besitzen. Von Will Hendrix geküßt zu werden. Was für ein albernes

Mädchen ich doch war, dachte Chloe und fragte sich, ob sie immer noch albern war, weil sie Tennis spielte und allabendlich Partys besuchte. In China mit fünf Hausangestellten Haushaltsführung spielte. Im Vergleich zu Madame Sun war sie so hohl und leer.

Zwei Tage später erhielt Chloe eine Nachricht von Madame Sun, die sie einlud, da es ein so wunderschöner Tag war, mit ihr einen Spaziergang im Liu-hua-Park zu unternehmen. Madame Suns Rikscha würde um zwei Uhr auf der anderen Seite der Brücke warten.

Chloe und Slade waren im Guangzhou Hotel, dem Hotel Kanton, auf der Shamian-Insel im Perlfluß untergekommen. Slade hatte ihr erzählt, die Insel sei ursprünglich nichts weiter als eine Sandbank gewesen, und jetzt waren es, wie am Bund von Schanghai, die Ausländer, die hier lebten, während den Chinesen der Zutritt verboten war. Prachtvolle Villen säumten den Fluß. Es gab zwei Brücken, die die Insel mit der Stadt selbst verbanden, und nachts wurden sie mit eisernen Toren geschlossen.

Auf der Insel gab es breite Prachtstraßen, die von Palmen und Bayanbäumen gesäumt wurden, von üppigen tropischen Gärten, Tennisplätzen, einem Fußballplatz und einem Segelclub.

Madame Sun erwartete Chloe, die peinlich berührt war, in ihrer Rikscha am anderen Flußufer. »Ich bin sicher, daß *Sie* die Genehmigung bekämen, die Insel zu betreten«, sagte sie, als sie in die Rikscha stieg.

»Meine Liebe«, sagte die Chinesin, »ich verspüre kein Verlangen danach. Ich will mich nicht von meinen übrigen Landsleuten unterscheiden. Ich ziehe es vor, den Behörden zu gestatten, daß sie mich demütigen, damit ich immer die Vorstellung klar vor Augen behalte, daß wir uns von der Fremdherrschaft befreien müssen. Wir dürfen uns nicht einschüchtern oder ausbeuten lassen.«

Chloe hätte sich am liebsten für den gesamten Westen entschuldigt.

Madame Sun plauderte weiter und wies Chloe auf Sehenswürdigkeiten hin, als sie sich auf den Weg zum Park an der Liwan-Straße machten. Der Rikschaträger trabte im Dauerlauf zwischen Tausenden von Fahrradfahrern und Fußgängern voran. Selbst nach all diesen Monaten war Chloe immer noch überwältigt von den Menschenmassen in China.

Der Liu-hua-Park, der, wie Madame Sun Chloe erzählte, Park des Stroms der Blumen hieß, war zauberhaft. Es gab dort eine ganze Reihe von Seen und Bambuswäldchen. Überdachte Wege und Pfade schlängelten sich um den See. Gewölbte Steinbrücken führten über kleinere Teiche. Madame Sun schlug vor, sie sollten sich in einen überdachten Pavillon setzen und sich dort ausruhen. Der See war grün vor lauter Algen, und er roch wie eine öffentliche Latrine. Madame Sun nahm das entweder nicht wahr, oder sie ignorierte es. Vielleicht stumpfte einen das Leben in China mit der Zeit wirklich gegen die Gerüche des Landes ab.

»Soweit ich gehört habe, war Ihr Einstieg in China ein Schock für Sie.«

Chloe sah Madame Sun bestürzt an.

»Eine Schulfreundin aus New York hat mir eine Kopie des Artikels geschickt, den Sie über Ihren ersten Tag in China geschrieben haben.«

»Aus New York?« rief Chloe aus. »Er ist doch in Chicago erschienen.«

»Dennoch«, sagte Madame Sun lächelnd, »war die Kopie, die sie mir geschickt hat, aus der NEW YORK HERALD TRIBUNE. Das hat mich wieder daran erinnert, wie mir zumute war, nach fast zehn Jahren an amerikanische Sitten gewöhnt, als ich nach Hause zurückgekehrt bin, in ein Land, in dem Praktiken wie das Enthaupten und das Garrottieren üblich sind.«

»Das Garrottieren?«

»Das ist eine typische und altehrwürdige chinesische Methode, Todesurteile zu vollstrecken. Dem Opfer wird eine Drahtschlinge um den Hals gelegt, die dann millimeterweise zugezogen wird und sich unendlich langsam in das Fleisch schneidet. Ich kann mir vorstellen, daß es Soldaten und Warlords enormes Vergnügen bereitet, die Angst und den Schmerz des Opfers mitansehen zu können. Und welche Befriedigung sie aus dem qualvollen Strangulieren eines Feindes schöpfen.«

Chloe starrte sie wie betäubt an, und es fiel ihr schwer zu glauben, daß solche Worte sich mit so sanften Augen aussprechen ließen.

»Aber all das tut nichts zur Sache. Ihre Geschichte war sehr menschlich. Ich habe den Kopf vor Ihre Füße rollen sehen, und ich habe gerochen, was Sie gerochen haben, als Sie den Hwangpukiang hinaufgefahren sind. Sie haben über mein Volk und Ihre Emotionen geschrieben. Ich war ergriffen.«

Chloe fühlte Stolz in sich aufsteigen, und gleichzeitig war es ihr peinlich.

»Ich bitte Sie«, sagte Madame Sun und legte eine Hand auf Chloes, »auf ähnliche Art über meinen Mann und unsere Ziele zu schreiben.«

Chloe schlug sich die Hand auf die Brust. »Ich bin keine Journalistin. Mein Mann ist Journalist.«

Madame Sun nickte. »Er berichtet Tatsachen. Er kann Tatsachen gut darstellen. Aber über uns sind bisher immer nur Tatsachen berichtet worden. Noch dazu oft unrichtige Tatsachen, so viel steht fest.« Ihr Lächeln blendete Chloe. »Denken Sie darüber nach, tun Sie mir den Gefallen?«

Das kann ich nicht tun, dachte Chloe. Ich weiß, wie Slade das letzte Mal darauf reagiert hat. »Ich wüßte nicht, was ich schreiben sollte.« Dennoch freute sie sich gewaltig.

Die Chinesin schaute auf den kleinen See hinaus. Er lag friedlich da, und die Geräusche der Stadt waren nur gedämpft zu vernehmen. Dann schaute sie Chloe direkt ins Gesicht und sagte unvermittelt: »Ich wünschte, Sie könnten noch eine Weile in Kanton bleiben.«

Chloe starrte sie an.

»Es mag sein, daß das wirklich albern klingt. Aber es gibt Zeiten, in denen ich mich so allein fühle. Es ist nicht etwa so, daß ich nicht ständig Menschen um mich hätte, aber außer meinem Mann habe ich niemanden, der mich versteht. Und er hat oft so viel zu tun. Er braucht mich, das weiß ich. Ich bin ihm wichtig, und ich bin auch wichtig für seine Ziele. Aber es gibt diese anderen Zeiten, in denen ich keinen Menschen habe. Keine Freundin. Da ich einen Hintergrund wie keine andere Chinesin habe, habe ich niemanden, der mich versteht. Ich habe niemanden, mit dem ich reden und lachen kann, niemanden, mit dem ich so, wie ich es in den Vereinigten Staaten konnte, über meine Gedanken reden kann.«

Sie wandte sich zu Chloe um, sah sie an und legte eine Hand auf ihren Arm. »Ich weiß. Ich weiß, wie es ist, von seinem Mann getrennt zu sein. Es ist egoistisch von mir, Sie auch nur darum zu bitten. Aber vielleicht nur für ein paar Wochen, für einen Monat? Wir würden uns geehrt fühlen, wenn Sie bei uns wohnen würden.« Ihr Lächeln wurde zu einem Lachen. »Wir haben westliche sanitäre Einrichtungen. Das ist das einzige Zugeständnis an Amerika, auf dem ich beharre. Und dann könnten Sie sich Zeit lassen, um uns zu beobachten, ein *Gespür* für uns zu entwickeln ...«

Chloe war sicher, daß dieser Vorschlag nicht auf Slades Zustimmung stoßen würde. Das Schreiben war seine Aufgabe. Er hatte deutlich klargestellt, daß dieser Bereich sein Hoheitsgebiet war. Und doch war ihre Geschichte von der NEW YORK HERALD TRIBUNE abgedruckt worden! Madame Sun machte ihr ein Angebot, für das jeder Auslandskorrespondent alles gegeben hätte! Das würde Slade doch bestimmt zu würdigen wissen. Und diese Frau faszinierte sie, wie noch niemand sie je zuvor fasziniert hatte. Oh, wie aufregend es sein würde, Zeit mit ihr zu verbringen und über sie zu schreiben. Der Welt zu berichten, was diese Frau und ihr Mann wirklich vorhatten. Es der Welt zu berichten? Du meine Güte!

»Lassen Sie mich meinen Mann fragen«, sagte sie. »Ich fühle mich geschmeichelt, Madame Sun.«

»Meine Freunde nennen mich Ching-ling.«

Als Chloe Slade von dieser Einladung berichtete, ließ sie Madame Suns Bitte aus, vorwiegend über ihren Mann zu schreiben. Zu ihrem Erstaunen reagierte Slade keineswegs so, wie sie es sich ausgemalt hatte. »Mein Gott, Chloe, das ist ja ganz phantastisch. Du kannst dir als Eingeweihte ein Bild von den Sun Yat-sens machen. Was für eine Chance! Natürlich, bleib einen Monat, wenn es das ist, was sie will.« Er schlug sich mit der offenen Hand gegen die Stirn. »Kannst du dir das vorstellen? Einen so direkten Einblick in das Leben der Suns zu bekommen! Himmel, was ich damit alles anfangen kann!«

Drei Tage später reiste er ab, und Chloes Gepäck wurde von dem Hotel auf der Shamian-Insel in ein Zimmer im Haus von Dr. und Madame Sun Yat-sen transportiert.

10

Nikolai Sacharow war der wuchtigste Mann, dem Chloe je begegnet war. Sein lockiges Haar war so schwarz wie seine Augen, und seine Haut war dunkel. Sein Gesicht wurde sowohl von seinen glühenden Augen als auch von seinem dichten Bart beherrscht, der so ganz anders war als die gepflegten kleinen Spitzbärte, die Chloe an ein paar anderen Männern gesehen hatte. Seine Augen – lebhaft, neugierig und voller Fragen – waren nicht mandelförmig, doch Chloe fand, sein Gesicht hätte undefinierbar orientalische Züge. Er war so vital und überwältigend, daß es Chloe erschien, er müßte seine Energie im Zaum halten, als er den Salon der Suns betrat.

Hier hatte sie es mit einem mächtigen Mann zu tun, der es gewohnt war, Befehle zu erteilen, und der ein ausgeprägtes Selbstbewußtsein besaß, nahezu – sie war überrascht darüber, daß ihr das Wort überhaupt in den Sinn kam – ein Sendungsbewußtsein, ohne jeden Zweifel an der Rechtmäßigkeit seiner Ziele.

Erst später, als sie sich daran erinnerte, wie überwältigt sie gewesen war, wurde ihr klar, daß ihr all das durch den Kopf gegangen war. Er trug einen leicht zerknitterten weißen Leinenanzug in westlichem Stil und verbeugte sich vor Madame Sun, als er die Hand nahm, die sie ihm hinhielt.

»Nikolai«, sagte sie mit ihrer weichen, schmelzenden Stimme, an der sich Chloe gar nicht satt hören konnte, »ich freue mich ja so sehr, daß du kommen konntest. Wir sind heute abend ganz unter uns, nur wir und unser Gast.« Sie wandte sich zu Chloe um. »Mrs. Cavanaugh.« Ching-lings Lächeln ließ den Raum erstrahlen. »Der Doktor braucht noch ein Weilchen, ehe er nach unten kommt. Das gibt euch beiden die Gelegenheit, euch miteinander bekannt zu machen. Wir haben alle viele Jahre in den Vereinigten Staaten verbracht.«

Chloe beobachtete, wie der riesige Russe sie quer durch den Raum anlächelte und den Blick nicht abwandte, wie es die Chinesen taten, sondern sie direkt anschaute, während er mit der Grazie eines Löwen auf sie zukam. Er hielt ihr eine Hand hin, die mehr einer Pranke ähnelte, und Chloe staunte nicht etwa über die Kraft, sondern über die Zartheit dieser Hand. Das also war ein russischer Bolschewist. Slade hatte ihn gemocht.

»Ich habe Ihren Mann bereits kennengelernt«, sagte der Russe auf Englisch, fast ohne jede Spur von einem Akzent.

Madame Sun trat vor das breite Sofa und ließ sich darauf sinken. »Nikolai«, sagte sie und sah lächelnd zu ihm auf, »hilft uns dabei, unsere Träume für China zu verwirklichen. Nikki, erzähl Chloe«, sagte sie und bedeutete ihm mit einer Geste, daß das Mrs. Cavanaughs Vorname war, »von deinen Jahren in Amerika.«

Chloe kam herüber und setzte sich neben ihre Gastgeberin auf das andere Ende des Sofas, während Nikolai sich zu dem breiten Ohrensessel begab, der ihnen gegenüberstand. Er setzte sich und schlug die Beine übereinander, und sein riesiger Fuß, der in einem Stiefel steckte, baumelte in der Luft. »Es waren glückliche Jahre«, sagte er.

Chloe fragte: »Wo waren Sie?«

»In Detroit«, antwortete er.

»Haben Sie dort wie Madame Sun studiert?« fragte Chloe.

Er warf den Kopf zurück und lachte. »Der einzige Kurs, den ich je in der Schule besucht habe, hat dazu gedient, Russisch lesen und schreiben zu lernen.«

Madame Sun streckte die Hand über das Sofa und legte sie auf Chloes Arm. »Nikolai ist vor den Zaristen geflohen. Erzähl es ihr, Nikki. Ich bin sicher, daß Chloe deine Geschichte gern hören würde.«

»Ching-ling, ermüdet es dich denn nicht allmählich, mich immer wieder dazu zu bringen, daß ich jedem, der zu euch zu Besuch kommt, meine Lebensgeschichte wiederhole?«

Sie lächelte, und ihre Augen leuchteten. »Niemals.« Sie wandte sich an Chloe. »Er ist von den Zaristen gefangengenommen und vor die Wahl gestellt worden ...« Ihre Stimme war silberhell. »Sibirien oder das Exil im Westen.«

Chloe trank einen Schluck aus ihrem Glas und sagte: »Ich fürchte, meine Kenntnisse über Rußland sind noch bruchstückhafter als mein Wissen über China.«

Ching-ling erhob sich und lief mit geballten Fäusten im Salon auf und ab. »Die Zaristen waren wie die Mandschus. Sie haben sich nicht das geringste aus ihren Bürgern gemacht und dafür gesorgt, daß sie dumme Bauern ohne eine Ausbildung bleiben, ohne etwas zu essen, und sie haben sie verhungern und erfrieren und wie verzweifelte Tiere vegetieren lassen, wie es so vielen unserer Bauern heute noch ergeht.«

»Und wie es vielen Russen heute noch ergeht«, gestand Sacharow ein. »Aber das ändert sich jetzt.« Er schaute Chloe an, doch sie hatte nicht den Eindruck, daß er sie sah. Seine Augen waren auf etwas gerichtet, was über den bloßen Moment hinausging. Sie bemerkte eine Narbe auf seiner linken Gesichtshälfte, einen dünnen weißen Strich, der sich im Zickzack über seinen Backenknochen zog, dicht neben dem Auge begann, sich nach unten zog und dann in seinem Bart verschwand. »Ich bin in dem Dorf Janowitschi aufgewachsen, in einer Waldlandschaft, in der es im Winter sehr kalt und dunkel war; alle Männer dort waren Holzfäller.«

»Als er zwölf Jahre alt war, hat er auf den zugefrorenen Flüssen Baumstämme zerhackt«, warf Ching-ling ein, »eine sehr gefährliche Aufgabe.«

Als er sich jetzt an Dinge in der Vergangenheit erinnerte, stand in seinen Augen Wut, und wenn sie ihn ansah, konnte Chloe sich ausmalen, daß er nur allzu fähig war, gefährliche Aufgaben zu übernehmen.

Nikolai Iwanowitsch Sacharow wurde Olga und Josef Sacharow im Jahr 1892 als das mittlere von fünf Kindern geboren. Er erinnerte sich noch daran, wie er gezwungen gewesen war, dazusitzen und Stroh in Schuhe zu flechten, damit seine Zehen nicht abfroren. Aber sie schienen immer abgefroren zu sein, und da das Stroh seine zarte junge Haut zerstach, humpelte er, und seine Sandalen waren blutig. Als er fünf Jahre alt war, waren die Schwielen an seinen Fußsohlen so dick geworden, daß er später nur noch selten ein Gefühl dort hatte.

Das Abendessen, das immer aus Suppe und schwerem dunklem Brot bestand, wurde im Winter um halb fünf nachmittags eingenommen. Im Sommer aßen sie später, manchmal sogar erst um neun Uhr, wenn es noch hell war. Er erinnerte sich an Gelächter an diesen Sommerabenden, aber niemals zu einer anderen Zeit. Frauen versammelten sich vor den Dawidowitsches, und Kinder spielten mit einer Dose, die sie durch die Gegend traten, oder sie suchten runde Steine, die sich über die Erde rollen ließen, und sie lachten immer viel miteinander. Die unverheirateten Mädchen, diejenigen, die älter als vierzehn waren, saßen zurückhaltend bei ihren Geschlechtsgenossinnen und beäugten sehnsüchtig die jungen Männer, die so taten, als nähmen sie sie gar nicht wahr.

Alle arbeiteten vom Morgengrauen bis zur Abendessenszeit, und das jeden Tag. Die Frauen trugen Holz auf dem Rücken wie Esel, und gebeugt liefen sie die Berghänge hinauf und hinunter. Nach dem Arbeitstag, wenn ihre Männer dasaßen, Getreidehülsen rauchten und über Politik diskutierten, putzten die Frauen die Häuser – die nicht mehr als Bruchbuden waren –, bereiteten das Abendessen zu und kümmerten sich um ihre Familien. Sie starben jung.

Es gab keine Schule, und nur ein oder zwei Menschen, die Nikolai kannte, lernten Lesen und Schreiben. Es gab keine Bücher, die sie hätten lesen können, und es gab keine Hoffnung und auch keinen Gedanken daran, Janowitschi jemals zu verlassen. Die einzigen, die von dort fortgingen, waren diejenigen, die das Pech hatten, auf der Straße zu stehen, wenn die Kavallerie des Zaren durchgeritten kam und alle jungen Männer, die sich an jenem Tag zufällig im Freien aufhielten, zwangsverpflichteten. Junge Ehefrauen sahen ihre Männer nie wieder; Söhne verschwanden. Nur allzu häufig wurden am Rand der staubigen Straße blutende junge Mädchen vorgefunden, nachdem die berittenen Soldaten durch den Ort gekommen waren.

Selbst dann, wenn nicht genug Geld für einen Fleischknochen für die Suppe da war, mußten sie Steuern bezahlen. Wenn sie kein Geld hatten, um die Steuern zu bezahlen, wurde einer der Jungen der Familie dazu herangezogen, zwei Tage im Monat in der Sägemühle des Zaren am Stadtrand zu arbeiten.

Als Nikolai zehn oder elf war, in dem Jahr, ehe er begann, Baumstämme auf dem Fluß zu zerhacken, sah er eines Tages einen Schlitten, der von sechs großen Pferden gezogen wurde. Wenige

Menschen in Janowitschi besaßen Pferde, und sechs auf einmal hatte er noch nie gesehen. Der Schlitten raste vorbei, als glitte er über Eis, und er funkelte silbern in der Sonne. Ein Mann saß vorn, ließ seine lange Peitsche dicht neben den Pferden zischen und grinste, als er sie durch die Luft knallen ließ. Auf dem Sitz hinter ihm saßen auf Polstern unter Bärenfellen ein Mann und eine Frau mit hohen Pelzmützen, die sich eng aneinanderschmiegten und lachten. Die Frau warf einen Blick auf Nikolai, verzog angewidert das Gesicht und deutete auf ihn. Er schämte sich. Er war verlegen. Er fühlte sich schmutzig. Nicht etwa, daß er je wirklich sauber gewesen wäre, aber jetzt hatte er das Gefühl, Schmutz tief in sich zu tragen.

Der Schlitten flog weiter und hinterließ eine Spur, wo die Pferde den Schnee niedergetrampelt hatten, und Eis funkelte in der strahlenden Sonne. Dieser Anblick hinterließ bei dem Jungen eine unsichtbare Narbe. Zum ersten Mal war ihm klar geworden, daß es ein anderes Leben gab, daß er nicht so gut war wie andere. Daß es Luxus auf Erden gab und Leute, die mehr besaßen als die Dorfbewohner.

Als er zwölf Jahre alt war, wurde Nikolai fortgeschickt, um Männerarbeit zu verrichten. Das Zerhacken von Baumstämmen auf dem Fluß gehörte zu den gefährlichsten Aufgaben, die man übernehmen konnte, aber es wurde auch besser bezahlt als die meisten anderen Arbeiten. Seine Eltern versuchten, sich dagegen zu wehren, doch der Leiter der Mühle warf nur einen Blick auf Nikolais Körpergröße – er war schon damals knapp einen Meter achtzig groß – und auf die Muskeln, die er sehen konnte, und er bot seinen Eltern einen so hohen Lohn für ihn, daß sie das Angebot nicht abschlagen konnten.

Er wurde flußaufwärts und flußabwärts geschickt. Wenn im Frühjahr das Eis brach und die tosenden Gewässer sich zum Meer hinunterstürzten, dann konnten die Baumstämme einen Mann innerhalb von einer Sekunde zermalmen. Im Alter von vierzehn Jahren war Nikolai unter der Anleitung von Iwan Leonowitsch zum Experten geworden.

Iwan konnte lesen und hatte in ganz Rußland gearbeitet. Er erzählte Nikolai Geschichten darüber, wie es in den Städten war und wie

die Adligen vom Schweiß der Bauern lebten, die sie auf eine Stufe mit ihren Hunden stellten. Er erzählte Nikolai von spektakulären Bällen und anderen Ausschweifungen, und wenn er sich seine eigenen Leute ansah, spürte Nikolai, wie ihm die Galle aufstieg.
Iwan erzählte dem Jungen von Lenin und Trotzki und von ihren Träumen. Diese Träume wurden Nikolais Träume. Zwei Jahre lang arbeitete Nikolai täglich mit seinem Freund zusammen, und dann, als Nikolai sechzehn war, sagte Iwan: »Ich habe genug Geld. Ich gehe nach St. Petersburg, um mich Lenin anzuschließen. Komm mit.«
Nikolai tat es. Es war 1910. Er wagte es nicht, sich von seiner Familie zu verabschieden. Es war ganz entscheidend, daß sie wahrheitsgemäß behaupten konnten, sie hätten keine Ahnung, was aus ihm geworden war. Als er nach Janowitschi zurückkehrte, waren sie alle tot... doch das war viele Jahre später.
In St. Petersburg fand Lenin Gefallen an dem jungen Mann. Seine schnelle Auffassungsgabe und seine Muskelkraft wurden nützlich eingesetzt. Er war einen Meter dreiundneunzig groß, und Lenin schlug vor, er solle sich einen Bart wachsen lassen, um über seine Jugend hinwegzutäuschen. Nikolai schloß sich anderen erfahrenen Männern bei ihren Bemühungen an, die Arbeiter aufzuwiegeln und ihnen begreiflich zu machen, daß es ein besseres Leben geben konnte. Er wurde angewiesen, wie man Streiks organisierte. Nichts machte dem jungen Mann angst. Nichts konnte schlimmer sein als das Leben, in das er hineingeboren war. Wenn er durch die Bergarbeitersiedlungen lief, durch die Städte, in denen Fabriken Rauch in die Luft rülpsten und alles von einer grauen Schicht überzogen war, wenn er Holzfäller drängte, sich zu weigern, Baumstämme kleinzuhacken, solange ihr Leben sich nicht besserte, wenn er mit den Händen tief in den Taschen in kalten, finsteren Räumen saß und zuhörte, wie Lenin und andere von einer neuen Welt redeten, in der menschliche Wesen nicht mehr wie Tiere behandelt werden würden, in der niemand verhungern oder erfrieren würde, dann sah er sich um und lauschte und spürte, wie sein Geist sich aufschwang.
Er half den Obdachlosen, die er sah, wie sie sich an Gebäude kauerten, und er deckte sie mit Zeitungen zu, die am Morgen

doch nur steif gefroren waren. Er ließ sich von der Idee der Erlösung infizieren, von der Gleichheit aller Völker. Stumme Wut packte ihn, wenn er sah, wie ein armer Kerl geschlagen wurde, wenn er Hunger in den Augen von Kindern sah, wenn er Blutspuren im Schnee sah, die ihn an seine eigenen blutigen Füße als Kind erinnerten.

Eines kalten Nachmittags, als er noch nicht ganz neunzehn Jahre alt war, beobachtete Nikolai durch einen Stacheldrahtzaun, wie der Leiter einer Stiefelfabrik eine Reihe von gebeugten Schultern anschrie und die Arbeiter ermahnte, bis er in einem Anfall von unergründlicher Wut eine Peitsche an sich riß, sie hochhob und sie durch die Luft auf den Rücken von drei Männern knallen ließ, ihre derben Hemden damit zerfetzte und blutige Striemen entstehen ließ. Nikolai hörte die Schreie der Männer und sah, wie der Fabrikleiter die Peitsche wieder hob.

Er kletterte über den Zaun, sprang auf den Boden und streckte den Arm aus, als der Fabrikleiter gerade wieder auf die Männer einschlagen wollte, von denen zwei bereits zu Boden gestürzt waren. Nikolai riß dem verblüfften Mann die Peitsche aus der Hand, hob sie gegen ihn und schlug zu; er kostete die Schreie des Mannes aus und lauschte mit freudigem Herzen seinem wimmernden Flehen. Aber er konnte nicht aufhören. Immer wieder spürte er, wie die Peitsche heruntersauste, spürte die breiige Masse an ihrem Ende, hörte, wie Knochen zersplitterten, doch erst, als zwei Arbeiter ihn fortzerrten, wurde ihm klar, was er getan hatte. Nikolai Sacharow hatte einen Mann getötet.

Obwohl oder weil sein Stern an Lenins Firmament aufgegangen war, rief der Revolutionsführer Sacharow noch in derselben Nacht zu sich und befahl ihm, Rußland zu verlassen. »Ich habe Pläne mit dir«, sagte der Revolutionsführer. »Ich will dich nicht tot sehen. Geh fort – geh nach Amerika und bleib dort, bis die Revolution reif für dich ist. Ich brauche dich in der Zukunft noch, und ich werde nicht zulassen, daß man dich umbringt oder nach Sibirien schickt. Du bist zu wertvoll für uns. Ich werde dich holen lassen, wenn es hier sicher für dich ist.«

Amerika? Rußland verlassen? Wie konnte er dann bei der Revolution mithelfen?

»Lerne, soviel du kannst«, befahl ihm Lenin. »Lerne Englisch. Lerne die amerikanische Vorstellung von Egalitarismus. Schließe dich der amerikanischen Arbeiterschaft an.«
Nikolai starrte den Mann an, den er so sehr verehrte, und sein Mund sprang vor Unwillen auf – vor Erstaunen und Verwunderung. Wie konnte er das tun? Wie konnte er in ein fremdes Land gehen, von dessen Sprache er nicht ein Wort verstand, und diese Sprache erlernen? Wie sollte er dort leben? Wohin sollte er gehen?
Er ging nach Detroit, und dort fand er ein Zimmer in einer schäbigen Pension, das ihm als das luxuriöseste Zimmer erschien, in dem er je geschlafen hatte. Es gab ein Bad im Haus, auf derselben Etage, nur zwei Türen weiter, und es gab strahlend helle Glühbirnen an der Decke und in der Lampe neben seinem Bett. Sein Bett wurde jede Woche frisch bezogen, und er stand staunend vor dem sauberen Bettzeug. Er hatte seine eigenen Handtücher. Das Frühstück war im Mietpreis inbegriffen. Er streifte durch die Straßen und fragte sich, wie er Arbeit finden sollte, bis er ein russisches Teehaus entdeckte, das in Wirklichkeit überhaupt kein Teehaus war, sondern ein kleines Restaurant und ein Treffpunkt an einer Kreuzung nahe einer Fabrik. Dort servierte man herzhaften Borschtsch und das schwere braune Brot, das Nikolai zum Mittagessen so gern aß, und abends gab es amerikanisches Bier und russischen Wodka. Hier traf er andere Russen, Männer, die in der Fabrik angestellt waren und ihm erzählten, wie schön das Leben in Amerika war, die ihn zum Abendessen in ihre Dreizimmerwohnung einluden und die ihm von dem Iren Mr. O'Toole erzählten, dem Gewerkschaftsführer.
O'Toole ließ ausrichten, er sei bereit, Nikolai zu sprechen. Eines Tages nach dem Mittagessen nahm Dmitri Schostakowitsch ihn in die Fabrik mit und führte ihn zu der kleinen Hütte, in der Mr. O'Toole seinen Hauptsitz hatte. Dmitri wartete mit ihm.
Der breitschultrige Ire sah Nikolai an und stieß seinen Stuhl zurück, bis er nur noch auf den beiden hinteren Beinen schwankte und Nikolai glaubte, er würde umkippen. Der Gewerkschaftsführer sagte etwas, was ihm Dmitri übersetzte. »Streck deine Hände aus. Er will sie sehen.«

Nikolai tat es, und seine großen Hände schossen unter den zu kurzen Ärmeln hervor. O'Toole sah ihn immer noch an, redete aber mit Dmitri, der auf Englisch antwortete.
»Er will wissen, ob du verstehst Englisch. Ich sage ihm, nein, du bist gerade erst hier angekommen, aber du willst es unbedingt lernen. Ich sage ihm, du willst Amerikaner werden. Unsere Schicht hat einen Russen als Boß. Die meisten von uns Russen oder Letten. Wir alle gehören zu Gewerkschaft. Er uns mag, weil alle harte Arbeiter. Machen nie Ärger.«
O'Toole sagte wieder etwas, was Dmitri übersetzte. »Er sagt, du kommst morgen arbeiten. Er dich probieren.«
Nikolai sah O'Toole, der ihn anlächelte, direkt ins Gesicht, und er sah, daß es ein offenes, herzliches Lächeln aus blauen Augen war. Er hielt ihm die Hand hin. Nikolai schüttelte sie und achtete sorgsam darauf, nicht zu fest zuzudrücken. Er hatte noch nie einem Boß die Hand gedrückt.
Daniel O'Toole war der Vorarbeiter der Gießerei, ein breitschultriger, muskulöser, fluchender, biertrinkender Familienvater, der wie ein Engel Tenor sang. Er wurde zum wichtigsten Amerikaner in Nikolais Leben.
Nikolai Sacharow lernte schnell und machte seine Arbeit gut, er studierte die Männer, mit denen er zusammenarbeitete, und er hielt ständig die Augen offen. Nachdem er einen Monat dort war, holte O'Toole Dmitri vom Fließband und ging mit ihm zu Nikolai. Dmitri klopfte Nikolai auf die Schulter. »Er fragen, ob du schon Englisch lernen. Du studieren?«
Nikolai wußte nicht, wie man Russisch las, und noch viel weniger wußte er, wie er es hätte anpacken sollen, Englisch zu lernen. Er schüttelte den Kopf und fragte sich, ob O'Toole ihn jetzt wohl feuern würde.
Er und Dmitri redeten noch eine Weile miteinander, ehe O'Toole etwas auf einen Zettel schrieb, auf dem Absatz kehrtmachte und ging.
Dmitri reichte Nikolai den Zettel, auf den O'Toole mit Bleistift etwas geschrieben hatte, und sagte: »Mr. O'Toole sagt, seine Tochter ist Englischlehrer. Du gehst am Sonntag nach der Kirche zum Mittagessen zu ihm, und er läßt Tochter dich Englisch lernen.«

Nikolai betrachtete den Zettel. Er hatte keine Ahnung, was daraufstand. Es war O'Tooles Adresse. Am Donnerstag fand Nikolai jemanden, der ihn begleitete und ihm das Haus zeigte. Nikolai war erstaunt darüber, daß ein Fabrikarbeiter in einem solchen Haus leben konnte. Es mußte mindestens fünf Zimmer haben, vielleicht sogar sechs, und vorn hatte das Haus eine Veranda und dahinter einen Schuppen oder eine Garage. Das Grundstück, auf dem es stand, war nicht groß, doch an der Seite zum Bürgersteig hin und in Töpfen auf der Veranda wuchsen Blumen. Am nächsten Abend ging er noch einmal allein hin, um sich zu vergewissern, daß er das Haus wiederfinden konnte. Am Samstag stellte er sich noch einmal auf die Probe, um sicherzugehen, daß er sich nicht verirren und nicht zu spät kommen würde. Er hatte keine Ahnung, wann »nach der Kirche« war, und daher fand er sich um zehn Uhr ein und bezog Posten an der nächsten Kreuzung, bis er die Familie nach Hause kommen sah und vermutete, daß sie alle aus der Kirche kommen könnten, und dann wartete er noch eine halbe Stunde.

Nikolai saß schweigend am Eßtisch der O'Tooles, auf dem sich mehr Essen häufte, als er je auf einmal gesehen hatte. Es gab Schinken mit gekochten Kartoffeln und grünen Bohnen, selbstgemachte Apfelsauce und Krautsalat, frisch gebackene Brötchen mit süßer Butter und selbstgemachte Marmeladen. Zum Nachtisch gab es ein riesiges Stück Apfelkuchen mit scharfem Cheddarkäse darauf, und diese Kreation wurde von selbstgemachtem Vanilleeis gekrönt, etwas, was Nikolai noch nie gekostet hatte. Es war die beste Mahlzeit, die er je zu sich genommen hatte.

Nachdem der Tisch abgeräumt worden war und er hören konnte, wie Mrs. O'Toole in der Küche das Geschirr spülte, bedeutete O'Toole Nikolai, er solle sitzen bleiben, und dann holte er ein Buch heraus und bat seine Tochter Paula zu sich. Sie kam und setzte sich Nikolai gegenüber. Sie war so zaghaft, daß er nicht sagen konnte, ob sie sich vor ihm fürchtete oder nicht.

An jenem Nachmittag im April, als die Tage länger wurden und ein Hauch von Frühling in der Luft hing und die ersten Tulpen die Köpfe aus der noch kühlen Erde reckten, begann Nikolais amerikanische Erziehung. Er erinnerte sich noch an das erste Wort, das er gelernt hatte. Es war das Wort *Hand*. Paula deutete auf ihre eigene Hand und sagte das Wort. Dann deutete sie auf seine Hand, und er starrte sie verständnisvoll an. Sie streckte den Arm aus, nahm seine Hand, deutete darauf und wiederholte das Wort. Er grinste wie ein kleiner Junge im Kindergarten und wiederholte es laut. »Hand.«

Er überlegte sich aber auch, was für eine warme, kleine Hand sie hatte, als die Gardine, die sich ein wenig bauschte, die Frühlingsgerüche durch das Fenster hereintrug. Ein Gefühl von Wohlbefinden stieg in ihm auf, als er erkannte, daß O'Toole ihm die Hand reichte und ihm seine Freundschaft anbot.

Im Juni verstand Nikolai genügend Englisch, um ein paar Worte sprechen zu können, doch er verstand mehr, als er sagen konnte. Er verstand genug, um mit seinen Arbeitskollegen lachen zu können. Er trank nach der Arbeit mit den anderen Russen und manchmal mit O'Toole und dessen Freunden Bier. Sie konnten kaum glauben, daß er noch nie Baseball gespielt hatte, und daher luden sie Nikolai an den Samstagnachmittagen, wenn sie sich nach der Arbeit trafen, ein, mit ihnen in den Park zu gehen, und sie brachten ihm die Spielregeln bei.

Paula war eine ausgezeichnete und geduldige Lehrerin, und als die Hitze des Sommers von Detroit immer krasser wurde, schlug sie vor, sie sollten auf dem See im Park paddeln gehen. Sie brachte ihm das Paddeln bei und lachte, als er aufstand, über den Bootsrand fiel und mit den Füßen im schlammigen Grund des Sees steckenblieb.

Er war zwanzig Jahre alt und dann einundzwanzig, und es war lange her, seit er eine Frau gehabt hatte. In der Fabrik wurde er befördert, und seine Beförderung hatte nichts mit O'Toole zu tun, der ihm sagte, er sei ein guter Arbeiter, der sich aber auch mit ihm hinsetzte, Bier mit ihm trank und ihm Vorträge über Gewerkschaften und deren Zukunft hielt. Von ihm erfuhr Nikolai viel über die amerikanische Arbeiterschaft. O'Toole und seine Freunde glaubten, sie hätten noch einen langen Weg vor sich. Nikolai fand, sie hätten schon einen langen Weg hinter sich gebracht. Er wäre damit zufrieden gewesen, wenn die Revolution in seinem Land diese Folgen für die Arbeiter gehabt hätte.

Nikolai mochte O'Toole und wußte sein sonntägliches Mittagessen bei den O'Tooles zu schätzen, das den Rhythmus seines Lebens mitbestimmte. Daniel O'Toole und seine Arbeitskollegen in der Gießerei vermittelten Nikolai ein Gefühl von Kameradschaft, wie er es nie gekannt hatte. Er begeisterte sich dafür, Baseball zu spielen und an derart freundschaftlichen Aktivitäten teilhaben zu dürfen. Ihm machte sein Job Freude, der keine geistige Energie erforderte, und er mochte die körperliche Erschöpfung, die auf einen harten Arbeitstag folgte. Im Vergleich zu der Arbeit, die er in Rußland geleistet hatte, war das hier einfach. Dann nahm er ein Bad, etwas, was er in Rußland nur sehr selten hatte tun können, glättete sein ungebärdiges, drahtiges Haar und bürstete es sich so eng an den Kopf, wie es nur irgend ging, zog sich frische Kleider an und ging entweder in die Bar, wo er sich in der Wärme von neu geschlossenen Freundschaften sonnte, oder er lief durch die Straßen von Detroit, und an drei Abenden in der Woche ging er für seinen Unterricht bei Paula zu den O'Tooles.
Ihre zarte Stimme liebkoste ihn, und wenn er sie ansah, wandte sie den Blick nicht ab und lächelte mit zunehmender Selbstsicherheit. Schon bald darauf schwammen sie im See, und später gingen sie am Seeufer spazieren und bewunderten die Herbstfarben. In jenem Winter lernte er das Schlittschuhlaufen und vermutete, daß er nie gewußt hatte, was Lachen bedeutete, bis er die O'Tooles und seine anderen neuen Freunde kennengelernt hatte. Doch in erster Linie war es Paula. Sie war schüchtern, und er beobachtete sie, als sie sich wie eine Blume entfaltete. Er spürte, daß sich sein Verlangen nach diesem stillen, eher recht farblosen Mädchen regte, die von Mal zu Mal, wenn er sie sah, lebhafter zu werden schien.

Er erinnerte sich noch immer an ihren ersten Kuß. Es war mehr als ein Jahr vergangen, seit die einander kennengelernt hatten, mehr als ein Jahr vergangen, seit sein Englischunterricht begonnen hatte, und sie streckte den Arm aus, legte die Finger auf sein Handgelenk und sagte: »Dein Englisch hat fast keinen russischen Akzent.« Während sie ihn anlächelte, legte er seine große Hand auf ihre Hände, und sie saßen da und starrten einander über den Tisch hinweg an, und dann zog er sie an sich, bis seine Lippen ihre berührten, und er konnte ihr anmerken, daß sie noch nie geküßt worden war, konnte ihr anmerken, daß sie sich nicht ganz sicher war, was sie tun sollte. Er hielt sie in seinen Armen und verschmolz mit ihren Lippen, bis sie auf ihn reagierten. Er hörte ihr leises Stöhnen, und er begehrte sie, wie er die wenigen Mädchen, die er als Jugendlicher gehabt hatte, nie begehrt hatte.

Am nächsten Tag fragte er Daniel, ob er seine Tochter heiraten dürfe, und dieser großzügige Mann legte eine Hand auf Nikolais Arm, und seine Augen standen voller Freundlichkeit und glänzten, als er sagte: »Das hatte ich mir von Anfang an erhofft. Ich wäre stolz darauf, dich zum Sohn zu haben und als den Vater meiner Enkelkinder.«

Und genau das wurde er dann auch. Innerhalb von zweieinhalb Jahren bekamen Nikolai und Paula zwei Kinder. Nikolai stieg nicht nur in der Firma auf, sondern auch in der Gewerkschaft. Er verbrachte seine Abende weiterhin mit seinem Schwiegervater und lernte alles, was er dort lernen konnte, nicht nur über die Gewerkschaft, sondern auch über die Männer, die in der Gewerkschaft waren, und über das Leben in Amerika. Paula jammerte zwar nicht, doch sie bedachte ihn mit vorwurfsvollen Blicken, wenn er spät nach Hause kam und sein Atem nach Bier roch.

Sie glaubte, nach Michaels Geburt würde Nikolai öfter zu Hause bleiben, aber das war keine Lebensform, die Nikolai einleuchtete. Er fand die Gesellschaft der Männer, mit denen er zusammenarbeitete, bei weitem spannender und aufregender. Paula war für das Bett da, für die Zärtlichkeit, und er hegte auch wirklich zarte Gefühle für sie, von denen er gar nicht gewußt hatte, daß sie in ihm steckten.

Im Englischen war er nach vier Jahren so bewandert, daß er Bücher las und diejenigen, von denen Paula ihm sagte, es seien die Klassiker, eines nach dem anderen verschlang. Er las sie im Bett, nachdem Paula eingeschlafen war. Auf diesem Umweg, über das Englische, lernte er Tolstoi, Dostojewski und Tschechow kennen.

Dann beschloß er, seine Muttersprache lesen und schreiben zu lernen. Er schrieb sich in englischen Sprachkursen für russische Immigranten ein, und er lernte alles auf umgekehrtem Weg. Mühselig erlernte er seine Muttersprache, schrieb sie und versuchte, sie zu lesen, obwohl er es nicht annähernd so gut konnte, wie er Englisch lesen konnte.

Er wußte, was Paula wollte, doch er war nicht bereit, ihr so viel von seiner Zeit zu opfern, wie sie gern gehabt hätte. Um ihn im Haus zu halten, fing sie an, ihm Mathematik beizubringen, und das faszinierte ihn. Hinterher, sei es nun, um ihr seine Freude zu zeigen oder weil sie gemeinsam etwas getan hatten, schliefen sie miteinander, immer am Dienstagabend. Paula hatte etwas Zerbrechliches an sich, das liebevolle Gefühle in ihm weckte. Er wollte ihr Freude bereiten. Die wenigen Mädchen, die er in Rußland gehabt hatte, hatten schlichtweg zur Verfügung gestanden, und er hatte sie genommen, ohne einen Gedanken an ihre Lust zu verschwenden und ohne sie als Individuen wirklich zu begehren; er hatte sie einfach nur genommen, weil er das Verlangen nach einer Frau hatte. Bei Paula war das etwas anderes.

Er wußte, daß er Paula nicht in dem Sinne liebte, wie die Amerikaner die Liebe verstanden. Er wußte es, weil sie ihn immer wieder fragte: »Liebst du mich?« Er hatte vorher nie über Liebe nachgedacht. Er liebte Rußland, das wußte er. Und er liebte seinen Traum von weltweiter Gleichheit. Er glaubte, daß er vielleicht Daniel O'Toole liebte. Manchmal liebte er auch dieses wunderbare Land, in dem er darauf wartete, zurückgerufen zu werden. Er sah Amerika nie als sein Land an. Er wußte, daß es für ihn eine Ruhestätte war. Sogar nachdem Amerika in den Krieg verwickelt worden war und als die russische Revolution begann, war ihm bewußt, daß er wartete. Nicht einen Moment lang malte er sich aus, sein Leben in Amerika zu verbringen.

Das hatte er Paula vor der Heirat gesagt. Aber er merkte deutlich, daß sie es ihm nie geglaubt hatte. Sie schüttelte immer nur den Kopf und lächelte, als wollte sie damit sagen: Ja, das glaubst du jetzt. Aber warte es ab. Warte nur, bis du eine Zeitlang hier gewesen bist, bis du amerikanische Söhne und eine amerikanische Frau und einen guten amerikanischen Job hast. Niemand gibt das angenehme Leben in Amerika auf, um in sein Land zurückzugehen. Sie kommen alle nach Amerika, um diesen Bedingungen zu entgehen. Du wirst es ja sehen. Du wirst von Tag zu Tag mehr zum Amerikaner.

Sogar Daniel sprach sich gegen »die verdammten Bolschewiken« aus. Es gab kaum einen Amerikaner, der mit dem Kommunismus sympathisierte. Sogar die Arbeiter trauten den Kommunisten nicht, den »Roten«. Daniel sagte immer wieder: »Gott sei Dank, daß du nicht einer von diesen Kommunisten bist. Ich bin froh, daß du gerade noch rechtzeitig und nicht einen Tag später rausgekommen bist.« Nikolai konnte sich nicht dazu durchringen, den O'Tooles das Gegenteil zu erzählen.

Doch der Tag kam – seine Söhne Paul und Mikey waren vier und fünf –, als ein Fremder an die Tür des Hauses klopfte, über das Nikolai noch immer staunte. Fünf Zimmer, mit Zentralheizung, einem Bad im Haus und elektrischem Licht. Der Fremde – Nikolai konnte sich nicht einmal erinnern, wie er ausgesehen hatte – fragte: »Nikolai Sacharow?«

Die Amerikaner nannten ihn in ihrer lockeren zwanglosen Art Nick Zakaroff, und daher wußte er, daß dieser Mann aus Rußland kam. Er nickte. Der Mann reichte ihm einen länglichen weißen Umschlag, der fleckig, aber sonst unversehrt war. Dann kehrte er Nikolai den Rücken zu und verschwand in der Nacht. Das war im August 1918.

Nikolai drehte den Umschlag in den Händen um und hörte Paula rufen: »Wer war das?«

Er drehte sich um und sah, wie das Licht der Lampe auf ihr hellbraunes Haar fiel, auf die Socken, die sie auf dem Schoß stopfte, auf das kleine Körbchen, in dem sie ihr Stopfzeug aufbewahrte, und er dachte: Das ist das Ende dieses Lebens. Er riß den Umschlag auf.

Komm zurück, las er auf Russisch, *nach Moskau. Ich brauche dich. Rußland braucht dich.* Die gekrakelte Unterschrift lautete *Lenin*.

Er sah seine Frau am anderen Ende des Zimmers an und berichtete es ihr, sagte ihr, sie solle packen, sie würden jetzt alle nach Rußland gehen.

Paula griff mit einer Hand an ihre Kehle und ließ das Körbchen mit dem Stopfei und den Nadeln und dem Garn fallen, doch die graue Socke blieb an ihrem Rock hängen.

»Nein«, sagte sie mit erstickter Stimme. »Wir sind Amerikaner. Die Jungen und ich sind Amerikaner.«

»Und ich«, sagte er, »bin Russe. Ich gehe nach Hause.«
»Kannst du uns verlassen, die Jungen und mich?« In diesem Augenblick fühlte er sich als ein Teil der gesamten Menschheit, ein Teil der großen Gleichheit, die er sich für alle erträumte, für die Männer weltweit und für Männer und Frauen gemeinsam.
Er wollte ihr nicht weh tun, der Tochter dieses großartigen Mannes, seines guten Freundes, der Mutter seiner Söhne. Er lief durch das Zimmer, kniete sich neben sie, nahm ihr Gesicht in seine Hände und sagte: »Ich gehe zurück. Ich möchte, daß du mitkommst«, und er wußte, daß sie mitkommen würde, wenn er mit ihr schlief, wenn er ihr zeigte, wie sehr er sie mochte und begehrte. Doch selbst während er es tat, wußte er, daß es nicht die geringste Rolle spielte, ob sie mitkam oder nicht. Der Mensch, den er am meisten vermissen würde, war sein Schwiegervater, der einen Ausbruch von Jähzorn bekam, als Nikolai ihm die Neuigkeiten mitteilte.
Paula begleitete ihn nicht. Ihr Vater bestand darauf, wenn Nikolai sich diesen wahnsinnigen Schritt nicht ausreden ließ, dann sollte er nach Rußland zurückkehren und sich ansehen, was in den acht Jahren, die er fort gewesen war, daraus geworden war. Falls es ein geeigneter Ort für Paula und die Jungen war, würde er, Daniel, ihnen die Überfahrt bezahlen, wenn ihm diese ganze Idee auch noch so sehr verhaßt war. Er glaubte jedoch an die Heiligkeit der Ehe.
Nikolai ließ Paula in den folgenden Jahren nicht nachkommen. Lenin, der den jungen Mann schon immer gemocht hatte, schickte ihn an eine preußische Militärakademie. Dort wurde sein Organisationstalent offenkundig.
Dann kehrte Nikolai nach Detroit zurück, um Paula und die Kinder zu holen. Doch Paula gewöhnte sich nie an die fehlende Zentralheizung und den Geruch nach Kohl, der ihre drei zementblockartigen Zimmer in einem der neueren Wohnhäuser ständig durchdrang. Nikolai versuchte, ihr zu erklären, wie glücklich sie dran waren, zu viert drei Zimmer zu haben, doch Paula ließ sich davon nicht überzeugen.
Sie wollte oder konnte kein Russisch lernen. Sie sagte, es sei unmöglich, diese Sprache zu erlernen, und sie lebte abgeschieden

und konnte nicht mit ihren Nachbarn reden. Ihre Söhne, die zur Schule geschickt wurden, lernten augenblicklich Russisch und sprachen sogar zu Hause in der Sprache ihrer Schulkameraden und ihres Vaters miteinander. Paula isolierte sich immer mehr, vor allem, nachdem Nikolai während des Streiks der britischen Bergarbeiter als Agitator nach England geschickt wurde.
Hier wurde er verhaftet und für sechs Monate nach Schottland ins Gefängnis geschickt, und Paula, die außer sich war, fragte sich, wo er wohl stecken könnte und wie sie mit dem Leben in einem Land zurechtkommen sollte, dessen Sprache sie nicht beherrschte. Nikolai lehnte sich keinen Moment lang gegen seinen Gefängnisaufenthalt auf. Er nutzte die Zeit, um zu lernen. Er zweifelte nie daran, daß man ihn freilassen würde, denn er wußte bereits, daß sich die Gerichtsbarkeit im Westen von der in Rußland unterschied.
Als er freigelassen wurde, wurde er mit der strikten Auflage deportiert, nie mehr einen Fuß auf britischen Boden zu setzen. Als er nach Moskau zurückkehrte, war Paula ganz und gar zur Einsiedlerin geworden und schickte sogar die Kinder aus dem Haus, damit sie Lebensmittel kauften. Er sah sie an, ihr ungepflegtes Haar und ihr hageres, bleiches Gesicht, und das, was ihn ursprünglich gereizt hatte, stieß ihn ab. Sie bat ihn darum, nach Detroit zurückzukehren.
Aber Lenin forderte ihn auf, nach China zu gehen. In China herrschte Chaos. In den Jahrtausenden seiner Geschichte hatte es nie eine organisierte Armee besessen. Der Westen hatte Dr. Sun Yat-sens Bitte um Hilfe zurückgewiesen, und das gab Rußland die Gelegenheit, seine Form von Demokratie in dem Land mit der größten Bevölkerungszahl auf Erden auszubreiten.
Nikolais Befehle lauteten, Dr. Sun in jeder notwendigen Form zu unterstützen, außerhalb von Kanton, wo Dr. Sun lebte, eine Militärakademie aufzubauen und die Arbeiter von China zu vereinigen.
Nikolai Sacharow war dreißig Jahre alt und erkannte, daß das der Punkt war, auf den sein Leben zugesteuert war.
In ganz China würde es niemanden geben, der ihm vorschrieb, was er zu tun hatte. Dort bot sich ihm die Gelegenheit zu dem

Versuch, auf eigene Faust das zu erreichen, wofür die gesamte russische Revolution erforderlich gewesen war.
Er sah Paula an und kannte die Antwort, ehe er die Frage stellte: Würden sie und die Jungen nicht vielleicht mit ihm nach China gehen? Und daher schickte er sie zurück nach Detroit.
Seine Aufgabe würde es sein, die wirre Kuomintang zu einer organisierten politischen Partei zu machen, einer Partei, die er mit seiner Disziplin und mit seinen Vorstellungen prägen konnte. Er sollte die Chinesen von den Warlords befreien, damit die KMT die führende Kraft hinter einer Massenbewegung war, die so stark war, daß sie China für alle Zeiten verändern würde. Sacharows Aufgabe bestand weniger darin, die Chinesen zu Kommunisten zu machen, sondern vielmehr darin, der Kuomintang kommunistische Ziele und Ideale einzuimpfen. Sobald er eine Militärakademie gegründet hätte, würden russische Heeresberater und Experten folgen und die notwendige militärische Ausrüstung beschaffen. Nikolai konnte sein Sendungsbewußtsein kaum zügeln, als er acht Tage und acht Nächte in der Transsibirischen Eisenbahn reiste. Er ergötzte sich an der Rolle, die er in der Geschichte spielen würde, und genoß die Vorstellung, dabei zu helfen, die Brüderlichkeit unter allen Menschen zu fördern.

11

Chloe hatte ewig lange im Bett gelegen und nicht schlafen können. Sie tastete im Dunkeln nach der Taschenlampe und richtete den Schein auf ihre Armbanduhr. Erst halb zwei. Sie hätte schwören können, daß sie schon viel länger im Bett gelegen hatte. Vielleicht lag es daran, daß sie allein schlief. Keinen Körper neben sich fühlte. Keinen Slade.

Aber sie wußte, daß das nicht das einzige war, was sie wachhielt. Zum einen war es Nikolai Sacharow. Überlebensgroß. Wie kein anderer, der ihr je begegnet war. Er besaß charismatische Führungsqualitäten, die Dr. Sun ihrer Meinung nach fehlten. Aber man würde es niemals einem Russen gestatten, die Führung in China zu übernehmen. Sie fragte sich, ob Nikolai und sogar Madame Sun ahnten, daß Dr. Sun, falls er Präsident wurde, ohne seinen Russen das Volk nicht kompetent regieren konnte.

Chloe war bitter enttäuscht von Dr. Sun. Seine Frau und Nikolai waren weit ausgeprägtere Persönlichkeiten. Ganz sicher war Ching-ling, wenn sie auch noch so fragil und feminin wirkte, aus Stahl. Sie fragte sich, was Ching-ling je in diesem alten Mann gesehen und wovon sie sich angezogen gefühlt hatte. Natürlich hatte Ching-ling Dr. Sun als den besten Freund ihres Vaters ihr Leben lang gekannt. Er war sechsundzwanzig, als sie geboren wurde. Wahrscheinlich ihr Patenonkel, dachte Chloe. Als Ching-ling jung war, hatte Sun Yat-sen vielleicht das Feuer und die Energie besessen, die ein junges Mädchen entflammen ließen. Vielleicht hatte sie seinen Traum, was China sein könnte, nach Amerika mitgetragen und konnte den Traum und den Mann nicht mehr auseinanderhalten.

Auf Chloe wirkte Dr. Sun ausgelaugt, und er schien ständig über körperliche Beschwerden zu klagen. Sie hatte den Verdacht, daß er mehr als dreißig Jahre lang ruhmreiche Träume gehabt, aber keine Ahnung hatte, wie er sie verwirklichen konnte. Vielleicht war er eher ein Prophet als ein Mann der Tat. Er wollte jedoch letzteres sein, und das sah Chloe als seine fatale Schwäche an. Sie bewunderte, daß er es wagte, sich Träume zu leisten, die weit über seine Person hinausgingen, und daß er von Hoffnung und Optimismus erfüllt war, was die Zukunft von fast einer halben Milliarde Menschen anging. Doch es war offenkundig, daß er in Wirklichkeit keinerlei Vorstellung hatte, wie er diese Visionen umsetzen sollte. Mit seiner sprunghaften Art warf er alle aus dem Gleichgewicht, alle außer seiner Frau – so schien es.

Als bei Tisch Ching-ling und Nikolai darüber diskutiert hatten, wer zum Kommandanten der Militärakademie Whampoa ernannt werden sollte, die Nikolai im vergangenen Jahr gegründet hatte, und was dabei zu bedenken war, hatte Dr. Sun nur wenig gesagt, sich ganz auf sein Essen konzentriert und es häufiger angestarrt, als sich an irgendeiner Diskussion zu beteiligen. Nikolai sagte, bei der Ernennung eines Kommandanten sei Vorsicht geboten; er müsse nicht nur ein fähiger Militär sein, sondern auch ihre Zukunftsvision mit ihnen teilen. Er schlug Chiang Kai-shek vor, der im vergangenen Jahr etliche Monate in Moskau verbracht und sich dort militärische Operationen angesehen hatte.

Ching-ling hatte die hübschen Schultern hochgezogen und mit ihrer zarten Stimme gesagt, sie traue ihm nicht. Sie wüßte nicht, warum. »Vielleicht scheint es, als sei er mehr auf die Selbsterhöhung seiner Person aus als darauf, China zu helfen.«

»Nun«, sagte Nikolai und hob auf chinesische Art seine Reisschale an den Mund, »trifft das nicht auf uns alle zu? Hat nicht jeder von uns seine eigenen Pläne?«

Ohne vorher auch nur nachzudenken, fragte Chloe: »Geht es Ihnen denn nicht um China? Ist das nicht Ihr oberstes Anliegen?«

Nikolai hatte Ching-ling angesehen und geantwortet: »Ich weihe mein Leben der weltweiten Gleichheit aller Menschen, aller Männer und« – jetzt wandte er sich um und lächelte Chloe an, – »aller Frauen.«

»Ich habe den Verdacht«, sagte Ching-ling, und ihre schmalen Finger schlossen sich um den Stiel ihres Weinglases, »für Nikolai ist das nur eine Durchgangsstation. Wenn China seine Ziele erreicht, dann kann er in das nächste Land weiterziehen. Aber im Moment träumen wir denselben Traum. Dr. Suns und meine Grenzen sind die politischen Grenzen Chinas.«

Dr. Sun schien noch nicht einmal zuzuhören, sondern stocherte in seinem Huhn Te-chow herum.
Plötzlich ergriff Dr. Sun das Wort, fast so, als dächte er laut. »Chiang ist militärisch geschult und hat Weitblick.«
Nikolai sah ihn über den Tisch hinweg an. Der ältere Mann hatte sich wieder seinem Huhn zugewandt.
»Es gibt in Kanton sogar diejenigen, die keine Einheit anstreben«, erklärte Ching-ling Chloe. »Warlords fürchten, sie werden dann keine Macht mehr besitzen. Und das ist wahr. Wenn wir erst einmal«, sagte sie, und Chloe fiel auf, daß die Betonung auf dem *Wir* lag, »an der Macht sind, dann können sie nicht mehr so weitermachen wie bisher. Die Bauern werden sich erheben, und das Volk wird die Macht in der Hand haben.«
»Was wird mit Warlords oder anderen Leuten geschehen, die sich Ihnen widersetzen?« fragte Chloe.
»Sie werden zum Übertritt bekehrt oder vernichtet.« Das war ohne jedes Zögern herausgekommen.
Später konnte sich Chloe nicht mehr daran erinnern, wer diese Worte gesagt hatte. Ob es die Stimme eines Mannes oder die einer Frau gewesen war.
»Die chinesische Rechtsprechung wird schnell vollzogen, und Chinesen sind – gemessen an amerikanischen Maßstäben – grausam«, gab Ching-ling zu. »So ist es nun einmal im Orient Sitte.«
Daraufhin sah Nikolai Chloe an und sagte: »Das hier ist nicht Amerika. Ihr Land ist auch brutal, aber auf eine andere Art. Auf eine verdecktere Art, obwohl Sie und die übrigen Westmächte ihre eigene Grausamkeit und Arroganz hier im Osten ganz anders sehen.« Er zögerte einen Moment lang. »China hat seit seinem Bestehen mit Grausamkeit gelebt.«
»Und Rußland?« fragte Chloe.
Nikolai wischte sich den Schnurrbart mit einer Serviette ab. »Lassen Sie uns einfach sagen, daß ich vieles in China verstehe und nachempfinden kann. *Sie* dagegen können unsere beiden Länder kaum verstehen.«
Jedenfalls bestimmt nicht die Grausamkeit, hatte sich Chloe gedacht. Und auch nicht den Schmutz und die Armut.
Als sie die Gespräche beim Abendessen noch einmal durchlebte,

wurde Chloe durch das Geräusch von Schüssen aus ihren Gedanken gerissen. Sie setzte sich kerzengerade im Bett auf. In der Ferne hörte sie Rufe. Weitere scharfe Stakkato-Salven. Vielleicht sind es Feuerwerkskörper, dachte sie. In China wurden zu den merkwürdigsten Tages- und Nachtzeiten Feuerwerkskörper in die Luft gejagt.

Dann hörte sie das hohle Echo von Schritten in dem gefliesten Gang und gedämpfte Stimmen. Die Tür zu ihrem Zimmer wurde aufgerissen. Gegen das schwache Licht im Flur hob sich Ching-ling als Silhouette ab.

»Ziehen Sie sich an«, sagte sie, und ihre Stimme war gebieterisch.

Chloes Füße trafen sofort auf den kalten Boden. »Was ist passiert?« fragte sie.

»Ch'ens Truppen treten gegen uns an.« Chloe erinnerte sich daran, daß er der Warlord von Kanton war, eben der, auf den sie mit ihrem Sonnenschirm eingeschlagen hatte. »Beeilen Sie sich, kommen Sie in mein Zimmer.« Und dann verschwand sie.

Chloe packte ihre Kleider, die sie auf einen Stuhl geworfen hatte. Als sie Ching-lings Zimmer erreichte, sah Chloe, daß sie eine Männerhose trug, und sie wünschte, auch sie hätte eine solche gehabt. Ching-ling schien mindestens dreißig Zentimeter gewachsen zu sein und stand stocksteif da. Keine Spur von Furcht war aus ihrer Stimme herauszuhören.

Ihr Mann stand neben ihr, und Chloe hörte sie sagen: »Eine Frau wird dich nur behindern. Es wäre äußerst lästig, wenn du dich auch noch um mich sorgen müßtest.«

Er schien sie nicht zu hören. »Wir müssen uns augenblicklich auf den Weg zu dem Kanonenboot auf dem Fluß machen«, sagte er. »Von dort aus können wir unsere Männer anweisen, wie sie sich den Rebellen widersetzen sollen.«

Madame Sun legte ihrem Mann eine Hand auf den Arm. »Hör zu«, sagte sie. »Ich kann einfach nicht glauben, daß für mich als Privatperson allzu große Gefahr bestehen könnte. Laß mich zurück. Ich werde mich allein zu dem Kanonenboot durchschlagen. Aber du bist die Erlösung Chinas. Du mußt fliehen. Nimm die Wachen mit und verschwindet augenblicklich von hier. Du bist derjenige, den sie haben wollen. Nicht ich.«

Er nickte. »Einverstanden. Ich gehe. Aber ich werde alle fünfzig Wachen hierlassen, damit sie dich und das Haus beschützen.«
»Ich treffe dich auf dem Kanonenboot«, sagte sie. Er machte auf dem Absatz kehrt und ging, und dabei hätte er Chloe fast umgerannt. Dennoch sagte er kein Wort zu ihr.
Als er gegangen war, sah Chloe, daß Ching-ling ein Taschentuch in den Händen zerdrückte. Sie trat ans Fenster und öffnete es.
Das Haus der Suns lag auf halber Höhe auf einem Hügel. Chloe war eine ganz bestimmte Einrichtung äußerst seltsam erschienen. Es gab einen Weg vom Dach ihres Hauses, der über den vierhundert Meter breiten Boulevard führte, an dem das Haus stand. Dieser Weg war eine schmale Brücke, die das große Haus mit dem massiven grauen Steingebäude auf der anderen Seite der geschäftigen Durchfahrtsstraße verband. In diesem Gebäude, das von einem Hof und hohen Mauern umgeben war, hatte Dr. Sun seine Büros. Daher brauchte er sich weder den Menschenmengen noch den Verzögerungen durch starken Verkehr zu stellen, sondern konnte auf dem Weg zur Arbeit und auf dem Heimweg diesen Gang benutzen.
Durch das offene Fenster konnte Chloe sehen, daß der Feind weiter unten auf dem Hügel Schüsse abgab, und sie konnte Stimmen hören, die schwach aus der Ferne herüberdrangen: »Tötet Sun. Tötet Sun Yat-sen!« Das Feuer wurde nicht erwidert, statt dessen wurden nur Gewehre stumm in die Nacht gerichtet. Als ihre Augen sich an die Dunkelheit gewöhnten, konnte Chloe auf dem Boden unter ihnen die zusammengekauerten Körper von Wachen erkennen, die Gewehre umklammert hielten, Körper, die sich nicht von der Stelle rührten.
Ching-ling nahm Chloe an der Hand. Sie standen gemeinsam da und starrten in das jetzt stille Dunkel hinaus. Die ganze Nacht über, manchmal in Abständen von einer halben Stunde, hallten die Gewehrschüsse durch die Dunkelheit.
Kurz vor der Dämmerung wurde die Tür zu Ching-lings Zimmer aufgerissen, und Nikolai erschien. Er hielt eine Pistole in der Hand, und sein Gesicht war so finster wie Gewitterwolken. »Wo steckt der Doktor?« fragte er.
»Er ist fort«, antwortete Ching-ling. »Er ist schon vor Stunden

gegangen. Ich habe nicht viele Schüsse gehört, und daher glaube ich, er könnte sich vielleicht in Sicherheit gebracht haben.«
»Sie müssen von hier fortgehen«, sagte der Russe, der Ching-ling ansah und dessen Blick Chloe kaum auch nur streifte. »Ich bin gekommen, um Sie von hier fortzubringen.«
In dem Moment, als gerade ein roter Streifen, der sich gegen den dunklen Himmel absetzte, das Tageslicht ankündigte, feuerte der Feind Feldgeschütze ab, und einige der Leibwachen stießen Schreie aus. Nikolai streckte die Arme aus, riß sich Chloe in den einen und Ching-ling in den anderen Arm und warf sich mit ihnen zu Boden. Die Scherben zersplitterter Scheiben prasselten auf sie herunter, als Kugeln sämtliche Fenster trafen.
Nikolais Arm war noch über Chloe geworfen und zwang sie, flach auf dem Boden liegen zu bleiben.
»Warum sind Sie hiergeblieben?« flüsterte er, und seine Stimme war zornig.
»Ching-ling hat Dr. Sun davon überzeugt, daß eine Frau ihm auf der Flucht nur hinderlich sein würde.«
»Das ist wahr«, murrte er, »aber der Teufel soll Sie trotzdem holen.«
Zu Ching-ling sagte er etwas lauter: »Wir müssen von hier verschwinden. Sie wissen ebensogut wie ich, was sie Ihnen antun werden, wenn Sie gefangengenommen werden.«
Angst überlief Chloe, und sie bekam Gänsehaut auf dem linken Arm und dem linken Bein. Sie hörte Gewehrfeuer und das Rattern von Maschinengewehren.
»Bleiben Sie hier«, ordnete Nikolai an. »Lassen Sie mich die Lage auskundschaften und entscheiden, welchen Weg wir am besten nehmen.« Er kroch drei oder vier Schritte weit, ehe er außerhalb der Reichweite der Schüsse aufstand.
Zwanzig Minuten später kam er zurück und drückte Madame Sun eine Pistole in die Hand. »Hier, ich weiß, daß Sie schießen können. Behalten Sie die.« Er sah Chloe an, bot ihr aber keine Waffe an. »Mindestens ein Drittel unserer Männer sind tot«, berichtete er. »Die übrigen leisten mit großer Entschlossenheit Widerstand. Unsere Munitionsvorräte werden knapp, und ich will, daß sie bis zum allerletzten Moment reichen.«

»Ja«, sagte Ching-ling, »es hat jetzt keinen Sinn mehr, noch länger hierzubleiben.« Sie sah in Nikolais Richtung. Plötzlich wurde Chloe klar, daß Ching-ling die ganze Nacht über fest damit gerechnet hatte zu sterben und daß es keine Rolle gespielt hatte, solange nur Dr. Sun und die Zukunft Chinas gesichert waren.

»Die einzige Hoffnung zu entkommen, ist der Weg über das Dach, und es kann sein, daß gegnerische Soldaten uns am anderen Ende erwarten. Aber das müssen wir riskieren.« Er warf einen Blick auf Chloe und fragte Ching-ling: »Können Sie eine Hose für sie finden?«

Ching-ling verschwand im Gang und kehrte mit einer lose sitzenden, stark zerknitterten Hose und Strohsandalen zurück, die sie Chloe in die Hand drückte. »Sie könnten Ihnen passen«, meinte sie.

Nikolai sagte: »Ching-ling, es tut mir leid. Du kannst nichts mitnehmen.« Er schloß die Tür, damit Chloe sich ungestört umziehen konnte. Sie hörte die Stimmen der beiden im Gang.

»Sie wird uns nur im Weg sein«, sagte er.

»Ich weiß.« Madame Sun seufzte. »Ich weiß. Aber wir müssen versuchen, sie mitzunehmen.«

Als Chloe sich umgezogen hatte, folgte sie Ching-ling und Nikolai eine schmale Treppe auf das Dach hinauf, und dort setzte sich die Brücke dunkel gegen den Himmel ab. Beidseits boten undurchlässige Geländer Schutz, niedrige Seitenwände, durch die sie noch nicht einmal schauen konnten. Nikolai – der sie anführte – kniete sich hin und bedeutete ihnen, es ihm nachzutun. »Nicht ein einziges Haar auf euren Köpfen darf zu sehen sein«, flüsterte er und setzte sich kriechend in Bewegung. Aber er war so groß, daß unvermeidlich irgend etwas von ihm zu sehen war, wenn er sich nicht auf die Fliesen gelegt und sich langsam vorwärtsgezogen hätte. Es dauerte nicht allzu lange, bis der Feind bemerkte, daß sich auf der Brücke etwas rührte, und Schüsse abzugeben begann. Kugeln zischten über ihre Köpfe, doch die, die in die schützenden Seitenwände prallten, wurden abgefälscht, und nur das Donnern war zu hören. Nikolai legte sich flach hin und robbte vorwärts, und daher war lange Zeit kein Lebenszeichen auf der Brücke zu erkennen. Allmählich wurde das Feuer eingestellt. Chloe stellte fest, daß sie schwer atmete, als sie weiterkroch.

Sie hörten Rufe und schnell aufeinanderfolgende Schüsse, und jemand stieß einen Schmerzensschrei aus, oder war es der Schrei eines Sterbenden? Es war zwar so früh am Morgen noch nicht heiß, doch Chloe spürte, wie ihr der Schweiß über die Stirn rann und das Salz in ihren Augen brannte. Sie fragte sich, ob ihre Knie vom Kriechen auf den harten Fliesen blutig waren.
Einmal lachte sie, und Madame Sun wandte den Kopf und sah Chloe fragend an. Die Vorstellung, daß sie sich immer ein Leben gewünscht hatte, das sich von dem unterschied, das Oneonta zu bieten hatte, war ihr durch den Kopf geschossen, und sie konnte sich nichts vorstellen, was sich noch mehr davon unterschied als das, was sie hier gerade erlebte. In diesem Moment hielt Nikolai an, und Madame Sun prallte mit ihm zusammen, während Chloe gegen Ching-ling stieß. Nikolai deutete nach vorne, ohne ein Wort zu sagen. Vor ihnen auf der rechten Seite war die Seitenwand zerschmettert worden, und dort waren sie vielleicht knapp zwei Meter ohne jeden Schutz. Dort würden sie für jeden klar zu erkennen sein, der unten stand, für jeden auf dem Hügel hinter ihnen, für jeden, der eine Waffe hatte.
Der Gang war zu schmal, und daher konnte Nikolai sich nicht umdrehen und mit ihnen reden. Chloe konnte nicht hören, was er Ching-ling zuflüsterte, doch Ching-ling ihrerseits bog den Kopf herum, um es an Chloe weiterzusagen. »Wir müssen es riskieren. Sie wissen nicht, wie viele wir sind. Nikolai wird losrennen müssen, und wenn sie ihn sehen, werden sie sich darauf konzentrieren, ihn mit Schüssen zu verfolgen, aber sie werden warten, um zu sehen, ob ihm sonst noch jemand folgt. Ich soll fünfzehn Minuten warten und dann losrennen. Sie werden zehn Minuten warten.«
Sie streckte sich in dem Gang aus, legte sich hin, nahm die Last von den Knien, stützte sich auf die Ellbogen und beobachtete, wie Nikolai Sacharows massiger Körper sich langsam aus seiner liegenden Stellung hochzog, auf den Fußballen kauerte und vorsprang, so daß Chloe alles nur verschwommen wahrnehmen konnte. Sie hörte den lauten Knall von Gewehrschüssen, hörte Kugeln schwirren und sah den unscharfen Klecks, zu dem Nikolais Körper wurde. Vor ihnen im Gang rannte er weiter, bis er wie ein junger

Hund abrupt stehenblieb, sich nach vorne fallen ließ, die Beine hinter sich spreizte und sich nicht mehr rührte.
Die Schüsse verteilten sich und trafen ziellos die Seitenwand der Strecke, die sie zurückgelegt hatten, und versuchten, die Wand vor ihnen zu durchdringen, wo, wie der Feind wußte, jemand hingelaufen war und wo Nikolai jetzt lag.
Stille.
Ching-ling drehte sich kein einziges Mal um. Als fünfzehn Minuten vergangen waren, sah Chloe, daß sie sich zu einer Kugel zusammenrollte, aus ihrem Versteck hochschnellte und sich über die Stelle rollte, auf der die Seitenwand der Brücke demoliert war.
Vereinzelte ungezielte Schüsse.
Die winzige Gestalt von Madame Sun wirbelte am anderen Ende der Brücke herum und winkte Chloe zu. Jetzt traf ein Kugelhagel auf die Seitenwände, und Maschinengewehrsalven sprühten über die Stelle, an der Nikolai und Madame Sun lagen. Chloe sah, wie sie sich Zentimeter für Zentimeter weiterbewegten und sich von ihr entfernten, doch sie blieben in ihrer Sichtweite. Es wurden weiterhin sporadisch Schüsse abgegeben, und Chloe wußte, daß sie jetzt loslaufen mußte. Dann sah sie, wie Ching-ling in ihre Richtung zurückkroch, sah, daß ihre Lippen sich bewegten, und sie strengte sich an zu verstehen, was sie sagte. Mit leiser Stimme, so leise, daß Chloe sie gerade noch hören konnte, der Klang aber nicht bis zur Straße drang, rief Ching-ling: »Nikolai wird noch weiter vorkriechen und dann aufstehen. Der Feind wird dann das Feuer auf ihn richten. Wenn sie die Schüsse hören, müssen sie sich beeilen. Sie werden sich auf ihn und nicht auf diese ungeschützte Stelle konzentrieren.«
Ehe Chloe etwas darauf erwidern konnte, entfernte sich Madame Sun kriechend und folgte Nikolai. Im nächsten Moment hörte sie Kugeln durch die Luft zischen, hörte ein Sperrfeuer von Schüssen vor sich. Sie lief schnell los und versuchte dabei, die Knie nicht durchzudrücken, damit die Schüsse ihr, sobald sie das Ende der ungeschützten Stelle erreicht hatte, nichts anhaben konnten. Sie fragte sich, ob Nikolai tot war. Doch Ching-ling, die weit vor ihr war, kroch eilig weiter. Auf allen vieren legten sie den Weg zum Innenhof des Gebäudes zurück, in dem Dr. Sun gewöhnlich seine Arbeit verrichtete.

Als sie in Nikolais wartende Arme sprang, sah Chloe Madame Sun unter einem Pfirsichbaum stehen und sich Schmutz aus dem Gesicht reiben. Hinter ihnen waren Bomben zu hören. Nikolai stellte sie auf den Boden.

»Sieh dich nur an!« rief Ching-ling aus. Blut hatte begonnen, durch Nikolais Jacke zu sickern und auf der Schulter einen immer größer werdenden Fleck zu bilden. Er schaute an sich herunter, rieb sich die Schulter und zuckte zusammen.

Fünfzehn Zentimeter tiefer, und der Versuch, mich zu retten, hätte ihm das Leben gekostet, dachte Chloe, die gern einen Arm ausgestreckt und ihn berührt hätte, ihm gern die Jacke ausgezogen und seine Wunde gesäubert hätte, obwohl sie keine Ahnung hatte, wie man so etwas machte. Aber Ching-ling wußte es. Sie führte sie die Treppe herunter zu einem Schlafzimmer, das in westlichem Stil eingerichtet war, und dort sagte sie zu ihm, er solle sich auf das Bett setzen.

Chloe stand in der Tür, als Madame Sun Nikolai dabei half, seine Jacke auszuziehen, und dabei achtete sie sorgsam darauf, daß das bereits gerinnende Blut nicht an dem Stoff kleben blieb und die Wunde noch weiter aufriß.

»Ah«, sagte Ching-ling, »der Schuß hat dich nur gestreift. Gott sei Dank steckt keine Kugel in der Wunde. Chloe, laufen Sie nach unten und schauen Sie nach, ob jemand da ist, der Wasser aufsetzen kann. Bringen Sie kochendes Wasser und saubere Tücher mit. Ich will diese Wunde auswaschen, ehe sie sich infiziert. Schauen Sie auch nach, ob Alkohol im Haus ist.«

Chloe lief los und eilte die Treppe hinunter. Sie hatte keine Ahnung, wohin sie lief oder ob es Bedienstete in dem Gebäude gab. Doch ganz hinten im Haus fand sie eine dunkle Küche, und ein Diener goß kochendes Wasser in eine Thermoskanne.

Chloe stand da und sah zu, wie Ching-ling die Wunde reinigte, als eine Maschinengewehrsalve ertönte. Das Geräusch von zersplitterndem Glas zerriß die Luft. Unten schrie jemand. Madame Sun, die immer noch neben Nikolai kniete, befahl Chloe: »Legen Sie sich flach auf den Fußboden.«

Sie bandagierte weiterhin Nikolais Wunde, nachdem sie den Blutstrom gestillt hatte. Sie waren in einem kleinen Hinterzimmer, das einer hohen Mauer gegenüberlag, durch die keine Kugeln dringen konnten. Als Nikolai versuchte, von dem Bett aufzustehen, preßte Ching-ling einen Finger auf seine Brust und befahl: »Es gibt nichts, was du im Moment tun könntest. Und du hast einiges an Blut verloren. Bleib einfach liegen.«

Die Schüsse auf der anderen Seite der Straße wurden nicht vor vier Uhr am Nachmittag eingestellt. Nikolai schlief, und Ching-ling packte Chloe am Arm und kroch mit ihr durch den Korridor zur Hintertreppe. In der Küche, in der sich jetzt keine Dienstboten mehr aufhielten bis auf den einen, der zusammengebrochen in einer Blutlache lag und ein Loch in der linken Schläfe hatte, sagte Ching-ling, die sich den Toten gar nicht erst ansah: »Tee und etwas Eßbares. Wir dürfen nicht zulassen, daß unsere Energien schwinden.«

Als sie die Treppe zu dem Schlafzimmer wieder hinaufstiegen, durchzuckte das Haus eine Erschütterung wie bei einem Erdbeben. Die Wände wackelten, der Himmel fiel auf sie herab, weißer Gips bröckelte von der Decke und regnete auf sie herunter. Und die Küche hinter ihnen brach unter einer Feuersalve zusammen. Ohne sich auch nur ein einziges Mal umzusehen, setzte Ching-ling ihren Weg durch den Korridor fort, und sie ließ nicht ein einziges Mal das Tablett fallen oder verschüttete den Tee, den sie darauf trug.

12

Im Zwielicht, als Nikolai aus seinem betäubungsähnlichen Schlaf erwachte, wurde das Gewehrfeuer eingestellt und von einem Donnergrollen abgelöst. Gleichzeitig ertönte der Sprechgesang von Hunderten von Stimmen.
»Sie brechen das Tor auf«, sagte Ching-ling. »Nikki, ich will, daß du Chloe hier rausbringst. Sie wollen mich und keinen von euch beiden. Mich und Dr. Sun.«
Nikolai nickte. »In Ordnung. Aber lassen Sie mich mit solchem Unsinn in Frieden. Wir gehen alle zusammen. Gibt es hier irgendwelche Männerkleidung?« fragte er. »Ich meine, eure Hosen sind ja in Ordnung, aber so etwas wie Überzieher, Regenmäntel, irgend etwas dergleichen, Hüte?«
Ching-ling sprang auf und rannte in ein anderes Zimmer, und als sie gleich darauf zurückkehrte, hatte sie die Militärmütze eines Mannes auf dem Kopf und ihr Haar darunter verborgen. Über ihrer blauen Bauerntracht trug sie einen Regenmantel. Nikolai und Chloe mußten unwillkürlich lachen. Beides war ihr viel zu groß.
Nikolai stand auf und verließ das Schlafzimmer, lief durch den Korridor zur Vorderseite des Gebäudes. Dort blieb er stehen und sah in diesem matten Licht auf die riesigen Tore hinaus, die zitterten, weil von der anderen Seite schwere Rammböcke dagegengestoßen wurden. Er rieb sich das bärtige Kinn und fuhr sich mit den Fingern über den Schnurrbart. Dann wandte er sich an die Frauen und sagte: »Wenn diese Tore brechen, dann wird eine Flut von Menschen hereinströmen und über dieses Haus herfallen. Wer dann noch hier drin ist, hat nicht die geringste Chance. Ich sage euch jetzt, was wir tun werden. Wir werden dort unten warten, direkt neben den Toren, so dicht am Pöbel, daß die Massen uns nicht sehen werden, wenn sie hereinströmen. Dort rechnet man nicht mit uns. Die Leute werden blindlings auf das Haus zurasen. Wir werden uns als einen Teil dieser Menschenmas-

se ausgeben, aber wir werden die entgegengesetzte Richtung einschlagen.«
Er ging wieder in das Schlafzimmer und hob seinen Revolver auf, der auf dem Bett lag. Er sah Ching-ling in die Augen, und sie nickte.
Als sie sie aus dem Zimmer und durch den Korridor führte, bewegte sie sich trotz ihrer lächerlichen Kostümierung wie eine anmutige Statuette. In der Tür wandte sich Nikolai an Chloe. »Falls wir voneinander getrennt werden, begeben Sie sich zur Shamian-Insel, und dort wird sich der Konsul Ihrer annehmen. Sie sind Amerikanerin; Ihnen dürfte eigentlich nichts passieren.«
Ching-ling war vor ihnen, und Nikolai rief gegen das Geschrei und den Lärm vor den Toren an: »Gehen Sie weiter nach rechts, damit Sie nicht totgetrampelt werden, wenn sie die Tore einreißen.« Die hohen hölzernen Tore wogten rhythmisch, und bei jedem Stoß von außen konnten sie hören, wie die Angeln quietschten und sich lockerten und wie Holz splitterte. Tausend Stimmen waren von der anderen Seite zu hören.
Mit einem ohrenbetäubenden Getöse brachen die breiten Tore ein. Es herrschte Chaos. Der unorganisierte Pöbel schrie Beschimpfungen. Nikolai packte Ching-lings Hand, sah sich nach Chloe um und preschte durch die dünner werdenden Menschenmassen. Während die feindlichen Truppen vorbeirasten, bahnte sich das Dreiergespann einen Weg durch die rasenden Massen und fand sich schließlich in einer schmalen Gasse wieder, weit entfernt von den Plünderern, aber nicht außerhalb der Reichweite ihrer Schlachtrufe. Sporadisches Gewehrfeuer erfüllte die Luft, doch sie waren jetzt so weit entfernt, daß es wie ein bloßes Echo klang.
Chloe stolperte und sah, daß das, was ihren Sturz aufgefangen hatte, eine Leiche war. Die Brust war eingedrückt, die Arme waren aufgeschlitzt, die Beine abgetrennt. Nikolai sah sich nach Chloe um und bedeutete ihr zu warten.
Aus einer Gasse kam eine Gruppe von Soldaten mit gezückten Bajonetten gerannt. »Legt euch flach hin«, befahl Nikolai und zog Ching-ling mit sich auf den Boden. »Sollen sie uns doch für Leichen halten, genau wie die anderen auch.« Er schlang Chloe

einen Arm um den Rücken, und ihr Gesicht versank in der Leiche unter ihr. Die Soldaten rannten schreiend weiter. Nikolai packte ihren Arm, und sie spürte seine Arme unter sich, die sie aufhoben und sie zwangen, sich hinzustellen, sie dazu antrieben, sich in Bewegung zu setzen.

»Sehen Sie sich die Leichen bloß nicht an«, hörte sie ihn sagen. »Sehen Sie starr vor sich hin.« Er nahm keine Rücksicht auf die Frauen und lief langsamer, sondern behielt ein schnelles Tempo bei, bis sie die Stadt verlassen hatten, bis sie draußen auf dem Land waren und selbst er die Straße nicht mehr sehen konnte, falls es hier überhaupt eine gab. Er sah jedoch Licht von einem Bauernhof.

Er klopfte nicht an, sondern platzte hinein, ein großer, schmutziger Mann mit zwei zerlumpten Frauen, von denen eine ein ausländischer Teufel war. Das ältere Paar keuchte, und die Frau schlug sich eine Hand vor den Mund. Der alte Mann griff nach einer Mistgabel und richtete sie auf Nikolai.

»Wir brauchen Hilfe«, sagte Ching-ling.

»Raus«, heulte der Mann. »Raus mit euch.«

Bei diesen Worten brach Ching-ling ohnmächtig auf dem Fußboden zusammen.

Die alte Frau ignorierte ihren Mann und stürzte vor, und sie kniete sich im selben Moment wie Chloe neben Madame Sun. Chloe bekam vage mit, daß Nikolai in seinem rudimentären Chinesisch erklärte, sie wollten ihnen nichts Böses tun, sie liefen nur vor den Soldaten weg. Der alte Mann hörte Nikolai mit skeptischem Blick zu und senkte die Mistgabel.

Die alte Frau wandte sich an ihn und rasselte etwas herunter, was Chloe nicht verstand. Sie kannte den kantonesischen Dialekt nicht.

Der alte Mann sah seine Frau an und verzog sich in eine dunkle Ecke des Raumes, und Chloe hörte, daß er dort Wasser eingoß. Er kehrte mit einem Tontopf zurück, den die alte Frau nahm und dessen Inhalt sie Ching-ling ins Gesicht schüttete.

Ching-ling schüttelte den Kopf, wie es ein nasser Welpe getan hätte, dann stöhnte sie leise und zwang sich, die Augen aufzuschlagen. Als sie Chloe sah, streckte sie die Hand nach ihr aus, und

Chloe nahm sie und bemühte sich, beschwichtigend zu lächeln. Nikolai ragte über ihnen auf und starrte mit größter Sorge auf sie herunter.

»Oh, Gott sei Dank«, sagte er, und Chloe fand diese Worte aus dem Mund eines Kommunisten komisch. Er ging neben ihnen in die Hocke, streckte die Hand nach Ching-lings Handgelenk aus und fühlte ihren Puls. »Ist alles in Ordnung mit Ihnen?«

Ching-ling hielt sich an Chloes Hand fest und zog sich in eine sitzende Haltung hoch. »Ich weiß nicht, was über mich gekommen ist«, sagte sie mit schwacher Stimme. »Natürlich ist alles in Ordnung mit mir.« Sie sah sich um und sagte: »Wir dürfen diese Leute nicht in Gefahr bringen, Nikki. Wir müssen von hier verschwinden. Sie könnten erschossen werden, wenn man uns hier findet.«

Ching-ling saß noch auf dem harten Lehmboden, als sie sich an die alte Frau wandte und fragte: »Haben Sie irgendwelche Kleidungsstücke, die ich kaufen kann? Alte Kleider? Wir brauchen etwas anderes zum Anziehen.« Aus der Hosentasche zog sie eine Goldmünze, die im Lampenschein glänzte.

Der alte Mann streckte die Hand danach aus und steckte sie sich zwischen die Zähne. Er gab einen Laut von sich, der verwundert klang.

Eine halbe Stunde später gingen sie, nachdem die alte Frau ihnen Tee gekocht und die Kleider mit Ching-ling gewechselt hatte, die jetzt ein Tuch auf dem Kopf hatte und einen Korb trug, in den die alte Frau etwas Gemüse gepackt hatte. Der alte Mann hatte Chloe einen spitz zulaufenden Hut gegeben, wie ihn die Kulis trugen.

Der Sog, den ihre blutigen Füße bewirkten, als sie durch die Felder liefen, klang wie ein lautes, atemloses Schluchzen, und der Schlamm, der zwischen ihren Zehen gurgelte, fühlte sich warm und glitschig an. Sie liefen parallel zum Fluß zum Süden der Stadt. In der Ferne konnten sie immer noch Schüsse hören. Drei laute Schläge, lauter als alle anderen Geräusche, das Feuer einer Kanone.

»Ah.« Ching-ling hob die Arme zu einer überschwenglichen Geste hoch. »Das heißt, daß Dr. Sun das Kanonenboot erreicht hat und in Sicherheit ist.«

Sie sagte etwas zu Nikolai, was Chloe nicht hören konnte. Sie änderten die Richtung und machten sich auf den Rückweg zur

Stadt, blieben aber immer noch etwas weiter südlich. Jetzt waren sie auf dem Weg zum großen Fluß, der im Lauf des letzten Jahrhunderts so viele Fremde nach China gebracht hatte, dem Perlfluß, von dem aus Großbritannien in China Fuß gefaßt – es in den Würgegriff genommen hatte, so bezeichnete es Ching-ling – und begonnen hatte, Opium zu importieren und es bei den Chinesen einzuführen, um die eigene Handelsbilanz auszugleichen. Die Hauptverkehrsader von Hongkong zum gesamten südlichen China. Der Fluß, der für die Unterwerfung Kathais durch die Fremdmächte verantwortlich war.

Hinter ihnen, weiter östlich, begann sich am Horizont ein rosafarbener Streifen abzuzeichnen. Sie liefen weiter durch den dikken Schlamm, bis Chloe glaubte, es einfach nicht mehr zu schaffen.

Als sie sich der Stadt näherten, schob sich Ching-ling an Nikolai vorbei und übernahm die Führung. Sie kamen in die jetzt schon geschäftigen Straßen und mischten sich unbemerkt unter die frühmorgendlichen Menschenmengen. Endlich blieb Ching-ling vor einem kleinen Haus stehen und klopfte an die Tür. Es kam keine Antwort, bis Nikolai laut dagegen hämmerte, und daraufhin wurde die Tür eilig aufgemacht.

Ching-ling murmelte etwas und zog sich das Tuch vom Kopf. Der Mann starrte sie verständnislos an, brach dann in ein breites Grinsen aus und bedeutete ihr einzutreten. Chloe konnte kein Wort von dem verstehen, was gesagt wurde.

Der Mann, der in einer Gießerei arbeitete, befahl seiner Frau, für die hungrigen Reisenden ein Frühstück zuzubereiten. Sie hatten seit mehr als dreißig Stunden nicht geschlafen.

Aber Ching-ling war nicht bereit, sich auszuruhen. Der Gießereiarbeiter verschwand für zwei Stunden. Als er zurückkehrte, folgten sie ihm, immer noch in ihrer Verkleidung, durch Gassen, die sich in Windungen zwischen Lehmhäusern und zerbröselnden Backsteinhäusern schlängelten, die nach Abfall rochen. Dies war ein Teil der Stadt, der nicht Ch'ens Angriff ausgesetzt gewesen war. Hier drängten sich Sampans und Dschunken auf dem Fluß. Ein Ozeandampfer war am Kai festgemacht worden. Kulis, die in der Sonne des späten Vormittags schwitzten, schleppten gewaltige

Packen auf dem bloßen Rücken; sie krümmten sich unter ihren Lasten, als sie über die Gangway liefen. Schreie erfüllten die Luft. Chloe mußte den Blick auf Nikolais enorm breite Schultern und auf seinen Kopf heften, der alle anderen überragte, um die drei in der Menschenmenge nicht zu verlieren. Schließlich blieb der Gießereiarbeiter vor einem Motorboot stehen. Er und Ching-ling sprachen schnell miteinander, während sie ihm ein paar Münzen aushändigte. Sie stieg in das Boot und bedeutete Chloe und Nikolai, ihr zu folgen. Aus der Dunkelheit tauchte ein Mann mit einer langen Narbe im Gesicht auf, der den Eindruck erweckte, als hätte er sie ebensogern enthauptet wie ihnen geholfen. Die beiden sprachen miteinander, und dabei wurde so gut wie gar nicht gelächelt oder auch nur genickt, und dann stieg der narbengesichtige Mann in das Boot hinunter und ließ den Motor mit einer forschen Handbewegung an. Er sah starr vor sich hin, schätzte gekonnt die Entfernung zwischen Dschunken und Sampans ein und steuerte sie anscheinend mühelos in einem Zickzackkurs zwischen den vielen Booten hindurch.

Südlich von ihnen sah Chloe ein großes Kanonenboot mit dem Namen auf dem Bug. *Yung Feng*. Dort würde sich Dr. Sun aufhalten.

Eine Strickleiter wurde heruntergelassen, als sie neben dem Schiff anlegten. Ching-ling kletterte als erste hinauf. Chloe war noch weit unten auf der Leiter, als sie Ching-lings Ausruf: »Mann!« hörte. Als Hände sich ausstreckten, um Chloe an Deck zu helfen, sah sie, daß Ching-ling die Arme um ihren Ehemann geschlungen hatte, der lächelnd dastand und dessen Arme an seinen Seiten herunterhingen. Eine einzige Sekunde lang erschien es Chloe, als hätte er nur auf die wirkliche Kraft gewartet, die hinter seinem Leben stand, um ihm die Richtung zu weisen.

Sie blieben fünf Tage auf dem Kanonenboot, bis Chiang Kai-shek auf ein Telegramm von Dr. Sun hin aus Schanghai eintraf. Chloe teilte sich eine beengte Unterkunft mit Ching-ling, und da sie keine Kleider bei sich hatten, waren sie gezwungen, weiterhin die schlammverschmierte Bauerntracht zu tragen, in der sie aus der Stadt geflohen waren. Das Essen war scheußlich, und Chloe fragte sich, ob die kleinen Fleischflöckchen im Reis vielleicht Hundefleisch waren. Sie aß sehr wenig und ernährte sich nahezu ausschließlich von Orangen und Erdnüssen.

Gleich nachdem Chiang eintraf, schickte Dr. Sun Ching-ling und Chloe mit Nikolai zu ihrem Schutz in den Norden. Sie fuhren auf einem Dampfer nach Schanghai, und Chloe war während der fünf Tage, die sie auf See verbrachten, ununterbrochen seekrank und verließ nur selten ihre Kabine. Sobald sie angekommen waren und Nikolai Ching-ling sicher in ihrem Haus in der Rue Molière untergebracht hatte, nahm er denselben Dampfer zurück nach Kanton.

Und Chloe stellte verwundert fest, daß nur zwei Wochen vergangen waren, seit Slade sie in Kanton zurückgelassen hatte.

13

Gemeinsam mit Chiang Kai-shek blieb Dr. Sun insgesamt sechsundfünfzig Tage an Bord der *Yung Feng*. Nachts schlich sich Chiang mit bewaffneten Leibwächtern an Land, um Lebensmittel und, wie verlautbart, auch Live-Unterhaltung zu organisieren. Dr. Sun schrieb seiner Frau, sowohl er als auch Chiang läsen Geschichten von Sherlock Holmes.

Nikolai Sacharow, der in Kanton arbeitete und versuchte, Dr. Suns Heer zusammenzuhalten, war angewidert. Die Kuomintang-Soldaten schienen mehr als alles andere darauf aus zu sein, ihren Spaß zu haben. Ch'ens Soldaten hatten das Haus der Suns und ihre gesamte Habe in Brand gesetzt.

Als Chloe hörte, zu welchen Mühen sich Nikolai gezwungen sah, um all das zu verteidigen, was Dr. Sun aufzubauen versucht hatte, konnte sie kaum glauben, daß das derselbe Mann war, den sie kannte. Lou Sidney hatte ihr erzählt, bei Schlachten zwischen den Chinesen – und es kam fast immer zu regelrechten Feldschlachten zwischen Chinesen und Chinesen – seien die Verluste hoch und eine Folge von Chaos und Zerrüttung. Es gab keine klare Strategie, und die Soldaten waren mehr darauf aus, Rache an ihren Gegnern zu üben, als daß es ihnen darum ging, die Schlachten zu gewinnen. Das Abschlagen von Köpfen, das Herausschneiden von Zungen und das Skalpieren lebender Opfer war bei weitem interessanter, als sich auf die Kampftaktiken zu konzentrieren. Jede Schlacht spielte sich nach im voraus festgelegten, jahrhundertealten Regeln ab.

Nikolai führte moderne Taktiken, gut geölte Maschinen und Waffen ein. Das Gemetzel war so gut durchorganisiert und kam für die Gegenseite so überraschend, daß der Feind zu Hunderten fiel. Mit weniger als fünfhundert der gut ausgebildeten Männer von der Whampoa-Militärakademie kämpfte Nikolai gegen Tausende an.

Südchina war der Republik und ihren Träumen wieder sicher. Durch Nikolais Triumph erfuhr die Welt, daß Dr. Sun Rußland um Hilfe gebeten hatte. Das Außenministerium der Vereinigten Staaten begann, ein Dossier über Dr. Sun anzulegen, und es warnte den Präsidenten, er sei ein gefährlicher Revolutionär, der eine »geheime Verschwörung mit den Bolschewiken« eingegangen sei. Präsident Coolidge gab nie zu, daß er persönlich Dr. Suns Bitte um Hilfe mit tauben Ohren begegnet war, eine Tatsache, die erst mehr als sechzig Jahre später bekannt werden sollte. Eine Entscheidung, die die Welt hätte verändern können.

Statt dessen kam niemand außer dem Russen Sacharow Dr. Sun zu Hilfe, mit sowjetischen Waffen und in der Sowjetunion ausgebildeten Offizieren.

Chloe schrieb an ihre Eltern und berichtete ihnen knapp ihre Erlebnisse, doch sie ging nicht allzu sehr in die Einzelheiten, weil sie wußte, daß sie sich ja Sorgen um sie gemacht hätten. Suzi und Cass dagegen berichtete sie alle Einzelheiten, und sie schrieb ihnen nicht nur, was alles passiert war und welche Angst sie gehabt hatte, sondern auch, wie aufregend sie es gefunden hatte. Erst, als sie an die beiden schrieb, wurde ihr klar, daß das Gefühl von Abenteuer über ihre Furcht gesiegt hatte. Als die Worte auf das Papier flossen und sie sich ihren guten Freunden mitteilte, begann sie, Aspekte ihrer selbst zu entdecken, die ihr gar nicht bewußt gewesen waren. Als sie den langen Brief beendete, konnte sie schreiben: *Zu meinem Erstaunen erkenne ich, wie unglaublich glücklich ich dran bin. Ich wette, daß keine andere Amerikanerin ein ähnliches Abenteuer wie ich erlebt hat. Das gibt mir das Gefühl, einzigartig zu sein und an der Geschichte teilzuhaben, und dabei bin ich erst zweiundzwanzig. Es erscheint alles so phantastisch, findet ihr nicht auch?* Sie fühlte sich Cass und Suzi nah, weil sie ihnen von Ching-ling und Nikolai berichten konnte.

Slade hatte die Geschichte natürlich eingeschickt, hatte sie oder irgendwelche Einzelheiten der Flucht nie auch nur erwähnt, abgesehen davon, daß er geschrieben hatte: *Madame Sun konnte, als Bäuerin verkleidet, allein entkommen.*

Ching-ling verbrachte ihre Zeit damit, nicht nur Chloe zu besuchen, sondern auch Mammy Soong, ihre Mutter, und Mei-ling, ihre jüngere Schwester, die gemeinsam in einem Haus lebten, das zu kaufen Mei-ling ihre Mutter zwei Wochen nach der Beerdigung ihres Vaters gedrängt hatte, ein Haus, das ihr Vater abgelehnt hatte, als er noch am Leben war, weil er fand, es sei unnötig prunkvoll. Und wenn Charlie Soong es zu prunkvoll gefunden hatte …

»Meine Schwester und ich sind alles andere als gleichgesinnt«, berichtete Ching-ling Chloe, die sie zum Nachmittagstee besuchte, »obwohl wir in Amerika aufgewachsen sind und einander so viele Jahre lang die ganze Familie gewesen sind. Mei-ling liebt alles Amerikanische und ist auch in ihrem Denken wirklich eine Amerikanerin. Nach den Vereinigten Staaten findet sie China deprimierend. Sie hat sich an den Luxus dort gewöhnt und verspürt keinen Wunsch, so zu leben, wie es die Chinesen tun. Ich glaube, meine Schwester – meine Schwestern – sind sehr egozentrisch und selbstsüchtige Menschen. Aber ich kenne sie besser als irgend jemanden sonst, und ich liebe sie, obwohl sie manchmal wenig liebenswert sind.«

Da sie jetzt wieder in Sicherheit waren, gelang es Chloe und Ching-ling, einander jeden zweiten Tag zu sehen, doch im Mittelpunkt von Chloes Leben stand Slade. Er war in Panik gewesen, erzählte er ihr, nachdem er sich überschwenglich bei Nikolai bedankt hatte. »Ich stehe in Ihrer Schuld, Alter«, hatte er zu dem stämmigen Russen gesagt.

In jener ersten Nacht zu Hause zog er Chloe an sich und hielt sie so fest, daß sie kaum Luft bekam. »Mein Gott, ich habe mir ja solche Sorgen gemacht. Dem Himmel sei Dank, daß du heil und gesund wieder da bist.«

Er küßte sie, und Sehnsüchte loderten in ihr auf, als seine Zunge über ihre Lippen glitt, aber der Liebesakt war – wie gewöhnlich – schon vorbei, ehe er wirklich begonnen hatte.

In den Nächten nach ihrer Rückkehr kam er von sich aus nicht wieder auf sie zu. Schließlich schmiegte sie sich dann im Bett an ihn, ließ ihre Fingerspitzen federleicht über seine Oberschenkel gleiten, fand es aufregend, wie er sich anfühlte, und begehrte ihn. Als sie das tat, drehte er sich zu ihr um und flüsterte: »Jesus Christus, was du mit mir machst«, und dann kamen sie eiligst zusammen, ehe er sich wieder umdrehte. In diesen Nächten, in denen sie dalag und darauf wartete, daß er die Arme nach ihr ausstreckte, in diesen Nächten, in denen sie sich zwang, nicht diejenige zu sein, die auf ihn zuging, sehnte sie sich danach, daß er eine Hand über ihren Arm gleiten ließ, über ihre Brust, danach, daß seine Lippen in der Dunkelheit nach ihren suchten ... und sie wartete. Bis sie das Geräusch seines gleichmäßigen Atems hörte und wußte, daß er eingeschlafen war.

Wenn er jetzt mit ihr schlief, wenn er sie an sich zog, als sei er von glühendem Verlangen erfüllt, dann fast immer nur, nachdem er getrunken hatte – nachdem sie beim Rennen gewesen waren oder auf einer Gala im Hotel Kathai oder nachdem sie in einem der Konsulate einen Empfang besucht hatten und ihre Tanzkarte schneller als die aller anderen voll gewesen war. Das waren die Momente, in denen sie sah, wie er sie vom Rand der Tanzfläche aus beobachtete, ehe er sich auf den Weg zur Bar machte. Das waren die Nächte, in denen er zu ihr kam. Doch hinterher sehnte sie sich immer nach mehr.

Sie stellte fest, daß sie auch an Land morgens seekrank war. Sie wartete, bis ihr Verdacht sich bestätigt hatte, ehe sie Slade sagte, daß sie in der sechsten Woche schwanger war. Sie wartete voller Vorfreude auf einen Abend, an dem sie miteinander allein sein konnten. Sie malte sich den Ausdruck in seinen Augen aus, das Erstaunen, die Begeisterung und die Liebe.

»Ich habe wunderbare Neuigkeiten«, sagte sie, trat an die Hausbar, mixte ihm einen Drink und schenkte sich ein Glas Mineralwasser ein.

Seine Augenbrauen waren vor Wut zusammengezogen, während er auf die Zeitung starrte, die er in den Händen hielt.

Ihr Herz blieb fast stehen. »Was ist passiert?« fragte sie und reichte ihm den Drink.

»Was passiert ist?« fragte er. »Warum fragst du das noch? Was könnte schon passiert sein?«

Sie war so sehr von ihren eigenen Neuigkeiten in Anspruch genommen, daß sie die Sturmwolken in seinen Augen nicht bemerkte. Sie beugte sich vor, schlang die Arme um ihn, küßte seinen Nacken und flüsterte: »Ich bin schwanger.«

Die Wut wich aus seinen Augen. »Schwanger?« Er streckte die Arme nach ihr aus.

»Es muß passiert sein, direkt bevor wir nach Kanton gefahren sind«, sagte sie und ließ sich von ihm umarmen. »Ist das nicht wunderbar?«

Er griff nach der Zeitung, die er auf das Sofa geworfen hatte. »Tja, dann solltest du doch endlich so viel Erfüllung finden, daß du nicht mehr diese überladenen Geschichten zu schreiben brauchst, die Cass anscheinend so gern abdruckt!«

Auf der Titelseite der Sonntagsbeilage der CHICAGO TIMES war eine Fotografie von Ching-ling mit dem Aufdruck: *Der Augenzeugenbericht der amerikanischen Journalistin Chloe Cavanaugh* ...

Es war der lange Brief, den sie Cass und Suzi geschickt hatte. Sie griff begeistert nach der Zeitung und begann zu lesen, was sie geschrieben hatte. Es faszinierte sie, ihre Worte gedruckt zu sehen.

»Amerikanische Journalistin!« fauchte er.

Sie blickte nicht von der Zeitung auf.

»Ich hoffe, es ist ein Junge«, sagte er.

Gegen Ende des zweiten Monats ihrer Schwangerschaft legte sich die Übelkeit und trat nur noch gelegentlich mal für eine Stunde auf. Nach der Lethargie des Juli fühlte sich Chloe tatsächlich bis zum Bersten energiegeladen.

Madame Sun erteilte Chloe jetzt Privatunterricht in den Veränderungen, die sie für ihr Land befürwortete. »So vieles in meinem Land ist rückständig und muß verändert werden. Ich fürchte, China wird sich schon sehr bald vom Erdboden wegbevölkern. Zu viele Frauen bekommen jedes Jahr Babys, und so viele der Mädchen ertränken sie natürlich gleich. Was das ihren Körpern antut, ihren Energien! Sie haben Chinesinnen gesehen.« Ching-lings Stimme konnte niemals schneidend werden, doch jetzt war sie fast scharf. »Sie werden weit vor ihrer Zeit alt. Bäuerinnen gebären in den Feldern und arbeiten sofort danach weiter. Es ist gar nichts Besonderes, zwölf oder dreizehn Kinder in zehn Jahren zu bekommen. Dann wird die Ehefrau abgelegt. Der Ehemann nimmt sich eine Konkubine, die jünger und hübscher ist. Es besteht keine Hoffnung für die Chinesinnen, solange sie ihr eigenes Leben nicht bestimmen. Es besteht für kein Land Hoffnung, solange seine Frauen nicht frei sind.«

Chloe seufzte. Gott sei Dank hatte sie nie etwas anderes als Freiheit gekannt. Sie konnte genau das tun, was sie wollte. Plötzlich erinnerte sie sich wieder daran, wie Cass Monaghan gesagt hatte: »Bloß, weil du eine Frau bist, solltest du dir von der Welt nicht vorschreiben lassen, was du zu tun hast. Tu genau das, was du willst.«
»Was ist mit einer legalisierten Abtreibung?« Während sie diese Frage stellte, sah Chloe dunkle kleine Gäßchen vor sich, schmutzige Fingernägel und Kleiderbügel, die nach Embryos suchten. Sie dachte an all die unerwünschten Babys, diejenigen, die gleich nach der Geburt in die Sklaverei verkauft wurden oder ertränkt wurden.
»Selbstverständlich.« Madame Sun begann, im Wohnzimmer ihres eleganten Hauses in Schanghai auf und ab zu gehen. »Wenn Männer jedes Jahr Babys bekommen müßten, wenn sie vergewaltigt werden könnten, wenn sie einen so großen Teil ihres Lebens damit zubringen müßten, Babys im Bauch oder auf dem Rücken herumzutragen, dann könnten Sie sich darauf verlassen, daß Abtreibung legalisiert würde. Es ist die einzige Methode zur Errettung der Frau. Ihr zu gestatten, daß sie eine Wahl hat, was sie mit ihrem eigenen Körper anfängt, mit ihrem eigenen Schicksal.«
Chloe starrte ihre Freundin an, als sie an dem Taschentuch in ihren Händen zog, Chloe den Rücken zugewandt hatte und aus dem hohen, schmalen Fenster starrte. »Und das Recht auf eine Scheidung. Heute können nur Männer beschließen, ihre Frauen zu verlassen. Frauen sollten dieses Recht ebenso haben. Sie könnten niemals«, sagte sie und wandte sich zu Chloe um, »ich meine, *niemals*, rechtskräftig ihre Ehemänner verlassen. Wenn eine Frau ihrem Mann fortläuft, wird es uneingeschränkt akzeptiert, daß er sie erschießt, daß sie von da an im Haus ihres Mannes eingesperrt wird wie in einem Gefängnis, daß ihr jegliche Rechte, die sie vielleicht früher einmal hatte, versagt werden. O Chloe, meine Liebe.« Ching-ling lief schnell durch das Zimmer und streckte eine Hand aus, um sie auf Chloes Schulter zu legen. »Frauen sind in meinem Land Leibeigene ohne jegliche Rechte.« Tränen standen in ihren Augen. »Ich glaube nicht, daß Frauen in irgendeinem Land so schlecht behandelt worden sind wie in meinem Land ...

das Abschnüren der Füße und das Konkubinat noch dazu. Es ist einfach barbarisch.«

Chloe nickte. Es war allerdings barbarisch.

Madame Sun schien niedergeschlagen zu sein. »Sie wissen noch nicht einmal, wovon ich rede, stimmt's? Ich meine, intellektuell wissen Sie es. Sie können mir zustimmen, daß all diese Praktiken wirklich übel sind. Aber Sie bringen *hier* kein wirkliches Verständnis auf, stimmt's?« Sie legte sich eine Hand aufs Herz. »Sie verstehen nicht, oder doch, daß ich mein ganzes Leben der Gleichberechtigung und Demokratie für uns alle geweiht habe, für alle vierhundertfünfzig Millionen Chinesen. Dann wird sich an diesen Dingen etwas ändern.«

Sie setzte sich, als sei sie erschöpft, und dann beugte sie sich vor, um Chloes Hand in ihre zu nehmen. »Ich möchte, daß Sie es verstehen. Daß Sie mein Land so sehen, wie ich es sehe. Ich möchte, daß Sie mich und meinen Mann und uns alle verstehen, die unsere Welt verändern *müssen*. Kommen Sie morgen früh mit mir.«

»Wohin?«

Madame Sun ging nicht darauf ein. »Ziehen Sie bequeme Schuhe an. Wir werden weit laufen. Hinterher werden Sie China nie mehr so sehen wie vorher.«

In diesem Punkt hatte sie recht.

Chloe glaubte, sie hätte die schlimmsten Seiten von China bereits gesehen. Sie glaubte, von seiner Grausamkeit und seiner Respektlosigkeit dem menschlichen Leben gegenüber zu wissen. Sie glaubte, sie hätte die Abgründe an Armut gesehen.

Doch als über den träge dahinfließenden Wassern des Hwangpukiang der Sonnenaufgang den noch schiefergrauen Himmel verfärbte, zu der Tageszeit, zu der Schanghai so ruhig wie niemals sonst war – wenn auch nie still –, zu der in allen Teilen der Stadt Hähne krähten und Esel schrien, zu der das Klappern von Pferdehufen oder das Tappen von nackten Füßen auf den Pflastersteinen das Erwachen der Kulis ankündigten, die Obst, Gemüse und Fleisch in die Stadt brachten, zu der auf den Straßen so gut wie kein Handel getrieben wurde, nahm Ching-ling Chloe mit zu

einem Spaziergang durch das Viertel, in dem Fabriken nicht weit von den Lagerhäusern des Hafens die Straßen säumten.
Es waren große, alte, eckige, fensterlose Gebäude, die nach Verfall und Fäulnis rochen. Ching-ling nahm Chloe an der Hand und führte sie durch eine schmale Gasse, die hinter den Fabriken vorbeiführte. Dort kamen sie an einer offenen Tür vorbei, vor der zwei kleine Körper lagen, über denen in der Morgenluft noch die Hitze flimmerte. »Sagen Sie nichts«, flüsterte Ching-ling. »Sehen Sie nur hin, meine Liebe. Wir reden dann später darüber.«
Als sie etwas weitergegangen waren, konnte Chloe an der offenen Tür der nächsten Fabrik selbst um diese frühe Stunde hören, wie Webstühle bedient wurden, hin und her, und dort lag nur ein kleines Mädchen, das nicht älter als neun oder zehn Jahre sein konnte, zu einer embryonalen Lage zusammengerollt, die Hände zwischen den angezogenen Beinen verkrampft, und die offenen, starrenden Augen ohne einen einzigen Lidschlag.
Niemand lag vor dem nächsten Gebäude, aber drei vor der Tür des folgenden, und als Chloe und Ching-ling dastanden und Chloe versuchte dahinterzukommen, was das alles zu bedeuten hatte, begriff sie vage, daß das die Leichen von Kindern waren, obwohl die Hand von einem noch in Krämpfen zuckte. Die langsamen Schritte eines Pferdes auf dem Kopfsteinpflaster waren zu vernehmen, und als sie aufblickte, sah Chloe, daß das Pferd einen Wagen zog. Neben dem Karren liefen zwei Kulis her, einer mit einer langen Stange, der andere mit einer Schaufel. Sie sammelten die kleinen Körper vor den offenen Fabriktüren auf.
Ching-ling quetschte Chloes Hand.
»Ich habe genug gesehen.« Chloes Stimme klang wie ein Stöhnen.
»Nein«, sagte die Chinesin, »noch nicht. Aber ich werde Ihnen mehr darüber erzählen, während wir diesem Karren folgen.«
Schmerz durchzuckte Chloes Schläfen. »Der Karren? Das ist ein Leichenwagen.«
»Chloe, das hier sind unerwünschte Kinder. Kinder, die entweder gleich nach der Geburt oder sehr jung verkauft worden sind, die meisten von ihnen natürlich Mädchen, aber auch ein paar kleine Jungen. Ihre Familien haben sie verkauft und dafür Lebensmittel für ein paar Tage bekommen. Familien, die es sich nicht leisten

konnten, sie durchzufüttern. Mütter und Väter, die nie wieder an sie denken, wenn sie sie erst einmal verkauft haben. Wissen Sie, was in diesen Fabriken mit ihnen geschieht? Sie werden auf hohe Hocker gebunden, damit sie an die Webstühle herankommen. Wenn sie umzukippen drohen, werden sie mit Stöcken wachgestochen. Sie weben den ganzen Tag lang, zwölf, vierzehn Stunden. Und vielleicht zweimal am Tag wird ihnen Haferschleim vorgesetzt. Sie haben kleine Matten unter ihren Webstühlen, und dort schlafen sie. Sie verlassen nie die Fabrik. Sie fangen als kleine Kinder an zu arbeiten, und sie sterben dort, Chloe. Die Vorarbeiter drehen vor dem Morgengrauen ihre Runden, um nachzusehen, welche der Kinder gestorben sind, und dann werfen sie die Körper durch die Hintertüren auf die Straße, und dort liegen sie, bis der Leichenwagen, wie sie ihn nennen, allmorgendlich vorbeikommt, um sie aufzusammeln.«

Chloe blieb stehen und starrte ihre Freundin an. Ching-ling ließ ihre Hand nicht los. Die ganze Zeit über, während sie redete, sah sie Chloe fest in die Augen. Jetzt zog sie an ihrem Arm und lief weiter.

Der Karren vor ihnen drehte seine Runde durch die Gassen zu den Hafenanlagen, wo in dem dickflüssigen, aufgequollenen Wasser, das am frühen Morgen grünlich schimmerte, Abfälle trieben. Orangenschalen und Zeitungen, Müll jeder Art schwamm auf der Oberfläche. Während sie zusahen, stocherte der Mann mit der Stange in dem Wasser herum und zog eine aufgeschwemmte Gestalt heraus.

Chloe klammerte sich an Ching-lings Arm. Es ist nicht das, was du glaubst, sagte sie sich, doch sie wußte, daß es das war.

»Die, die letzte Nacht gestorben sind«, sagte Ching-ling, und ihr Tonfall war ausdruckslos und ruhig. »Oder die getötet und tot in den Fluß geworfen worden sind oder die sich selbst hineingestürzt haben. Von ihnen bleibt keine Spur, vielleicht noch nicht einmal im Herzen irgendeines Menschen. Dieser Geruch? Es ist der Gestank von Fäulnis und Verwesung.«

Warum tat Ching-ling ihr das an? fragte sich Chloe. Weil sie ihr die Wahrheit zeigen wollte? Oder weil sie wollte, daß Chloe ihre Träume und ihren Ehrgeiz für dieses Land verstand? »Ich bin

Chinesin«, sagte Ching-ling, als wollte sie damit Chloes unausgesprochene Frage beantworten. »Und ich will, daß aus China das wird, wovon ich weiß, daß es das werden kann. Ich will, daß es sich gegen seine Feudalherrschaft erhebt. Ich will, daß das Leben hier mehr als ein bloßes Dasein ist, ein reines Leiden von der Geburt bis hin zum Tod.«

Die Sonne traf jetzt auf das Wasser und wurde strahlend von ihm widergespiegelt. Wut ballte sich in Chloe, als sie zusah, wie noch eine Leiche herausgeschöpft und auf den Karren gepackt wurde. Sie fühlte sich körperlos und hatte den Eindruck, langsam in dem Strudel zu versinken, dessen tanzende schwarze Kreise sie lockten.

Ching-ling fragte: »Werden Sie ohnmächtig?«

»Nein.«

Chloe war wild entschlossen und vertrieb ihr Schwindelgefühl. »Ich bin außer mir!«

»Lassen Sie uns Tee trinken«, schlug Ching-ling vor und schob ihren Arm in den von Chloe.

Während sie in dem Teehaus warteten, sagte Ching-ling: »Ich hatte angenommen, Ihr Feingefühl könnte sehr ausgeprägt sein. Ich bin nicht der Meinung, die Menschen sollten sich in ihrem Leben jedem Schmerz und jedem Grauen entziehen. Wie kann man bescheiden, mitfühlend und einfühlsam werden, wenn man keine Erfahrung hat? Wie kann man« – und jetzt lächelte sie –, »ohne Schmerz lernen zu lieben? Und Sie erleben das alles noch nicht einmal, Sie sehen es nur mit an.«

Chloe griff nach ihrem Tee und stellte zu ihrem Erstaunen fest, daß ihre Hände ruhig waren. »Was kann ich tun?« wollte sie wissen.

»Solange wir hier sitzen, werde ich Ihnen mehr erzählen. Sollte Ihr Kind ein Mädchen werden, dann werden sie eine tiefe Liebe zu ihm entwickeln. Das weiß ich. Sie werden ihm eine gute Erziehung angedeihen lassen, Träume für es haben und viele Tausende von Dollar für Ihr Kind ausgeben, bis Sie es geschafft haben. Die Chancen auf Glück stehen, soweit Sie etwas damit zu tun haben, sehr gut für das Mädchen. Sie werden es voller Hoffnung und voller Stolz betrachten, und selbst wenn sich herausstellt, daß Sie

nicht stolz auf Ihr Kind sind, vermute ich, daß das die Liebe, die Sie immer empfinden werden, nicht mindern wird. Aber sagen wir jetzt einmal, Ihr Mädchen würde in eine chinesische Familie hineingeboren. Eine, die sich keine Aussteuer leisten kann, eine, die sich etwas versagen muß, um das Mädchen durchzufüttern, oder eine, die weiß, daß sie das Mädchen zwölf oder fünfzehn Jahre lang durchfüttern wird. Falls sie dann heiratet, wird sie fortgehen, und sie werden sie niemals wiedersehen, denn dann wird sie zu einer anderen Familie gehören und unter der Herrschaft einer Schwiegermutter stehen. All dieses Geld und all dieses Essen, all das war dann umsonst. Daher ist es besser, das Mädchen gleich zu verkaufen, ehe man Geld daran verliert. Es an einen Fabrikbesitzer oder an ein Bordell zu verkaufen, damit es, wenn es acht oder neun oder vielleicht sogar schon zwölf Jahre ist, dem Besitzer Einnahmen bringt. Das Geld, das er für sie ausgibt, wird nicht vergeudet sein. Vielleicht kann er schon in ihrer allerersten Nacht als Prostituierte, wenn sie noch jungfräulich ist, alles wieder einnehmen, was er bis dahin für das Mädchen ausgegeben hat. Und wenn sie zu alt wird, um die Männer anzulocken, wird sie den jungen Prostituierten nachspionieren und ihre Dienste feilbieten und sie wird dafür sorgen, daß sie den Bordellbesitzer nicht betrügen. Sie wird Hotelpagen, Fahrstuhlführern und Kulis Trinkgeld geben, die den jungen Frauen Geschäfte zukommen lassen.«
»Fragen sich die Eltern nie, was aus ihren Töchtern geworden ist?« fragte Chloe, und ihr Herz pochte dumpf.
»Das bezweifle ich. Wahrscheinlich können sie über all die Kinder, die sie bekommen haben, ohnehin keinen Überblick bewahren. Das nennt sich Überleben, Chloe. Chinesisches Überleben. Sehr wenige von uns existieren anders als von einem Tag zum anderen, wenn wir Glück haben. Manche Huren, die glücklicher dran sind, werden Konkubinen. Reiche Männer holen sie aus den Bordellen und nehmen sie in ihren Häusern auf, und sie werden geachtet und bekommen vielleicht sogar Kinder wie die Ehefrau oder die Ehefrauen. Sie werden ›Tantchen‹ genannt und sie sind so beliebt wie die Ehefrauen. Bis ihr Besitzer das Interesse an ihnen verliert oder bis sie altern. In China sind Frauen Besitz der Männer, Chloe.«

Chloe dachte, daß niemand jemals über Madame Sun als seinen Besitz würde verfügen können. Sie sprach es laut aus.
»Ah.« Ching-ling lächelte. »Ich bin nicht frei. Ich habe mich voll und ganz meinen Träumen für mein Land verschrieben. Aber sie haben recht. Man kann mich nicht besitzen, wie man andere Chinesinnen besitzt. Ebensowenig könnte man es mit meinen Schwestern. Es ist nicht etwa so, als könnten wir den Umhang abwerfen, in den wir immer noch gehüllt sind, in den Frauen weltweit immer noch gehüllt sind, aber wir sind ebensosehr die Produkte Amerikas wie die Produkte Chinas. Schon mein Vater ist in seiner Jugend in Amerika aufgewachsen und hat dort studiert. Wir denken noch nicht einmal so, wie es die Chinesen tun. Meinen Schwestern wäre es lieb, wenn China wäre wie Amerika. Ich wünsche mir nur, daß es frei wird und herausfinden kann, was es ist, frei von Fremdherrschaft, von jeder Form der Beherrschung von außen. Frei von Warlords und Hungersnöten, von Überschwemmungen und Seuchen.«
»Sie glauben wirklich, nicht wahr, daß das, was sie tun, dazu beitragen kann, die Welt zu verändern?« Chloe konnte sich nicht vorstellen, daß irgend etwas, was sie je tun könnte, eine *derart* große Rolle spielen könnte.
Ching-ling zögerte nicht einen einzigen Moment. »Selbstverständlich. Das ist die Prämisse, auf die sich mein ganzes Leben gründet.«
»Glauben Sie, daß all das noch zu Ihren Lebzeiten geschehen kann?«
Madame Suns Augen richteten sich auf einen fernen Horizont, das konnte Chloe sehen. Ein Feuer brannte in ihren Augen, eine Flamme, die ihr ganzes Wesen hell erstrahlen ließ. »Selbstverständlich. Darum dreht sich mein ganzes Leben.«
Worum, fragte sich Chloe, drehte sich eigentlich ihr eigenes Leben?

14

Nachdem sie jetzt so viel Zeit mit Ching-ling verbracht hatte, hatte Chloe eine andere Haltung gegenüber den Chinesen eingenommen. Madame Suns Häuser, sowohl das in Kanton, das angezündet worden war, als auch das hier in der Rue Molière, das ihr und Dr. Sun schon seit Jahren gehörte, waren so sauber wie die Küche von Chloes Mutter in Oneonta. Ching-ling erzählte ihr, daß sie um die Jahrhundertwende herum außerhalb von Schanghai aufgewachsen war, mit westlichen sanitären Einrichtungen, die zugegebenermaßen »die ersten im Land« waren. Jedenfalls waren sie erhältlich. Chloe sah, welche Energie Madame Sun ausstrahlte, das Organisationstalent, das sich in allem zeigte, was sie in Angriff nahm.

Wenn Ching-ling so war, dann mußte es auch andere geben. Chloe hatte den Verdacht, daß es sich lediglich um eine Frage der Bildung handelte. Sie sah, wic hart die Chinesen arbeiteten. Niemals hatte sie Menschen härtere körperliche Arbeit verrichten sehen, und selbst so konnten sie sich kaum durchschlagen. Fest stand, daß niemand die Chinesen als faul bezeichnen konnte. Und zumindest in Schanghai gab es mehr von ihnen, die brockenweise Englisch, Französisch oder Deutsch sprachen, als Leute aus dem Westen, die Grundkenntnisse ihrer Sprache besaßen. Nein, Chloe hielt das Schicksal der Chinesen nicht mehr für hoffnungslos. Wenn Menschen wie Madame Sun an Einfluß gewannen, bestand zumindest Hoffnung.

Eines Morgens, als Chloe genüßlich in ihrem Bad lag, die Augen geschlossen hatte und eine Hand über den Rand der Wanne hängen ließ, um den smaragdgrünen Drachen zu streicheln, hörte sie, wie an der Tür geklopft wurde. An-wei, ihr Mädchen, trat ein und kündigte an: »Madame Sun ist hier.«

Ching-ling so früh am Morgen?

»Ich komme gleich.«

Sie schlüpfte in ihren Bademantel und warf einen Blick in den

Spiegel. Ihr Haar war wirr und zerzaust. Sie fuhr mit einer Bürste durch, um Strähnen voneinander zu lösen, die zusammenklebten. Ching-ling kam nie so früh am Tag, jedenfalls nicht zu Besuch. Möglicherweise war etwas Ernstes passiert. Als Chloe das Wohnzimmer betrat, stand Ching-ling von dem Sessel auf, auf dem sie gesessen hatte. Chloe wunderte sich immer wieder darüber, wie majestätisch eine so kleine Person wirken konnte. Heute trug sie ein pfauenblaues chinesisches Kleid aus feiner Seide, doch ihre Schuhe waren amerikanisch und hatten hohe Absätze.

»Ich bin gekommen, um mich zu verabschieden«, sagte sie mit ihrer sanften Stimme. »Mir war der Gedanke unerträglich, von hier fortzugehen, ohne auf Wiedersehen zu sagen.«

»Wohin gehen Sie?« Die beiden Frauen standen einander gegenüber, und Chloe war weit mehr als zehn Zentimeter größer als die Chinesin.

»Dr. Sun« – Ching-ling sprach nie anders über ihren Mann –, »hat Bescheid gegeben, daß ich gefahrlos nach Kanton zurückkehren kann. Ich breche in einer Stunde auf.« Sie nahm Chloes Hände.

»Das tut mir leid«, sagte Chloe und hielt die Hände ihrer chinesischen Freundin. Sie lächelte verlegen. »Ich meine natürlich nicht Kanton. Sondern Sie zu verlieren.«

»Ja.« Ching-ling nickte. »Ich kann Ihnen gar nicht sagen, was mir die Freundschaft mit Ihnen in diesen letzten Monaten bedeutet hat. Sie sind jemand, mit dem ich offen über mich reden konnte, jemand, bei dem ich unbefangen und aufrichtig sein und mit dem ich lachen konnte. Sie sind mehr für mich, als ich Ihnen sagen kann.«

»Sie erweisen mir eine große Ehre«, sagte Chloe. »Ihre Freundschaft und unsere gemeinsamen Erlebnisse bedeuten mir sehr viel. Selbst, als wir in Gefahr waren ...«

»Ich kann mir kaum verzeihen, daß ich Sie in eine solche Lage gebracht habe.« Ching-ling ließ Chloes Hände los und sah ihr in die Augen. »Aber dadurch hat sich ein Band gebildet, und das weiß ich zu schätzen. Wir sehen uns nicht zum letzten Mal. Ich wünschte, Sie könnten gemeinsam mit mir zurückkehren und dasein, damit wir jeden Tag miteinander reden können. Natürlich werde ich nach Schanghai zurückkommen, um meine Familie zu besuchen. Ich glaube nicht, daß ich die Tollkühnheit besitzen werde, Sie noch einmal nach Kanton einzuladen.« Sie lachte das melodische Lachen, das Chloe inzwischen so sehr liebte. »Ich werde Ihnen schreiben, und ich hoffe, Sie werden mir auch schreiben«, sagte sie.

»Ich verspreche es«, sagte Chloe, die die schlanke Frau gern in die Arme genommen hätte, aber wußte, daß das eine Form von Intimität war, die den Chinesen fremd war. Sie wußte auch, daß ihr Leben weniger ausgefüllt sein würde, wenn diese aufregende Frau kein Bestandteil ihres Alltags mehr war.

Ching-ling stellte sich auf die Zehenspitzen und schmiegte ihre Wange an Chloes. »Auf Wiedersehen, meine Freundin«, sagte sie und schwebte aus dem Raum, und nur ein schwacher Jasminduft blieb zurück.

An den seltenen Abenden, an denen Chloe und Slade zu Hause zu Abend aßen, kam Lou Sidney oft nach dem Abendessen vorbei. Er quetschte Chloe über ihre Erlebnisse mit den Suns aus und sagte ihr, Informationen aus erster Hand würden ihm Einblicke in den Charakter dieser Menschen vermitteln.

Wenn Slade abends nicht da war, kam Lou manchmal trotzdem. Bei diesen Gelegenheiten brachte er Chloe, mehr als Slade es tat, auf das laufende über die Ereignisse und den Gang, den sie seines Erachtens nahmen.

»Ich sehe kein Ende des Warlord-Systems voraus, sondern Veränderungen. Zum allerersten Mal scheinen die losgelösten Teile Chinas wirklich auf eine Einigung versessen zu sein. Wenn der Warlord oben im Norden und Dr. Sun sich zusammenschließen können, würde das eine mächtige Verbindung ergeben. Ich würde meinen, sie könnten den Rest von China überrollen.«

»Ohne Blutvergießen?« fragte Chloe, die den gut unterrichteten Lou sehr ins Herz geschlossen hatte.

Er lächelte, wobei seine Lippen sich sardonisch verzogen, dann zündete er sich eine Zigarette an und nahm den Scotch, den Chloe ihm immer unaufgefordert hinstellte. »Ohne Blutvergießen? Chloe, meine Liebe, wir sind hier in China, einem Land, das anscheinend keinerlei Respekt vor dem menschlichen Leben besitzt. Einem Land, das ein geradezu orgiastisches Vergnügen an den sadistischen Formen der Auslöschung von Leben zu haben scheint. Einem Land, in dem kaum jemand mit der Wimper zuckt, wenn dreieinhalb Millionen dieses Viertels der Weltbevölkerung innerhalb eines Jahres durch Überschwemmungen und Hungersnöte sterben. Und Sie fragen, ob es ohne Blutvergießen gehen kann.«

»Glauben Sie wirklich, daß China keinen Respekt vor dem Menschenleben hat?« Die Erinnerung an ihren Ausflug mit Ching-ling durch die schmalen Gassen stand Chloe wieder vor Augen. »Lieben denn nicht Mütter ihre Söhne und Menschen ihre Verwandten und ihre Männer oder Frauen ...?«

Lou hob eine Hand. »Die Liebe ist ein Luxus der Mittelschicht, meine Liebe. Und in China gibt es keine Mittelschicht. Was die Liebe zu Verwandten angeht, ja, die Chinesen haben Familien. Aber sie zeigen diese Form von Liebe auf eine Art, die sich absolut von der im Westen unterscheidet.«

Chloe schüttelte den Kopf. »Was ist mit der Liebe zwischen einem Mann und einer Frau?« Das mußte doch gewiß universell sein.

»Ich habe den Verdacht, daß der Orient in dem Punkt weitaus zivilisierter ist als wir. Ich glaube, wir verwechseln das mit unseren Drüsen.«

Chloe lachte.

»Ich habe den Verdacht, sie sind intelligenter, was Beziehungen angeht. Sie trennen zwischen dem sexuellen Verlangen und der Familie. Sie haben keine echten Erwartungen, wenn sie eine Ehe schließen. Zum Teufel, bei der Hochzeit sehen sie einander zum ersten Mal. Wie könnten sie enttäuscht werden? Ich vermute, ein Mann erhofft sich eine attraktive Braut und eine Frau hofft auf einen netten und fleißigen Mann. Aber darüber hinaus erwarten alle Beteiligten herzlich wenig. Bauern könnten sogar größeren Wert auf eine hart arbeitende als auf eine gut aussehende Frau legen. Ich weiß es nicht.«

Slade kam nach Hause und unterbrach das Gespräch. Es war nach neun.

»Ich diskutiere mit deiner Frau über die Liebe«, sagte Lou.

Slade beugte sich vor und küßte Chloe auf die Wange. Er grinste

Lou an, mit dem er täglich einen Teil seiner Zeit in dem gemeinsamen Büro verbrachte. Lou besaß nichts von der Falschheit und den Heucheleien, die Chloe inzwischen mit den meisten Menschen assoziierte, die sie sah.

»Bloß, weil ich hier bin, braucht ihr nicht aufzuhören.« Slade ging zu dem Tablett auf dem Sideboard und schenkte sich einen Whisky ein. Dann kam er zurück, setzte sich neben Chloe auf das Sofa, schaute jedoch Lou an. »Was ist? Habt ihr beschlossen, daß sie von Dauer ist?«

»Wir reden über die Natur der Liebe«, sagte Chloe.

»Und die Natur ist das, wovon ich sage, daß die Liebe im Westen so oft damit verwechselt wird«, sagte Lou, und sein langes Gesicht wirkte wehmütig.

Slade nickte. »Ich glaube, Frauen verwechseln mehr miteinander als Männer. Frauen hoffen – sie erwarten es eigentlich sogar –, daß sich immer, wenn man mit ihnen schläft, etwas Emotionales tut.«

Chloe riß den Kopf herum und sah ihren Mann an. Er blickte ihr fest in die Augen.

»Eine Romanze«, sagte Lou, »kann nicht von Dauer sein, ganz gleich, wie leidenschaftlich sie auch beginnen mag.«

»Wird diese Form von Verliebtheit dann nicht von einer beständigeren Form der Liebe abgelöst?« fragte Chloe, die sich in der letzten Zeit gefragt hatte, ob ihre romantischen Gefühle für Slade nachließen. Nicht ihre Liebe zu ihm, sondern die romantischen Vorstellungen, mit denen sie ihre Ehe eingegangen war.

»Und genau da«, sagte Lou und stellte sein Glas auf den Tisch, »haben wir begonnen. Was ist Liebe? Ich lasse diese Frage im Raum stehen und verabschiede mich jetzt.«

Als die Monate vergingen und Chloes Schwangerschaft sich immer deutlicher abzeichnete, entdeckte sie ein wunderbares Gefühl von Wohlbefinden. Sie hatte bereits gelernt, daß die Frauen aus dem Westen, die in Schanghai lebten, sich in die Abgeschiedenheit ihrer privaten Häuser zurückzogen, wenn eine Schwangerschaft sich abzuzeichnen begann, als hätten sie eine ansteckende Krankheit. Ihr gesellschaftlicher Umgang spielte sich ausschließlich nachmittags ab, wenn besorgte Freundinnen zu Besuch kamen, um den Klatsch darüber weiterzugeben, was sich draußen in der großen, weiten Welt abspielte. Vielleicht konnte man ignorieren, wie eine Schwangerschaft zustande kam, indem man sie nicht öffentlich anerkannte. Das war eine Gesellschaft, die Chloe nicht verstand, obwohl sie mit denselben Werten aufgewachsen war, wenn auch nicht ganz so streng.

Slade schlug vor, sie sollte die Abendessen im Konsulat, bei denen die Gesellschaft gemischt war, auslassen. Sie gewöhnte sich an, Jacken oder lose sitzende Blusen zu tragen, die ihren dicker werdenden Bauch verbargen, in den sie sich regelrecht verliebt hatte. Sie hatte begonnen, Leben darin zu spüren, hier einen Stich und dort einen Tritt, das konnte sie beschwören. Und immer wieder legte sie sich die Hand auf den Bauch und versuchte, einen kleinen Fuß oder Ellbogen zu spüren, obwohl beides noch nicht klar ausgeprägt war. Sie wußte es besser, wußte, daß das Baby noch nicht groß genug war, und dennoch lag sie nachts im Bett und sagte zu Slade: »Oh. Ich habe es gespürt. Hier«, und sie legte seine Hand auf ihren Bauch und hoffte, er könnte es auch spüren, doch bisher war das noch nicht der Fall. Ein Baby, ein kleines menschliches Wesen, dachte sie verwundert, wuchs in ihr heran. Dann ließ sie sich von Slade in den Arm nehmen, schmiegte sich an ihn und dachte daran, daß es zu einem sichtbaren Beweis ihrer Liebe kommen würde, ehe allzu viele Monate vergangen waren, zu einem Baby, das sie gemeinsam gezeugt hatten.

Wenn sie solche Dinge aussprach, lächelte er, und sein Arm schloß sich enger um sie.

Während Ann Leighton und Kitty Blake weiterhin ihre Teegesellschaften und ihre gemeinsamen Mittagessen abhielten und Slade es vorzog, daß sie zu Hause blieb und nicht zu Abendessen und Bällen watschelte, vertiefte sich Chloes Freundschaft mit Daisy Maxwell.

Sie klatschte vor Freude in die Hände, als Daisy ein Picknick vorschlug. »Nur wir beide, du und ich. Laß uns eine Dschunke mieten und ein Mittagessen auf den Fluß mitnehmen, und all das ohne Männer. Nur wir beide, ganz allein.«

Als das Segel der Dschunke sachte in der leichten Brise wehte,

gestand Daisy ihren Neid auf Chloes Schwangerschaft ein und wollte wissen, wie Chloe zumute war, wie sie schlief, sie wollte ihre Hand auf Chloes Bauch legen und lachte vor Freude, als sie spürte, wie das Baby sich bewegte.
»Warum heiratest du nicht und bekommst Babys?« fragte Chloe.
Traurigkeit zog über Daisys Gesicht, ehe sie antwortete. »Der einzige Mann, den ich je geliebt habe, ist genau der Mann, den ich nicht haben kann.«
Chloe fragte sich, ob Daisy deshalb Amerika verlassen hatte, ob sie deshalb in Schanghai war.
»Es muß doch andere geben, die du attraktiv findest.« Chloe fand, Daisy sollte inzwischen über den Schmerz hinweggekommen sein; sie war jetzt schon seit fünf Jahren in Schanghai. Und wenn an dem, was Ann Leighton sagte, etwas Wahres war, dann fand Daisy viele Männer attraktiv.
Ein verträumter Blick trat in Daisys Augen. »Ich bin eine unbelehrbare Romantikerin, meine Liebe. Eine Frau für nur einen Mann. Ich kann mich mit keinem anderen begnügen.«
Chloe dachte an irgendeinen Mann in Kansas City oder San Francisco oder Willow Point, wo auch immer er leben mochte, einen Mann, der glücklich verheiratet war und Kinder hatte. Und an Daisy, die Tausende von Meilen von zu Hause fort war, in ihrem Exil im Orient, und mit jedem Mann schlief, der ihr über den Weg lief, weil der Junge zu Hause sich für eine andere Frau entschieden hatte.
»Aber Kinder, Daisy. Heirate doch einfach jemanden, der so ist wie du, und bekomme Kinder. Das wird dich glücklicher machen, als du es jetzt bist.«
»Wieso?« Daisys Augen glänzten. »Wirke ich traurig auf dich, Chloe?«
»Nein«, gab Chloe zu und spürte, wie das Baby gegen die Hand stieß, die sie sich auf den Bauch gelegt hatte. »Du wirkst niemals traurig, Daisy. Es ist nur einfach so, daß ...«
»Tu mir das nicht an, Chloe. Laß mich mein Leben so leben, wie es mir richtig erscheint. Laß mich nach einer Liebe lechzen, die ich niemals vollziehen kann, und dort meinen Spaß haben, wo ich es darf. Jetzt komm schon ... laß uns essen.«

Am nächsten Tag sagte Chloe zu Slade: »Ich glaube, Daisy ist halbwegs glücklich, aber sie ist nicht zufrieden.«
»Wer ist das schon?« murmelte Slade und sah in dem Zimmer neben ihrem Schlafzimmer von seinem Schreibtisch auf.
»Ich«, sagte Chloe. »Soll das heißen, du bist es nicht?«
Slade wandte sich wieder den Seiten mit den gelben Linien zu, auf denen er wie ein Irrer schrieb und radierte. »Ich bin nicht schwanger.«
»Du glaubst, deshalb bin ich so zufrieden?« fragte sie. Sie ging zu ihm und schlang ihm die Arme um den Hals. Er hörte auf zu schreiben, als sie sich herunterbeugte und ihre Wange an seinen Kopf schmiegte. »Dann solltest du besser dafür sorgen, daß das ein Dauerzustand ist. Ich liebe das Gefühl. Es ist, als sei die Welt in Ordnung.«
Er starrte auf die Arbeit auf seinem Schreibtisch und klopfte ungeduldig mit dem Bleistift auf den Tisch.
»Möchtest du, daß ich dich in Ruhe lasse?« fragte sie. Sie beugte sich vor und küßte sein Ohr. »Du versuchst, Arbeit zu erledigen, stimmt's? Also, das geschieht dir recht, wenn du am hellichten Tag nach Hause kommst. Das tust du fast nie, und jetzt verstehe ich, warum. Ich störe dich.«
Er nahm ihre Hand, drehte das Gesicht zu ihr um, zog sie an sich und küßte sie. Dann lachte er. »Du bist wirklich eine Ablenkung. Ja, laß mich in Ruhe arbeiten. In etwa einer Stunde bin ich durch. Aber dann muß ich wieder ins Büro und das hier an Cass kabeln.«
»Cass«, sagte sie und trat vor den Spiegel, um sich das Haar zu richten. »Ich mag diesen Mann so gern. Ich wünschte, Suzi und Grant würden heiraten.«
Slade zuckte die Achseln. Er wußte, das Chloe eine rhetorische Frage ansprach und keine Antwort erwartete. »Verschwinde.« Er lachte.
»Okay.« Sie lächelte. »Ich werde jetzt einkaufen gehen. Das geschieht dir recht. Ich werde all dein Geld ausgeben und hübsche Dinge für das Baby kaufen.«
Und genau das tat sie dann.
Sie durchstreifte die Geschäfte, kaufte in einem eine handbestickte Babydecke aus weichem Flanell, in einem anderen eine Rassel,

die einem Drachen ähnelte, und lächelte dabei ständig vor sich hin.

Sie kam sich vor, als sei sie der glücklichste Mensch auf Erden. Sie durfte ein paar Jahre lang in diesem unbegreiflichen Land unter Menschen leben, die sie zu Hause nie kennengelernt hätte. Die Geschichten, die sie ihren Kindern und Enkeln würde erzählen können! Sie würden sie ehrfürchtig und mit weit aufgerissenen Augen anstarren und fragen: »Wirklich, Großmutter? Du hast in China gelebt? Daddy ist in China geboren?«

»Erzähl uns noch einmal, wie du als Bäuerin verkleidet den Kugeln entkommen bist.« Und sie würde lächelnd all das noch einmal wiederholen, ihnen erzählen, wie das Essen in China roch und wie viele Dienstboten sie hatte und wie sie mit einer verrückten Rothaarigen, die Daisy hieß, auf einer Dschunke ein Picknick veranstaltet hatte – auf dem Hwangpukiang, umgeben von Abfällen.

Auf dem Heimweg in der Rikscha schmiegte sie die Wange an die kleine Flanelldecke, schloß die Augen und versuchte, sich auszumalen, wie dieses Baby, das in ihr heranwuchs, wohl aussehen würde.

Anfangs nahm sie den Aufruhr nur vage wahr, bis sie die Rufe und das Klappern von Pferdehufen auf den Pflastersteinen hörte, die Schreie, die die Luft zerrissen.

Als sie die Augen aufschlug, knallten die Tragegriffe der Rikscha auf den Boden, und sie wurde derart heftig durchgeschüttelt, daß sie an den Stangen heruntergleitt und viel zu benommen war, um sich zu rühren. Ihr Rikschaträger rannte in der Ferne, und sein Rücken verschwand um eine Ecke. Menschenmengen eilten vorbei, als sie Schüsse hörte. Sie mußte feststellen, daß sie mit ihrem unbeholfenen und unförmigen schwangeren Körper nicht schnell genug aufstehen konnte. Sie hörte jemanden rufen, sah aber die Soldaten nicht, die durch die Straße rannten, die jetzt fast menschenleer war, ihre Waffen in die Luft abfeuerten und zielstrebig vorwärtsstürmten.

Als sie aufblickte, erschien es ihr, als kämen Bestien, die Feuer spuckten, aus dem Nichts geschossen und zertrampelten alles, was ihnen im Weg war. Sie hörte das Gelächter eines der Soldaten, als er rief: »Ausländischer Teufel!« und direkt auf sie zugelaufen kam.

Sie versuchte aufzustehen, doch ihr Fuß glitt aus, und sie verfluchte sich für ihre Eitelkeit, hohe Absätze zu tragen. Ein Schatten raste auf sie zu, und der Reiter schrie wie eine Todesfee. Die Pferdehufe trommelten auf sie ein, und dann war alles vorbei, und die Schreie und die Schüsse der Soldaten verhallten.

Schmerzen durchzuckten sie, bohrten sich in sie wie ein Messer. Eine Hand legte sich auf ihr blutendes Gesicht, und die andere versuchte, ihren Bauch zu packen, von dem sie glaubte, er sei aufgeschlitzt worden, doch ihr Arm wollte sich nicht bewegen. Vom Ellbogen abwärts hing er schlaff herunter, baumelte da und schien nicht mehr mit dem Körper verbunden.

Der stechende Schmerz riß sie in seinen tosenden Strudel, dessen Kreise kleiner und immer kleiner wurden, als er sie in sein Zentrum wirbelte. Sie holte tief Atem, als sie in den dunklen Sog gezogen wurde; sie schrie auf und versuchte, sich aus dem Wirbel herauszuziehen, wurde sich aber noch bewußt, daß sie in Schwärze versank.

15

Chloe redete in den fünf Tagen, die sie im amerikanischen Baptistenkrankenhaus verbrachte, mit niemandem. Sie nahm wahr, daß Flüssigkeit mit einem Löffel durch ihre Lippen gezwängt wurde und daß die Kissen hinter ihr aufgeschüttelt wurden, sie hörte Flüstern und das Rascheln von gestärkten Schwesterntrachten. Slades Lippen berührten ihre Wange. Sie spürte seine Hand auf ihrer Stirn und hörte ihn sagen: »Wir werden andere Babys bekommen.« Aber sie konnte ihn nicht sehen. Konnte nichts sehen. Nur Grau, keine Farben, keine Gestalten, keine Umrisse, nur reines Grau.

Sie nahm vage wahr, daß eine männliche Stimme zwischendurch sagte: »Es wird vorübergehen. Sie ist komatös, um vor dem zu fliehen, was sie nicht wahrhaben will. Das ist eine Form, der Wahrheit auszuweichen. Ich schlage vor, daß Sie sie nach Hause mitnehmen, damit sie von vertrauten Dingen umgeben ist, dann wird sie innerhalb von Wochen wieder ganz normal werden. Ihr Verstand leugnet einfach, was passiert ist.«

Was ist denn passiert? fragte sie sich und starrte in den grauen Dunst. Was leugne ich?

Nichts holte Chloe aus ihrer Depression heraus. Sie lag einfach nur da, starrte die Decke an und sah nichts.

Als sich dann die ersten Silhouetten gegen den grauen Hintergrund abzuzeichnen begannen, war das erste, was sie erkannte, goldene Lichtstreifen, die in ihr Schlafzimmer fluteten. Dann tanzten vor dem Fenster die letzten Blätter der Weide, als sie im Winterwind anmutig zu Boden schwebten.

Daisy war der erste Mensch, den sie sah. Jedesmal, wenn sie die Augen aufschlug, war Daisy da; ihre Hand hielt Chloes Hand zart umfaßt, ihre Augen waren besorgt, und sie lächelte Chloe jedesmal an, wenn sie die Augen öffnete. Sie hatte keine Ahnung, wo sie war. Daisy war diejenige, die ihr erzählte, was passiert war. Chloe hörte sich weinen, und es klang, als zersplitterte ein Herz.

Am nächsten Morgen kam Slade ins Zimmer und machte einen gepflegten und ordentlichen Eindruck. »Hallo, meine Süße«, sagte er. In seinen Augen standen Fragen, als er sich vorbeugte und sie auf die Stirn küßte. »Du warst ganz schön weit weg. Es freut mich, mein Mädchen wieder unter uns weilen zu sehen.«

Sie klopfte mit der Hand auf die Bettkante, und er setzte sich neben sie und nahm ihre Hand.

»Wie lange ... wie lange war ich in diesem Zustand?«

»Fast zwei Wochen lang«, sagte Slade und zog ihre Hand an seine Lippen. »Du hast uns mächtige Sorgen gemacht.«

»O Liebling«, flüsterte sie.

»Sieh nur zu, daß es dir schnell wieder besser geht«, sagte er. »Der Arzt sagt, es gibt keinen Grund, daß wir keine Babys mehr bekommen könnten, und daß du in ein paar Monaten wieder schwanger werden kannst. Aber mach dir deshalb keine Sorgen. Mich interessiert nur, daß du wieder in Ordnung kommst. Wir haben alle Zeit auf Erden für Kinder.«

Sie sah ihn an und begann zu weinen. »Ich liebe dich«, sagte sie. »Du bist so nett zu mir.«

»Ich liebe dich auch«, sagte er und stand auf. »Ich hoffe, das weißt du. Ich muß jetzt gehen.«

Sie blieb noch eine Woche im Bett liegen und konnte an nichts denken und über nichts anderes reden als über das Baby, das sie verloren hatte. Dann sagte Daisy eines Tages: »Heute wirst du aufstehen.«

Chloe schüttelte den Kopf. Sie wollte nie mehr aufstehen.

Aber Daisy ließ sich nicht davon abbringen. »Doch, du stehst jetzt auf. Es ist an der Zeit, daß du weiterlebst. Wenn man ein ungeborenes Kind verliert, dann ist das kein Grund, nicht weiterzuleben.«

Chloe wußte, daß sie recht hatte.

Und an jenem Tag bekam Chloe mit der Post einen Brief, eine Sonderzustellung, die sie nicht nur aus sich selbst herausholte, sondern auch aus Schanghai, und dieser Brief führte sie in Teile Chinas, die sie noch nie gesehen hatte.

Madame Suns Bruder, das Finanzgenie T. V. Soong, führte in dem archaischen Feudalsystem das Bankwesen des zwanzigsten Jahr-

hunderts ein, und ein Darlehen in Höhe von zehn Millionen Dollar aus Rußland half dabei, Geld in die Wirtschaft zu stecken.
Die Provinzen wurden immer noch von Warlords beherrscht und waren in kleinere Gebiete unterteilt, in denen andere, weniger bedeutende Warlords, Steuern von den Bauern kassierten und einen Teil davon an den Warlord weitergaben, der über die größeren Provinzen herrschte. Die Bauern hatten keinerlei Interesse an einem geeinten China. Sie wollten keine Kontrollinstanzen über sich. Ein geeintes China stand nicht auf der Liste der Dinge, die für sie Vorrang hatten; das blieb den Studenten überlassen, den Intellektuellen. Die Bauern kannten nichts anderes als das Leben, das sie führten, und sie fürchteten Veränderungen. Wenn Ortschaften versuchten, sich den Zahlungen von Steuern zu entziehen, hatte es schon Warlords gegeben, die diese Ortschaften vom Angesicht der Erde löschten. Steuerzahlungen bedeuteten Schutz vor allen anderen Warlords, vor allen Eindringlingen ... und manchmal bedeuteten sie auch Hilfe in Zeiten von Hungersnöten. Veränderungen zogen ihre Folgen nach sich; die große Mehrheit von fast einer halben Milliarde von Chinesen wollte, daß das Leben so weiterging, wie es war, da Veränderungen im allgemeinen bedeuteten, daß sich die Dinge zum Schlechteren wandelten. Der Rest der Welt dagegen fand, es gäbe nichts Schlimmeres als die Form des Daseins, das die Chinesen führten ... falls man überhaupt je an China dachte.
Ohne die immensen Gewitterwolken bewußt wahrzunehmen, die alles umhüllten, stand ein großer Teil der Weltbevölkerung direkt vor tiefgreifenden Veränderungen.
Madame Suns Brief an Chloe teilte ihr mit, daß sie planten, Kanton am 17. November an Bord eines japanischen Dampfers zu verlassen, um nach Peking zu reisen. Unterwegs würden sie einen Zwischenaufenthalt in Japan machen, und dort würde Dr. Sun eine Rede halten. Sie hatte vor, Anfang Dezember in Tientsin anzukommen, an der nordchinesischen Küste, nur ein paar Zugstunden von Peking entfernt. Wenn alles gutging, würde Dr. Sun Präsident von China werden.
Sie hoffte, ein Angebot zu machen, dem weder Chloe noch Slade widerstehen konnten. Sie lud sie ein, als einzige ausländische

Journalisten die Präsidentschaftskampagne zu begleiten. Slade konnte der Welt von der Reise und vom Amtsantritt des Präsidenten berichten, und sie, Ching-ling, würde die Freude haben, Chloes Gesellschaft zu genießen. Zwischen den Zeilen wurde angedeutet, Chloe könnte in alledem den menschlichen Aspekt erkennen und ihn ebenfalls der Welt berichten. Zum Glück las Slade nicht zwischen den Zeilen.

Sagen Sie, daß Sie mitkommen werden, drängte Ching-ling.

Sowie Slade die Nachricht erhalten hatte, verlor er keine Zeit, die Einladung telegrafisch anzunehmen. Er sah in dieser Reise auch eine Wendung der Ereignisse, die Chloe aus ihrer Beschäftigung mit sich selbst herausreißen konnte. Sie sah es ebenso.

Als sie bei Madame Suns Schiff in Tientsin eintraf, umarmte Ching-ling Chloe auf eine Art, die weitaus amerikanischer als chinesisch war. »Ich habc mich schon darauf gefreut, Sie wiederzusehen.« Ihre Augen waren jedoch von Sorgen verschleiert. »Dr. Sun geht es nicht gut. Er klagt schon seit einer ganzen Weile über Magenbeschwerden. Wir müssen ihn augenblicklich ins Hotel bringen, und ich werde einen Arzt kommen lassen.«

Der Mann, den die Zeitungen jetzt als den »Vater der chinesischen Republik« bezeichneten, kam über die Gangway, neben ihm Nikolai. Er stützte mit einer Hand Dr. Sun am Ellbogen, und man merkte deutlich, daß der Arzt tatsächlich krank war.

Dr. Sun wurde im Hotel untergebracht und ins Bett gepackt, und Ching-ling wich nicht von seiner Seite. Chloe fürchtete schon, sie könnten sich alle eine Lungenentzündung holen. Draußen herrschten Temperaturen unter Null, und sie hatte das Gefühl, auch in ihren Zimmern lägen die Temperaturen unter dem Gefrierpunkt. Sie war in ihren Zobel gehüllt und konnte trotzdem noch ihren Atem vor dem Spiegel unter der einen Vierzigwattbirne sehen, die mitten im Raum von der Decke baumelte. In Schanghai war es schon kalt genug, aber hier in Tientsin ging ihr die feuchte Kälte bis auf die Knochen. Ich verwende mehr Energie darauf, mich warm zu halten, als auf alles andere, dachte sie.

Nikolai lud Chloe und Slade ein, ihn in ein russisches Teehaus zu begleiten. In Tientsin wimmelte es von russischen Exilanten, die alle vor den Bolschewiken geflohen waren. Sie gehörten alle dem

Adel an, an dessen Sturz Nikolai gearbeitet hatte, und repräsentierten die Lebensform, die er auszulöschen beschlossen hatte. Er erkannte die Ironie, die dahintersteckte. »Trotzdem kann ich dort diese Teesorten trinken, das dunkle Brot essen, den Borschtsch und die Latkes, die ich nirgends sonst in China finde.«

»Ich verstehe«, murmelte Chloe und zog den Pelz enger um sich, als sie aus dem Hotel in die eisige Luft hinaustraten. »Manchmal sehne ich mich nach Apfelkuchen oder Ingwerplätzchen ...«

»... oder nach einem Brötchen mit Erdnußbutter und Gelee.« Slade lachte und hängte sich bei Chloe ein. Sie ließ die Hände in den tiefen Taschen ihres Mantels stecken.

»Es gibt viele Russen in Tientsin. Sogar noch mehr als in Schanghai. Hunderte, vielleicht sogar Tausende.«

In dem Teehaus, in das er sie führte, war es warm, und es roch nach feuchter Wolle und Kohl, nach roten Beten und würzigem Tee. Auf jedem Tisch stand ein verzierter silberner Kerzenleuchter, und die Flammen der Kerzen tanzten in der Dunkelheit und warfen Schatten auf die Decke und die Gäste.

Nikolai bestand darauf, daß sie Borschtsch, Kartoffellatkes und schweren, deftigen Pumpernickel probierten. Seine Augen leuchteten, als er sagte: »Es ist die reinste Ironie. Aber das läßt meine Jugend wieder auferstehen. Meine erbärmliche Jugend, und doch muß ich feststellen, daß ich nostalgisch werde, wenn ich mich daran erinnere.« Er lächelte, und das Weiß seiner Zähne bildete einen krassen Kontrast zu seinem dunklen Bart und dem ebenso dunklen Schnurrbart.

Der Kellner kam mit Gläsern von starkem Tee mit Orangengeschmack, den Nikolai gierig in sich hineinschüttete.

Dampfende Suppenschalen wurden gebracht. »Ah, Borschtsch. Die allgegenwärtigen russischen roten Bete, mit allem vermischt, was an Resten übriggeblieben ist. Kohl hat es immer gegeben. Borschtsch ist ein Bauerngericht, verstehen Sie. Und doch hat er Einzug in russischen Teehäusern in China gehalten.« Er brach in Gelächter aus. Während er einen Löffel Suppe in den Mund steckte, sagte er: »Er ist gut. Besser als der, den meine Mutter kochen konnte, aber andererseits ist der hier nicht aus übriggebliebenen Abfällen zubereitet.«

Chloe, die sich einfach nicht hatte vorstellen können, daß sich jemand nach Rote-Bete-Suppe sehnte, war angenehm überrascht. Sie aßen, ohne zu reden, bis Nikolai seinen Borschtsch aufgegessen hatte. Er stemmte die Ellbogen auf den Tisch und redete mehr mit ihr als mit Slade. »In Rußland hat es Nächte von unübertrefflicher Schönheit gegeben, in denen der Mond auf den Schnee schien und die kahlen Äste der Bäume im Mondschein wie Geister wirkten. Schneeflocken so groß wie kantonesische Orangen.«

Seine Augen hypnotisierten sie geradezu.

»Ich erinnere mich noch an eine Nacht, als sei es erst gestern gewesen, und doch muß es gewesen sein, als ich neun oder zehn Jahre alt war, und ich bin bei Dunkelheit aufgewacht – es war im Sommer – zu den Klängen einer Balalaika. Nie habe ich betörendere Musik gehört. Sie spielte stundenlang, und ich spürte ein unglaubliches Glücksgefühl, wie nichts, was ich seitdem erlebt habe. Diese traurige Musik hat eine Klage in mir angestimmt, und vielleicht ist sie nie mehr aus mir gewichen. Ich kann selbst jetzt noch mitten in der Nacht diese Klänge in mir heraufbeschwören.«

In seinen Augen stand ein verträumter Blick.

»Vermissen Sie Rußland?« fragte Chloe.

Nikolai schüttelte den Kopf, als wollte er damit erreichen, daß er wieder klar denken konnte und ins Hier und Jetzt zurückkehrte. »Seltsam, nicht wahr? Als ich noch in meinem Land gelebt habe, habe ich nie etwas anderes als Hunger und Unbehagen gekannt. Ich mußte um das Überleben kämpfen. Wo ich wirklich glücklich war, falls ich das je gewesen bin, das war Detroit. Wenn ich an einem Sonntagnachmittag Baseball gespielt habe. Mit der Familie meiner Frau und mit meinen Söhnen am See war. Mit den Männern, mit denen ich zusammengearbeitet habe, Bier getrunken habe, mit denen«, sagte er lächelnd, »die mich Nick genannt haben.«

Er beugte sich vor, stemmte die Ellbogen auf den Tisch und schaute eindringlich erst Slade, dann Chloe mitten ins Gesicht.

»Das ist es, worum ich kämpfe. Daß jeder so leben kann.«

»Warum«, sagte Slade und sprach damit die Frage aus, die Chloe sich gerade stellte, »konnten Sie sich nicht damit zufriedengeben, dort zu bleiben, in Detroit, mit Ihrer Frau und Ihren Kindern und Ihrem Glück? Die meisten Immigranten tun das. Es ist ihr Traum.«

Nikolai nickte. Er hatte verstanden. »Das habe ich mich oft gefragt. Viele Jahre lang. Ich glaube nicht, daß es darauf eine einfache Antwort gibt. Sie – warum sind Sie nicht in Ihrem luxuriösen Amerika?« Er richtete die Frage an Slade.

»Das ist einfach. Das Ego. Der Drang nach Ruhm. Abenteuerlust.«

Chloe war es jetzt warm genug geworden, um den Mantel auszuziehen.

Nikolai bestellte mehr Tee. »Vielleicht sind meine Gründe ähnlich. Die Vorstellung, daß ich, ein einzelner Mann, dabei helfen könnte, die Welt zu verändern. Abenteuerlust.« Nikolai wandte sich an sie. »Und was ist mit Ihnen? Was hat eine schöne Frau wie Sie hier zu suchen?«

Sie lächelte und antwortete: »Das ist ganz einfach. Ich bin aus Liebe hier.«

Slade drückte ihr unter dem Tisch die Hand. Nikolai schloß eine Minute lang die Augen. »Ist es das«, fragte er, nachdem die Minute vergangen war, »was das Leben einer Frau bestimmt? Sind Sie wirklich so viel weniger komplex als wir?«

»Wollen Sie damit sagen, wir seien simpler?« Chloe hob abwehrend die Achseln. »Ich glaube nicht, daß es uns an Intellekt mangelt ...«

Nikolais Hand schnitt sich durch die Luft. »Verzeihen Sie, wenn es so scheint, als hätte ich das andeuten wollen. Der Intellekt hat nichts damit zu tun, wie wir leben. Ich frage, ob Ihre Motive reiner sind als unsere. Wird das Leben einer Frau von der Liebe bestimmt?« Es klang mehr, als spräche er laut mit sich selbst, und nicht, als wollte er von Chloe eine Antwort haben.

»Auch in Ihrem Leben spielt die Liebe eine Rolle.«

Er sah sie an und zog fragend die Augenbrauen hoch.

»Die Liebe zu den Menschen, zur Menschheit, dazu, Gutes zu tun. Und auch bei Slade geht es um Liebe. Die Liebe zur Wahrheit.«

Daraufhin saßen sie alle drei einen Moment lang schweigend da, und dann lächelte Nikolai. »Chloe, Sie sind einfach wunderbar.

Sie stellen uns alle hin, als seien wir ganz großartig. Als seien wir vollkommene, selbstlose Menschen, die all das, was wir drei tun, nur aus Liebe heraus tun.« Seine gleichmäßigen weißen Zähne schimmerten unter seinem buschigen Schnurrbart.

Wesentlich später, nachdem Slade und Nikolai etliche große Gläser Wodka geleert hatten, als Chloe und Slade unter schweren chinesischen Decken lagen, kam Slade zu ihr – zum ersten Mal seit ihrer Fehlgeburt –, und sie spürte seine Lippen auf ihrer linken Brust. Sie schloß die Augen und fragte sich, ob Nikolais Schnurrbart wohl kratzte.

16

Ich habe den Verdacht, es handelt sich um ein Magengeschwür«, murmelte der britische Arzt und schaute auf Dr. Sun herunter. Er verschrieb Medikamente und Bettruhe.

Ching-ling wollte nicht von der Seite ihres Mannes weichen. Sie zeigte keine Neigung zu Gesprächen – ihre Gedanken galten einzig und allein ihrem Mann. Er war zu krank und hatte zu starke Schmerzen, um mit Nikolai oder einem seiner anderen Ratgeber zu reden. Peking wurde benachrichtigt, daß sie mit Verspätung eintreffen würden.

Sie blieben drei eiskalte Dezemberwochen lang in Tientsin. Dort waren die Straßen im Ausländerviertel gepflastert, und es existierte – wie in Schanghai – eine große internationale Gemeinde, eine Gegend mit stabilen viktorianischen Bauten und Wohnhäusern, wo Gras wuchs, obwohl es jetzt winterlich braun war. Amerikaner und Briten, Belgier, Russen und Franzosen waren dort, doch das größte Ausländerkontingent Tientsins stellten die Deutschen.

In der internationalen Siedlung gab es Gaslaternen auf den Straßen, und ausländische Wagen rangen mit Pferden und Eseln um die Vorfahrt. Tientsin hatte den größten amerikanischen Marinestützpunkt in China aufzuweisen, und die Matrosen stritten sich darum, in Tientsin Dienst tun zu dürfen. Es wurde in aller Öffentlichkeit gespielt, in den Bordellen gab es weißrussische höhere Töchter, und man konnte immer in ein oder zwei Schlägereien geraten, um Dampf abzulassen. Die Matrosen der amerikanischen Marine liebten den Dienst in Nordchina.

Tientsin war bereits eine Stadt mit Industrie, eine der wenigen im Orient. Seine Schornsteine spuckten grauen Rauch in den zinnfarbenen Himmel, und die Leute husteten den ganzen Winter über, ein harter, trockener und stoßweiser Husten. Die Stadt war von Öltanks umgeben, denn hier war der Hauptsitz von Standard Oil, deren Öl die Lampen Chinas füllte.

Ein Warlord herrschte über Tientsin, doch er willigte ein, gegen finanzielle Entschädigung einer Zentralregierung mit einem Präsidenten, der über ganz China herrschte, die Treue zu schwören. Dr. Sun hätte ihn vor seinem Zusammenbruch zu einem privaten Gespräch treffen sollen, und dann war geplant, daß er mit seinem gesamten Gefolge einen Zug nach Peking bestieg, eine Reise von nur hundert Meilen.

Madame Sun verließ das Zimmer ihres Mannes nur zu einem Weihnachtsessen, und auch dann machte sie sich solche Sorgen, daß es das trostloseste Weihnachten wurde, das Chloe je erlebt hatte.

Es war unvermeidlich, daß sie schließlich über Politik redeten. Slade machte es Spaß, Nikolai wohlwollend zu provozieren, was nicht etwa heißen sollte, daß man den riesigen Russen noch hätte anstacheln müssen.

Slade fragte: »Was ist Demokratie, wenn nicht die Stimme des gewöhnlichen Volkes? Und wie lehnt sich das gewöhnliche Volk auf, wenn nicht durch einen Anreiz? Durch den Kapitalismus?«

»Der Kapitalismus«, antwortete Nikolai, »hat nichts mit wahrer Demokratie zu tun. Der Kapitalismus ist eine Fortführung des Imperialismus, in dem Geld und Macht in den Händen einiger weniger liegen.«

»Was wollen Sie?« fragte Chloe und bezog mit einer Kopfbewegung Madame Sun in das Gespräch mit ein. »Wollen Sie alle davon überzeugen, daß Ihr Konzept von der Welt das einzig wahre ist?«

Nikolai unterbrach sich in der Bewegung, und seine Gabel verharrte mitten in der Luft. Er dachte einen Moment lang nach. »Ja. Genau das möchte ich erreichen. Den Leuten meine Vision der Welt vermitteln. Ich will diese Welt zu einer Welt der Brüderlichkeit machen, in der es keine Hungersnöte und keine Obdachlosigkeit gibt, in der diejenigen, die hart arbeiten, ihren gerechten Lohn bekommen, in der für alle Arbeitsplätze und Medikamente zur Verfügung stehen, in der ...«

»Sie sind ein Idealist«, bemerkte Slade. »Befassen Sie sich mit der Geschichte. Idealismus bewährt sich nie. Idealisten werden zu Tyrannen, weil sie viel zu sicher sind, daß ihre Sicht die einzig mögliche ist.«

Nikolai sah Slade an und lächelte strahlend. »Ich bin ein arroganter Mistkerl. Los, sagen Sie es mir schon.«
»Sie sind ein Träumer«, sagte Slade und trank in großen Schlucken den Wodka, mit dem Nikolai ihn bekannt gemacht hatte.
»Die Welt braucht Idealisten«, sagte Chloe.
»Sie glauben«, sagte Nikolai und brachte seine breiten Schultern näher zu Slade, »daß ich das Unmögliche erträume, ist es das?«
Slade nickte. »Weltweite Brüderlichkeit? Natürlich ist das unmöglich.«
Nikolais Augen gewannen an Intensität. »Ich will die Welt verändern. Ich will nicht, daß Männer vierzehn Stunden am Tag in Bergwerken arbeiten, und ich will auch nicht mit ansehen, daß Männer hart arbeiten und dennoch hilflos dastehen, während ihre Familien verhungern. Ich will keine erfrorenen Kinder und keine bettelnden Frauen auf der Straße sehen. Ich will keine neugeborenen Babys in Mülltonnen sehen.«
Er blinzelte mehrfach hintereinander in kurzen Abständen. Eine Ader an seinem Hals pochte. »In Rußland hat das Volk keine Rechte. Die Leute sind nur wenige Schritte vom Mittelalter entfernt, es sei denn, man ist reich und adelig. Oder einfach nur reich. Die Reichen führen ein opulentes Leben – Pelze, Luxusgüter, Dekadenz.«
Chloe hörte auf, ihren Pelzmantel zu streicheln.
»Daher sind wir, ich und alle anderen, die meinen glühenden Glauben besitzen, gefährlich für die Gesellschaft. Ich stelle eine Bedrohung dar. Das weiß ich. Ich bringe den Status quo ins Wanken. Ich werde als subversiv angesehen. Nicht nur in meinem Land, sondern auch in Ihrem.«
»War es nicht sehr schwierig«, fragte Chloe, »nach Ihren Jahren in Amerika daran zu denken, nach Rußland und in ein ganz anderes Leben zurückzukehren?«
Er sah sie auf seine seltsame und unergründliche Art an. »Ich gebe zu, falls das Ihren Chauvinismus besänftigt, daß meine Jahre in Amerika die bequemsten Jahre meines Lebens waren. Aber sie haben mich niemals dazu verführen können, von meinem Ziel abzuweichen. Ich habe immer gewußt, daß ich dazugehöre, wenn ein frischer Wind weht, daß das zwanzigste Jahrhundert mir ge-

hört und daß ich ein Rädchen im Getriebe der weltweiten Revolution bin.«

»Sie sind *wirklich* arrogant.« Chloe lachte. Sie hatte Menschen immer unerträglich gefunden, die der Meinung waren, absolut im Recht zu sein. Von Nikolai dagegen war sie fasziniert, nahezu hypnotisiert. Sie merkte Slade an, daß es ihm ebenso erging. Wie wunderbar, so ganz und gar an etwas zu glauben. Er und Madame Sun. Teil von etwas zu sein, was man für wahrhaft großartig und edel hielt. Sie beneidete die beiden.

»Haben die Greueltaten, die die Kommunisten begangen haben, als sie die Zaristen stürzten, Sie nicht gestört?« fragte Slade. Chloe erinnerte sich an die grausigen Morde, die an Nikolaus und Alexandra und deren Familie begangen worden waren. Sie erinnerte sich, über die Enthauptungen gelesen zu haben, die Massaker, die Verstümmelung sämtlicher Angehöriger des Adels, derer das Volk habhaft werden konnte, der sogenannten Weißrussen, in einem derer Teehäuser sie gerade saßen.

Nikolai sah zwar Slade an, doch es war, als ginge er forschend in sich. Schließlich sagte er dann: »Ich weiß.« Seine Stimme war schleppend. »Wenn beide Seiten Unrecht begehen, dann wird daraus noch kein Recht. Aber Sie müssen versuchen zu verstehen, daß im Laufe der langen Geschichte Rußlands die russischen Bauern als nicht wirklich menschliche Wesen behandelt worden sind. Sie waren eine Ewigkeit gezwungen, ein menschenunwürdiges Dasein zu führen. Wie die Chinesen. Als die Bestien erst einmal in ihnen erwacht waren, als sie erst einmal verstanden hatten, daß nur der Adel sie daran hinderte, wie menschliche Wesen zu leben, kannte ihre Wut keine Grenzen. Sie haben zugeschlagen – und sie werden wieder zuschlagen –, um Hunderte und Tausende von Jahren der Unterdrückung zu vergelten, um ihre Vorfahren zu rächen, um für die gesamte Menschheit Freiheit zu erlangen.«

Chloe, die Tee getrunken und gelauscht hatte, fragte: »Glauben Sie, daß das Volk sich diese Dinge wirklich gedacht hat?«

Nikolai schüttelte den Kopf. »Aber es hat in den Leuten gesteckt. Sie mußten es auslöschen, alles töten, was für sie totale Herrschaft bedeutet hat, um instinktiv zu einem Schlag auszuholen, der ihnen die Freiheit gibt.«

»Können Sie diese … diese Rachegelüste akzeptieren?« fragte Chloe.

»Ja«, sagte er. »Ich heiße sie gut. Es ist an der Zeit. Es gibt keine andere Möglichkeit.«

Ching-ling streckte eine Hand aus und legte sie auf Chloes Arm. »Sehen Sie sich um, während Sie durch dieses Land reisen. Sehen Sie sich an, wie ein so großer Teil der Welt lebt, und dann beginnen Sie vielleicht, es zu verstehen.«

Chloe sah Nikolai an. »Aber was haben *Sie* mit China zu tun? Sie könnten Russen helfen, die dieses menschenunwürdige Dasein führen, das Sie schildern.«

Nikolai sah Ching-ling an. Sie lächelte ihn an, und ein liebevoller Ausdruck trat auf ihr müdes Gesicht.

»Vielleicht kann ich dabei behilflich sein, diese Frage zu bcantworten«, sagte sie mit ihrer lieblichen Stimme. »Die chinesischen Studenten haben in der russischen Revolution eine Chance für uns gesehen. Wenn Rußland Jahrhunderte der Vorherrschaft stürzen konnte, dann sollten wir das doch auch können.«

Ching-ling legte eine Pause ein, und Nikolai übernahm. »Im Juli 1922, erst vor zweieinhalb Jahren, hat sich in Schanghai eine kleine Gruppe von Männern versammelt.« Er unterbrach sich und lachte.

Ching-ling lächelte. »Ja, in einem hübschen, rosa gestrichenen Gebäude, einer Mädchenschule in der Straße der freudigen Unternehmungen. Klingt das nicht vorteilhaft?«

»Sie haben den ersten Kongreß der Kommunistischen Partei Chinas gebildet.« Nikolai schlang seine Finger ineinander. Chloe lehnte sich zurück, und ihr Nacken rieb sich an dem weichen Fell auf dem Stuhlrücken.

»Ein zaghafter Beginn«, sagte Madame Sun. »Er hat die Gangster von Schanghai, die ›Grüne Bande‹ des Großohrigen Tu, in Angst und Schrecken versetzt.« Nikolai nickte und bestellte noch einen Wodka. Slade bedeutete der Kellnerin, ihm auch noch einen Wodka zu bringen. »Dr. Sun hatte die Westmächte um Hilfe bei der Bildung der Kuomintang gebeten. Niemand wollte ihm helfen.«

»Außer Rußland.« Nikolai grinste.

Ching-ling lächelte. »Und so ist Nikolai zu uns geschickt worden.«
»Der Nationalismus hat in China noch nicht um sich gegriffen«, erklärte Nikolai. »Ich prophezeie, daß es dazu kommen wird. Wir wollen ein Land, das von den Idealen durchtränkt ist, die ich mit Dr. und Madame Sun teile. Ein Heer und ein Land, das sich aus der Abhängigkeit von irgendwelchen Warlords befreit hat.«
»Und jetzt«, sagte Ching-ling, und ihre Stimme war nahezu ein Flüstern, »brechen wir zu dem Traum auf, den Dr. Sun ein Leben lang gehegt hat. Er wird die Führungsspitze einer neuen Regierung sein, einer Regierung, die die Ideale der Freiheit personifizieren wird.«
»Die Ideale des Kommunismus«, murmelte Nikolai. »Das ist ein und dasselbe.«
Slade und Chloe tauschten einen Blick miteinander.
Ching-ling stieß ihren Stuhl zurück und stand auf. »Ich möchte diese Weihnachtsfeier nicht auflösen. Bleiben Sie bitte sitzen. Es ist nicht weit zum Hotel. Ich möchte gern laufen. Ich will zu Dr. Sun zurückkehren. Machen Sie sich keine Mühe. Wir sehen uns dann später.«
Als sie gegangen war und Nikolai noch einen Tee für Chloe bestellt hatte, sagte Slade: »Glauben Sie wirklich, daß Dr. Sun einen großartigen Präsidenten abgeben wird?«
»Der beste Präsident wäre Ching-ling«, sagte Nikolai in vollem Ernst. »Sie ist zu einer Führungsrolle geboren. Sie ist ein Mensch von absoluter Integrität, das Gewissen Chinas. Aber ich will Dr. Sun damit nicht schlechtmachen. Seit mehr als zwanzig Jahren repräsentiert sein Name Unabhängigkeit. Die Welt hat ihn zeitweilig als exzentrisch empfunden, als im großen und ganzen untauglich und als das, was Lenin als naiv betrachtet hat. Und doch ist er das Sprachrohr dieses Landes. Die Welt will nicht, daß China sich verändert. Sie will nicht, daß die Marktlage ins Wanken gerät; sie will nicht, daß China sich erhebt und seine eigene Zukunft oder gar seine Gegenwart selbst in die Hand nimmt. Wenn das Volk – das gewöhnliche Volk – sich erhebt, werden die Reichen erschlagen, und das Gleichgewicht der Mächte gerät aus der Balance.«
Chloe sah diesen Mann an, diesen gigantischen Russen, der so

eindringlich sprach. »Und was ist mit Ihnen? Würden Sie für Ihren Traum töten?«
Nikolai sah ihr in die Augen. »Ich habe es schon getan«, sagte er. »Und ich werde es wieder tun, wenn es sich als notwendig erweist. Ich glaube an das, was ich tue. Und alles andere ist dagegen zweitrangig.«

Dr. Suns Gesundheit war in sämtlichen chinesischsprachigen Zeitungen das Thema Nummer eins. Die westlichen Zeitungen nahmen keinerlei Notiz davon. Der britische Arzt war nicht in der Lage, seine Krankheit zu diagnostizieren. Am letzten Tag des Jahres 1924 eilten Dr. Sun und sein Gefolge in einem Sonderzug nach Peking. Chloe und Slade hatten in diesem Zug ein Abteil für sich allein.
Es war nur eine Reise von hundert Meilen. Chloe fragte sich, warum sie dreieinhalb Wochen in Tientsin verbracht hatten, wenn sie innerhalb von Stunden schleunigst in ein Krankenhaus hätten gelangen können. Tiefhängende Wolken, die den grauen Wintertag noch bedrückender wirken ließen, vermittelten ihr ein Gefühl von Eingeschlossensein. Wenn sie aus dem Fenster schaute, fiel ihr Blick auf eine öde und reizlose Landschaft.
»Was ist das wohl, was meinst du?« fragte sie Slade und wies auf die pyramidenförmigen Gebilde, die in der Landschaft verstreut waren.
»Gräber, könnte ich mir vorstellen«, antwortete er.
Sie waren das einzige auffällige Merkmal des Flachlands, abgesehen von vereinzelten befestigten Städten, und die Ziegel der Mauern und die Hütten waren aus Lehm geformt, der dieselbe Farbe hatte wie die Erde. Es war absolut trostlos. Felder, Mauern, Häuser, alles in demselben monotonen Grau oder Graubraun gehalten. Es gab nur wenige Bäume, die in Grüppchen oder einzeln in zufälligen Abständen Wache standen.
Chloe schlief ein, während Slade aus dem Fenster starrte. Eine halbe Stunde später versetzte er ihr einen Rippenstoß. »Wach auf«, sagte er. »Das willst du dir bestimmt ansehen.«
Kärglich bewaldete, aber prachtvoll zerklüftete Berge setzten sich als Silhouette gegen den Himmel im Nordwesten ab. Jetzt gab es

in den Ortschaften und auch außerhalb Baumbestand, Kiefern und Föhren, die sich in ihrem dunklen Blaugrün hoch erhoben. Kleine mongolische Ponys zogen Karren. Männer liefen hinter ihren Lasteseln her. Außerhalb von einer kleinen Ortschaft standen ein Dutzend Kamele, deren Höcker sich wie kleine Hügel gegen den Horizont abzeichneten.

Der Zug fuhr um eine Haarnadelkurve, und die Ecktürme der gewaltigen stabilen Mauern von Peking kamen in Sicht. Massive Pagoden zierten die oberen Kanten der Stadttore. Im Bahnhof drängte sich eine fast hunderttausendköpfige Menschenmenge. Dr. Sun, der Vater der Revolution, sah von seiner Tragbahre auf und bemühte sich, zu lächeln.

Dr. Sun wurde ins Hotel Peking gebracht. Dort wurde er ins Bett gelegt, und ein Arzt, der ihn schon erwartet hatte, verabreichte ihm eine Injektion, die den Schmerz linderte und es ihm gestattete, in der kommenden Nacht durchzuschlafen. Chingling, die sich offensichtlich marterte und den Eindruck erweckte, als hätte sie seit Nächten nicht mehr geschlafen, drückte Chloes Hand.

»Jedesmal, wenn ich Sie einlade, mein Gast zu sein, passiert etwas, nicht wahr? Kommen Sie morgen, und ich werde versuchen, mich eine Zeitlang von meinem Mann loszureißen. Es tut mir leid, daß ich Ihnen so wenig Beachtung geschenkt habe.«

Chloe störte sich nicht daran. So viel Zeit hatte sie seit den Flitterwochen nicht mehr mit Slade verbracht. Chloe und Slade fuhren in dem langsam tuckernden Aufzug ins oberste Stockwerk.

Erst am nächsten Morgen begann Chloe, wieder Schönheit zu entdecken. Sie erwachte bei Morgengrauen, lag da und hörte den krähenden Hähnen zu.

Dunst hüllte die noch schlafende Stadt ein. Im frühmorgendlichen Licht schaute sie auf die Verbotene Stadt herunter, die noch im Dunkeln lag, wie von einem Berggipfel. Obwohl unter ihr Nebelschwaden kreisten, erkannte sie Umrisse, als der Dunst sich aufzulösen begann. Schimmernde Dächer begannen aufzuleuchten wie Goldfische, die in einem Teich schwammen. Die spitzen Giebel schienen losgelöst zu sein und mit nach oben gebogenen Rändern ziellos dahinzuschweben. Sie schwammen im Dunst, ein ganzer

Schwarm von gelben Fischen, die sich wieder verbargen, als der Nebel sie einhüllte und sie darin versanken.
Sie schlang den Mantel um sich und kehrte ins Zimmer zurück, als gerade ein Zimmermädchen eine dampfende Kanne Tee und zwei Tassen brachte. Slade, der nur ein Auge offen hatte, sagte: »Um Gottes willen, nehmen die hier denn gar keine Rücksicht auf Ehepaare? Sie machen ganz einfach die Tür auf und kommen rein, um Tee zu bringen. Was wäre gewesen, wenn wir gerade etwas getan hätten, wobei man unbedingt ungestört sein will?«
Chloe lächelte ihn an und warf ihren Pelzmantel auf einen Stuhl. »Wie das hier?« schlug sie vor und zog ihr Nachthemd aus, während sie auf ihn zuging. Sie warf es in die Luft.
Slade machte das andere Auge auf. »Bleib stehen«, sagte er.
Sie tat es.
»Laß dich eine Minute lang ansehen. Mein Gott, du bist wirklich die schönste Frau auf Erden.« Sie konnte das Lächeln in seiner Stimme hören. »Ja, wie das hier.« Er breitete die Arme aus, damit sie in seine Umarmung kam. Sie legte sich auf ihn und genoß das Gefühl, seinen Körper an ihrem zu spüren.
»Steh auf und schließ die Tür ab«, schlug er vor, als ihre Lippen sich trafen.
»Nein«, sagte sie. »Ich will dich nicht allein lassen.« Sie ließ die Zunge in sein Ohr schnellen.
»Ach, wer zum Teufel braucht es schon, ungestört zu sein?« fragte er, und aus seiner Stimme war Gelächter herauszuhören.
Zehn Minuten später hörten sie das leise Klopfen an der Tür nicht, und daher fand Ching-ling sie in dieser intimen Situation vor. Sie schien keine Notiz davon zu nehmen.
Sie stand in der Tür und merkte überhaupt nicht, wie sie versuchten, langsamer zu werden, versuchten, inmitten dessen aufzuhören, was sich nicht so leicht einfach beenden ließ, und sie hörten sie sagen: »Er hat Krebs. Er liegt im Sterben«, ehe sie wieder verschwand.

17

Wie würde ich mich fühlen, frage sich Chloe, wenn ich gerade erfahren hätte, daß Slade im Sterben liegt? Wenn ich wüßte, daß ich ihn nur noch für Monate oder gar nur noch für Wochen habe? Wenn ich wüßte, daß er die kurze Zeit, die ihm auf dieser Welt noch bleibt, mit Schmerzen zubringen wird?

Sie konnte es sich nicht vorstellen. Sie hätte sich gern in ihre Freundin hineinversetzt, aber da sie nie etwas Vergleichbares wie die Tragödie erlebt hatte, mit der Ching-ling konfrontiert war, konnte sie nur leere Worte äußern. Sie erkannte, daß der Verlust ihres ungeborenen Babys vor kurzer Zeit nicht damit gleichgesetzt werden konnte, jemanden zu verlieren, der am Leben gewesen war und den man geliebt hatte, der ein fester Bestandteil des eigenen Lebens gewesen war. Dr. Suns Tod, erkannte Chloe, würde nicht nur den Verlust des wichtigsten Menschen in Ching-lings Welt bedeuten, sondern das Ende einer ganzen Lebensweise. Er war der Kern dessen, dem sie ihr Leben geweiht hatte.

Er war, soweit Chloe das sagen, konnte, Chinas einzig wahre Hoffnung. Und doch hatte Slade gesagt: »Wenn er erst einmal an der Macht ist, bezweifle ich seine Fähigkeiten, Dinge zu verwirklichen. Er hat in all diesen Jahren in einer Traumwelt gelebt. Er glaubt, es wird sich alles ganz einfach erreichen lassen.«

Chloe wandte sich um, trat wieder in das Hotelzimmer und zog den Pelzmantel eng um sich. Slade war gerade damit fertig geworden, sich anzuziehen.

»Nikolai hat angerufen. Sie bringen Dr. Sun ins Peking Union Medical College und werden ihn dort operieren. Nikolai erwartet uns im Foyer. Laß uns alle vorher noch etwas frühstücken.« Er legte einen Arm um Chloe und küßte sie auf die Wange.

Schnee fiel, und alle Laute waren gedämpft. Keiner der drei sagte etwas, als sie nach dem Frühstück im Hotel durch die nahezu stumme Stadt liefen. Kamele aus der Mongolei spazierten durch vereiste Straßen, ihre Glöckchen läuteten, und Kameltreiber schrien. Lastesel, die mit gehacktem Holz beladen waren, rempelten Kulis an, die in Schuhen mit Baumwollsohlen durch die gefrorenen Straßen rannten. Eiszapfen hingen von den geschwungenen Dächern, und Chloe sah, daß ihr Atem in der eisigen Luft schwebte.

Das Krankenhaus im Medical College war ein großartiges neues Gebäude, eine Überraschung in dieser Stadt, in der das Alte vorherrschte. »Von der Rockefeller Foundation gegründet«, erklärte Slade und lächelte Nikolai an. »Das zeigt doch, was der Kapitalismus vermag.«

Nikolai betrachtete das Gebäude voller Bewunderung. »Wenn der Kapitalismus immer so aussähe, wäre ich vielleicht ein Verfechter Ihrer Form von Demokratie«, gestand er ein. »Ich wüßte von keinem Krankenhaus in Rußland, das so prächtig aussieht.«

Sie saßen den ganzen Morgen bei Ching-ling. Mit der Zeit schlossen sich ihnen weitere Personen an ... Ching-ling umarmte einen der Besucher, einen Mann, den Chloe vorher nie gesehen hatte und der in Ching-lings Alter oder vielleicht ein wenig älter zu sein schien. Sie war so sehr beunruhigt, daß sie niemanden vorstellte, was Nikolai ihr dann abnahm.

»Das ist Sun Fo, Dr. Suns Sohn«, sagte er und stellte sie dem jungen Mann vor.

Chloe starrte ihn an. Sie hatte nicht mehr daran gedacht, daß der Doktor Kinder hatte, die älter als Ching-ling waren. Nicht zum ersten Mal fragte sie sich, wie Ching-ling es über sich gebracht hatte, mit einem Mann zu schlafen, der so viel älter war als sie. Hatte sie es über sich ergehen lassen? Hatten sie überhaupt miteinander geschlafen? Vielleicht war es eine platonische Ehe. Aber Chloe wußte es besser. Sie hatte so oft den Ausdruck in Ching-lings Augen gesehen, wenn sie ihren Mann ansah. Chloe wußte, daß ihre Leidenschaft für Slade sich an Ching-lings Gefühlen für Dr. Sun nicht messen konnte.

Kurz nach der Mittagszeit tauchte Dr. Taylor auf, ein amerikanischer Missionsarzt, der in Peking für sein Können in hohem Ansehen stand. Er nahm Ching-lings Hände in seine, sah ihr direkt in die Augen und sagte: »Es ist Leberkrebs in fortgeschrittenem Stadium. Inoperabel.« Sie zuckte zusammen, und er fuhr fort: »Es ist nur noch eine Frage der Zeit. Eine Frage von Wochen …«

Als die Tage vergingen und zu Wochen wurden, als der Januar dem Februar wich, ohne daß die eisigen Winde, die über die Steppen wehten, sich legten, sagte Slade zu Chloe: »Ich kann nicht ewig hierbleiben und darauf warten, daß der gute Doktor stirbt.«
Warten war anstrengender als harte Arbeit, dachte Chloe.
»Die Geier gehen mir auf die Nerven«, sagte Slade, nachdem Chloe ihm gesagt hatte, zu diesem Zeitpunkt könne sie Ching-ling nicht verlassen. »Ich schlage ja gar nicht vor, daß du mit mir abreist. Ich sollte nach Schanghai zurückfahren und mir ansehen, was sich im Rest des Landes tut. Ganz Peking hält den Atem an und wartet nur darauf, daß der Doktor stirbt. Ich schlage vor, daß du hier bleibst und Ching-ling Gesellschaft leistest. Wenn sich hier etwas tut, kannst du es mir telegrafisch mitteilen.«
»Was ist, wenn das noch monatelang so weitergeht?« fragte Chloe, und sich selbst fragte sie, wie lange sie es ertragen konnte, von Slade getrennt zu sein.
Er streckte die Hand aus und zerzauste ihr das Haar. »Darling, es wird nicht monatelang dauern. Wenn er stirbt, komme ich zur Beerdigung wieder. Aber in der Zwischenzeit wirst du für mich die Augen und die Ohren offenhalten, ja?«
Er verläßt sich auf mich, dachte Chloe. Er hält mich für fähig zu erkennen, was wichtig ist und was nicht. Ein Gefühl von Wärme hüllte sie ein, und sie nahm seine Hand, um sie an ihre Lippen zu ziehen.
»Bin ich dein Mann in Peking?« Sie lächelte.
»Ja.« Er beugte sich vor und küßte sie auf die Stirn. »Was aber noch lange nicht heißen soll, daß jemand, der dich je gesehen hat, dich mit einem Mann verwechseln könnte.«

Dr. Sun wurde in das elegante Haus gebracht, das dem Diplomaten Wellington Koo gehörte. Hier sollte er den verbleibenden Rest seines Lebens verbringen. Madame Sun wich kaum von seiner Seite.

Wenn sie sich doch aus dem Krankenzimmer losriß, dann, um mit Chloe und Nikolai zu Abend zu essen oder um in der eiskalten Luft morgendliche Spaziergänge zu unternehmen, und dabei lief sie so schnell wie möglich und atmete tief ein, als stärkte sie die reinigende Luft. Oft begleitete Chloe sie.

»Sie wissen natürlich«, sagte Ching-ling, deren Stimme durch ihren schwarzen Wollschal gedämpft war, »daß das heißt, die Einigung Chinas wird noch nicht zustande kommen.«

Das sagte auch Nikolai. Es gab nicht einen einzigen anderen Menschen, für den das Land sich zusammenschließen würde. Mehr als dreißig Jahre lang hatte Dr. Sun einen Traum symbolisiert. Einen selbstlosen idealistischen Traum von einem China für die Chinesen, ohne eine Spur von Korruption und ohne das Volk um des eigenen Profits willen auszurauben. Kein einziger anderer Mensch in dem ganzen weiten Land konnte ihn ersetzen.

»Es ist nicht etwa so«, sagte Nikolai zu Chloe, als sie miteinander allein waren, »als wäre Dr. Sun eine starke Führerpersönlichkeit. Ich bin noch nicht einmal sicher, daß er weiß, wie man Menschen führt. Aber er ist ein Symbol. Das Symbol Ihres Landes ist Ihre Flagge, vielleicht auch noch die Unabhängigkeitserklärung. Oder vielleicht auch die Verfassung. Als Amerika gegründet worden ist, war es vielleicht George Washington. Für die Chinesen steht nur Dr. Sun Yat-sen als ein Symbol.«

»Was wird passieren?« fragte Chloe, die Tee trank. Sie hatte den Eindruck, ihre meist Zeit in Peking damit zuzubringen, Tee zu trinken.

Nikolai zuckte die Achseln, beugte sich vor und hielt seine beiden enormen Hände vor sein Gesicht. Er starrte diese Hände an. »Man kann nur raten, und das können Sie ebensogut wie ich. Ich nehme an, es wird Männer geben, die darum kämpfen werden, seine Nachfolge anzutreten. Aber sie werden auf die individuelle Macht abzielen, nicht auf den Traum.«

Chloe sah ihn an, seinen bedrückten Gesichtsausdruck, und sie hörte die Niedergeschlagenheit aus seiner Stimme heraus.

»Chiang Kai-shek. Wahrscheinlich ist er derjenige. Er wird es mit Sicherheit probieren. Es gibt auch andere. Aber wissen Sie, Chiang hat die einzigen organisierten Truppen von ganz China hinter sich. Schließlich ist er der Leiter der Whampoa-Akademie gewesen. Und er hat ein paar Monate in Moskau verbracht. Trotzdem traue ich ihm inzwischen nicht mehr wirklich.«

»Sie meinen, sein Traum und Ihrer könnten nicht übereinstimmen?« Chloe konnte es nicht lassen, Nikolai aufzuziehen.

»Das ist nicht zum Lachen, Chloe.« Nikolais Stimme war verdrossen. »China den Chinesen oder China für Chiang Kai-shek.«

»Tja, Chiang könnte sich vielleicht denken: ›China den Chinesen oder China den Kommunisten.‹« Chloe verbrannte sich mit ihrem Tee die Kehle.

»Er ist mit diesen Killern in Schanghai im Bunde. Dem Großohrigen Tu und seiner Grünen Bande, die sich kein bißchen für das chinesische Volk interessiert. Sie halten Schanghai im Würgegriff. Ohne ihre Zustimmung kann dort niemand Geschäfte machen. Sie wären liebend gern auch für den Rest des Landes die Männer hinter den Kulissen. Sie schmuggeln Rauschgift, kontrollieren die Prostitution, verkaufen Whisky, arrangieren das Verschwinden von Personen, überwachen das Bankwesen – es gibt nichts, wofür sie sich zu schade wären. Sie werden sich eine Marionette aussuchen, die sie finanzieren, und so werden sie Mittel finden, über diese Person und somit über China zu herrschen.«

Chloe konnte sich nicht vorstellen, daß eine derartige Gruppe die Führung des Landes übernahm. Irgendeines Landes. So etwas war doch sicher nicht möglich.

»Zu schade, daß Ching-ling eine Frau ist«, murmelte Nikolai.

»Es gibt einen Präzedenzfall«, rief ihm Chloe ins Gedächtnis zurück. »Schließlich hat die Kaiserinwitwe jahrelang an der Spitze des Reiches gestanden.«

Nikolai nahm Chloes Hand in seine große Pranke. »Meine Liebe, sie hat durch Erbfolge geherrscht. Eine Frau kann nicht ins Amt gewählt werden. Das müssen Sie doch wissen.«

Chloe erinnerte sich wieder daran, wie Cass gesagt hatte: Du kannst alles werden, was du willst, nur nicht Präsidentin. »Sie meinen, in China?«

»Ich meine überall. Und das ist einer der Gründe, weshalb ich Kommunist bin. Ich glaube an die Gleichheit für die gesamte Menschheit, nicht nur für den männlichen Teil der Erdbevölkerung.« Er drehte ihre Hand um und starrte ihre Handfläche an. »Bloß, weil Sie eine kleinere Hand haben, heißt das noch lange nicht, daß Sie ein kleineres Gehirn haben. Oder weniger Willenskraft. Oder Weitblick.«

»Wird Rußland je eine Frau zum Präsidenten haben?« Chloe nahm deutlich wahr, daß Nikolai ihre Hände hielt.

»Das hoffe ich doch«, sagte er, und seine schwarzen Augen durchbohrten die ihren. »Genau darum geht es. Ich kann mir vorstellen«, sagte er, und das Lächeln spielte nur um seine Mundwinkel, »daß wir Ihnen in diesem Punkt zuvorkommen werden. Wir werden vor Ihnen Frauen in unseren Regierungsausschüssen haben. Ich hoffe, daß das noch in diesem Jahrhundert bei uns allen der Fall sein wird.«

Chloe lächelte. »Sie billigen uns viel Zeit zu. Noch ganze fünfundsiebzig Jahre.«

»Historisch gesehen ist das nur ein kurzer Augenblick. Kommen Sie.« Er stieß seinen Stuhl zurück und stand auf. »Es ist schon spät.«

Um neun Uhr dreißig am Donnerstag morgen, dem 12. März 1925, starb Dr. Sun Yat-sen, der Vater der Chinesischen Republik. Chloe und Nikolai waren bei Ching-ling, als es geschah. Ebenso ihre Schwester Ai-ling und ihr Schwager H. H., und Sun Fo T. V., Dr. Suns Sohn, war ebenfalls erschienen.

Am Ende hörte Nikolai Dr. Sun sagen: »Wenn uns die Russen bloß weiterhin helfen ...«, als er die Augen schloß. H. H. schwor, er hätte gesagt: »Macht den Christen keinen Ärger.« Chiang Kai-shek, der weit unten im Süden in Kanton weilte, stellte später die Behauptung auf, Dr. Suns letzte geflüsterte Worte hätten »Chiang Kai-shek« gelautet.

Nur die russische Botschaft senkte ihre Fahne. Eine Woche später wurde ein kleines christliches Begräbnis veranstaltet, zu dem die Familie erschien und außerdem Chloe, Slade und Nikolai. Zwei Tage später wurde eine öffentliche Beerdigung veranstaltet, nach der Dr. Suns Leichnam zwei Wochen lang feierlich aufgebahrt dalag, während eine halbe Million Menschen kam, um ihm ihre Aufwartung zu machen.

Ching-ling, die sich auf den Arm ihres Stiefsohns stützte, wirkte so zerbrechlich, daß Chloe sich fragte, ob sie den Tag überstehen würde. »Er wollte in Nanking begraben werden, auf dem Purpurberg, in der Nähe des ersten Ming-Herrschers«, sagte Ching-ling, und ihre Stimme brach.

H. H. nahm ihren anderen Arm. »Und so wird es auch kommen«, versicherte er seiner Schwägerin, »sobald ein Mausoleum, das ihm gemäß ist, gebaut werden kann. Bis dahin wird er hier ruhen, in den Bergen im Westen.«

»Er liegt an einem fremden Ort«, klagte Ching-ling. »Er hat sich in Peking nie zu Hause gefühlt. Er hat diese Stadt kaum gekannt.«

H. H. tätschelte ihre Hand.

Die Familie versuchte, Ching-ling zu einer Rückkehr nach Schanghai zu überreden. Dr. Sun hatte ihr seinen gesamten Besitz hinterlassen, das Haus dort in der Rue Molière und all seine Bücher. Das war alles, was er besessen hatte. Aber Ching-ling wollte nichts von Schanghai oder vom Trost ihrer Familie hören.

Sie legte eine Hand auf Nikolais Arm. »Nein«, sagte sie, und ihre Stimme klang entschlossen. »Ich werde nach Kanton zurückkehren, um den Kampf fortzusetzen. Ich habe keine Minute zu verlieren. Sein Traum *wird* wahr werden. Ich schwöre bei Gott, daß es dazu kommen wird.«

»Ich schwöre bei Gott«, wiederholte Slade, der zu dem Begräbnis erschienen war. Er stand hinter Chloe und flüsterte, als spräche er mit sich selbst: »Und was wird Gott vorbestimmt haben? Ich fürchte die Antwort. Ich fürchte, jetzt wird der Teufel los sein.«

TEIL II

1925–1928

18

Um Himmels willen, Chloe!« Ann Leighton schüttelte sichtlich gereizt den Kopf und schaute auf die Karten, die vor ihr auf dem Tisch lagen. »Mit dem Blatt haben Sie es auf vier Pikkarten gebracht? Wo sind Sie bloß in Gedanken?«

Jedenfalls bestimmt nicht in dem ovalen Raum mit dem Marmorfußboden im amerikanischen Konsulat, so viel stand fest. Chloe besaß noch nicht einmal den Anstand, verlegen zu werden. Sie wollte raus, nicht nur aus der Bridgepartie, sondern aus diesem ganzen Gebäude. Sie wollte irgendwo sein, wo sie ihren Bauch tätscheln und sich sagen konnte, daß dort wieder Leben heranwuchs. Sie wollte ihre Hand dort liegen lassen, auf der Haut, und dieses neue Wesen die Liebe fühlen lassen, die sie jetzt schon für es empfand. Der Frühling war die richtige Jahreszeit für die Geburt eines Kindes, dachte sie, aber auch für eine neuerliche Schwangerschaft. Das Baby sollte fast genau neun Monate nach Dr. Suns Tod geboren werden.

Slade freue sich ebensosehr wie sie. Es waren genau sechs Monate seit der Fehlgeburt vergangen, ein perfekter Zeitraum, sagte der Arzt. Chloe weigerte sich, eine Rikscha zu nehmen. Sie bestand darauf, überallhin zu Fuß zu gehen, sogar bei Nacht und sogar ans andere Ende der Stadt. In diesen Fällen versuchte Slade, ein Taxi zu besorgen. Nie mehr eine Rikscha, solange ich schwanger bin, gelobte sie sich. Und sie würde nie wieder bloß deshalb, weil sie ein Kind bekam und einen dicken Bauch hatte, Winterschlaf halten.

Trotz ihrer Freude über die Schwangerschaft hatte sie seit ihrer Rückkehr aus Peking eine andere Haltung zu ihrem Leben angenommen. Es brachte sie um den Verstand, nachmittags Bridge zu spielen. Jedesmal, wenn sie versuchte, die Unterhaltung auf China zu lenken, wurde sie von verständnislosen Gesichtern angestarrt. Jemand sagte: »Erzählen Sie mir bloß nicht, Sie hätten Ihre Liebe zu China entdeckt!«

Sie hatte gelächelt, wenn auch steif, und darauf geantwortet. »Doch, ich glaube, so ist es.«
Der einzige Laut war das Klirren gewesen, mit dem Tassen auf Untertassen gestellt wurden. Dann war das Gespräch fortgeführt worden, als hätte Chloe kein einziges Wort gesagt.
An jenem Morgen, als sie mit Slade beim Frühstück saß, hatte sie gesagt: »Ich verstehe das wirklich nicht. Man könnte meinen, bloß, weil sie Schlitzaugen und gelbe Haut haben, seien sie geistig zurückgeblieben. Die Amerikaner und die Briten reden alle von der Unergründlichkeit der Chinesen, und doch sind die Chinesen, die ich kenne, in Dingen, die wirklich zählen, offener als irgendeine dieser albernen Frauen, die in Organdy auf Gartenpartys herumhuschen, Hauskonzerte veranstalten und Desserts zubereiten. Ich habe diese endlosen verdammten Partys satt. Wenn ich mit Lou oder Daisy zusammen bin, reden wir wenigstens über ... ich weiß nicht recht ... metaphysische Dinge, vermute ich. Fragen, auf die es keine Antworten gibt.«
Slade lächelte sie belustigt an, während er sein weichgekochtes Ei aufschlug. »Wie zum Beispiel? Mir scheint es, als hätte Lou auf alles eine Antwort.«
Chloe trankt ihren Oolong und hatte die Ellbogen auf den Tisch gestützt. Eine einzige Azaleenblüte schwamm in einer flachen Schale. Sie hatte sie vor dem Frühstück im Garten gepflückt, als der Tau noch daran haftete. »Ach, all diese Warums. Warum gibt es Kriege? Warum wollen Menschen Macht? Warum sind manche Menschen sich derart sicher, im Recht zu sein, daß sie nicht zulassen können, wenn andere anders denken? Warum macht es manchen Menschen Spaß, anderen Menschen Schmerzen zuzufügen? Warum besteht zwischen Männern und Frauen immer ein gewisses Maß an Spannung? Warum ...«
Slade streckte die Hand aus und umfaßte Chloes Handgelenk. »He, halt mal. Ist mir etwas entgangen?«
Sie sah ihn an und lächelte dann. »Ach, du meinst wegen der Männer und Frauen? Es scheint ganz einfach so, als gäbe es in Beziehungen zwischen Männern und Frauen – ich rede von Liebesbeziehungen, nicht von platonischen Beziehungen – eine Form von Spannung, die dafür sorgt, daß die Beziehung aufregend

bleibt. Daß wir auf Draht bleiben. Wenn ich beispielsweise weiß, daß es an der Zeit ist und du bald von der Arbeit nach Hause kommen wirst, dann baut sich eine Form von Spannung in mir auf, anfangs tief unten in meinem Bauch, und dann breitet sie sich immer weiter nach oben aus, bis ich sie regelrecht in meiner Brust spüren kann, und dann steigt sie mir langsam zu Kopf. Wenn du später kommst, bin ich enttäuscht, und die Luft ist raus. Wenn du erst nach Hause kommst, nachdem ich schon eingeschlafen bin, fällt die gesamte Aufregung von mir ab, und ich bin deprimiert. Als was bezeichnest du das, wenn nicht als Spannung?«

Slade neigte den Kopf auf eine Seite. »Ich wußte nicht, daß du es so empfindest.«

Chloe seufzte. »Es ist aber so. Warum also bin ich mit einem Mann verheiratet, der derart unregelmäßige Arbeitszeiten hat, und warum läuft es darauf hinaus, daß ich viele Abende allein verbringe?«

»Mir kommt es vor, als gingen wir fast jeden Abend aus.« Slade stand auf und wischte sich mit der Serviette aus Grasleinen den Mund ab. Er beugte sich vor, um Chloes Wange mit seinen Lippen zu streifen. »Ich verspreche dir, heute abend nicht allzu spät zu kommen. Was hältst du davon?«

»Das läßt sich nicht machen«, sagte sie und hielt seine Hand fest. »Heute abend findet das Essen für den neuen französischen Botschafter statt.«

»Verdammt noch mal, das hatte ich ganz vergessen.«

»Du könntest trotzdem früh nach Hause kommen, und ich mixe dir einen Drink, und dann können wir uns hinsetzen und du kannst mir alles erzählen, was du den Tag über erlebt hast«, schlug Chloe vor und küßte seine Hand, als er grinste. Er ging auf die Tür zu und drehte sich dann noch einmal um.

»Was hältst du von David?« fragte er. Täglich probierte er einen neuen Namen aus, doch bisher hatte Chloe sie alle abgelehnt.

»Zu gewöhnlich«, sagte sie.

An vielen Abenden, an denen Slade außer Haus war, schrieb Chloe. Lange Briefe an ihre Familie und an Cass und Suzi. Sie kaufte sich ein großes Notizbuch und begann, ihre Eindrücke von China und den Chinesen dort festzuhalten. Wenn sie schrieb, existierte nichts anderes mehr. Sie durchlebte noch einmal das

Ereignis, über das sie schrieb. Sie war nie ein außenstehender Beobachter, sondern immer jemand, der aktiv an den Geschehnissen teilnahm und sie nicht nur sah, sondern auch fühlte.
Wenn eine Hausangestellte ins Zimmer kam, um die Lampen anzuzünden, blickte sie erstaunt auf. Sie hatte an einem anderen Ort und in einer anderen Zeit geweilt. Manchmal war es, als hörte sie Stimmen, und sie schrieb einfach hin, was sie belauschte.
Eines Tages hatte sie auf der Straße gesehen, wie eine junge Frau versucht hatte, ihr Kind zu verkaufen, und an jenem Abend hatte sie über diese Frau geschrieben und versucht, sich in die junge Mutter hineinzuversetzen, damit sie verstehen konnte, wie einer Frau zumute sein mußte, wenn sie sich bewußt wurde, daß sie mit ein paar Münzen anstelle ihres Babys dastand.
Wenn Slade um Mitternacht nach Hause kam und sie seine Schritte auf dem Fliesenboden hörte, ließ sie ihr Notizbuch in die Schublade gleiten, doch nichts konnte ihre Gedanken in das Hier und Jetzt zurückrufen. Zum Glück war Slade immer müde und schien es nie zu bemerken.
Wenn sie Einzelheiten über ihr Leben an Cass schrieb, dann wußte sie durchaus, daß er sie unter Umständen veröffentlichen würde. Sie gab sich besondere Mühe mit diesen Briefen und schrieb sie drei- oder viermal ab. Sie wußte auch, daß Slade sich ärgerte, wenn er ihre Briefe abgedruckt sah, wenn er das Gefühl hatte, sie dringe in seine Domäne ein. Und doch weigerte sie sich, diesen engen Kontakt zu Cass und Suzi abreißen zu lassen, und es bereitete ihr enorme Freude, ihre Worte gedruckt zu sehen.
Slade hatte nie die Artikelserie erwähnt, die Cass mit ihrem Namen als Verfasserangabe unter der Überschrift »Nachtwachen einer Ehefrau« abgedruckt hatte. Diese Artikel konzentrierten sich weit mehr auf Ching-ling als auf Dr. Suns Tod.
An zwei Nachmittagen in der Woche nahm sie weiterhin Unterricht bei Mr. Yang. Ihr Chinesisch reichte zwar schon längst zur Verständigung aus, doch sie fand die Sprache grenzenlos faszinierend. Sie war jetzt zum Schreiben übergegangen und genoß es, stundenlang mit einem Pinsel dazusitzen und zu versuchen, ihre Schriftzeichen zu perfektionieren, und dann lehnte sie sich zurück und musterte die Ideogramme, die sie hingepinselt hatte, und sie

verglich sie mit denen in den Büchern, die Mr. Yang ihr geliehen hatte.
Am meisten faszinierte sie sein fortwährender Geschichtsunterricht, der ihr viele Fragen aufgab. Dienstags und donnerstags entführte er sie an den Nachmittagen sowohl philosophisch als auch historisch in eine andere Welt. Hinterher brachte sie Stunden damit zu, über das nachzudenken, was sie gelernt hatte.
»Ist Ihnen klar«, hatte er gefragt, »daß über ein Fünftel der Weltbevölkerung Chinesen sind?« Er fuhr fort: »Wir hatten eine prächtige Zivilisation, als Europa noch im dunklen Mittelalter gesteckt hat. Als Marco Polo uns gefunden hat, waren wir die reichste, aufgeklärteste und fortschrittlichste aller Zivilisationen.«
Mr. Yang seufzte und stellte seine Teetasse auf die Untertasse. »Im Gegensatz zu Ihrer christlichen Theologie glauben wir, daß der Mensch *vor* Himmel und Erde erschaffen worden ist. Der Mensch herrscht über alles. Und entscheidend am Menschen ist seine Vernunftbegabung: das geistige Leben.«
Aber dazu sind so viele Chinesen nicht in der Lage, dachte Chloe. So viele sind ungebildet.
Später diskutierte sie mit Lou darüber, der sagte: »Ich sehe mich selbst gern als ein logisches und rationales Wesen an, einen Mann des Geistes. Aber die Chinesen treiben es so weit, daß ihre Rationalität sie passiv macht.«
»Und geduldig«, warf Chloe ein.
»Richtig, aber das kann zu einem Laster werden. Ihr Hang zum Pazifismus, der in der heutigen Zeit ein ernstliches politisches Problem darstellt, ist ein Beispiel dafür. Ein altes chinesisches Sprichwort sagt, wenn ein Mann kämpft, dann heißt das, daß der Dummkopf seine Vernunftbegabung verloren hat. Um stark und geeint zu werden, wird China jedoch zulassen müssen, daß die Rationalität von Leidenschaft abgelöst wird.«
Chloe überraschte es, Lou von Leidenschaft sprechen zu hören.
»Und doch halten die Chinesen in nahezu aussichtslosen Situationen stand. Jedes Jahr kommen drei Millionen Chinesen durch Hungersnöte und Überschwemmungen um.«
Chloe hob eine Hand. »Lou, das ist ganz ausgeschlossen. Wenn zu Hause in Amerika irgendeine Stadt überschwemmt wird und

dabei auch nur ein Dutzend Leute ums Leben kommt, dann macht das landesweit Schlagzeilen auf den Titelseiten. Hier habe ich nie etwas dergleichen gehört.«

»Ja, sicher«, sagte er und zündete sich seine Zigarette an. Chloe dachte: Eines Tages werde ich den Mumm aufbringen, ihn zu bitten, daß er es bleiben läßt. Aber jetzt noch nicht. »Das liegt daran, daß es dort berichtenswert ist. Hier, wo jedes Jahr, wenn der Gelbe Fluß und der Jangtsekiang über die Ufer treten, über Hunderte von Meilen die Ortschaften ausradiert werden, ist das nicht berichtenswert. Es gehört ganz einfach zu den Jahreszeiten. Chloe, in diesem letzten Jahr sind allein in den Straßen von Schanghai neunundzwanzigtausend Leichen aufgesammelt worden. Tod durch Verhungern. Bei der Mehrzahl hat es sich natürlich um weibliche Kleinkinder gehandelt, die von ihren Eltern ausgesetzt worden sind, damit sie verhungern. In den Jahren, in denen im Norden Hungersnöte wüten und die Menschen auf der Nahrungssuche zu Fuß in den Süden marschieren, wohin auch immer, solange es dort nur etwas zu essen gibt, und auf dem Weg sterben, nimmt niemand Notiz davon. Drei Millionen Menschen im Jahr kommen durch Hungersnöte und Überschwemmungen um, meine Liebe. Aber die Chinesen überdauern. Sie überdauern, obwohl sie eine schlechte oder mehr oder weniger gar keine Regierung haben, sie überdauern trotz der Seuchen, der Korruption und einer Besteuerung, die über das Normale hinausgeht, was dem Menschen zumutbar ist, trotz körperlicher Schwerarbeit, die nirgends auf Erden ihresgleichen findet. Jesus Christus, mindestens vierhundert Millionen von ihnen schuften wie in Amerika die Arbeitstiere!«

Chloe legte eine Hand auf ihren Bauch. Sie konnte sich nicht vorstellen, daß ihr ungeborenes Kind verhungern könnte.

Lou fuhrt fort. »Du und ich, Chloe, wir würden wahrscheinlich umkommen, wenn wir in dieser unglaublichen Armut, diesem unglaublichen Schmutz und mit diesen unglaublichen körperlichen Unzumutbarkeiten leben müßten, die die Chinesen stoisch hinnehmen. Nicht nur hinnehmen, sondern sich auch noch vermehren.«

»Wie können sie weitermachen?« Es war eine rhetorische Frage.

Lou versuchte gar nicht erst, sie zu beantworten.
Chloe seufzte. »China ist wie eine reife Melone, die nur darauf wartet, von demjenigen ausgebeutet zu werden, der das Land einigen kann, ganz gleich, wer es ist, stimmt's?«
Lous Augen wurden schmal. »Du hast es auf den Punkt gebracht.«

Von Zeit zu Zeit bekam Chloe Briefe von Ching-ling. Diesmal schrieb sie, sie sei entrüstet über Chiang Kai-shek, der einen traditionellen chinesischen Mittler geschickt hatte, um ihr einen Heiratsantrag zu machen, und er hatte andeuten lassen, ein Bündnis durch Verehelichung zwischen ihnen würde Dr. Suns Träume festigen. *Ich erinnere mich noch*, schrieb sie, *daß Kai-shek mit meinem Mann, als er noch am Leben war, über den Nutzen einer Heirat mit meiner Schwester Mei-ling diskutiert hat. Er glaubte, eine Verbindung mit den Soongs würde seine Karriere fördern, und schließlich ist Mei-ling schon fast dreißig und noch unverheiratet. Es beleidigt mich, daß Kai-shek auch nur auf den Gedanken kommt, meine Unterstützung könnte man sich erkaufen. Ich traue diesem Mann nicht. Er liebt China nicht annähernd so sehr wie sich selbst. Ich setze kein Vertrauen in ihn, und ich glaube, Nikki stimmt mir endlich zu. Außerdem hat Kai-shek bereits eine Ehefrau, sowie mehrere Konkubinen. Das ist allgemein bekannt.*
Und doch, dachte Chloe, als sie den Brief aus der Hand legte, hatte auch Dr. Sun eine Ehefrau, als Ching-ling ihn geheiratet hatte. Das hatte sie anscheinend nicht abgeschreckt. Chloe war Chiang nur ein einziges Mal begegnet und hatte sich keine persönliche Meinung über ihn gebildet, sondern nur festgestellt, daß in seinen Augen ein Feuer brannte und sie gleichzeitig doch im verborgenen blieben. Sie bewunderte ihn dafür, daß er fast zwei Monate lang mit Dr. Sun auf dem Kanonenboot geblieben war, als sie damals außerhalb von Kanton im Perlfluß gelegen hatten.
Da das Baby kurz vor Weihnachten erwartet wurde, hatte Slade nicht die leisesten Bedenken, Ende November nach Kanton aufzubrechen, um zu erkunden, was sich bei den revolutionären Kräften tat.
»Ich bin in zehn Tagen wieder da«, versicherte er Chloe. »Ich muß

nur nachsehen, was sich dort unten tut oder ob sich überhaupt irgend etwas tut.«
Wie sicher herausstellte, war er drei Wochen später immer noch nicht wieder zurück, als Chloe – die sich schon seit Tagen flau fühlte – eines Abends früh ins Bett ging. Sie las länger als gewöhnlich; sie war unruhig und gereizt, weil Slade nicht da war. Er wußte, daß das Baby jetzt jeden Tag kommen konnte. Nachdem sie dieselbe Seite dreimal gelesen hatte, warf sie das Buch auf den Fußboden und schaltete das Licht aus. Sie lag da, starrte in die Dunkelheit und hatte die Hände auf ihrem dicken Bauch liegen, als sie Feuchtigkeit zwischen ihren Beinen spürte. Die Fruchtblase war geplatzt. Dann setzte ein dumpfer Schmerz ein, nicht stechend, aber doch deutlich wahrnehmbar. Sie lag da und mußte lachen. Jetzt würde sie das Baby bekommen. Wo steckte Slade? Er hätte bei ihr sein sollen. Aber sie durfte keine Zeit mit ihrem Zorn verschwenden; sie würde sehr bald ein Kind auf die Welt bringen, und ihr ganzes Selbst war auf diesen Gedanken konzentriert.
Sie wußte, daß sie besser ins Krankenhaus gehen sollte. Aber sie wollte keinesfalls eine Rikscha nehmen, und außerdem bezweifelte sie ohnehin, daß um diese Nachtstunde eine Rikscha zur Verfügung gestanden hätte, jedenfalls nicht in diesem Teil der Stadt, in dem so wenige Leute aus dem Westen lebten. Sie setzte sich auf und erschauderte, als ihre Füße den kalten Boden berührten. Sie würde ihr Hausmädchen An-wei losschicken, damit sie Lou holte. Er würde sie ins Krankenhaus bringen. Ihm würde es nichts ausmachen, daß es schon nach Mitternacht war.
Während sie darauf wartete, daß An-wei mit Lou zurückkehrte, packte sie ein paar Sachen zum Anziehen und das Buch ein, das sie gerade las, aber auch eine Babydecke und die Sachen, die sie eigens für die Heimkehr dieses Kindes gekauft hatte. Sie lagen in einer Korbtragetasche, die in einer Ecke des Zimmers in der Wiege stand, die sie jetzt schon seit so vielen Monaten anstarrte, während sie dem noch ungeborenen Geschöpf lautlos vorgesungen hatte. Die Schmerzen, die abwechselnd zunahmen und abnahmen, fand sie eher aufregend als erschreckend. Plötzlich wurde sie von einem entsetzlichen sengenden Schmerz gepackt – als sei eine Grapefruit in ihr Rektum eingeführt worden. War das normal?

Niemand hatte sie vor derartigen Empfindungen gewarnt. Der Druck nahm zu, bis sie sich hinstellen mußte, aber sie konnte nichts tun, um das unangenehme Gefühl zu lindern. O Gott, wie sehr das schmerzte! Sie ballte die Hände zu Fäusten, bis ihre Knöchel weiß wurden, bis ihre Nägel sich in ihre Handflächen gruben und sie sich mehr auf diesen Schmerz konzentrieren mußte als auf das, was in ihr diesen Druck nach unten ausübte. Ah, so war es besser; der Druck ließ nach.

Es dauerte eine Dreiviertelstunde, bis Lou kam. »Ich habe ein Taxi bekommen«, sagte er atemlos. »Ist alles in Ordnung mit dir?«

Chloe nickte. Die Wehen kamen jetzt in schneller Abfolge hintereinander, und der rektale Druck hatte sich von den Maßen einer Grapefruit zu Wassermelonenproportionen ausgeweitet. Der Schmerz war so stechend, daß sie kein Wort herausbrachte. Panik schimmerte in Lous Augen.

Die Krankenschwester im amerikanischen Baptistenhospital schien es nicht eilig zu haben. Sie seufzte und sagte: »Dr. Adams wird nicht gerade begeistert sein, um diese Tageszeit geweckt zu werden«, als hätte Chloe sich schlecht benommen.

Daisy kam hereingestürzt, atemlos und zerzaust. Die Krankenschwestern ließen sie mit Chloe im Aufzug in den zweiten Stock fahren und dabeibleiben, als eine Krankenschwester Chloe in ein derbes, unförmiges Hemd aus weißem Musselin hüllte, das sie nur unzureichend bedeckte.

»Sie müssen jetzt gehen«, hörte Chloe die Krankenschwester sagen, aber Chloe streckte die Hand nach der ihrer Freundin aus und hielt sie fest. »Bitte, lassen Sie sie hierbleiben.«

Die Krankenschwester schüttelte den Kopf. »Um Himmels willen, nein. Das verstößt gegen die Vorschriften.« Die Krankenschwester sah teilnahmslos zu, wie Chloe den Rücken durchdrückte und stöhnte. Chloe hatte den Verdacht, daß diese Frau nie ein Kind bekommen hatte, daß sie Missionskrankenschwester geworden war, weil sie mehr Interesse daran hatte, Gott zu dienen, als die Menschheit zu trösten. Dann wichen alle anderen Gedanken, und sie konnte an nichts anderes mehr denken als an den Schmerz – an das Baby, das in ihrem Innern darum rang, auf die Welt zu kommen, an das kleine menschliche Wesen, das sie und Slade gezeugt hatten.

»O Gott«, schrie sie, als sie spürte, wie der Schmerz sie zerriß und nicht nur durch ihren Bauch, sondern auch durch ihre Arme und Beine und durch ihren Kopf schoß. Die Krankenschwester kam zurück, gab leise ein empörtes »Tss, tss« von sich, packte Chloe an den Knöcheln und preßte ihre Beine fest zusammen.
»Wir wollen doch dieses Baby nicht auf die Welt kommen lassen, ehe der Doktor da ist«, sagte die Krankenschwester, und ihre Brillengläser funkelten im Schein der Deckenlampe. Chloe trat sie und konnte ein Bein befreien. Diese verdammte Kuh, dachte sie, während sie sich damit abmühte, einen Schrei zu unterdrücken.
»Aber, aber«, sagte die Krankenschwester, die sich verhielt, als sei Chloe ein ungezogenes Kind. »Keine albernen Wutausbrüche.«
In dem Moment traf der Arzt ein, und in seinen Augen standen der Schlaf und ein Lächeln. »Warum kommen Babys immer nachts?« fragte er niemand Bestimmten. »Nun, Mrs. Cavanaugh, ich habe gehört, daß es bei Ihnen gleich soweit ist. Für ein erstes Baby ist das reichlich schnell gegangen. Sie sind noch keine Stunde hier. Dann wollen wir uns das doch einmal ansehen.«
Er spreizte Chloes Beine weit auseinander und steckte etwas in sie hinein. Sie hätte nicht sagen können, ob es ein Instrument war oder ob es sich um seine Finger handelte. Sie konnte es nicht fühlen. Sie sah ihn nicken. »Ah, da haben wir es ja. Miss Gray, rollen Sie sie in den Entbindungsraum, und wir brauchen Äther.«
»Nein!« rief Chloe aus. »Ich will nicht bewußtlos sein. Ich will bei meinem Baby sein, wenn es auf die Welt kommt. Bitte!« Die nächste Wehe ließ sie zusammenzucken, und die Welt wurde schwarz. Sogar dann, als die Stimme des Arztes ihr antwortete, konnte sie ihn nicht sehen.
»Mrs. Cavanaugh, seien Sie nicht sentimental. Das wollen Sie doch gewiß nicht durchmachen. Es wird Sie nur erschöpfen.«
Sollte es denn nicht so sein? dachte sie. Sollte sie nicht erschöpft davon sein, ein Leben erschaffen zu haben? »Ich kann Schmerz ertragen, wenn ich weiß, daß er bald vorbei sein wird. Ich *will* es fühlen«, sagte sie. »Ich möchte mir nicht eine einzige Minute davon entgehen lassen.«
Die Krankenschwester ließ sie auf eine Rollbahre gleiten und fuhr

sie durch den Korridor. Der Arzt folgte ihnen und zog sich Gummihandschuhe an, sowie sie den Entbindungsraum betreten hatten. Eine andere Krankenschwester in einer grünen Schwesterntracht stand da und wartete, und auch sie trug Gummihandschuhe. Sie war jünger, und sie lächelte Chloe an.

Mrs. Gray sagte: »Sie will keinen Äther.«

Die junge Krankenschwester, die sich das blonde Haar mit Haarnadeln zurückgesteckt hatte, damit es ihr nicht ins Gesicht fiel, lächelte immer noch. »Ich würde es auch mit ansehen wollen«, sagte sie mit einer lieblichen Stimme, und Chloe verspürte Erleichterung bei der mitfühlenden Art der Frau.

Jemand schrie. Chloe begriff, daß sie selbst es war, als der Arzt sagte. »Keine Anästhesie, du verfluchter Dummkopf«, ehe er sich vorbeugte und das einzige, was sie noch sehen konnte, die Schädeldecke seines kahl werdenden Kopfes zwischen ihren weit gespreizten Beinen war. »Drücken Sie«, sagte er, und sie strengte sich so sehr an, daß sie glaubte, sie würde bersten.

»Ganz locker«, sagte er. »Sonst platzt noch etwas in Ihnen. Sie wollen doch nicht aufreißen.«

Die junge Krankenschwester stand neben ihm und sah abwechselnd mit einem tröstlichen Lächeln in Chloes Augen und zwischen ihre Beine.

»Noch mal«, sagte er. »Nicht so fest, aber drücken Sie noch mal.«

Der Schmerz zwischen ihren Beinen war gigantisch, und sie schrie: »Äther.«

»Zu spät«, hörte sie den Arzt verkünden. »Sie müssen nur noch einmal drücken. Mein Gott, ich habe es noch nie erlebt, daß eine Weiße so mühelos ein Kind bekommt. Hier ist es, bei Gott, und noch nicht einmal eine Zangengeburt«, sagte er, als der Schmerz sie zerriß. Dann ließ plötzlich der Druck nach, und sie hörte ein Stimmengemurmel. Eine Minute später hielt die junge blonde Krankenschwester das rote Baby an den Fersen und klopfte ihm sachte auf den Rücken, bis es einen gurgelnden Schrei ausstieß, während der Arzt wieder sagte: »Drücken Sie. Wir wollen doch diese Plazenta auch noch loswerden. Machen Sie schon.«

Chloe war müde. Sogar noch müder als in jener Nacht, in der sie, Ching-ling und Nikolai außerhalb von Kanton völlig erschöpft

über die Felder gelaufen waren. Das einzige, was sie sehen konnte, war das Licht von oben. Sie konnte nichts hören, nur ein leises elektrisches Surren. Sie schloß die Augen.
Nach einem Zeitraum, der ihr wie Stunden erschien, obwohl es sich nicht um mehr als ein paar Minuten gehandelt haben konnte, da sie noch im Entbindungsraum lag, sagte die sanfte Stimme der jungen Krankenschwester: »Hier, möchte Sie ihn vielleicht eine Minute lang im Arm halten?«
Ihn? Sie hatte sich noch nicht einmal Gedanken über das Geschlecht des Kindes gemacht. Sie schlug die Augen auf, war aber zu müde, um die Arme zu heben. Sie sah ihren Sohn an, der bereits in eine Windel gewickelt war; sein rotes Gesicht war fleckig, sein Kopf war spitz, und alle Welt hätte ihn für ein Streifenhörnchen halten können. Sie fing an zu lachen, und die Krankenschwester legte ihn in Chloes Armbeuge. Unter Aufbietung ihrer gesamten Energie hob Chloe den Kopf und schmiegte den weichen Flaum auf seinem feuchten kleinen Kopf an ihr Kinn. Ich habe ein menschliches Wesen erschaffen. Mein Pfad zur Unsterblichkeit, dachte sie. Jetzt wird ein Teil von mir ewig weiterleben. Durch meinen Sohn. Das Kind, das ich geboren habe. Und sie schlief ein.

Am nächsten Tag kam Slade aus Kanton zurück. Inzwischen hatte sie dem Baby bereits den Namen Damien Cassius Cavanaugh gegeben.
Slade verdrehte die Augen zum Himmel, grinste aber dennoch und sagte: »Mein Sohn.«
Mein Sohn, dachte Chloe.

19

In den ersten drei Monaten weigerte sich Chloe, eine Säuglingsschwester einzustellen. Sie wollte alles selbst für Damien tun und schleppte sich müde, aber glücklich durch die Gegend. Slade war wütend auf sie, weil sie darauf bestand, die Wiege in ihrem Schlafzimmer stehen zu lassen.
»Mitten in der Nacht kann sich doch wirklich jemand anderes um ihn kümmern!« sagte er, und seine Stimme klang so müde, wie Chloe sich fühlte.
»Aber niemand sonst kann ihn stillen«, sagte Chloe.
»In China engagieren die Leute Ammen«, sagte er, »damit die Eltern zu ihrem Schlaf kommen.«
Aber Chloe wollte nichts davon hören. Sie weigerte sich, ihr gesellschaftliches Leben wieder aufzunehmen, weil sie Damien nicht mitnehmen konnte. Er war ein guter Vorwand. Anfangs schauten die Damen der westlichen Gemeinde vorbei, um gurrend das Baby zu bewundern, kleine Geschenke mitzubringen und Chloe Geschichten über andere kleine Kinder zu erzählen, doch als sie keine Anstalten unternahm, nachmittags Bridge zu spielen oder die Gartenpartys zu besuchen, die im Frühjahr wieder begannen, oder auch nur zu abendlichen Essenseinladungen in den Konsulaten zu erscheinen, wurden die Einladungen weniger.
Slade erhob Einwände. »Chloe, es geht hier nicht nur um dich. Ich muß mir sehr wohl überlegen, wie wir diese Menschen behandeln. Was sie mir an Informationen vorsetzen, ist wichtig, damit ich mit meinem Job hier weiterkomme.«
Chloe schüttelte den Kopf, obwohl sie die Augen auf ihren schlafenden Sohn gerichtet hatte. »Unsinn. Diese Leute brauchen dich viel mehr als du sie. Du wirst ohnehin alles erfahren, was sich abspielt, ganz gleich, ob sie es dir höchstpersönlich anvertrauen oder nicht. In den Konsulaten hier tut sich schließlich nicht viel. Dort werden die Nachrichten nicht gemacht.«
Slade nickte zustimmend. »Trotzdem sind unsere Beziehungen zu

den anderen Amerikanern hier und zu den Regierungsbeamten ...«
Chloe fiel ihm ins Wort und schaute auf, um ihm in die Augen zu sehen. »Du kommst sehr gut mit ihnen aus. Ich glaube wirklich nicht, daß du mich dafür brauchst. Sieh dir nur Lou an. Er besucht alle Einladungen ohne eine Frau. Ich möchte lieber bei Damien bleiben. Er wird nicht mehr lange ein Baby sein.«
Darüber mußte Slade lachen. »Mein Gott, Liebling, man wird sich noch jahrelang um ihn kümmern müssen.«
Aber Chloe wollte nicht zulassen, daß sich jemand anderes um ihn kümmerte.
Slade trat an den Schrank und schenkte sich einen unverdünnten Whisky ein. Dann ging er wieder zu Chloe, beugte sich zu ihr herunter und küßte sie auf ein Ohr. »Ich sollte heute abend mit dir und Damien zu Hause bleiben, aber das geht nicht. Weißt du, was sich in Kanton abspielt?«
Chloe schüttelte den Kopf und war nicht wirklich darauf vorbereitet, so schnell von einem Thema zum anderen zu springen.
»Die Kuomintang sind nach Angaben von geheimen Berichten, die ich bekommen habe, bereit zum Marsch nach Norden. Was das genau bedeutet, kann ich nicht mit Sicherheit sagen. Ich habe keine Ahnung, was sie gerade begonnen haben oder in Kürze unternehmen werden. Aber es wird eine große Bewegung sein.«
»Ist Ching-ling daran beteiligt?«
Slade nickte. »Und Nikolai, obwohl ich vom Bauch her das Gefühl habe, wenn sie erst einmal im Norden angekommen sind, wird Chiang die Oberhand gewonnen haben. Schließlich hat er all diese Kadetten in Whampoa ausgebildet und sich ihre Loyalität errungen. Ein diszipliniertes Heer kann Wunder wirken und sich gegen Ideale durchsetzen.«
»Brechen sie alle gemeinsam auf?« Chloe bereitete es Schwierigkeiten, sich vorzustellen, daß Ching-ling Hunderte von Meilen nach Norden marschieren könnte, und doch wußte sie gleichzeitig, daß ihre Freundin einen eisernen Willen besaß.
»Ich habe keine Ahnung. Bisher handelt es sich lediglich um Gerüchte. Ich muß sie überprüfen.«
Seine Hand drückte ihre Schulter.

Sie verbrachte den Abend auf der Veranda, saß behaglich auf dem quietschenden Schaukelstuhl und hörte Stimmen im Dunkeln, wenn Sampans ungesehen in der Nacht vorbeifuhren.
Sie fragte sich, ob sie dieses Glück zu Hause in Oneonta empfunden hätte, wenn Slade dort gearbeitet hätte. Aber selbst, wenn sie jetzt dort gewesen wäre, wären ihre Geschwister inzwischen erwachsen geworden und aus dem Haus gegangen.
Da sie jetzt außerstande war, sich ein Leben ohne Damien vorzustellen, bedauerte Chloe ihre Eltern. Was war ihrer Mutter noch geblieben, nachdem all ihre Kinder aus dem Haus gegangen waren? Las sie drei Bücher in der Woche anstatt eines? Blieb ihre Mutter jetzt im Kino sitzen, wenn der Film zu Ende war, und sah sich gleich noch eine zweite Vorstellung mit Rudolph Valentino an? Seltsam, aber Chloe hatte sich nie Gedanken über ihre Eltern als Individuen gemacht. Sie waren immer eine einzige geschlossene Ganzheit gewesen. Jetzt fragte sie sich, worüber ihre Mutter wohl nachdachte. Sie hatte sie immer nur als »Mutter« gesehen, deren Leben ausschließlich dem Zweck diente, sich um ihre Kinder zu kümmern. Und jetzt, nachdem keine Kinder mehr da waren, was für eine Art von Leben führte ihre Mutter jetzt? Vertrieb sie sich einfach nur die Zeit?
Konnte sie es wagen, ihr diese Frage in einem Brief zu stellen? Ihre Mutter schrieb ihr zweimal im Monat. Daddy schrieb etwa zweimal im Jahr. Sie berichteten ihr, was jeder ihrer Brüder und ihre Schwestern gerade taten, was sich bei den Nachbarn oder bei anderen Leuten abspielte, die sie unter Umständen durch die Kirche kannte, über die Straßenbahnen in Oneonta und darüber, daß Dad die Apotheke wieder einmal erweitert hatte. Aber sie schrieben nie etwas über sich selbst. Erwähnten nie, wie sie zu etwas standen oder was sie dachten. Sie fragte sich, ob ihre Mutter je über Dinge nachdachte, die nicht das geringste mit Daddy oder mit der Familie zu tun hatten. Ob sie je die Sterne anschaute und hinfliegen wollte oder ob sie ... ob sie was?
Da sie absolut nicht in der Lage war, sich ihre Eltern ohne deren Kinder auszumalen, ging sie schließlich nach oben ins Kinderzimmer und setzte sich zu Damien, der entweder ihre Gegenwart wahrnahm oder tatsächlich Hunger hatte, denn er wachte auf, und

sie stillte ihn und fühlte das Ziehen an ihrer Brust, wie das Meer den Sog des Mondes fühlen mußte.

Sie erwachte, als sie Slade hörte, und als er sich neben sie legte, streckte sie die Arme nach ihm aus. Aber er drehte sich auf die Seite und kehrte ihr den Rücken zu. Und sie schlief wieder ein.

Am Morgen, als er sich nach dem Bad abtrocknete, lag sie da und beobachtete ihn, und Damien, den sie gerade gestillt hatte, war noch in ihre Armbeuge geschmiegt.

»Ching-ling und Nikolai sind auf dem Weg nach Wuhan«, sagte er. »Die Kuomintang haben sich in zwei Gruppen aufgespalten. Chiang kommt hierher, nach Schanghai.«

»Wo ist Wuhan?« fragte sie sich laut und lauschte Damiens Gurren.

»Etliche hundert Meilen weit oben am Jangtsekiang«, sagte er, als er sich neben sie setzte und die Arme nach Damien ausstreckte. Er hielt ihn geschickt, als sei er den Umgang mit Kindern gewohnt, und er sah seinem Sohn lächelnd in die Augen. Der Kleine ließ Schaumblasen aus seinem Mund sprudeln. Slade gab ihm einen Kuß und legte ihn dann wieder in Chloes Arm.

»Ein Sohn, Chloe. Du hast mir den Sohn geschenkt, den ich mir immer gewünscht habe.« Dann wechselte er das Thema. »Sie werden Monate brauchen, um Wuhan zu erreichen. Die Eisenbahn führt nicht einmal dorthin. Ich könnte mir vorstellen, daß es auf dem Weg zu Kämpfen kommt.«

»Kämpfe? Weshalb denn das?«

»Mein Liebes, die Kuomintang beabsichtigt, die herrschende Partei im Land zu werden. Ob durch eine Volksabstimmung oder durch Unterwerfung und Bezwingung. Ich kann zwar ihre Ziele nachfühlen, aber ich kann die Mittel nicht gutheißen, von denen ich den Verdacht habe, daß sie sie einsetzen werden.«

»Aber Ching-ling wird sich nicht an Kämpfen beteiligen«, sagte sie vehement.

»Darling, du bist naiv.« Slade stand auf und ging zum Kleiderschrank, um ein Hemd und eine Hose von den Kleiderbügeln zu ziehen. »Glaubst du wirklich, Ideale ließen sich so leicht durchsetzen? Ich habe den Verdacht, daß es zu viel Blutvergießen kommen wird, ehe das alles ausgestanden ist.«

Beim Frühstück sagte er: »Ich kann mir vorstellen, daß ich in den nächsten Monaten immer wieder mal verschwinde, um mir anzusehen, was aus Chiangs Truppen wird und um Ching-ling und Nikolai zu sehen, damit ich ein Gefühl dafür bekomme, was hier vorgeht. Du weißt, daß die europäischen Länder und die Amerikaner keine Veränderung wollen. Man wird uns rauswerfen, daran besteht kein Zweifel. Wir sind ein Teil des Problems hier drüben. Aber ich habe mehr von dem Großohrigen Tu und seiner Grünen Bande gesprochen.«

Chloe lachte. »Der Großohrige Tu. Ist das nicht ein gräßlicher Name?«

»Er ist auch ein gräßlicher Mann. Er und seine Gangster haben Schanghai in der Tasche. Sie kontrollieren die gesamte Prostitution, das Glücksspiel, die weiße Sklaverei und die Schutzzölle. Jedes Geschäft in der Stadt zahlt Schutzzoll an sie. Er bestimmt über Leben und Tod. Wenn er mir, dir oder irgendeinem anderen den Tod wünschen sollte, dann wäre nie mehr eine Spur von uns zu finden. Ihm gefällt dieser Status quo. So ist er zum vielfachen Millionär geworden. Ihm gefällt die Macht, dieser phänomenale Einfluß, den er hat. Er will das nicht aufgeben. Dieser Teil von China gehört ihm.«

»Wie kommt es, daß so wenige Leute bisher von ihm gehört haben?« fragte sie und löffelte ihr weichgekochtes Ei auf ihren Toast.

»Er bleibt gern im Hintergrund.«

»Hast du ihn je gesehen?«

Slade lächelte. »O ja, ich habe sogar ein Interview mit ihm gemacht.«

Warum hatte er ihr solche Dinge nicht schon eher erzählt? Was geschah sonst noch in seinem Leben, wovon er ihr nichts erzählte?

»Du hast nie darüber geschrieben.«

Er schüttelte den Kopf und stürzte seinen viel zu heißen Kaffee hinunter. »Ich möchte gern noch eine Weile weiterleben. Ab und zu läßt er mir Informationen zukommen, von denen er möchte, daß die Welt sie erfährt.«

»Du magst ihn nicht, das merke ich.«

»Ihn mögen? Chloe, der Großohrige Tu und sein brillanter verkrüppelter Freund Chang Ching-chang, den ich allerdings für teuflisch halte, haben Schanghai und andere große Teile von China so fest im Würgegriff, daß ich manchmal jede Hoffnung für die Zukunft aufgebe.«

»Fürchtest du dich vor ihnen?« Chloes Löffel hielt mitten in der Luft still. Slade hatte nie mit ihr über diese Dinge gesprochen.

»Ob ich mich vor ihnen fürchte?« Slade sah sie an. »Liebling, sie jagen mir eine Todesangst ein.«

20

Revolutionäres Fieber ergriff die Städte Chinas. Auf dem Land hörte man wenig davon, nur, wenn man tatsächlich mit Soldaten konfrontiert war. Dennoch war – wie üblich – in China alles, was geschah, unorganisiert. Ab und zu hörte man davon, daß Arbeiter in Fabriken in Wuhan oder Kanton streikten. Sporadisch waren in Schanghai Schüsse zu vernehmen, aber bei diesen rebellischen Drohgebärden kam nie wirklich etwas heraus. Das Leben ging weiter wie immer.

Gewiß, dachte Chloe, überlegte sich Slade, nachdem sie jetzt schon seit fast drei Jahren in China waren, ob er nicht vielleicht nach Amerika zurückkehren und Cass um einen anderen Auftrag bitten sollte. Aber Slade sagte ihr, daß er gerade jetzt erst den wahren Puls des Landes spürte, und wenn er den Finger darauf legen konnte, dann ginge das weit über die oberflächlichen Eindrücke von einem China hinaus, das für die meisten aus dem Westen so unergründlich war und sie schlichtweg überforderte.

Im Juni bekam Chloe dann einen Brief von Ching-ling – mit einem Poststempel von Wuhan. Er traf um die Mittagszeit ein, an einem jener seltenen Tage, an denen Slade zum Mittagessen nach Hause gekommen war. Chloe öffnete ihn, während Slade weiteraß. Sie las laut vor:

Meine liebe Freundin,

Du hast seit so langer Zeit nichts mehr von mir gehört, weil ich überall und doch nirgendwo gewesen bin, wo ich einen Brief an Dich hätte abschicken können. Ich war noch nicht einmal sicher, ob wir am Ende unserer Reise noch am Leben sein würden. Aber Du kannst erleichtert aufatmen. Offensichtlich gibt es uns noch.

Wir sind vor fünf Monaten in Kanton aufgebrochen, und wir haben all diese Zeit gebraucht, um die sechshundert Meilen nach Wuhan zurückzulegen.

Da ich jetzt unbeschadet in Wuhan angekommen bin und das Leben wieder einmal einigermaßen geordnet verläuft, wünsche ich mir so oft, Du wärst bei mir. Ich habe eine Freundin dringend nötig. Nikolai ist der beste Freund, den man sich nur wünschen kann, aber er ist eben keine Frau mit den Gefühlen und dem Verständnis einer Frau, zumindest nicht auf der Ebene, auf der wir beide uns treffen, Du und ich.
Ich bin erschöpft von der langen Reise und von der Hitze und der Schwüle des Sommers im Jangtsekiang-Tal. Ich glaube, wenn ich mich ein paar Wochen lang erholen könnte, könnte ich mehr Energie in die wichtige Aufgabe stecken, die ich zu erledigen habe, und daher habe ich beschlossen, mir Urlaub zu gönnen, falls Du und Damien (ich verzehre mich danach, Deinen Sohn zu sehen) mit mir nach Lu-shan kommt, ein Dorf hoch oben in den Bergen zwischen Schanghai und Wuhan.
Ich verspreche Dir, daß ich Dir, falls Ihr zu Besuch kommt, alles über die haarsträubende Reise berichten werde. Reizt Dich das nicht? Vielleicht könnte man einen Film daraus machen, aber niemand würde es glauben. In Lu-shan seid ihr sicher, meine Liebe, und somit wäre Dein Sohn keinen Gefahren ausgesetzt, und es liegt außerdem weit ab von den Seuchen, die der Sommer in China so oft mit sich bringt.
Da mein Leben jetzt etwas ruhiger verläuft, als es in den letzten Monaten verlaufen ist, sehne ich mich nach Deiner Gesellschaft, und außerdem kann ich es kaum erwarten, endlich Deinen geliebten Sohn zu sehen.
Deine hingebungsvolle Freundin

Ching-ling

Nachdem sie den Brief gelesen hatte, legte Chloe ihn auf den Tisch. Slade grinste und sagte: »Weiß du, Lou ist gerade aus Wuhan zurückgekommen. Er findet, ich sollte mich dort mal umsehen. Ich könnte mit dir flußaufwärts bis ...«, sagte er und warf noch einmal einen Blick in den Brief, »... bis Chiuchang fahren.«
Slade redete weiter. »In Wuhan sind die Arbeiter besser organi-

siert als in jeder anderen Stadt. Dort hat 1911 die Revolution begonnen, verstehst du. Hast du Lust hinzufahren?« fragte er. »Du und Damien. Dann hätten wir wenigstens auf dem Boot ein paar Tage Zeit füreinander.« Er sah sie an.
»Das klingt gut«, sagte Chloe. »Seit Damiens Geburt scheinen wir überhaupt nichts mehr gemeinsam zu unternehmen.« Warum? fragte sie sich. Was hatte die Geburt eines Kindes damit zu tun, daß Paare sich auseinanderlebten? Sie fand, es sei zu erwarten, daß ihre Bindung sich dadurch vertiefte. Vielleicht war das das Schicksal von Frauen; sie wurden Mütter und fanden darin so viel Erfüllung, daß ihnen jede Abenteuerlust abhanden kam. Jeglicher Wunsch, etwas anderes zu tun, als das eigene Baby zu beschützen und für es zu sorgen, schien dann nicht mehr zu existieren. Nichts anderes schien mehr wichtig zu sein im Vergleich zu diesem kleinen menschlichen Wesen, das aus ihrem eigenen Körper gekommen war.
Die Vorstellung, der Malaria und dem Typhus und allem anderen zu entgehen, was ein Sommer in Schanghai mitzubringen drohte, sagte Chloe zu. Ching-ling voller Stolz Damien vorzuführen ... Sie überlegte sich, daß sie vielleicht wirklich eine Luftveränderung gebrauchen konnte. Der Gedanke an kühle Bergluft ... Sie konnte Slade nicht sagen, daß sie wußte, daß in Ching-lings Einladung eine Geschichte inbegriffen war, die für niemand anderen auf Erden zu haben war.
»Es klingt sehr reizvoll«, sagte sie und ließ einen Finger über seinen Arm gleiten.
Er lächelte, stand vom Tisch auf und sagte: »Ich werde heute nachmittag die Vorbereitungen treffen und Ching-ling ein Telegramm schicken.«

Slade buchte ihre Schiffspassage auf einem der sauberen britischen Flußdampfer, die regelmäßig auf dem Jangtsekiang verkehrten. Auf dem Fluß wimmelte es von Dutzenden an hochseetauglichen Schiffen, von Hunderten an Dschunken und Sampans, den kleinen, räumlich beengten Booten, in denen Tausende von Chinesen lebten, Booten, die niemals lossegelten, und zwischen anderen winzigen verfaulenden Booten verankert lagen, auf denen Babys mit Lederriemen an Masten gebunden waren, damit sie nicht über Bord fallen konnten, und auf denen manche Familien ihr gesamtes Leben auf engstem Raum verbrachten.

Sie war nicht auf die riesigen Ausmaße des Jangtsekiang-Deltas vorbereitet. Der untere Bereich des Jangtsekiang war ein Labyrinth aus Wasserwegen, vorwiegend Seen, aber dazu kamen noch die von Menschenhand geschaffenen Kanäle. Der Kaiserkanal führte nach Norden bis nach Peking, eine Meisterleistung, die Ingenieure schon vor Jahrhunderten vollbracht hatten. An den Ufern zogen sich Dämme entlang, die gewöhnlich den Kampf gegen die Fluten verloren.

Maulbeerbäume säumten die Flußufer. Steinbrücken, die aus der Ferne wie Buckelwale aussahen, verbanden pittoreske Ortschaften miteinander. Kleine Einer, die mit Gemüse und Reis beladen waren, wurden flußabwärts nach Schanghai gepaddelt. Wie auf allen Wasserwegen Chinas trieben Abfälle vorbei, Müll und Unrat, der wie eine Jauchegrube roch. Die Schaumschicht war so dick, daß man nicht unter die Wasseroberfläche sehen konnte. Am Flußufer wuschen Frauen Kleider und schlugen sie auf Steine, während ihre Kinder im Wasser spielten. Chloe wunderte es nicht, daß so viele von ihnen schon mit weniger als fünf Jahren starben.

Madame Sun erwartete sie in Chiuchang. Nachdem sie einander überschwenglich begrüßt hatten, ließen Chloe und Damien Slade auf dem Dampfer zurück und stiegen in eine Rikscha, um Ching-ling durch die Straßen des Dorfes zu einem Rasthaus zu folgen. Dort nahmen sie ein frühes Abendessen ein, ehe sie sich in ihre Zimmer zurückzogen. Ching-ling sagte Chloe, sie würden im Morgengrauen aufstehen müssen, damit die Träger vor Anbruch der Dunkelheit vom Berg zurückkehren konnten.

Sie schliefen auf zwei Zentimeter dicken Baumwollmatratzen, die auf Bänke ausgerollt wurden. Chloe schlief wenig, weil sie Holzbetten nicht gewohnt war. Jedesmal, wenn sie sich umdrehte, stieß sie mit der Hüfte an die harten Bretter, und als sie schon vor Morgengrauen aufstand, schmerzte ihr Rücken fürchterlich.

Zum Frühstück aßen sie Reis und hartgekochte Eier, was Damien beides schmeckte, und dann stiegen sie in Rattansänften. Die Sänften waren offen und hatten keine Vorhänge, ganz im Gegensatz zu den Rikschas, die die Damen in der Stadt bevorzugten, um zu verhindern, daß sie von der Außenwelt angestarrt wurden. Diese Sänften hier erlaubten es ihren Insassen, die Landschaft zu genießen. In weniger als zwei Stunden erreichten sie die Ausläufer des Gebirges, das vor ihnen aufragte. Hier machten sie in einem anderen Gasthaus Rast und nahmen Tee und kleine Kuchen zu sich.

Sie wechselten die Träger, und Chloe lernte, daß die Leute aus dem Flachland die Berge nicht mit der Behendigkeit der Bergbewohner besteigen konnten. Diesmal waren die Sitze der Sänften aus Bambus, und die Träger trugen die Pfosten auf den Schultern. Als sie ihren Aufstieg begannen, bekam Chloe einen ersten flüchtigen Vorgeschmack auf den Zauber, der sie noch erwartete. Durch smaragdgrüne Grasbüschel plätscherte ein Fluß aus dem Gebirge, und das Wasser war so glasklar, daß man jeden Stein sehen konnte. Die kleinen Häuser waren aus Steinen und nicht aus den schmutzfarbenen Lehmziegeln gebaut, aus denen man in der Ebene Häuser errichtete. Kastanien, Eichen und Kiefern lösten den Bambus ab, und der schmale Pfad schlängelte sich zwischen riesigen Felsbrocken hindurch, als sie höher nach oben kamen.

Sie beugte sich aus der Sänfte und schaute in Schluchten hinunter, in denen Wasserfälle kleine Tümpel bildeten, Teiche, die zu Flüssen wurden. Der gewundene Pfad verlief im Zickzack und hatte so scharfe Kehren, daß ihre Sänfte, wenn die vorderen Träger um eine Kurve bogen, bedrohlich über dem Abgrund baumelte. Chloe preßte Damien fest an sich.

Aber niemand trat je daneben, der Rhythmus blieb immer gleichmäßig, und es stolperte auch keiner der Sänftenträger, die ihr erstaunliches Tempo aufrechterhielten.

Plötzlich, als hätten sie eine unsichtbare Grenze überschritten, wurde die Luft beißend kalt. Laute Freudenschrei erfüllten die Luft, denn die schwitzenden Träger hießen die kühle Luft auf ihren heißen Körpern willkommen. Es flößte ihnen neue Energie ein, die Hitze des Tals hinter sich zu lassen. Endlich erreichten sie den Berggipfel. Die Träger rannten durch ein Dorf mit Steinhäusern, das so pittoresk war, daß Chloe belustigt überlegte, ob sie in ein Märchenland geraten waren. Hohe Bäume neigten ihr Geäst über die sorgsam angelegten schmalen Straßen und bildeten einen Baldachin. Später erzählte ihr Ching-ling, daß noch vor zehn Jahren Chinesen der Zugang zu der eigentlichen Ortschaft untersagt gewesen war. Jetzt war hier eine russische Siedlung entstanden, und reiche Chinesen bauten sich riesige Sommerhäuser. Die Chinesen kauften auch Häuser, die die Weißen vor zwanzig und vor dreißig Jahren gebaut hatten. Um die Jahrhundertwende war dieser Ort ein sehr beliebter Zufluchtsort für Missionare gewesen, Ausländer, die sich ganz in China niedergelassen hatten, aber die Malaria fürchteten, die der Sommer und seine Moskitos mitbrachten, und die im Herbst der Choleraplage entgehen wollten, die die Fliegen verbreiteten. Weiße, die es vorzogen, trotz der Jahreszeiten, in denen Seuchen ausbrachen, in China zu bleiben, statt die lange Heimreise mit dem Schiff anzutreten, die sich aber um ihre Kinder sorgten – das waren die Menschen, die um die Jahrhundertwende herum den sicheren Zufluchtsort Lu-shan entdeckt hatten.

Am Morgen nach dem Frühstück, als Chloe Damien hingelegt hatte, damit er ein Weilchen schlief, unternahmen sie und Ching-ling einen Spaziergang und stiegen durch das Farnkraut und die Lilien den Hügel hinter ihrem Haus hinauf.

Es war wunderbar, wieder mit Ching-ling zusammen zu sein. Irgendwo in ihrem Innern hoffte Chloe, Ching-ling würde ihr nicht von der Reise nach Norden von Kanton nach Wuhan berichten. Sie stellte es sich reizvoll vor, nichts anderes als zwei Freundinnen zu sein, die gemeinsam Ferien machten, Blumen pflückten, keine Probleme hatten, sich keine Gedanken über die größere Welt um sie herum machten und keine Vordringen der Realität zuließen.

Aber sie kannte Ching-ling zu gut. Ihre Freundin dachte an wenig anderes als an China und ihre wichtige Rolle in der Zukunft dieses Landes.

»Einer der Zwecke unseres Marsches von Kanton nach Wuhan hat darin bestanden, die Botschaft zu verbreiten«, setzte Ching-ling an. »Es gibt Hunderte von Millionen von Chinesen, die noch nicht einmal wissen, daß die Kaiserinwitwe tot ist oder daß es außerhalb ihrer Ortschaften Leben gibt. Oder daß Hoffnung besteht. Sie leben so, wie die Chinesen schon seit Tausenden von Jahren leben. Der größte Traum, den ein chinesischer Bauer haben kann, ist der, daß seine Ernte es ihm vielleicht irgendwann in seinem Leben einmal ermöglicht, ein größeres Stück Land zu kaufen, und daß er sich, wenn er alt wird oder«, sie sagte es mit einem grimmigen Lächeln, »wenn er seine Frau als alt zu empfinden beginnt, eine Konkubine leisten kann. Das ist das Größte, was ein Bauer sich erträumt. Sein Alltag dreht sich ausschließlich darum, ob genug zu essen da ist oder nicht und ob ein Mann sich Tabak für seine Pfeife leisten kann. Und Frauen haben selbstverständlich gar keine Träume. Sie arbeiten gemeinsam mit ihren Männern auf den Feldern, bekommen auf den Feldern ihre Babys und arbeiten innerhalb von einer Stunde danach weiter. Wenn sie mit ihren Schwiegermüttern zusammenleben, haben sie überhaupt kein eigenes Leben, und wahrscheinlich sprechen ihre Männer in Gegenwart anderer Familienmitglieder kein Wort mit ihnen.

Wie sie die Steuern bezahlen, damit man ihnen ihr Land nicht wegnimmt – Land, auf dem ihre Väter und Großväter und Generationen von Ahnen vor ihnen schon Nahrungsmittel angebaut haben – das ist ihre Hauptsorge. Wenn sie in die Dörfer oder in die Städte kommen, um ihren Reis zu verkaufen oder sich von einer Münze, die von einer guten Ernte übrig geblieben ist, irgendwelchen Luxus zu leisten, dann stehen sie ehrfürchtig vor den Geschäften und schauen Waren an, die zu besitzen sie niemals erhoffen können. Sie sehen Rikschas, die den Reichen gehören, Kleider aus Seide, vollgetürmte Kornkammern, Schmuck und Lampen ... aber nichts von all diesen Dingen ist für sie da.

Sie sind die Opfer der Soldaten der Warlords, die – wenn der Bauer seine Steuern nicht bezahlen kann – sie schlagen können, sie von ihrem Land vertreiben können, die Frauen in der Familie vergewaltigen können. Das bedeutet, daß der Mann oder die Familie entehrt ist. Wahrscheinlich wird der Mann die Frau nie wieder anrühren. Sie hat Schande über die Familie gebracht. Kannst du dir das vorstellen, Chloe? Ich habe diese Dinge mein ganzes Leben lang gewußt, aber ich habe sie nicht wirklich gesehen. Schließlich gehöre ich zu den Privilegierten.«

Ching-ling stand von dem kleinen Sofa auf der Veranda auf, von der aus man die Wälder sehen konnte, die im kühlen Schatten lagen. Wahrscheinlich wurde es hier oben nie heiß, überlegte sich Chloe, weil sie so hoch oben waren, fast eine Meile über dem Meeresspiegel. Nach dem späten Juni in Schanghai und der Schwüle am Jangtsekiang war das wunderbar erfrischend. »Komm, laß dir von mir meinen liebsten Platz zeigen, und dort reden wir weiter. Ich habe Dinge in mir, die ich jemandem erzählen muß, Dinge, die mir Grauen einjagen und mir gleichzeitig doch Auftrieb geben. Damien schläft jetzt, und es kann nichts passieren. Selbst wenn er aufwacht, wird mein Mädchen bestens für ihn sorgen. Sie ist schon seit mehr als acht Jahren bei mir, und ich würde ihr mein Leben anvertrauen.«

Sie liefen Hand in Hand einen Weg hinunter, der von kleinen Steinhäusern gesäumt war, und am Dorf vorbei zu einem kleinen Felsvorsprung, dessen Ausblick Chloe buchstäblich den Atem verschlug. In der klaren Gebirgsluft konnten sie Hunderte von Meilen weit sehen. In der Ferne konnten sie sogar das braune Band des Jangtsekiang entdecken, das sich durch die grünen Felder wand. Jeder Quadratzentimeter anbaubaren Landes war mit Reisfeldern überzogen, und der Reis wurde bis zu den Kämmen eines jeden Hügels angebaut.

Chloe stellte sich an den äußersten Rand des Felsvorsprungs, ein berauschendes Gefühl. Ein starker Wind hätte sie von dem Felsvorsprung blasen können. Aber nicht einmal eine Brise wehte. Das mag ich, dachte sie. Es gefällt mir, am Abgrund zu stehen.

Sie lief zu den Kiefern zurück, unter denen Ching-ling Platz genommen hatte, und Ching-ling sagte: »Hier, setz dich. Ich liebe es, in Kiefernnadeln zu sitzen. Riech doch nur.«

Ching-ling begann zu reden: »Einer der Zwecke unseres Fußmarschs nach Wuhan war der, die Bauern aufzuwecken und ihnen zu verstehen zu geben, daß die Revolution im Land ausgebrochen ist. Wir wollten ihnen zeigen, daß sie sich nicht mit all den unwürdigen Erniedrigungen abfinden müssen, die sie jahrhundertelang über sich haben ergehen lassen. Ein anderer Grund war der, daß wir sehen wollten, ob wir in jedem einzelnen Bezirk gegen die Warlords kämpfen müssen oder ob sie sich uns anschließen würden.«

Sie legte eine Pause ein.

Chloe sah sie an. »Und?« drängte sie.

Ching-lings Augen hoben sich, Schmerz spiegelte sich in ihnen. Schließlich sagte sie: »Ich erinnere mich noch daran, im College Shakespeare gelesen zu haben – ich habe vergessen, welches Stück es war –, aber ich weiß noch, daß ich etwas über Schall und Wahn auswendig lernen mußte.« Sie legte eine Pause ein, und ihre Augen glänzten. Chloe glaubte einen Moment lang, ihre Freundin würde weinen.

»Genau das war es, Chloe. Schall und Wahn. Ich weiß nicht, warum mich all das, was ich mitangesehen habe, all das, woran ich teilgenommen habe, nicht um den Verstand gebracht hat. Sobald sie begonnen haben zu erwachen und zu verstehen, daß sie kein menschenunwürdiges Dasein führen müssen, daß Hoffnung besteht und daß das gewöhnliche Volk ein Wort mitzureden hat, wenn es darum geht, das eigene Los zu bestimmen, dann kennt ihre Wut keine Grenzen mehr. Sie rennen durch die Gegend und zünden die Häuser der Grundbesitzer an, die Häuser derjenigen, die sie besteuert und ihnen ihr Land weggenommen haben, die ihre Töchter gekauft haben. Sie haben die Töchter und die Frauen der Grundbesitzer vergewaltigt ... Sie haben die Grundbesitzer kastriert, sie erhängt, sie ausgeweidet und geköpft ...«

»Garrottiert?« hörte Chloe sich ausrufen, denn ihr fiel wieder ein, wie entsetzt sie gewesen war, als sie von derart sadistischen Praktiken gehört hatte.

Ching-ling unterbrach sich eine Minute lang in ihrem Bericht und dachte nach. »Nein. Niemand ist garrottiert worden. Ich vermute, es liegt daran, daß all diese Gewalttaten spontan begangen worden sind – das Garrottieren erfordert Zeit und einen festen Vorsatz. Das hier war eine leidenschaftliche Volkserhebung, ein kollektiver instinktiver Reflex.«

Chloe fragte sich, ob Ching-ling nicht vielleicht gewaltsam Rechtfertigungen für das suchte, was sie mit eigenen Augen mitangesehen hatte.

»Ich habe immer gewußt, daß wir Chinesen im Vergleich zu eurer amerikanischen Zivilisation grausam sind. Aber ich hatte keine Ahnung, wie weit mein Volk es treiben würde. Chloe, mir ist fast das Herz stehengeblieben. Aber es hat mich auch erkennen lassen, daß mein Volk nicht viel länger so weiterleben kann wie bisher. Wir müssen uns befreien. Als ich gesehen habe, wie Bauern einen Mann gezwungen haben zuzusehen, wie sie seine Tochter mit einem Bambusrohr gepfählt haben, dessen Ende mit einem Messer zugespitzt worden war, als ich die Schreie des Mädchens und das Lachen der Bauern gehört habe, wußte ich plötzlich, daß genau das ihren eigenen Frauen und Töchtern zugefügt worden war. Es waren Akte der Vergeltung. Auge um Auge, wie es so schön heißt. Chloe, es war schauderhaft.«

Chloe glaubte, ihr würde übel. Die Vorstellung von einem Bambusbajonett, das in ihre eigene Vagina gestoßen wurde, ließ sie einfach nicht mehr los, und bei diesem Gedanken krümmte sie sich nahezu vor Schmerz. »O mein Gott.«

Ching-ling fuhr fort: »Die Unmenschlichkeit des Menschen anderen Menschen gegenüber – ist das nicht die Geschichte der Zivilisation, vom Anbeginn der Welt an? Wenn ich im Geschichtsunterricht aufgepaßt habe, dann ist das wirklich eine knappe Skizze der Geschichte unserer Welt. Es macht den Menschen Spaß, anderen weh zu tun. Wenn alle Menschen volle Bäuche haben, wenn sie eine gewisse Muße haben, damit nicht das ganze Leben nur Arbeit, Arbeit und noch mal Arbeit ist, wenn sie nicht dafür bestraft werden, daß sie arm und ungebildet sind, wenn sie Zeit haben, etwas dazuzulernen, wenn sie Hoffnung in die Zukunft setzen – dann, und nur dann allein wird die Grausamkeit abgeschafft werden.«

Glaubte Ching-ling das wirklich? Setzte sie ein derartiges Vertrauen in die menschliche Natur, daß sie tatsächlich glaubte, was sie da sagte?

»Ich habe gesehen, wie Männer andere Männer mit Schaufeln totschlagen, ich habe gesehen, wie sie mit Äxten Schädel spalten, ich habe gesehen, wie sie Arme abhacken und die Opfer, die sich winden, auf dem Boden liegen lassen. Ich habe gesehen, wie sie wahllos alle Frauen töten, die in Seide und Pelzen herumlaufen.«

Es herrschte Schweigen.
Ching-ling sah ihre Freundin an; ihre Augen wurden jetzt sanfter, und sie sagte: »Ich habe nicht versucht, sie davon abzuhalten, Chloe. Ich habe nichts getan, um sie dazu anzustacheln – aber ich habe auch nichts getan, um ihnen Einhalt zu gebieten. Manchmal hat mich die Begeisterung mitgerissen, und ich habe das Feuer der Revolution in mir gespürt. Dann hat mich das Blutvergießen nicht gestört. Vielleicht ist mir seit Dr. Suns Tod klar geworden, daß Gewalt erforderlich ist. Ein schlafender Riese erwacht.«
Chloe ließ die Hand ihrer Freundin los und fragte. »Wie kannst du dich für etwas einsetzen, was so viel Gewalttätigkeit erfordert?« Ihre Stimme war vorwurfsvoll. »Wie kannst du bereitwillig zu dem beitragen, was du die Unmenschlichkeit des Menschen gegenüber anderen Menschen nennst? O Ching-ling!«
»Ich glaube«, sagte Ching-ling langsam, denn sie versuchte, die richtigen Worte zu finden, »wenn man so fest an etwas glaubt, wie ich an die Demokratie für China glaube und daran, ihm ins zwanzigste Jahrhundert zu verhelfen, das Unrecht von tausend, wenn nicht gar mehr Jahren auszurotten, dann ist man bereit, alles zu tun, um sein Ziel zu erreichen. Man sagt sich, daß der Zweck die Mittel rechtfertigt. Und man glaubt daran. Chloe, ich würde töten. Ich brächte persönlich jemanden um, der sich meinem Traum in den Weg stellt. Jemanden, der sich zwischen das chinesische Volk und dessen Befreiung stellt.«
Chloe erschauerte. »Ich könnte nicht töten. Ganz gleich, weshalb, ich könnte niemanden töten.«
»Wir können alle töten, wenn etwas uns wichtig genug ist.«
Chloe diskutierte nicht mit ihr über diese Frage, aber sie wußte, daß sie es nicht fertiggebracht hätte. Sie konnte sich noch nicht einmal vorstellen, jemanden vorsätzlich zu verletzen. Sie war sicher, daß sie im Lauf ihres Lebens ein paar Menschen verletzt haben mußte, aber ganz bestimmt nicht aus Böswilligkeit oder mit Vorbedacht. Sie hatte sich immer für die Benachteiligten eingesetzt, für die Schwächsten gekämpft und in der Schule diejenigen, die eine ganze Klasse schikanierten, davon abgebracht, sich an den kleinsten oder den sonderbarsten Schülern auszutoben. Sie konnte sich nicht vorstellen, daß jemand Vergnügen daran fand,

einem anderen weh zu tun. Nein, sie war zu nichts dergleichen in der Lage. Es machte sie schon krank, sich das auch nur anhören zu müssen.

»Gibt es wirklich keine anderen Mittel?« fragte sie ihre Freundin. »Muß es denn Gewalt sein?«

»Du hast nie zu den Unterprivilegierten gezählt. Du warst nie eine von denen, die keine Hoffnung hatten, die unter den Absätzen der Reichen und der Habgierigen zertreten worden sind, die ihr Leben in Furcht und Unterwürfigkeit verbracht haben. Wenn die Zügel gelockert werden, wenn du selbst ein Gefühl von Macht verspürst, dann erscheint Rache nur gerecht. Wozu würdest du denn raten? Zu Gesprächen?«

Chloe nickte stumm.

»Ich hatte gehofft, daß du mich nicht verurteilen wirst«, sagte Ching-ling. »Ich hatte gehofft, du würdest zuhören, und selbst, wenn du es nicht verstehen kannst, nicht wütend auf mich sein. Oder auf meine Ziele. Ich hatte gehofft, du würdest mich das aussprechen lassen, mich diese Dinge laut sagen lassen, ohne mir ein Schuldbewußtsein zu verschaffen.«

»Ich bin nicht gegen deine Ziele.« Chloes Stimme war kaum mehr als ein Flüstern. »Aber ich bin gegen diese Methoden.«

»Es sind nicht meine«, sagte Ching-ling. »Es sind die des gewöhnlichen Volkes, das sich erhebt, der Schrei der Unterjochung, das Heulen aus der Wildnis, die Schreie derer, die zum ersten Mal Licht sehen, zum allerersten Mal seit dem Anbeginn der Zeiten. Es sind instinktive Reaktionen auf all das Unrecht, das im Namen der Habgier und der Macht begangen worden ist.«

Sie brach in Tränen aus, beugte sich vor und begrub ihren Kopf an Chloes Brust.

Chloe Arme umschlangen sie, und sie hielt die schluchzende Frau fest, die als das Gewissen Chinas bekannt werden sollte.

21

Ihre restlichen Tage in den Bergen bei Lu-shan verliefen friedlich. Ching-ling sang Damien vor und hielt ihn ebensooft im Arm wie Chloe. Ihre Augen wurden weicher, wenn er in ihren Armen lag, und Chloe merkte ihr an, wie allmählich die Spannung aus ihrem Körper wich.

»Wenn wir weiterhin so faul sind und so viel essen, werden wir noch dick und fett«, sagte Ching-ling lachend. »Ist es nicht wunderbar?«

»O doch, das ist es«, stimmte Chloe ihr zu. »Wir werden regelrecht verwöhnt sein und überhaupt nichts mehr tun wollen, wenn wir von hier fortgehen.«

»Der Gedanke, von hier fortzugehen, ist mir unerträglich. Es ist so schön hier. Und doch belebt mich der Gedanke an meine Rückkehr. Aber, meine Liebe«, sagte Ching-ling und nahm Chloes Hand, »du weißt ja gar nicht, wieviel mir diese zwei Wochen bedeutet haben. Ich bin erholt. Ich werde zu Nikolai zurückgehen, der keine Erholung gehabt hat. Ich weiß nicht, wie er das schafft. Wir können uns wirklich glücklich schätzen, einen so aufopferungsvollen und engagierten Menschen gefunden zu haben, der uns beratend zur Seite steht. Ich frage mich, was wir ohne ihn täten.«

»Vertraust du ihm? Ich meine, schließlich ist er Russe. Versucht er, deine Leute zu infiltrieren und China für Rußland zu gewinnen?«

Ching-ling sagte: »Ich würde Nikolai mein Leben anvertrauen. Ich habe ihm das Leben meines Mannes anvertraut, was noch mehr bedeutet. Nikolai ist selbstlos. Es gelüstet ihn nicht nach Macht, sondern er will einen Traum verwirklichen.«

»Hast du nie mit dem Gedanken gespielt, dich wieder zu verheiraten? Vielleicht mit Nikolai?«

Ching-ling schüttelte den Kopf. »Niemals. Ich werde niemals einen anderen Mann in meinem Leben haben können. Nichts darf mich von meinem Ziel ablenken. Kein anderer Mann könnte sich je an Dr. Sun messen. Und außerdem«, sagte sie und lächelte ihr sanftes Lächeln, »würde keine Chinesin, die einen guten Ruf hat, sich jemals wieder verheiraten. Eine Witwe wird hier verehrt, Chloe, und ich habe meine Rolle in diesem Drama zu spielen, das sich in meinem Land gerade entwickelt. Ich habe keinen Platz in meinem Herzen für zwei Herren. Und es wäre mir auch unerträglich, eine Freundschaft wie die zwischen mir und Nikolai kaputtzumachen. Er ist ein echter Freund. Wir sind durch ein gemeinsames Ziel miteinander verbunden, aber zwischen uns herrscht keine Glut. Amerika hat mir gezeigt, daß ich die Glut mit einem Mann brauche, um mein Leben mit ihm zu teilen. Vielleicht hat diese Sicht der Männer jede Hoffnung auf ein Glück zerschlagen, das ich nach Dr. Sun mit einem anderen finden könnte. Verstehst du, Dr. Sun hat mir alles gegeben, in erster Linie einen Grund zu leben.«

Chloe fragte sich, wie dieser alte, gar nicht eindrucksvolle Mann – zumindest hatte sie ihn nur als solchen erlebt – in ihrer geliebten Freundin eine solche Hingabe hatte wachrufen können.

»Und außerdem«, sagte Ching-ling lächelnd, »hat Nikolai keine Zeit. In seinem Leben ist kein Platz für eine Frau. Manchmal glaube ich, er würde einen guten Mönch abgeben. Seine gesamte Glut und Leidenschaft fließen in Träume ein.«

Nach einer Minute sagte sie: »Es könnte sein, daß Damien in China nicht sicher ist, Chloe. Vielleicht solltest du ihn nach Hause bringen.«

»Warum?« Sie knöpfte ihre Bluse auf, um ihn stillen zu können, und lauschte zufrieden seinem gluckernden Saugen.

»Es wird zu einem Bürgerkrieg kommen. Die Bauern gegen die oberen Schichten. Ich fürchte, es könnte darauf hinauslaufen, daß sich Chiang gegen den Rest von uns stellt. Ich traue ihm nicht so sehr, wie Nikolai ihm traut. Er ist auf dem Weg nach Schanghai, verstehst du, aber seine Armeen sind noch nicht dort eingetroffen. Er radiert ganze Dörfer aus, wie ich gehört habe, und er gibt uns die Schuld daran. Als wir alle Kanton verlassen haben, war abgemacht, daß er und seine Armeen direkt nach Norden marschieren und Schanghai einnehmen. Wir wollten nach Nordwesten ziehen und Wuhan einnehmen. Auf dem Weg wollten wir die Leute mit unseren Zielen vertraut machen und sie für unsere Sache gewinnen. *Wir* waren erfolgreich. Jegliches Blutvergießen geht auf die Bauern zurück. Wuhan als die am meisten industrialisierte Stadt der Nation ist reif für eine gewerkschaftliche Organisation, für unsere Denkweise. Man hat uns dort buchstäblich mit offenen Armen willkommen geheißen. Es ist eine lebendige Stadt, in der unglaubliche Spannung und Hoffnung herrschen. Aber Chiang hat Ortschaften zerstört und Unmengen von Bauern getötet.«

Chloe fragte: »Weshalb sollte er Bauern töten ... das Rückgrat der Nation? Welchen Grund könnte er dafür bloß haben?«

»Vielleicht geht es ihm um eine Demonstration von Macht. Er gibt den Kommunisten die Schuld an dem Gemetzel. Ich habe den Verdacht, er ist darauf aus, auch uns zu zerstören, aber Nikolai sagt, wir dürfen keine vorschnellen Schlüsse ziehen. Er will, daß China weltweites Ansehen genießt, das ist wahr, aber er möchte gern am Ruder sein. Es gelüstet ihn nach Macht, und ich habe den Verdacht, er wird jeden zerstören, der nicht mit ihm einverstanden ist. Er jagt mir Angst ein.«

»Und was ist mit deinem Volk? Hat es nicht gerade diejenigen ausgerottet, die nicht mit ihm einer Meinung sind?«

Ching-ling nickte. »Es ist eher so, daß sie diejenigen ermordet haben, die ihnen Unrecht angetan haben. Vergeltung. In einem gewissen Sinne sogar Gerechtigkeit.«

Chloe interessierte sich hauptsächlich deshalb für die Geschehnisse in China, weil ihre engen Freunde in dieses Geschehen verwickelt waren, weil in ihnen ein inneres Feuer brannte. Sie verstand jetzt, wie es kam, daß Missionare ihre Bequemlichkeit und ihr Zuhause aufgaben, um ihr Leben in der Wildnis ganz und gar Zielen zu weihen, an die sie so uneingeschränkt glaubten.

Der Dampfer, der flußaufwärts nach Wuhan fuhr, kam vor dem an, der Chloe flußabwärts nach Schanghai bringen würde, und Chloe verspürte Schmerz, als sie das Schiff mit ihrer Freundin von dem Anlegesteg auslaufen sah.

Erst nachdem sie sich vom Fluß abgewandt hatte und sich auf den Rückweg zu dem Gasthaus machte, bemerkte sie, daß sie verfolgt wurde. Eine Frau, die in schmutzige Lumpen gehüllt war, watschelte hinter ihr her, nicht mehr als ein Dutzend Schritte von ihr entfernt. Als Chloe um eine Ecke bog, folgte ihr die Frau. Schließlich blieb Chloe abrupt stehen und drehte sich zu der Frau um, um sie direkt anzusprechen. Es war besser, sich auf die Bettlerin einzulassen, als dem prickelnden Gefühl von Furcht nachzugeben, das sie im Nacken verspürte.

»Ich habe kein Geld bei mir«, sagte sie.

Die Frau, die offensichtlich schwanger war, nickte stumm und starrte Chloe und Damien einfach nur an.

»Lassen Sie mich in Ruhe. Ich kann Ihnen nichts geben.« Chloe machte auf dem Absatz kehrt und lief weiter, und dabei bemühte sie sich, ihre Angst abzuschütteln. Die Frau machte keinen gefährlichen Eindruck, aber Chloe war beunruhigt. Sie mochte es nicht, wenn man sie verfolgte.

Sie ging in das Gasthaus und hoffte, die Frau würde ihr nicht folgen. Wenigstens fühlte sie sich dort sicher. Als sie jedoch am Morgen die Tür öffnete, schlief die Frau auf der kleinen steinernen Veranda. Sobald die Tür aufging, sprang sie auf – was sich in ihrem schwerfälligen Zustand nicht gerade leicht bewerkstelligen ließ.

Chloe hielt es für besser, sie loszuwerden, und sie suchte ein paar Münzen heraus. Nachdem sie sie der Frau gegeben hatte, ging sie frühstücken. Aber die Frau folgte ihr und Damien. Was will sie denn sonst noch? fragte sich Chloe, und inzwischen hatte Gereiztheit ihre Furcht abgelöst. In dem Lokal bestellte sie Tee und Nudeln.

Die Frau stand draußen an der Tür, und ihre dunklen Augen waren auf Damien geheftet. O Gott, dachte Chloe, wird sie versuchen, ihn zu entführen? Sie preßte ihn noch enger an sich. Er hatte von Kopf bis Fuß einen Ausschlag und war zwar quengelig, aber er schrie nicht mehr ununterbrochen wie am Vortag.

»Bringen Sie der Frau, die neben der Tür sitzt, Nudeln und Tee«, wies Chloe den Kellner an. Der junge Mann stieß tief in der Kehle einen Laut der Mißbilligung aus, doch als Chloe ihm Münzen hinhielt, tat er, was sie gesagt hatte. Die Frau streckte die Arme danach aus, verschlang die Nudeln innerhalb von Sekunden und umklammerte die Teetasse, als sei sie die Erlösung.

Sie blieb weiterhin sitzen und starrte Chloe an, bis Chloe aufstand und das Restaurant verließ. Dann flüsterte sie: »Su-lin.«
Das ist ihr Name, begriff Chloe, die sich umdrehte, um noch einen Blick auf die Frau zu werfen, die sich in den Eingang kauerte.
Sie sah sich nicht noch einmal um, ehe sie das Gasthaus erreicht hatte. Als sie es dann tat und nirgends etwas von der Frau zu sehen war, verspürte Chloe eine unendliche Erleichterung.
Sänftenträger brachten sie und ihr Gepäck zum Schiff. Trotz der zwei idyllischen Wochen mit Ching-ling spürte Chloe eine Woge von Aufregung in sich aufsteigen bei dem Gedanken, nach Schanghai und zu Slade zurückzukehren.
Ein paar Briten und Amerikaner waren an Bord, Missionare oder Geschäftsleute, die von ihren Pflichtrunden zurückkamen und entweder in die Stadt wollten oder auf dem Heimweg waren. Am Abend saßen sie um den Eßtisch herum und erzählten Geschichten aus China, von denen keine besonders schmeichelhaft für die Chinesen war.
»Ich gehe jetzt nach Hause, zu einer anständigen Frau«, sagte einer von ihnen. »So eine wie Sie, Ma'am.« Er nickte.
Chloe fragte sich, was es wohl hieß, eine anständige Frau zu sein. Sie vermutete, es bedeutete, daß man weiß war.
Sie hatte Damien schlafend zurückgelassen, und daher eilte sie nach dem Abendessen in ihre Kabine zurück. Auf einem der Betten saß die schwangere Frau, die sie das letzte Mal vor dem Restaurant gesehen hatte, und lächelte vor Freude, während sie Damien im Arm hielt.
Die Frau blickte auf und grinste, und dort, wo drei Zähne hätten sein sollen, blitzte eine Zahnlücke auf.
»Ich neues Kindermädchen«, sagte sie. »Mein Name Su-lin.«
Sie hatte einen nordchinesischen Akzent. »Verschwinden Sie«, sagte Chloe, die wütend über dieses unerwünschte Eindringen war.
»Ich gutes Kindermädchen. Sehr gutes Kindermädchen. Ich bekommen Baby bald. Können zusammen spielen.«
Chloe wollte nichts mit der schmuddeligen Frau zu tun haben, die sie verfolgte.
»Verschwinden sie«, wiederholte sie. »Ich kann kein Kindermädchen gebrauchen. Geben Sie mir meinen Sohn.«

Su-lin hielt Chloe Damien hin.
»Wie sind Sie auf dieses Schiff gekommen?« erkundigte sich Chloe und fragte sich, wie sie dieses Geschöpf wieder loswerden sollte. Sie war ganz bestimmt nicht das, was dieser Mann mit einer anständigen Frau gemeint hatte.
»Diese Münzen, die Sie mir gestern gegeben haben.« Das zahnlose Grinsen blitzte auf. »Ticket gekauft.«
O Gott, was wollte sie bloß in Schanghai anfangen? Sie würde keine Stellung finden, nicht so, wie sie aussah. Sie war eine Frau von unbestimmbarem Alter – eine Bettlerin, eine heruntergekommene, schmutzige Frau mit verfilztem Haar.
»Sind Sie je in Schanghai gewesen?« Chloe wunderte sich darüber, daß sie sich überhaupt auch nur mit der Frau unterhielt.
Die Frau schüttelte den Kopf. »Nein, aber sicher nicht schlimmer als in den Orten, in denen ich gewesen bin. Ich gutes Kindermädchen.«
Niemand würde die Frau auch nur in die Nähe seiner Kinder lassen, überlegte sich Chloe.
»Verschwinden Sie«, sagte Chloe noch einmal. »Ich kann Sie nicht gebrauchen.« Sie dachte gar nicht daran, die Verantwortung dafür zu übernehmen, daß diese Frau ihr gefolgt war.
In jener Nacht zog sie Damien eng an sich und überlegte sich, was Su-lin ihm antun könnte. Würde sie ihn rauben?
Am Morgen lag Su-lin wieder schlafend vor ihrer Tür.
Bildet sie sich ein, sie müsse mich beschützen? fragte sich Chloe und war überrascht über sich selbst, als sie der Frau Reiskuchen und Tee mitbrachte, als sie vom Frühstück zurückkam. Die Frau schlang alles gierig in sich hinein.
»Wann haben Sie das letzte Mal etwas gegessen?« fragte Chloe, die keineswegs bereit war, die Frau in ihre Kabine einzuladen.
»Gestern morgen, als Sie mir Tee und Nudeln geschickt haben.«
»Und davor?«
Die Frau zuckte die Achseln, um damit auszudrücken, daß sie sich nicht erinnern konnte. »Lange her«, sagte sie.
»Sie bekommen ein Baby«, sagte Chloe.
Das zahnlose Grinsen blitzte wieder auf, und Su-lin tätschelte ihren Bauch. »Diesmal nimmt es mir niemand weg.«

Chloe sah sie an. »Weshalb sollte es Ihnen jemand wegnehmen?«

»Mir schon andere weggenommen. Besitzer von Hurenhäusern haben sie verkauft. Ich sie nie gesehen. Zwei Jungen, drei Mädchen. Alle verkauft. Diesmal nimmt mir keiner weg. Ich behalten.«

Chloe schlug sich unwillkürlich die Hand auf die Brust. Dieser Frau hatte man fünf Kinder entrissen und sie verkauft, ehe sie sie auch nur gesehen hatte?

Ehe sie wußte, was sie tat, sagte Chloe: »Kommen Sie in meine Kabine. Kommen Sie, nehmen Sie ein Bad. Ich werde mehr Essen kommen lassen. Wann erwarten Sie das Baby?«

Su-lin sah sie verständnislos an.

»Wissen Sie denn nicht, wann Sie mit seinem Vater geschlafen haben?« Offensichtlich gab es keinen Ehemann.

»Schlafe jede Nacht, jeden Tag, mit vielen Männern«, sagte Su-lin. »Ich bin vor mehr als zwei Monaten weggelaufen und bin seitdem immer unterwegs gewesen. Ich wußte, daß ich damit aufhören kann, als ich Sie gesehen habe.«

O Gott, dachte Chloe. Ich will diese Verantwortung nicht tragen.

Ob sie es nun wollte oder nicht, aber als sie wieder in Schanghai eintraf, war Su-lin bei ihr. Und innerhalb von zwei Monaten gebar Su-lin ein schwächliches kleines gelbes Baby, dem Chloe keine Überlebenschance einräumte, wenn man die Unterernährung seiner Mutter bedachte. Su-lin nannte ihren Sohn Han und erwies sich nicht nur als eine ganz ausgezeichnete Mutter, sondern auch als ein sehr gutes Kindermädchen für Damien.

22

Der Großohrige Tu und seine Grüne Bande schlugen zu.
Sie erpreßten Schanghai und zwangen die führenden Geschäftsleute der Stadt, Chiang Kai-shek ein Darlehen von drei Millionen Dollar zu gewähren. Dafür versprach Chiang, sie vor den Kommunisten zu beschützen. Es gab nichts, was Geschäftsinhaber mehr fürchteten als die Erhebung der Massen, nichts, wovor ihnen mehr graute als vor Gewerkschaften, Streiks und den damit einhergehenden Gehaltserhöhungen. Sie bezahlten.
Um vier Uhr morgens erscholl ein Signalhorn von Chiangs Hauptquartier. Chiang saß auf seinem Kanonenboot im Hafen. Die Häuser bekannter Kommunisten wurden in die Luft gesprengt, Büros von Gewerkschaften bombardiert, die Stakkatosalven von Maschinengewehren prasselten auf Privathäuser herunter, und jeder, der das Pech hatte, sich zu dieser nachtschlafender Zeit auf der Straße aufzuhalten, konnte ohne weiteres erschossen werden. Die Soldaten hatten den Befehl erhalten, auf jeden zu schießen, der kein weißes Band um den Arm trug. Nur die Soldaten trugen zur Identifizierung die weißen Stoffstreifen auf den Ärmeln.
Es dauerte neun Stunden, bis das Gewehrfeuer aufhörte. Tausende von Bürgern kamen ums Leben.
Später waren achtzehn Lastwagen erforderlich, um die Leichen aufzusammeln.
Die Frauen und Töchter der Toten wurden an Bordelle und Fabriken verkauft. Auf die Art nahmen Chiangs Heere eine Menge Geld ein.
Schanghai verharrte regungslos. Es herrschten die Stille und die Untätigkeit der Bestürzung. Die europäische und die amerikanische Gemeinde waren natürlich im Bund geblieben, hinter schweren Türen und zugezogenen Gardinen.
Von Wuhan sandte Ching-ling eine Proklamation, in der sie sich von Chiang Kai-shek und seinem Vorgehen distanzierte und ihn

aus der Kuomintang ausschloß. Ein Haftbefehl für Chiang wurde von der Partei ausgestellt.
In Schanghai lachte man darüber. Die Militärmacht Chinas war in Schanghai, nicht in Wuhan, und sie lag in den Händen des Großohrigen Tu und seiner Grünen Bande, die vorgab, unter dem Banner Chiang Kai-sheks zu marschieren.
Chiang verfaßte seine eigene Proklamation, in der er Studenten vom Extremismus abriet. Sein eigener Sohn schrieb: »Mein Vater ist zu meinem Feind geworden. Er ist als Revolutionär gestorben. Er hat die Revolution verraten. Nieder mit dem Verräter!«
Jeder, der mit dem Regiment der Grünen Bande nicht einverstanden war, wurde öffentlich verbrannt, garrottiert, geköpft, auf Bambusrohren gepfählt oder verschwand einfach. Vor der Exekution vieler Bürger war es den militärischen Truppen gestattet, unter viel Gelächter und Scherzen die Ehefrauen und Töchter dieser aufständischen Männer auszuweiden. Sie zwangen die Ehemänner und Väter zuzusehen, wie sie die Eingeweide um die nackten toten Frauen wickelten. Dann begruben sie die Männer lebendigen Leibes.
Im Bund, in den Konsulaten, den Banken und den ausländischen Betrieben gingen die Geschäfte nach zwei Tagen wie gewohnt weiter. Slade versicherte Chloe, daß sie nichts zu befürchten hatten. Chiang wollte es sich nicht mit dem Westen verderben. »Er wird um uns werben«, sagte Slade. In seinem Machtstreben brauchte Chiang die Ausländer. Die Leute aus dem Westen seufzten und schüttelten die Köpfe. Einige der jüngeren Ehefrauen baten ihre Männer, im Außenministerium um eine Versetzung zu ersuchen. Man begann wieder, zum Abendessen und zu Partys einzuladen und Samstag abends Bälle zu veranstalten. Chloe spielte mit dem Gedanken, nach Hause zu fahren.
»Wir sind jetzt schon mehr als drei Jahre hier«, sagte sie zu Slade. »Ich möchte an einen Ort gehen, an dem es nicht so gefährlich ist, an dem unsere Kinder aufwachsen können, ohne daß ich ständig um ihr Leben bangen muß. Ich möchte, daß Damien ganz normal aufwächst.«
»Mein Gott.« Slade lachte. »Er ist noch nicht einmal ein Jahr alt. Bis es soweit ist, daß er zur Schule geht, sind wir längst wieder

zurück in den Vereinigten Staaten. Du verlangst von mir, dieses Land jetzt zu verlassen? Das kommt überhaupt nicht in Frage. Hier tut sich wirklich etwas, und hier hat Berichterstattung ihren Sinn. Das ganze Land verändert sich vor unseren Augen.«

Ja, aber es veränderte sich nicht in die Richtung, in die es sich ihrer Meinung nach hätte verändern sollen. Was in Schanghai passiert war, jagte ihr Angst ein und versetzte sie in Wut. Sie wußte, daß das, was in Cass' Zeitung und in den Zeitungen von London und New York veröffentlicht wurde, von den Artikeln überlagert wurde, die Henry Luce in seiner neuen Zeitschrift publizierte. Henry Luce, der als Kind amerikanischer Missionare in China geboren worden war, war in China verliebt, und in seiner Wochenzeitschrift TIME spiegelte sich diese Leidenschaft wider. Er war der Überzeugung, daß China ein christliches Land werden würde, und zu diesem Zweck unterstützte er Chiang Kai-shek mit seinen beträchtlichen Energien. Die TIME war lesbarer als die Tatsachenberichte, die in der Weltpresse gegen Ende des politischen Teils abgedruckt wurden.

Wenn Su-lin sich nicht gerade um ihren Han kümmerte, dann machte sie sich nützlich. Damien war nie allein. Wenn Chloe nicht auf ihn aufpaßte, dann tat es Su-lin. Chloe brauchte nur den Anschein zu erwecken, als wollte sie etwas, und schon eilte Su-lin los, um es zu holen.

»Sie bemuttert dich ebensosehr wie ihr eigenes Kind.« Slade lachte. »Weißt du, wahrscheinlich glaubt sie, sie hat dir ihr Leben zu verdanken. Damit könntest du dir eine beträchtliche Verantwortung aufhalsen. Wahrscheinlich wirst du sie nie mehr los.« Ein paar Minuten später sagte er: »Ich glaube, ich werde mal in die Mandschurei und nach Schantung rauffahren. Die Japse infiltrieren diese Provinzen, und ich will mir ansehen, was dort vorgeht.«

»Wie lange wirst du diesmal fort sein?« fragte Chloe. Ihr schien es, als sei er das halbe Jahr fort.

Slade zuckte die Achseln. »Ich weiß es nicht. Drei bis vier Wochen. Ich will mich gründlich umsehen. He, schau mich nicht so an. Ihr werdet keine Probleme haben, du und Damien. Die Hitze des Sommers ist vorüber. Die Cholera und der Typhus haben für dieses Jahr ihren Tribut gefordert. Du kannst alle Partys ohne mich besuchen.«

»Ich habe gar keine Lust mehr, diese Einladungen anzunehmen.«
»Ich weiß.« Er seufzte. »Dich scheint nichts anderes mehr zu interessieren als das eine: Mutter zu sein.«
»Was ist dagegen einzuwenden?« fragte sie angriffslustig.
Slade schüttelte den Kopf. »Der Rest der Welt ist nicht einfach stehengeblieben, verstehst du. Die einzigen anderen Leute aus dem Westen, die du noch halbwegs zu mögen scheinst, sind Lou und Daisy.«
»Hast du bemerkt, daß wir die beiden immer öfter als ein Paar zu sehen bekommen?« sagte Chloe.
»Frauen sind sprichwörtliche Kuppler, stimmt's? Ja, aber woanders sind sie nie zusammen, nur hier.«
»Glaubst du«, fragte Chloe, »daß Lou diese Sterne über ihrem Bett gesehen hat?«
Slade zog die Augenbrauen hoch und legte den Kopf zur Seite. »Und was ist, wenn ja?«
Sie riß die Augen weit auf. »Vermutlich nichts. Aber ich frage mich, warum die beiden nicht heiraten.«
Slade sagte nichts darauf.
»Ich meine, glaubst du, daß sie miteinander ins Bett gehen?«
»Ich finde nicht, daß uns das etwas angeht. Aber wenn sie es tun, dann ist das noch lange kein Grund, weshalb sie heiraten müßten.«
Für die meisten Amerikaner war das 1926 ein Grund für eine Heirat. Chloe hatte das nie in Frage gestellt. »Glaubst du, daß sie ineinander verliebt sind?« verfolgte sie das Thema weiter.
»Um Himmels willen, bloß weil wir vier unseren Spaß miteinander haben, heißt das doch noch lange nicht, daß die beiden ihr Leben gemeinsam verbringen wollen.«
Sie sah ihren Mann an. »Weißt du, ich kann mir noch nicht einmal vorstellen, mit einem anderen als mit dir ins Bett zu gehen. Und wenn man auf das hört, was über Daisy geredet wird, hat sie es schon mit vielen Männern getan.«
»Daisy ist nicht du. Ich hoffe doch sehr, daß du noch nicht einmal mit dem Gedanken spielst, mit einem anderen Mann ins Bett zu gehen.«
Sie kam zu ihm, schlang ihm die Arme um die Taille und sah zu

seinen Augen auf. »Denkst du je an andere Frauen – in der Hinsicht?«
Slade beugte sich herunter, um sie zu küssen. »Soll ich dir beweisen, daß du diejenige bist, mit der ich ins Bett gehen will?« flüsterte er und nahm sie an der Hand.
Fünfundzwanzig Minuten später schlief er tief und fest. Chloe lag da und starrte in die Dunkelheit, ihre Nervenenden prickelten vor Verlangen, und sie fragte sich, warum er so schnell damit aufhörte, warum er schon so bald stöhnte, warum er dann aufhörte, wenn sie wollte, daß er weitermachte – wenn sie es brauchte. Wenn sie stumm um Erlösung schrie. Sie erinnerte sich an die wenigen Gelegenheiten, bei denen er sich die Zeit genommen hatte, sie etwas ... etwas *fühlen* zu lassen, sie den Gipfel erreichen zu lassen, von dem sie nur geahnt hatte, daß er da war. Sie fragte sich, warum sie nicht mit ihm darüber reden konnte. Warum konnte sie nicht sagen: »Slade, mach langsamer. Warte auf mich.« Oder auch nur: »Faß mich da an. Genau da, wo es mich wild macht.« Oder: »Hör nicht auf«, wenn seine Lippen ihre Brüste streiften. Aber er hörte immer auf. Viel zu schnell.
Am Morgen brach er in den Norden auf.

Slade war seit zehn Tagen fort, als Damien ein wenig Fieber bekam. Chloe traf sich zum Mittagessen mit Daisy, und wie üblich, wenn sie mit ihrer Freundin zusammen war, lachten sie die meiste Zeit. Su-lin begrüßte Chloe um drei Uhr nachmittags mit der Neuigkeit, ihrer Meinung nach ginge es Damien nicht gut. Er schien sich ein bißchen zu heiß anzufassen, und er war quengelig von seinem Mittagsschlaf erwacht. Chloe streckte die Arme nach ihm aus. *So* heiß faßte er sich nun auch wieder nicht an, dachte sie und fragte sich, ob sie den Arzt kommen lassen sollte.
Es gab damals nur drei Ärzte aus dem Westen in Schanghai, zwei im amerikanischen Baptistenhospital und den Marinearzt, der sich nur in Zeiten größter Not der Zivilisten annahm, wie während der Cholera- und der Malariaepidemie im Sommer. Der Chirurg des Krankenhauses machte grundsätzlich keine Hausbesuche, aber ab und zu kam der andere Arzt ins Haus, wenn er Zeit hatte. Es war sieben, ehe sie beschloß, daß sie ihn bitten sollte herzu-

kommen. Als der Arzt eintraf, war es acht. Er untersuchte Damien und maß seine Temperatur.
»Kaum der Rede wert«, sagte er. »Nur eine geringfügige Infektion. Noch nicht einmal hohes Fieber. Gerade nur so viel, daß er unleidlich ist.« Chloe konnte ihm anmerken, daß er sich darüber ärgerte, ins Haus gerufen worden zu sein. Aber sie verspürte eine gewaltige Erleichterung. »Hier, geben Sie ihm ein paar von diesen Tabletten, und wahrscheinlich ist morgen früh alles wieder in Ordnung. Ich würde sagen, es besteht absolut kein Grund zur Sorge.«
Aber sie sorgte sich doch genügend, um in dem Bett neben seiner Wiege zu schlafen.
Um drei Uhr wachte er weinend auf. Sie schaltete das Licht neben ihrem Bett an und packte ihn, um ihn in ihre Arme zu ziehen. Er roch gräßlich.
Seine Windeln und sein Bettzeug waren von Durchfall durchweicht. Er hatte mit den Händen darin herumgewühlt, und dann hatte er sich die Augen gerieben. O Gott, dachte sie, und der Gestank ließ sie würgen.
Sie wusch in mit einem Schwamm und warf das dreckige Bettzeug auf einen Haufen. Während sie ihn in einem Arm hielt, suchte sie nach frischem Bettzeug und fragte sich, wo An-wei es wohl aufbewahren mochte. Damien weinte und schrie die ganze Zeit über.
Sie rief sich immer wieder ins Gedächtnis zurück, was der Arzt gesagt hatte. Kein Grund zur Sorge. Die Hitze des Sommers war vorüber. Es wüteten keine Krankheiten in der Stadt.
Sie blieb für den Rest der Nacht auf, saß da und wiegte ihn in ihren Armen, und eine Stunde lang wechselte sie seine Windeln im Abstand von ein paar Minuten und dann halbstündlich. Er döste auf ihrer Schulter. Kurz vor Morgengrauen schlief auch sie mit ihrem Sohn in den Armen ein.
Sie erwachte davon, daß er sich auf ihr Nachthemd erbrach.
Im Laufe des Morgens waren alle frischen Windeln aufgebraucht. Chloe ließ den Arzt wieder holen. Als er Bescheid gab, daß er nicht vor dem Abend kommen konnte, erst nach seinem Dienst im Krankenhaus, rief sie ihren Rikschaträger, und der Junge lief den weiten Weg bis zum Krankenhaus, während Damien in ihren Armen weinte.

»Die Grippe geht um«, sagte der Arzt. »Mrs. Cavanaugh, es besteht kein Grund zur Sorge. Babys bekommen ständig Durchfall, vor allem hier in China. Heute hat er kein Fieber. Die Krankheit wird einfach ihren Lauf nehmen müssen. Glauben Sie mir, es besteht kein Grund zur Panik. Baden Sie ihn nur immer wieder, halten Sie ihn sauber und flößen Sie ihm abgekochtes Wasser ein. Sorgen Sie dafür, daß er nicht zu viel Flüssigkeit verliert. Darin besteht das eigentliche Problem. Im Flüssigkeitsverlust.«

Su-lin zog am Nachmittag einen chinesischen Arzt hinzu, einen dünnen Mann mit langen schmutzigen Fingernägeln, einem ungepflegten weißen Bart und kleinen schwarzen, glänzenden Augen. Chloe konnte ihn nicht ernst nehmen. Er verschrieb Hühnersuppe und dünnen Tee. Sie ignorierte die übrigen Hausmittel, die er verschrieb, aber Su-lin kochte Hühnerbrühe, und sie flößten sie dem quengeligen Baby mit einem Löffel ein. Damien erbrach die Suppe.

Am Abend hatte Chloe den Eindruck, die Augen des Babys wirkten zu tiefliegend. Sie lief um Damien herum, schaute auf ihn herunter, betrachtete ihn aus jedem Blickwinkel und fragte sich, ob es ihre Einbildung war oder ob die Haut um seine Augen herum wirklich eingefallen war. Sie sagte sich, sie sei übergeschnappt. Das konnte nicht sein. Er weinte jetzt nicht mehr so oft, aber er lag teilnahmslos da. Die Haut um seinen Mund herum wurde faltig.

Sie schlief ein, als Damien döste, erwachte aber schlagartig, als er vor sich hinbrabbelte. Sie wechselte wieder seine Windeln und war dankbar dafür, daß Su-lin aus alten Laken Ersatzwindeln zugeschnitten hatte. Sie verbrachte die halbe Nacht damit, sein Bettzeug und seine Windeln zu wechseln und ihn zu waschen. Gegen drei Uhr schlief sie ein.

Am Morgen erwachte Damien nicht. Einen Moment lang blieb Chloes Herz fast stehen. Aber dann sah sie ihn atmen. Sie beugte sich über ihn, und als er wach wurde, öffneten sich flatternd seine Lider, aber er sah sie nicht an, obwohl sie direkt vor ihm stand.

Lieber Gott, dachte sie, seine Augen sehen nicht klar. Er glühte vor Fieber. Seine Haut hatte jegliche Elastizität verloren. Die

Haut, die sie sachte von seinem Arm zog, blieb aufrecht stehen und schnellte nicht zurück. Er hat zuviel Flüssigkeit verloren, dachte sie und geriet in Panik. Er hat kein Wasser mehr im Körper. Sie hob ihn hoch, doch er lag einfach nur da und reagierte überhaupt nicht, hatte die Augen offen, konnte aber nicht klar sehen. Lieber Gott im Himmel!

»Su-lin«, rief sie, »sag dem Rikschaträger, er soll den Doktor holen. Sag ihm, daß es sich um einen ernsten Notfall handelt.«

Wenn sie ihren Sohn ansah, überwältigte sie ein Gefühl von Hilflosigkeit, und sie hatte größere Angst als je zuvor in ihrem ganzen Leben.

Jeder einzelne Tropfen Wasser, den sie Damien einflößte, kam aus seinen Mundwinkeln wieder herausgelaufen. Er war glühend heiß. Sein Atem ging jetzt schwer und ihrer auch. Ihr Versuch, die Panik und die Furcht zu bekämpfen, die in ihr aufwogten, ließ sie beten. Lieber Gott, falls es dich gibt, dann rette, bitte, meinen Sohn!

Und sie sagte sich immer wieder: Viele kleine Babys werden krank. Der Arzt hat gesagt, daß es sich um eine geringfügige Infektion handelt. Er hat außerdem gesagt, ich soll dafür sorgen, daß er nicht zu viel Flüssigkeit verliert. Aber Damien behielt kein Wasser bei sich, und der Durchfall hörte nicht auf. Sein Atem ging schwer und ungleichmäßig, und sein Keuchen klang, als ränge er um sein Leben, dachte sie, und ihr Magen schnürte sich zu einem Knoten zusammen.

Und dann sagte sie sich: Sei nicht so dramatisch. Damit machst du alles nur noch schlimmer.

Er lag unbekleidet in der Wiege, da er alles, was sie ihm anzog, doch nur beschmutzte. Sie starrte ihn an, als er keuchend um Atem rang. Er ähnelte einem Skelett, weil jetzt die Haut zwischen seinen Rippen einsank.

Während sie auf den Arzt wartete, weinte sie in ihrer Hilflosigkeit. Damiens Arme und Beine zuckten, wenn er um Atem rang, und sie zog ihn in ihre Arme und drückte ihn an sich. Er schnaufte und sog einen großen Schluck Luft ein. Dann stieß er sie wieder aus und lag regungslos da.

Seine kleine Brust hob und senkte sich kaum wahrnehmbar. Er öffnete die Augen, aber sie wußte, daß er sie nicht sehen konnte.

Er schluckte wieder Luft, und seine Arme und Beine zuckten in Krämpfen. Das tat er noch einmal ... dann wieder ... und dann noch einmal. Bis er keuchte, und diesmal zuckten seine Arme und Beine nicht in Krämpfen. Er lag matt in ihren Armen.
Ihr eigener Atem ging ruckhaft und abgehackt.
Mit ihrem Baby in den Armen ging sie zum Schaukelstuhl, setzte sich hin, schaukelte sanft und sang ihm etwas vor. Seine Wangen wurden weißer, und seine Lippen verfärbten sich bläulich. Sie griff nach seiner Hand und hob sie an ihre Lippen, und sie sah, daß seine Finger so blau wie seine Lippen waren.
Sie hob ihn an ihren Mund, legte ihre Lippen auf seine und wußte, schon ehe sie es tat, daß sie keinen Atem spüren würde. Seine Brust hob und senkte sich nicht mehr. Und sie schrie, ein jammernder Klagelaut; Su-lin, An-wei und Gao Hu kamen angerannt.
Sie konnte nicht aufhören zu schluchzen. Er war nicht tot. Er konnte nicht tot sein. Noch gestern morgen war er so voller Leben gewesen und hatte versucht, allein im Garten herumzulaufen. Er konnte nicht gestorben sein. Sie wußte, daß er nicht tot sein konnte; gleichzeitig konnte sie nicht aufhören zu weinen, keuchende Schluchzlaute, die kein Ende fanden.
Der Arzt kam nicht vor neun Uhr, acht Stunden, nachdem Damien in den Armen seiner Mutter gestorben war.
Chloe hatte ihn in all der Zeit nicht losgelassen. Sie drückte ihn an ihre Brust und trug ihn mit sich herum, während sie klagend schluchzte. Ihr Weinen versiegte eine Stunde später, und dann gab sie überhaupt keinen Laut mehr von sich. Sie schien nicht zu hören, was andere zu ihr sagten, selbst dann nicht, als Daisy kam, die Su-lin geholt hatte.
Daisy, die selbst rotgeränderte Augen hatte, sagte: »Chloe, oh, meine liebe gute Chloe ...«
Chloe hörte kein Wort von dem, was sie sagte.
Daisy ließ Lou holen.
Aber Lou konnte nur Daisy trösten, denn Chloe hörte und sah keinen von ihnen. Als sie am Zusammenbrechen war, sank sie auf das Bett. Sie hatte die Arm immer noch um Damien geschlungen und schlief mit dem toten Baby in ihren Armen.

Als er endlich kam, versuchte der Arzt, der schlafenden Mutter das Baby wegzunehmen. Chloe erwachte wutentbrannt.

»Eine geringfügige Infektion!« schrie sie und zog Damien noch enger an sich. »Verschwinden Sie von hier.« Ihre hohlen Augen folgten ihm, als er das Zimmer verließ und zu Daisy sagte: »Nehmen Sie ihr das Baby ab.«

Doch das konnte niemand.

Am Morgen, als Chloe erwachte, flößte ihr Daisy gewaltsam Tee ein, aber Chloe hielt Damien fest und sagte. »Sag Su-lin, sie soll ihm seinen Haferschleim hierherbringen. Ich werde ihn selbst füttern.«

Sie lief durch das Haus und in den Garten und umklammerte ihren nackten toten Sohn.

Erst am späten Vormittag packte Daisy sie am Handgelenk und sagte: »Chloe, Damien ist tot.«

Chloe starrte sie lange an, ehe sie auf das Gras sank und zu weinen begann. Sie hielt Damien immer noch in den Armen, während sie sich wand und wiegte.

Dann badeten Chloe und Su-lin, die keinen Moment von Chloes Seite weichen wollte, seinen kalten Körper, während Daisy danebenstand. Daisy fand saubere Sachen, und sie zogen ihm seinen kleinen weißen Leinenanzug an. Während der gesamten Prozedur sagte Chloe kein einziges Wort, und sie weinte auch nicht mehr. Sie ließ sich von Daisy sagen, was sie zu tun hatte.

»Wo möchtest du ihn begraben lassen?« fragte Daisy.

Daraufhin sah Chloe ihrer Freundin ins Gesicht und sagte: »Ich weiß es nicht. Vielleicht hier, neben dem Pampasgras.«

»Ich glaube nicht, daß man dir das gestattet«, sagte Daisy.

Lou traf die Vorkehrungen für Damiens Begräbnis auf dem protestantischen Friedhof.

Es gab keine Möglichkeit, Slade zu verständigen.

Nach der Beerdigung saß Chloe zwei Tage lang auf dem Schaukelstuhl, starrte ins Nichts und sang vor sich hin. Sie sang Schlaflieder.

23

Der Blaue Expreß war der erste moderne Zug, den China je gesehen hatte, und er raste von Schanghai über Nanking nach Peking.

Slade stand gemeinsam mit Lou und Daisy auf dem Bahnsteig, als Chloe in dem dichten Gedränge verschwand. Ein paar Minuten lang fragte sie sich, ob sie unter Umständen zu Tode getrampelt werden würde. Zum ersten Mal seit Damiens Tod vor drei Monaten hatte sie wieder Freude am Leben. Sie würde die lange Reise in den Norden allein antreten, nach Peking. Dazu kam noch der Stolz, den sie empfand, weil Slade ihr vertraute, weil er sich auf sie verließ.

Nachdem sie von dem Druck der drängenden Menschenmassen vorwärts- und die lange Treppe hinuntergeschoben worden war, starrte sie den langen Zug an. Zwei Kohlentender waren hinter der schwarzen Lokomotive angehängt, die Dampf in das dunkle Bahnhofsgewölbe ausstieß. Chloe trabte neben der Lokomotive her, obwohl die meisten Leute sich in die nächstbesten hölzernen Waggons stürzten, die schon von Bauern überquollen. Sie lehnten sich aus den Fenstern und zwängten sich zwischen andere auf die harten Holzbänke, die an Kirchengestühl erinnerten. Viele waren gezwungen, in den Gängen zu stehen.

Sie hielt nach einem der Wagen erster Klasse Ausschau, die nicht aus Holz, sondern aus Stahl gebaut waren. In der Ferne konnte sie den Dienstwagen sehen, an dessen Geländer sich jetzt schon Bauern geklammert hatten. Erschauernd fragte sie sich, ob sie sich die vielen Stunden lang, die die Fahrt dauern würde, dort festhalten könnten, und sie fühlt sich schuldbewußt, weil sie besser dran war.

Die Wagen erster Klasse waren alle in Abteile unterteilt. Chloe fiel auf, daß sehr wenige Chinesen unter den Fahrgästen erster Klasse waren. Die meisten waren Europäer, die alle Englisch zu sprechen schienen und es nach Art der Chinesen taten – sie schrien aus voller Kehle.

Sie bahnte sich mühsam einen Weg in den nächsten Waggon und

stellte fest, daß sie als letzter Fahrgast ihr Abteil betrat. Die fünf anderen waren bereits da. Ein Major vom Heer der Vereinigten Staaten stand als einziger. Er hatte ihr den Rücken zugewandt und verstaute Koffer auf Gepäckträgern über ihren Köpfen.
Zwei junge Frauen unterhielten sich angeregt miteinander, und ihnen gegenüber schaute eine weitere junge Frau starr vor sich hin. Neben den beiden jungen Frauen auf dem Platz an der Tür saß ein Mann, den Chloe auf etwa Vierzig schätzte. Er hatte einen Schnurrbart, der so dünn war, daß er aussah, als hätte er ihn sich mit einem Stift über die fast ebenso schmalen Lippen gezeichnet.
»Na so was«, sagte er mit einem eindeutig britischen Akzent und griff nach ihrer Tasche. Er reichte sie dem Major und blieb stehen, während Chloe sich setzte, und dann stellte er sich vor. »Donald McArthur«, sagte er und knickte sich zu einer leichten Verbeugung in der Taille ab.
»Ich bin Mrs. Cavanaugh«, sagte sie und sah sich lächelnd in dem Abteil um. »Chloe Cavanaugh.«
Die junge Blondine am Fenster lächelte strahlend. »Nancy Lloyd«, sagte sie. »Und das ist meine Freundin Amy Lowell.«
Der Major drehte sich um, und Chloe stellte fest, daß er einen sehr netten Eindruck machte. Sie schätzte ihn auf Anfang Dreißig, und er stand so aufrecht da, als repräsentierte er die gesammelten Streitmächte der Vereinigten Staaten. »Major Hughes«, sagte er. »Zu Ihren Diensten. Allan Hughes.« Er setzte sich neben die junge Damen, die kein Wort gesagt hatte.
Nancy erklärte es ihr. »Sie heißt Imogene und ist mein Dienstmädchen. Sie spricht überhaupt kein Englisch. Sie ist Französin.«
Das muß man sich mal vorstellen, dachte Chloe. Da hat sie doch wirklich ein französisches Hausmädchen und bringt es aus Amerika mit.
Major Hughes sagte: »Japan ist viel sauberer, und alles funktioniert viel reibungsloser und geht zügiger voran als in China.« Er begann, bei den Mädchen mit Geschichten über weiße Sklaverei und Entführungen und darüber, wie sehr die Chinesen es genossen, Gefangene zu foltern, für Nervenkitzel zu sorgen. »Oben in der Provinz Schantung gibt es Banditen, wissen Sie. Wir werden durch diese Gegend fahren.«

Chloe bemühte sich, ihre Belustigung nicht zu zeigen. Er versuchte ganz offensichtlich, die jungen Frauen zu beeindrucken. »Sie ziehen in Horden durch die Lande«, berichtete er den Mädchen, die ihm mit weit aufgerissenen Augen gegenübersaßen.

»Ach, du meine Güte«, sagte Miss Lloyd. »Sind wir in Gefahr?«

»Wohl kaum«, antwortete er, als sei er sich seiner Sache sicher. »Sie überfallen Städte und Ortschaften und plündern sie, und sie nehmen die Bewohner gefangen, um Lösegeld für sie zu kassieren, aber Ausländer lassen sie in Ruhe.«

»Das sollte man Ihnen aber auch raten«, sagte Mr. McArthur.

Chloe schloß die Augen. Wenn sie das tat, saß vor ihrem geistigen Auge Damien vor ihr und lächelte, und seine Hand schloß sich um ihren Finger.

Mit einem Ruck und unter lautem Getöse fuhr der Zug aus dem Bahnhof heraus. Ich bin froh, daß mir etwas Neues bevorsteht, worauf ich mich freuen kann, dachte sie, etwas, was ich noch nie zuvor getan habe, etwas, was sich mit nichts vergleichen läßt, was ich bisher in meinem Leben getan habe. Aber sie schlug die Augen nicht auf. Sie hätte Damien sonst aus den Augen verlieren können.

Die Eisenräder klapperten auf den Schienen, als der Zug seine Fahrt begann.

Wenn sie nach Schanghai zurückkam und wenn sie und Slade Zeit fanden, um miteinander zu reden, vielleicht konnte sie ihn dann noch einmal fragen, wann er nach Hause zurückzukehren gedachte. Sie sehnte sich verzweifelt danach, in Gegenden zurückzukehren, die sauber und ungefährlich waren und wo ihre Kinder nicht sterben würden.

Mr. McArthur riß sie aus ihren Gedanken, als er sie fragte, warum sie nach Peking fuhr.

»Ich werde dort oben Material für eine Geschichte für die CHICAGO TIMES zusammentragen«, antwortete sie und spürte eine Woge von Stolz in sich aufsteigen.

Daraufhin sahen alle sie an. Chloe konnte sich vorstellen, daß sie ihr nicht glaubten. Eine weibliche Reporterin? Sie kam sich ziemlich wichtig vor.

»Wie stellen Sie das an, wenn Sie kein Chinesisch sprechen?« fragte Mr. McArthur.

Chloe sah ihn an und legte den Kopf zur Seite. »Sprechen Sie Chinesisch?«
»Ein wenig.« Er nickte.
Sie setzte in ihrem perfekten Mandarin zu einem Vortrag über die Unterschiede zwischen Schanghai und Peking an, während ihm vor Erstaunen der Mund aufsprang. Imogene drehte sich zum ersten Mal nach ihr um und sah sie an. Dann begann sie zu kichern.
»Wie haben Sie das bloß gelernt?« fragte Nancy. »Ich hätte nicht geglaubt, daß Amerikaner diese Sprache wirklich sprechen können.«
Chloe war die erste im Abteil, die sich für die Nacht zurückzog. Imogene hatte die Koje über ihr, und obwohl Imogene den ganzen Tag über kein Wort gesagt hatte, bot ihr Chloe von sich aus an, sie zum Schlafwagen zu begleiten und ihr in die obere Koje zu helfen. Das rhythmisch murmelnde Klappern des Zuges lullte Chloe ein, und sie sank in einen gnädigerweise traumlosen Schlaf.
Sie hatte keine Ahnung, wie spät es war, als der Zug mit quietschenden Bremsen so abrupt anhielt, daß sie fast in den Gang gefallen wäre. Sie zog die Vorhänge zur Seite, um aus dem Fenster zu schauen. Anfangs konnte sie nur den Mond sehen, der sich silbrig gegen die Schwärze absetzte. Dann hörte sie Schüsse. Als ihre Augen sich allmählich an die Dunkelheit gewöhnten und als laute Stimmen durch das Abteil hallten, schrien die Leute. Eine Vorhut von Reitern lenkte ihre Pferde die Böschung hinunter, und Gewehrschüsse wurden ziellos in die Luft abgefeuert.
In diesem Moment warf sich Imogene auf Chloes Pritsche und stieß atemlos kleine Schluchzlaute aus. Chloe nahm die Hand der jungen Frau, während sie versuchte, ihre eigenen Kleider zu finden.
Ein höllischer Tumult war ausgebrochen. Leute schrien und bemühten sich, hektisch in ihre Kleidungsstücke zu schlüpfen, und sie rannten ziellos durch den Korridor. Die Tür zum Abteil öffnete sich, und Chloe hörte Rufe. »Stop! Halt! Kommt so, wie ihr seid; verlaßt augenblicklich den Zug.«
Sie schaute an sich herunter, auf ihr silbrig schimmerndes Nachthemd, und sie griff eilig nach ihrem Morgenmantel, der ebenfalls

aus Seide war, sie aber besser bedeckte, denn er hatte den Schnitt der chinesischen Kleider, die sie sich im Haus zu tragen angewöhnt hatte. Sie hatte ihre Kleidungsstücke sorgfältig am Fußende des Bettes zusammengefaltet, aber als sie danach greifen wollte, wurden die Vorhänge vor ihrer Schlafkoje aufgerissen. Ein chinesisches Gesicht grinste sie an. Der Besitzer dieses Gesichtes packte ihren Arm und sagte: »Trödeln Sie nicht. Kommen Sie so mit, wie Sie sind.«

Während er das sagte, warf ein belgischer Geschäftsmann, der im Abteil nebenan gewesen war, eine Teekanne nach ihm. Was er mit einer Teekanne in seinem Bett anstellte, hätte Chloe beim besten Willen nicht sagen können. Aber der Chinese drehte sich blitzschnell um, spannte sein Gewehr und schoß dem Mann in die Hand.

Es herrschte Stille. Niemand rührte sich. Der Verwundete stöhnte, und eine Frau schrie. Der Chinese ging auf die Belgier zu, spannte wieder sein Gewehr und sagte: »Jemand, der Chinesisch spricht, soll allen sagen, daß sie aus diesem Waggon aussteigen, sonst gebe ich weitere Schüsse ab!«

Chloe übersetzte es. Niemand zögerte. Niemand drehte sich um, um seine kostbare Habe zu schnappen oder Schuhe oder Kleidungsstücke, mit denen sie sich sittsam bedecken konnten. Draußen wurden sie von weiteren bewaffneten Männern erwartet, die die Fahrgäste an der Böschung entlang aufreihten. Chloe sah auf ihre Armbanduhr. Es war gerade erst kurz nach zwei. Sie zitterte in der kühlen Nachtluft. Auf der Böschung standen Soldaten Wache und hielten Waffen auf sämtliche Fahrgäste aus den Schlafwagen gerichtet. Die Bauern in den hölzernen Waggons, in die sie sich wie Ölsardinen gezwängt hatten, blieben im Zug.

Aus dem Gepäckwagen und den Waggons erster Klasse tauchten Soldaten mit Koffern, Taschen und allem anderen auf, was ihnen in die Finger gefallen war. Sie stießen Rufe aus und grinsten. Chloe beneidete die Frauen, die die Geistesgegenwart besessen hatten, sich Mäntel über ihre Nachthemden zu werfen. Sie hoffte, die Banditen würden ihnen alles wegnehmen, sämtliche Wertsachen und was sie sonst noch haben wollten, und dann verschwinden und alle wieder in den Zug einsteigen lassen, damit sie nicht

länger so gedemütigt und verängstigt in der Kälte herumstehen mußten.
Ein paar Frauen fingen an zu weinen, und es herrschte völlige Verwirrung. Imogene griff nach Chloes Hand.
Ein Mann, dessen Gesicht Chloe nicht sehen konnte, ritt an ihnen vorbei. Sein großes Pferd war zwischen ihnen und dem Zug; er trabte in Richtung Lokomotive. Der Mann hob den linken Arm und schrie etwas, das Chloe nicht verstehen konnte. Als der Pfiff in der Nacht ertönte und Dampf zischend in die Luft gepafft wurde, beobachtete Chloe, wie der Zug langsam lostuckerte, sich erst nur zentimeterweise voranbewegte und dann an Fahrt gewann, während er in der Nacht verschwand. Die Bauern, die sich immer noch in den hölzernen Waggons drängten, lehnten sich aus den Fenstern und schrien irgend etwas; es war nicht zu verstehen.
Gott im Himmel, dachte Chloe und bemühte sich, die Orientierung wiederzufinden. In der Ferne ragten die unerbittlichen zerklüfteten Schantung-Berge auf.
Der Mann auf dem großen Pferd, der im Dunkeln kaum zu erkennen war, stieß einen schrillen Schrei aus, und wie auf ein Signal hin verteilten sich die Banditen zu beiden Seiten der langen Reihe von Gefangenen und trieben sie zum Laufen an. Imogene fing an zu weinen. Chloe streckte die Hand nach der Französin aus, aber der Bandit an ihrer Seite stieß ihr sein Gewehr in die Rippen und trieb sie an. Neben jedem Gefangenen liefen zwei Banditen her, was sämtliche Gedanken an Flucht ausschloß. Chloe rechnete sich aus, daß sie fast zweihundert Fahrgäste gefangengenommen haben mußten. Sie konnte nicht verstehen, warum sie sich nicht allzu sehr fürchtete.
Sie war ungeheuer wütend. Das kam der Sache schon näher. Der steinige Boden war durch ihre Pantoffeln deutlich zu spüren, und sie hatte den Verdacht, daß ihre Füße jetzt schon blutig waren. Der Vollmond zeigte ihnen, daß vor ihnen nur Felder und Berge lagen, sonst gar nichts. Imogene blieb dicht hinter ihr und stolperte unablässig. Bis auf ein gelegentliches Schluchzen blieben die Fahrgäste, die im Gänsemarsch hintereinander liefen, stumm.
Der Major hat uns gewarnt, dachte Chloe und begann schwer zu

atmen, als sie vom Flachland in die Hügel kamen. Und ich habe geglaubt, er versuchte, den Mädchen Angst einzujagen und ihnen zu imponieren. Ich habe ihm nicht geglaubt. Als Imogene gegen sie sackte, drehte sich Chloe um, weil sie der jungen Frau helfen wollte. Sie nahm sie an der Hand.

Sie stiegen immer höher ins Gebirge hinauf, und die Haut hing bald in Fetzen von ihren Füßen. Chloe hörte eine Stimme zischen: »Es ist einfach unerhört.« Dem konnte sie nur zustimmen. So war es. Aber sie war zu müde, um auch nur zu versuchen, etwas zu sagen. Inzwischen stolperten sie alle ständig. Sie bekam Seitenstechen. Gewiß würde das Morgengrauen bald anbrechen. Warum ihr das Hoffnung machte, wußte sie nicht. Irgendwo mußten sie ankommen. Man konnte sie nicht tagelang weiterlaufen lassen. Oder etwa doch?

Ein gezacktes rotes Band kündigte die Dämmerung an. Ohne auch nur einen Moment lang stehenzubleiben, drehte sie den Kopf und schaute über die Schulter den Berg hinunter. Auf dem schmalen Gebirgspfad zog sich die lange Reihe der Fahrgäste und der Banditen, die sie gefangengenommen hatten, eine halbe Meile weit. Hinter ihnen folgte – weiter, als das Auge schauen konnte – weit auseinandergezogen und in einem wirren Durcheinander eine Horde von Banditen, die all das trugen, was sie im Zug erbeutet hatten. Etliche von ihnen hatten Matratzen über den Schultern, die sie aus den Schlafkojen gezerrt haben mußten. Es sah ganz danach aus, als hätten sie nicht einen einzigen Koffer im Gepäckwagen zurückgelassen.

Sie mußte lachen, denn einer der Banditen hatte einen Büstenhalter aufgespürt, den er sich um die Taille gebunden und mit allerlei Krimskrams gefüllt hatte.

Die Sonne sprenkelte den bleichen Himmel mit leuchtenden Farbsplittern, und die Wolken, die über dem Horizont hingen, färbten sich erst rosa, dann purpurn und verblaßten – während die Schar weiterhin ins Gebirge hinaufstieg – zu Rosen- und Lavendeltönen, bis sich die Wolken auflösten und den Himmel leuchtend azurblau zurückließen. Chloe fand den Anblick wirklich schön. Das ausgezackte Gebirgsmassiv lag im Osten, während hinter ihnen die Ebenen sich in die Unendlichkeit erstreckten.

Gewiß würde es nicht mehr lange dauern, bis Hilfe eintraf. Die Banditen würden nicht damit durchkommen, daß sie zweihundert Ausländer entführten. Wer konnte bloß so dumm sein, so viele Ausländer in seine Gewalt zu bringen, Menschen, deren Regierungen um ihre Sicherheit besorgt sein würden? Dazu waren die Konsulate doch schließlich da, sagte sie sich.

Es wurde ein heißer Tag. Auf ihrer Armbanduhr konnte Chloe ablesen, daß sie jetzt schon seit acht Stunden marschierten und kletterten. Der Weg wurde schmaler und war nur noch ein Lehmpfad zwischen Felsen, die von Geröllblöcken abgelöst wurden. Der Gipfel tauchte über ihr auf. Und Imogene fiel hin. Der schwitzende Bandit zu ihrer Linken hob die Französin auf und trug sie fast ohne jedes Murren auf seinem Rücken.

Als sie den Berggipfel erreichten, sah Chloe vor ihnen ein Fort aufragen. Die Fahrgäste des Zuges, die vor ihr herliefen, waren bereits in einen großen steinummauerten Hof getrieben worden und dort zusammengesunken; sie stöhnten erbärmlich, und ihre Füße bluteten. Einige Frauen weinten. In der hintersten Ecke stand ein Wassertrog, und niemand fragte, ob er für Pferde oder für Menschen gedacht war. Sie tranken ihn leer und kauerten erschöpft und schmerzgepeinigt auf dem Boden.

Chloe sah sich um. Unter anderen Umständen wäre es ihnen allen furchtbar peinlich gewesen, daß man sie derart spärlich bekleidet sah. Ihr seidenes Nachthemd und ihr Morgenmantel waren völlig verschmutzt.

»Hier«, sagte Major Hughes und wandte sich an Imogene, die zusammengebrochen auf dem Boden lag. Er zog das Oberteil seines Schlafanzugs aus und begann, es zu zerreißen, ehe er die Baumwollstreifen um Imogenes blutende Füße wickelte. Seine eigenen Füße waren ebenfalls blutig, doch er lief umher und bot den Frauen in der Nähe seine provisorischen Verbände an.

Nancy und Amy kamen zu Chloe gehumpelt und ließen sich neben Imogene auf den harten Boden plumpsen. Keine der beiden jungen Frauen klagte, obwohl Furcht und Erschöpfung ihnen deutlich in den Augen standen.

Amy fragte mit bebender Stimme: »Glauben Sie, man wird uns vergewaltigen?«

Eine Zeitlang hatte sich Chloe diese Frage auch gestellt, aber jetzt sagte sie: »Das bezweifle ich. Wenn es das wäre, was sie wollten, dann hätten sie es längst getan. Ich wette, daß sie es auf mehr abgesehen haben.«
»Zum Beispiel?« fragte Nancy. Major Hughes, der von seinen wohltätigen Werken zurückkehrte und jetzt bis auf seine Schlafanzughose ohne jedes Kleidungsstück war, stand hinter ihr und antwortete. »Lösegeld. Sie werden Geld für uns verlangen.«
Chloe drehte sich zu ihm um und sah ihn an. Er stand mit Schweißstriemen auf der staubigen Brust da. Jetzt kauerte er sich hin und sah sich Imogene genauer an, die flach auf dem Rücken lag und kaum noch eine Bewegung machte. »Ist alles in Ordnung mit Ihnen?« fragte er. Sie starrte ihn nur an.
»Ich habe ihr etwas Wasser eingeflößt«, sagte Chloe.
»Das Wasser hier oben im Gebirge sollte in Ordnung sein, aber hüten Sie sich davor, es an anderen Orten zu trinken«, warnte er. »Wir könnten alle an Cholera oder Ruhr sterben.«
Für den Rest des Nachmittags saßen sie da und versorgten ihre Wunden. Kleine Grüppchen von Banditen verschwanden; andere kauerten im Schatten der Mauer, weil es dort kühler war. Am späten Nachmittag brach an den beiden Toren des Hofes ein Tumult aus, und Männer auf Pferden kamen hereingeritten und brachten große Körbe und Steingutkrüge. Die Banditen händigten jedem der Gefangenen ein rohes Ei aus, und die meisten standen da und starrten fassungslos die Eier an.
Ein rundlicher britischer Colonel stieg auf einen Mauervorsprung und versuchte, die Aufmerksamkeit auf sich zu ziehen. »Gestatten Sie mir ...«, schrie er. Das war das erste Mal, daß jemand Anstalten machte, die gesamte Gruppe anzusprechen. »... Ihnen vorzuführen, wie man ein rohes Ei zu sich nimmt.«
Gelächter. Gedachten die Banditen wirklich, ihnen dieses eine rohe Ei als Mahlzeit für einen ganzen Tag zuzuteilen? »Also, so wird es gemacht: Machen Sie vorsichtig ein möglichst kleines Loch in Ihr Ei, und dann«, sagte er und warf den Kopf zurück, »saugen Sie in dieser Haltung den Inhalt aus der Eierschale und bemühen sich, keinen einzigen Tropfen der kostbaren Flüssigkeit zu vergeuden.« Er führte es vor.

»Um Himmels willen«, sagte Amy und schnitt eine angewiderte Grimasse.
Chloe fand, daß es abscheulich schmeckte. Sie bemerkte, daß etliche Leute ausspuckten und ihre Eier wegwarfen. Ein rohes Ei, das erste Eßbare, was man ihnen so spät am Tag vorsetzte.
Als sich Wolken ballten und die Dunkelheit hereinbrach, verstummten sie. Donner grollte, und in der Ferne konnten sie das Wetterleuchten über den Berggipfeln sehen. Chloe fragte sich, ob man sie wohl zwingen würde, im Freien zu bleiben, in diesem Hof, wenn es regnete. Als die Nacht kam, begann sie zu frösteln, da sie nichts weiter als ihr Nachthemd und den Morgenmantel trug. Sie fragte sich, wie es den Männern wohl ergehen mochte, die Major Hughes' Beispiel gefolgt waren und ihre Schlafanzugjacken zerrissen hatten, um verrenkte Knöchel zu bandagieren und blutige Füße zu verbinden. Es war zwar ein heißer Tag gewesen, doch sie wußte, daß so hoch oben in den Bergen die Nacht kühl werden würde. Die vergangene Nacht hatten sie mit ihrem Marsch zugebracht, und die Bewegung hatte sie warm gehalten. Aber heute nacht?
Einer der Banditen kletterte auf den Mauervorsprung, um anzukündigen, daß die Ruhepause vorüber war und sie sich zum Aufbruch bereit machen würden. Proteste wurden laut. Sie alle hatten nicht nur Angst, sie waren außerdem von dem langen Marsch in der vergangenen Nacht völlig erschöpft, schließlich waren sie nicht viel Bewegung gewohnt. Der Donner hallte in lauten Stakkatosalven wie Artilleriefeuer. Heute nacht gab es keinen Mond, der ihren Weg beleuchtet hätte.
Einer der Banditen kam auf Imogene zu, hob sie hoch, trug sie über den Hof und setzte sie auf einen Esel. Da sie nicht von ihr getrennt werden wollte, folgte ihr Chloe mit Nancy und Amy. Sie sah sich nach Major Hughes um; sie fühlte sich sicherer, wenn er in ihrer Nähe war. Er winkte ihr zu und rief: »Machen Sie sich keine Sorgen. Ich werde Sie im Auge behalten.«
»Es ist erstaunlich, finden Sie nicht auch«, sagte Amy, »daß hier nicht der Teufel los ist. Ich fürchte mich zu Tode, und doch ist keiner von uns hysterisch oder dergleichen.«
Chloe nickte. Sie hatte den ganzen Tag über versucht zu ergrün-

den, warum sie alle sich bei diesem derart außerordentlichen Vorfall so ruhig verhielten. Vorfall? Das war wohl kaum das richtige Wort dafür, oder doch? dachte sie und fragte sich, ob Slade schon von der Entführung gehört hatte. Wenn sie heil hier herauskäme, würde er wahrscheinlich finden, daß das eine ganz tolle Geschichte war. Auch Cass würde sich dafür begeistern. Diesmal würde Slade mich sogar anspornen, alles aufzuschreiben...

Als sie mit vorgehaltenen Waffen durch das Tor am anderen Ende des Hofes hinausgetrieben wurden und auf der anderen Seite des Berges den Abstieg begannen, setzte der Regen ein. Innerhalb von Minuten kam er sintflutartig herunter und prasselte ihnen auf Rücken und Brust. Der schmale Pfad, der ohnehin schon mit Felsbrocken und Steinen übersät war, wurde glitschig. Chloe griff ins Leere, als sie hinfiel, sie glitt in den Matsch und wurde von naßkaltem Schlamm bedeckt. Der Regenguß war so heftig, daß ihr das Wasser in Strömen über das Gesicht lief und sie kaum noch etwas sehen konnte. Der Schlamm sog ihre blutigen Füße in sich hinein; sie schmerzten so sehr, daß sie glaubte, nicht weiterlaufen zu können. Sie hätte gern geweint, aber der Teufel sollte sie holen, wenn sie diesem Wunsch nachgab. Sie hörte eine der Frauen schniefen und weinend ausrufen: »Ich kann nicht mehr.« Genauso war auch ihr zumute.

Nancy und Amy, die direkt hinter ihr waren, gaben keinen Laut von sich. Wenn man hoch oben in den Bergen in diesem Tempo lief, dann fiel das Reden schwer. Chloes Herz schlug so laut, daß sie fürchtete, es könnte zerspringen. Der Regen fiel jetzt gleichmäßig und sachte und prasselte nicht mehr auf sie herunter, aber es war kalt, und sie waren durchnäßt. Wir werden ohnehin alle an Lungenentzündung sterben, dachte sie. Sie fragte sich, wie Slade mit dem Tod seines Sohnes und seiner Frau innerhalb von einem Jahr fertig werden würde.

Die Banditen hielten weiterhin Gewehre auf sie gerichtet, aber sie nahm an, wenn die Männer hätten schießen wollen, dann hätten sie es längst getan, statt mit nahezu zweihundert Gefangenen durch den Regen zu trotten.

Es war noch dunkel, als sie in ein Tal kamen und Chloe das

Rauschen eines Baches hörte. Vor ihnen brannte ein Licht. Hunde bellten. Chloe empfand dieses Geräusch als tröstlich. Menschen, die Hunde hielten, konnten nicht durch und durch schlecht sein. Allerdings hielten die Chinesen, rief sie sich ins Gedächtnis zurück, Hunde nicht als Haustiere, sondern so, wie sie auch Schweine und Hühner hielten, nämlich für den Verzehr.

Sogar in der Dunkelheit konnte sie die Lehmmauer vor sich erkennen, durch die die Menschen, die ganz vorn in der Schlange liefen, verschwanden. Als sie durch die schwere Holztür trat, empfand sie den Geruch als wohltuend. Die Ausdünstung nach Stall ließ sie an Dung und Stroh und Pferde denken, Dinge, die sie früher auf dem Bauernhof ihres Großvaters immer gern gerochen hatte. Der Boden war trocken, und sie hatten ein Dach über dem Kopf.

Eine Öllampe hing an einem Deckenbalken, und sobald sämtliche Gefangenen durch die Tür gekommen waren und erkannt hatten, daß sie nicht mehr im Freien und gegen die Witterung geschützt waren, ließen sie sich auf das Stroh fallen. Trotz ihrer nassen Kleidung schliefen sie innerhalb von Minuten tief und fest.

Die Sonne stand hoch am Himmel, als sie von dem Hall eines Gongs geweckt wurden. Banditen liefen zwischen ihnen umher und teilten Teeschalen aus. Als einer von ihnen Chloe ihre Schale reichte, fragte sie: »Gibt es nichts zu essen?« Er starrte sie an, ohne etwas darauf zu erwidern.

Der britische Colonel, der ihnen demonstriert hatte, wie man ein rohes Ei aus der Schale saugte, hatte die Führungsrolle übernommen und versuchte nachzufragen, wann man ihnen etwas zu essen geben würde. Der Chinese sah ihn an. Chloe nahm an, daß der Colonel wahrscheinlich schon seit Jahren in China seinen Dienst tat und doch immer noch nicht die Sprache beherrschte. Sie wandte sich an den Banditen, der ihr am nächsten stand, und wiederholte die Frage des Colonel.

»Mei-yao.« Der junge Mann zuckte die Achseln.

»Es gibt nichts zu essen«, rief Chloe.

Der junge Bandit klopfte Chloe auf die Schulter und tätschelte sich den eigenen Bauch, und dabei murmelte er, sie hätten auch nichts zu essen. Chloe übersetzte es.

Irgendwann nach Mitternacht in der fünften Nacht ihres Marsches setzten sie zum Abstieg an. Sie rutschten auf dem Gebirgspfad aus, schlitterten und stürzten, aber wenigstens regnete es nicht mehr. Nicht etwa, dachte sie sich, daß sie sich noch viel schmutziger hätten machen können. Die Säume ihres Nachthemds und ihres Morgenmantels waren schon zerfetzt, aber die Gefangenen hatten auch jeden Gedanken daran aufgegeben, wie sie aussahen.
Es war immer noch dunkel, als Chloe gewaltige Wassermengen steil über Felsen strömen hörte. Hier hielten sie an, kauerten sich hin oder setzten sich neben den Weg und warteten, ohne zu wissen, worauf. Chloe wünschte, sie hätte auf ihren Fersen hocken können in der Haltung, in der die Chinesen stundenlang verharrten. Sie hatte es ausprobiert, konnte sich aber nicht im Gleichgewicht halten und kippte immer nach vorn über. Vielleicht hatten Chinesen eine andere Beinmuskulatur, dachte sie.
Major Hughes setzte sich neben sie. »Ich habe das Gefühl«, sagte er, »daß es das war. Wir sind an unserem Ziel angelangt.«
»Was bringt Sie auf diesen Gedanken?« fragte Chloe und sah sich um, konnte aber in dieser Stunde vor dem Morgengrauen nur verschwommene Umrisse ausmachen.
»Das frische Wasser. Ich glaube, vor uns liegt ein Dorf. Dieser Teil des Landes ist für seine Höhlen berühmt. Hier kann man sich leicht verteidigen; wir sind in einem Tal, das von Bergen umgeben ist, vermute ich.«
Chloe sah sich um und fragte: »Woran erkennen Sie das?« Sie konnte so gut wie nichts sehen.
»Ich bin zwar noch nie hier gewesen, aber ich habe die Gegend gründlich studiert«, antwortete er. »Vielleicht wird man uns endlich etwas Anständiges zu essen vorsetzen.«
»Was glauben Sie, was sie mit uns machen werden?« Sie hatte sich noch nicht den Kopf zerbrochen, was mit ihnen geschehen würde, wenn der lange Marsch beendet war. Es war ihr so vorgekommen, als sei es ihnen bestimmt, bis in alle Ewigkeit weiterzulaufen.
»Wenn wir Glück haben, behalten sie uns nur, bis das Lösegeld für uns bezahlt worden ist.«
»So, wie wir aussehen«, sagte sie lächelnd, »bezweifle ich, daß irgend jemand Lust hätte, Geld für uns zu bezahlen.«

Er lachte, und sie fand, er war ein sehr netter Mensch.
Anfangs, im Zug, war er ihr ziemlich arrogant erschienen, aber er hatte diesen Anschein von Überlegenheit abgelegt und die ganze Zeit versucht, die Schmerzen der Frauen in seiner Umgebung zu lindern.
Wahrscheinlich waren nicht einmal ein Viertel der Gefangenen Frauen, und all diese Frauen bis auf sechs – sie selbst, Nancy, Amy, Imogene und zwei Missionarinnen mittleren Alters – waren in Begleitung von Männern. Frauen reisten nicht allein durch China. Und sie vermutete, daß sie es in den meisten anderen Ländern ebensowenig taten.
Als die Morgendämmerung anbrach, erwies sich, daß der Major recht gehabt hatte. Sie befanden sich am Rand einer kleinen Ortschaft, deren Gebäude nur kleine Hütten waren. Aber hier gab es dürre Rinder, Schweine und Hühner und ein paar Hunde. Man setzte ihnen ihre erste nahrhafte Mahlzeit vor, eine dicke Suppe mit viel Gemüse und eine kleine Portion zähes Fleisch. Chloe war überrascht, daß sie kaum etwas essen konnte.
Ein schriller, dissonanter, ohrenbetäubender Pfiff war zu hören.
In die Mitte der Menschenmenge schritt ein schlanker Mann, der sich sehr aufrecht hielt. Sein Gesicht sah aus, als sei es in Stein gemeißelt, die hohen Wangenknochen waren markant, die Augen lagen weit auseinander, und die Nase war gerade. Er war groß, wie es die Nordchinesen oft waren, größer als die Chinesen, die Chloe in Schanghai gesehen hatte. Im Gegensatz zu den übrigen Soldaten saß seine Khakiuniform perfekt. Er trug handgearbeitete Lederstiefel. Er war ein Mann, dachte Chloe, der teure Kleidung gewohnt war. Er bewegte sich mit Selbstsicherheit, wenn nicht gar Arroganz. Vielleicht war er gar kein Chinese. In Schanghai kursierte der Scherz, wenn man einen Orientalen in Kleidungsstücken sähe, die gut saßen, dann müsse er Japaner sein.
Er stand da, die Arme in die Hüften gestemmt, und begann zu reden. Er schrie nicht und versuchte auch nicht, die Menschenmenge zu übertönen, aber innerhalb von dreißig Sekunden verstummten alle, und seine Stimme wurde bis zum äußersten Rand des Kreises getragen.

»Es tut mir leid, daß Ihnen Unannehmlichkeiten bereitet worden sind.«
Schweigen.
»Das ist natürlich gar nichts im Vergleich zu den Unannehmlichkeiten, die Ausländer meinem Volk im Lauf der Jahre bereitet haben.«
Schweigen.
Dann schaute er sich in der Menschenmenge um, und Ungeduld zog über sein Gesicht. »Ist hier jemand, der mich versteht?«
Chloe und ein paar andere hoben die Hand. Sein Blick blieb auf ihr ruhen. Er streckte den rechten Arm aus, im rechten Winkel zu seinem Körper, und mit den Fingern forderte er sie auf, zu ihm zu kommen. »Komm«, sagte er. »Du. Übersetze.«
Er sagte kein Wort mehr, bis sie sich einen Weg durch die Menge gebahnt hatte und vor ihm stand. Er hatte sie genau beobachtet, als sie auf ihn zugekommen war; jetzt sah er sie nicht direkt an.
»Ihr werdet eine Mahlzeit am Tag bekommen. Es steht euch frei, euch in diesem Tal ungehindert zu bewegen. Falls ihr jedoch einen Fluchtversuch unternehmen solltet, werdet ihr erschossen. Das ist die erste und letzte Warnung.«
Die Stimme des Anführers der Banditen war klar und deutlich, und er sprach langsam. Seine Haltung zeigte, daß er als selbstverständlich voraussetzte, man würde auf alles hören, was er sagte. Chloe hatte nie zuvor einen Chinesen wie ihn gesehen. Seine Augen waren kalt; er war, als sähe man in den Lauf eines Gewehrs.
»Ist hier jemand, der Chinesisch schreiben kann?«
Chloe und ein anderer hoben die Hand. Jetzt spiegelte sich in den intelligenten Augen des Anführers der Banditen Belustigung wider. Er dachte sich: Eine Frau!, das konnte sie ihm ansehen. War das denn zu glauben. Eine Frau! Der Gedanke, daß diese Vorstellung ihn frustrierte, bereitete ihr Vergnügen. Doch sein Lächeln wurde noch breiter, und mit ruhiger Stimme fragte er: »Wie heißen Sie?«
»Ich bin Mrs. Slade Cavanaugh«, antwortete sie.
»Wo ist Ihr Mann?«
»Er ist in Nanking.«

»Und er hat zugelassen, daß Sie allein diese Zugfahrt unternehmen?«
Sie nickte.
»Sie werden die Briefe für mich schreiben. Finden Sie die Nationalitäten heraus, die hier vertreten sind. Wir werden Briefe an jedes der Konsulate schreiben. Ich werde Sie später holen lassen.«
Dann hob er den Kopf und blickte starr in die Menge. Seine Stimme klang wie schmelzender Stahl, als er ankündigte: »Falls innerhalb von zwei Wochen keine Lösegelder bezahlt werden, wird jeden Tag einer von euch umgebracht.«
O mein Gott!
»Jeden Tag wird ein Mensch sterben«, wiederholte er. »Und *Sie* werden darüber abstimmen und die Entscheidung treffen, wer es ist.«

24

Seine Männer nannten ihn den Schneeleoparden.
In der Abenddämmerung, nachdem den Frauen eine riesige Höhle und den Männern drei andere Höhlen zugewiesen worden waren, ließ er Chloe zu sich holen. Der Schar der Entführten wurde eine weitere Mahlzeit vorgesetzt, wieder eine Suppe, diesmal mit Rüben und Nudeln darin, aber auch mit unidentifizierbaren Fleischstücken.
Der britische Colonel, der Higgins hieß, den Chloe, Nancy und Amy aber insgeheim Colonel Blimp nannten, lachte hämisch. »Zu dem Zeitpunkt, zu dem irgendwelche Briefe überbracht werden, haben unsere Armeen uns längst gerettet. Denken Sie an meine Worte.«
»Ich finde das alles ziemlich erfrischend«, sagte Nancy kichernd und starrte aus der Höhle in das Tal, in dem der Rauch von Dutzenden von Holzkohlefeuern aufstieg, über denen die Dorfbewohner ihr Abendessen kochten. »Unter den gegebenen Umständen brauche ich wenigstens nicht ganz so sehr die Dame zu spielen.« Sie schaute auf ihre Kleider herunter, und dann sah sie Amy und Chloe an. »Wir sehen alle aus wie Huren«, kicherte sie. »Vielleicht sogar noch schlimmer. Wir könnten ebensogut nackt sein.«
»O Nancy!« Amy schien schockiert zu sein. »Was weißt du denn über solche Frauen?«
Chloe fand, an dem, was Nancy sagte, sei etwas dran. Sie hatte schon vor Tagen jegliches Anstandsgefühl abgelegt. Man brauchte nicht viel Phantasie, um durch die meisten der Nachthemden zu schauen, die die Frauen trugen. Ein paar hatten noch nicht einmal das Glück, Morgenmäntel mitgenommen zu haben. Sie wünschte, sie hätten Decken für die eisigen Nächte gehabt. Seit ihrer Entführung hatte ihr Haar keinen Kamm und keine Bürste mehr gesehen. Die meisten von ihnen sahen wüster aus als die Banditen, die sie gefangenhielten. Es war ein Wunder, daß noch niemand krank geworden war.

Als der Schneeleopard sie jetzt holen ließ, wünschte Chloe jedoch, ihr Morgenmantel hätte nicht so eng angelegen, und ihr Nachthemd wäre nicht aus Seide und nicht so hauchdünn.
Allan Hughes stand vor der Höhle der Frauen. Er sagte: »Ich begleite Sie.«
Es war so dunkel im Zelt, daß Chloe anfangs nichts sehen konnte. Aber in der Mitte des Zelts saß hinter einem Schreibtisch aus Teakholz nach westlicher Art der Schneeleopard unter einer schwankenden Öllampe. Er sah sie an, als sie näher kam und durch das große Zelt auf ihn zuging.
»So«, sagte er, stützte die Ellbogen auf den Tisch und bildete mit den Fingern eine Pyramide vor seinem Kinn.
Chloe stand da und betrachtete ihn, während er sie anstarrte. Sie verspürte nur geringe Furcht. Dieser Mann erweckte den Eindruck von Macht, und seine Augen glühten wie Kohlen, hartes Anthrazit.
»Mein Land hat schon weibliche Herrscherinnen gehabt«, sagte er gänzlich unerwartet.
»Dann sind Sie meinem Land voraus«, sagte sie schließlich. Ihr dämmerte, daß das seine Art war, mit einer Ausländerin umzugehen. »Wir haben bisher noch keine weiblichen Staatsoberhäupter gehabt.« Und werden sie zu meinen Lebzeiten wahrscheinlich auch nicht haben, dachte sie. Aber du hast es mit mir zu tun, und zwar jetzt, du Bandit. Du mußt mit einer Frau zurechtkommen. Sie fragte sich, ob er sich jemals zuvor mit einer Frau auseinandergesetzt hatte.
Er klatschte in die Hände, und augenblicklich trat eine junge Chinesin mit zwei Teeschalen ein. Sie trug sie zu einem niedrigen Tisch. Er bedeutete Chloe mit einer Geste, sich auf das große Bärenfell mitten im Zelt zu setzen; er selbst blieb an seinem Schreibtisch sitzen.
»Kommen Sie«, sagte er und wedelte mit seiner langen, schmalen Hand durch die Luft. »Wir werden uns wie zivilisierte Menschen benehmen und miteinander Tee trinken.«
Sie wußte nicht, wie sie sich in ihrer verdreckten und mangelhaften Bekleidung anmutig auf den Boden setzen sollte. Die junge Chinesin beugte sich vor und reichte dem Schneeleoparden eine

Schale Tee. Dann servierte sie Chloe den Tee. Er bedeutete der jungen Frau mit einer Geste, daß sie sich zurückziehen sollte. Sie verließ das Zelt und lief dabei rückwärts.

War sie ein Dienstmädchen oder eine Konkubine? fragte sich Chloe. Sie hatte noch nie eine Konkubine gesehen. Zumindest nicht wissentlich. Wie viele er wohl hatte, dieser mächtige Mann? Sie musterte ihn. Er schaute auf seinen Schreibtisch herunter.

Ohne aufzublicken, trank er seinen Tee und fragte: »Wie viele Länder sind unter Ihnen vertreten?«

»Neun«, antwortete sie.

»So viele.« Er war sichtlich erfreut. »Wir werden ihnen allen auf Chinesisch schreiben. Sie werden gezwungen sein, die Briefe zu übersetzen. Das hier ist *mein* Land, und ich werde in *meiner* Sprache schreiben. Ich werde heute nacht noch Reiter nach Schanghai schicken.«

»Zwei Wochen sind nicht genug Zeit, um Antworten zu bekommen, und in diesem kurzen Zeitraum bekommen Sie nicht das Geld, das Sie haben wollen«, sagte Chloe und fing den Block auf, den er ihr zuwarf. »Es wird mehrere Tage dauern, bis die Nachricht die Konsulate erreicht. Sie können nicht nach zwei Wochen jemanden umbringen. Sie müssen fair sein.«

Seine Stirn zog sich in Falten, als er eine Hand hob, um sie zum Schweigen zu bringen. »Glauben Sie, ich wüßte nicht, wie groß die Entfernungen sind? Sie befinden sich in *meinem* Land«, sagte er. Seine Stimme spiegelte Groll wider. »Ihre Situation ist nicht dazu angetan, mir vorzuschreiben, was ich zu tun habe. Sie sind *meine* Gefangenen.«

Chloe fuhr mit der Zunge über die Spitze des Bleistifts und sagte: »Was soll ich schreiben?« Er schüchterte sie ein, das mußte sie zugeben. Ihrer aller Leben hingen von ihm ab. Trotz seines schlanken Körperbaus wirkte er kräftig. Ein Blick in seine Augen sagte ihr, daß er ohne jedes Mitgefühl war.

»Schreiben Sie folgendes«, sagte er mit fester Stimme. Er diktierte ihr den Brief. »Kopieren Sie ihn neunfach.«

Als sie anfing, den Brief abzuschreiben, unterbrach er sie. »Ändern Sie *erschießen* in *köpfen* um. Das erscheint euch Ausländern unmittelbarer. Schreiben Sie, wir werden täglich einen Menschen

köpfen, und in fünfzehn Tagen beginnen wir damit, falls keine Gelder hier eingehen.« Er wollte zweihunderttausend amerikanische Dollar.
»Diese Summe bekommen Sie nie!«
Der Schneeleopard sah sie lange an, doch sie schlug die Augen nieder. »Man hat mir berichtet, daß weiße Ausländerinnen nicht so wie unsere Frauen sind. Aber ich bin bisher noch keiner begegnet. Reden sie alle, ehe ihnen die Genehmigung dazu erteilt wird? Oder ist das ein persönliches Merkmal von Ihnen?«
»Frauen in meinem Land«, sagte Chloe, »sind gleichberechtigt. Wir warten nicht darauf, daß Männer uns etwas gestatten – ganz gleich, was.« Ich lüge, dachte sie. Aber so sollte es sein. Ich will nicht, daß er etwas anderes erfährt. Ich werde ihm nicht zeigen, daß ich Angst habe. Nicht jetzt, nicht in eben diesem Moment vor ihm.
»Ah.« Es klang wie ein Seufzer. »Das ist es, was auch ich für mein Land will.« Er stützte sich wieder auf einen Ellbogen und schien dieser Vorstellung nachzudenken, während Chloe sich erhob und an seinen Schreibtisch trat, auf dem sie einen Pinsel und ein Tintenfaß sah. Sie setzte sich und begann, den Brief, den er ihr diktiert hatte, für jedes der Konsulate abzufassen. Er war stumm und starrte sie an, als sie die ersten vier Briefe schrieb. Dann stand er auf, lief im Zelt auf und ab und hatte die Hände hinter dem Rücken verschränkt. Als sie fertig war, saß er im Schneidersitz ihr gegenüber auf einem kleinen Sofa, hatte die Hände auf die Knie gelegt und starrte sie erwartungsvoll an.
»Warum reisen Sie allein?« fragte er abrupt. »Chinesinnen reisen nicht allein.«
»Ich fahre nach Peking, um Informationen für meinen Mann zusammenzutragen. Amerikanerinnen bereisen die ganze Welt, und das oft allein.« Sie fragte sich, ob das der Wahrheit entsprach.
»Sie sollten zu Hause sein. Mit Kindern. China ist kein sicherer Ort für eine Frau.«
Chloe gestattete sich ein kurzes Lachen. »Es scheint für niemanden sicher zu sein, ob Mann oder Frau, wenn Leute wie Sie Züge überfallen und die Fahrgäste entführen.«
Seine stählernen Augen musterten sie. »Meine Männer haben seit

Monaten keinen Sold mehr bekommen«, sagte er schließlich. »Sie müssen ihre Familien unterstützen. Andere ernähren. Ich muß für meine Leute sorgen.«

»Sie sorgen für Ihre Leute, indem Sie andere gefährden?«

»Viele Städte in dieser Provinz stehen unter meinem Schutz. Ich beschütze sie vor anderen Warlords, die Menschen töten und vergewaltigen würden.« Dann war sie also ihrem ersten Warlord begegnet! »Ich beschütze meine Städte. Im Frühjahr dieses Jahres haben sie jedoch nicht das Geld gehabt, um mich zu bezahlen. Die Überschwemmungen ... Aber sie haben mich viele Jahre lang bezahlt und waren immer loyal. Ich werde sie nicht für etwas im Stich lassen, was sie nicht selbst verschuldet haben. Der Gelbe Fluß hat Verheerungen angerichtet. Mein gesamtes Volk muß essen.«

Mein gesamtes Volk.

»Wissen Sie, daß dieses Jahr eine Million Menschen durch Überschwemmungen ums Leben gekommen sind? Eine Million Leute sind weggespült worden. Andere sind am Verhungern, weil es nichts zu essen gibt.« Er schwieg eine Minute lang und sagte dann zusammenfassend: »Schreiben Sie Ihren Amerikanern, wenn das Lösegeld nicht bezahlt wird, werden alle diese Menschen sterben.«

Chloc schricb mit Pinsel und Tusche weiter.

»Nachdem die ersten gestorben sind, werden sie vielleicht begreifen, daß wir es ernst meinen. Dann werden sie auf uns aufmerksam werden und Geld schicken.«

Chloe blickte von ihrem Block auf. »Glauben Sie, auf die Art bringen Sie das Ausland dazu, China zu respektieren?«

»China?« Er lachte. »Solange sich China nicht aufbäumt und seinen Platz unter den Nationen der Welt einnimmt, wird uns niemand respektieren. Mehr als hundert Jahre lang hat die übrige Welt uns ausgenutzt. Erzählen Sie mir nichts von Respekt!«

Er wartete, bis sie das Blatt Papier zur Seite gelegt hatte, das sie vollgeschrieben hatte, und nach einem neuen Blatt griff. Dann wedelte er mit der Hand durch die Luft. »Warten Sie. Legen Sie den Pinsel einen Moment lang hin.«

Sie tat es. Das Licht der schwankenden Lampe, die über ihnen

hing, warf flackernde Schatten auf sein goldfarbenes Gesicht, das wie aus Stein gemeißelt schien.
»Und jetzt sagen Sie mir«, fuhr er fort, »ob Sie glauben, daß Hungersnöte und Krankheiten unvermeidbar sind? In Ihrem Land gebieten Dämme den Wasserfluten Einhalt. Aber hier kann nichts den Gelben Fluß im Frühling eindämmen. Er wird von dem Schnee gespeist, der in Tibet schmilzt, und er strömt Tausende von Meilen weit und wird auf dem Weg von Nebenflüssen gespeist. Nichts kann dem entgegengesetzt werden.«
»O doch«, sagte Chloe. »Es könnten Dämme konstruiert werden, und Wasser kann nutzbringend eingesetzt werden. In meinem Land sterben die Menschen nicht mehr an Cholera, Typhus oder der Pest. Wenn ich in meinem Land geblieben wäre«, sagte sie, und ihre Augen wurden trüb, »wäre mein Sohn noch am Leben. Ihr Land ist ein schmutziges Land, und deshalb gibt es hier so viel Krankheit und Tod.«
Er sah sie an und musterte dann seine Fingernägel. »Ich habe gehört, daß die Amerikaner eigenwillige Vorstellungen von Sauberkeit haben und es damit sehr genau nehmen.«
Zu ihrem Erstaunen stellte sie fest, daß sie sich entspannte. »Es ist wahr. Das, woran ich mich in Ihrem Land am schwersten gewöhnen konnte, ist der Mangel an Reinlichkeit. Und dann diese Gerüche in China.«
»Ah, ja.« Der Schneeleopard lächelte und wedelte mit seiner langen, schmalen Hand durch die Luft. »Die Blumen im Frühling ...«
»Nein, nein, ich meine den Gestank. Den gräßlichen Gestank Chinas. Es riecht nach Schmutz. Es riecht nach ungewaschenen Menschen. Das lockt die Fliegen und Moskitos an ... und die verbreiten Malaria und all die anderen Krankheiten.«
»Warum haben die anderen Länder uns in dieser Hinsicht nicht geholfen? Sie haben mein Volk mit Opium bekannt gemacht. Sie haben hier nie Gutes getan. Sie haben sich verhalten wie die Teufel.«
Darauf hatte Chloe keine Antwort parat. Aber sie sagte: »Ihr Land ist nicht organisiert. Es kann unmöglich all die Dinge tun, die getan werden müssen. Die Menschen in Schantung wollen den Menschen in Yünnan oder in Kiangsi nicht helfen. Sie interessieren sich nur für das, was sich in ihrer unmittelbaren Umgebung tut.«

»Ich bin gereist«, sagte er. »Ich bin sehr um mein Volk besorgt.« Seine Stimme klang wie die eines kleinen Jungen, der mit etwas prahlt.
»Können Sie lesen?« fragte Chloe.
Er hüstelte. »Ich habe mein Studium am Militärinstitut in Schantung abgeschlossen. Ich lese viel.«
»Dann sollten Sie sich mit Geschichte befassen.«
»Ich lese Bücher über Geschichte. Ich weiß, daß das Gestern mit dem Heute und dem Morgen zu tun hat.« Seine Stimme wurde härter. »Ich will nicht, daß es so bleibt, wie es in der Vergangenheit war. Ich will, daß mein Volk sich vorwärts bewegt.«
»Von welchem Volk reden Sie?« fragte sie und stellte zu ihrem Erstaunen fest, daß sie enorme Freude an diesem Gespräch hatte.
»Die Menschen in diesen Bergen, in dieser Provinz, die Ihrem Schutz unterstellt sind?«
Er schüttelte den Kopf. »Nicht nur die Leute in diesen Dörfern. Ich meine sämtliche Völker Chinas. Mein Volk.«
»Beschützen Sie es gegen die Japaner?« fragte sie. Sie hatten in den vergangenen sieben Jahren Schantung infiltriert.
»Ich töte jeden Japaner, den ich zu sehen bekomme«, verkündete er.
Er verstummte, und daher beendete sie die beiden letzten Briefe, legte dann den Pinsel hin und streckte ihre verkrampften Finger. Er rief einen Namen, und ein Soldat kam hereingerannt und nahm eine unterwürfige, gebeugte Haltung ein.
»Die Briefe«, sagte er zu ihr, »werden in zwei Tagen in Schanghai sein, nach zwei harten Tagesritten.«
Chloe stand auf. »Es ist kalt und feucht in den Höhlen, und wir sind sehr spärlich bekleidet. Gibt es irgendwo Decken?«
Er erhob sich nicht. »Nein, bedauerlicherweise nicht. Es gibt auch keine Decken für meine Männer.«
Als sie sich abwandte, um zu gehen, und ihm den Rücken zugekehrt hatte, sagte er: »Ihr Haar ist nicht so wie das anderer Ausländer. Es ist sehr chinesisch.« Er sprach leise mit gesenkter Stimme.
Ich habe es seit einer Woche nicht mehr gekämmt, dachte sie. Es ist verfilzt und schrecklich ungepflegt.
»Wie Seide«, sagte er.

25

In jener Nacht träumte sie von seiner Hand, die sich in ihr Haar schlang, und er zog es an seine Lippen und sagte: »Wie Seide.«
Als er sie ansah, waren seine Augen jedoch traurig. Lange Zeit sagte er kein Wort und starrte sie nur an, in sie hinein, während seine Lippen die Haarsträhne kosten. Dann streckte er die Hand aus und streichelte zärtlich mit dem Handrücken ihre Wange.
»Es tut mir weh, das zu tun, was getan werden muß.« Seine Stimme war rauh.
Sie beobachtete ihn und fragte sich, was getan werden mußte. Und dann wußte sie es. Die Tränen traten ihr in die Augen, und eine rollte über ihre Wange.
»Was ist dir lieber? Willst du erschossen oder guillotiniert werden?«
Es überraschte sie, daß er das Wort guillotiniert kannte. Er sprach es mit einem französischen Akzent aus.
»Mir gefällt die Vorstellung nicht, dich zu töten, ausgerechnet dich«, sagte er. »Ausgerechnet dich und nicht irgendeine andere Frau.«
Und wieder küßte er ihr Haar. Wie Seide.
Sie fragte sich, wie seine Lippen sich wohl anfühlen mochten, ob man den Tod auf ihnen schmecken würde ... fragte sich, wie der Tod wohl schmecken mochte.
Seine Hand glitt über ihren zerrissenen Morgenmantel und zog ihn von ihrer Schulter, und einer seiner Finger bewegte sich über einen Träger ihres Nachthemds und dann über ihre Brust. Sie spürte den Puls in ihrer Kehle und fragte sich, ob er ihr Herz hören konnte. Er beugte sich vor und küßte ihre Brust, und sie hörte ihn seufzen.
Ein Signalhorn wurde geblasen.
Er hob den Kopf, schaute in ihre Seele und griff nach ihrer Hand. »Komm«, sagte er, während er den Morgenmantel wieder über ihre Schulter zog. »Es ist Zeit.« Er stand auf und führte sie an der

Hand. Als er die Tür öffnete, sah sie den Sonnenaufgang, und der bleiche Himmel setzte sich rotgerändert gegen die zerklüfteten Berggipfel ab.

Die Gefangenen entwickelten einen geregelten Tagesablauf. Dort, wo der Fluß Teiche und Strudel bildete, wuschen sie ihre Kleider und badeten, obwohl sie keine Seife besaßen, mit der sie sich hätten reinigen können. Wenn sie aus dem Wasser kamen, zitterten sie, bis die Sonne sie wärmte und trocknete. Über den Holzkohlepfannen vor den Höhlen brühten sie sich kochend heißen Tee und saßen in der Sonne, erzählten einander Geschichten aus ihrem Leben und trösteten sich gegenseitig damit, daß bald Rettung kommen würde, wahrscheinlich unter großem Trara.

Sie zählten die Tage, die ihnen noch blieben. Sechs, fünf, vier, drei, zwei. Und dann war es nur noch ein Tag. Niemand konnte verstehen, warum keines der Konsulate von sich hatte hören lassen. Gemeinsam konnten sie doch bestimmt zweihunderttausend Dollar für die Gefangenen aufbringen. Das waren tausend Dollar für jeden einzelnen Gefangenen. Gewiß würde man sie retten.

Es war Sonntag. Die Missionarinnen hielten am Morgen Gottesdienste ab. Niemand erwähnte, daß der letzte Tag gekommen war. Niemand verlor ein Wort darüber.

Chloe hielt Ausschau nach dem Schneeleoparden. Sie hatte ihn seit dreieinhalb Tagen nicht mehr gesehen. Vielleicht war er auf einem anderen Weg als dem, auf dem sie gekommen waren, aus dem Tal geritten. Es konnte durchaus noch einen anderen Weg geben, der aus dem Tal hinausführte. Und doch wußte sie irgendwo in ihrem Innern, daß er sich in seinem Zelt aufhielt. Daß er dort geblieben war und sich verkrochen hatte. Sie hatte gesehen, wie eine junge Chinesin das Zelt betreten hatte, aber sie war gestern am frühen Morgen gegangen.

Er würde gewiß keinen von ihnen töten. Das war eine leere Drohung. Aber mußte er sie andererseits nicht wahrmachen, um das Gesicht zu wahren? Major Hughes und einige der Männer sprachen diese Fragen am frühen Morgen laut aus. Was würden sie tun, wenn es dem Schneeleoparden ernst war? Strohhalme ziehen?

»Die Frauen scheiden aus«, sagte Allan Hughes.
»Ja, sicher«, ächzte Colonel Higgins.
Gab es ein faireres Mittel, um zu einer Entscheidung zu gelangen? Hieß es, daß heute nacht einer von ihnen tot sein würde? In einem Tal in den Bergen von China getötet? Ermordet, weil keine der Regierungen etwas unternommen hatte?
Einen Moment lang ertappte sich Chloe dabei, daß sie weit wütender auf Amerika und die anderen Länder war, weil sie das Lösegeld nicht bezahlt hatten, als auf den Schneeleoparden, der sie entführt hatte.
Sie bemühten sich, so zu tun, als sei es ein Tag wie jeder andere, aber um die Mittagszeit kam der Schneeleopard auf der Straße vom Dorf her auf sie zu und wirbelte mit seinen Absätzen Staub auf. Er näherte sich stumm. Schweigen senkte sich über die Menschenmenge herab. Die Leute standen da, beobachteten ihn und wollten nicht an seine Drohung glauben.
Er blieb still stehen und ließ seinen festen Blick über die Menge gleiten. »Heute ist der Tag gekommen«, sagte er, als kündigte er etwas an, was sie noch nicht wußten. »Keines Ihrer Länder hat von sich hören lassen. Einer von Ihnen wird heute nacht sterben.«
Ein Mann, dessen Namen Chloe vergessen hatte, trat vor. »Wozu soll das gut sein? Die Konsulate werden nichts davon erfahren. Es wird sie nicht dazu antreiben, schnell Geld herzuschaffen.«
Der Schneeleopard zuckte die Achseln. »Ehe zweihundert von Ihnen sterben, werden sie darüber unterrichtet sein. Um Mitternacht wird einer von Ihnen sein Leben lassen. Entscheiden Sie in irgendeiner Form, wer von Ihnen es sein soll. *Sie* treffen die Wahl.«
Bis auf das Rauschen des Flusses war kein Geräusch zu vernehmen. Er machte auf dem Absatz kehrt und schlug den Rückweg zu seinem Zelt ein. Chloe löste sich aus der Menschenmenge, rannte ihm nach und rief: »Sie sind ein Barbar. Die Welt hat recht. Die Chinesen sind nichts weiter als Barbaren, unzivilisierte Barbaren.«
Beim ersten Wort, das über ihre Lippen kam, blieb er stehen. Er wandte sich jedoch nicht um, sondern stand mit dem Rücken zu ihr da. Als er sich dann langsam zu ihr umdrehte, grinste er. »Wußte ich doch gleich, daß Sie es sein müssen! Barbaren, sagen

Sie? Und so wie Sie sich benehmen – halten Sie das für zivilisiert? Keine Chinesin würde sich jemals so benehmen, wie Sie es tun.«
»Ich bin keine Chinesin. Und ich bin froh darüber, keine zu sein. Ich würde mich schämen, wenn die Männer in meinem Land derart barbarisch wären.« Sie verspürte jetzt Wut auf diesen Mann, Wut darüber, in welche Lage er sie alle brachte.
Er kam auf sie zu, blieb dicht vor ihr stehen und senkte die Stimme. »Möchten Sie sich vielleicht opfern?«
O Gott. Sie hätte nicht geglaubt, daß er sie als sein erstes Opfer auswählen würde. Er hatte gesagt, die Entscheidung läge bei ihnen.
Er legte den Kopf auf die Seite. »Möchten Sie die Heldin spielen? Oder ziehen Sie es vor, Märtyrerin zu sein? Wollen Sie diese Menschen wirklich retten? Nun, Sie können Zeit schinden, bis die Konsulate Geld schicken. Ich räume Ihnen eine Alternative ein, falls das Ihr Wunsch ist.« Sein Grinsen war verschlagen. »Ich werde Ihnen zeigen, daß ich kein Barbar bin. Ich werde Ihnen zeigen, daß es außer dem Tod noch andere Mittel gibt.«
Er sprach so leise, daß ihn außer Chloe niemand hören konnte. »Ersparen Sie diesen Menschen den Tod, wenn Sie wollen. Kommen Sie heute abend um neun in mein Zelt. Sagen Sie es ihnen. Sagen Sie ihnen, daß Sie sie retten werden. Daß sie überleben, weil Sie mit mir ins Bett gehen.« Er lachte ein lautloses Lachen. »Ich habe noch nie mit einer Weißen geschlafen.«
Ihr Gesicht wurde blaß, und ihr Mund war so trocken, daß sie kein Wort herausbrachte. Das kann ich nicht tun, dachte sie. »Ich denke gar nicht daran«, zischte sie.
»Ist es Ihnen lieber, zuzusehen, wie einer nach dem anderen stirbt? Ist Ihnen das wirklich lieber, als mit mir ins Bett zu gehen?«
Er umfaßte ihr Handgelenk und hielt es fest.
»Sie tun mir weh«, flüsterte sie.
»Nein«, sagte er. »Sie tun sich selbst weh. Einer von Ihnen wird heute um Mitternacht sterben, falls Sie entscheiden sollten, nicht um neun Uhr in mein Zelt zu kommen. Treffen Sie die Wahl. Sie haben den ganzen Tag über Zeit dazu. Denken Sie daran: Wenn Sie nein sagen, braucht niemand zu erfahren, daß Sie einen von ihnen hätten retten können. Nur Sie und ich werden es wissen.«

Sie entrang ihm ihr Handgelenk.
Er sah sie lange an, und dann wandte er sich abrupt ab und ging.
»Was hat er gesagt?« Allan Hughes kam auf sie zu. Chloe antwortete ihm nicht. Sie sah starr vor sich hin, ohne etwas zu sehen. Dann lief sie durch die Bäume zum Fluß, der im hellen Sonnenschein glitzerte und Gischt in die Luft sprühte, ehe das Wasser in Kaskaden über die Felsen stürzte.
Ich werde zur Mörderin, oder etwa nicht? fragte sie sich. Wenn ich mich weigere, werde ich für den Tod eines anderen Menschen verantwortlich sein.
Niemand folgte ihr. Sie standen da und fragten sich, wie sie entscheiden sollten, wer heute nacht sterben würde. Chloe hörte nichts von alledem. Sie hörte nur das Rauschen des Flusses und spürte die eisigen Wassersplitter, die sie ab und zu trafen. Ich werde ebenso wie er einen Menschen töten, oder etwa nicht? Diese Verantwortung war zu erschreckend, um sie in ihrem vollen Umfang zu erfassen.
Sie würden ihr niemals vergeben können, wenn sie sich weigerte. Aber er hatte gesagt, sie bräuchten nichts davon zu erfahren. Sie wußte es jedoch. War ihr Körper wichtiger als das Leben eines ihrer Gefährten?
Dieser verfluchte Kerl, dachte sie.
Sie drehte sich zu den Menschen um, die zu retten jetzt in ihrer Macht stand, und sie sah Allan Hughes auf sich zukommen. Sie blickte zu ihm auf, während sie so am Flußufer sitzen blieb, wie sie bisher dagesessen hatte, die Arme um die angezogenen Knie geschlungen. Er setzte sich neben ihr ins Gras, zupfte einen Grashalm aus der Erde und drehte ihn zwischen den Fingern. Die helle Sonne blendete sie.
»Sie wirken erschöpft. Tragen Sie so viel von der Last unserer Welt auf Ihren Schultern?«
Ihre Finger schlangen sich so fest umeinander, daß es weh tat. Es überraschte sie, sich selbst so laut seufzen zu hören. »O Allan, er hat mich vor die Wahl gestellt. Ich kann alle retten. Oder wenigstens einen. Heute nacht.«
Allan blieb stumm und starrte sie an. Sie brauchte es ihm nicht zu erklären; er verstand augenblicklich. »Ach, du meine Güte. Das

tut mir ja so leid für Sie.« Er nahm ihre Hand. »Obwohl ich gestehen muß«, sagte er und lächelte sie an, »daß ich, wäre ich in einer solchen Position, auch Leben verschonen würde, wenn ich Sie dafür haben könnte.«
Überrascht sah sie ihn an.
»Eigentlich habe ich gar keine Wahl, oder?« fragte sie schließlich.
»Nein, nicht, wenn Sie der Mensch sind, für den ich Sie halte.« Seine Stimme war ruhig, und er ließ ihre Hand los.
»Sie werden es den anderen sagen«, sagte sie. »Ich kann es nicht. Wenn ich um neun Uhr in sein Zelt gehe, wird niemand sterben ... wenigstens heute nacht nicht.«
Aber Allan rührte sich nicht von der Stelle.
Sie saßen ein paar Minuten lang schweigend da; sie starrte auf den Fluß hinaus, und er sah sie an. Schließlich fragte er: »Wie wird Ihnen hinterher zumute sein? Ich meine, wie werden Sie mit sich selbst zurechtkommen?«
»Sie überraschen mich, Allan. Sie sind wirklich viel netter, als ich beim Einsteigen in den Zug den Eindruck hatte. Ich wußte nicht, daß Männer vom Militär sich über solche Dinge Gedanken machen.«
»Gewöhnlich tue ich das auch nicht.« Er zerdrückte den Grashalm zwischen den Fingern. »Aber das hier ist keine gewöhnliche Situation.«
»Wahrscheinlich werde ich ziemlich stolz darauf sein, jemandem das Leben gerettet zu haben.«
»Allerdings auf Ihre Kosten. Ich meine, einige von diesen Leuten«, sagte er und wies mit einer Kopfbewegung auf die Fahrgäste, »werden Sie für unmoralisch halten. Verstehen Sie?«
Sie legte den Kopf zur Seite und fragte: »Wirklich? Glauben Sie das wirklich? Zählt es denn gar nicht, daß es das Leben eines jeden hätte sein können, das ich rette?«
»Die Logik hat wenig mit den Gefühlen der Menschen zu tun«, sagte er. »Sie werden als Hure gebrandmarkt sein. Natürlich sind Sie zugleich auch eine Heldin. Aber dennoch als Hure gebrandmarkt. Insbesondere die Briten werden es so empfinden. Komischerweise, wenn es nicht gar die reinste Ironie ist, aber ich würde

wetten, daß die Missionarinnen diejenigen sind, die das größte Mitgefühl aufbringen werden; sie werden das, was Sie tun, als heldenhaft ansehen.«

»Im Grunde genommen«, sagte Chloe, »spielt es eigentlich gar keine Rolle, was die anderen denken werden.«

Allan legte ihr eine Hand auf die Schulter. »So sollte es auch sein. Sie sind hier schließlich diejenige, die hinterher mit sich selbst weiterleben muß.«

»Allan, Ihnen ist es bestimmt, beim Militär entweder ein hoher General oder ein absoluter Versager zu werden.« Chloe bemühte sich zu lächeln, und diesmal war sie es, die die Hand ausstreckte und seine Hand nahm. »Sie sind nicht wie die anderen.«

»Sie auch nicht, meine Liebe, und ich bin sicher, daß der Schneeleopard Sie deshalb ausgewählt hat.« Dann fragte er: »Haben Sie sich Gedanken darüber gemacht, wie Ihr Mann darauf reagieren wird?«

Slade? »Er wird der Meinung sein, daß ich das Richtige getan habe. Allan, wenn ich zum Schneeleoparden gehe, läßt sich das doch unmöglich gegen ein Menschenleben aufrechnen?«

»Was ist, wenn morgen keine Hilfe kommt? Oder übermorgen? Oder in den nächsten sechs Monaten?«

»Vielleicht gefalle ich ihm nicht«, sagte sie. »Aber welchen Unterschied macht es schon, ob ich einmal oder zweihundertmal zu ihm gehe, wenn ich es erst einmal getan habe?« Machte sie das zur Konkubine? fragte sie sich. »Sagen Sie es ihnen, Allan. Sagen Sie es ihnen, solange ich noch hier sitze.«

Zehn Minuten später kam Nancy mit leuchtenden Augen auf sie zugerannt. »O Chloe, Sie Glückspilz. Wie romantisch! Wie aufregend! Von einem chinesischen Warlord verführt zu werden, und noch dazu von einem, der so gut aussieht. Wie sehr ich Sie darum beneide! Es ist wirklich wie in einem Roman, finden Sie nicht auch? Haben Sie nicht von Kopf bis Fuß Gänsehaut? Und wenn wir nach Hause zurückkehren, werden Sie eine Heldin sein. O Chloe, es ist einfach viel zu spannend!«

Chloe starrte sie an.

Nancy plapperte weiter. »Sagen Sie ihm, wenn er morgen nacht jemanden haben will, melde ich mich freiwillig. Daraus läßt sich eine ganz wunderbare Geschichte machen, die man dann zu Hause erzählen kann. Und er sieht ja so gut aus. Als sei er von einer Filmleinwand gestiegen.«

Eine wunderbare Geschichte! Eine Nacht mit einem chinesischen Warlord. Das war nicht die Geschichte, auf die sie es ursprünglich abgesehen hatte.

Der Rest der Gruppe spaltete sich in zwei Lager auf. Allan hatte recht gehabt. Die meisten Engländer erhoben Einspruch und behaupteten, für die Ehre einer Frau lieber sterben zu wollen. Aber der Rest von ihnen, darunter auch die Britinnen, stießen Seufzer der Erleichterung aus. Im Lauf des Nachmittags kamen sie eine nach der anderen auf Chloe zu, bedankten sich bei ihr und sagten ihr, sie sei bewunderungswürdig. Eine Heldin.

Eine Heldin, weil ein unbedeutender chinesischer Warlord noch nie mit einer Weißen geschlafen hatte.

Kurz vor dem Abendessen kamen einige der Frauen, die sie fast gar nicht kannte, auf sie zu. Sie fänden, sagten sie, das, was sie tun würde, sei ein Akt zwischenmenschlicher Liebe, doch sie machten sich Sorgen darüber, was nach dieser einen Nacht passieren würde, wenn man morgen oder übermorgen immer noch nichts von den Konsulaten gehört hatte. Sie wollten nicht, daß der Schneeleopard sämtliche Frauen der Reihe nach zu sich bestellte und sich allen gewaltsam aufdrängte.

Chloe ahnte bereits, daß das nicht das Ziel des Schneeleoparden war. Er suchte nach Mitteln und Wegen, sie zu demütigen und ihr zu zeigen, daß Frauen in China den Männern untertan waren. Und doch hatte er gesagt: »Dein Haar ist wie Seide.« Vielleicht vermischte sich Begierde mit seinen übrigen Gefühlen. Sie hatte den Verdacht, daß er nicht sämtliche Frauen begehrte. Aber sie sagte nichts von alledem und hörte den Frauen zu.

»Wenn Sie ihm gefallen«, sagte eine der Frauen, »dann könnte es sein, daß er Sie jede Nacht zu sich kommen läßt ... oder daß er andere Frauen zu sich kommen läßt.« Chloe sah die Frauen an und musterte die fünf Gesichter. »Sie wollen andeuten, daß ich mich bemühen soll, ihm zu gefallen, das ist es doch?«

Eine der jüngeren Frauen schlug verlegen die Augen nieder.

»Ja«, antwortete Mrs. Logan, die die Sprecherin zu sein schien.

»Wir bitten Sie inständig darum. Da Sie ohnehin schon zu ihm gehen, jedenfalls für diese eine Nacht ...«
Und so halfen sie Chloe beim Baden, trockneten ihr Haar und steckten es ihr auf, damit es gewellt auf ihre Schultern fiel. Sie kniffen ihr in die Wangen, und eine von ihnen stiftete die Ohrringe, die sie bei der Entführung getragen hatte.
Um neun war es dunkel, und die fünf Frauen schwirrten um Chloe herum wie Nachtfalter ums Licht. Sie hatte ihr zerfetztes Nachthemd ausgezogen und trug nur ihren Morgenmantel.
Allan Hughes bahnte sich einen Weg durch diesen Kreis, streckte einen Arm hin und wollte Chloe an der Hand nehmen. Sie kam sich vor wie eine Vestalin, die zur Schlachtbank geschickt wurde. Es herrschte Stille im Lager. Alle starrten sie an. Sie glaubte, sie würde sich jeden Moment übergeben müssen. Sie hatte zum Abendessen nichts zu sich nehmen können. Eine der Frauen beugte sich vor und nahm eine ihrer Locken in die Hand.
Chloe wagte es nicht, die Menschenmenge anzusehen, sondern machte sich sehr aufrecht auf den Weg zu der Straße, die sie zum Dorf und zum Zelt des Schneeleoparden führen würde. Als sie das tat, tobte die Menschenmenge und stieß unverständliche laute Schreie aus, und Chloe kam sich tatsächlich wie eine Romanheldin vor, die ihren Körper opferte, um ein Leben zu retten.
Sie sahen die eine Träne nicht, die über ihre Wange rann. Sie hatte keine Ahnung, warum. Sie fürchtete sich nicht. Sie war wütend darüber, daß ein Mann eine solche Macht über sie besaß. Über sie alle. Aber sie wußte, daß sie das nicht zeigen durfte. Sie mußte ihm gefallen, ihm mit allen Mitteln gefallen, die ihr zur Verfügung standen.
Und sie fragte sich, ob ein Chinese auf dieselbe Art mit einer Frau schlief wie ein Amerikaner.

26

Er saß hinter seinem Schreibtisch und trug eine Uniform mit aufgeknöpftem Kragen. Seine Hände lagen auf dem Schreibtisch, und er wirkte nicht nur förmlich, sondern zudem völlig gelassen. Seine Blicke glitten über ihren zerrissenen Morgenmantel, von Kopf bis Fuß.

Zu ihrem Erstaunen stellte Chloe fest, daß sie keine Furcht empfand, sondern prickelnde Erregung. Sie glaubte, irgendwo gehört zu haben, daß die Chinesen einander nicht küßten. Was würde er als erstes tun?

»Wie ich sehe, mögen Sie chinesische Kleidung«, sagte er und klatschte in die Hände.

Ein Bediensteter betrat unter Verbeugungen das Zelt. Der Schneeleopard stieß so schnell und abrupt einen Befehl hervor, daß Chloe nichts verstehen konnte. Dann sagte er, während er immer noch hinter seinem Schreibtisch saß und die Beine darunter ausgestreckt hatte: »Es tut mir leid, Ihnen diese Unannehmlichkeiten bereitet zu haben, die Sie jetzt alle in schmutzigen und zerrissenen Kleidungsstücken herumlaufen lassen. Bei Ihnen kann ich diesen Mißstand beheben, aber nicht bei den anderen.«

Der Bedienstete kam zurück. Über dem Arm trug er ordentlich zusammengefaltet Seide in einem dunklen königlichen Purpur. Der Schneeleopard griff danach, und das Kleidungsstück entfaltete sich und schimmerte im Schein der Lampe. Ein elegantes Kleid, das weder zerrissen noch schmutzig war.

»Es gehört einer meiner Frauen«, sagte er und warf es ihr über den Schreibtisch zu. Sie fing es auf.

Der glatte, weiche Stoff liebkoste ihre Hände.

»Jetzt gehört es Ihnen.« Er hatte sie nicht aus den Augen gelassen.

»Frauen? Sie haben Ehefrauen?«

Er nickte, als sei das ohne jede Konsequenz. »Selbstverständlich. Vier.«

Vier Ehefrauen!
Sie hielt das Kleid in den Armen.
»Ich werde Sie jetzt einen Moment allein lassen, damit Sie sich umziehen können«, sagte er. »Ich habe noch etwas zu erledigen. Wenn ich zurückkomme, werden wir zu Abend essen.« Er stand jetzt hinter seinem Schreibtisch und fragte: »Das möchten Sie doch, oder nicht? Fasan ...«
»Ja«, sagte sie und war so hungrig, daß sie den Vogel schmecken konnte. »Sehr gern sogar.« Vielleicht war er im Werben um Frauen besser als ein Amerikaner.
Er lachte.

Da es in dem Zelt keinen Spiegel gab, konnte sie sich nicht betrachten, aber sie wußte, daß die königliche Farbe blendend zu ihren Augen paßte. Er hatte diese Farbe für sie ausgesucht, eigens für sie. Das seidige Material streichelte ihren Körper.
»Bleiben Sie so stehen. Rühren Sie sich nicht von der Stelle.«
Eine rauhe Stimme zischte die Worte ins Zelt.
Sie hörte, daß sich hinter ihr etwas bewegte.
»Und jetzt drehen Sie sich um.«
Chloe tat langsam, was ihr befohlen worden war, und zum ersten Mal an diesem Abend verspürte sie Furcht. Ein Mann, der etwa ihre Größe hatte und in dessen dunklen Augen Wut loderte, hielt eine Pistole auf ihr Herz gerichtet.
Unwillkürlich schlug sie sich die Hände vor die Brust.
»Lassen Sie die Hände an den Seiten herunterhängen«, sagte der Soldat. Den Rangabzeichen auf seiner Schulter konnte sie entnehmen, daß er Offizier war. Er kam auf sie zu, stellte sich hinter sie, preßte seinen Körper von Kopf bis Fuß gegen den ihren und rammte ihr die Waffe in die Rippen.
»Eine Bewegung, ein Laut ...« Er brauchte den Satz nicht zu beenden.
So standen sie über einen Zeitraum da, der Chloe wie eine Ewigkeit erschien, während sie sich bemühte, nicht zu zittern.
Endlich sagte der Mann etwas. »Sie sind wohl die Siegerprämie, was? Die er bekommt, während wir dort draußen warten. Darauf warten, daß die ausländischen Teufel sich auf uns stürzen, damit *er*

eine weiße Frau besteigen kann! Wie zum Teufel will er damit Ihre Konsulate beeindrucken? Schickt uns Geld, oder wir schlafen mit euren Frauen! Was für eine Drohung! Dafür, was Frauen zustößt, interessiert sich doch bestimmt keine Regierung! Er hätte uns heute nacht einen Mann töten lassen sollen. Ihn vor den Augen der anderen köpfen lassen. Oder garrottieren, das wäre noch besser gewesen. Damit sie zusehen müssen, wie er vor ihren Augen millimeterweise stirbt. Das hätte ihnen Angst eingejagt. Dann hätten sie angefangen, sich vor den Chinesen zu fürchten. Aber nein, er muß Sie haben!«

Chloe kam nicht gegen ihr Zittern an. »Was haben Sie vor?« fragte sie.

Der Mann gab einen schroffen Lauf von sich, der sich für sie wie ein Lachen anhörte. »Die Zügel in die Hand zu nehmen. Ihn uns vom Hals zu schaffen, was glauben Sie denn? Und dann werden wir einen von Ihnen töten. Und wenn ich Sie oder eine der anderen Frauen haben will oder wenn einer der Offiziere eine weiße Frau haben will, dann werden wir sie uns nehmen. Morgen nacht werden wir dann wieder jemanden töten ...«

Während seine Stimme auf sie einpeitschte, glaubte sie, Schritte zu hören, erst nur ganz leise, bis der Mann, der sie bedrohte, die Schritte ebenfalls vernahm und verstummte.

»Kein Bewegung«, flüsterte er und hielt sie vor sich fest; die Pistole, die er direkt unter ihrer rechten Brust hielt, war auf den Eingang des Zeltes gerichtet.

Die lose Zeltplane blähte sich, ehe die Hand des Schneeleoparden sie zur Seite zog. In diesem Augenblick, in dem die Aufmerksamkeit ihres Gegners sich völlig auf den Eingang des Zeltes richtete, riß sich Chloe aus der Umklammerung des Mannes los, katapultierte dabei seinen Arm hoch und brachte ihn aus dem Gleichgewicht. Sein Finger, der auf dem Abzug lag, ließ in dem Moment eine Kugel durch das Zeltdach sausen, in dem sie sich umdrehte, zwischen seinen Beinen das Knie hochriß und ihn in die Lenden trat. Er stieß einen gepeinigten Schrei aus, der wie der eines verwundeten wilden Tieres klang, packte mit beiden Händen seine Geschlechtsteile und fiel nach hinten um.

Im nächsten Moment hatte sich der Schneeleopard auf ihn gestürzt.

Der benommene Mann krümmte sich und stöhnte, und in seinen gequälten Augen stand Haß.

»Was soll das heißen? Was haben Sie getan?« rief der Schneeleopard aus und sah Chloe an.

Sie zitterte so unbeherrscht, daß sie nicht antworten konnte, und ihre Zähne klapperten.

Der Schneeleopard streckte einen Arm aus und packte ihr Handgelenk. »Schluß damit! Was ist passiert?«

»Er w-wo-wollte Sie t-t-töten«, sagte sie, und ihre Stimme war kaum zu hören.

Der Schneeleopard stand auf und starrte den Mann an, der stöhnend auf dem Boden lag und sich wie ein Embryo zusammengerollt hatte.

»Wer ist das?« fragte Chloe, die sich bemühte, ihre Selbstbeherrschung wiederzufinden.

»Wang ist einer meiner besten Offiziere«, erwiderte er mit emotionsloser Stimme. »Ein getreuer Lieutenant.« Er schaute auf den Mann herunter, der auf dem Zeltboden lag. »Ist das wahr?«

Wangs Augen sprühten Haß. Er streckte die Beine aus und versuchte aufzustehen. »Du bist keine Führungspersönlichkeit«, schrie er. »Du bist schwach. Frauen. Opium. Du interessierst dich mehr für dein eigenes Vergnügen als für das Geld, das wir brauche. Ja, es ist wahr!«

»Warum hast du nicht mit mir darüber geredet?« Die Stimme des Schneeleoparden klang ruhig.

»Ha«, schnaubte der Mann. »Du glaubst zu oft, man könnte durch Diskussionen zu Entscheidungen gelangen. Zu viel Denken macht impotent.«

»Was wird jetzt mit ihm geschehen?« fragte Chloe. Er würde den Mann doch bestimmt nicht einfach laufenlassen. Er würde ihn ins Gefängnis sperren oder irgend etwas dergleichen, oder nicht?

»Hättest du mich getötet?« fragte der Schneeleopard Wang.

»Ich täte es auch jetzt noch.« Wang starrte ihn trotzig an.

Der Schneeleopard blickte ihn ebenfalls durchdringend an und sagte kopfschüttelnd: »Geh.«

Der Mann schien verblüfft zu sein, doch er versuchte, sich auf die Füße zu ziehen, und dann ging er auf den Ausgang zu. Als die

Kugel des Schneeleoparden ihn traf, versuchte er noch nicht einmal, sich nach ihm umzusehen, ehe er zu Boden stürzte.
Innerhalb von Sekunden kam ein junger Mann in das Zelt gerannt. »Lao. Hilf mir, Wang von hier fortzuschaffen«, schnauzte der Schneeleopard ihn an.
Der junge Mann sah den Schneeleoparden bestürzt an, ehe er Chloe anstarrte und Wangs Beine packte, während der Schneeleopard seine Schultern nahm. Sie verschwanden durch die Zeltöffnung und ließen Chloe allein.
»Lieber Gott«, sagte sie laut vor sich hin. Sie setzte sich an den Schreibtisch des Schneeleoparden, schlug sich die Hände vors Gesicht und hoffte nur, daß sie nicht weinen würde.
Nach weniger als fünf Minuten kam der Schneeleopard zurück. Ihm folgte eine junge Frau mit unterwürfig gebeugtem Rücken, die ein Tablett trug. Der Schneeleopard wandte sich an Chloe, als sei nichts passiert. »Haben Sie je unseren Wein getrunken?«
»Nein.« Sie schüttelte den Kopf. Sie wäre gern vor Entsetzen außer sich gewesen, doch sie mußte unwillkürlich lächeln. Er will mir zeigen, daß er kein Barbar ist. In einer derart unmöglichen Situation wahrt er das Gesicht.
Er setzte sich auf das Bärenfell und bedeutete ihr, es ihm nachzutun. In einem engen Kleid war das nicht leicht. »Ich habe französische Weine gekostet«, sagte er, und sie begriff, daß er bemüht war, ein gewisses Maß an Kultiviertheit zu demonstrieren. »Unsere Weine können sich nicht mit den europäischen Weinen messen, das muß ich zugeben, aber ich habe einen chinesischen Wein hier, der recht gut ist. Reiswein.«
Auf dem Tablett, das die junge Frau auf einem niedrigen Tisch abstellte, standen eine schlanke Karaffe und zwei erstaunlich dünne Weingläser aus Porzellan. Der Schneeleopard sagte: »Sie schenken den Wein ein.«
Die junge Frau zog sich zurück. Sie waren allein miteinander.
Chloe beugte sich vor, schenkte den Wein ein und beobachtete, wie die goldene Flüssigkeit vor dem Hintergrund des flackernden Feuers schimmerte. Es war seltsam, dachte sie, daß sie keine Furcht verspürte. Keinen Haß. Sie glaubte nicht, daß er ihr weh tun würde. Sie hielt ihn nicht für einen Sadisten. Er hatte Wang ein

schnelles Ende bereitet. Und zwischendurch kam er ihr wie ein kleiner Junge vor, der sich produzieren wollte.
»Sie haben in diesen letzten Wochen nichts Ordentliches zu essen bekommen, das ist mir durchaus klar«, sagte er und klatschte in die Hände. Drei junge Frauen kamen im Gänsemarsch in das Zelt und trugen große Platten mit dampfenden Speisen. Auf einer lag ein gebratener Fasan, der einfach göttlich roch und so zart war, daß das Fleisch sich von selbst von den Knochen löste. Auf einer Reisunterlage türmten sich orangefarbene und grüne Gemüsesorten. Tausendjährige Eier, winzige Krabben, die in durchsichtigem Reismehl gewälzt worden waren, und Pilze, die größer waren als alle anderen, die sie je gesehen hatte, schwammen in einer weißen Sauce.
Er starrte sie an, und jetzt spiegelte sich Belustigung in seinen Augen wider, als er lächelnd das Weinglas zu einem Trinkspruch hob. »Auf den Ehrengast«, murmelte er.
Nach allem, was sich gerade erst abgespielt hatte, kostete es Chloe Mühe, nicht laut zu lachen. Er mußte unter Beweis stellen, daß er nicht weniger zivilisiert war als die übrigen Menschen, die sie kannte. Und auf eine gewisse Weise, die sie nicht hätte definieren können, wußte sie seine Geste zu würdigen. Ihr schoß der schockierende Gedanke durch den Kopf, daß ihr der größte Teil des Abends Spaß machen könnte.
Das Essen roch wahrhaft wunderbar. Sie merkte deutlich, daß es mit Sorgfalt und Liebe zubereitet worden war. Er hatte natürlich gewußt, daß sie kommen würde.
»Ich bin hungrig«, sagte er. »Ich bin es gewohnt, wesentlich früher zu essen.«
Sie wollte gern damenhaft erscheinen; sie wollte gerne so tun, als hätte sie keinen Hunger. Doch statt dessen griff sie kräftig zu und schaufelte sich das köstliche Essen regelrecht in den Mund.
»Sagen Sie«, sagte er zu ihr, »sind alle ausländischen Frauen so wie Sie?«
»Ebensowenig, wie alle chinesischen Männer so wie Sie sind.«
Er lächelte sie an und zeigte dabei sehr weiße ebenmäßige Zähne.
»Ich werde Ihnen etwas über die Frauen in China erzählen«, sagte er. »In China sind Frauen dazu da, den Männern zu dienen.«

Chloe nickte. »Ich weiß. Es macht mich sehr traurig.«
Diese Bemerkung ließ ihn den Kopf herumreißen. »Traurig? Das verstehe ich nicht.«
»Die Frauen in Amerika und in Europa, in allen zivilisierten Ländern«, sagte sie und legte dabei die Betonung auf *zivilisiert*, »sind menschliche Wesen, auf die man Rücksicht nimmt. Es ist uns gestattet zu wählen, und wir haben ein Mitspracherecht, wenn es darum geht, wie unser Land regiert wird. Wir können sogar für Regierungsämter kandidieren.«
Darüber lachte er. »Und den Männern vorschreiben, was sie zu denken haben?«
»Nein, so ist es eben nicht. Wir schreiben einander nicht vor, wie wir zu denken haben. Bei uns denkt jeder selbst.«
Der Schneeleopard musterte sie neugierig. »Ich habe den Eindruck, Sie glauben an das, was Sie sagen. Nun, so etwas haben wir in China nicht. Hier wählt niemand. Wie können wir wählen, wenn die meisten von uns keinerlei Bildung besitzen, kein Wissen? Es ist unmöglich.«
Chloe nickte. »Ich weiß. Aber vielleicht wird es eines Tages anders sein. Das Wahlrecht ist ein Zeichen für die Freiheit der Menschen. Es erlaubt ihnen, selbst zu bestimmen, wie ihr Land regiert werden wird.«
»Das Königreich des Himmels hat Jahrtausende länger, als Sie überhaupt existieren, auf seine Weise gelebt.«
»Das glaube ich nicht«, entgegnete Chloe. »Ich glaube, daß Sie nur existiert und nicht gelebt haben. Ich glaube, in China ist man von Geburt an zu lebenslänglicher Armut und zu Unterwürfigkeit verdammt und dazu, nicht selbst bestimmen zu können, wie man lebt.«
»Ich habe meine eigene Wahl getroffen«, sagte er. »Ich bin Warlord. Ich bin bedeutend.«
»Sie sind gebildet. Sie sind offensichtlich in eine Familie mit Geld hineingeboren worden. Sie sind einer der wenigen.« Inzwischen hatte Chloe aufgehört zu essen; ihr Bauch war so voll wie seit Wochen nicht mehr. Sie trank Tee, der zart nach Chrysanthemen duftete.
Ich habe diesem Mann das Leben gerettet, dachte sie und schaute

in das edel gemeißelte Gesicht, auf dessen goldener Haut Schatten tanzten, wenn die Lampe über ihnen schwankte. Ich habe gesehen, wie er einen Mann erschossen hat. Und jetzt werde ich von ihm verführt werden. Er würde kein Barbar sein und sie einfach nehmen. Ihr dämmerte, daß der Schneeleopard, wenn sie ihn auch für noch so unkultiviert hielt, ein Geheimnis begriffen hatte, das mehr Männer hätten entdecken sollen. Daß er nämlich, indem er sie in ein Gespräch zog und sich so gab, als interessierte ihn das, was sie zu sagen hatte, indem er also eine Form von Beziehung aufbaute – wie immer diese auch aussehen mochte –, um eine Frau warb. Und sie stellte zu ihrem Erstaunen fest, daß sie auf seine Gesten reagierte.

»Wenn Sie eine Chinesin wären, wäre es Ihnen nicht gestattet, sich so zu benehmen, wie Sie sich benehmen.«

Chloe zuckte die Achseln. »Madame Sun Yat-sen tut es.« Vielleicht hatte er keine Ahnung, von wem sie sprach.

»Ja«, sagte er, »und sie ist in Ihrem Land aufgewachsen.«

Ah, er besaß gewisse Informationen.

Sie nickte. »Und wenn Menschen erst einmal die Freiheit meines Landes kennengelernt haben, ist es schwierig, sich jemals wieder versklaven zu lassen.«

»Die Frauen in Ihrem Land«, sagte er und nahm eine andere Haltung ein. Er schlug die Beine übereinander, und Chloe fand, daß er sogar in einem langen Gewand sehr maskulin wirkte. »Welchem Zweck dienen sie, wenn nicht dem, den Männern zu dienen?«

»Wir ziehen zum einen unsere Familien auf.«

»Das tun die Chinesinnen auch«, sagte er.

»Aber in Amerika ist das ein gemeinschaftliches Unterfangen. Die Frau kann ebenso über die Kinder bestimmen wie der Mann. Ich gebe zu, eine Familie lebt dort, wo der Mann seine Stellung hat, und die Frau kümmert sich um das Kochen, das Nähen und Waschen ...«

»Na also«, fiel er ihr ins Wort. »Das klingt genauso wie in meinem Land.«

»Nein, wir arbeiten nicht zusätzlich auch noch auf den Feldern.« Aber ihr wurde klar, daß Bäuerinnen das taten. Daß Frauen, die auf einer Farm in Iowa oder auf einer Ranch in Montana lebten, wahrscheinlich an der Seite ihrer Männer auf dem Feld arbeiteten. Dennoch korrigierte sie sich nicht. »Wir sind nicht die Dienstboten der Männer. Frauen haben manchmal sogar selbst einen Job.«

»Das ist bei den Chinesinnen das gleiche«, sagte er. »Manche arbeiten in Geschäften, manche verkaufen auf der Straße Gemüse, und manche arbeiten in Bordellen.«

»Ja, aber in Amerika werden Frauen für ihre Arbeit bezahlt. Sie haben ihr eigenes Geld, das sie selbst ausgeben können. Manche Frauen leben sogar allein.«

Er sah sie an, als bereitete es ihm Schwierigkeiten zu verstehen, daß irgend jemand auf Erden allein leben könnte. »Weil sie es so haben wollen?«

Chloe nickte. »Oft ja. Manchmal aber auch, weil sie keinen Mann finden können. Und andere Frauen leben allein, weil sie verwitwet sind.«

»Sie.« Er sah sie an, und sein Blick streifte ihre Brüste. »Haben Sie allein gelebt?«

»Nein«, gestand sie. »Ich habe erst im Haus meines Vaters gelebt und dann bei meinem Ehemann.« Sie konnte sich nicht vorstellen, allein zu leben, konnte sich nicht einmal ansatzweise ein Leben ohne Slade vorstellen. Ohne einen Mann. »Aber es gibt einen Unterschied. Ich habe keine Schwiegermutter, die mir Vorschriften macht. In meinem eigenen Haus bin ich die Hausherrin. Meinem Mann ist es erlaubt, seine Zuneigung zu mir zu zeigen. Wir sind unter anderem auch Freunde.«

Er lachte laut. »Freunde? Ein Mann und eine Frau?«

»Aber auch ein Liebespaar.«

»Liebe. Was für ein seltsamer Begriff. Sie glauben, daß die Liebe zwischen einem Mann und seiner Frau existiert?«

»Sie etwa nicht?« Weshalb sonst sollte man heiraten? fragte sie sich.

»In China heiraten wir Frauen, die wir vorher nie zu Gesicht bekommen haben. Sie gebären uns Kinder, kochen unser Essen, helfen uns ... aber Liebe?«

»Dann sparen Sie sich die Liebe für Ihre Konkubinen auf?«

Ein solches Gespräch hatte sie noch nie geführt.
Er lächelte. »Konkubinen stillen ein Verlangen. Ein körperliches Verlangen. Es ist wahr, daß wir manchmal von unserem Verlangen verzehrt werden. Aber Verlangen ist nicht Liebe. Sagen Sie mir, wie Sie dieses Wort definieren – Liebe?«
Chloe dachte eine Minute lang nach. »Es ist das stärkste Gefühl auf Erden. Es gibt viele Formen von Liebe. Ich liebe meine Familie – meine Eltern und meine Geschwister. Ich liebe mein Land. Aber die Form von Liebe, von der ich rede, ist die übermächtige Liebe zwischen einem Mann und einer Frau. Das Gefühl, daß man kein vollständiges Ganzes ist, wenn der andere Mensch nicht da ist. Das Gefühl, daß ich alles für meinen Mann täte und er für mich. Das Gefühl, daß zwischen uns eine Intimität besteht, wie wir sie mit niemand anderem herstellen könnten. Das Gefühl von Vertrauen ... die Bereitschaft, für die Liebe alles zu wagen. Ich würde mein Leben für meinen Mann opfern, wenn ich ihn damit retten könnte. Und ich weiß, daß er dasselbe für mich täte.«
Der Schneeleopard schnaubte. »Was für ein Unsinn! Sein Leben für eine Frau opfern!«
»Es gibt Dinge, für die Sie bereit wären, Ihr Leben zu geben«, sagte sie, »sonst hätten Sie sich gar nicht erst darauf eingelassen, Warlord zu werden. Sie sind bereit, Ihr Leben in Kämpfen aufs Spiel zu setzen. Sie haben diesen Rang nicht nur um des Geldes willen angenommen oder um ihn gekämpft oder wie auch immer Sie ihn bekommen haben. Vielleicht um der Macht willen. Aber Sie scheinen auch Liebe zu Ihrem Land und Ihren Leuten zu verspüren.«
»Das ist etwas anderes. Das hat mit Liebe nichts zu tun.«
»Nicht mit Liebe zu Ihrem Land?«
Er biß sich auf die Lippen und dachte nach. »Es könnte sein, daß ich sterben muß, um meine Dörfer zu beschützen, meine Provinz. Aber das wäre um der Ehre willen. Die Ehre ist es wert, dafür zu sterben.«
»Der Ehrbegriff ist es wert, Ihr Leben dafür zu lassen, aber Menschen sind es nicht wert? Sind Sie bereit zu sterben, um das Gesicht zu wahren, aber nicht um der Liebe willen?«

Er dachte eine Zeitlang nach. »Vielleicht liebe ich tatsächlich manche Menschen, da Sie diesem Wort eine so große Bandbreite von Verwendungsmöglichkeiten zugestehen. Ich dachte, ich hätte Wang geliebt. Und wenn ich mir Ihre Auslegung dieses Wortes aneigne, dann liebe ich gewisse Vorstellungen. Aber gewiß keine Frau. Ich kann viele Frauen finden, die das Kochen und das Putzen und andere Arbeiten übernehmen oder sogar meine körperlichen Bedürfnisse befriedigen. Für letzteres ziehe ich Frauen vor, die nicht reden. Ich mag hübsche Frauen. Junge Frauen, die bereit sind, alles zu tun, was ich verlange. Aber nach ein oder zwei Stunden mache ich mir nichts mehr aus ihnen. Dann will ich, daß sie verschwinden. Frauen sind ... entbehrlich.«

Chloe fragte sich, ob viele Männer das so empfanden.

»Reden Sie denn nie mit Frauen?« fragte sie.

»Im Moment rede ich gerade mit einer«, hielt er ihr vor und stand auf, um durch das Zelt zu laufen.

»Aber mit Ihren eigenen Frauen, mit Chinesinnen?«

Er sah sie nicht an. »Und worüber sollte ich mit ihnen reden?«

»Ich weiß es nicht. Über Ideen. Über alles mögliche, worüber Sie sich Gedanken machen. Über alles, was Sie fühlen. Alles, was Ihre Seele erfüllt.«

Er zog die Augenbrauen hoch und schwieg ein paar Minuten lang. »Ich kann mir nicht vorstellen, einer Frau anzuvertrauen, was mich in Gedanken beschäftigt. Eine Frau würde das niemals verstehen.«

»Was empfinden Sie denn dann für Frauen?«

Er sah sie nicht an. »Was ich empfinde?« wiederholte er. »Frauen sind natürlich Menschen. Aber sie sind dazu da, den Männern zu dienen. Sie brauchen keine Bildung. Natürlich haben sie Gefühle, aber sie sind dazu da, die Befehle der Männer zu befolgen, und das wissen die Männer. Und die Frauen wissen es auch. Sie sind Trophäen im Krieg. Wir töten im Krieg und bei Angriffen keine Frauen.«

»Und *das* fühlen Sie, wenn sie mit Frauen Liebe machen?« Sie konnte sich selbst nicht vorstellen, daß sie etwas derart Unverfrorenes gesagt hatte.

»Mit ihnen Liebe machen? Ach, ich verstehe. So nennen Sie das

also? Liebe hat nichts damit zu tun. Frauen sind dazu da, unser körperliches Verlangen zu stillen.«
»Und warum haben Sie dann angeboten, ein Leben zu verschonen, um mich zu bekommen?« fragte sie. »Sie können jede Frau haben, die Sie wollen. Warum wollen Sie mich anstelle einer anderen Frau, einer Frau, die vielleicht Freude daran hat, mit Ihnen zusammenzusein?«
Seine Augen wurden schmäler. »Woher wollen Sie wissen, daß Sie keine Freude daran hätten, mit mir zusammenzusein?«
»Weil Sie ganz offensichtlich kein Interesse daran haben, einer Frau Lust zu bereiten. Sie nehmen keine Rücksicht auf das Verlangen der Frau ... auf ihr ...«
»Das Verlangen der Frau?« Er lachte. »Einer Frau Lust bereiten?« Dann sah er sie lange Zeit an, und sie wandte den Blick nicht ab und sah ihm fest in die Augen. Der Teufel sollte sie holen, wenn er glaubte, sie einschüchtern zu können.
Dann sagte er mit einem vollkommen ausdruckslosen Gesicht: »Sie haben mir heute nacht das Leben gerettet. Wenn Sie nicht hier gewesen wären, wäre an seiner Stelle jetzt ich tot.«
»Sie haben ihm ein schrecklich schnelles Ende bereitet.«
»Die chinesische Gerechtigkeit trifft rasch.«
Ja, das hatte sie schon öfter gehört.
»Wenn ich Sie nicht anrühre, versprechen Sie mir dann, niemandem gegenüber ein Wort darüber zu verlieren, was sich hier abgespielt hat? Ich will nicht, daß der Rest meiner Männer etwas über Wang erfährt. Natürlich wird ihnen auffallen, daß er verschwunden ist. Falls sie sich gegen mich verschworen haben, wird ihnen das eine Warnung sein. Wenn er auf eigene Faust gehandelt hat, spielt es keine Rolle. Sie müssen jede Nacht zu mir kommen, aber Sie dürfen niemandem erzählen, daß ich nicht mit Ihnen geschlafen habe. Sie müssen all diesen Menschen gegenüber so tun«, sagt er mit einer umfassenden Armbewegung, »als hätten wir die Nacht gemeinsam im Bett verbracht.«
Sie biß die Zähne aufeinander, damit ihr der Mund nicht aufsprang.
Sein Blick senkte sich auf die Umrisse ihres Körpers, als er weitersprach. Dann lächelte er. »Ich störe mich nicht an ihren

Füßen. Große Füße sind mir recht. Ich finde es barbarisch, Frauen die Füße zusammenzuschnüren.«

Sie hätte ihn gern unterbrochen und gefragt, wenn er der Auffassung war, Frauen seien ohnehin nichts wert, wieso es ihn dann interessieren sollte, ob ihre Füße verkrüppelt wurden oder nicht, doch sie unterließ es. Er schien ihre Frage zu erraten, denn er sagte. »Ich sehe Frauen wirklich als Menschen an, und ich bin gegen Schmerzen, unnötige Schmerzen. Ich bin dagegen, daß man sie so quält, nur damit sie nicht arbeiten können. Ich finde es widerwärtig, Frauen durch die Gegend humpeln zu sehen, die sich kaum von der Stelle bewegen können. Sie sehen also, ich bin human. Aber ich sage Ihnen das auch, damit Sie wissen, daß das, was mich abstößt, nicht Ihre großen Füße sind.«

Ihn abstößt? Er findet mich abstoßend? Chloes ursprüngliche Erleichterung über seine Aussage vermischte sich jetzt mit dem Gefühl, abgelehnt zu werden.

»Ihre Haut ist zu weiß. Ihre Brüste sind zu groß. Sie sind nicht so zart gebaut wie die Chinesinnen. Sie sind zu groß. Fast so groß wie viele Männer. Ich verspüre kein Verlangen nach Ihnen.«

Chloe brauchte eine Minute, um das zu verarbeiten. Sie würde nicht mit ihm schlafen müssen, und das ließ sie aufatmen.

Er fuhr fort: »Ich bin kein Barbar. Ich nehme keine weiße Frau, die mich nicht will. Ich verspüre kein wirkliches Verlangen nach einer Frau, die mich widerlich findet. Ich bin mir über Ihren Edelmut im klaren … daß Sie zu mir gekommen sind, um das Leben Ihrer Landsleute zu retten. Das bewundere ich. Und außerdem würde ich, nachdem ich Ihnen jetzt mein Leben zu verdanken habe, gern hören, wie es draußen in der weiten Welt zugeht. Warum haben Sie mir das Leben gerettet, obwohl Sie wußten, was ich mit Ihnen vorhatte?«

»Es ist mir als das geringere von zwei Übeln erschienen.« Sie gestattete sich ein Lächeln.

Er dachte darüber nach. »Schwören Sie bei allem, was Ihnen heilig ist, niemals jemandem zu erzählen, daß ich Sie nicht geschändet habe.«

Er sah sie an, als erwartete er eine Antwort.

»Sie wollen das Gesicht nicht verlieren, ist es das?«

Er betrachtete lange seine Fingernägel, dann bohrte er seinen Blick in ihre Augen. »Ganz gleich, welche Gründe ich auch haben mag, sind Sie bereit, meine Forderungen zu erfüllen? Ich meine, werden Sie niemals, aus welchem Grund auch immer, den Leuten sagen, daß wir es nicht miteinander getrieben haben?« Dieses Wort ließ sie zusammenzucken. »Ich meine, auch nach Ihrer Rettung – denn Sie werden natürlich gerettet werden, früher oder später wird das Lösegeld bezahlt werden – werden Sie niemandem erzählen, daß ich Sie nicht ...«
Sie faltete die Hände auf dem Schoß und sah ihn an. »Ich danke Ihnen und verspreche bei allem, was mir heilig ist, es niemals jemandem zu sagen. Alle Welt wird glauben, wir hätten uns geliebt. Das verspreche ich. Und noch einmal vielen Dank.«
Sein Blick erkundete das Zeltdach. »Ich brauche keinen Dank. Dafür, daß Sie mir das Leben gerettet haben, ist das wirklich nur eine kleine Geste.«
Sie schwiegen jetzt, und er stand auf und ging ans hintere Ende des Zeltes, griff nach etwas und hielt es Chloe hin, damit sie es sehen konnte.
»Das haben wir unter den Dingen gefunden, die meine Männer im Zug erbeutet haben. Es sieht aus, als handelte es sich dabei um eine Art Spiel. Stimmt das?«
»Ja, es ist Cribbage«, sagte sie.
»Bringen Sie mir bei, wie man es spielt«, sagte er. »Ich bin müde von all diesem Reden in einer einzigen Nacht.«
Er setzte sich ihr gegenüber, stellte das Spielbrett zwischen sich und Chloe, legte die Karten hin und sah sie an, als erwartete er Anweisungen.
»Hätten Sie diese Männer wirklich einen nach dem anderen getötet?« fragte sie.
Er zuckte die Achseln. »Es wäre von meiner Stimmung abhängig gewesen. Kommen Sie schon, bringen Sie mir das Spiel bei.«
Erleichterung durchflutete Chloe, aber gleichzeitig überlegte sie sich, daß es Spaß machen könnte, einem chinesischen Mann das Küssen beizubringen.

27

In der zweiten Nacht fragte er sie, wie ihre Mitgefangenen sie jetzt behandelten, nachdem sie zu ihm gekommen war.
Sie dachte einen Moment lang darüber nach und sagte dann: »Die meisten haben Mitgefühl mit mir. Ich glaube, was sie versuchen, ist, mich zu trösten. Manche behandeln mich wie ... ach, ich weiß es nicht. Manche bedanken sich bei mir, und andere müssen glauben, ich hätte meinen Spaß daran, mit Ihnen zusammenzusein, und sie benehmen sich mir gegenüber, als handelte ich unmoralisch.«
»Aber Sie retten ihnen damit doch das Leben.« Er zögerte. »Es ist doch wahr, oder nicht, daß Sie gern mit mir zusammen sind?«
»Es ist wahr.« Sie lächelte. »Obgleich es mich selbst sehr erstaunt. Ich genieße meine Zeit mit Ihnen. Ich glaube nicht, daß wir einander je verstehen werden, da wir derart verschiedenen Kulturen entstammen. Aber es stimmt, ich genieße Ihre Gesellschaft.«
»Es mag zwar sein«, sagte er und stand auf, um, wie es seine Gewohnheit war, im Zelt auf und ab zu laufen, »daß wir einander nicht verstehen, aber wir können etwas über andere Lebensformen als die eigene erfahren. Diese Leute ... diejenigen, die finden, daß Sie etwas Böses tun, obwohl es für sie bedeutet, daß sie weiterleben dürfen, diese Menschen können keine anderen Lebensformen als ihre eigenen verstehen, nicht wahr?«
Sie nickte. »Vermutlich ist es so. Einige von ihnen müssen glauben, wenn sie die Wahl haben, mit einem anderen Mann als dem eigenen Ehemann zu schlafen oder zu sterben, dann ist der Tod vorzuziehen.«
Darüber dachte er einen Moment lang nach. »Sie haben ihnen nicht die Wahrheit gesagt?«
»Natürlich nicht. Sie haben doch verlangt, daß dieses Geheimnis unter uns bleiben soll.«
Er lachte. »Nennen Sie mir den Namen einer dieser Personen.«
»Mrs. Wilkins. Sie ist ohnehin eine Frau mit einem griesgrämigen

Gesicht, und ich kann mir vorstellen, daß sie alles, was nicht von ihrem Gott verfügt worden ist, für sündig hält.«
Nach einer weiteren verschwenderischen Mahlzeit fragte er Chloe, wie es in Amerika war. Es überraschte ihn, zu erfahren, daß dort die große Mehrheit der Kinder zur Schule ging und nicht zu arbeiten brauchte, und zu seinem Erstaunen vernahm er, daß Milch ins Haus geliefert wurde, daß viele Menschen Autos besaßen und daß sich ein Schienennetz durch das ganze Land zog. Zu seiner Verwunderung hörte er, wieviel Muße die Amerikaner hatten, und er erfuhr verblüfft von Picknicks und Urlauben, davon, daß Frauen gefahrlos allein auf den Straßen herumlaufen konnten, und hörte von beweglichen Bildern. Auch was er über das Küssen hörte, überraschte ihn. Ungläubig hörte er sich an, daß es Menschen gab, deren Haut schwarz war, daß man auf Eis Schlittschuhlaufen konnte und daß Frauen Kleider trugen, die so kurz waren, daß man ihre Beine sehen konnte. Und vernahm, daß es Hunde gab, die als Haustiere gehalten und gestreichelt wurden. Er schnitt eine Grimasse, als Chloe sagte: »Mein Hund hat nachts auf meinem Bett geschlafen, als ich noch ein kleines Mädchen war.«
Er fiel ihm schwer zu glauben, daß Leute Wasser direkt aus einem Hahn trinken konnten oder daß um Häuser herum Gras wuchs, daß es so etwas wie Rasenmäher gab und daß Ortschaften zu ihrem Schutz keine Männer und keine Waffen brauchten.
Als der Morgen kam, sagte er zu ihr: »Berichten Sie den anderen, daß sie vielleicht heute nacht nicht wieder zu mir kommen werden.«
Sie sah ihn verwirrt an. Aber er sagte: »Mrs. Wilkins wird Sie nicht länger für Ihr Tun verurteilen. Dafür werde ich schon sorgen.«
»Tun Sie ihr nichts«, bat Chloe.
In seinen Augen stand Belustigung, als er sagte: »Ich bin doch schließlich kein Barbar.«
»In Wirklichkeit werde ich Sie jedoch heute abend um neun erwarten, falls nicht eines der Konsulate heute von sich hören läßt«, sagte er. »Heute nacht ist es an der Zeit, über Politik zu reden.«
Zu Allan Hughes, dem einzigen, dem sie manches anvertraute,

sagte sie: »Er ist nicht das, wofür wir ihn halten. Er hat insoweit eine grausame Ader, als diese bei den Chinesen normal zu sein scheint, aber er hat sich mir gegenüber als Gentleman verhalten. Es war nicht ... unangenehm. Er stellt mir viele Fragen zu Amerika. Er ist zwar ein Mann, den ich niemals verstehen kann, ein Mann, der mich anwidern würde, wenn ich ihm in Amerika begegnete, aber trotzdem habe ich keine Abneigung gegen den Schneeleoparden.«

»Ist das nicht so, als machte man einem Vergewaltiger ein Kompliment?« fragte Allan.

Sie mußte sich besser in acht nehmen. »Das macht den geringsten Teil des Abends aus«, sagte sie. »Die meiste Zeit reden wir miteinander.«

Am späten Nachmittag kam ein Soldat, an dessen Seite ein Schwert baumelte, über die Straße auf sie zu und in den Kreis von Menschen hinein, der vor den Höhlen saß. Er fing an zu schreien und wartete gar nicht erst auf einen Übersetzer, brachte eilig vor, was er zu sagen hatte, machte auf dem Absatz kehrt und ging.

Einer der Männer, die seine Sprache verstanden, wurde blaß und wandte sich an alle übrigen.

»Er hat angekündigt, da Mrs. Cavanaugh sich geweigert hat, weiterhin in sein Zelt zu kommen, wird eines der Opfer um Mitternacht erschossen. Er hat bestimmt, daß es Mr. Wilkins sein wird.« Die Menschenmenge schwieg bestürzt und sah sie an. Warum hatte sie ihnen nichts davon gesagt?

Ein schriller Klagelaut zerriß die Luft, ehe Mrs. Wilkins auf dem Boden zusammenbrach. Eine Minute lang war Chloe ebensosehr überrascht wie alle anderen. Und dann verstand sie. Der Schneeleopard erteilte ihnen um ihretwillen eine Lektion.

Um ihretwillen!

Sie mußte sich zusammenreißen, um nicht zu lächeln. Er tat ihr einen Gefallen.

Nancy und Amy kamen auf sie zugerannt. »O Chloe, Sie haben nein gesagt?« rief Nancy aus. »Haben Sie ihm gesagt, daß ich freiwillig zu ihm komme? Sie können Mr. Wilkins doch nicht sterben lassen.«

Harold Wilkins, ein unauffälliger Mann, der für Standard Oil arbeitete, hatte gemeinsam mit seiner Ehefrau all die Jahre, die sie in China verbracht hatten, versucht, die Heiden zu bekehren, obwohl sie keine Missionare waren. Chloe hatte den Verdacht, daß seine Frau von jedem nur das Schlimmste glaubte.

Ihre Mitgefangenen scharten sich um sie. Einige Frauen tätschelten ihr die Hand und sagten, sie verstünden sie, als plötzlich Mrs. Wilkins auf sie zugestürzt kam, sich vor Chloes Füßen auf den Boden warf, den Saum ihres Kleides packte, bettelte und sie anflehte, wieder zu dem Schneeleoparden zu gehen. Er lachte, als sie ihm später davon berichtete.

Am Abend lief er im Zelt auf und ab, saß zwischendurch mit übereinandergeschlagenen Beinen auf seinem Stuhl, rauchte eine Zigarette und starrte sie eindringlich an. Manchmal legte er sich auf das Fell, verschränkte die Hände hinter dem Kopf, stellte Fragen und hörte ihr zu.

Sie fragte ihn: »Haben Sie viele Menschen getötet?«

»Selbstverständlich«, antwortete er, als sei das ohne jede Bedeutung.

»Wie viele?« Sie fragte sich, ob er wirklich ein schlechter Mensch war, denn allzu oft wirkte er auf sie wie ein neugieriger Junge, der versuchte, viele neue Fakten zu verarbeiten. Sie setzte Schlechtigkeit mit Mord gleich. Und doch schien ihr der Schneeleopard kein schlechter Mensch zu sein.

Er schüttelte den Kopf. »Ich weiß es nicht. Hunderte. Vielleicht mehr.«

»Warum haben Sie sie getötet?«

»Aus den üblichen, ganz normalen Gründen.«

»Ich wüßte keine normalen Gründe dafür. In meinem Land töten Menschen nicht, es sei denn, Menschen sind Verbrecher, schlechte Menschen.«

»Ich habe gehört, daß Amerika ein gewalttätiges Land ist. Aber lassen Sie uns heute abend über mein Land reden.« Und er stellte ihr Fragen zu Chiang Kai-shek und Sun Yat-sen, der jetzt schon seit fast zwei Jahren tot war. Sie erzählte ihm von Ching-ling und Nikolai und berichtete ihm, was sie zu erreichen trachteten. Sie sprach von der Vergeblichkeit der Hoffnung, China zu einen. Er fragte nach den Japanern, denen er nicht traute und denen diese

Provinz Chinas vom Völkerbund zugesprochen worden war. Er fand, es sei nicht Sache ausländischer Regierungen, Land zu verschenken, das dem Königreich des Himmels gehörte.

Ihr Gespräch wurde durch Schüsse und Schreie in der Ferne abgebrochen. Der Schneeleopard sprang von dem Fell auf, auf dem er sich gerekelt hatte, und sein Körper spannte sich. Mit großen Schritten lief er aus dem Zelt hinaus, und mit gedämpfter Stimme rief er etwas, was sie nicht hören konnte.

Der Schneeleopard kam wieder ins Zelt, ohne sie anzusehen. Er ging zu dem Stuhl, auf dem sein Pistolengurt lag. Er schnallte ihn sich um die Taille und über die Schulter und griff nach seinem Gewehr. Er stieg in seine Stiefel. Dann schaute er sie an.

»Die Rettung naht«, sagte er. »Ich habe um einen hohen Einsatz gespielt, und ich habe verloren. Ich konnte mir nicht vorstellen, daß sie lieber den Tod einiger Bürger riskieren, als das Geld zu bezahlen. Vielleicht ist es in Ihrem Land ebenso wichtig wie in meinem, das Gesicht nicht zu verlieren.«

»Wohin gehen Sie?«

»An einen Ort, an dem meine Männer sicher sind. An dem so wenige wie irgend möglich sterben werden. Einer meiner Männer liegt bereits tot auf dem Berggipfel. Das waren die ersten Schüsse, die Sie gehört haben. Ihre Truppen kommen beritten den Berghang hinunter. Sie können nichts sehen, weil kein Mond am Himmel steht. Daher werden sie nur langsam vorankommen. Ich gehe an einen Ort, an dem wir uns nicht wiedersehen werden.«

Er kam auf sie zu.

»Wenn ich eine andere Möglichkeit gefunden hätte, unsere Probleme zu lösen, hätten wir diese letzten drei Nächte nicht gehabt«, sagte er und sah ihr in die Augen. »Es tut mir nicht leid darum.«

»Ich billige nicht, was Sie tun, das wissen Sie«, sagte sie. »Aber auch ich habe diese Nächte genossen. Ich habe wie nie zuvor Einblicke in die chinesische Denkweise gewonnen oder zumindest in die Denkweise eines einzelnen Chinesen.«

Im Hintergrund waren Schreie, das Stampfen von rennenden Füßen und das Wiehern von Pferden zu hören.

Zu ihrem Erstaunen stellte sie fest, daß es ihr leid tat, ihn fortgehen zu sehen.

Er hob die Hand und legte sie eine Sekunde lang auf ihre Wange. Dann ließ er sie sinken, nahm ihre Hand und drehte sie so um, daß sie mit der Handfläche nach oben in seiner Hand lag, und er sah sie an, ehe er sie mit seiner großen Faust umschloß. Er lächelte sie an.

»Sie sind die erste Frau, die mir als ein … ein Mensch erschienen ist.« Er schüttelte den Kopf, als wollte er das, was er gesagt hatte, abschütteln. »Ich meine, wie ein Mann. Ich meine, ein würdiges Wesen.«

Er bückte sich nach seiner Jacke, nahm sie und war fort, in der Nacht verschwunden, in dem Tumult, den sie draußen hören konnte.

Chloe setzte sich. Sollten sie sie ruhig hier finden, im Zelt des Schneeleoparden. Wo ein Mann ihr viele Fragen gestellt und sich ihre Antworten angehört hatte. Wo ein Mann ihr die Macht über Leben und Tod verliehen hatte. Wo sie sich ironischerweise zum ersten Mal in ihrem Leben wirklich wichtig vorgekommen war. Und all das war ihr von einem Mann zuteil geworden, der nur eine einzige Verwendung für Frauen hatte.

28

Sie brauchten beritten zweieinhalb Tage, um dorthin zurückzukehren, wo die Eisenbahnwagen sie erwarteten. Eine zerlumpt wirkende Schar, in zerfetzten und schmutzigen Nachthemden und Schlafanzügen. Sie lachten und scherzten auf dem gesamten Weg miteinander. Nachdem sie jetzt in Sicherheit waren und einigermaßen anständig behandelt worden waren, erzählten sie den amerikanischen und britischen Streitkräften, die sie errettet hatten, Geschichten, die sie noch viele Jahre lang ihren Kindern und Enkeln und jedem anderen erzählen würden, der bereit war, ihnen zuzuhören.

Als sie in Schanghai eintrafen – zweihundert halbnackte, ungepflegte Leute aus dem Westen, die aus dem Zug drängten – stellten sie fest, daß sie Helden waren. Insbesondere Chloe.

Lou war der erste Mensch, den sie sah.

»Wo ist Slade?« fragte sie und umarmte ihn.

»Er läuft irgendwo hier rum«, sagte Lou, der seinen Regenmantel auszog und ihn Chloe über die Schultern hängte. »Wir waren alle verrückt vor Sorge um dich.«

Chloe suchte die Hunderte von Menschen, die sich in dem Bahnhof drängten, angestrengt nach Slade ab.

»Du bist jetzt schon eine Legende«, sagte Lou.

Chloe zog die Augenbrauen hoch und drehte sich zu ihm um, damit sie ihm ins Gesicht sehen konnte.

»Die Frau, die sich geopfert hat, um ihre Gefährten zu retten.«

»Oh.« Sie tat das mit einem Achselzucken ab, und ihre Augen streiften wieder über die Menge. Seine Worte bewirkten, daß sie sich wie eine Schwindlerin vorkam.

Endlich sah sie Slade, der sich einen Weg durch die Menschenmassen bahnte, winkte und ihr etwas zurief, was sie nicht hören konnte.

Lou sah den Ausdruck auf ihrem Gesicht und drehte sich um. »Er hat länger als eine Woche noch nicht einmal von deiner Entfüh-

rung gewußt«, berichtete er ihr. »Gleich nach deiner Abreise ist er nach Nanking raufgefahren, verstehst du, und dort hat er kein Wort darüber gehört. Als er davon erfahren hat, wollte er selbst diese Berge stürmen oder Flugzeuge schicken, die euch suchen.«
Natürlich. Das sah Slade ähnlich, der eine Minute später an ihrer Seite war, die Arme um sie schlang und in ihr Haar murmelte: »Darling!«
Das Gedränge der Menschenmassen wurde unerträglich.
»Laßt uns von hier fortgehen«, sagte er und nahm sie an der Hand.
»Ich bleibe hier«, erbot sich Lou freiwillig, »um mit den anderen zu reden.«
»Und ich nehme diejenige mit mir nach Hause, die uns die Geschichte aller Geschichten erzählen kann«, sagte Slade. »Hier, komm schon.« Er zog ihr Lous Mantel von den Schultern und hielt ihn ihr so hin, daß sie in die Ärmel schlüpfen konnte. Er bedeutete Chloe, den viel zu großen Mantel anzuziehen, und dann hüllte er sie hinein. »Komm schon, ehe dich alle in dieser Aufmachung sehen.«
Alle anderen sehen genauso aus wie ich, dachte sie und ließ die Hand in seiner, als sie ihm folgte. Er schämt sich meiner, und es ist ihm peinlich, wie ich gekleidet bin – oder wie unbekleidet ich bin. Er will nicht, daß die Leute mich so sehen. Sie schaute an sich selbst herunter und stellte fest, daß sie im Traum nicht geglaubt hätte, jemals in einer solchen Aufmachung in der Öffentlichkeit zu erscheinen. Daß sie niemals bereit gewesen wäre, in ihrem eigenen Haus jemanden zu empfangen, der so aussah. Sie trug das purpurne Kleid aus Seidensatin, das der Schneeleopard ihr geschenkt hatte, aber es war zerdrückt und mit Schlamm bespritzt, wenn es auch nicht annähernd so schlimm aussah wie die Kleidungsstücke der anderen, die sich zwischendurch überhaupt nicht hatten umziehen können.
Slade hielt sie fest an der Hand, während der Kuli durch die Straßen trottete. Chloe hätte gern seine Wärme gespürt, hätte gern in seinen Armen gelegen, aber in der Öffentlichkeit legte er den Arm nicht um sie.
»Mein Gott«, sagte er, »als ich aus Nanking und Wuhan zurückge-

kommen bin und gehört habe, daß du entführt worden bist, war ich vor Sorge außer mir. Haben sie diese Halunken getötet?«
Chloe schüttelte den Kopf. »Nein, sie sind entkommen.«
»Wenn wir zu Hause sind, nachdem du ein Bad genommen und etwas Anständiges gegessen hast, kannst du mir alles ganz genau erzählen. Amerika tobt, weil die Chinesen das zugelassen haben. Chiang sagt, die Kommunisten wären es gewesen.«
»Der Anführer war absolut kein Kommunist. Er macht sich kaum eine Vorstellung davon, was Kommunismus ist. Als wir darüber geredet haben, hat er gesagt, eine solche Idee könnte sich in der Praxis niemals bewähren.«
»Als ihr darüber geredet habt? Was zum Teufel war das, ein ideologisches Wortgefecht?«
Sie lächelte. »Gewissermaßen.«
Er ließ ihre Hand los und starrte sie an.
»Es ist nicht so, wie es schien«, flüsterte sie. »Ich werde dir alles ganz genau erzählen.« Natürlich hatte sie versprochen, es niemals jemandem zu erzählen. Aber Slade mußte sie es sagen. Er war nicht irgend jemand. Er war ein Teil von ihr. Sie mußte ihm die Wahrheit sagen.
Daisy erwartete sie bereits in ihrem Haus, und daher konnte Chloe nicht ungestört mit Slade reden. Ihre Freundin umarmte sie, und Tränen traten in ihre Augen. »Ich habe solche Angst um dich gehabt«, sagte sie, nachdem sie angeordnet hatte, daß ein Bad für Chloe vorbereitet wurde.
Als Chloe endlich aus der Wanne kam, fiel sie ins Bett und schlief bis zum Abend. Als sie aufwachte, waren Slade und Daisy gegangen. Es war dunkel im Haus, und die Dienstboten tappten leise in ihren Schuhen mit Baumwollsohlen umher. Chloe setzte sich auf. Sie hatte nicht vorgehabt einzuschlafen. Sie wollte Daisy sehen, mit Slade reden, seine Arme um sich spüren und den Trost und die Geborgenheit, die er für sie darstellte. Sich zu Hause fühlen.
An-wei kam hereingerannt und verbeugte sich, wie sie es immer tat, wenn sie einen Raum betrat. Sie begrüßte Chloe überschwenglich, hieß sie zu Hause willkommen und sagte, sie sei stolz darauf, die Dienerin einer solchen Heldin zu sein. Mr. Cavanaugh

würde um acht Uhr nach Hause kommen. Ob sie etwas für Madame tun könnte?

»Ja«, sagte Chloe. »Ich hätte gern ein Glas Orangensaft.«

Sie schlenderte ins Wohnzimmer und hatte das Gefühl, in der Luft zu hängen. Sie war zu Hause und doch allein. Auf dem Tisch stand eine riesige Schale mit Chrysanthemen mit einer Nachricht von Slade. *Ich komme zum Abendessen nach Hause. Ich wollte Dich nicht stören. O Gott, ich bin ja so froh, daß Du wieder zu Hause bist! Ich liebe Dich.*

Aber als er dann kam, erschien er in Begleitung von Lou und Daisy. Er und Lou hatten den Nachmittag damit zugebracht, die anderen zu interviewen, die entführt worden waren. Lou kam heute abend nicht nur als ein Freund, der zum Abendessen eingeladen war, sondern auch als jemand, der ihre Geschichte wollte. Slade sagte, nur er und Lou bekämen die Exklusivrechte für ihre Geschichte, und die Bitten anderer Reporter hätte er abgelehnt. Es war von Vorteil, mit der Heldin eines solchen Dramas verheiratet zu sein.

Chloe sagte: »Ich bin keine Heldin«, und sie war erbost und fühlte sich von ihnen in die Enge getrieben. Sie wollte die Wahrheit erzählen, ihnen sagen, daß sie letztlich ihren Spaß daran gehabt und keine Opfer gebracht hatte. Sie würde es Slade später erklären. Ihm die Wahrheit sagen. Aber die durfte er nicht veröffentlichen. Das mußte zwischen ihnen bleiben, zwischen ihm und ihr.

Sie sagte: »Laßt uns bitte vorher essen. Laßt mich in eure Gesichter sehen. Ich bin so froh, euch wiederzusehen. Erzählt mir, was hier passiert ist, während ich fort war. Laßt uns bis nach dem Abendessen warten, ehe ich das alles noch einmal durchlebe.«

»Selbstverständlich, Liebling«, sagte Slade und schenkte sich und Lou einen Whisky mit Soda ein. »Du hast, nach sämtlichen Berichten zu urteilen, die ganze Zeit über nichts Anständiges zu essen bekommen.«

Aber nach dem Abendessen wollten sie alle Einzelheiten hören. Lou fragte, ob sie etwas dagegen hätte, wenn er sich Notizen machte. Er sah Slade an, als Chloe von dem Angebot des Schneeleoparden berichtete, wenn sie zu ihm käme, würde er Menschenleben verschonen. Für jede Nacht, die sie zu ihm kam, würden

Männer am Leben bleiben. Sie erzählte sogar, ohne eine Miene zu verziehen, daß sie sich in der dritten Nacht geweigert hätte, zu ihm zurückzukehren, da sie wußte, daß das die Geschichte war, die sie bereits gehört haben mußten, daß sie aber aus Mitleid mit Mr. Wilkins' Frau gezwungen gewesen war, wieder zu ihm zu gehen. Sie fragte sich, wie sie eine derart unverfrorene Lüge von sich geben konnte, ohne in lautes Gelächter auszubrechen. Doch es gelang ihr.

Sie berichtete ihnen, was für ein Mensch der Schneeleopard war und warum er sie entführt hatte. »Ich glaube, es war vielleicht das erste Mal, daß er sich längere Zeit mit jemandem aus Amerika unterhalten hat. Und noch dazu mit einer Frau«, wagte Chloe zu sagen.

»Dann hat er dich also«, sagte Slade, »nicht nur ›benutzt‹? Hat er vorher oder hinterher mit dir geredet?«

»Vorher oder hinterher?« fragte sie und war einen Moment lang perplex. »Oh, er hat die ganze Nacht lang mit mir geredet.«

Was mußte Slade sich denken? Er mußte vor seinem geistigen Auge sehen, wie dieser Mann, den sie gerade schilderte, mit ihr schlief, und er mußte sich fragen, ob es ihr Spaß gemacht oder ob sie einfach nur dagelegen hatte. Sich fragen, ob er sich ihr gewaltsam aufgedrängt, ob sie jeden einzelnen Moment durchlitten hatte.

»Chloe«, sagte Lou, und seine Stimme war ruhig und fest. »Hat er dir weh getan? War er grausam? Ich will keine intimen Details hören, aber die Welt wird es ganz genau wissen wollen. Du bist hier jetzt schon das Stadtgespräch.«

Chloe sah Slade an und konnte den Schmerz in seinen Augen sehen. Seine Frau war vergewaltigt oder verführt worden. Sie konnte es in seinen Augen lesen. Geht fort, hätte sie Lou und Daisy gern zugerufen. Laßt mich mit meinem Mann allein, damit ich es ihm sagen kann – ihm die Wahrheit sagen kann. Aber alle drei starrten sie erwartungsvoll an und waren begierig auf ihre Antwort.

Was konnte sie sagen? Was sollte sie ihnen erzählen?

»Nein«, sagte sie bedächtig, »er hat mich nicht grausam behandelt. Ich glaube nicht, daß er eine Amerikanerin verstehen könnte.«

»Er wollte dich demütigen, stimmt's?« fragte Slade, und seine Stimme war vollkommen ruhig.
Chloe sah ihn an. »Nein, absolut nicht. Ich glaube nicht, daß er sich je zuvor wirklich mit einer Frau unterhalten hat. Er wollte viel über unsere Lebensweise wissen, über den Rest von China und darüber, was sich in der weiten Welt abspielt.«
Sie sah, daß sie glaubten, sie wiche dem Thema absichtlich aus. O Gott, mußte sie jetzt, nachdem sie alle in Sicherheit waren, wirklich ihr Versprechen halten? Konnte sie ihnen nicht die Wahrheit eingestehen? Und doch sagte ihr etwas tief in ihrem Innern, daß der Schneeleopard sich an die Abmachungen gehalten hatte und daß sie es daher auch tun mußte.
Drei Augenpaare starrten sie an und warteten auf etwas, was sie der Welt über diese Heldin berichten konnten, diese Frau, die Leben gerettet hatte, indem sie sich opferte. Sie wußte, daß Frauen wie Nancy und Amy ihre Taten als den Gipfel der Romantik betrachteten. Der Schneeleopard war ein rätselhafter Orientale, der die schöne junge Amerikanerin begehrte.
Genau das würde sie ihnen auftischen. Es würde ihm gefallen. »Er hat nie eine Frau aus dem Westen gehabt, und er hat keinen Respekt vor Frauen. Er benutzt sie nur, um seine eigenen Bedürfnisse zu befriedigen, das ist alles. Aber er ist nicht grausam. Nur schnell. Es war alles sehr schnell vorbei. So schnell, daß ich kaum wußte, was passiert war.«
»Ein typischer Chinese«, murmelte Daisy.
»Ein geringer Preis«, sagte Chloe, die ihre Taten vor ihren Freunden rechtfertigen wollte, »für viele Menschenleben.«
Slade kam zu ihr und legte einen Arm um sie. »Ich bin sehr stolz auf dich, Liebling.« Er beugte sich herunter und küßte sie auf die Wange. Sie spürte, daß seine Hände auf ihren Schultern bebten.
»Ich brauche ein Bild von dir, Chloe«, sagte Lou. »Ich komme morgen mit einer Kamera vorbei. Das verstehst du doch, Alter?« fragte er Slade.
Slade nickte. »Natürlich. Sogar ich werde ein Foto von ihr brauchen.«
Nachdem Lou und Daisy gegangen waren, schenkte sich Slade einen Drink ein. Er hob das Glas, nickte und prostete ihr zu. »Ich

bin mit einer echten Heldin verheiratet, wirklich wahr.« Sein Mund lächelte, doch seine Augen lächelten nicht. »Ich kenne nicht viele Frauen, die getan hätten, was du getan hast.«
»O Slade.« Chloe ging zu ihm und schlang ihm die Arme um die Taille, während er einen Schluck aus seinem Glas trank, ehe er es auf einen Tisch stellte und sie in seine Arme zog. »In Wirklichkeit ist es gar nicht so gewesen, aber du darfst die Wahrheit nicht schreiben. Ich habe es versprochen.«
Er zog die Augenbrauen hoch und wartete.
»Er hat mich nicht angerührt. Wir haben nur miteinander geredet. Er hat mir köstliche Gerichte vorgesetzt, und wir haben drei Nächte lang die ganze Zeit miteinander geredet. Er hat sich von mir versprechen lassen, niemandem zu sagen, daß er mich nicht angerührt hat. Wenn ich ihm das verspreche, wollte er nicht nur Menschenleben verschonen, sondern auch mich. Ich habe ihm das Leben gerettet, verstehst du.« Sie berichtete ihm von Wang.
Slade nahm seine Arme von ihr und starrte sie an.
»Es ist wahr, ich schwöre dir, daß es die Wahrheit ist«, sagte sie. Sie lehnte den Kopf an seine Schulter und schlang die Arme enger um ihn. »Aber niemand darf sie erfahren. Er hat sein Versprechen gehalten, und jetzt muß ich mein Versprechen halten.«
Slade streckte die Hand nach seinem Glas aus. Er schwieg so lange, daß Chloe schließlich zu ihm aufblickte, und der Ausdruck, der in seinen Augen stand, ließ sie vor ihm zurückweichen.
»Es ist wahr«, sagte sie noch einmal. »Er hat mich nicht angerührt.« Das war nicht die ganze Wahrheit; sie konnte sich noch gut an seine Hand auf ihrer Wange erinnern.
»Erwartest du wirklich von mir, daß ich dir das glaube?« Sein Lachen klang schroff.
»O Slade«, rief sie aus, und es peinigte sie, daß er daran zweifeln konnte. »Ich habe dich noch nie belogen. Wir waren doch immer ehrlich miteinander.«
Er wandte sich von ihr ab, lief durch das Zimmer, drehte sich dann noch einmal zu ihr um und sagte: »Laß uns ins Bett gehen. Es ist ein langer Tag gewesen.«
»Nein.« Sie rannte zu ihm. »Slade, Liebling, glaube mir. Bitte. Er hat gesagt, er verspüre kein Verlangen auf eine Frau, von der er

wüßte, daß sie sich von ihm abgestoßen fühlt. Und er fand mich nicht attraktiv. Das hat er mir selbst gesagt. Er hatte kein Verlangen nach einer Ausländerin wie mir.«
»Natürlich.« Ja, natürlich.
»Slade.« Ihre Stimme klang gepeinigt. »Es ist wahr. Wir haben miteinander geredet. Wir haben über die Dinge geredet, von denen ich dir und Lou erzählt habe, daß wir darüber geredet haben. Er wollte keine Frau, die ihn als widerlich empfunden hätte.«
Slade drehte sich zu ihr um. »War er denn widerlich? Als du von ihm erzählt hast, schienst du ihn recht gern zu mögen.«
»Er ist ein absolut faszinierender Mensch.« Chloe griff nach Slades Arm, doch er wich vor ihr zurück und ging ins Schlafzimmer. »Ich hatte keinen Moment lang Angst vor ihm. Aber er wollte mich überhaupt nicht haben. Das mußt du mir glauben, Slade.«
Slade riß sich die Krawatte vom Hals und warf sie auf die Kommode. »Chloe, ich kann mir nicht vorstellen, daß irgendein Mann auf Erden dich nicht begehrt. Vielleicht ist das, was du sagst, ja wahr. Laß mir Zeit, um mich an diese Vorstellung zu gewöhnen. Aber du warst gewillt, oder etwa nicht? Du warst gewillt, dich von diesem Mann anfassen zu lassen, seine Hände auf dir zu spüren, ihn in dir zu haben. Du warst gewillt, all das zu tun?«
»Natürlich«, sagte sie. »Ich stand vor der Wahl: Entweder ich tue es, oder ich sehe zu, wie jemand stirbt.«
Er kam auf sie zu und legte ihr die Hände auf die Arme. »Und dafür, mein Liebling, bewundere ich dich. Genau das macht nämlich eine Heldin aus. Ich bewundere deine Bereitwilligkeit, dich zu opfern. Ich bewundere deinen Edelmut. Versteh, daß ich dich bewundere, Chloe. Ich bin stolz auf dich.«
»Warum kannst du mir dann nicht glauben?«
»Ich werde es versuchen«, sagte er und warf sein Hemd auf einen Stuhl, ehe er sich auf die Bettkante setzte, um sich die Schuhe auszuziehen. »Laß mir ein wenig Zeit. Ich werde es versuchen. Ich bin froh, daß du nicht von mir verlangst, ich soll der ganzen Welt diese Geschichte vorsetzen; man würde dir nämlich niemals Glauben schenken. In der Gesellschaft von Schanghai bist du jetzt

schon eine Heldin, wenn auch eine gebrandmarkte. Man wird dich als Retterin feiern und rühmen, als Heldin, als jemanden, der Bewunderung verdient hat. Und gleichzeitig ist es ein zweischneidiges Schwert. In den Augen dieser Menschen hast du dich besudelt, Chloe.«

»O Gott«, rief sie aus. Sie ging zu ihm und kniete sich neben ihn. »Wäre es den Leuten denn lieber gewesen, wenn ich die Männer hätte sterben lassen?«

Seine Hände spielten mit ihrem Haar, und er wickelte sich behutsam eine Strähne um einen seiner Finger. »Nein, und von ihrem Denken und ihrer Intelligenz her werden sie für dich eintreten. Aber der Intellekt hat nichts damit zu tun, wie wir unser Leben führen. Männer werden dich anders ansehen, und Frauen werden sich stumm fragen, wie es wohl ist, mit einem Chinesen zu schlafen. Und du wirst für sie nie mehr dieselbe wie vorher sein.«

Sie starrte durch einen Tränenschleier zu ihm auf. »Du meinst, das ist die Belohnung, die ich dafür bekomme?«

Slade stand auf, ging zur Kommode, zog eine Schublade heraus und fand seinen Schlafanzug. Er blieb mit dem Rücken zu ihr stehen, zog sich aus und schlüpfte in den Schlafanzug. Er blieb stumm.

Sie stand auf und entkleidete sich, verwirrt und ohne zu verstehen. Er drehte sich zu ihr um und sah sie an, wie sie in dem matten Lichtschein nackt dastand, und als er lachte, klang sein Lachen unangenehm. »Erwartest du wirklich, ich oder irgend jemand sonst würde dir glauben, daß dieser Mann, der noch nie eine weiße Frau gehabt hat, dich nicht begehrt hätte?«

»Oh, versuch doch, es zu verstehen. Du findest Chinesinnen doch auch nicht schön, oder? Nun, und ein Chinese hat eben mich nicht attraktiv gefunden. Slade.« Sie war erschöpft. Niedergeschlagen. »Bitte, glaube mir. Er hat mich nicht angerührt. Er hat es wirklich nicht getan.«

Sie zog sich das Nachthemd über den Kopf, als Slade ins Bett schlüpfte. »Also, gut.« Er seufzte. »Ich werde es versuchen. Aber eines mußt du wissen: Du brauchst mich nicht zu belügen. Ich bewundere deine Selbstaufopferung und deinen Edelmut. Ich bin stolz auf dich.«

Sie kuschelte sich an ihn und küßte seinen Nacken, und er drehte sich auf die Seite, um sie zu küssen, und seine Lippen berührten ihre voller Zärtlichkeit. »Ich bin froh, daß du wieder zu Hause bist. Das ist das einzige, was zählt.« Seine Lippen berührten ihre, als seine Hand unter ihr Nachthemd glitt. »Und ich liebe dich.«

Sie gab sich ihm vorbehaltlos hin, seinen Berührungen, seinem Körper, den sie auf ihrem spürte, der rasenden Ekstase, die in Slade wütete. Sie warfen die Decken von sich und rissen sich ihre Sachen vom Leib, und sie klammerten sich aneinander und küßten sich mit ungeahnter Wildheit, aber Slade brachte nichts zustande.

»Es tut mir leid, Liebling«, flüsterte er. »Laß mir mehr Zeit. Laß mich glauben, daß das ein anderer Mann nicht mit dir getan hat.« Und dann drehte er sich auf die Seite und kehrte ihr den Rücken zu.

29

Im Frühjahr kam Ching-ling aus Wuhan nach Schanghai.
Chloe hatte sich auf nichts anderes mehr konzentrieren können als auf die Tatsache, daß Slade sie seit ihrer Entführung nicht mehr angerührt hatte. Er gewöhnte sich an, ihr in der Öffentlichkeit einen Arm um die Schultern zu legen, aber wenn sie allein miteinander waren, kam er ihr nicht nahe. Er schlüpfte jede Nacht erst ins Bett, wenn sie schon lange eingeschlafen war. Manchmal kam er erst nach Mitternacht nach Hause. Sie wußte, daß er nicht ins Bett kommen wollte, wenn sie wach war. Dann hätte er das Gefühl gehabt, daß er mit ihr hätte schlafen sollen, und irgendwie konnte er das nicht.
Cass' Telegramm machte die Lage auch nicht gerade leichter. *In Deinen eigenen Worten, Chloe, die Details aus erster Hand. Die Welt ist begierig darauf, Deine Geschichte zu hören. Tapferes Mädchen!*
Slade gab einen Laut von sich, den sie als ein Lachen deutete. »Diesmal ist es gerechtfertigt«, sagte er. »Schreib über den Barbaren, der die amerikanische Schönheit entführt. Nicht direkt eine Vestalin, aber ... Die Welt wird sich die Finger danach lecken, und es wird den Leuten runtergehen wie Öl.«
Dieser verfluchte Kerl! Er hatte die Gewohnheit angenommen, ihr das Gefühl zu geben, daß sie etwas falsch gemacht hatte. Sie wußte, er glaubte ihr nicht, daß der Schneeleopard sie nicht angerührt hatte. Vielleicht spielte es gar keine Rolle; die Vorstellung, daß alle Welt glaubte, sie hätte ihren Körper geopfert, genügte ihm.
Die Geschichte wurde von sämtlichen Nachrichtenagenturen aufgegriffen und machte die Runde um die Welt. Chloe Cavanaugh und der Schneeleopard.
Sie, Slade und Lou aßen oft zusammen zu Abend, und es gab Gelächter und lebhafte Diskussionen, aber Slade kam ihr nie nahe, wenn sie allein miteinander waren.
Ein paar Wochen nach dem »Überfall auf den Blauen Expreß«, wie das Ereignis mit der Zeit genannt wurde, ließ der Wirbel, der

um Chloe gemacht wurde, nach, aber Slade hatte recht gehabt. Die Männer sahen sie jetzt anders an, auf eine Art und Weise, die sie selbst nicht hätte definieren können. Anfangs machten die Frauen aus den Konsulaten viel Aufhebens um sie, aber Chloe war dankbar, als diese Phase vorüber war. Was sie nicht wußte, war, daß die Frauen aus dem Westen, die in Schanghai lebten, jedem Neuankömmling die Geschichte von Chloes unmoralischen Heldentaten erzählten.

Chloe wünschte verzweifelt, sich Ching-ling anvertrauen zu können, und sie war trotz des Versprechens, das sie dem Schneeleoparden gegeben hatte, sehr versucht, es zu tun, aber Ching-ling wurde von Angelegenheiten von landesweiter Bedeutung so sehr in Anspruch genommen, daß Chloe ihre Zeit nicht mit derart unwichtigen persönlichen Problemen in Anspruch genommen hätte. Madame Sun lud Chloe und Slade jedoch zu ihrer Mutter zum Abendessen ein.

Chloe hatte Mammy Soong vor Jahren kennengelernt, kurz nachdem sie und Ching-ling aus Kanton hatten entkommen können, und Mammy Soong mochte Chloe und behandelte sie, als träfe sie eine alte Freundin wieder. Mit ihren fast sechzig Jahren war Mammy immer noch ein Energiebündel. Sie maß nur knapp einen Meter fünfzig und sah keiner ihrer wunderschönen Töchter ähnlich. Sie war zwar nicht unansehnlich, eher unauffällig, doch in ihrem Gesicht drückte sich Charakter aus. Während sie auf T. V. und Mei-ling warteten, spielte sie ihnen etwas auf dem Klavier vor. Das war ein Instrument, das man gewöhnlich nicht in chinesischen Häusern vorfand.

Sie lächelte, als Slade ihr ein Kompliment zu ihrem Klavierspiel machte. »Man hat allgemein geglaubt, mein Klavierspiel und meine großen Füße würden dafür sorgen, daß ich keinen Mann finde«, sagte sie. »Statt dessen haben mir diese beiden Dinge den interessantesten Mann und die außerordentlichsten Kinder im ganzen Land eingebracht.« Im Gegensatz zu all ihren Kindern sprach sie kein Englisch.

Ching-ling lächelte ihre Mutter liebevoll an. »Mammy ist nie so gewesen wie die anderen Frauen in unserem Land. Vielleicht erklärt das uns Kinder.«

Mammy schüttelte den Kopf. »Nichts erklärt dich, mein kleiner Kohlkopf. Du bist anders als alle anderen.« Sie lächelte liebevoll ihre mittlere Tochter an, die dasaß, die Hände auf dem Schoß gefaltet hatte und so aussah, als stammte sie von einer langen Ahnenreihe wunderschöner Frauen ab. Dann wandte sich Mammy an Slade und sagte: »Ich bin stolz auf alle meine Kinder. Ich glaube, vielleicht wird durch sie China nie mehr so sein, wie es früher einmal war. Ich sehe in ihnen Kräfte für die Zukunft.«

»Und auch für die Gegenwart, würde ich behaupten«, murmelte Chloe.

In dem Moment kam die dramatische Mei-ling hereingerauscht. Mei-ling war schöner als auf Fotografien, wenn auch nicht so schön wie ihre ältere Schwester, und sie hatte keinen Hang zur Schüchternheit, wie Ching-ling. Ching-ling saß stumm da und wirkte zerbrechlich und versonnen. Sie wirkte immer distanziert, aber Chloe hielt das für ihre Art von Selbstschutz. Wenn sie mit Ching-ling zusammen war, legte die Chinesin oft viele ihrer Schutz- und Abwehrmechanismen ab, doch selbst hier, in ihrem Zuhause, schien Ching-ling die außenstehende Beobachterin zu sein, die nicht dazugehörte. Mei-ling dagegen genoß es – verlangte geradezu –, im Mittelpunkt der Aufmerksamkeit zu stehen. Sie strahlte einen gewissen Hochmut aus, als sei sie gewohnt, wie eine Königin behandelt zu werden. Sie hatte ein hübsches Lachen, aber sie war unglaublich verspannt. Slade benutzte das Wort *gebieterisch*, um sie zu beschreiben. Chloe konnte sich nicht entscheiden, ob sie Mei-ling mochte oder nicht. Sie fühlte sich in ihrer Gegenwart nicht wohl, obgleich Ching-lings Schwester intelligent und aufgeschlossen war und locker und unbefangen Konversation betrieb.

Sie schien weit mehr Amerikanerin als Chinesin zu sein. Ching-ling erzählte Chloe, als Mei-ling nach einem Dutzend Jahren in Amerika zum ersten Mal zurückgekehrt war, nachdem sie in Wellesley ihren Abschluß gemacht hatte, hätte sie sich geweigert, chinesische Kleidung zu tragen, und es vorgezogen, Englisch zu sprechen. China entsetzte sie mit seinem Schmutz, seinem Gedränge, seiner mangelnden Kultur, seiner Armut und seiner fehlenden Hygiene.

Mei-ling war die einzige in der Familie, die sich wie eine Amerikanerin schminkte. Sie wußte, daß sie schön war, und das ließ sie ihren beträchtlichen Charme bei jedem einsetzen, der ihr begegnete; und sie nahm die Menschen mit ihrer Gewandtheit und Geistesgegenwart für sich ein.

Ching-ling lebte auf einer anderen Bewußtseinsebene als ihre Schwester und schien die Tragödie in sich zu tragen, als lasteten die Probleme der Welt auf ihr. Slade hatte auch tatsächlich einmal bemerkt, er glaube, die immerwährende Melancholie, die Ching-ling anzusehen war, sei das, was die transzendente Schönheit ihres Gesichts ausmachte.

Ching-ling erzählte Chloe, daß Mei-ling allen Männern einen Korb gegeben hatte, die ihr im Lauf der Jahre Heiratsanträge gemacht hatten, und daß sie jetzt dreißig Jahre als war. Und alleinstehend. Etwas, was es unter den Chinesinnen überhaupt nicht gab.

»Lieber bin ich eine alte Jungfer, als mit irgendeinem reichen Chinesen verheiratet zu sein«, sagte Mei-ling.

Die Schwestern Soong waren für eine typisch chinesische Ehe ungeeignet, sie waren verdorben worden. Sie waren in Amerika erzogen worden und zur Schule gegangen, sie hatten große Füße und ihren eigenen Kopf, sie konnten selbständig denken, und sie waren so reich, daß sie keine Ehemänner brauchten, die sie unterstützten und für sie sorgten.

»Geld interessiert mich nicht«, sagte Mei-ling nur zu gern. Da sie es ihr ganzes Leben lang gehabt hatte, nahm sie es als selbstverständlich hin.

In dem Moment betrat ihr Bruder T. V., der sich sehr wohl für Geld interessierte, den Raum. T. V.s ewiges Lächeln war steif und erweckte eher den Eindruck, als erwartete man es von ihm, und weniger, als sei sein Lächeln ernst gemeint. Und doch war er in Wirklichkeit ein umgänglicher Mann, obwohl er den Gesprächen um ihn herum selten Aufmerksamkeit zu schenken schien. Es wirkte ganz so, als weilte sein Geist an einem entscheidenderen Punkt, und so verhielt es sich wahrscheinlich auch: Er dachte an Bilanzen, an Orte, an denen die Finanzen Chinas geregelt wurden, an Angelegenheiten, die von größerer Bedeutung waren als müßige Gespräche und gesellschaftliche Konventionen.

Er sah Ai-ling, der Ältesten, ähnlicher als seinen beiden anderen Schwestern; er hatte ein rundes Gesicht, in dem eine Brille saß, die seine nüchterne Miene vorteilhaft zur Geltung brachte. Man hatte ihn sagen hören, daß die Massen des chinesischen Volkes ihm angst machten.

Ching-ling erzählte Chloe, daß sie sich trotzdem T. V. näher fühlte als ihren übrigen Geschwistern. Er hatte in Harvard studiert, als sie in Amerika gewesen war, und sie hatten gemeinsam mit seinen zahlreichen amerikanischen Freunden die Ferien verbracht. Er besaß vielleicht die schnellste Auffassungsgabe aller Soongs, seinen Vater Charlie inbegriffen. Chloe hörte zu, als er sich mit Slade unterhielt.

»Nein, nein«, sagte T. V., auf dessen Oberlippe sich ein dünner Schweißfilm gebildet hatte. »Sie müssen das verstehen. Ich habe *gern* mit Zahlen zu tun. Ich habe meinen Spaß an Buchhaltung. Ich genieße es, Probleme zu lösen.«

Er war trotz seiner jungen Jahre damit beschäftigt, das finanzielle Chaos des Königreichs des Himmels zu entwirren. Nachdem er etliche Jahre lang Dr. Suns Berater gewesen war, arbeitete er jetzt eng mit Chiang Kai-shek zusammen. Im Gegensatz zu Mei-ling, die sich in der konservativen Politik zu Hause fühlte, und zu Ching-ling, die schon vor langem zur extremen Linken gerückt war, schwankte T. V. zwischen den beiden Ideologien.

Er war auch zwischen seinen Schwestern hin und her gerissen. Die Liebe, die er für Ching-ling empfand, seine sanftmütige Schwester mit den romantischen Idealen für die Zukunft Chinas, war ihm deutlich anzumerken. Und doch neigte er in der Politik Chinas zur Rechten, weil sie die Ordnung und die Leistungsfähigkeit repräsentierte, die er schon angestrebt hatte, seit er in den Vereinigten Staaten damit konfrontiert worden war. Wenn er China einen einzigen Wunsch hätte erfüllen können, dann wäre es der gewesen, es zu einem leistungsfähigen Land zu machen. Sowohl Meiling als auch Ching-ling vertrauten auf sein Urteil und auf seinen Rat.

Das Mädchen kündigte an, es sei Zeit zum Abendessen. Sie begaben sich in das offizielle Eßzimmer, und Mei-ling plauderte über das Haus, als Slade sich dazu äußerte, wie schön es war. »Ich

habe Papa inständig gebeten, es zu kaufen«, sagte sie, »aber er fand es zu prunkvoll.«
Chloe wußte, daß Mei-ling ihre Mutter zwei Wochen nach dem Tod ihres Vaters dazu überredet hatte, in dieses Haus zu ziehen, und seit Charlies Tod vor acht Jahren lebten die beiden gemeinsam dort.
»Mammy und ich haben Meinungsverschiedenheiten«, kündigte Mei-ling an. Chloe war überrascht darüber, daß sie dieses Thema vor Gästen ansprach, ganz offensichtlich wollte sie aber hören, was ihr Bruder und ihre Schwester davon hielten.
»Obwohl ich große Füße habe«, sagte sie mit einem schalkhaften Lächeln, »hat Chiang Kai-shek um meine Hand angehalten.«
Chloe bemerkte, daß Mammy Soongs Lippen sich zusammenkniffen, doch sie sagte nichts.
Ching-ling riß abrupt den Kopf hoch, doch statt auf Mei-ling einzugehen, warf sie Chloe einen Blick zu, die wußte, daß Chiang letztes Jahr Ching-ling einen Heiratsantrag gemacht hatte. Nicht nur das; er hatte bereits zwei Ehefrauen. Und, wie Lou erwähnt hatte, viele andere Frauen nebenbei. Ching-ling nickte kaum wahrnehmbar, und Chloe vermutete, sie war die einzige, die es bemerkte.
T. V. sagte: »Nun, er hat es inzwischen zu sagenhaften Reichtümern gebracht.«
Chloe fragte sich, wie er dazu gekommen war. Vor eineinhalb Jahren war er nichts weiter gewesen als der Kommandant der Whampoa-Militärakademie. Gewiß waren Ching-ling und Nikolai, die sich denselben Zielen verschrieben hatten, nicht sagenhaft reich. Woher hatte Chiang all dieses Geld?
Mei-ling warf den Kopf zurück. »Sein Geld interessiert mich nicht. Mit Kai-shek würde ich mich nicht langweilen«, sagte sie.
»Du langweilst dich wirklich sehr leicht«, sagte T. V. »Und du hast recht. Ein Leben mit Chiang wäre nicht langweilig. Er wird große Macht erlangen, eine größere Macht als alles, was wir kennen.«
Schatten verdüsterten Ching-lings Augen, doch sie blieb stumm.
»Sagen Sie mir, was Sie davon halten.« Mei-ling bedachte Slade mit ihrem strahlenden Lächeln. »Sie sind Journalist. Sie wissen, welcher Meinung Amerika ist, und sie fühlen China den Puls. Was

halten Sie von Chiang Kai-shek? Wird er der nächste Herrscher Chinas werden?«

Slade schaute auf seinen Teller herunter, ehe er darauf antwortete. Er kannte Ching-lings Einstellung. Er wußte, worum sie kämpfte. Er war Chiang etliche Male begegnet, und er traute ihm nicht. Chloe wußte, daß ihm all das jetzt durch den Kopf ging.

»Ich kann die Zukunft nicht vorhersagen«, sagte er schließlich und blickte auf, um Mei-ling über den Tisch hinweg anzusehen. »Ich habe keine Kristallkugel. Es scheint tatsächlich so, als würde er immer stärker. Aber ich traue seinen Verbindungen zu der Grünen Bande nicht.«

»Ach, das.« Mei-ling wedelte mit der Hand durch die Luft, als wollte sie diese Überlegung damit als unwesentlich abtun. »Aus diesen Banden kann ich ihn loseisen. Er hat sie nicht mehr nötig.«

»Es ist schon Grund zur Sorge, daß er es der Grünen Bande überhaupt gestattet hat, ihn vorzuschieben«, fuhr Slade fort. »Diesen Leuten geht es nicht um China, sondern nur um sich selbst. Ohne ihre beträchtliche Hilfe wäre Chiang Kai-shek heute nicht da, wo er ist.«

Das Strahlen in Mei-lings Augen erlosch, und sie sagte: »Ich glaube, Sie irren sich. Die Zukunft Chinas ...«

Slade fiel ihr ins Wort. »Was ist mit den Massakern?«

Mei-lings Miene war jetzt verdrossen. »Er versucht nur, die Kommunisten loszuwerden«, antwortete sie. »Ich bin ganz sicher, daß die Exzesse lediglich auf die Glut und die Begeisterung der gewöhnlichen Soldaten zurückzuführen sind.«

Chloe war überrascht, als Ching-ling sich nicht dazu äußerte. Mei-ling wußte doch bestimmt, daß sie sich mit den Kommunisten zusammengetan hatte.

»Ich allein kann gar nichts tun.« Es war, als dächte Mei-ling laut. »Ich bin eine Frau. Aber als Madame Chiang Kai-shek kann ich mein eigenes Schicksal und das von Millionen von Menschen in die Hand nehmen. Vielleicht sogar über das Schicksal Chinas mitbestimmen.«

Derselbe Traum, und doch so anders. Zwei Schwestern mit demselben Streben nach Ruhm. Eine für sich persönlich, die andere für ihr Land.

T. V. fragte: »Du sagst, ihr seid euch nicht einig, du und Mammy? Mammy, was hast du dagegen einzuwenden?«
Im Gegensatz zu Ching-ling hätte sich Mei-ling den Wünschen ihrer Familie niemals widersetzt.
»Keine meiner Töchter wird jemals einen Mann heiraten, der kein Christ ist.« Mammy brachte das so hervor, als seien damit jede Diskussion und jede Debatte ausgeschlossen.
Chloe sah, daß Ching-ling fast sichtbar einen Seufzer der Erleichterung ausstieß.

Am nächsten Tag suchte Ching-ling Chloe auf. Sie streckte ihre zarten Finger aus, um Chloes Hände zu nehmen, und sie sagte: »Meine Liebe, dir ist so deutlich anzusehen, daß du unglücklich bist. Hast du dich immer noch nicht von Damiens Tod erholt? Nicht etwa, daß sich jemand vom Verlust eines Kindes je wirklich erholen könnte.«
Chloe schüttelte den Kopf. »Nein, ich bin sicher, daß ich das immer mit mir herumtragen werde.«
»Du kannst wieder ein Kind bekommen.« Ching-ling ließ Chloes Hände los und ging zu dem Stuhl am Fenster, um sich zu setzen.
Chloe sehnte sich verzweifelt danach, sich ihrer Freundin anzuvertrauen, aber nachdem die Aufforderung dazu jetzt im Raum stand, war sie außerstande, es zu tun. Wenn sie ihr sagte, Slade hätte sie seit Monaten nicht mehr angerührt und sie hätte schon lange nicht mehr seine Hände auf ihren Brüsten oder seine Küsse auf ihren Lippen gespürt, dann beging sie damit einen Verrat an Slade, oder etwa nicht? Und außerdem, wie hätte Ching-ling ihr schon helfen können?
»Es scheint alles keine Rolle mehr zu spielen«, antwortete sie, und das entsprach der Wahrheit. Sie hatte Damien verloren, und jetzt hatte sie das Gefühl, Slade ebenfalls verloren zu haben.
»Liegt es an China?« fragte ihre Freundin und sah sich in dem Zimmer um, in dem sie saßen.
Chloe schüttelte den Kopf. »Ach, ich weiß es selbst nicht. Wenn wir nie hergekommen wären, wäre unser Leben ganz anders verlaufen. Ich hätte meine Kinder.« Und auch meinen Mann. »Manchmal erscheint es mir, als überschritte es die Grenzen des

Erträglichen. Ich weiß keinen Ausweg mehr. Aber ich bin nicht sicher, woraus.«

Ching-ling stand von ihrem Stuhl auf und ging mit ihren anmutigen Bewegungen auf Chloe zu. »Komm mit mir nach Wuhan, wenn ich zurückfahre«, schlug sie vor. »Vielleicht tut es dir gut, ein anderes Tempo vorzulegen. Du hast Heldentaten vollbracht, und jetzt bist du wieder in ein Leben zurückgekehrt, das sich durch Teegesellschaften und müßiges Geplapper auszeichnet. Ich habe den Verdacht, dieser Schneeleopard hat auch seine Wirkung auf dich gehabt. Ich bin sicher, daß eine Vergewaltigung nichts ist, worüber man leicht hinwegkommt.«

»Er hat mich nicht vergewaltigt«, sagte Chloe.

Jetzt wandte Ching-ling sich zu ihrer Freundin um und sah sie an. »Es läuft doch auf das gleiche hinaus, oder etwa nicht? Er hat dir wirklich keine andere Wahl gelassen. Füge dich, oder sei für den Tod eines anderen Menschen verantwortlich. Er hat dir Gewalt angetan, Chloe, und du bist die Art der Chinesen nicht gewohnt. Er hat dich benutzt, wie die meisten Chinesen Frauen benutzen, als seist du nicht mehr als ein leeres Gefäß. Du empfindest einen Verlust deiner Würde, ein gewaltsames Vordringen in dich selbst, könnte ich mir vorstellen.«

Nein, hätte Chloe am liebsten ausgerufen. Er hat mir Würde verliehen. Er hat mir Bedeutung verliehen. Aber statt dessen sagte sie nur: »So ist es keineswegs gewesen.«

»Ich habe den Verdacht, du hast es dir einfach nicht gestattet, dich damit auseinanderzusetzen. Deshalb trägst du diese enorme Traurigkeit mit dir herum. Versucht Slade denn nicht, dir Sicherheit zu geben?«

»Inwiefern sollte er mir Sicherheit geben?« fragte Chloe.

»Indem er dir das Gefühl gibt, daß du in anderen Hinsichten wichtig bist als … als in der, in der dieser Schneeleopard dich mißbraucht hat. Chloe, keine Amerikanerin kann ein solches Martyrium durchmachen und unbeschadet daraus hervorgehen. In China ist man das gewohnt. Ich bin in Dörfern gewesen, in denen es zu Schlachten gekommen ist, und Männer haben Frauen entdeckt, die sich vor ihnen versteckt haben, und dann schnappen sich drei oder vier Soldaten gemeinsam eine Frau, lassen die

Hosen runter und mißbrauchen sie, einer nach dem anderen, und sie lassen eine verängstigte, wimmernde Frau zurück. Den Soldaten ist das vollkommen egal. Wahrscheinlich hat die Frau sich vor dem Sterben gefürchtet, aber sie erwartet kaum mehr als das von ihrem Leben, China ist anders.«

Das hat er mir alles nicht angetan! hätte Chloe ihn gern verteidigt.

»Komm mit mir nach Wuhan«, sagte Ching-ling noch einmal. »Nikolai und ich werden dir Arbeit geben und dich ablenken, damit du dich nicht mehr ausschließlich mit dir selbst befaßt. Für dich ist das ein Tapetenwechsel, aber du wirst auch deinen eigenen Rhythmus wieder finden. Und ich kann dringend eine Freundin gebrauchen. Das heißt nicht etwa, daß Nikolai kein guter Freund ist, aber er ist eben keine Frau.«

Slade, der immer begierig darauf war, Informationen vom linken Flügel der Kuomintang zu bekommen, hatte gegen Chloes geplanten Besuch nichts einzuwenden.

Als sie und Ching-ling an Bord des Schiffes gingen, hatte Chloe nicht die leiseste Ahnung, daß sie in Wuhan etwas finden würde, was sie nie zuvor gefunden hatte.

30

Nach Schanghai und Peking nahm Wuhan den dritten Platz unter den bedeutenden Städten Chinas ein. Es breitete sich beidseits des größten Flusses Chinas aus und lag auf halber Strecke zwischen Schanghai im Osten und Congqing im Westen. Ausländische Schiffe, die regelmäßig auf dem Jangtsekiang verkehrten, lagen im allgemeinen in Wuhan vor Anker und wurden von dort aus betrieben. Die amerikanische Marine hatte ein Kriegsschiff hier liegen, das auf dem Fluß patrouillierte.

Nicht nur der Jangtsekiang verlieh Wuhan solche Bedeutung. Die Stadt lag auch auf halber Strecke zwischen Peking und Kanton. Genau auf der Ost-West-Achse sowie auf der Nord-Süd-Achse. 1927 hatte sich die Stadt weit ausgebreitet, war schmutzig und in hohem Maß industrialisierter als jede andere chinesische Stadt. Aufgrund der enormen Industrialisierung war man hier reif für die Rebellion. Die furchtbaren Arbeitsbedingungen hatten unter den Arbeitern die Bereitschaft ausgelöst, auf die Träume von Menschen wie Nikolai Sacharow und Madame Sun zu reagieren.

Als Chloe das letzte Mal auf einem stampfenden Schiff über den Jangtsekiang getuckert war, hatte sie Damien in den Armen gehalten und war auf dem Weg gewesen, sich mit Ching-ling zu treffen und diese idyllischen Wochen mit ihr hoch in den Bergen von Lu-shan zu verbringen. Sie bemühte sich, nicht daran zu denken, und doch stellte sie fest, daß ihre Arme sich immer noch schmerzlich nach ihrem verlorenen Sohn sehnten. Und wenn ich hundert Jahre alt werde, dachte sie, werde ich ihn immer noch vermissen. An ihn denken. Mich nach ihm sehnen.

Ching-ling, die neben ihr an der Reling lehnte, deutete auf die Stadt, als sie näher kamen. »Das, was heute Wuhan ist, waren früher drei voneinander unabhängige Städte«, sagte sie. »Aber sie haben sich ausgebreitet und sind jetzt zu einer einzigen Stadt zusammengewachsen, mit einer Zentralregierung. Dort oben im Norden liegt das, was früher einmal Hankow genannt worden ist.«

Chloe sah die grauen Rauchsäulen, die die hohen Backsteinkamine ausstießen. »Die Eisenhütten«, erklärte Ching-ling. »Hier gibt es Waffenfabriken.«
Chloe nickte. Sie wußte, daß das Schießpulver in China erfunden worden war.
»Zigarettenfabriken.«
Chloe schien es ganz so, als rauchten fast alle Männer in China Zigaretten. Die Frauen rauchten niemals. Sogar die Kulis hatten Zigaretten zwischen den Lippen baumeln. In den Zügen war sie von Rauch eingehüllt worden, und von dem Geruch wurde ihr fast so übel wie von dem überall vorhandenen Gestank nach Urin.
Ching-ling fuhr fort. »Die Arbeiter singen jetzt in den Fabriken, in denen Ziegen weiterverarbeitet werden, in den Talg- und Lederfabriken, in den Werken, in denen Streichhölzer hergestellt werden und in der Glasindustrie. Es gibt hier eine Metallindustrie und Getreidemühlen, Nudelfabriken und die Verpackungsindustrie. Im Vergleich zu den übrigen Industriegebieten Chinas ist Wuhan ziemlich modern. Schau nur, dort siehst du Sprinkleranlagen auf einem Dach, die dazu dienen, ein Feuer einzudämmen, wenn es ausbricht.«
Tatsächlich herrschte in Wuhan eine weitaus fröhlichere Stimmung, und es ging lebhafter zu als in Schanghai oder Peking. In den Augen der Arbeiter funkelte Hoffnung: In ihrem Gang spiegelte sich eine Energie wider, an der es in den Teilen Chinas fehlte, die Chloe bisher gesehen hatte.
»Hier«, sagte Ching-ling, als sie die Landungsbrücke hinunter und zu den wartenden Rikschas liefen, »zeigt Nikolai ihnen den Weg in die Freiheit. Das Wunderbare an ihm ist, daß er kein Verlangen hat, die Herrschaft an sich zu reißen. Er will beratend tätig sein. Er will, daß *wir* den Menschen ihre Möglichkeiten im Leben aufzeigen. Er will ihnen zeigen, was sie tun können, nicht ihnen vorschreiben, was sie zu tun haben. Er weiß, daß das Zeit erfordert.«
Trotz Ching-ling früherer Beteuerungen glaubte Chloe, ihre Freundin müßte in den Russen verliebt sein. Als er an jenem Abend zum Essen kam, konnte sie die Anziehungskraft verstehen, die Nikolai auf Ching-ling ausüben mochte.
Chloe hatte ihn schon immer gemocht. Sie hatte ihn stets attraktiv

gefunden, und er konnte sie zum Lachen bringen. Gleichzeitig respektierte sie seine vollkommene Hingabe, mit der er das betrieb, was er für das Entscheidendste auf Erden hielt. Aber sie hatte vergessen gehabt, wie imposant seine körperliche Erscheinung war. Von seinem buschigen Bart und dem dichten Schnurrbart umrahmt, blitzten seine weißen Zähne, als er sie mit seinem Lächeln blendete und seine großen Hände ausstreckte, um ihre Hände zu umfassen.

»Chloe, wie wunderschön, dich wiederzusehen. Wir haben uns viel zu lange nicht mehr gesehen.« Er sah ihr liebevoll in die Augen. Eine ansteckende Energie strömte von ihm aus. »Aber die Zeit hat dir offensichtlich gutgetan.«

Ching-ling brachte sie damit in Verlegenheit, daß sie sagte: »Ja, findest du nicht auch? Sie wird von Mal zu Mal schöner, obwohl sie so traurig wirkt.«

Chloe war sich nicht darüber im klaren gewesen, daß man ihr ihre tiefsten Gefühle so deutlich ansehen konnte. Aber vielleicht gelang das auch nur Ching-ling.

Ching-ling und Nikolai hätten auf einer Bühne stehen sollen. Die Schönheit der Chinesin und ihre aufrechte und majestätische Haltung, die jedesmal Aufmerksamkeit auf sich zog, wenn sie einen Raum betrat, wurde durch ein pfauenblaues Seidenkleid in dem einfachen Schnitt chinesischer Kleider, den Chloe so sehr liebte, vorteilhaft zur Geltung gebracht. Der schwarze Mandarinkragen betonte die Tiefe in Ching-lings Augen, die im Schein der Lampe wie glühende Kohlen schimmerten. Ohne auch nur nachzudenken, sagte Chloe: »Ich möchte auch so ein Kleid tragen.« Seit dem Zwischenfall im Blauen Expreß hatte sie keine chinesischen Kleider mehr getragen.

»Nichts ist einfacher als das«, sagte ihre Freundin. »Morgen werden wir zum Schneider gehen. Ich habe das Gefühl, wir werden in keinem der Geschäfte etwas finden, was jemandem paßt, der so groß ist wie du.« Chloe empfand sich mit ihrem Meter siebenundsechzig gar nicht als *so* groß, aber sie war doch einen halben Kopf größer als fast alle Chinesinnen.

»Bald werden wir alle Orientalen sein«, sagte Nikolai, der selbst die blauen Hosen der Bauern trug, die in China so allgegenwärtig waren. »Obgleich auch ich meine Kleidung speziell anfertigen lassen mußte.« Sein weites, flatterndes Hemd, das lose saß, entsprach jedoch der russischen Mode, und um die Taille herum wurde es von einem farbenfrohen Gürtel festgehalten. Er sah aus wie ein Tatar, fand Chloe, die wieder einmal den orientalischen Schnitt seiner Gesichtszüge deutlich wahrnahm. Es mußte an seinen leicht schräggestellten Augen liegen, dachte sie, und doch waren seine Augen nicht die des Orients. Sie waren groß und durchdringend und niemals unergründlich. Nikolai trug seine Leidenschaften in der Öffentlichkeit zur Schau, und Chloe hatte gehört, daß das ein typisch russischer Charakterzug war.

Slade hatte sich einmal dazu geäußert. »Hast du denn nie Dostojewski gelesen? *Die Brüder Karamasow?* Mein Gott, ich konnte mich einfach nicht durch diese ganze Gefühlsduselei durchkämpfen. Die Russen *fühlen*, und es macht ihnen nicht das geringste aus, das zuzugeben.« Er sagte es so, als kritisierte er sie dafür. Chloe fand diesen Charakterzug jedoch sehr reizvoll. Sie wünschte, die Amerikaner würden ihre Gefühle öfter zeigen. Jedenfalls die Männer. Sie glaubte nicht, daß die Männer, die sie kannte, jemals zeigten, was sie in Wirklichkeit empfanden, tief in ihrem Innern. Lou tat es manchmal, aber nicht in der Öffentlichkeit. Nur dann, wenn sie miteinander allein waren, obwohl sie sich vorstellen konnte, daß jeder, der mit ihm zu tun hatte, seine Sensibilität spürte.

Aber Slade und ihr Vater und andere Amerikaner und Briten – und wenn sie es sich jetzt genauer überlegte, dann zählten wohl auch die Deutschen, die Franzosen und die Belgier dazu – verbargen jede Gefühlsregung, die in ihnen aufkommen mochte, vielleicht die Wut ausgenommen. Manchmal fragte sie sich, ob sie ihre Gefühle wirklich verbargen oder ob sie ganz einfach nicht die Dinge fühlten, die sie fühlte. Männer schienen das Offenlegen von Gefühlen als Schwäche anzusehen. Das hatte sie noch nie verstehen können. Und als sie Nikolai jetzt wieder ansah, wie er auf ganz ähnliche Art wie die Chinesen ein Hühnerbein abnagte, glaubte sie, daß das zu den Dingen gehörte, die sie besonders gern an ihm mochte.

»Wir könnten deine Hilfe gebrauchen«, sagte Nikolai. »Du kannst Chinesisch schreiben. Wir brauchen Hilfe bei unserer Zeitung.«

Chloe lachte. »Ich kann mir nicht vorstellen, daß ich bei einer revolutionären Zeitung mithelfen könnte.«
Nikolai, der mit dem Essen fertig war, wischte sich die Hände an einer Serviette ab, und in seinen Augen glühte ein inneres Feuer, als er sagte: »Eines unserer unmittelbaren Nahziele ist die Bildung. Wie können es Menschen zu etwas bringen, wenn sie nicht lesen können? Unsere Pressen drucken unaufhörlich Tausende von Flugblättern, und doch weiß ich, daß die Menschen hier nicht lesen können. Wir halten jeden Abend in der ganzen Stadt Kurse ab. Das ist der Schlüssel zur Freiheit. Ein uninformiertes Volk ist ein versklavtes Volk. Vielleicht kannst du uns helfen und einen Kurs übernehmen.«
»Bring meinem Volk das Lesen bei, Chloe.« Ching-lings atemlose Stimme klang wie eine Fanfare.
»Ich soll unterrichten?« Chloe lächelte. »Ich bin von zu Hause fortgegangen, um nicht Lehrerin werden zu müssen.«
Nikolai sah sie an. »Weshalb denn das? Ich kann mir keinen würdigeren Beruf vorstellen.«
Chloe zuckte die Achseln. »Weil ich meine Zeit nicht für einen so stumpfsinnigen Job hergeben wollte. Damit mein Leben interessanter sein kann, als es gewesen wäre, wenn ich mich in einem Klassenzimmer hätte einsperren lassen.«
Nikolais Stimme klang ungläubig. »Eine Chance, das Denken aller zu beeinflussen, mit denen man zu tun hat? Eine Chance, die Welt zu verändern? Eine Gelegenheit, den Leuten das Handwerkszeug der Freiheit zu schenken?« Seine Stimme überschlug sich.
Chloe hatte Bildung nie unter diesem Aspekt betrachtet.
Nikolai schlug mit der Faust auf den Tisch, und die Gläser klirrten. »Es gibt kein vorherbestimmtes Schicksal. Wir müssen den Leuten zeigen, daß sie die Herren über ihr eigenes Leben sein können.«
»O Nikolai.« Chloe stellte fest, daß sie ganz aufgeregt war. Es war lange her, seit sie sich am Geben und Nehmen eines derartigen Gespräches beteiligt hatte. »Daran kannst du doch nicht wirklich glauben.«
»O doch, das tue ich«, sagte er.
»Ich auch«, murmelte Ching-ling.

»Glaubst du, es war dein Schicksal, zu Hause zu bleiben und Lehrerin zu werden?« fragte er. »Du hast dein eigenes Leben selbst in die Hand genommen und bewirkt, daß es anders gekommen ist, oder etwa nicht?«

Chloe nickte zustimmend. »Und das nur, um ans andere Ende der Welt zu gelangen und dort festzustellen, daß mir die Rolle der Lehrerin schließlich doch aufgedrängt wird.«

»Wir brauchen uns darüber nicht zu streiten. Ich glaube fest daran, daß wir Geschöpfe sind, die einen eigenen Willen haben. Aus welchen Gründen auch immer du hier bist – du bist hier, und du kannst uns helfen, falls du dich dafür entscheidest.«

Chloe lachte, ein glockenheller, fröhlicher Laut. »Falls ich mich dafür entscheide? Ich bezweifle, daß ihr beide mir eine andere Wahl läßt, du und Ching-ling.«

»Gut, dann wäre das also geregelt.« Nikolai klatschte in die Hände. »Ching-ling wird dich morgen in das Lagerhaus bringen, und du kannst uns mit der Zeitung weiterhelfen. Morgen abend werden dort ein Dutzend Leute erscheinen, und alle warten nur auf eine neue Lehrerin. Wir werden einen neuen Kurs beginnen.«

Chloe spürte, daß sie in etwas hineingezogen wurde, wovon sie keineswegs sicher war, ob sie dazu bereit war, doch sie hatte nicht den Wunsch, sich dem zu entziehen. Ihre Freunde gaben ihr das Gefühl, wichtig zu sein, als hätte sie anderen etwas zu geben. Sie brauchten sie. Nachdem sie so viele Monate lang das Gefühl gehabt hatte, von Slade im Stich gelassen worden zu sein, reagierte alles in ihr positiv auf die Aufforderungen ihrer Freunde. Sogar körperlich verspürte sie wieder Leben in sich; tief in ihrem Bauch begann ein Knoten sich zu lösen.

31

Zum ersten Mal in den vier Jahren, die sie in China gelebt hatte, wurde Chloe ganz und gar in das Leben der Chinesen hineingezogen. Der einzige andere Mensch aus dem Westen, mit dem sie überhaupt Kontakt hatte, war Nikolai. Da sie ausschließlich von Chinesen umgeben war, begann sie, nur noch chinesische Kleider zu tragen, und sie begann sogar, chinesisch zu denken. Das europäische Leben, das sie in Schanghai geführt hatte, verblaßte.

Sie gewöhnte sich an dünne Baumwollmatratzen auf harten Brettern, machte die Erfahrung, zehn Stunden täglich zu arbeiten, und lernte, wie man die Druckerpressen bediente, von deren Walzen die Worte abgerollt wurden, die für die chinesischen Arbeiter geschrieben worden waren.

Da sie all ihre Tage in dem Lagerhaus in der Han-Chun-Straße verbrachte, war sie von Männern umgeben, die rote Sterne auf dem Hemdkragen oder auf den Taschen trugen und die einander – grinsend – mit der geballten Faust begrüßten, die zu ihrem Markenzeichen geworden war. Nikolai saß den ganzen Tag lang in einem Raum im ersten Stock, der Ähnlichkeit mit einer Höhle aufwies, und dort empfing er ständig Besucher, fuchtelte beim Reden mit den Armen durch die Luft und schüttelte Hände. Chloe beobachtete ihn und nahm die grenzenlose Energie wahr, seine überschwenglichen und doch unbefangenen Gesten. Er war sich noch nicht einmal des Anblicks bewußt, den er bot, dachte sie versonnen.

Zum allerersten Mal sah Chloe, daß Frauen in der Politik dieses Landes aktiv waren. Die Mehrheit der jungen Frauen schnitt sich als Symbol der Freiheit – nicht nur der Befreiung Chinas, sondern auch der Befreiung der Frau – die Haare kurz. In dem Lagerhaus, das nicht nur das politische Zentrum Wuhans, sondern der ganzen Bewegung war, verrichteten sie dieselben Arbeiten wie die Männer. Geballte Energie war sichtbar. Ihre Gesichter waren nicht die stoischen Gesichter des übrigen China. Sie strahlen vor Aufregung, und ihre Augen funkelten. Sie hatten sich einem Ziel verschrieben, das weitaus größer als sie selbst war, und darin fanden sie Freiheit und einen Sinn für ihr Leben.

Den ganzen Tag über trug Chloe Abhandlungen über die Möglichkeiten, die diesem gewaltigen Land von Natur aus innewohnten. Sie überwachte das reibungslose Funktionieren der Druckerpressen, die Tausende von Flugblättern ausspuckten. Auch in ihren Augen zeigte sich ein Leuchten, das lange Zeit nicht mehr dagewesen war. Das Fieber der Inbrunst sickerte durch und schlich sich in sie ein, und oft vergaß sie, eine Pause einzulegen, um etwas zu essen.

Ching-ling war überall gleichzeitig. Aber sowohl Ching-ling als auch Nikolai nahmen sich vor dem Abend nicht die Zeit, ihre Aufgaben zu unterbrechen, um zu essen oder miteinander zu reden. Um sechs Uhr abends wurde die Arbeit niedergelegt, und ihre beiden Freunde begannen, sich zu entspannen. In ihren Augen leuchtete Erfüllung, in diesen dunklen Augen, von denen sie jetzt ständig umgeben war.

Nach der Arbeit liefen sie zu dritt Arm in Arm zu einem Restaurant und tranken billigen chinesischen Wein. Ching-ling und Nikolai machten Chloe mit neuen Gerichten bekannt, und erst, nachdem sie sie probiert hatte, sagten sie ihr, was sie aß. Sie lachten über Chloes Gesichtsausdruck, als sie ihr verrieten, sie hätte gerade Ziegenfleisch gegessen, das in Scheiben im Blut der Ziege gebraten worden war. Sie zeigten ihr, wie man Geflügelhäppchen in eine weiße Sauce mit Essig und Knoblauch tunkte. Es gab Haifischflossen, die mit Krebsfleisch in Hühnerbrühe zubereitet worden waren. Scharfe, dünngeschnittene Streifen Lamm, Schlange, Aal und Karpfen und Saucen, von denen Chloe noch nie etwas gehört hatte.

An drei Abenden in der Woche begleitete Nikolai Chloe um halb acht zu einem Gebäude, in dem sich zwölf Männer und Frauen in dem kleinen Raum mit dem Lehmboden drängten, der nur von einer Kerosinlampe an der Decke erhellt wurde. Hier brachte sie ihnen bei, die eigene Sprache zu lesen. Nikolai ließ sie zwei Stunden lang dort und kam dann wieder, um sie zu Ching-lings kleinem Häuschen zurückzubringen. Ihm gefiel die Vorstellung nicht, sie könnte abends allein durch die Straßen laufen.

Nach Ablauf eines Monats begann Chloe sich zu fragen, was mit ihr geschah. Sie war dabei, sich zu verändern, das merkte sie deutlich. Die Veränderung war nicht einmal so sehr politischer Art, denn sie war immer noch der Überzeugung, daß Ching-ling und Nikolai in Traumwelten lebten.

Ein Teil des neuartigen Gefühls war auf ihr Dutzend Schüler zurückzuführen. Sie beobachtete sie, wenn ihre Finger die chinesischen Schriftzeichen nachfuhren und versuchten, die Bilder in Worte umzusetzen. Wenn in den Augen von einem von ihnen Verständnis aufleuchtete, dann empfand sie ... sie hätte noch nicht einmal ansatzweise schildern können, was sie dann fühlte, es nicht einmal sich selbst erklären können. Eine erhabene Form von Macht. Sie half Menschen, ihren Horizont zu erweitern, der ihnen ihr ganzes Leben lang verschlossen gewesen war. Sie gab ihnen das Werkzeug in die Hand, das sie brauchten, um zu leben und sich weiterzuentwickeln. Was dieses undefinierbare Gefühl auch sein mochte, sie rechnete nahezu damit, selbst daran zu wachsen. Eines Tages sagte sie laut zu sich selbst: »Ich mag mich leiden«, und dieses erstaunliche Gefühl ließ sie lächeln.

Sie dachte kaum an Slade.

Wenn Nikolai sie und Ching-ling nach dem Abendessen nach Hause brachte, in das kleine Häuschen, das Ching-ling gemietet hatte – ein Haus, das nur vier kleine Räume hatte und dennoch exquisit eingerichtet war –, und wenn Ching-ling, die von den Aktivitäten des Tages erschöpft war, ins Bett ging, diskutierten Chloe und Nikolai bis spät in die Nacht hinein. Ihre Auseinandersetzungen waren immer freundschaftlich, obwohl Nikolai öfter mit der Faust auf den Tisch schlug, mit seinen dunklen Augen in sie hineinsah und sagte: »Chloe, du kannst unmöglich dieser Meinung sein!«

Sie reagierte ebenso erhitzt darauf. »Nikolai, du bist ein Träumer. Der Kommunismus hat keine größeren Chancen, sich in der Praxis zu bewähren, als das Christentum. Beide Prämissen begründen sich auf das naturgegebene Gut im Menschen. Auf unser aller Bereitschaft, zu gleichen Teilen miteinander zu teilen, was von der Vorstellung ausgeht, daß Menschen nicht egoistisch sind und nicht über das Notwendige hinaus Besitz anhäufen werden.

Daß wir die Hüter unseres Bruders sind. Nikolai, befaß dich mit Geschichte! *Du* kannst unmöglich glauben, daß Ideen wie diese lebensfähig sind!«
Und dann starrte er sie an und seufzte: »Ach, Chloe, es tut mir leid für dich, daß du so wenig Vertrauen in die menschliche Natur setzt.«
»Und du«, erwiderte sie, »hast so wenig Ahnung von der menschlichen Natur.«

Eines Abends, als sie fünf Wochen in Wuhan war, aßen Chloe und ihre Freunde in einem ihrer liebsten Restaurants zu Abend, aber Ching-ling ging früh, um eine Verabredung einzuhalten. Chloe und Nikolai schwiegen eine Zeitlang, und dann beugte er sich über den Tisch und streckte seine große Pranke aus, um sie auf ihre Hand zu legen. Er sagte: »Es ist nicht nur Damien, stimmt's?«
Chloe war überrascht. »Was ist nicht nur Damien?«
»Du hast Slade in all der Zeit noch nicht einmal erwähnt. Ich kann mir vorstellen, daß du ihm schreibst.«
Ja, das hatte sie getan. Aber nur zweimal. Und sie hatte einen einzigen Brief von ihm erhalten.
»Wenn ich gezwungenermaßen von jemandem getrennt wäre, den ich liebe, dann fiele mir das nicht leicht. Sieh dir doch Ching-ling an. Jedesmal, wenn sie von Dr. Sun getrennt war, konnte sie an nichts anderes denken als daran, wieder mit ihm zusammenzusein.«
Die Stille hing in der Luft.
»Es geht mich nichts an, stimmt's?« fragte der Russe.
Chloe lächelte wehmütig. »Nikolai, du überraschst mich. Ich wußte gar nicht, daß du dir je Gedanken über Individuen machst. Ich dachte, du nimmst nur dein großes Ziel wahr.«
Er zog seine Hand zurück und lehnte sich an die Stuhllehne. »Du tust mir unrecht. Ich habe das Leid in den Augen der Menschen wahrgenommen, seit ich auf der Welt bin. Früher habe ich geglaubt, es käme alles nur daher, daß sie nicht genug zu essen haben und daß man ihnen mit der Art, sie zu behandeln, die Menschenwürde raubt. Und«, sagte er und fuchtelte mit einer Hand durch die Luft, »versteh mich nicht falsch. Ich glaube immer

noch, daß das der Großteil dessen ist, was auf der Welt im argen liegt. Aber ich habe gelernt, daß es auch andere Formen von Leid gibt. Formen von Leid, die mit dem menschlichen Herzen zu tun haben, ganz gleich, wie voll ein Bauch oder wie bedeutend ein Mensch ist.«

Chloe starrte ihn an. Hatte er das empfunden? Das Leid um einen anderen Menschen in seinem Herzen? Sie erinnerte sich wieder daran, daß er verheiratet gewesen war ... es nach allem, was sie wußte, noch immer war – mit einer Frau, die er wahrscheinlich nie wiedersehen würde. Und er hatte Söhne, die er niemals näher kennenlernen würde.

Er stand auf. »Komm. Laß uns spazierengehen«, schlug er vor. »Einen Abend, an dem wir solches Wetter haben, sollte man sich nicht entgehen lassen.« Sie traten in die frühsommerliche Luft hinaus, und dieses eine Mal dünstete China zur Abwechslung keinen fauligen Gestank aus. »Du bist nicht nur gekommen, um uns zu helfen?« sagte er mit gesenkter Stimme. »Du bist hergekommen, weil du vor etwas davonlaufen wolltest?«

Chloe wußte nicht, was sie sagen sollte. Sie hatte sich danach verzehrt, sich Ching-ling anzuvertrauen, und doch hatte sie nicht die Gelegenheit dazu ergriffen. Von seiner Seite hatte sie kein Interesse erwartet.

»Mach schon, sag mir, daß es mich einen Dreck angeht«, sagte er; er blieb stehen und legte die Hände auf ihre Arme. »Es ist nicht meine Angelegenheit, das ist mir klar. Aber ich habe starke Schultern, Chloe. Du wärst nicht der erste Mensch, der sich an ihnen ausweint.«

Sie sah ihn durch die Dunkelheit an und sagte: »Es ist ganz seltsam, Nikolai. Ich stelle mir dich nie als einen ...«

»Als einen Menschen vor?« warf er ein. »Ich bin nichts weiter als ein Automat, der sich einem Ziel verschrieben hat, aber ohne ein Privatleben, ohne jegliche Einsichten und ohne jegliches Verlangen nach etwas, was nicht dem Zweck dient? Du siehst mich nicht als einen Mann an?«

Chloe spürte, daß sie vor Verlegenheit errötete, und sie war froh darüber, daß es dunkel war. »Vermutlich ja.« Ihre Stimme war ein Flüstern.

Er lachte. »Das ist richtig. Das trifft es sogar ziemlich genau. Aber laß uns im Moment nicht über mich reden. Und wenn du lieber nicht über den gehetzten Ausdruck in deinen Augen sprechen möchtest, dann brauchen wir es nicht zu tun. Ich dachte, du könntest es vielleicht gebrauchen ...«

»Das ist es nicht«, sagte Chloe. »Ich weiß nicht, was ich sagen soll. Es ist wahr, mit meiner Ehe stimmt etwas nicht. Das ist jetzt schon so, seit ich damals entführt worden bin.« Sie hätte ihm so gern die Wahrheit über den Schneeleoparden erzählt. »O Nikolai, seit ... seit damals schon, und es ist unverändert.« Sie stellte fest, daß sie weinte. Nikolai blieb stehen, drehte sie zu sich um, schlang die Arme um sie und zog sie an seine Brust. Er ließ sie weinen, und während sie weinte, brodelten in ihr die langen Monate der Frustration und das Gefühl von Versagen. Während sie noch unter Tränen keuchend nach Luft schnappte, sagte sie: »Er hat mich seitdem nicht mehr angerührt. Er hat mich kein einziges Mal mehr geküßt oder in die Arme genommen.«

O Gott, sie fühlte sich Slade gegenüber als Verräterin. Ihre Ehe war ihrer beider Privatangelegenheit. Sie hörte, daß Nikolai vernehmlich einatmete.

»Oft habe ich das Gefühl, als seien wir gar nicht mehr miteinander verheiratet. Als ob er mich nicht mehr liebt. Als könnte ich seine Schwester sein.« Sie unterbrach sich, als er ein großes dunkles Taschentuch herausholte und es ihr reichte.

Er sagte lange Zeit gar nichts, aber er nahm sie an der Hand und lief mit ihr weiter. Nach einer Weile fragte er: »Dann bist du also froh, hier zu sein?«

»Merkst du das denn nicht?« Es war ein schönes Gefühl zu spüren, wie seine Hand ihre umschlang und ihr zeigte, daß er sie mochte. »Hier habe ich das Gefühl, gebraucht zu werden ... ich fühle mich nützlich ... und erwünscht, etwas, das ich seit fast einem Jahr nicht mehr empfunden habe. Nicht seit Damien ...«

Es tat gut, selbst diese wenigen Worte laut auszusprechen.

Wuhan war zwar bei weitem nicht so kultiviert wie Schanghai, doch es gab ein paar Bars, die von Seeleuten und anderen aus dem Westen besucht wurden. Und in eine dieser Bars zog Nikolai Chloe. Die Beleuchtung war schwach, und Rauch wand sich durch

den Raum wie eine Schlange. Es gab jedoch Tische hinter Vorhängen, die ein gewisses Maß an Intimsphäre vermittelten.
Nikolai bestellte sich ein chinesisches Bier und für Chloe einen Oolong.
Sie saßen mit den Händen vor sich auf dem Tisch da. Er starrte sie so lange an, daß sie schließlich lächelte. Bei ihm fühle ich mich nicht gehemmt, dachte sie, und habe es auch nie getan. Ehe sie wußte, was sie tat, vertraute sie ihm Dinge an, von denen ihr gar nicht klar gewesen war, daß sie sie dachte.
»Es ist komisch«, sagte sie und redete mehr mit sich selbst als mit ihm. »Wenn ich mir überlege, wie ich aufgewachsen und erzogen worden bin – ich mußte glauben, solange ich keinen Mann habe, bin ich unvollständig, kein ganzer Mensch. Verstehst du, es ist, als hätten Frauen an sich keinerlei Bedeutung, solange wir uns nicht in den Augen eines Mannes widergespiegelt sehen. Solange wir uns nicht begehrt fühlen. Wir haben das Gefühl, wenn wir heiraten, wird ein einziger Mensch all unsere Bedürfnisse erfüllen, unser Verlangen nach allem stillen. Und das ist nicht wahr. Kein einzelner Mensch kann uns alles geben, was wir brauchen.«
»Das habe ich schon vor langer Zeit gelernt«, murmelte Nikolai und trank sein Bier aus der Flasche.
»Ich glaube, ich bin vielleicht gerade dabei, erwachsen zu werden«, sagte Chloe und war über ihre eigenen Gedanken überrascht. »Ich habe immer gute Freundinnen gehabt. Nicht nur Ching-ling, sondern auch Dorothy, Suzi und Daisy.« Namen, die Nikolai nichts sagten. Er schaute sie weiterhin an, sah in sie hinein.
»Keine Männer?« fragte er. »Ich habe unter beiden Geschlechtern Freunde gefunden. Wenn man sich Freundschaften mit Männern verschließt, löscht man die Hälfte der menschlichen Rasse aus. Man darf Männer nicht, bloß weil sie Männer sind, nicht als Freunde akzeptieren.«
Männer? Als Freunde? Sie nickte. »Natürlich. Lou. Das ist ein Journalist in Schanghai. Er ist ein guter Freund. Einer der wenigen, die ich in Schanghai habe.«
Nikolai sagte nichts dazu.
Chloe dachte laut. »Und Cass. Cass Monaghan. Er ist Slades Boss. Ich vermute, ich habe ihn nicht als einen Freund angesehen, weil

er der Vater einer Freundin ist. Aber auch er ist ein Freund. Vielleicht sogar der beste Freund, den Slade und ich haben. Er hat mich viel über das Leben gelehrt, bevor ich geheiratet habe. Und ich glaube«, sagte sie lächelnd, »dich sollte ich auch dazuzählen.«
Nikolai lehnte seine massige Gestalt zurück und kippte den Stuhl nach hinten. Seine ernsten Augen lösten sich keinen Moment lang von ihrem Gesicht. »Wie definierst du Freunde, im Gegensatz zu Geliebten, zu Ehemännern?«
Darüber mußte sie nachdenken. Während sie an dieser Frage herumgrübelte, frage Nikolai: »Du hältst es nicht für möglich, daß Eheleute Freunde sind?«
»O doch«, sagte sie eilig. »Aber ich habe immer geglaubt, daß das Allerwichtigste die Romantik, die Ehe, eine Beziehung zu einem Mann ist. Aber im Moment glaube ich, daß eine platonische Freundschaft vielleicht genauso wichtig ist.«
»Vielleicht«, schlug Nikolai vor, »weil wir von unseren Freunden nicht verlangen, daß sie uns alles geben, was wir uns von Geliebten erhoffen?«
Darüber hatte sie sich bisher noch keine Gedanken gemacht.
»Vielleicht verlangen wir von Freunden nicht ganz soviel. Wir haben bei ihnen nicht diese enorme, alles umfassende Erwartungshaltung wie bei unseren Ehefrauen oder Ehemännern.«
»Vielleicht hätten Slade und ich mehr Zeit haben sollen, um eine Freundschaft zu entwickeln, ehe wir geheiratet haben.«
»Ich glaube«, sagte Nikolai, der jetzt auf sein Bier starrte und es hochhielt, um das schwache Licht im Raum darin einzufangen, »Menschen neigen dazu, auf ihre Drüsenreaktionen zu hören, wenn sie heiraten, und weniger darauf zu achten, ob sie, abgesehen von dieser Anziehungskraft, etwas miteinander gemeinsam haben.«
Sie schaute Nikolai mit flehentlichen Augen an. »Sag mir, warum sollte der Umstand, daß ein anderer Mann mich gehabt hat, dazu führen, daß Slade mich nicht mehr begehrt?«
»Du erwartest von mir, daß ich darauf eine einzige Antwort habe, die für alle Männer gültig ist?« fragte er sie mit sanfter Stimme. »Ich weiß es nicht. Ich glaube, es hat etwas mit dem Ego zu tun. Manche Männer wollen einfach glauben, daß sie die einzigen sind,

die dich gehabt haben, denen du gehörst. Es ist eine Frage des Besitzdenkens.«
»Alle Männer wollen eine Jungfrau heiraten. Glaubst du, das ist der Grund dafür?«
Nikolai schaute sie über den Tisch an. »Nicht alle Männer legen großen Wert darauf, daß eine Frau jungfräulich in die Ehe geht. Es gibt Stämme in Afrika, in denen der Beweis erbracht werden muß, daß eine Frau fruchtbar ist, ehe ein Mann auch nur in Erwägung ziehen würde, sie zu heiraten. In erster Linie sind es eure christlichen Länder, Chloe, die das den Frauen antun. In deinem Land ist eine Frau sowohl jemand, den man auf einen Sockel stellt, als auch jemand, der die Sünde verkörpert. Ich glaube fest daran, daß viele Männer Frauen dafür verabscheuen, daß sie die Sünde – das Böse – in ihnen wachrufen. Das menschliche Denken besitzt keine Logik. Ich weiß nicht, warum Slade dich meidet. Das ist rücksichtslos und lieblos, wenn du Bestätigung brauchst. Ich hätte das niemals getan. Ich hätte dich fühlen lassen, daß ich dich für heldenhaft halte.«
Sie schaute ihn über den Tisch an, als er weiterredete. »Genau das ist nämlich der Fall. Ich finde wunderbar, was du getan hast. Wenn du meine Frau wärst, würde ich dich für deine unglaubliche Tapferkeit nur noch mehr lieben.«
Er sah ihr in die Augen und hielt ihren Blick fest. Sie beugte sich vor, als würde sie magnetisch zu ihm hingezogen, hielt sich jedoch dann zurück. Sie fragte: »Was ist mit deiner Frau? Warum hast du sie geheiratet?«
Er bestellte sich noch ein Bier und legte dann den Kopf zur Seite. »Ich war in einem fremden Land. Ich war einsam. Ich war einundzwanzig Jahre alt und habe mich nach einer Frau gesehnt. Vielleicht nicht direkt nach irgendeiner Frau, aber nach einer Frau, mit der ich reden und ins Bett gehen konnte. Nach jemandem, der an das glaubte, woran ich glaube, und in dem ich einen Partner finden konnte. In unserer Jugend sind wir romantisch. Aber obwohl ich mir damals eingeredet habe, daß all diese Dinge mit ihr möglich sind, glaube ich, daß ich in Wirklichkeit dringend jemanden wollte, mit dem ich ins Bett gehen kann. Ich habe den Verdacht, das ist weltweit die Geschichte der Ehe.«

»Ihr wart nicht miteinander befreundet?«
Er wackelte mit dem Kopf. »Ich habe sie immer in erster Linie als eine Frau und weniger als einen Menschen wahrgenommen.«
»Geht es nicht genau darum?« fragte Chloe.
»Nein, das glaube ich nicht. Ich will den sexuellen Magnetismus nicht leugnen. Er macht einen großen und wesentlichen Teil der Ehe aus, einen bedeutenden Teil der Liebe. Aber eine Ehe sollte sich auf weit mehr als nur das begründen, und daran halten wir uns zu selten. Ich ziehe es vor, Freundschaften zu schließen und sie sich dann, falls es dazu kommt, weiterentwickeln zu lassen, hin zu Zuneigung, zu sexueller Anziehungskraft ...«
»Ist es das, was zwischen dir und Ching-ling ist?« platzte Chloe heraus.
Nikolai starrte sie an und lachte dann, ein lautes, rauhes Lachen.
»Chloe, was Ching-ling und mich miteinander verbindet, ist viel zu wichtig, als daß es jemals einen Anstrich von sexueller Anziehungskraft bekommen könnte, von romantischer Gefühlsduselei. Zuerst einmal würde sie niemals daran denken, sich wieder zu verheiraten. Sie ist den Idealen Dr. Suns treu, ihnen gehört ihre Loyalität, und ihnen hat sie ihr Leben verschrieben. Sie würde nicht zulassen, daß irgend etwas sich zwischen sie und dieses Ziel stellt. Sie ist ein Mensch, zu dem ich eine tiefe Liebe empfinde, die beste Freundin, die sich ein Mensch nur wünschen kann. Ich bewundere sie, ich achte sie, und manchmal flößt sie mir Ehrfurcht ein. Sie steht mir näher als eine Schwester. Aber Ching-ling und ich sind nicht ineinander verliebt. Hast du das wirklich geglaubt? Ich muß dir sagen, wenn ich auch noch soviel für sie empfinde, ich habe sie doch nie als Frau begehrt.«
»Was ist Liebe überhaupt?« fragte Chloe, die ihre Finger auf dem Tisch spreizte und sie betrachtete. »Du liebst Ching-ling. Du liebst den Kommunismus. Ich liebe meine Freunde. Ich liebe Kartoffelchips und Bäume und den See in Cooperstown und das Sommerhaus der Monaghans im Norden von Michigan.« Was, fragte sie sich, liebte Nikolai? Welche Orte, von denen sie noch nie gehört hatte? »Ich liebe den Grundgedanken der Freiheit und der Demokratie, und ich liebe immer noch meine toten Kinder, sogar jenes, das nie geboren worden ist, und Slade ...«

Nikolai musterte sie. »Liebe? Darauf weiß ich keine Antwort. Ich habe sie nie in der Form für eine Frau empfunden, wie ich es bei anderen Männern gesehen habe. Ich liebe Rußland und die Idee der Gleichheit für die gesamte Menschheit so, wie manche Männer Frauen lieben. Es gelüstet mich danach. Ich habe keine Zeit für die Liebe gehabt. Und«, sagte er lachend, »ich habe mein Erwachsenendasein im Ausland verbracht, in Ländern, mit deren Frauen ich wenig gemeinsam habe.«

Chloe seufzte.

»Aber du mußt wissen«, sagte er und streckte die Hand aus, um sie um ihr Handgelenk zu schließen, »wenn du meine Frau wärst und dich diesem Warlord hingegeben hättest, dann wäre ich unglaublich stolz auf dich. Ich würde dich aufgrund deiner inneren Werte mehr denn je begehren.«

»Ich danke dir, Nikolai«, sagte sie und stellte zu ihrem Erstaunen fest, daß eine Träne über ihre Wange lief.

»Liebst du deinen Mann noch?« fragte Nikolai.

Hatte ihre Liebe zu Slade sich tatsächlich verflüchtigt? Sie fühlte sich im Stich gelassen, soviel wußte sie. Mußte sie sich geliebt fühlen, um selbst zu lieben? O Gott, wie rätselhaft das Leben doch war. »Ich weiß es nicht«, antwortete sie. »Aber ich bin noch nicht soweit, daß ich nach Schanghai zurückkehren könnte.«

Er legte seinen Arm um ihre Schultern, als sie sich auf den Rückweg zu Ching-lings Haus machten.

32

Die Nachtluft war noch stickig von der Hitze des Tages. Das erinnerte sie an zu Hause, an Oneonta. Dort war sie in den Sommernächten oft wach geworden, und ihr Kissen war von ihrem Schweiß klatschnaß gewesen. Das Haar hatte an ihrem Nacken geklebt. Sie war gewarnt worden, die Sommer in Wuhan könnten unerträglich sein. Am anderen Ende der Welt sagte man dasselbe über das Wetter, was man in New York auch sagte: »Es ist gar nicht einmal so sehr die Hitze wie diese drückende Schwüle.« Die Schwüle hatte ihr schon immer zugesetzt. Sie hatte geglaubt, in Schanghai seien die Sommer heiß, doch Wuhan überbot selbst das noch.

Um Viertel nach neun begann sie, im Abstand von wenigen Minuten auf die Uhr zu sehen. Nicht etwa, daß sie gewünscht hätte, ihr Kurs sei zu Ende, aber sie wußte, daß Nikolai bald kommen würde, wie er es in den beiden letzten Monaten immer getan hatte. Als sie hörte, wie die Tür aufging, und als sie sah, wie seine riesige Gestalt den Türrahmen ausfüllte, schlug ihr Herz schneller. Aufregung machte sich in ihrer Brust breit, und ihr Bauch spannte sich an. Seine dunklen Augen starrten sie durch den schwach erleuchteten Raum an. Er fuhr sich mit den Fingern durch seinen enormen buschigen Bart und lächelte nicht.

Sie hatte sich erst vor zwei Stunden von ihm getrennt, und doch erschien es ihr wie eine Ewigkeit. Wenn sie nachts, nachdem er gegangen war, in dem harten, schmalen Bett lag und der Mondschein über die hohen Mauern des Hofs in ihr Zimmer strömte, versuchte sie, sich auf Slade zu konzentrieren. Sie bemühte sich, sein Bild vor ihren Augen heraufzubeschwören, doch sie konnte nichts anderes sehen als Nikolais strahlende dunkle Augen. Sie rang darum, sich an den Dingen festzuhalten, die sie im Lauf der Jahre gemeinsam mit Slade erlebt hatte, doch immer wieder entglitten sie ihr. Woran sie dachte, das waren die wochenlangen Gespräche, die sie mit Nikolai geführt hatte ... der Gedankenaustausch, die Dinge, die sie einander enthüllt hatten.

Sie schloß die Augen und zwang sich, an Slades schlanken, festen Körper zu denken, an die Zärtlichkeit seiner Küsse ... der Küsse, die sie schon so lange nicht mehr von ihm bekommen hatte. Sie versuchte, sich an seine Berührungen zu erinnern, doch die Erinnerungen daran entzogen sich ihr. Statt dessen waren es in ihrer Vorstellung Nikolais große Hände, die sich nach ihr ausstreckten, Nikolais buschiger Bart, der ihre Brüste streifte, sein riesiger Körper, der zu ihr ins Bett schlüpfte und den ihren bedeckte, seine Küsse, die auf sie herabregneten. Sie schlug die Augen auf und stellte zu ihrem Erstaunen fest, daß sie in der schwülen Nacht das Laken von sich geworfen hatte und nackt dalag, während der Mondschein auf ihrem bleichen Körper spielte.

Ihre Hand bewegte sich zu ihren Brüsten, als sie sich fragte, ob Nikolais Bart wohl kitzelte und ob er sich sie in seinen Armen ausmalte. Sie seufzte sehnsüchtig. Sie war eine verheiratete Frau von fünfundzwanzig Jahren, und doch hatte seit fast einem Jahr kein Mann sie mehr berührt.

Sie begriff, daß sie ihn wollte, ihn begehrte, mit ihm schlafen wollte. Seinen Körper neben sich, in sich und auf sich spüren wollte. Diese großen Bärenpranken auf sich fühlen wollte, seine sinnlichen Lippen auf ihrem Mund fühlen wollte. Sie wollte von ihm begehrt werden. Sie wollte wissen, daß er in diesem Augenblick an sie dachte, daß er sich nach ihr sehnte, daß er vor Verlangen, das ihn durchströmte, nicht schlafen konnte.

Sie ballte die Hände zu Fäusten und schlug mit ihnen auf das Kissen unter ihrem Kopf ein.

Das war in der vergangenen Nacht gewesen.

Jetzt war er da, stand in der Tür ihres Klassenzimmers, und sie dachte: O Gott. Ihr Blick blieb auf ihm ruhen. Was gestatte ich mir? Und doch ließ sie es zu, ließ es nicht nur geschehen, sondern half sogar nach. Ich will nicht dagegen ankämpfen, sagte sie sich. Ich will ...

Als sie durch den Raum lief, lächelte er, nahm sie an der Hand und führte sie in die Nacht hinaus, die nicht weniger stickig und drückend war als tagsüber. Seine Hand war jedoch trocken, und er ließ ihre Hand nicht los.

»Es ist zu heiß zum Schlafen«, sagte er. »Hättest du Lust, einen

Spaziergang am Ostsee zu machen? Dort gibt es schöne Wanderwege.« Der Vollmond schien direkt auf sie; es war nahezu taghell.
Als sie am See angekommen waren, führte Nikolai sie zu den Ruderbooten, die für die Nacht vertäut worden waren, und sagte: »Sollen wir uns hier hinsetzen, ja?« Er stieg in eines der Boote, die auf dem friedlichen Wasser schaukelten.
Sie setzten sich einander gegenüber auf die Bänke und redeten eine Zeitlang kein Wort miteinander, doch Nikolai hielt weiterhin ihre Hand umfaßt. Die Geräusche von Wuhan ebbten ab, und die Bambuswäldchen, die sich als Silhouette vor dem Mond abzeichneten, sahen aus wie Spitze.
Dann lachte Nikolai und hielt ihre Hand fester. »Erinnerst du dich noch, daß ich dir gerade erst vor wenigen Wochen erzählt habe, ich hätte keine Zeit für die Liebe?«
»Ja«, sagte sie leise und wartete darauf, daß er weiterreden würde.
»Vielleicht habe ich geglaubt, daß die Zeit – die Handelsware, von der ich nie genug zu haben scheine – immer verhindern wird, daß ich mich mit einer Frau einlasse. Ich habe mir gedacht, da ich dreiunddreißig Jahre alt bin und nie die wilde Leidenschaft eines Schuljungen in mir gespürt habe, ich sei dagegen gefeit, und mir könnten niemals Versuchungen auflauern, die mich von meinem Ziel ablenken. Ich bin, das muß ich gestehen«, sagte er und schwenkte ihre Hand mit seiner durch die Luft, als er gestikulierte, »in meiner Zielstrebigkeit eingleisig gewesen. Ich wollte nicht zulassen, daß meine Frau oder selbst meine Söhne sich dem in den Weg stellen, was ich als meine Lebensaufgabe angesehen habe – und immer noch als solche ansehe.«
Er hob ihre Hand und betrachtete im Mondschein ihre Finger. »Aber dann kommst du. Und es läßt sich unmöglich erklären, oder doch, weshalb plötzlich ein bestimmter Mensch in deinem Leben auftaucht und beginnt, es in die Hand zu nehmen? Warum jeder Schatten zu dieser Person wird? Statt sich auf die Dinge zu konzentrieren, die erledigt werden müssen, ertappt man sich dabei, daß man sich nach dem Anblick dessen verzehrt, was jetzt das wichtigste auf Erden ist. Weißt du, daß ich heute den ganzen Tag lang nach dir Ausschau gehalten habe und nur einmal einen flüchtigen Blick auf dich erhaschen konnte? Alle, die in mein

Büro gekommen sind, alle, denen ich in den Korridoren begegnet bin, den ganzen Tag über ... nicht einer von ihnen warst du. Als ich dich dann endlich einen Moment lang gesehen habe, habe ich mich umgedreht und nachgeschaut, ob alle, die in meiner Nähe waren, meinen Herzschlag hören konnten.«

Chloe zog seine Hand, die immer noch um ihre Finger geschlossen war, näher zu sich, drehte sie um und küßte die Handfläche, während er sie von seiner Bank aus ansah.

»Ich frage mich«, sagte er, und seine Stimme klang sanft in der Nacht, »ob unsere Freundschaft daran zerbrechen wird, daß ich dich liebe. Ob du zu mir sagen wirst: Nein, Nikolai. Ich bin verheiratet. Ich erwidere deine Gefühle nicht.« Er ließ ihre Hand los und wandte das Gesicht von ihr ab. »Ich will dich, Chloe. Ich will dich, wie ich noch nie eine andere Frau gewollt habe. Ich trage dich in mir, in meinen Knochen, im Knochenmark, im Blut. Du pulsierst in meinem Innern. Das Gefühl wird von Tag zu Tag stärker, so übermächtig, daß ich nicht mehr schlafen kann. Ich bemühe mich, mich tagsüber von dir fernzuhalten. Ich verwende so viel psychische Energie auf den Versuch, dir fernzubleiben, daß ich mich nicht mehr auf meine Arbeit konzentrieren kann.« Er lachte. »Ich habe eine Krankheit. Ich kann sie nicht abschütteln. Ein Fieber. Und ich versichere dir, ich habe mich bemüht, diesem Gefühl nicht nachzugeben. Ich mag Slade. Ich will keine Unordnung in *dein* Leben bringen. Ich will dich nicht in ein Dilemma stürzen. Aber du hast von meinem Leben Besitz ergriffen, im Wachen und im Schlafen, wenn ich träume.«

Seine Worte schlangen sich um sie, und sie dachte: Ich liebe ihn. Sie sagte: »Ich liebe dich auch.«

Er stand auf, und Wasser schwappte über den Rand des kleinen Bootes. Er sprang auf den Anlegesteg und streckte die Arme aus, um Chloe aus dem Boot zu heben. »Komm«, sagte er und ging mit ihr auf die Bäume zu, zwischen denen es dunkel war. Er drehte sich um, zog sie an sich und schlang die Arme um sie. Sie blickte in das Gesicht auf, das sie jetzt nicht sehen konnte, und sie fühlte seinen Atem, als seine Lippen sich auf ihre legten, nahm ein Drängen in ihm wahr, vor dem sie kapitulierte, und war erstaunt darüber, wie seine Lippen waren, seine Zunge, die sie auf ihrer Zunge spürte, und wie zart er in ihr Ohr murmelte: »Meine Geliebte. Meine wunderschöne, über alles Geliebte.« Er küßte sie so ungestüm, daß sie jedes Denken einstellte, sich ganz seinen Küssen hingab und mit wilder Freude seinen Mund auf ihren Lippen spürte, seinen Körper so nah an ihrem. Sie schmolz an ihm, während die Welt aufhörte zu existieren. Es gab nur noch seinen Körper, seine Hände und seinen Mund ... und ihr eigener Körper erwachte zum ersten Mal nach so langer Zeit wieder zum Leben.

Er hielt sie, als würde er sie niemals loslassen. »Weißt du, was ich ganz am Anfang von dir gedacht habe?« Er küßte ihr Ohr. »Ich dachte, du seist viel zu schön, um Intellekt zu besitzen. Ich dachte: Da haben wir wieder einmal eine von diesen Amerikanerinnen, die mit Luxus verhätschelt worden sind, und sie wird der Inbegriff dessen sein, wogegen wir ankämpfen.«

»O Nikolai«, murmelte Chloe. »Ich bin nie reich gewesen. Vielleicht geistlos und hohl, das mag sein.«

»Ich weiß. Ich weiß«, murmelte er in ihr Haar. Sie konnte aus seinem Tonfall heraushören, daß er lächelte. Er legte einen Finger unter ihr Kinn. »Aber ich mochte dich von Anfang an, Chloe. Du hast angefangen zu reden, und ich habe festgestellt, daß du neugierig, aufgeschlossen und intelligent bist, und dein Lächeln hat mich bezaubert.«

Er beugte sich herunter und berührte wieder ihre Lippen, ganz zart und sanft. Sie dachte: Niemand hat mich je so geküßt, wie Nikolai es tut. Sie spürte seine Küsse in ihrem tiefsten Innern, in ihrem Bauch, in ihrer Seele, in ihrem Kopf. Einen Moment lang mußte er sie festhalten, weil ihr von seinen Küssen schwindelte.

»Es ist so viele Jahre her, seit ich eine Frau geküßt habe«, sagte er. »Ich kann mich nicht erinnern, daß es jemals so war.« Sein gieriger Mund legte sich wieder auf ihre Lippen. »Und was hast du an jenem ersten Tag von mir gehalten, als wir einander in Madame Suns Wohnzimmer in Kanton begegnet sind?«

Sie lachte und versuchte, sich daran zu erinnern. »Ich habe geglaubt, du müßtest wohl ein menschenfressendes Ungeheuer sein. Ich war noch nie einem Kommunisten begegnet. Ich wußte nicht das geringste über sie, wenn man davon absieht, daß mein Vater

der Meinung war, sie seien alle die reinsten Teufel. Ich dachte mir, daß du der riesigste Mann bist, den ich je gesehen habe.«
Seine Arme hielten sie noch umschlungen, als er sagte: »Es ist schon spät. Ich bringe dich jetzt nach Hause. Obwohl ich es nicht will.«
Auf dem Rückweg zu Ching-lings Haus hatten sie die Arme umeinander geschlungen und schwiegen. Vor der Haustür sagte er: »Ich liebe dich. Ich weiß nicht, wie wir damit umgehen sollen. Vermutlich müssen wir die Dinge täglich nehmen, wie sie kommen. Ich weiß nicht, was morgen passieren wird – in all dem Chaos, das Chiang hervorgerufen hat. Oder übermorgen. Alles, was ich weiß, ist, daß ich dich auch dann lieben werde. Und an jedem weiteren Tag, bis in alle Ewigkeit. Und ich hoffe, du wirst an meiner Seite sein, wo auch immer wir sind. Aber ich bin nicht in der Lage, mir darüber jetzt Gedanken zu machen. Es genügt mir zu lieben.«
Sie stellte sich auf die Zehenspitzen, doch selbst dann noch mußte er sich vorbeugen, damit sie die Arme um seinen Nacken schlingen und ihn küssen konnte. Als seine Zunge ihre berührte, dachte sie: Ich möchte mit ihm ins Bett gehen. Ich will mich ihm hingeben. Ich will, daß wir eins miteinander werden, und sei es auch nur für ein kleines Weilchen.
Ching-ling war noch auf, als Chloe das Haus betrat. Die Chinesin saß an ihrem Schreibtisch und schrieb. Sie blickte auf, als sie Chloe hörte.
»Ich habe schon angefangen, mir Sorgen um dich zu machen«, sagte Ching-ling. »So spät kommst du sonst nie zurück.«
»Es ist so heiß, und deshalb haben Nikolai und ich am Ostsee einen Spaziergang gemacht.«
Ching-ling sah Chloe lange an, und dann sagte sie: »Dann ist das Unvermeidliche also geschehen?«
»Das Unvermeidliche?«
»Oh, meine Liebe, das war doch nur eine Frage der Zeit.«
Chloe starrte ihre Freundin an. Ching-ling stand auf, kam auf sie zu und legte eine Hand auf Chloes Arm. »Dr. Sun war auch verheiratet, als ich ihm begegnet bin. Gegen diese Dinge können wir nicht ankommen.«

»Ich bin nicht sicher«, gestand Chloe, »ob ich daran glaube. Aber ich will nicht, daß es aufhört, ganz gleich, was es ist.«

Gott sei Dank war es Ching-ling und nicht ihre Mutter, die intuitiv wahrnahm, was geschehen war, eine Freundin, die sie nicht dafür verurteilte.

»Ich fand schon immer, Slade sei nicht gut genug für dich.«

Chloe riß abrupt den Kopf herum. »Wie meinst du das – nicht gut genug?«

»Er ist dir nicht gewachsen, Chloe. Er besitzt nicht genügend Persönlichkeit. Ich weiß, er ist ein bedeutender amerikanischer Journalist. Und ich brauche ihn wahrhaft, damit er mir dabei hilft, die Welt über unsere Ziele zu unterrichten. Aber als Mann steht er unverändert still und entwickelt sich nicht weiter. *Du* dagegen bist ständig dabei, zu wachsen. Eines Tages wirst du Slade über den Kopf gewachsen sein. Vielleicht ist das mit schuld an deinen momentanen Schwierigkeiten. Du bist aus deiner Rolle als Ehefrau ausgebrochen und hast Heldentaten begangen. Vielleicht hat es gar nichts damit zu tun, daß du den Samen dieses Schneeleoparden in dir trägst. Vielleicht kommt alles daher, daß Slade sich weniger als Mann fühlt und damit nicht fertig wird.«

Chloes Mund öffnete sich vor Erstaunen. Sie setzte sich auf den Stuhl, der am nächsten stand.

»Du wirst es ja sehen, meine Liebe. Dir ist Großes bestimmt, und damit können nicht alle Männer umgehen. Sie merken es einer Frau an, können es aber bei Frauen nicht verstehen. Ich bin genauso.« Ja, Chloe wußte, daß das auf Ching-ling zutraf. Aber doch bestimmt nicht auf sie.

Sie hatte immer zu Slade aufgeblickt und das Gefühl gehabt, als sein Anhängsel auch etwas erleben zu dürfen. Sie war seine Frau, sie war mit ihm verheiratet. Das war ihre Rolle im Leben. Ihr war nichts Großes vorbestimmt.

Aber sie wollte jetzt nicht an Slade denken. Sie kam gerade aus Nikolais Armen und wollte ins Bett gehen, sich hinlegen und sich an seine Küsse erinnern. Sie wollte wach daliegen und ihr Verlangen nach ihm spüren. Sie wollte heute nacht nicht an ihre Beziehung zu Slade denken, an keinen einzigen Aspekt davon. Sie wollte Augenblicke des heutigen Abends noch einmal durchleben, als Nikolai sie auf eine Weise geküßt hatte, die sie tiefer berührte, als Slade oder irgendeiner der Jungen in ihrer Jugend sie je berührt hatten.

Ching-ling rief über die Schulter: »Du und Nikolai. Das Schicksal hat es so gewollt.«

33

Ich kann es einfach nicht glauben!« sagte Nikolai.

Ching-ling ließ sich auf einen Stuhl sinken. »Dann hat Chiang also doch recht gehabt«, sagte sie mit dumpfer Stimme.

Nikolai schlug sich mit der flachen Hand gegen die Stirn, als versuchte er, die Worte auf dem Blatt Papier, das vor ihm lag, dort auszulöschen.

Chloe hätte gern gesagt: »Ich habe es euch doch gleich gesagt. Ich habe dir von Anfang an gesagt, daß auf deine Russen, diese Kommunisten, kein Verlaß ist.« Sie hatte ihm gesagt, daß er in einer Traumwelt lebte, daß in den zehn Jahren seit der russischen Revolution Millionen von Dissidenten ermordet oder in Verliesen eingekerkert worden waren – oder ins Exil in die sibirische Wildnis geschickt worden waren. Nikolais Antwort lautete immer. »Aber wenn wir erst einmal die Führung übernommen haben und beginnen, Dinge in Angriff zu nehmen, und wenn die Leute sehen, wie anders das Leben dann ist, dann werden sie auf unserer Seite sein. Es wird keine Notwendigkeit zur Unterdrückung bestehen. Ich bin hier«, und sie wußte, daß er damit das Leben meinte, »um gegen die Unterdrückung anzukämpfen.«

Nikolai hatte der Umstand wirklich Sorgen bereitet, daß derjenige, der der Kommunistischen Partei und somit sämtlichen Sowjets vorstand, anscheinend über alles andere in Rußland die Herrschaft übernahm. Lenin war sein Held gewesen, aber jetzt fochten Trotzki und Stalin die Dinge miteinander aus. Lenin hatte Nikolai nicht nur nach China geschickt, damit er dem chinesischen Volk half, sondern auch, damit er eine weitere Nation zum Kommunismus bekehrte und dafür gewann. Jetzt lebte er nicht mehr.

Nach Lenin versicherte ihm Trotzki, daß Rußland kein Interesse daran hatte, sich China anzueignen – weder Land noch Leute –, sondern nur daran, daß die Chinesen sich vor aller Welt dem Beispiel Rußlands anschlossen, dem Beispiel dafür folgten, was dem gewöhnlichen Volk möglich war.

Jetzt war das Gleichgewicht der Mächte im Kreml gefährdet. Josef Stalin rang darum, die Führung an sich zu reißen, und zwar an sich allein. Er schickte Nikolai eine Nachricht mit dem Inhalt, daß er das Warten satt hatte, daß er es müde war, von den inneren Zwisten zu hören, die in China wüteten, es müde war, mehr über Chiang Kai-shek als über den Kommunismus zu hören, und daß er um die Zukunft der Partei fürchtete.
»Daher«, besagte die Botschaft, »befehle ich Ihnen, zwanzigtausend Parteimitglieder mit Waffen zu versehen, eine neue, fünfzigtausend Mann starke Armee aus Arbeitern und Bauern ins Leben zu rufen, Ihre Partei von unzuverlässigen Elementen zu säubern und Land zu konfiszieren.«
Von unzuverlässigen Elementen zu säubern? Das ließ nur eine Auslegung zu. Tod allen Nichtkommunisten.
Über ein Jahr lang hatte Chiang öffentlich vorausgesagt, Rußland plante insgeheim die Übernahme. Die Kommunisten, hatte er verkündet, hatten kein Interesse an »China den Chinesen«, sondern an »China den Russen«. Erst nachdem Nikolai und Chingling und die radikaleren Elemente aus Kanton ihren Marsch nach Wuhan im Nordwesten angetreten hatten, hatte er solche Äußerungen getan. Dann hatte Chiang angefangen, während er und seine Armee von der Whampoa-Militärakademie begannen, sich an der Ostküste auf gewundenen Pfaden nach Schanghai durchzuschlagen, sich von dem linken Flügel der Kuomintang loszulösen. Das war jetzt mehr als ein Jahr her.
»Dafür hat Lenin mich nicht hergeschickt.« Nikolai blickte von seinem Schreibtisch auf. »Das ist nicht meine Zielsetzung gewesen. Ganz gleich, wessen Befehle es sind, ich werde sie nicht ausführen!«
»Das bringt dich in eine unhaltbare Position, nicht wahr?« Chingling sah mit ihren unsäglich traurigen Augen zu ihm auf. »Wir werden keine weitere Hilfe bekommen, es sei denn, du befolgst diese Befehle, und doch ist das für dich absolut ausgeschlossen.«
Nikolai nickte. »Du hast natürlich recht. Wir werden keine weiteren Waffen bekommen, um uns gegen Chiang und seine Banditen zur Wehr zu setzen. Unsere Truppen sind jetzt auf dem Weg nach Peking, um vor Chiang die Hauptstadt zu erreichen.«

»Du bist regelrecht reingelegt worden, nicht wahr?« fragte Chloe schließlich. »Zuallererst von Chiang Kai-shek und jetzt auch noch von Rußland.«
Nikolai nickte. »Wenn er hört, daß unsere Truppen versuchen, ihm in Peking zuvorzukommen, dann wird er einfach andere Truppen hinschicken, um uns zu zermalmen, vor allem, wenn er erst einmal von dieser Nachricht von Stalin gehört hat. Er wird der Welt verkünden, daß er recht gehabt hat, und die ganze Welt wird sich auf seine Seite schlagen. Kanonenboote sämtlicher Fremdmächte werden ihm auf dem gesamten Flußlauf zu Hilfe kommen.«
»O Nikolai, was sollen wir bloß tun?« Ching-lings Stimme war kaum zu vernehmen.
Nikolai blieb einen Moment lang stumm. Das einzige, was zu hören war, war das Ticken der Uhr. Chloe begriff, daß sie ebensogut gar nicht hätte da sein können, in diesem gewölbeartigen Büro in dem Lagerhaus. Alles, was sie hätte sagen können, wäre irrelevant gewesen. Sie litt mit ihren beiden Freunden, während sie beobachtete, wie eine Ader an Nikolais Schläfe pochte. Seine Hände, die vor ihm auf dem Schreibtisch lagen, waren zu Fäusten geballt.
»Stalin hat es mit der Angst zu tun bekommen«, vermutete er. »Er würde uns in Ruhe lassen, damit wir den Kommunismus durch seine Popularität ausbreiten, wenn er nicht Chiangs Macht und den Niedergang des Kommunismus hier fürchten würde. Er hat uns als Verbündete betrachtet, als einen einzigen riesigen kommunistischen Kontinent. Aber jetzt muß er das Gefühl haben, daß ihm nichts anderes übrigbleibt, als auf Macht zurückzugreifen. Zertrampelt diejenigen, die nicht an dasselbe glauben wie wir!«
Chloe konnte sich nicht helfen. »Empfindest du denn nicht auch so? Tätest du nicht alles, um dein Ziel zu erreichen?«
Er schaute sie an, und in seinen Augen spiegelte sich sein inneres Ringen wider, seine Qual. »Wenn es keine andere Möglichkeit gibt, dann ja. Ich habe dabei mitgeholfen, das in Rußland zu tun. Ich täte es auch wieder. Aber hier gibt es eine andere Möglichkeit. Ich weiß es – ich weiß es mit jeder Faser meines Seins ... O Gott, im Moment weiß ich wirklich nicht mehr, woran ich glauben soll.«

Beim Abendessen brachte Nikolai keinen Bissen herunter. Ching-ling stocherte nur lustlos in ihrem Essen herum, aber andererseits aß sie immer wie ein Spatz. Chloe schämte sich dafür, daß sie ihren Teller leer aß. Schließlich sagte Nikolai dann: »Ich bin nicht gerade besonders gesellig. Wenn ihr mich entschuldigen würdet, ich glaube, ich sollte am besten in mein Zimmer gehen.«
Chloes Herz schnürte sich schmerzhaft zusammen. Sie hatte Ching-ling schon öfter niedergeschlagen und traurig erlebt, aber niemals Nikolai. Sie hätte geglaubt, er wüßte gar nicht, was das Wort *Niederlage* bedeutete.
Als er aufstand, um zu gehen, drehte er sich noch einmal um und sagte zu Ching-ling: »Es ist nicht der Kommunismus, unsere Brüderschaft, verstehst du. Stalin hat Angst. Er ist bemüht, seine Macht in Rußland zu festigen, und vielleicht sieht er China als eine Möglichkeit an, dieses Ziel zu erreichen. Er weiß nicht wirklich, was hier vorgeht.«
Jetzt schon suchte er nach Rechtfertigungen.
Erst, nachdem Ching-ling ins Bett gegangen war und Chloe dasaß und einen Brief an ihre Eltern schrieb, wurde sie sich darüber klar, daß sie zu Nikolai gehen und ihn trösten wollte. Es mochte zwar sein, daß er allein sein wollte, aber jetzt war er schon seit vier Stunden allein. Ihr war der Gedanke unerträglich, daß er so einsam vor sich hin litt.
Sie wußte zwar, wo er wohnte, aber sie war noch nie in seiner Unterkunft gewesen. Sie lief durch die dunklen Straßen, und es rief keine Nervosität in ihr wach, in den verschlungenen Gassen allein zu sein. China ängstigte sie schon seit langem nicht mehr.

Nikolais Zimmer lag auf der Straßenseite. Chloe klopfte mehrmals an, ehe er ihr die Tür aufmachte. Sie konnte seinen Augen ansehen, daß er nicht geschlafen hatte, und er trug noch die Kleidungsstücke, die er den ganzen Tag über getragen hatte.
»Chloe?« In seiner Stimme drückte sich Erstaunen aus. »Es ist schon nach elf. Du solltest nicht allein durch die Straßen laufen.«
»Ich mußte einfach kommen, Nikolai.« Sie standen unbeholfen da, bis sie sagte: »Willst du mich nicht bitten reinzukommen?«
»Doch, selbstverständlich.« Er trat zur Seite und ließ sie eintreten.

Eine Lampe brannte auf einem Nachttisch, und ihr flackernder Schein warf Schatten an die Wand. Ein schmales Bett, ein Tisch und drei Stühle standen mitten im Raum, in einer anderen Ecke eine Truhe. Das war alles, sonst nichts.

Nachdem er die Tür geschlossen hatte, folgte er ihr nicht. Er blieb regungslos stehen. »Es ist noch niemand zu mir gekommen, um mich zu trösten«, sagte er. »Deshalb bist du doch hier, oder nicht?«

Sie wandte sich zu ihm um. »Ja, natürlich. Ich bin hier, weil du leidest und ich dich liebe. Wenn ich dein Leid nicht mir dir teilen kann, dann will ich wenigstens bei dir sein, während du es durchstehst. Ich will nicht, daß du allein damit bist.«

Er kam auf sie zu und zog sie in seine Arme. »Meine süße Chloe. Mein Liebling.« Er küßte sie nicht, sondern hielt sie nur fest und preßte sie an seine Brust. Sie spürte seinen Herzschlag. Dann ging er zu seinem Bett und setzte sich auf die Bettkante. »Ich kann nicht reden. Ich habe heute abend nichts zu sagen. Ich bin nicht besonders gesprächig oder unterhaltsam.« Er schaute sie an. »Trotzdem bin ich froh, daß du gekommen bist. Das ist etwas ganz Neues für mich. Daß jemand aus Anteilnahme zu mir kommt.« Er streckte eine Hand aus, aber sie kam nicht zu ihm.

Statt dessen blieb sie mitten im Raum neben dem Tisch stehen und begann sich auszuziehen. Sie legte ihre Kleidungsstücke langsam ab und vernahm, wie er hörbar nach Luft schnappte, als sie damit begann. Und sie wußte, daß er sie schon seit langer Zeit wollte, sie wußte, daß er sie voller Verlangen anstarrte, wußte, daß sie sich nach ihm verzehrt hatte. Und daß schon vor langer Zeit das Verlangen in ihr entfacht worden war. Ehe er sie auch nur berührt hatte, spürte sie, wie sie zum Leben erwachte und ihr Körper prickelte. Sie wußte zwar, daß er verzweifelt war, aber sie konnte dennoch nicht anders, als ihn anzulächeln, während er auf der Kante des schmalen Bettes saß. Sie streifte ihre Schuhe von den Füßen und warf ihre Kleidungsstücke ausgelassen quer durch den Raum.

»Jesus«, flüsterte er, als sie langsam auf ihn zukam. Sie blieb vor ihm stehen, streckte die Arme aus und zog ihn an sich, um seinen Kopf zwischen ihren Brüsten zu begraben, um seine Lippen auf sich zu spüren, sein Stöhnen zu hören, als seine Arme sich um sie schlangen und er sie fest an sich preßte. Sein Mund umschloß ihre linke Brust, und sie spürte Feuer in sich entflammen, fühlte, wie das Verlangen ihren Körper durchflutete, und sie verspürte eine Macht, die sie bei Slade nicht verspürt hatte, ein Drängen, das tiefer ging als alles, was sie je erlebt hatte.

Sie begann, sein Hemd aufzuknöpfen, und als sie es ihm auszog, sah sie seine breite behaarte Brust, die so ganz anders als Slades schmale haarlose Brust war. Sie zog ihn hoch, und er stand auf, öffnete seine Hose und ließ sie an seinen Beinen heruntergleiten, als sie ihn wieder auf das Bett stieß. Seine lange Gestalt reichte vom Kopfende bis zum Fußende. Er konnte sie nicht loslassen, wollte sie nicht loslassen. Sie streckte sich auf ihm aus und genoß es, ihn so eng an sich geschmiegt zu fühlen. Das Zusammentreffen ihrer Körper hätte das Zimmer erstrahlen lassen sollen, doch es lag nur im matten Schein der Lampe da. Sie beugte sich herunter und ließ ihre Zunge über seine Lippen gleiten.

Er flüsterte: »Meine Chloe!« Dann bewegten sich seine Hände, um sich auf ihre Brüste zu legen, und er sah sie an und murmelte immer wieder: »Du bist so schön, so wunderschön.« Sein Mund legte sich auf ihre Lippen, und seine Zunge schnellte hinein und wieder hinaus, bis sie ihre Beine weit auseinanderspreizte und sich an ihn preßte und seine Härte zwischen ihren Beinen spürte.

»Nicht so schnell«, flüsterte er. »Ich habe zu lange darauf gewartet.« Sie spürte, wie seine Hand über ihren Rücken glitt, sie federleicht berührte, dann liegen blieb und sie fest an sich preßte, als er den Mund auf ihre Lippen hob und sie küßte, ein langsamer, ausgiebiger Kuß. Dann sah er ihr in die Augen und bewegte sich, drehte sie auf den Rücken und beugte sich über sie, um ihren Bauch zu küssen, und sie dachte: Sein Bart kratzt überhaupt nicht.

Er ließ die Hände über ihre Beine gleiten und bedeckte die Innenseiten ihrer Oberschenkel mit Küssen. Sie spreizte die Beine so weit es ging und wölbte sich ihm entgegen, als er sich an sie preßte, erstaunlich leicht für einen so kräftigen Mann. Ihre Körper bewegten sich rhythmisch aneinander, als seien sie eigenständige Wesen. Sein Mund suchte ihre Lippen, als sie einer Choreographie folgten, die so wild war, daß das harte, schmale Bett bebte.

Chloe schlang ihre gespreizten Beine um ihn, preßte ihn an sich und flüsterte: »Nikolai, ich will dich. Jetzt. Bitte!«
Er drang in sie ein, tauchte so tief in sie hinein, daß sie glaubte, er müßte zu einem Teil von ihr geworden sein. Er preßte sie an sich, und ihr schwerer Atem ging im Gleichklang. Die Welt stand kurz vor der Explosion, als sie sich gemeinsam schneller und immer schneller bewegten, bis sie wußte, daß sich Feuerwerkskörper so fühlen mußten, wenn sie am Nachthimmel in all ihren juwelenähnlichen Feuersplittern barsten.
Es ließ nicht nach. Es kam wieder und immer wieder, während Nikolai sich schneller und tiefer in ihr bewegte, bis er laut aufschrie, aber selbst dann konnten sie die Stoßkraft noch nicht aufhalten.
Erschöpft klammerten sie sich aneinander. Sie lagen lange Zeit dort, ohne sich zu rühren. Buchstäblich eins miteinander. Und sie sagte: »So ist es vorher nie gewesen.«
Er rückte von ihr ab, legte sich auf den Rücken, seufzte schwer, legte eine Hand unter seinen Kopf und blickte zur Decke auf, während er sie mit dem anderen Arm umschlungen hielt.
Sie drehte sich auf die Seite und ließ ihre Finger federleicht über seine behaarte Brust gleiten, ehe sie sich vorbeugte, um seine Brust zu küssen. Seine Hand legte sich auf ihren Hinterkopf und hielt ihn auf seiner Brust fest, eng an ihn geschmiegt. Sein Arm war um ihre Schultern gelegt, und sie dachte: Es hat nie einen schöneren Augenblick gegeben.
Schließlich sagte er: »Bis vor sehr wenigen Tagen habe ich nie auch nur ein einziges Mal daran gezweifelt, daß ich weiß, was das wichtigste auf Erden ist. Aber jetzt«, sagte er und hob ihren Kopf von seiner Brust, damit er ihr in die Augen sehen konnte, »bist du das wichtigste auf Erden. Das wichtigste in meiner Welt. Ich habe vorher nie gewußt, was Liebe bedeutet. Aber jetzt machst du alles andere erträglich für mich.«

34

Es ist schön, dich so glücklich zu sehen«, bemerkte Ching-ling, als sie und Chloe miteinander allein waren.

»Ich sollte mich schuldbewußt fühlen«, sagte Chloe, »aber ich fühle mich so lebendig, wie ich mich seit Jahren nicht mehr gefühlt habe.«

Selbst dann, wenn wir räumlich voneinander getrennt sind, kann ich ihn schmecken, dachte sie und lächelte in sich hinein. Ihn riechen. Ich kann seine Hände auf mir spüren. In ihrer Vorstellung konnte sie ihm in die Augen sehen, so tief, daß sie fühlte, wie sie in ihm versank. Sie spürte seine Lippen auf ihren, seine Arme, die um sie geschlungen waren, einen Körper neben sich, und sie hörte seine Liebesbeteuerungen in ihrem Ohr.

Ein junger Mann erschien mit einer Nachricht von Nikolai in Chloes Druckerei. »Komm augenblicklich in mein Büro.«

Als sie die Tür öffnete, die geschlossen war, was an sich schon außergewöhnlich war, standen in dem riesigen Raum Nikolai und Ching-ling, T. V. und Slade. Slade und T. V. schauten sie an, doch ihre Augen waren auf die beiden anderen gerichtet, die Chloe jetzt ebenfalls anstarrten.

Nikolai sagte: »T. V. hat mir die Nachricht überbracht, daß Chiang einen Preis auf meinen Kopf ausgesetzt hat.«

Gütiger Gott im Himmel, dachte Chloe, und ihr Blick heftete sich auf Nikolai.

T. V. hüstelte. »Sie müssen das Land verlassen. Und du, meine liebe Schwester«, sagte er zu Ching-ling, die schon immer seine Lieblingsschwester gewesen war, »solltest ebenfalls fortgehen. Zumindest eine Zeitlang. Ich fürchte um dein Leben.«

Ching-ling stand aufrecht da, und ihre kleine Gestalt hatte eine majestätische Haltung eingenommen. »Ich sage mich von Chiang Kai-shek los. Ich werde öffentlich bekanntgeben, daß ich ihn als einen Verräter und einen Usurpator der Ideale Dr. Suns ansehe.«

»Und genau deshalb«, sagte T. V., »fürchte ich um dein Leben.«
Sie sah ihn mit glühendem Blick an. »Ich werde mich nicht ruhig verhalten. Ich werde den Rest meines Lebens nicht nur Dr. Suns Idealen weihen, sondern auch dem Untergang Chiang Kai-sheks. Jede Revolution, die die Bauern und Arbeiter nicht einbezieht, ist der blanke Hohn.«
Sie stand Nikolai gegenüber und nahm seine Hand. »Heute sind die chinesischen Bauern schlimmer dran denn je. Chiang wird nicht dafür kämpfen, den Imperialismus zu stürzen. Er wird die chinesischen Bauern und Arbeiter weiterhin zu seinem eigenen Nutzen versklaven.« Sie hob die Stimme. »Eine Revolution in China ist unvermeidlich. Ich habe keineswegs jede Hoffnung auf eine Revolution aufgegeben. Was mich in die Verzweiflung stürzt, ist, wieviel länger es jetzt dauern wird, unsere Ziele zu erreichen, nachdem Chiang so weit von unserem ursprünglichen Weg abgekommen ist.«
Slade ging auf Chloe zu.
Nikolais Schultern sackten herunter. »China ist jetzt in den Händen militanter Faschisten des rechten Flügels.«
T. V. nickte. »Wir müssen euch beide außer Landes bringen. Deshalb bin ich gekommen.«
»Was schlägst du vor?« fragte Ching-ling mit klagender Stimme. »Daß ich nach Amerika zurückgehe?«
»Nein.« Nikolai schnauzte sie fast an.
Slade wandte sich zu Nikolai um, und Chloes Brust schnürte sich zu. Sie konnte nichts dafür, daß sie ständig Nikolai und nicht etwa Slade ansah. Slade war so sauber und so ordentlich, so weit entfernt von alledem, was ihr in diesen letzten Monaten zugestoßen war. Er erweckte den Eindruck, als wäre er nichts weiter als ein Fremder, jemand, der hier nichts zu suchen hatte.
Sie hatte Nikolai auf einer tiefergehenden Ebene als der kennengelernt, auf der sie ihrem Mann je begegnen würde. Ihrem Mann. Sie sah ihn an und fragte sich, ob er überhaupt Tiefe besaß.
»Geh nicht zu den Imperialmächten, die Chiang unterstützen«, sagte Nikolai gerade zu Ching-ling. »Damit würdest du die unmögliche Situation nur noch verschlimmern. Komm mit mir. Ein öffentlicher Besuch in Moskau würde dramatisch demonstrieren, daß du dich von diesem faschistischen Verräter lossagst.«

Ching-ling warf einen Blick auf ihren Bruder, der kaum wahrnehmbar nickte.
»Sie müssen augenblicklich aufbrechen«, sagte Slade mit eindringlicher Stimme. »Sie müssen sogar tatsächlich ganz schnell untertauchen. Genaugenommen, sowie Sie dieses Gebäude verlassen.«
»Was schlagen Sie vor?« fragte Nikolai mit emotionsloser Stimme. »Daß wir heute nacht nach Rußland aufbrechen?«
Slade nickte.
»Ihr müßt beide fortgehen«, wiederholte T. V.
Ching-ling entrang sich ein kurzes Schluchzen. »China verlassen? Muß ich das wirklich tun?«
T. V. nickte. »Bis du hier wieder sicher bist.«
Mit kaum hörbarer Stimme flüsterte Ching-ling: »Du meinst, so lange wie Chiang an der Macht ist?«
Wie eine Schallplatte, die in einer Rille festhängt, wiederholte T. V.: »Bis du hier wieder sicher bist.«
»Ich habe eine Idee.« Slade wandte sich von Chloe ab und trat an den Schreibtisch, hinter dem Nikolai stand. »Ich schlage vor, daß Sie und Ching-ling nicht gemeinsam durch China reisen. Damit wenigstens einer von Ihnen mit Sicherheit entkommen kann.«
T. V. sagte: »Ich kann dich«, und dabei nickte er seiner Schwester zu, »auf dem Jangtsekiang zum Meer schmuggeln. Verkleidet.«
»Von dort aus können wir Sie in Schanghai auf ein Schiff bringen«, sagte Slade zu ihr und glühte vor Begeisterung. »Dann wird es ein leichtes sein, Sie nach Wladiwostok zu schaffen.« Er sah sie an. »Dort können wir die Transsibirische Eisenbahn in die Mongolei nehmen und Sie nach Ulan Bator schaffen, und dort können Sie ein Flugzeug nach Moskau nehmen.«
Ching-lings Augen waren wie Stahl.
»Ich begleite Sie bis Ulan Bator, denn dort kann Ihnen nichts mehr zustoßen«, sagte er.
Nikolai sah Slade an, und seine schwarzen Augen kniffen sich zusammen. »Das ist doch nicht etwa ein altruistischer Akt, oder doch? Ihnen geht es doch darum, Dr. Suns Witwe ins Exil zu begleiten, damit Sie eine Geschichte haben, an die niemand sonst rankommt.« Seine Stimme war frei von jeder Bitterkeit.

»Da haben Sie natürlich recht«, gab Slade zu und lächelte ihn strahlend an. »Eine Geschichte, die alle Welt verschlingen wird. Und Chloe«, sagte er und wandte sich an sie, »kann mit Ihnen über Land reisen, damit mir auch diese Geschichte sicher ist. Stalins Mann in China und wie er den Klauen Chiang Kai-sheks entkommt.«

»Ich bin nicht Stalins Mann«, sagte Nikolai.

Was Chloe hörte, war nur: *Chloe kann mit Ihnen reisen.* Sie sah blitzschnell Ching-ling ins Gesicht.

»Dich können wir nicht verkleiden.« Slade grinste. »Du bist größer, als eine Chinesin es je sein könnte. Du fällst überall auf. Aber ihr könnt den Zug nach Norden bis zur Endstation in Sian nehmen.«

Chloe hatte keine Ahnung, wo Sian lag.

»Von dort aus kann ich Ihnen einen Wagen oder sogar einen Konvoi bereitstellen, und Sie können nach Norden in die Mongolei fahren.« T. V. dachte laut. »In Ulan Bator können wir arrangieren, daß ein russisches Flugzeug Sie erwartet. Dort werden Sie in Sicherheit sein. Wahrscheinlich werden Sie auf der ganzen Reise nicht in Gefahr geraten. Sie werden allen Meldungen zuvorkommen, in denen Belohnungen auf Sie ausgesetzt werden – tot oder lebend.«

Nikolais Lächeln erreichte seine Augen nicht. »Tot oder lebend? Hm.«

Jetzt wandte sich Slade an Chloe. »Würde es dir schrecklich viel ausmachen? Wenn du ihn begleitest, kannst du mir hinterher alles berichten, und wir haben auch auf diese Geschichte die Exklusivrechte.«

Warum, fragte sie sich, ging er nicht mit Nikolai und schickte sie mit Ching-ling los? Slade beantwortete ihre stumme Frage. »Die Reise mit Ching-ling wird gefährlicher werden, weil sie eine Rückkehr nach Schanghai erfordert. Wir müssen sie verkleiden und sie durch die Stadt schmuggeln. Ich will nicht, daß du mit ihr auch nur in die Nähe von Schanghai kommst. Es ist weniger gefährlich für dich, wenn auch weniger bequem, mit dem Zug und dem Wagen nach Norden zu fahren.«

Du weißt nicht, was du tust, dachte Chloe. Du solltest es Nikolai und mir nicht freistellen, gemeinsam durch diesen Kontinent zu ziehen und in den Steppen unter den Sternen zu schlafen. Sie wußte, daß Ulan Bator Tausende von Meilen weiter im Norden lag, jenseits der Wüste Gobi. Sie wußte, daß sie Wochen damit zubringen würden, die Wildnis zu durchqueren, gemeinsam in ihrer eigenen Wildheit gefangen.

»Slade hat mich nicht einmal wirklich gefragt, wie ich zu einer solchen Reise stehe.«
»Vielleicht kennt er dich so gut, daß er dich nicht zu fragen braucht«, wagte sich Ching-ling vor.
»Vielleicht liegen ihm seine Geschichten mehr am Herzen als ich.«
Ching-ling erwiderte nichts darauf, sondern bedeutete ihrem Dienstmädchen, was eingepackt werden sollte. Dann sagte sie: »Wie stehst du zu der Trennung von Nikolai?«
Chloe hatte es sich bisher noch nicht gestattet, darüber nachzudenken. Jetzt traten Tränen in ihre Augen. »Ich habe das Gefühl, meine beiden liebsten Freunde zu verlieren.«
Ching-ling kam auf sie zu, stellte sich auf die Zehenspitzen und schlang die Arme um Chloe. »Es sind schlechte Zeiten für persönliche Beziehungen. Du wirst mir furchtbar fehlen. Ich werde China vermissen. Aber das wird mich nicht daran hindern, meinem Ziel entgegenzuarbeiten.«
Und dabei ist das Ziel, für das du all das tust, so aussichtslos, dachte Chloe.
»Setz dich«, sagte Ching-ling. »Laß uns eine letzte Tasse Tee miteinander trinken, und hör dir an, was ich zu sagen habe.«
Chloe setzte sich und wartete, bis das Mädchen den Tee gebracht hatte. Dann setzte sich Ching-ling Chloe gegenüber auf einen Stuhl. »Meine Liebe, du siehst deine eigene Bedeutung nicht, weder für dich selbst, noch für die Welt.«
Chloe blickte abrupt auf. »Bedeutung?«
Ching-ling nickte. »Ich glaube, auch für mein Land bist du wichtig. Ich gehe fort, aber du bleibst hier. Ich hoffe, daß du noch hier sein wirst, wenn ich zurückkehre.«
»Wann wird das sein?« Chloe stellte fest, daß sie zitterte, und sie schlang die Hände um die Tasse, um ihre Finger zu wärmen, obwohl die sommerliche Hitze drückend war.

Ching-ling lächelte und sagte: »Es wird nicht so lange dauern, wie T. V. glaubt. Ich kann nicht im Exil leben. Ich habe mein Leben einem freien China verschrieben, in dem die Bauern und die Arbeiter über ihr eigenes Leben selbst bestimmen können.«

»Und welche Rolle spiele ich dabei?«

Ching-ling beugte sich vor und legte eine Hand auf Chloes Arm. »Ich verlange nicht von dir, daß du mein Ziel zu deinem machst und es weiterverfolgst. Ich sage dir nur, daß du danach handeln solltest, was dein Herz dir sagt. Ich rate dir, daß du auf dich selbst hören solltest und nicht nur auf Slade. Als du auf dich allein gestellt gehandelt hast, hast du dich zu Heldentaten aufgeschwungen. Du hast Leben gerettet und bist daran gewachsen, und es spielt überhaupt keine Rolle, daß du dich einem Mann unterworfen hast, um das zu erreichen. Dafür hat Slade dich verunglimpft. Laß das nicht noch einmal zu. Du hast keine Macht darüber, was andere von dir halten, aber du kannst so handeln, daß es für dich richtig ist.«

»Willst du mir damit etwas über Nikolai und mich sagen?«

Ching-ling schüttelte den Kopf. »Nein. Was ich versuche, ist, dir etwas über dich zu sagen. Ich sage dir, daß du ein ganzer Mensch sein kannst, ohne dabei auf einen Mann angewiesen zu sein. Obwohl ich Dr. Sun an jedem einzelnen Tag meines Lebens vermisse, wachse ich weiterhin. Ich bin nicht auf andere angewiesen, durch die ich mich selbst sehen kann. Ich weiß, wie mein Lebensweg aussehen wird. Und ich werde nicht zulassen, daß mich irgendein Mann oder irgendein äußerer Einfluß davon abbringt. Ich will damit nicht sagen, daß du dich derart einem Ziel verschreiben solltest, vor allem dann nicht, wenn du gar kein Ziel vor Augen hast. Ich sage dir nur, daß du dir der Stärke, die ich in dir sehe, bewußt werden solltest.«

Chloe war bestürzt. »Ich bin nicht sicher, ob ich verstehe, was du meinst.«

»Ich rede von der Wahrheit. Der inneren Wahrheit. Ganz gleich, was alle anderen von dir halten oder in welcher Richtung sie dich beeinflussen wollen, ich rede von dem, was Shakespeare besser ausgedrückt hat, als ich es sagen kann: ›Sei vor allem dir selbst treu.‹ Den Rest habe ich vergessen, aber sinngemäß geht es darum, daß du, wenn du dir selbst treu bist und dich zu deiner inneren Wahrheit bekennst, keinem anderen gegenüber unaufrichtig sein kannst. Genau das rate ich dir. Gestatte dir die Freiheit des Denkens und des folgerichtigen Handelns, um du selbst zu sein, Chloe. Wage es, große Träume zu haben. Wage es, in dir etwas anderes zu sehen als eine verheiratete Frau. Betrachte das nicht als deine Grenzen.«

Plötzlich erinnerte sich Chloe an einen frühen Morgen im Dunst über dem Lake Michigan und daran, daß Cass ihr in etwa das gleiche gesagt hatte. »Aber du warst Dr. Sun zu seinen Lebzeiten derart ergeben, daß du dich voll und ganz damit begnügt hast, eine Frau zu sein.«

Ching-ling lachte ihr wunderschönes glockenhelles Lachen. »Unterschätze mich nicht. Ich war weit mehr als nur das. Ich war seine Partnerin. Wie haben an *unserem* Traum gearbeitet. Und diesem Traum verschreibe ich mein Leben weiterhin. Ich weiß, wie man mich in China nennt. Die chinesische Jeanne d'Arc. Ich kenne die Geschichten, die massenhaft im Umlauf sind ... daß ich Armeen in die Schlacht geführt habe und dergleichen. All das ist Unsinn, aber ich bin ein Anziehungspunkt, jemand, um den sich die Leute scharen, die die gleichen Ziele haben wie ich. Ich kann natürlich keine tatsächlichen Schlachten schlagen. Aber ich werde bis zum letzten Atemzug *für* China kämpfen, und wenn ich achtzig werden sollte. Oder hundert.« Sie kniete sich neben Chloe und sagte: »Laß nicht zu, daß Slade dir jemals wieder das Gefühl gibt, minderwertig zu sein. Es hätte ihm niemals etwa ausmachen dürfen, daß der Schneeleopard dich gehabt hat. Er tut dir im Moment das gleiche an, auf andere Art. Geh mit Nikolai, sagt er, ohne zu wissen, ob eine Reise durch die Berge und die Wüsten gefährlich ist. Geh für *meine* Geschichte mit ihm. Begleite ihn als *meine* pflichtgetreue Ehefrau. Meine Liebe, wenn du gehen willst, dann geh, aber nicht aus diesen Gründen. Geh um deiner eigenen Seele willen.«

Sie trat vor die gepackte Truhe und rief nach ihrem Dienstmädchen. »Bring die Truhe zur Sänfte draußen«, sagte sie. Dann drehte sie sich zu Chloe um und zog ihren Kopf mit einer Hand herunter, um sie auf die Wange zu küssen. »Ich werde dich

wiedersehen, meine liebe Freundin. Das ist nur ein weiteres Erlebnis, das uns noch enger miteinander verbindet.«
»Fürchtest du dich?« Chloe umschlang die Hand ihrer Freundin.
»Ich habe mich durch meine Ängste noch nie von etwas abhalten lassen«, erwiderte Ching-ling. »Natürlich fürchte ich mich. Meine Wut ist allerdings genauso groß wie meine Angst. Aber ich gebe mich nicht geschlagen. Und ich glaube auch nicht, daß China sich geschlagen gegeben hat. Der Weg wird mehr Zeit in Anspruch nehmen, als ich gehofft hatte. Ich hatte erwartet, daß wir die angestrebte Freiheit 1923 erlangen, und jetzt haben wir 1927. Wer weiß jetzt, wann sie kommen wird? Aber sie muß zu diesem schlafenden Riesen kommen. Und sie wird von innen heraus kommen, vom Volk selbst.«
Sie drückte kurz Chloes Hand, machte auf dem Absatz kehrt und schwebte aus dem Zimmer.

35

T. V. hatte Nikolai versichert, er würde dafür sorgen, daß ihnen ein ganzer Waggon des Zuges zur Verfügung stand. Nikolai und Chloe belegten gemeinsam mit fünf weiteren Russen und drei Chinesen den gesamten Wagen. Als sich der Zug durch die Provinzen Hupeh und Hunan nach Norden schlängelte, sahen sie den Tod und die Zerstörung, die stumme braungefärbte Landschaft. Rinde war von Bäumen geschält worden, die unbelaubt waren. Ein feiner Staub wurde über die Erde geweht, die Chiangs Armeen verwüstet hatten.

Neben den Eisenbahnschienen lagen Leichen in verrenkten Körperhaltungen; sie waren von Fliegen übersät, und Bussarde, die geräuschvoll mit ihren riesigen schwarzen Flügeln schlugen, pickten mit den Schnäbeln an ihnen.

Der Geruch des Todes wehte durch ihren Eisenbahnwaggon, und doch war die Hitze bei geschlossenen Fenster unerträglich; daher mußten sie sich mit dem Gestank des Völkermords abfinden.

Chloe und Nikolai hatten nicht einen einzigen Augenblick allein miteinander verbracht, seit sie aus Wuhan aufgebrochen waren. Sie schliefen alle ausgestreckt auf den harten Holzbänken des Eisenbahnwagens. Sie waren nie ungestört und hatten keine Möglichkeit, sich zurückzuziehen, und Nikolai verbrachte die Tage größtenteils damit, trübsinnig aus dem Fenster zu schauen, während der heiße Wind seine dichte Mähne zerzauste. Wieder und immer wieder sagte er vor sich hin: »Wir sind gescheitert.«

Chloe bemühte sich vergeblich, ihn zu trösten. Es war die Wahrheit. Nikolai sah, daß seine Träume sich zerschlagen hatten, zumindest in China. »Und nicht etwa nur«, wiederholte er ständig, »durch Chiang Kai-shek, sondern auch durch mein eigenes Volk. Durch Stalin, der keine Ahnung hat. Er glaubt, daß jede Revolution nur durch die Massen der Fabrikarbeiter in den Städten bewirkt wird. Er kennt *dieses* Land nicht. Hier geht es um die Bauern, und nur durch sie kann sich China verändern.«

Chloe hielt es für das beste, zu schweigen und ihn seiner Verzweiflung zu überlassen, und daher stand sie von ihrem Sitzplatz neben ihm auf, setzte sich drei Reihen weiter hinten hin und starrte abwechselnd zum Fenster hinaus auf die monotone Landschaft und auf Nikolais Hinterkopf. Sein unbezähmbares Haar war so lang, daß es seinen Nacken verbarg, und er fuhr sich immer wieder mit der rechten Hand durch die zerzauste Mähne und raufte sich das Haar, als wollte er es sich ausreißen.

In den fünf Tagen, die sie in dem Zug verbrachten, hätte sie ebensogut nicht dasein können. Nikolai war derart von seinem Gefühl des Scheiterns in Anspruch genommen, daß er nur noch das Ende des Traumes sah.

Würde er jetzt ein kleiner Frosch in einem großen Teich sein? Er würde nicht länger *der* Russe sein, *der* Kommunist, der andere der Gleichberechtigung entgegenführte. Wie sollte er jetzt weitermachen? Und wozu überhaupt? Man hatte ihm seine Daseinsberechtigung entrissen. Was war ihm noch geblieben? mußte er sich jetzt wohl fragen.

Sie sah, was übrig geblieben war. Ein Mann mit enormen Energien und Träumen, der seine Aufmerksamkeit jetzt einem anderen Ziel als China zuwenden mußte. Ein Mann, der anderen Männern haushoch überlegen war, ein wahrer Gigant. Aber sie wußte, daß es nicht das war, was er sah, als er endlos auf das zerstörte braune Land hinausschaute, durch das der Zug so langsam ratterte.

Endlich erreichten sie Ling Pao, das Ende der Eisenbahnstrecke. Chloe konnte deutlich merken, daß bei den Vorbereitungen T. V. die Hand im Spiel gehabt hatte; T. V. war der einzige unter allen Chinesen, die sie kannte, der Dinge zügig und rationell in Angriff nahm. Am Bahnhof erwarteten sie zwei große Dodges, einer davon eine Luxuslimousine. Außerdem standen zwei Motorräder und ein Lastwagen bereit. Sobald das Gepäck und Reservekanister mit Benzin in den Lastwagen geladen worden waren, übernahmen die Motorräder die Führung und lotsten den Konvoi aus der heißen, staubigen Stadt hinaus und auf die Straße nach Sian.

Nikolai unterhielt sich nicht wirklich mit Chloe, solange sie nicht den Zug verlassen hatten und solange nicht zwei der Russen den Lastwagen übernommen hatten und die drei anderen in den zweiten Dodge gesprungen waren und Nikolai und Chloe und ihrem chinesischen Fahrer den größten Wagen überlassen hatten. Dann – als sämtliche Fahrzeuge aus Ling Pao herausfuhren und den Weg nach Sian im Westen einschlugen –, erst dann wandte sich Nikolai zu Chloe um, nahm ihre Hand in seine und sah ihr forschend in die Augen.

Sie beugte sich zu ihm vor und küßte ihn, und dabei spürte sie seinen buschigen Bart weich auf ihrem Kinn.

»Werde ich dich und China gleichzeitig verlieren?« flüsterte er mit den Lippen an ihrem Ohr. »Wenn ich dich dazu drängen würde, kämest du dann mit mir?«

»Du meinst, mit dir nach Rußland?«

Er nickte, und sie sah den Schmerz und das Leid in seinen Augen. Nach Moskau? Ins kalte graue Rußland? Ein Land, das ebensosehr wie China im Aufruhr war? Das wäre gewesen, als hätte sie sich selbst die Verbannung auferlegt. Nein. Darüber wollte sie noch nicht einmal nachdenken. Sie konnte es nicht. Nikolais Traum war nicht ihr Traum. Es war nicht das, was sie antrieb. Aber andererseits – was trieb sie denn überhaupt an? Zählte denn gar nichts anderes außer Momenten der Liebe, nichts anderes als das, was sie bei diesem riesigen Russen fand, der ihre Hand so fest umklammert hielt? Das genügte doch nicht, um alles dafür aufzugeben? Oder doch?

Als sie nicht antwortete, legte er einen Arm um ihre Schultern und sagte: »Ich wünschte, wir hätten mehr Zeit. Ich wünschte, das, was wir gemeinsam gefunden haben, hätte die Zeit, zu keimen, zu sprießen und aufzublühen und für immer ein Teil unserer beider Leben zu werden.«

Sie blickte zu ihm auf und sagte: »Vielleicht haben wir für alles, was wir uns wirklich wünschen, nie genug Zeit, Nikolai.«

Er nickte. »Die Welt mischt sich immer ein, nicht wahr? Dinge, auf die wir keinen Einfluß haben, entscheiden letztendlich über unser Schicksal.«

Wir können nicht über unser Schicksal bestimmten, stimmte ihm Chloe schweigend zu, und ich bin ganz gewiß nicht Herr über meine Seele. »Du weißt doch, oder nicht«, sagte sie mit einer so leisen Stimme, daß er sich zu ihr beugen mußte, damit er sie hören

konnte, »daß mein Herz und meine Seele dir gehören? Aber ich kann nicht mit dir fortgehen.«
Er schwieg eine Zeitlang, während der Wagen über Schlaglöcher holperte. Dann lehnte er den Kopf an die Rückenlehne des Sitzes und sagte: »Ich weiß.« Und dann lächelte er und setzte sich auf. »Ich habe zu viele Tage lang Mitleid mit mir selbst gehabt. Ich bin sicher, daß ich mich noch öfter selbst bemitleiden werde. Sogar noch mehr, denn bald werde ich auch dich verlieren. Laß uns diese Tage, vielleicht Wochen, die wir miteinander haben, so gründlich ausschöpfen, daß wir sie nie vergessen werden. Laß uns so viel Glück finden, wie diese kurze Zeit uns erlaubt, da wir uns jetzt außerhalb der Reichweite dieser Welt begeben. Wollen wir das tun?«
»O ja«, sagte sie mit dem Kopf auf seiner Schulter, und er zog sie eng an sich. Der Wagen geriet ins Schaukeln, und sie lachten beide. Ja, es soll eine Liebe sein, wie sie nur in Träumen existiert, versprach sie sich. Es soll etwas sein, was wir für immer in unseren Herzen bewahren können.
Sie wurden jedoch auf der gesamten Fahrt nach Sian in den Gasthäusern, in denen sie übernachteten, getrennt untergebracht. Chloe war noch nie in derart abgelegenen Gegenden im Landesinnern von China gewesen, und sie war entsetzt über den Mangel an sanitären Einrichtungen in den Gasthäusern.
»Lieber würde ich im Freien unter den Sternen schlafen«, sagte sie und verzog das Gesicht, als sie das dritte Gasthaus zu sehen bekamen, vor dem sie vorfuhren.
»Die Amerikaner sind wirklich verwöhnt.« Nikolai schüttelte den Kopf. »Komm, mach vor dem Abendessen einen Spaziergang mit mir. Schau auf diese Berge hinaus und vergiß den Schmutz. Laß mich in deine Augen sehen und laß dich von mir küssen. Laß uns einen Ort finden, an dem niemand in unserer Nähe ist.«
»Ich bezweifle, daß es einen solchen Ort in China gibt.« Chloe seufzte. Doch sie fanden einen Platz in der Wüste, in einem Melonenfeld hinter einem riesigen Baum, der wie ein Wachposten dastand, ganz für sich allein, und über die Früchte an den Ranken wachte. Dort küßte er sie, als gäbe es kein Morgen.

Sian – die letzte nennenswerte menschliche Ansiedlung, die sie in den nächsten Wochen zu sehen bekommen würden. Die frühere Hauptstadt Chinas, die sich in Zeiten zurückdatieren ließ, in denen es noch keine Geschichtsschreibung gegeben hatte. Seit undenklichen Zeiten hatten Menschen diese Gegend bewohnt.

»Stell dir das vor«, sagte Chloe und sah sich um, »eine Stadt, die so alt ist wie die früheste Zivilisation.« Da sie aus einem Land kam, in dem man zweihundert Jahre Vergangenheit als graue Vorzeit ansah, fand sie eine Stadt fast unglaublich, die Jahrtausende alt war und während zwölf Dynastien die Hauptstadt gewesen war.

»Weißt du«, fragte Nikolai, »daß die Kulis, die hier am Bau der Mausoleen mitgearbeitet haben, abgeschlachtet und in den Gräbern verscharrt worden sind, sobald sie ihre Arbeit beendet hatten?«

Gewalttätigkeit in China überraschte Chloe nicht mehr, solange sie sie nicht mit eigenen Augen sah – wie in dem Landstrich, durch den sie gerade mit dem Zug gefahren waren. »Und warum das?«

»Damit sie nicht weitererzählen konnten, welche Schätze in den Grabstätten verborgen lagen.«

Sian wurde gerade erst als bedeutendes Industriezentrum aus der Wiege gehoben, und der Rauch, der aus den Fabriken aufstieg, verschleierte die Hügel im Süden.

Sian war auch der Punkt, an dem ihre lange und mühselige Reise durch die Wüsten im Norden begann. Jeden Abend, wenn sie ihr Lager aufschlugen und zwei große Zelte von dem Lastwagen zerrten, bauten zwei der Russen ein altes Maschinengewehr auf der höchsten Erhebung in der ganzen Gegend auf und wechselten sich damit ab, die ganze Nacht über Wache zu stehen. Bauern versammelten sich in der Ferne, um die Weißen zu beobachten, denn sie hatten noch nie zuvor Weiße zu sehen bekommen.

Chloe empfand die Landschaft, durch die sie zogen, als alptraumhaft. Vielleicht, dachte sie, haben wir einen anderen Planeten erreicht. So weit das Auge sehen konnte, erstreckten sich beängstigende, phantastische, fremdartige Formen über das Land. Es gab endlose Reihen von Sanddünen, eine nach der anderen, die wie Softeis aus der Maschine ihres Vaters aussahen. Es gab surrealistische Aushöhlungen, die Chloe an eine Hand mit langen, schmalen Fingern denken ließen, die von einem erzürnten Gott in den Sand geschmettert worden sein mußte. Die Wüste bestand nicht nur aus Sanddünen, stellte sie fest, sondern auch aus Fels und Stein – meilenweite Steinwüste.

Sie kamen nach Yenan, der nördlichsten Stadt, nach der es mehr als achthundert Meilen weit keine Straßen mehr gab. Nikolai erzählte ihr: »Dschingis-Khan und seine Mongolen sind hier durchgefegt, als sie auf dem Weg nach China waren, um es zu erobern.« Es war immer noch der Stützpunkt von Hunderten von Nomaden, die mit ihren Ziegen und Schafen auf der Suche nach Wasser und grünem Weideland durch die Berge und Wüsten des Nordens zogen.

Die Stadt war von furchendurchzogenen steinigen Hügeln umgeben. Die Stadtmauern waren höher als die anderer chinesischer Städte. Sie zogen sich an den Hügeln hinauf, gingen in sie über und endeten dort, wo die Hügel endeten.

»Das könnte ein perfekter Stützpunkt sein«, bemerkte Nikolai. »Die Hügelkuppen könnten befestigt werden, und die Straße nach Süden könnte ständig beobachtet werden. Hier könnte einen niemand angreifen, ohne gesehen zu werden. Dort oben könnte man Maschinengewehre aufstellen ...«

»Diese Stadt ist von der Welt abgeschnitten. Es werden niemals Soldaten so hoch in den Norden kommen, jedenfalls bestimmt nicht nur, um diese kleine Stadt einzunehmen.«

Nikolai sah sie an. »Chloe, es gibt keinen Ort in China, der von dem Krieg verschont bleiben wird, der über diese Nation hereinbrechen wird.«

Sie blieb stumm. Sollte er doch daran glauben, sollte er doch an dem Glauben festhalten, daß die Arbeit, die er hier geleistet hatte, eines Tages von Wert sein würde und daß sich die Dinge in China wirklich ändern würden. Aber sie wußte, daß Chiang seine Armeen niemals in diesen abgelegenen Winkel schicken würde. Yenan würde niemals von Bedeutung sein.

Als sie die Chinesische Mauer erreichten, hatten sie innerhalb von dreieinhalb Wochen mehr als achthundert Meilen zurückgelegt. Siebenhundert Meilen lagen noch vor ihnen, und sie führten alle durch die Steppen der gewaltigen Wüste Gobi in der Mongolei.

36

Die Sonne fiel durch die zerrissenen Vorhänge, und ein Rabe krächzte in der Stille. Nikolai ließ seine Hand sanft über ihre Brust gleiten und beschrieb mit seiner Zunge einen Pfad der Lust. Das innere Feuer loderte wieder auf.

Chloe konnte dem schrägen Neigungswinkel der Sonnenstrahlen auf den Wänden entnehmen, daß sie den ganzen Nachmittag verschlafen hatten. Sie schloß die Augen und wünschte sich, Nikolai würde niemals aufhören. Sie wollte seine Hände auf sich spüren, seine Lippen auf ihrem Mund, wollte bis in alle Ewigkeit so daliegen, nackt in der Nachmittagssonne. Sie dachte an nichts anderes, nur an die Liebe, an Nikolai ... und sonst an gar nichts, an überhaupt nichts, sie gab sich ganz diesen Empfindungen hin, dem Augenblick.

Seine forschenden Finger zogen ihre Schenkel auseinander, und er küßte das zarte Fleisch auf der Innenseite ihrer Beine und flüsterte dabei Worte auf Russisch, die sie nicht verstand, von denen sie jedoch wußte, daß es Liebesbeteuerungen waren. Ihr Körper erwachte zum Leben, und die Funken, die er entfachte, sprühten auf. Als sie die Augen aufschlug, sah sie, daß er sie anlächelte.

Er streifte ihre Brüste mit seinem Bart und lachte; seine Zähne setzten sich strahlend weiß gegen seinen dunklen Schnurrbart ab, und in seinen Augen stand Zärtlichkeit. Er zog sie auf sich, und als sie ausgestreckt auf ihm lag, lächelte er, während sie sich langsam auf ihm bewegte und einen gleichmäßigen Rhythmus fand. Er griff nach ihren Händen und zog sie an seinen Mund, und während sie sich auf ihm wiegte und ihn in ihrem Innern fest umschlossen hielt, küßte er ihre Handflächen.

»Bleib da«, sagte er, und seine Arme schlangen sich um sie und zwangen sie, sich an ihn zu schmiegen, als sein Mund ihre Lippen fand. Als er sich ihr entgegenwölbte, stieß sie sich gegen ihn und bewegte sich auf und ab, bis sie ihn aufschreien hörte und spürte,

wie sie selbst bebend die Grenze überschritt und ein gewaltiger Schauer sie durchzuckte; sie rührte sich nicht mehr, erstarrte mit leisem Stöhnen.
Dann ließ sie sich seufzend auf ihn fallen.
Sie lagen still da und rührten sich nicht, bis sie sich von ihm wälzte und sich auf den Rücken drehte, und immer noch lagen sie stumm da, mit geschlossenen Augen, hielten einander an den Händen und atmeten im Gleichklang. Der Rabe krächzte wieder.
Sie hörte die knirschenden Geräusche, mit denen Wagen über die Steine im Hof kamen, hörte das Brüllen von Ochsen und die Rufe von Männern, die die Tiere antrieben, während die Sonne sich vor den schmutzigen Vorhängen golden färbte. Chloe drehte sich auf die Seite, warf ein Bein über Nikolais Beine, legte den Kopf auf seine Schulter und blickte lächelnd zu ihm auf. Alles war wie in einem Traum, verschwommen und nicht wirklich greifbar, und sie sah das Erstaunen in seinen Augen, sah, wie seine Lippen ihren Namen formten, doch was sie hörte, war Slades Stimme.
Sie setzte sich abrupt auf, schwang die Beine über die Bettkante und schlug sich die Arme vor die Brust.
Ching-lings liebliche Stimme trieb vom Hof nach oben, und Chloe stürzte nackt ans Fenster. Neben dem Dodge stand ein Wagen, der hoch mit Heu beladen war, mit Koffern und Kisten und mit Ching-ling, die von dem Wagen herunter und in Slades Arme sprang. Sie wurden von ihrem Dienstmädchen und einem jungen Chinesen begleitet.
»O Gott.« Chloe drehte sich zu Nikolai um, dessen Gesicht erstarrte. Er beugte sich herunter, um seine Kleidungsstücke aufzuheben, und während sie sich als Silhouette gegen den Vorhang abzeichnete, zog er sich an.
»Zieh dich an«, sagte er mit schroffer Stimme. »Um Himmels willen, zieh dich doch endlich an.«
Chloe schaute sich um und suchte nach ihren Kleidern, die sie vor drei Stunden in hingebungsvoller Ausgelassenheit quer durch das Zimmer geworfen hatte. Eilig begann sie, sich anzuziehen.
Nikolai sagte: »Ich gehe nach unten. Du brauchst dich nicht zu hetzen. Aber kämm dir das Haar.« Er ging auf die Tür zu, drehte sich noch einmal um und sah sie an. Er kam wieder auf sie zu,

streckte die Arme nach ihr aus, um sie an sich zu ziehen, und sagte: »Wenn wir doch bloß mehr Zeit hätten. O meine Geliebte.« Er beugte sich herunter und küßte sie. Dann wandte er sich ab, verließ das Zimmer und schlug die Tür hinter sich zu.

Ich wünschte, ich hätte gewußt, daß es das letzte Mal war, dachte Chloe, die sich auf den Boden kniete, um ihren zweiten Schuh zu suchen. Ich wünschte, wir hätten es ganz langsam und träge tun können und ich hätte mir bewußt jeden einzelnen Augenblick einprägen können, jede Berührung und jedes Gefühl.

Und doch wußte sie irgendwo in ihrem Innern, daß sich jede von Nikolais Berührungen und jeder seiner Küsse für immer in sie eingebrannt hatte.

Als sie den Arm unter das Bett streckte, um den Schuh hervorzuziehen, ging die Tür auf, und Slade stand da; er hatte die Arme in die Hüften gestemmt und lachte, und in seinen Augen stand Aufregung. Mit drei Schritten kam er durch das Zimmer, bückte sich nach ihr und zog sie vom Boden hoch und in seine Arme, um sie herumzuwirbeln. »Ist das nicht das irrste Abenteuer aller Zeiten?« fragte er und drückte ihr einen Kuß auf die Lippen.

Es war das erste Mal seit mehr als vierzehn Monaten, daß er sie küßte.

Er wartete keine Antwort ab, sondern packte sie an der Hand, die keinen Schuh hielt, zog sie mit zur Tür hinaus und die Treppe hinunter. Mit einem Schuh am Fuß und dem anderen in der Hand humpelte sie, von Slade gezogen, auf den Hof, auf dem Ching-ling ihrem Dienstmädchen gerade Anweisungen erteilte, was mit ihrem Gepäck geschehen sollte. Sie schien eine halbe Tonne Gepäck bei sich zu haben.

Ching-lings Gesicht war abgespannt und müde. In ihren Augen stand alle Traurigkeit der Welt. Sie wirkte zerbrechlicher denn je, obwohl sie die Schultern immer noch gestrafft hatte und in der Haltung dastand, die so typisch für sie war und ihre adelige Abstammung bekundete. Sie streckte Chloe die Hände entgegen und reckte sich, um sie auf die Wange zu küssen. »Ich bin ja so froh, daß dir nichts zugestoßen ist. Wir waren die ganze Zeit in Sorge um dich.«

»Laßt uns beim Essen weiterreden«, rief Slade aus. »Wir sind total ausgehungert.«

»Ich möchte mich vorher frisch machen«, protestierte Ching-ling.
»Es gibt kein Wasser in dem Gasthaus«, sagte Chloe. »Komm mit mir. Am Ende dieser Gasse gibt es Waschbecken. Und was das übrige angeht, tja, das findet man am Ende dieser Gasse dort drüben.« Am Ende der schmalen dunklen Gasse stieß man, wenn man um die Ecke bog, auf sechs stinkende Löcher im Boden.
»Wann seid ihr hier angekommen?« hörte sie Slade Nikolai fragen, als die beiden Frauen sich gemeinsam entfernten.
»Ist alles in Ordnung mit dir?« Ching-ling legte eine Hand auf Chloes Arm.
»Was ist mit dir? Geht es dir gut?«
»Nein, natürlich nicht. Körperlich ja – vielleicht ein wenig mitgenommen. Aber innerlich fühle ich mich tot. Ich fürchte, alles ist verloren.«
»Vielleicht wird Chiang gestürzt werden.«
Sie erreichten eine niedrige Hütte und gingen hinein. Große, runde Holzzuber mit Wasser standen auf hohen Tischen. Ching-ling griff nach einer kleinen Metallschale, die stumpf und eingebeult war, und schöpfte damit Wasser aus einem der größeren Behälter. Sie spritzte es sich ins Gesicht und beugte sich dabei vor. Nirgends war Seife zu finden. Chloe konnte sie nicht sehen, als sie mit gedämpfter Stimme sagte: »Meine Schwester wird einen Mörder heiraten, einen Tyrannen, einen Mann, den China nur für seine Zwecke interessiert und der das chinesische Volk nicht liebt. Meine Schwester wird die First Lady von China werden.«
Wie du es selbst einmal gewesen bist, wenn auch für so kurze Zeit, dachte Chloe und griff nach einem Handtuch, das vorher schon von wer weiß wie vielen Menschen benutzt worden war. Sie reichte es ihrer Freundin. »Ich habe gehört, daß die Leute sagen«, wagte sie sich vor, »von den Soong-Töchtern liebt eine das Geld, die andere liebt die Macht, und die dritte liebt China.«
Das rang Ching-ling ein mattes Lächeln ab. Sie nickte. »Ja, das habe ich auch schon gehört. Mei-ling ist zwar verschwenderisch, aber es ist nicht Geld, worauf sie aus ist. Sie hat immer genug Geld gehabt. Ai-ling ist diejenige, die glaubt, daß Geld Macht bedeutet, und sie ist darauf aus, irdische Güter anzuhäufen. Es würde mich nicht wundern, wenn sie und ihr reizender Ehemann inzwischen so ziem-

lich die reichsten Leute im ganzen Land wären. Ich weiß nicht, warum, aber sie ist diejenige, die Mei-ling zu dieser Heirat drängt. Mammy hat ihre Zustimmung erst gegeben, nachdem Chiang sich bereit erklärt hat, sich von seinen beiden Ehefrauen scheiden zu lassen und zum Christentum überzutreten. Natürlich hat er freiwillig angeboten, seine Konkubinen aufzugeben, aber wahrscheinlich weiß Mammy nichts von deren Existenz. Mei-ling sagt, sie liebt China, und durch eine Heirat mit Chiang kann sie die Lebensbedingungen der Bauern verbessern. Wir werden es ja sehen.«

Ching-ling fing an, sich mit dem Handtuch das Gesicht abzutrocknen, doch dann bemerkte sie den fauligen Gestank und schüttelte den Kopf. Sie legte das Handtuch auf den Tisch und sagte: »Wir sind wirklich hungrig. Wir haben seit drei Tagen nichts Anständiges mehr zu essen bekommen.«

»Ich bezweifle, daß ihr in diesem Gasthaus etwas Anständiges finden werdet«, sagte Chloe. »Aber es ist zumindest eßbar.«

»Die Mongolei«, bemerkte Ching-ling, und aus ihrer Stimme war Verwunderung herauszuhören, als sie sich auf den Rückweg zum Gasthaus machten. »Ich bin in der Mongolei. Ich bin auf dem Weg nach Moskau, und wer weiß, wie lange ich aus meinem Land verbannt sein werde.«

»Wenn Mei-ling Chiang heiratet, kannst du doch bestimmt ins Land zurückkehren, oder nicht?« fragte Chloe. »Er wird doch nicht seine eigene Schwägerin umbringen?«

Ching-ling zuckte die Achseln. »Wer weiß, was die Zukunft bringen wird?« Ehe sie in die Sonne hinaustraten, deren Strahlen sich jetzt schräg nach oben richteten, da sie hinter den Berg zu versinken begann, fragte sie: »Was ist mit dir, meine liebe Freundin? Mit dir und Nikolai?«

»Es ist das Ende, nicht wahr?« Ein stechender Schmerz zuckte durch Chloes Brust.

»Wie könnte eine Liebe wie diese ein Ende haben?« fragte Ching-ling. »Meine hingebungsvolle Zuneigung zu Dr. Sun wird niemals enden.«

»Aber euch hat derselbe Traum miteinander verbunden. Nikolai und mich verbindet kein Traum. Das könnte den großen Unterschied ausmachen. Ich kann nicht fortgehen und euch begleiten.«

Ein trauriges Lächeln breitete sich auf Ching-lings Gesicht aus. »Ich vermute, ich habe phantasiert, mich Wunschträumen hingegeben und mir erhofft, du könntest dich entschließen, mit uns zu kommen. Während dieser ganzen langen Reise habe ich mir eingeredet, es bestünde die Chance, daß du diese Entscheidung triffst, daß Nikolai und ich dich gemeinsam ködern könnten.«

Chloe blieb stehen und schaute auf Ching-ling herunter. »Meine liebe Freundin, meine liebe, liebe Freundin. Ich liebe dich sehr, Ching-ling. Und Nikolai liebe ich mehr, als ich Slade je geliebt habe. Vielleicht kommt es teilweise daher, daß ich ihn so sehr bewundere, obwohl ich seine Auffassungen und seinen Traum nicht mit ihm teile. Aber ich fühle mich noch nicht einmal versucht, mit euch zu gehen. Es steht überhaupt nicht zur Diskussion. Das mußt du verstehen. Ich bin Amerikanerin, und irgendwie beeinflußt das meine Entscheidungen. Und außerdem bin ich verheiratet, und ich mag meinem Mann zwar nicht treu gewesen sein, und ich bin in diesem letzten Jahr ganz bestimmt nicht glücklich verheiratet gewesen, aber ich bin dennoch verheiratet. Ich mag mich zwar nicht an all meine Schwüre gehalten haben, aber ich kann nicht leichtfertig aus dieser Ehe ausbrechen.«

Ching-ling streckte ihre kleinen Hände aus und umfaßte damit Chloes Finger. Sie schüttelte den Kopf, und dann liefen sie weiter, um sich Nikolai und Slade wieder anzuschließen, der bester Laune zu sein schien.

»Laßt uns etwas essen«, sagte Slade und warf seine Arme um Ching-lings und Chloes Schultern, um mit ihnen zum Gasthaus aufzubrechen.

Obwohl sie seit drei Tagen keine ordentliche Mahlzeit mehr zu sich genommen hatte, stocherte Ching-ling nur in ihrem Essen herum. Slade redete die meiste Zeit und gestikulierte mit seinen Stäbchen, als er seine Reise mit Ching-ling schilderte, und seine Augen spiegelten ebensoviel Aufregung wider wie seine Stimme.

»Das hättet ihr sehen müssen.« Er gestikulierte und wies auf Ching-ling. »Sie als Bäuerin verkleidet; auf dem Schiff, mit dem wir über den Jangtsekiang gefahren sind, konnte ich sie nicht von den übrigen Bäuerinnen unterscheiden.«

Chloe erinnerte sich wieder an ein anderes Mal, damals in Kanton, als Ching-ling sich bei einer anderen Gelegenheit, bei der sie hatte fliehen müssen, als Bäuerin verkleidet hatte.

»T. V. und ich haben uns noch nicht einmal nach ihr umgesehen und ihr nicht die geringste Beachtung geschenkt – für den Fall, daß wir beobachtet werden, aber niemand hat uns auch nur näher betrachtet. Sowie wir in Schanghai angekommen sind, hat sie darauf beharrt, in ihr Haus in der Rue Molière zu gehen und dort Dinge zu holen, die sie braucht, wenn sie das Land verläßt. Ich war sicher, daß jemand sie sieht, wenn sie sich ins Haus schleicht, aber niemand hat es bemerkt.«

»Das kommt daher«, unterbrach ihn Ching-ling, »daß wir bis zum Morgen gewartet haben und ich so getan habe, als sei ich die Eierfrau. Dann bin ich drei Tage lang im Haus geblieben und habe meine Angelegenheiten geregelt. Niemand ist auch nur an die Tür gekommen.«

»Natürlich hat T. V. gefürchtet, sie würde dort entdeckt werden und man würde sie in ihrem eigenen Haus gefangenhalten, während Chiang ihren Namen dafür benutzt, sich von seinem wahllosen Gemetzel in ganz China reinzuwaschen. Und wenn sie sich öffentlich gegen ihn ausgesprochen hätte, war T. V. noch nicht einmal sicher, ob ihre Verwandtschaft mit Mei-ling sie davor bewahrt hätte, umgebracht zu werden.« Slade stopfte sich beim Reden Nudeln mit kleinen Bröckchen gebratenem Schweinefleisch in den Mund.

»T. V. hat es so eingerichtet, daß ein russischer Frachter uns nach Wladiwostok mitnahm. Ich war am späten Nachmittag an Bord und habe auf sie gewartet, und ich kann euch sagen, ich war reichlich nervös. Ich war sicher, daß man sie entdeckt hatte. Bei Anbruch der Nacht war ich mit den Nerven runter und habe stundenlang, bis Mitternacht, krank vor Sorge an der Reling gestanden.«

»Nun, wir konnten vor Einbruch der Dunkelheit noch nicht einmal aus dem Haus gehen«, schaltete sich Ching-ling ein. »Mein Bruder hatte es so arrangiert, daß zwei Männer mich abholten, und wir waren alle als Bettler verkleidet. Wir sind im Zickzack durch die Straßen gelaufen und haben für den Fall, daß uns jemand verfolgt, immer wieder Haken geschlagen. Als wir in der

Hafengegend angekommen sind, haben die Männer mich zu dem kleinsten Sampan geführt, das ich je gesehen habe. Sie haben mich dem Besitzer übergeben, der mich durch die Abfälle auf dem Hwangpukiang ruderte, zwischen Kriegsschiffen von unzähligen Ländern hindurch, Ländern, die glauben, daß ihnen Schanghai, wenn nicht gar ganz China gehört. Das kleine Boot hat geschwankt und war so wacklig, daß ich sicher war, wir würden über Bord fallen, doch wir haben uns drei Stunden lang lautlos in den dunklen Schatten zwischen diesen riesigen Schiffen treiben lassen, neben quietschenden Dschunken, bis ich an Bord des Frachters geschmuggelt werden konnte.«

Schon allein dieser Bericht schien sie erschöpft zu haben.

»Und dann«, griff Slade die Geschichte wieder auf, »mußten wir in Japan haltmachen, und als sich herumgesprochen hat, daß Madame Sun an Bord ist, sind amerikanische Journalisten über uns hereingebrochen, aber ich habe sie nicht mit ihr reden lassen. Ich habe sie noch nicht einmal Fotos von Ching-ling machen lassen.« Er lächelte selbstzufrieden. »Wir haben es geschafft, von Bord zu gehen, ohne daß sie sie auch nur wirklich zu sehen bekommen haben. Als wir in Wladiwostok an Land gegangen sind, mußten wir drei Tage auf den Zug warten.«

Chloe und Nikolai sahen ihn an, doch er schien am Ende seiner Geschichte angelangt zu sein.

»Und dann?« fragte Chloe schließlich.

Slade blickte von seinem Teller auf und sagte: »Und dann? Nun, von dort aus ist alles reibungslos abgelaufen. Im Zug war es heiß, und der Wind hat Staub aufgewirbelt. Gräßliches Essen, alles Grau in Grau. Wir sind in Ulan-Ude ausgestiegen, damit wir von dort aus runterfahren und euch hier treffen können. Die Fahrt ist langsam vorangegangen und war ziemlich übel.«

»Es tut mir leid, daß wir diese Route wieder einschlagen müssen«, fiel Ching-ling ein.

»Nein, das ist nicht nötig«, sagte Nikolai. »Ein sowjetisches Flugzeug wird uns zur Station der Transsibirischen Eisenbahn in Verkhneudinsk bringen. Es steht schon bereit und wartet nur auf deine Ankunft.«

Chloe sah verblüfft zu ihm auf. Davon hatte ihr Nikolai nichts

gesagt. Wann hatte er das arrangiert? Er sah ihr kurz in die Augen.
»Was heißt das?« Slade legte seine Stäbchen hin. »Dann trennen sich hier also unsere Wege?«
Alle drei starrten ihn an. »Hier trennen sich unsere Wege.« Nikolais Stimme war sanft. »Ich vermute, so ist es. Jedenfalls für den Moment.«
Slade beugte sich vor und stemmte die Ellbogen auf den Tisch. »Ich möchte, daß ihr beide wißt, daß es toll war, euch kennengelernt zu haben, und das keineswegs nur wegen der Geschichten, die ihr mir geliefert habt. Ich bewundere euch beide mehr, als ich euch sagen kann. Allerdings beneide ich euch nicht. Ich bin froh, daß ich nach China zurückgehe und nicht nach Rußland gehen muß.«
Als ob sie nicht alle am liebsten zurückgegangen wären, dachte Chloe.
»Ich bin sehr müde«, sagte Ching-ling. »Ihr habt doch nichts dagegen, wenn ich mich zurückziehe?« Sie sah Nikolai an. »Fliegen wir morgen?«
Er nickte. »Sobald du fertig bist. Sie haben nur auf dich gewartet.«
Sie legte ihm eine Hand auf die Schulter. »Gott sei Dank, daß ich dich habe, Nikki.« Als sie die Gaststube verließ, hingen ihre Schultern eine Spur tiefer hinunter.
»Diese Frau ist wirklich ganz beachtlich«, sagte Slade verwundert.
»Das kann man von Ihrer Frau auch behaupten«, sagte Nikolai und sah Chloe in die Augen. »Sie haben allen Grund, stolz auf sie zu sein. Sie ist im Angesicht von Gefahr niemals zurückgeschreckt; sie hat nie über Unannehmlichkeiten geklagt. Sie ist wahrhaft eine ganz außergewöhnliche Frau.«
Slade zog eine Augenbraue hoch und sah Chloe an. »Das ist sie, nicht wahr? Und ich kann mir vorstellen, daß es spannend sein wird, Ihre Geschichte zu hören. Dann waren Sie also«, sagte er, an Nikolai gewandt, »Gefahren und Unannehmlichkeiten ausgesetzt? Prima, so was liest sich immer gut.« Er stand auf und hielt Chloe eine Hand hin. »Komm, meine Süße, ich bin auch müde. Laß uns in unser Zimmer gehen.«
Chloes Herz blieb stehen, nur eine Sekunde lang, aber es blieb

dennoch stehen. Sie wußte es ganz genau. Sie erlaubte sich nicht, Nikolai in die Augen zu sehen. Sie stand auf, und obwohl sie den ganzen Nachmittag verschlafen hatte, sagte sie: »Ja, ich bin sicher, daß ich in dem Moment einschlafe, in dem mein Kopf auf dem Kopfkissen liegt.«

Slade folgte ihr die Treppe hinauf und durch den Korridor. Sowie er die Zimmertür geschlossen hatte, spürte sie seine Hand auf ihrem Arm. »Weißt du eigentlich«, sagte er und zog sie so eng an sich, daß sie seine Wärme auf ihrem Rücken spüren konnte, »daß dein Haar verfilzt ist, daß du ungepflegt aussiehst, daß deine Haut sich von der Sonne schält, die auf die Wüste Gobi scheint, und daß du doch nie einen reizvolleren Anblick geboten hast?« Er küßte ihren Nacken. Und sie dachte: O Gott, ausgerechnet diesen Moment hast du dir ausgesucht, um mich wieder zu berühren, und ausgerechnet jetzt versuchst du wiedergutzumachen, daß du mich mehr als ein Jahr lang nicht angerührt hast.

Seine Arme schlangen sich um sie.

Verflucht noch mal, dachte sie. Dem bin ich jetzt wirklich nicht gewachsen. Und sie lag, als sie im Bett waren, einfach da, regungslos und unnachgiebig, und sie ließ sich von Slade zum ersten Mal seit vierzehn Monaten lieben. Sie konnte nicht reagieren, als er sie mit begierigen Küssen überschüttete. Aber er schien es nicht zu merken. Und wenn doch, achtete er nicht weiter darauf. Danach sagte er: »Du bist wirklich ziemlich draufgängerisch, stimmt's? Ich wüßte keine andere Frau, die es gewagt hätte, Gefahren zu trotzen, wie du es getan hast. Ist das nicht aufregend? Ist dir klar, daß wir die einzigen Amerikaner sind, die einzigen Menschen auf der ganzen Welt, die das erlebt haben und der Nachwelt davon berichten können?« Er rollte sich auf die Seite, und ehe er einschlief, sagte er: »Mein Gott, ist das toll.«

Chloe lag da und starrte an die Decke, ohne in der Dunkelheit etwas zu sehen. Sie wünschte sich ein Bad. Und zwar ganz dringend.

37

Am Morgen saßen sie beim Frühstück und redeten zusammenhanglos über allerlei, weil alle bemüht waren, diese letzten Minuten in die Länge zu ziehen.
Meine beste Freundin und mein Geliebter, sie gehen beide fort, vielleicht für immer. Chloe fragte sich, ob es ihr wohl das Herz brechen würde, in diesem Moment, jetzt und hier an diesem Tisch im Hof, an dem sie längst die harten trockenen Brötchen zu sich genommen hatten, die süße reife Melone und den starken, bitteren Tee. Sie fragte sich, ob es einen Laut von sich geben würde, ob es klingen würde wie ein Knall, mit dem etwas zersprang, oder wie ein Donner. Ob sie wohl die einzige sein würde, die es hören konnte, oder ob alle andern sie ansehen und sie fragen würden, was passiert war. Gaben Herzen hörbare Geräusche von sich, wenn sie brachen? Unter dem Tisch rieb sie ihren Fuß an Nikolais Bein. Er sah ihr genau in dem Moment kurz in die Augen, als Slade die Hand nach ihr ausstreckte und ihren Arm packte.
»Ihr werdet in Amerika als Helden dastehen«, sagte Slade zu Ching-ling und Nikolai, als würde sie das für alles entschädigen, was aufzugeben sie gezwungen waren.
Endlich sagte Nikolai dann: »Wenn wir unser Ziel heute nachmittag erreichen wollen, müssen wir jetzt aufbrechen.«
Es gab keinen Flughafen in Ulan Bator, auch keinen Flugplatz, aber außerhalb der Stadt stand ein sowjetisches Flugzeug, klobiger als jedes andere, das Chloe je gesehen hatte, auf einem ebenen Feld.
Ching-ling zog Chloes Kopf zu sich hinunter und küßte sie; dann drückte sie ihre Hand und sagte: »Wir werden uns wiedersehen, meine Liebe. Mein Herz weilt bei dir.« Dann wandte sie sich zu Slade um und hob ihre anmutige Hand, um nach seiner Hand zu greifen. »Ich danke Ihnen dafür, daß Sie den Ritter Galahad gespielt haben. Ich habe Ihre Gesellschaft genossen. Es war tapfer von Ihnen, etwas zu tun, was sehr gefährlich für Sie hätte werden können.«

Slade nickte. »Es hat Spaß gemacht. Aber das soll nicht heißen, daß ich mir nicht vorstellen kann, welchen Schmerz Sie empfinden. Ich werde alles tun, was ich kann, um Ihnen dabei zu helfen, daß die Welt Sie versteht.«

»Das weiß ich«, sagte Ching-ling.

Nikolai drehte sich zu Slade um und legte seine Arme um ihn. »Ich danke Ihnen für Ihre Hilfe und die ... Ihrer Frau. Ich hoffe, Ihre Geschichte hilft uns weiter.« Dann drehte er sich zu Chloe um und zögerte nur einen Moment, ehe er sie in seine Arme zog und sagte: »Du bist die beste Reisegefährtin, die man sich nur wünschen kann. Und eine Freundin, wie man sie nur selten findet.« Dann ließ er sie los.

Chloe konnte die Tränen nicht zurückhalten, die ihr in die Augen stiegen. Sie fing an zu weinen, als sie sich vorbeugte, um Ching-ling auf die Wangen zu küssen und Nikolais Hand zu packen. Es kümmerte sie nicht weiter, ob Slade hinsah, als sie Nikolais Hand an ihre Lippen führte und zart küßte. »Auch du«, sagte sie, und Tränen liefen über ihre Wangen, »bist ein Freund, wie man ihn nur selten findet. Es ist eine unvergeßliche Reise gewesen.«

Sofort darauf sprang Nikolai auf die Tragfläche, stieß Ching-ling vor sich her in das Flugzeug, drehte sich um und winkte Slade und Chloe zu, die mit dem Handrücken ihre Tränen trocknete. O mein Geliebter, rief sie stumm. Laß es dir gut ergehen, mein Geliebter ...

Slade drückte ihre Hand und lächelte. »Komm schon, wir sollten jetzt auch besser aufbrechen. Ich will alles über eure Reise hören und es aufschreiben. Es wird großen Spaß machen, durch die Wüste zu reisen, bis wir die Endstation des Zuges erreichen.«

»Der Meinung bist du nur, weil du es nicht schon wochenlang getan hast.« Seine Haltung war ihr zuwider. Ihm machte all das solchen Spaß. Er litt nicht an einem gebrochenen Herzen.

»Das ist wahr«, sagte er. »Aber ich wette, du hast nie unter den Sternen gelegen und mit jemandem geschlafen. Und genau das werden wir jede Nacht tun. Himmel, Aufregung, Spannung und das ständige Wissen, daß man jederzeit in Gefahr schweben könnte, strahlen etwas aus, was mich aufregt. Mein Gott, ich könnte dich jetzt in diesem Augenblick hier nehmen, an Ort und Stelle, weil alles so aufregend ist. Komm schon, laß uns in Hotel zurückgehen und uns lieben, ehe wir von dort aufbrechen. Jesus Christus, ich weiß nicht, ob ich überhaupt so lange warten kann.«

Warum, fragte sie sich, suchte er sich ausgerechnet diesen Moment aus, um wieder der Slade von früher zu sein, der sie begehrte und die Finger einfach nicht von ihr lassen konnte? Und doch konnte sie sich auch diesmal, als sie miteinander schliefen, nicht rühren. Sie erinnerte sich daran, daß ihre Mutter zu ihr gesagt hatte: »Schätzchen, du brauchst überhaupt nichts zu tun. Du brauchst nur einfach dazuliegen.« Jetzt verstand sie es. Wenn der Mann nichts in einem ansprach und nichts weckte, dann ließ man es einfach geschehen, ließ es über sich ergehen. Sie wäre keinen Moment lang auf den Gedanken gekommen zu sagen: »Nicht jetzt, Slade. Jetzt nicht.« Oder über die lange Zeit mit ihm zu reden, in der er sie kein einziges Mal angerührt hatte.

Er liebte sie in all den vier Nächten, die sie im Zug verbrachten, und meistens auch am frühen Morgen. Aber Chloe konnte an nichts anderes denken als daran, daß ihm Nikolais Leidenschaft fehlte ... und auch seine Zärtlichkeit. Er schmeckte auch nicht wie Nikolai, faßte sich nicht an wie er, und er berührte sie auch nicht so, wie Nikolai es tat – diese Berührungen, die Feuer übermächtiger Liebe entzündeten. Er legte sich auf sie, und sie dachte: Er ist nichts weiter als ein Mann. Er ist kein Ausbund an Moral und Tugend. Er ist kein Man, der mich für den wunderbarsten Menschen auf Erden hält. Er ist kein Mann, der sich je von einem Traum hat leiten lassen, der größer als er selbst ist, und auch kein Mann, der sich einer Vision verschrieben hat, ein Mann, der es für das wichtigste hält, dabei mitzuhelfen, die Völker der Erde zu befreien. Ein Mann, der wahrhaft an Brüderlichkeit glaubt. Slade ist nicht der Mann, der Nikolai ist. Und sie lag da, lag regungslos unter ihm, was ihn nur um so mehr zu erregen schien.

Als sie nach Schanghai zurückkehrten, erwartete er von ihr, daß sie sich mit dem Leben zufriedengeben würde, das sie vorher gekannt hatte. »Laß uns eine Party schmeißen. Du warst vier Monate fort.«

Aber Chloe wollte keine Party schmeißen. Ein paar Wochen lang wollte sie nur im Garten sitzen und das rege Treiben auf dem Fluß beobachten, Bücher lesen und den Hauch von Herbst in der Luft spüren. Die Chrysanthemen waren aufgeblüht und verströmten ihren bittersüßen Geruch, den sie so sehr liebte. Sie pflückte eine und hielt sie in der Hand, während sie auf der Veranda auf der hölzernen Schaukel saß und sachte schaukelte. Dort geschah es eines Tages, daß sie dachte: Ich bin schwanger.

Slade war überglücklich. »Ich wüßte nichts, was ich mir mehr wünschen würde als einen Sohn. Unsterblichkeit.« Chloe fragte sich, warum eine Tochter ihm nicht die gleiche Unsterblichkeit verleihen konnte.

Doch als die Monate vergingen und der Winter nach Schanghai kam, verspürte sie keine Aufregung in ihrem Innern darüber, daß sie ein Kind erwarte. Ich lasse nicht zu, daß ich noch einmal enttäuscht werde, sagte sie sich. Ich werde mir nicht erst große Hoffnungen machen, und dann passiert etwas. Sie glaubte jetzt, daß ihre Sorge sie in dieser Haltung noch bestärkte ... was war, wenn das Kind Nikolai ähnlich sah?

Was war dann? Würde ihr das nicht etwas von Nikolai geben, woran sie ewig festhalten konnte?

Aber sie wußte, daß ein Teil ihres Lebens zu Ende gehen würde, wenn das Kind Nikolai ähnlich sah. Ebenso, wie ein Teil von ihr gestorben war, als Nikolai in diesem Flugzeug aus ihrem Leben verschwunden war.

Im November wurden Slade und Chloe zu der Hochzeit von Generalissimo Chiang Kai-shek und Miss Soong Mei-ling eingeladen. Mammy Soong hatte sich für diese Heirat erwärmt, als Chiang öffentlich bekanntgegeben hatte, auf die traditionelle Art chinesischer Männer, daß seine bisherigen Ehefrauen nicht mehr mit ihm verheiratet waren. Der Großohrige Tu hatte es praktischerweise so eingerichtet, daß Chiangs letzte Ehefrau – eine intelligente junge Frau, die ganz offensichtlich schwanger war – die Columbia University besuchen konnte. Er vermachte ihr ein kleines Vermögen, von dem sie leben konnte, doch daran war die Bedingung geknüpft, daß sie den Rest ihres Lebens in den Vereinigten Staaten verbrachte. Chiang bekundete, seine erste Frau sei nicht mehr Mrs. Chiang Kai-shek, und vorher hätte er nie aus Liebe geheiratet, wie er es jetzt tat. Aus Liebe zu was? fragte sich Chloe.

Die Romanze begeisterte das ganze Land und auch Amerika. Die Amerikaner verziehen ihm all die Greueltaten, die sie ohnehin ignoriert hatten, und lächelnd sagten sie zueinander: »Er tritt zum Christentum über.« Der heidnische Orient wurde verwestlicht. Chiang und seine in Amerika aufgewachsene Frau konnten in den Augen der amerikanischen Presse nichts Böses tun.

Das Zeremoniell wurde am ersten Dezember im Majestic Hotel veranstaltet, in dem sich dreizehnhundert Gäste drängten, darunter Chloe und Slade. Sie wurden von Lou und Daisy begleitet, von der Chloe den Eindruck hatte, daß sie in der letzten Zeit matt und blaß wirkte.

Die Gäste wurden an der Tür von Männern gefilzt, die Slade »Gauner der Grünen Bande« nannte. In dem farbenfroh geschmückten Ballsaal hing eine riesengroße Fotografie von Dr. Sun, der diese Eheschließung gutzuheißen schien.

Chiang Kai-shek und sein Trauzeuge, Mei-lings Schwager H. H. Kung, waren europäisch gekleidet und trugen gestreifte Hosen und Fräcke. Gäste stiegen auf Stühle und versuchten, über die surrenden Nachrichtenkameras zu schauen, als Mei-ling und ihr Gefolge zu den Klängen Mendelssohns den Saal betrat. Mei-lings Brautjungfern, in aprikotfarbenen Kleidern, die aus Amerika importiert worden waren, folgten Ai-lings beiden jüngsten Kindern, die in schwarzen Samt gekleidet waren, Knickerbocker und Jakken mit Rüschenmanschetten und Rüschenkragen aus Satin.

Mei-ling war in ein hauchdünnes weiß-silbernes Kleid gehüllt, das auf einer Seite mit einem Ansteckbukett aus Orangenblüten festgehalten wurde. Sie war hinter einem Schleier aus Chantillyspitze verborgen, der ihr auf den Rücken fiel. Eine lange Schleppe aus duftigem weißem Stoff, der mit Silber bestickt war, wehte hinter ihr her. Sie legte ihren Arm auf den ihres Bruders T. V. In der anderen Hand hielt sie einen Strauß rosa Nelken, in den weiße und silberne Schleifen gebunden waren.

Als sie den Altar erreichte, wandten sie und Chiang sich um und stellten sich unter dem Porträt Dr. Suns auf. Sie verbeugten sich gemeinsam, als wollten sie damit versprechen, ihr Leben Dr. Suns Idealen zu weihen, während die Nachrichtenkameras der ganzen Welt lautstark surrten.

Ja, dachte Chloe, jede Zeitung in der westlichen Welt wird das auf der Titelseite bringen, während Ching-ling in Moskau zittert. Die Berichte über Ching-lings und Nikolais Flucht hatte nur Cass auf der Titelseite gebracht. Andere Zeitungen hatten sie, falls überhaupt, irgendwo untergebracht, wo nur wenige Amerikaner sie sahen oder lasen. Und sie schienen nirgendwo auch nur irgend jemanden berührt zu haben.

Als sie nach Hause kam, sagte Slade zu Chloe: »Bleib nicht auf. Warte bloß nicht auf mich. Ich muß das heute abend noch in allen Einzelheiten rüberkabeln, damit es morgen in Chicago auf der Titelseite steht.«

Der Bericht über die Hochzeit machte nicht nur in der CHICAGO TIMES Schlagzeilen, sondern stand auch ganz oben auf Seite eins in der NEW YORK TIMES, der Londoner TIMES, dem SAN FRANCISCO CHRONICLE und allen anderen Zeitungen jeder anderen Großstadt der westlichen Welt.

In jenem Jahr, 1928, richtete sich Chiang Kai-sheks Wut gegen die Kommunisten, die er als den einzigen Feind ansah, der zwischen ihm und seinem Ziel stand. Mit brachialer Gewalt ließ er über China eine Woge von Grausamkeiten hereinbrechen, wie ein Land, das brutaler als jedes andere war, ihresgleichen noch nicht gesehen hatte.

Eines Nachmittags brachte Slade Lou mit nach Hause. Er trug ihn mehr oder weniger aus der Rikscha, legte ihn auf das Sofa und sagte: »Hol uns einen Schnaps.«

Er wollte beginnen, Chloe zu berichten, was vorgefallen war, aber Lou schnitt ihm das Wort ab. »Nein«, sagte er mit matter Stimme, »laß mich es ihr erzählen.«

Slade sah ihn verwundert an und schenkte dann auch für sich selbst einen Cognac ein und setzte sich Lou gegenüber. Chloe nahm den anderen Sessel.

Lou zog sich auf einen Ellbogen, schüttelte den Kopf, nachdem er einen großen Schluck Cognac heruntergekippt hatte, und sagte: »Wir sind durch die Straße gekommen und haben einen Tumult bemerkt. Mehr als hundert Männer, die als Rote verdächtigt werden, haben eine große flache Grube ausgehoben. Wir standen da und haben zugeschaut; wir hatten Angst davor, was wir zu sehen bekommen würden, und doch blieben wir wie angewurzelt. Dann sind die Männer und noch vier oder fünf Frauen in einer Reihe aufgestellt worden, während junge Soldaten – wahrhaft noch Knaben, die breit gegrinst haben, weil sie ihren Spaß an dieser unterhaltsamen Beschäftigung hatten – jedem einzelnen der Gefangenen die Hände und die Füße gefesselt haben, und dann haben sie sie gezwungen, sich in das flache Grab zu legen, das sie sich selbst geschaufelt hatten.« Er unterbrach sich, ließ den Kopf auf ein Kissen zurücksinken und schwieg ein paar Minuten lang mit bleichem und abgespanntem Gesicht. Slade schenkte ihnen beiden noch einen Cognac ein.

Lou fuhr mit matter Stimme fort, als könnte er die Greueltat in sich auslöschen, wenn er von ihr berichtete. »Mit diesen verflucht unhandlichen Gewehren, die die Chinesen, wer weiß wo, an sich gebracht haben, schossen diese Soldaten systematisch auf alle und lachten über ihre Schreie. Sie haben ihnen noch nicht einmal den Gnadenschuß versetzt, sondern die Menschen – von denen viele noch am Leben waren – mit Erde bedeckt, während etliche sich noch in Krämpfen gewunden haben.«

Chloe erschauerte, ihr lief eine Gänsehaut über den Rücken.

»Ich habe mich übergeben«, gestand Lou, »und ich schäme mich dessen nicht. Jeder, dem angesichts einer solchen Unmenschlichkeit kein Schauer über den Rücken läuft, ist es nicht wert, ein Mensch zu sein.«

Chloe träumte in der kommenden Nacht von dieser Szene und einer anderen, von der sie zwei Tage vorher gehört hatte, über Soldaten, die ihren Spaß daran hatten, jungen kommunistischen Frauen ihre Gewehre in die Vagina zu rammen und dann abzudrücken. Und dabei hatten sie gelacht. Laut gelacht.

Zum ersten Mal seit Jahren griff die Beulenpest um sich. Die Cholera kam früh im Jahr mit den Fliegen und raffte Tausende von Menschen dahin. Typhus, Kinderlähmung und Pocken wüteten ebenfalls. Chloe sicherte sich doppelt ab, daß auch wirklich alles Wasser abgekocht wurde. Der britische Arzt versicherte ihnen, sie seien vor Pocken sicher, wenn sie bereits früher dagegen geimpft worden seien, was auf Slade und auch auf Chloe zutraf,

doch er riet dringend, diejenigen, die nicht geimpft seien, sollten es augenblicklich nachholen. 1928 brachte der Sommer Krankheiten mit sich wie seit Jahren nicht mehr.
Chloe saß zwar nicht mit tiefer Zufriedenheit, aber doch immerhin bereitwillig auf der Veranda und erwartete die bevorstehende Geburt dessen, wovon sich Slade erhoffte, es würde sein Pfad zur Unsterblichkeit sein. Sie sagte sich, daß sie China haßte. Sie würde ganz bestimmt kein Kind hier aufwachsen lassen.
Sie wollte aus diesem Land verschwinden, das ihr in diesen Jahren so viel genommen hatte. »Ich will China verlassen«, sagte sie laut vor sich hin und fing an zu weinen.
Am Morgen erwachte sie hustend und dachte: Ich habe letzte Nacht zuviel geweint. Den ganzen Morgen über wurde ihre Kehle immer wunder, und Schwindelgefühle überkamen sie, bis sie kaum noch im Zimmer herumlaufen konnte.
»Was fehlt dir?« fragte Slade, der von seinem Schreibtisch aufblickte. »Ist es soweit?«
Sie streckte eine Hand aus und sank auf das Bett. »Ich weiß es nicht.« Ihre Stimme war kaum mehr als ein Flüstern. »Es sollte eigentlich erst in einem Monat soweit sein. Aber ich fühle mich wirklich seltsam.«
»Ich werde den Arzt holen lassen«, sagte Slade und schnappte sich augenblicklich einen der Jungen, um ihm zu sagen, er solle zum Arzt laufen.
Doch der Arzt ließ Bescheid geben, er könnte nicht kommen, da in der Stadt die Krankheiten so sehr wüteten, daß er das Krankenhaus beim besten Willen nicht verlassen konnte. Slades Augen wurden härter, und Chloe fragte sich, ob das, was sich in ihnen spiegelte, Panik war. Sie konnte kaum den Kopf vom Kissen heben, das von ihrem Schweiß durchnäßt war.
»Ich werde sehen, ob ich den Marinearzt holen kann«, sagte Slade, ehe er aus dem Haus rannte. Als er Stunden später zurückkam, kam er ohne den Arzt.
»Niemand kann herkommen«, sagte er; seine Krawatte hing schief, und sein Kragen war aufgeknöpft. Sein Gesicht war von der Hitze und der Anstrengung gerötet. Und Chloe glühte vor Fieber, obwohl Su-lin neben ihr saß und ihr kalte Tücher auf den Kopf legte.

Slade konnte nicht stillsitzen. »Um Himmels willen, keiner dieser verdammten Ärzte kann ins Haus kommen. Arbuckle hat sogar gesagt, ich sollte mir gar nicht erst die Mühe machen, dich ins Krankenhaus zu bringen. Sie haben keinen Platz dort, und außerdem haben dort alle die eine oder andere ansteckende Krankheit. Dieses gottverdammte Klima.«

Chloe flüsterte etwas, und Slade beugte sich vor, damit er sie hören konnte. »Bitte, laß uns dieses Land verlassen.« Sie hatte sich den ganzen Tag lang übergeben und abwechselnd Schüttelfrost und Fieber gehabt.

Slade hielt ihren Kopf, als sie sich vorbeugte und sich in eine Schüssel erbrach. Das Fieber zehrte ihre Kräfte auf; gleichzeitig bewirkten heftige Krämpfe im Unterleib, daß sie die Hände darauf preßte und sich wie ein Embryo zusammenrollte und solche Schmerzen hatte, daß sie weinte.

Es herrschte Zwielicht, als Dr. Arbuckle dann doch kam. »Tut mir leid, Slade. Es ist ein Wunder, daß ich es überhaupt geschafft habe. Das sieht gar nicht gut aus«, murmelte er und zog die feuchten Laken zurück, um Chloe zu untersuchen. Sie spürte, wie seine Hände sie berührten, sie hörte Geflüster, und sie spürte, daß Slade sich auf das Bett setzte.

»Ist es Typhus?« hörte sie ihn fragen, obwohl seine Stimme so klang, als sei er eine Million Meilen von ihr entfernt.

Vielleicht nickte der Arzt, denn sie hörte keine Antwort.

Sie wußte nicht, wieviel später es war, als sie Dr. Arbuckles Stimme hörte, die durch den Raum schwebte und von der Wand zurückgeworfen wurde.

»Gott im Himmel«, sagte Slades Stimme.

Chloe versuchte, die Augen aufzuschlagen, doch das erforderte mehr Energie, als sie aufbieten konnte.

»Das Baby. Können Sie es nicht holen? Es ist schon fast fällig.«

Es trat eine Pause ein, und eine Sekunde lang glaubte Chloe, sie hätten sie allein gelassen und seien fortgegangen, doch dann spürte sie die Hand des Arztes auf ihrem Handgelenk, wie er ihr den Puls maß, und seine Stimme sagte: »Ich kann nur einen von beiden retten, Slade, sie oder das Baby. Ich kann sie nicht beide retten. Wer von beiden soll es sein?«

TEIL III

1928–1935

38

Während der langen Zeit ihrer Genesung war Slade sehr fürsorglich. Erst als sie langsam wieder zu Kräften kam, erzählte er ihr, daß Dr. Arbuckle gesagt hatte, sie könnte nie wieder ein Kind haben. Daisy war diejenige, die ihr berichtete, es sei ein Sohn gewesen. Slade hatte das nicht einmal erwähnt.

Er blieb an den Abenden zu Hause, wie er auch während der ganzen Zeit ihrer Krankheit und ihrer Genesung, an die sich Chloe kaum erinnern konnte, bei ihr geblieben war. Er saß auf einem Stuhl neben dem Bett und erzählte ihr, was sich in Schanghai und im übrigen China tat. Manchmal redete er sogar dann mit ihr, wenn sie nur zwischendurch einmal bei Bewußtsein war.

Er berichtete ihr, daß japanische Truppen nach Yenan vorgedrungen waren, doch sie hatte keine Ahnung, wo Yenan war. Irgendwo im Norden. Chiangs Armeen setzten sich nicht gegen sie zur Wehr, da er weit mehr darauf aus war, das auszurotten, worin er die größte aller Bedrohungen sah, die Kommunisten. Er war zu sehr damit beschäftigt, seine Armeen in die Provinzen im Westen zu schicken und zu versuchen, diese Provinzen der Kuomintang zu unterwerfen, und schenkte daher der Invasion einer Fremdmacht keine Beachtung.

Slade las ihr einen Brief von Ching-ling vor, in dem sie schrieb, Moskau hätte sie ernüchtert, und sie würde nach Berlin gehen. Alles in Rußland, schrieb sie, begründete sich auf Angst, und das war ganz bestimmt keine annehmbare Lebensweise. Sie hatte nicht den Eindruck, daß die sowjetischen Bauern besser dran waren als die chinesischen Bauern. Der Kommunismus hatte bisher noch nicht erreicht, was er sich vorgenommen hatte. Die derzeitigen Herrscher waren auch nicht besser als die Zaren, fand sie, ihnen lag entschieden mehr an der eigenen Macht als an ihrem Volk.

»Ich will nach Hause«, sagte Chloe immer wieder. »Zurück nach Amerika.«

Sie wollte einfach nur raus. Fort von diesem verdammten Land, das ihr so viel geraubt hatte. Vielleicht wäre es doch besser gewesen, wenn sie einen Jungen aus Oneonta geheiratet und das ewig gleichbleibende, monotone und friedliche Leben geführt hätte, das ihre Eltern wahrscheinlich führten. Dann hätte sie Kinder gehabt und im Sommer Picknicks mit ihnen veranstaltet, mit gefüllten Eiern und Kartoffelsalat, mit Dillgurken und Limonade. Und sie wäre in Cooperstown schwimmen gegangen, in dem kristallklaren Otsegosee. Sie hätte ihren Kindern auf dem Teich ihres Onkels das Schlittschuhlaufen beigebracht und ihre Arme um sie geschlungen, ihnen Gutenachtküsse gegeben, ihre Zartheit gespürt und ihre kindliche Reinheit gerochen. Ihre Lippen schmerzten vor Verlangen danach, ihre Kinder zu küssen, die sie niemals haben würde.

Eines Abends im Frühherbst sagte Slade dann schließlich: »Ich habe genau das Richtige gefunden, um dich aus dieser Depression rauszuholen. Sieh mal, es ist doch alles in Ordnung. Dann werden wir eben keine Kinder haben. Es gibt noch jede Menge anderes auf der Welt.«

»Möchtest du dich scheiden lassen?« fragte sie ihn mit ausdrucksloser Stimme. »Damit du Kinder mit einer anderen haben kannst?«

Er sah sie scharf an, und seine Stimme schnitt wie ein Messer in sie, als er antwortete: »Was ich möchte, ist, daß du wieder anfängst zu leben. Laß uns etwas unternehmen.«

»Ich will nach Hause.«

»Ich kann nicht von hier fortgehen. Und ich will es auch gar nicht. Wir hätten zu Hause auch drei Kinder verlieren können. Statt der Sache mit der Rikscha hättest du von einem Wagen angefahren werden können. Damien hätte sich Kinderlähmung oder Diphtherie zuziehen können. Du hättest dir anstelle von Typhus jede Menge anderer Krankheiten holen können. Es liegt nicht nur an diesem Land. Das Schicksal hat es so gewollt. Also, was ich mir überlegt habe ...«

Sie schaute ihn an, als er mit ihr redete, und sie dachte darüber nach, daß sie sich eigentlich gar nicht kannten. Vielleicht hatten sie einander nie gekannt. Man hatte bestimmt keine Chance, jemanden kennenzulernen, wenn man eine Woche lang in Chica-

go lachte, Händchen hielt und sich küßte. Und das war schließlich alles, was sie mit ihm erlebt hatte, ehe sie sich auf Gedeih und Verderb mit ihm verbunden hatte. Sie fragte sich, ob sie ihn liebte. Seit Jahren hatte sie sich ihm nicht mehr nahe gefühlt. Sie hatte ihm übelgenommen, wie er auf den Zwischenfall im Blauen Expreß reagiert hatte, und grollte ihm deswegen noch immer. Jetzt nahm sie ihm den Umstand übel, daß er nicht Nikolai war. Daß dieses letzte Baby nicht bei ihm bewirkte, daß er genauso deprimiert und resigniert war wie sie. Das letzte Baby aller Zeiten. Jetzt würde es für ihn keine Unsterblichkeit mehr geben.
Sie schloß die Augen, und die Worte sprudelten weiterhin aus ihm heraus. Gegen ihren Willen hörte sie ihm zu.
»... die zwei größten Bedrohungen, wie ich das sehe, sind, außer den Japsen, die Kommunisten und ...«
»Ich dachte, Chiang hätte sie sich alle vom Hals geschafft, als er einen Preis auf Nikolais Kopf ausgesetzt hat. Er hat doch jeden mit dem kleinsten Linksdrall im weiten Umkreis abgeschlachtet.«
Slade lächelte. Es war das erste Mal, daß Chloe Energie in irgendein Gespräch steckte. »Sie halten sich verborgen. Oben in den Bergen von Hunan. Dort oben gibt es einen jungen Rebellen, der eine Schar von ihnen anführt und sie militärisch ausbildet. Und den würde ich gern interviewen. Mao irgendwas. Ich glaube, er heißt Mao Tse-tung. Niemand weiß wirklich, wo er sich aufhält, aber ich möchte gern, daß wir uns auf die Suche nach ihm machen. Er ist ein junger Kerl von Anfang Dreißig, etwa in meinem Alter. Kannst du dir das vorstellen? Daß jemand in meinem Alter versucht, ein ganzes Land zu bekämpfen?«
»*Wir?* Du willst, daß *wir* dort hingehen?« Chloe setzte sich auf und öffnete die Augen.
»Nun, meinst du nicht, das könnte genau das sein, was der Arzt dir verordnet hat? Da geht nicht nur irgendein amerikanischer Journalist ins Hinterland, sondern er geht mit seiner Frau hin. Sieh dir doch an, was du bereits getan hast. Diese Geschichte in dem ersten Jahr, das wir hier verbracht haben, als Ching-ling und Nick und du euch aus dem Haus der Suns in Kanton schleichen mußtet.« Er konnte sich nicht dazu durchringen, den Blauen Expreß zu erwähnen. »In Wuhan hast du mit Ching-ling und Nick zusam-

mengearbeitet. Dann diese Flucht durch die Wüste Gobi. Mein Gott, Chloe, ich verhelfe dir zu Ruhm, ob du es nun weißt oder nicht.«

Sie drehte sich auf die Seite und legte die Hände unter ihre Wange, die auf dem Kissen lag.

Er nickte mit glänzenden Augen. »Und dann gibt es da irgendwo hoch oben im Norden einen Warlord, einen General Lu-tang, der den Japsen die Hölle heiß macht. Er scheint der einzige zu sein, der sie bekämpft. Er ist kein Kommunist, aber nach allem, was ich gehört habe, ist er wütend darüber, daß Chiang das Vordringen der Japse auf chinesischen Boden ignoriert. Er ist also gegen Chiang, gegen die Kommunisten und für China, und das in einem Land, in dem Warlords gewöhnlich für nichts anderes als ihr eigenes kleines Stück Land eintreten. Mir scheint, das sind zwei Gegner, die Chiang liebend gern aufspüren und köpfen lassen würde. Oder wahrscheinlich garrottieren. Jetzt sag schon, daß du Lust hast mitzukommen. Das werden tolle Interviews.«

»Falls du die beiden finden kannst«, sagte Chloe und erkannte dann, daß sie kaltes Wasser auf seinen Enthusiasmus schüttete. Gleichzeitig spürte sie, wie Spannung in ihr aufstieg, zum ersten Mal seit Ulan Bator. Zum ersten Mal seit einem Jahr.

»Frag mich nicht, wie ich an den gekommen bin.« Slade grinste und stellte einen Fuß auf das Trittbrett des riesigen Stutz Bearcat. Es war der längste Wagen, den Chloe je gesehen hatte. »Er hat eindeutig bessere Zeiten erlebt, aber er ist fahrtüchtig, habe ich mir sagen lassen. Es wird sein, als würden wir Camping machen.«

Aber so war es nicht. Sie machten nachts in schmutzigen kleinen chinesischen Gasthäusern Rast, von denen manche nicht in Zimmer unterteilt waren, und dort waren sie gezwungen, mit etwa einem Dutzend anderer Personen, ausschließlich Männern, auf dem Fußboden zu schlafen.

Die Gegend hier mit ihren Reisfeldern und ihren Erdnußfeldern, das Land, in dem auf terrassenförmig angelegten Hügeln Teepflanzen wuchsen, unterschied sich kraß von allem anderen, was sie bisher gesehen hatte. Es war so ganz anders als das ausgedörrte unfruchtbare Gebiet nördlich der Chinesischen Mauer und auch ganz anders als die Strecke nach Peking oder Sian. Sie waren in den Südwesten aufgebrochen, und sie kamen durch primitive Ortschaften, in denen man noch nie Weiße zu sehen bekommen hatte, Dörfer, die noch genauso waren wie vor tausend Jahren und in denen Wasserräder von Kindern und von Frauen bedient wurden, wenn keine Arbeitstiere zur Verfügung standen. Je weiter sie kamen, desto hügeliger wurde die Gegend; Kiefern verströmten ihren Duft, und Wolken hingen über den Kuppen der Hügel, die allmählich zu Bergen wurden. Automobile oder Lastwagen waren vor ihnen hier gewesen, das konnten sie sehen, denn sie hatten tiefe Reifenspuren hinterlassen. Aber schließlich mußten sie den Wagen dann stehen lassen und ihre Rucksäcke schultern. Chloe trug derbes Schuhwerk und eine Hose von Su-lin, wie sie die Kulis und die Bauern trugen, und diese Hose wurde von der größten Sicherheitsnadel, die sie hatte finden können, an ihrer Taille zusammengehalten. Sie ertappte sich dabei, daß sie zum ersten Mal seit mehr als einem Jahr lachte. Slade nahm sie lächelnd an der Hand.

Man hatte ihnen gesagt, daß Maos bunt zusammengewürfelte Armee ihr Lager auf dem Gipfel eines Berges aufgeschlagen hatte. Auf dem Weg kamen sie an Männern in Lumpen vorbei, die über kleinen Feuern Essen kochten. »Ich frage mich, ob das ihre Waffen sind«, sagte Slade versonnen und sah auf die Schaufeln und Hacken, die die Männer neben sich lehnen hatten. »Wenn ja, dann glaube ich nicht, daß diese Armee für Chiang eine Bedrohung darstellt.«

Es schien tatsächlich ein kunterbuntes Gemisch zu sein, alle, an denen sie vorbeikamen, kleine Gruppen von Männern, die sie mißtrauisch betrachteten, sie aber nicht aufzuhalten versuchten. Sie waren alle ausgezehrt und abgemagert. Und doch lachten sie. Glut strahlte in ihren tiefliegenden Augen.

Am späten Nachmittag erreichten Chloe und Slade den Gipfel und schwitzten trotz der kühlen Oktoberluft. Hier flatterte eine rote Flagge im Wind. Auf ihr setzten sich ein schwarzer Hammer und eine schwarze Sichel als scharfer Kontrast gegen einen weißen Stern ab.

Ein großer junger Mann, größer als alle Chinesen bis auf die aus dem Norden, tauchte aus dem Tempel auf, der nur einer von etlichen alten steinernen Bauten auf dem Berggipfel war. Er musterte sie mit hochgezogenen Augenbrauen, sagte kein Wort und wartete, bis Slade das Gespräch begann.

Slade stellte sich und Chloe vor und erklärte, daß sie sich ein Interview mit Mao erhofften. Sie würden gern seine Sicht der Lage an die Außenwelt weitergeben. Der junge Mann wandte sich ab, ließ sie stehen und betrat wieder den Tempel. Slade stellte seinen Rucksack ab und half Chloe, ihren Rucksack abzuschnallen. Sie war müde und sehnte sich nach einem Glas Wasser. Sie strich sich das Haar aus den Augen. Zehn Minuten später kehrte der junge Mann zurück und sagte: »Folgen Sie mir.«

Im Tempel roch es nach Moder, Feuchtigkeit und grauer Vorzeit. Sie liefen durch die dunklen Hallen zur Rückseite des Tempels und fanden dort in einem zellenartigen klösterlichen Raum einen schlanken jungen Mann vor, der an einem Schreibtisch saß. Er trug die zerknitterte blaue Kleidung der chinesischen Bauern, doch seine Sachen waren sauberer als die der meisten anderen. Er drückte eine Zigarette aus, die er in tabakfleckigen Fingern hielt, und als er sie anlächelte, konnte Chloe sehen, daß auch seine Zähne vom Rauchen verfärbt waren. Er wirkte wie ein Intellektueller, der sich als Bauer verkleidet hatte. Im Gegensatz zu den meisten Orientalen sah er ihnen direkt ins Gesicht.

Er wies auf zwei Holzstühle, blieb selbst sitzen und fragte: »So? Sie wollen also der Welt unsere Geschichte berichten?«

Slade sagte ja, genau das täte er gern.

Mao nickte mehrmals und sagte dann: »Die Welt interessiert mich nicht. Ich wünsche mir, daß andere Chinesen von uns erfahren und daß sie wissen, wofür und wogegen wir kämpfen und was wir für unser Land und unsere Völker erreichen wollen. Die große Mehrheit kann nicht lesen, und daher müssen wir sie auf andere Weise unterrichten. Die Leute sollen sehen, was wir in der Praxis tun, und wir wollen ihre Begeisterung damit anfachen, daß wir sie wissen lassen, daß ihr Los nicht immer so bleiben muß, wie es bisher ausgesehen hat, daß wir, wenn wir uns verbünden ...« Er zündete sich eine Zigarette an und hielt Slade das zerquetschte Päckchen hin. »Ah, ein Amerikaner, der nicht raucht.«

Chloe fragte sich, ob er es ungewöhnlich fand, daß eine Frau hier oben in den Bergen auftauchte. Als könnte er ihre Gedanken lesen, wandte er sich an sie und sagte: »Wir haben hier eine ganze Reihe von Frauen. In unserer Gesellschaft sind Frauen den Männern gleichgestellt. Alle Menschen sind gleich.« In seiner Stimme drückte sich Stolz aus.

»In unserem Land auch«, sagte Slade von sich aus, und Chloe sah ihn an und fragte sich, ob er an seine eigenen Worte glaubte. Waren Maos Worte ebenso hohl wie die von Slade? Oder glaubten beide an das, was sie sagten?

Chloe sah sich den Mann genauer an, von dem Slade gesagt hatte, er sei ein revolutionärer Anführer. Er entsprach keinem der Bilder, die sie sich in ihrer Vorstellung von ihm gemacht hatte. Seine Haut war so zart wie die einer Frau, und er hatte sein Haar in der Mitte gescheitelt. Eine auffällige und, wie Chloe fand, häßliche Warze sprang unter seiner Unterlippe vor.

»Der russische Kommunismus ist nicht das Richtige für China«, hörte sie Mao sagen. »Dort sind es die Fabrikarbeiter, die das Volk angeführt haben. Hier müssen es die Bauern sein.« Genau das hatte Nikolai auch gesagt.

Er lehnte sich zurück und zündete sich an einer Zigarette die nächste an. »Meine Landsleute werden sich erheben und zu einer Flutwelle ansteigen, die so gewaltig ist, daß der Gelbe Fluß nichts dagegen ist. Eines Tages werden wir uns den Gelben Fluß und den Jangtsekiang nutzbar machen, aber wir werden niemals das Volk ausbeuten. Das Volk wird die Freiheit finden. Die Leute werden nie mehr an Hunger sterben. Wir werden ihnen zeigen, was sich durch Stärke erreichen läßt.«

»Und wie werden Sie das anfangen?« fragte Slade.

»Wir werden so unbändig sein, daß keine Macht auf Erden uns aufhalten kann. Wir werden das Land überschwemmen und den Imperialismus und die Gewohnheiten abschütteln, die uns unterjochen.«

»Was für Gewohnheiten meinen Sie?« fragte Slade.

Der junge Chinese sah ihn an, als sei Slade ein etwas leicht beschränktes Kind. »Das Opium zum Beispiel. Es wird für illegal erklärt werden.« Er beugte sich vor und stützte die Ellbogen vor sich

auf den Tisch. »Wissen Sie, welche Strafe derzeit bei uns auf das Rauchen von Opium steht? Der Tod. Wenn die Bauern sich uns anschließen, warnen wir sie.« Er lächelte. »Meine Überzeugungskraft macht es möglich, daß sich uns sogar Bandenführer mit ihren Gangsterbanden anschließen können. Aber vorher müssen sie dem Gebrauch von Opium abschwören. Sowie sie mit dieser Gewohnheit brechen, schleicht sich neue Energie in ihre Körper ein.«
Slade wollte gerade etwas sagen, wurde aber von dem Eintreten eines großen Mannes unterbrochen, der gebildet wirkte und jetzt ankündigte, das Abendessen sei aufgetragen worden. Es sei ihnen eine Ehre, Slade und Chloe zu Gast zu haben, obgleich es nur ein bescheidenes Mahl sei. Selbstverständlich stand es ihnen auch frei, über Nacht zu bleiben.
Chloe hatte kein Wort gesagt, und trotz seiner Beteuerung, Frauen seien in seiner kommunistischen Gesellschaft gleichberechtigt, hatte Mao sich im Gespräch nicht an sie gewandt.

Vier Tage lang blieben sie mit Mao und seinem buntgescheckten Heer auf dem Berg. Der junge chinesische Revolutionär las ihnen Gedichte vor, die er geschrieben hatte, und erklärte ihnen, er glaube fest daran, daß das chinesische Volk, wenn es erst einmal bewußt die Bedingungen im Land wahrnahm, keinen Führer brauchen würde. Das Volk könne sich selbst regieren.
Diesmal stellte Chloe eine Frage. »Ist das nicht Anarchie?«
Mao sah ihr in die Augen. »Es wird kein Bedarf an Führern des Volkes bestehen, wenn alle alles miteinander teilen, und zwar zu gleichen Teilen teilen. Es wird keine Verbrechen mehr geben, keine Korruption, keine Selbstsucht. Aber vorher müssen wir die Massen wachrütteln.«
»Und was ist mit den Japanern?« fragte Slade.
»Sie müssen aus dem Land vertrieben werden, ebenso wie die Amerikaner, die Engländer, die Deutschen, die Franzosen, die Belgier ...«
»Aber im Gegensatz zu den Japanern stürmen die Europäer nicht Ihre Ostküste und eignen sich nicht Ihr Land an.«
»Was die Europäer in den letzten Jahrhunderten getan haben, ist auf das gleiche hinausgelaufen«, sagte Mao mit ruhiger Stimme.

»Wir werden alle Ausländer rauswerfen, sämtliche Imperialisten. China den Chinesen.«
»Glauben Sie, daß die Japaner über die Provinz Schantung hinaus noch weiter ins Land eindringen werden?« fragte Chloe. Slade sah sie überrascht an.
Mao wandte sich an sie. »Wer weiß? Ich traue keinen Ausländern. Sie glauben alle, China sei ein großer Kuchen, den sie untereinander aufteilen können. Das chinesische Volk interessiert sie nicht. Aber wenn Japan den Weg weiterverfolgt, den es eingeschlagen zu haben scheint, dann müssen die Japaner zurückgeschlagen werden, ehe China sich vereinigen kann. Chiang ist blind. Er hält uns für seinen Feind. In Wirklichkeit sind es die Ausländer.«
»Aber wenn Sie gewinnen«, verfolgte Chloe das Thema weiter, »dann werden Sie über China bestimmen, und Chiang wird entmachtet. Also sind auch Sie sein Feind.«
Mao nickte. »Aber wir sind nicht der Feind Chinas. Wir sind gegen alle, die das chinesische Volk unterjochen wollen. Chiang geht es weder um China, noch um die Chinesen. Darin liegt der Unterschied.«
»Woher wollen Sie wissen, daß Ihr Weg der richtige ist?« warf Slade ein. »Vielleicht stellt sich Chiang gar nicht gegen das Volk, wie Sie zu glauben scheinen.«
Chloe rief entgeistert aus: »Slade, das glaubst du doch selbst nicht!«
Wut blitzte aus den Augen ihres Mannes, doch dann gewann er die Fassung wieder, wurde locker und lächelte Mao mit kindlicher Unschuld an. »Stimmt. Aber ich dachte, ich könnte den Advocatus Diaboli spielen. Soweit ich weiß, ist keine dieser Faktionen wirklich am chinesischen Volk interessiert. Vielleicht liegt ihnen mehr an ihren Ideen als an den Menschen.«
»Wir werden auf dem Weg zu unserem Ziel keine Bauern töten. Wir versuchen, sie zu bekehren. Falls das nicht möglich ist, werden wir schnell weiterziehen und hoffen, daß es nicht allzu lange dauern wird, bis wir Schulen gründen können, in denen sie etwas lernen und auf diese Weise bekehrt werden.«
»Was Sie sagen, erinnert mich sehr an die Worte einer guten Freundin von mir«, sagte Chloe. »Madame Sun Yat-sen.«

Maos Augen strahlten zum ersten Mal. »Ich hatte bisher noch nicht das Vergnügen, ihr zu begegnen, aber sie ist mit Sicherheit meinen Landsleuten haushoch überlegen und meilenweit voraus. Ihr Mann und ihr Vater haben hart daran gearbeitet, beim Sturz der Mandschus mitzuhelfen, und sie arbeitet an der Zukunft unseres Landes. Ich hoffe, daß unsere Pfade sich eines Tages kreuzen werden.«

Am nächsten Morgen stiegen Slade und Chloe den Berg hinunter und hofften, daß der Stutz Bearcat noch da war. Er war noch da. Während Slade den Motor tuckernd anließ, fragte Chloe: »Also, was hältst du von ihm?«

Nachdem er seinen Kompaß zu Rate gezogen hatte, fuhr Slade durch die zerfurchten Felder. Lange Zeit gab er keine Antwort auf ihre Frage. Schließlich sagte er dann: »Ich mußte mich oft zusammenreißen, um nicht über ihn zu lachen. Er ist naiv und kindlich, und er ist ein Träumer. Er und seine kleine Armee sind wie Stechmücken – vielleicht lästig, aber sie stellen für niemanden eine Bedrohung dar. Sie werden den Bauern weder helfen noch sie behindern. Sie sind wie ein Heer von Spielzeugsoldaten, und Mao schreibt lieber Gedichte und philosophiert, als Strategien zu planen.«

Chloe legte ihren Arm auf die Rücklehne des Sitzes. »Er jagt mir Angst ein«, sagte sie.

Slade schaute sie an und lachte. »Er jagt dir Angst ein? Ich fand ihn alles andere als beängstigend.«

»Hast du nicht diesen Ausdruck in seinen Augen gesehen?« fragte sie. »Er mag zwar das sein, was du einen Träumer nennst, aber seine Augen spiegeln den Fanatismus eines Idealisten wider. Er wird nicht aufgeben, ehe er bekommen hat, was er will.«

»Und was ist mit Ching-ling? Und Nick? Beide sind Idealisten und Träumer. Und doch jagen sie dir keine Angst ein.«

»Von diesem Mao geht etwas anderes aus. Ich glaube, er würde Bauern töten, um zu kriegen, was er will.«

»Chloe, das bildest du dir alles nur ein. Meine Güte, dieser Mann ist sanftmütig und ein bißchen verrückt, und er sieht den Wald vor lauter Bäumen nicht!«

»Trotzdem«, murmelte Chloe, »hat er etwas an sich, was mir gar nicht gefällt.«
»Chiang paßt dir auch nicht.«
»Ich glaube, keiner dieser beiden Männer täte China gut«, sagte sie und kniff trotzig die Lippen zusammen.
Slade lachte. »Aber warum sollten Chiang oder Mao auch anders sein? In der gesamten Geschichte Chinas hat es nie jemanden gegeben, der zum Wohle der Chinesen über China herrschen wollte. Vielleicht erweist sich dieser General Lu-tang als aus anderem Holz geschnitzt.«

39

Sie waren wieder in ein Gebirge aufgebrochen, in dem es keine Straßen gab, und nachts machten sie in Gasthäusern am Weg Rast.

»Erzähl mir etwas über diesen General Lu-tang«, sagte Chloe, die auf dem Bauch lag und nur hoffte, daß die Schmerzen nachlassen würden. Es war Jahre her, seit sie auf einem Pferd geritten war. Sie hatte den Verdacht, daß Slade auch Beschwerden hatte, es aber nicht zugeben wollte.

»Ich weiß selbst nicht allzuviel über ihn«, sagte Slade, um ihre Frage nach dem Warlord zu beantworten, der es ihnen wert war, tausend Meilen zu bewältigen, um ihn aufzuspüren. »Offensichtlich ist er ausgesprochen untypisch. Er scheint eher das Gesamtgeschehen zu begreifen, als sich um sein eigenes kleines Stück Land zu sorgen. Nach allem, was man über ihn hört, ist er eine Art Robin Hood. Er scheint keine Reichtümer für sich selbst anzuhäufen, wenn man glauben darf, was so geredet wird. Er kämpft gegen jeden Feind, seien es andere Warlords oder Japaner, die unbefugt in Gebiete vordringen, die zu verteidigen er gelobt hat. Er wird von den Leuten in seinem Bezirk nicht gefürchtet, obwohl er für seine schnellen und brutalen Strafmaßnahmen berüchtigt ist ... nicht etwa den Menschen gegenüber, die er beschützt, sondern seinen Feinden gegenüber. Er hat mehr Angriffe gegen die Japse geführt als jeder andere; er ist der Meinung, wenn er sie hier oben im äußersten Osten abwehren kann, kann er vielleicht das restliche China vor ihnen bewahren – so als hätte er einem ganzen *Land* gegenüber Verpflichtungen. Er muß einer der wenigen Chinesen sein, die etwas wahrnehmen, was weit über die eigene Person und egoistische Interessen hinausgeht und sich nicht auf die nähere Umgebung beschränkt. Das trifft nur auf ihn und auf Mao zu, falls man ihnen glauben darf. Wie du weißt, ist das bei Chinesen eine Seltenheit. Die meisten Chinesen könnten sich noch nicht einmal einen Begriff davon machen, was ein ganzes Land ist.«

»Es ist ein schlafender Riese, nicht wahr?« Chloe schloß die Augen und stützte weiterhin ihr Kinn auf die Hände. »Ich meine, kannst du dir ausmalen, was passieren wird, wenn all diese Menschen erst einmal begriffen haben, daß sie das größte Land auf Erden sind, zumindest, was die Bevölkerungszahl angeht? Kannst du dir vorstellen, welchen Einfluß sie erringen können, wenn sie erst einmal Wissen über die Außenwelt erlangen?«
»Du hast Ching-ling und Nick gut zugehört.« Slade ließ sich auf einen Stuhl sinken, saß aber mehr auf der Hüfte als wirklich auf seiner Kehrseite. »China wird zu unseren Lebzeiten nicht erwachen. Wie könnte es das auch? Dazu bräuchte es Radios, Telefone, Kommunikation und Schulen. Chiang wird das nicht zulassen. Und zwar nicht nur deshalb, weil er keine Steuergelder dafür ausgeben will, sondern auch, weil er gar nicht will, daß die Chinesen Bildung erlangen.« Slade zog bestürzt an seinem Ohr.
»Er will nicht, daß all diese Millionen von Bauern erfahren, was in China vorgeht, stimmt's?« fragte Chloe, die diesen Gedankenaustausch mit ihrem Mann genoß.
Slade nickte zustimmend. »Er will den Status quo aufrechterhalten. Weißt du, sie sind kaum besser dran als Sklaven. Diese Menschen haben so gut wie keinen Einfluß auf ihr eigenes Leben. Felder werden von Heuschrecken leergefressen, Dürren brechen über das Land herein, und Überschwemmungen treiben alles, was sie erreichen, vor sich her ins Meer. Seuchen, Krankheiten. Mein Gott, Chloe, gibt es irgendein anderes Land auf Erden, das mit so viel verdammtem Pech gestraft ist?«
»Überschwemmungen kann man mit Deichen eindämmen und ...«
»Ja, gut, und was kann man gegen Trockenzeiten unternehmen? Wie sollen moderne Ackerbaumethoden eingeführt werden? Wie sollen fast eine halbe Milliarde Menschen so viel Bildung und Wissen erlangen, daß sie lernen, wie sie sich selbst ernähren können? Verdammt, sie wissen noch nicht einmal, wer die Japaner sind, ganz zu schweigen davon, daß sie sich Übergriffe auf Land leisten, das sie noch nie gesehen oder von dem sie noch nie gehört haben. Warum sollten sie für China kämpfen, einen Begriff, den sie noch nicht einmal fassen können?«
Chloe warf einen Blick auf ihn. »Warum gefällt es dir dann hier so

gut? Du stellst es hin, als sei ohnehin alles hoffnungslos. Und doch willst du nicht von hier fortgehen.«

Er grinste und zuckte die Achseln. »Weil die Chance besteht, daß ich mich irre. Ich möchte mich irren. Ich möchte sehen, daß diese Bauern erwachen, sich auflehnen und sagen: ›Verdammt noch mal, dieses Land gehört uns. Nicht den Japanern. Nicht den Briten. Nicht den Amerikanern oder den Franzosen oder den Deutschen ...‹«

»Nun, die Deutschen sind ja nicht mehr hier.« Sie drehte sich auf die Seite und stand auf. Sie wünschte, sie hätte irgend etwas gehabt, womit sie ihre vom Reiten wundgescheuerten Stellen hätte einreiben können. Oder sich gleich hineinsetzen. Etwas Kühles und Schmerzlinderndes. »Viele der Chinesen in Schanghai und Peking wissen ...«

»Ja, sicher. Die, die da sind, wo sich das Geschehen abspielt und wo geredet wird. Aber ist dir klar, wie viele von den Menschen hier isoliert und abgeschieden leben und alles noch genauso machen, wie es ihre Vorfahren vor tausend Jahren getan haben?« Aus seiner Stimme klang gereizte Ungeduld.

»Und jetzt erzähl mir etwas über diesen General.« Sie stand auf, ging zu dem Porzellankrug mit heißem Wasser und schenkte sich eine Tasse Wasser ein.

»Er hat *Bewußtsein*. Tatsächlich sind die regionalen Warlords manchmal besser unterrichtet und sehen die wechselnden Winde als Vorboten der Zukunft an. Sie müssen wissen, *ob* sie kämpfen sollen und gegen *wen* und ob ihre Position gefährdet ist. Viele der Warlords schwören Chiang Gehorsam, und das nicht etwa, weil sie es wollen, sondern weil sie wissen, daß die Grüne Bande Fangarme hat, die weit reichen und sie ausrotten können. Die Grüne Bande hat Chiang in der Hand wie eine Marionette, an deren Fäden sie zieht, da brauchst du dir nichts vorzumachen. Die geben keinen Pfifferling auf China. Sie lieben das Geld und die Macht. Und das war es auch schon. Vielleicht in umgekehrter Reihenfolge. Und sie haben China in der Hand. Und setzen alles durch. Ich meine, sie bekommen buchstäblich *alles,* was sie wollen.«

»Meine Frage hast du damit allerdings nicht beantwortet.« Sie trank den lauwarmen Tee und trat an den schmalen Schlitz in der

Wand, der ein Fenster sein sollte. Es war ohnehin zu dunkel, um etwas zu sehen.

Er lachte. »Nein, ich vermute, ich bin vom Thema abgekommen, stimmt's? Vielleicht sind wir deshalb auf dem Weg zu ihm. Niemand scheint es zu wissen. Er ist nicht direkt ein Bandit. Er ist ein Warlord, aber er ist gleichzeitig auch noch etwas anderes. Er scheint eine gewisse Bildung zu besitzen. Er ist grausam gegenüber Feinden und doch mitfühlend gegenüber den Menschen, die zu beschützen er gelobt hat, falls die Geschichten, die ich gehört habe, wahr sind. Er ist aufgebracht über das, was sich bei Chiang und den Japsen tut, und doch kann er die Kommunisten nicht ausstehen. Ich weiß nicht, was er will. Vielleicht will er ganz einfach nur die Japaner aus China vertreiben. Meine Informationen besagen, daß er Chiang und der Grünen Bande äußerst kritisch gegenübersteht, aber diese Informationen habe ich nur aus dritter Hand. Alles, was ich weiß, ist, daß es spannend zu sein scheint, als sei er jemand, der versucht, sich den beiden Kräften entgegenzustellen, die sich in China in den Haaren liegen, der in Japan den größten Feind sieht und Chiang dafür verabscheut, daß er sich damit nicht auseinandersetzt. Mein Gott, Chloe, ich weiß es nicht. Genau das werden wir herausfinden.«

In der Zwischenzeit spürte sie zum ersten Mal seit langem wieder Freude an allem. Sie sah China von seinen entlegenen Pfaden aus, von Kamelen, von nicht vorhandenen Wegen und zu Fuß, von Lastwagen und Autos aus und von den schmalen Pässen, die sich durch die Berge wanden. Es machte ihr bei weitem mehr Spaß, unter den Sternen zu schlafen als in diesen übelriechenden Rasthäusern, auf die sie zwischendurch stießen. Immer wieder fanden sie Bergführer, die bereit waren, sie gegen ein Entgelt zum nächsten Dorf zu bringen. Sie hatten sich durch die Wildnis im Nordosten durchgeschlagen, um irgendwo in die Nähe von Yenan zu gelangen, das die Japaner bereits eingenommen hatten. General Lu-tang hielt sich irgendwo dort oben auf und bekämpfte sie. Sie hoffte, daß er es nicht nur mit Schaufeln und mit Hacken tat.

Sie folgten dem Bergführer, der jetzt schon seit drei Tagen bei ihnen war, weit länger als jedem der anderen, die sie schlichtweg von einer Ortschaft zur nächsten geführt hatten. Natürlich waren sie in den letzten zweieinhalb Tagen durch keine Ortschaften mehr gekommen. Dieser Bergführer war jung, wahrscheinlich kaum mehr als sechzehn Jahre alt, und er war so groß wie die Nordchinesen. Er sagte selten etwas, aber er war freundlich und lächelte, wenn sie ihm Fragen stellten. In seinen schwarzen Augen schimmerte Intelligenz, und er lief über diese engen, ausgetretenen Pfade, ohne auch nur auf den Boden schauen zu müssen, um zu sehen, ob ihm ein Stein oder eine Wurzel im Weg war. Seine Füße berührten den Lehmpfad, als sei er mit jedem einzelnen Quadratzentimeter vertraut.

Als Slade ihn danach fragte, nickte der junge Mann und sagte: »Ich habe mein ganzes Leben in diesen Bergen verbracht.«

Chloe fand ihn ausgesprochen schön, wünschte aber doch, er hätte ihre Fragen beantwortet, statt sie zu belächeln. Er war sehr geschickt darin, ihre Fragen in einer Form zu beantworten, die ihnen für kurze Zeit das Gefühl vermittelte, Antworten erhalten zu haben, doch schon bald darauf wurde ihnen klar, daß er es nahezu gänzlich vermieden hatte, eine Antwort zu geben. Er wußte immer, wo er genau dann Wasser finden konnte, wenn Chloe glaubte, an ihrem Durst einzugehen. Als sie am vierten Morgen ihrer Überquerung dieser Berge mit ihm aufwachte, war er verschwunden.

Im ersten Moment glaubte sie, er sei nur für seine morgendliche Toilette fortgegangen. Sie blieb liegen und beobachtete, wie die Sonne hinter den zerklüfteten Gipfeln im Osten aufging und goldene und hellrote Finger in den Himmel streckte. Kein Laut war zu vernehmen, keine Vogelstimmen, kein Vogelgezwitscher, keine Bewegungen von Tieren ... nichts. Sie setzte sich kerzengerade auf. Die Pferde waren auch verschwunden. Sie beugte sich herüber und stieß Slade an, bis er wach wurde. »Unser Bergführer ist verschwunden«, sagte sie und bemühte sich, keine Panik in ihre Stimme geraten zu lassen. »Und die Pferde sind auch weg.«

Mit einer einzigen flüssigen Bewegung schlüpfte Slade aus seinem Schlafsack und rannte in die Richtung, in der sie die Pferde am vergangenen Abend mit zusammengebundenen Füßen zurückgelassen hatten. Er blieb stehen, als nicht das leiseste Anzeichen von ihnen zu entdecken war. Dann drehte er sich um und schaute über

die Landschaft. Sie waren nach allen Seiten von einer Hügelkette hinter der anderen umgeben. Den ruckhaften Bewegungen, mit denen er den Kopf drehte, konnte Chloe entnehmen, daß auch er bestürzt war.
Woher waren sie gestern abend gekommen? Sie wußte, daß sie ursprünglich aus dem Südwesten gekommen waren, und der Stand der Sonne zeigte ihnen, wo Osten war. Aber wohin gingen sie? In all diesen Tagen hatten zahllose Pfade von dem Weg abgeführt, den sie eingeschlagen hatten, so verzweigt wie die Linien einer Hand. Chloe hatte sich oft gefragt, woher der Junge wußte, welchem der Lehmwege sie folgen mußten. Manchmal zweigten im Abstand von wenigen Metern hintereinander drei oder vier weitere Wege ab. Wenn sie auf sich selbst gestellt waren, mußten sie sich zwangsläufig verirren.
»Verdammt noch mal«, sagte Slade, der sich bückte, um seine Hose aufzuheben und erst mit einem Bein, dann mit dem anderen hineinzuschlüpfen. Mitten auf dem Pfad stand eine Wasserflasche, und daneben lagen zwei kleine harte Kekse. Es war ganz so, als hätte ihr Bergführer noch einen letzten rücksichtsvollen Akt begangen, ehe er die Pferde gestohlen hatte und verschwunden war, ehe er sie dazu verdammt hatte, für alle Zeiten in Vergessenheit zu geraten. Sie würden niemals einen Weg heraus aus diesem Gebirge finden. Und das hatte er gewußt.
Aber Slade sah den Fall anders. »Er wird zurückkommen«, prophezeite er.
»Wie kannst du das so sicher sagen?« fragte Chloe. Sie schlang in der kühlen Morgenluft die Arme um sich und stampfte mit den Füßen auf den Boden, um ihren Kreislauf in Schwung zu bringen.
»Ich bin nicht sicher, aber intuitiv habe ich das Gefühl. Er ist fortgegangen, um jemandem über uns zu berichten. Wahrscheinlich ist er einer der Männer des Generals. Er wird Meldung über uns erstatten. Und der General wird entscheiden, ob er uns empfängt, ob wir uns hier verirren sollen oder ob er uns zurückschickt – oder ob er uns Schnitzeljagd spielen läßt. Ich glaube, er will, daß wir hier, an Ort und Stelle, auf ihn warten, und die Pferde hat er nur mitgenommen, damit wir uns *nicht* verirren, damit wir *nicht* versuchen fortzureiten und dabei auf die falschen

Pfade geraten. Zu Fuß kommen wir nicht weit. Ich bin dafür, daß wir hier warten, damit er uns mühelos wiederfinden kann. He, komm her. Solange wir ohnehin warten müssen, könnten wir ein bißchen schmusen. So bei Sonnenaufgang auf einem Berggipfel in China siehst du zwar etwas zerzaust, aber äußerst verführerisch aus.«

Er streckte ihr eine Hand entgegen, und sie kam auf ihn zu. Als sie seine Hand nahm, zog er sie zu sich herunter, um sie zu küssen. »Du hast dich auf dieser ganzen Reise nicht ein einziges Mal beklagt. Weder auf dem Weg zu Mao, noch auf dem Weg zu diesem anderen Kerl. Darf ich diesen Zeitpunkt dafür nutzen, dir zu sagen, wie sehr ich das zu schätzen weiß, mein liebes Eheweib?« Und er küßte sie wieder, und seine Hand griff in ihre Bluse und berührte ihre Brust. Er sah ihr in die Augen und begann, ihre Bluse aufzuknöpfen, und dann beugte er sich vor, um sie auf den Hals zu küssen, ehe er seine Zunge über ihre Brust gleiten ließ und zart an ihrer Brustwarze knabberte. Sie seufzte und ließ zu, daß sie ihre Angst vergaß und auf Slades Berührungen reagierte, auf seine Hände und auf seine Lippen.

»Komm schon«, flüsterte er, »es ist niemand in der Nähe. Wir wollen uns auf einem Berggipfel lieben, auf dem uns nur die Sonne sehen kann.« Er zerrte an der Hose, die er gerade erst angezogen hatte, trat sie sich von den Füßen, zog an seinem Hemd und legte sich auf die Kiefernnadeln, lag in den goldenen Schein der aufgehenden Sonne getaucht nackt da und lächelte Chloe an. »Komm schon, Honey. Weg damit.« Er zog an der chinesischen Bauernhose, die sie trug.

Chloe sah sich nervös um. »Jemand könnte uns beobachten«, sagte sie.

»Na, dann zeigen wir es denen doch mal«, sagte er und beugte sich vor, um ihr Bein zu streicheln. »Zieh diesen Büstenhalter aus. Er ist mir im Weg.«

Chloe dachte: So reagiert er also auf Gefahr, doch sie griff hinter sich, um den Verschluß zu öffnen. Das war der Slade, den sie geheiratet hatte, der Mann, den sie in diesen letzten Jahren vermißt hatte.

»Allmächtiger Gott«, sagte Slade und starrte sie an, als hätte er sie noch nie zuvor gesehen. »Du bist so viel schöner als die Chinesinnen, Chloe. Du hast die schönsten Brüste auf Erden.«

»Und wie viele Chinesinnen hast du unbekleidet gesehen?« Sie lachte und beugte sich vor, um ihn zu küssen. Es war so lange her, seit sie einander spontan geliebt hatten, seit sie das letzte Mal gespürt hatte, daß ihr Körper auf Slade reagierte. Als seine Hände sie streichelten, gab sie sich der immensen Lust des Augenblicks hin und fühlte, wie der Druck in ihrem Innern sich steigerte. Sie empfand die prickelnde Erwartung, die er in ihrem Körper wachrief, die unendliche Lust, als er in sie eindrang, und sie hörte ihn stöhnen, als er kam, und sie wußte, daß innerhalb von wenigen Momenten auch sie kommen würde, und sie flüsterte ihm zu: »Hör nicht auf. Bitte, hör jetzt nicht auf«, aber als die Lust gerade fast unerträglich wurde und sie wußte, daß sie kurz davorstand, daß sie im nächsten Moment ... hörten sie das laute Stampfen von Pferdehufen, und Slade glitt von ihr herunter und griff nach seiner Hose; seine Augen waren verschleiert, aber er handelte schnell.

Er bückte sich, hob ihre Hose auf und warf sie ihr zu, und währenddessen sagte er: »Beeil dich.«

Sie schlüpfte in ihre Kleider, und ihre Nerven prickelten vor unerfülltem Verlangen.

Es war der Bergführer, der ihre beiden Pferde an den Zügeln hielt. Er trug nicht mehr seine bäuerliche Kleidung, sondern eine Uniform. Wie alle chinesischen Uniformen war sie ausgebeult und saß schlecht, aber in ihr drückte sich Wichtigkeit und eine gewisse Organisation aus, die dahinterstand. Seine ebenmäßigen weißen Zähne blitzten in der Sonne, als er lächelte. Er blieb auf seinem Pferd sitzen, warf jedoch Slade die Zügel der beiden anderen Pferde zu und neigte leicht den Kopf.

»Mein Vater wird Sie empfangen«, sagte er.

Slade drehte sich grinsend zu Chloe um. »Ihr Vater?« sagte er dann.

Der junge Mann nickte. »General Lu-tang.«

Slade rollte ihre Schlafsäcke zusammen, warf sie auf die Pferde und half Chloe dann beim Aufsteigen.

Der junge Mann wendete sein Pferd und sagte: »Folgen Sie mir«, ehe er schnell den steilen Pfad hinunterritt.

Eine Stunde lang ritten sie schweigend den felsigen Pfad hinab, der von den Bergen in ein fruchtbares Tal führte. Etwa hundert Zelte standen ordentlich aufgereiht da; die Planen vor den Eingängen waren hochgeklappt, und in allem drückte sich eine untypische Ordnungsliebe aus. Ein halbes Dutzend Frauen waren damit beschäftigt, in einem Fluß in der Nähe Kleidungsstücke zu waschen, die sie in der althergebrachten Weise, Herr über den Schmutz zu werden, auf Steine schlugen. Männer saßen da und reinigten Waffen, erzählten einander Geschichten, rauchten und lachten. Sie blickten neugierig zu den Ankömmlingen auf und winkten dem jungen Mann zu.

Er sah weder nach links noch nach rechts, sondern ritt direkt auf das Zelt zu, das am hintersten Ende stand.

»Wau«, sagte Slade gerade so laut, daß Chloe es hören konnte. »Ein Gatling-Maschinengewehr. Er muß es in einer Schlacht an sich gebracht haben. Und noch andere Maschinengewehre. Mein Gott, die haben hier ein gut bestücktes Arsenal. Hier scheinen alle Männer ihre eigenen Gewehre zu haben. Das ist in China einfach unerhört. Ich frage mich, ob sie wirklich Munition für alle haben.«

Chloe dachte: Das habe ich schon einmal geträumt. Oder es ist ein Déjà-vu-Erlebnis. Dann sah sie, warum sie dieses seltsame Gefühl hatte, und sie erstickte ein Schnaufen. Ihre eine Hand hob sich zu ihrer Wange, und ihre Lippen sprangen auf.

Aus dem Zelt tauchte ein Mann auf, der mit leicht gespreizten Beinen dastand, die Arme in die Hüften stemmte, der Herr über alles war, so weit sein Auge reichte – und es war der Mann, den sie unter dem Namen Schneeleopard kannte. Er sah nicht etwa sie, sondern Slade an.

Der junge Mann hielt an, und Slade sprang von seinem Pferd und lief mit ausgestreckter Hand auf den General zu. Chloe hörte, wie er sich vorstellte. Der General warf einen Blick auf Slades ausgestreckte Hand, ehe er ihm die Hand reichte. Dann sagte Slade: »Und das, General, ist meine Frau.«

Der General blickte jetzt zu Chloe auf, die immer noch rittlings auf ihrem Pferd saß, und sie bemerkte das Erstaunen in seinen Augen, ehe sich ein Lächeln auf seinem Gesicht breitmachte.

Ohne sich darüber im klaren zu sein, schüttelte sie den Kopf.

O Gott, Slade hatte ihr nie geglaubt. Sein Interview würde restlos ins Wasser fallen, wenn er erfuhr, daß das der Schneeleopard war.
Chloe, die aufrecht im Sattel saß und die Zügel ihres Pferdes noch in der Hand hielt, nickte ihm zu. »General Lu-tang, es ist mir eine Ehre«, sagte sie.
Er zögerte einen Moment lang, und sie nahm wahr, wie ein unsichtbarer Schleier vor seinem Gesicht herunterging.
»Es ist mir ein Vergnügen«, sagte der Schneeleopard mit ausdruckslosen Augen.

40

Was ich will?« Der General stieß ein ironisches Lachen aus und schwenkte das Hühnerbein in seiner linken Hand durch die Luft. »Freiheit.«

»Freiheit?« fragte Slade. »Definieren Sie das.«

Der Chinese drehte sich so um, daß er Chloe ansehen konnte, ohne diesen Eindruck zu erwecken, doch sie sah ihm kurz in die Augen, ehe er das schwankende Zeltdach über ihnen betrachtete. Es war Wind aufgekommen, den sie von den Bergen pfeifen hören konnte.

»Freiheit bedeutet zum Beispiel, von Hungersnöten verschont zu sein. Mit anderen Worten, mir geht es darum, daß wir die Möglichkeit haben, genug Nahrungsmittel anzubauen, damit die Leute nicht an Hunger sterben. Es bedeutet aber auch eine Besteuerung, die die Menschen nicht verhungern läßt ...«

»Aber«, fiel ihm Slade ins Wort, »verdienen Sie sich nicht genau damit Ihren Lebensunterhalt? Sie besteuern die Leute. Der Mandarin verlangt Steuern von Ihnen. Die Regierung kassiert Steuern von dem Mandarin.«

Chloe konnte ihren Blick nicht von ihm losreißen. Er schien gewachsen zu sein, seit sie ihn das letzte Mal gesehen hatte. Seine Kleidung saß besser, und er strahlte eine Aura von Kultiviertheit aus, die früher nicht zu bemerken gewesen war.

Der General beantwortete Slades Frage mit einem Nicken. »Ich weiß, ich weiß.« Sie nahmen das Abendessen auf dem Fußboden ein, saßen auf dicken Teppichen um einen niedrigen Tisch herum, und der General zog ein Knie an, stützte den Ellbogen darauf und hielt das Hühnerbein immer noch in den Fingern. »Ich habe für vieles keine Lösungen anzubieten. Sie haben mich gefragt, was ich will. Ich sage Ihnen, was ich will, nicht, wie man es anstellen kann, das zu erreichen. Ich will ein vereintes China. Mir war nie klar, wie groß dieses Land ist. Ich habe fast zwei Jahre«, er wandte sich an Chloe, um sie anzusehen, »damit zugebracht, es zu bereisen.«

Sie beugte sich vor. »Wohin sind Sie gereist, General?«
Er beugte sich zu ihr vor, und Slade hätte ebensogut gar nicht im Raum sein können. »Ich war überall. In jeder einzelnen Provinz. In jeder Großstadt. Ich bin auf dem Jangtsekiang und auf dem Gelben Fluß ins Landesinnere gereist. Ich war in Kunming und in Tali, im tiefen Südwesten, in Yünnan. Ich war an der Grenze zu Laos und zu Tibet. Ich bin nach Tschengtu gereist, um mir die fruchtbare Provinz Szetschuan anzusehen, den Brotkorb Chinas. Ich wollte sehen, wie dieses China aussieht. Ich wollte meine Landsleute reden hören. Ich wollte ...« Er lächelte sie an, doch in seinen Augen funkelte etwas, was sie für Spott hielt. »Ich wollte Kultiviertheit erlangen, mich weiterbilden und sehen, ob die Möglichkeit besteht, den Leuten in meinem Land zu helfen.«
Slade, der keinerlei Gespür dafür hatte, daß er aus diesem Gespräch ausgeschlossen war, fragte: »Und was haben Sie gelernt?«
Der General wandte abrupt den Kopf, als hätte er Slades Anwesenheit vollständig vergessen.
»Ich habe gelernt, wie wenig ich vorher wußte. Es war eine demütigende Erfahrung. Ich habe in den Städten Dinge gesehen, von deren Existenz ich nichts wußte. Mir ist klar geworden, wie viele von uns unwissend sind. Wir haben keine Ahnung, was sich jenseits von unserem Horizont abspielt. Wir wissen nicht, daß Deiche gebaut werden können, um Überschwemmungen einzudämmen. Ich habe auch erfahren, daß in vielen fremden Ländern, beispielsweise in Ihrem, die Leute nicht mehr an den Krankheiten sterben, die uns heimsuchen. Die Medizin hat viele der Plagen ausgerottet, die in meinem Land wüten.«
Chloe war fasziniert. Sogar die Worte, die er wählte, unterschieden sich sehr von der Ausdrucksweise des Mannes, den sie vor zwei Jahren kennengelernt hatte. Eine Metamorphose hatte sich vollzogen.
»Haben Sie auch gelernt«, sagte sie mit spöttischer Stimme, »daß Frauen ebenfalls Menschen sind?«
»Chloe!« rief Slade entsetzt aus, doch sie ignorierte seine Warnung.
»Ich habe«, sagte General Lu-tang, der sich zu ihr umdrehte und sie mit strahlenden Augen ansah, »ein paar Frauen kennengelernt,

die sich an einigen Männern messen können.« Seine Augen lächelten jetzt, und in seinem Nicken drückte sich beinahe eine Ehrenbezeigung aus. Chloe wußte, daß er versuchte, ihr ein Kompliment zu machen, und sie spürte, wie ein angenehmer Schauer sie überlief. »Ich habe Frauen Seite an Seite mit Männern arbeiten sehen, falls Sie das meinen. Aber nein. Frauen sind den Männern nicht gleichgestellt. Ich glaube, wir Chinesen«, und sie merkte ihm deutlich an, daß er damit die Männer meinte, »sind in unserem Benehmen gegenüber Frauen vielleicht lieblos gewesen, wenn nicht gar schonungslos. Wir haben dazu geneigt, sie wie Tiere zu behandeln, wie Vasallen. Wir haben keine Rücksicht auf ihre Intelligenz genommen ...«
»... und ebensowenig auf ihre Gefühle ...«
Er nickte wieder. »... und daher bin ich jetzt Frauen gegenüber vielleicht nachsichtiger. Aber ich glaube nicht, daß die Frauen uns ebenbürtig sind. Das fände ich auch gar nicht wünschenswert. Sie sind dazu da, für unser Wohlbehagen und für unser Vergnügen zu sorgen. Aber«, sagte er und fuchtelte grinsend mit der Hand durch die Luft, »wir könnten einen Anfang damit machen, daß wir gelegentlich auch an *ihr* Wohlbehagen und an *ihr* Vergnügen denken.«
Darüber lachte Slade lauthals. »General, ich habe den Verdacht, damit haben Sie etwas in Worte gefaßt, woran die meisten Männer glauben, aber wir – ich meine damit den Westen – haben nicht den Mumm, es laut zu sagen.«
Chloe warf ihrem Mann einen Blick zu; er sah sie nicht an. Glaubte er an das, war er sagte? Konnte das sein Ernst sein?
»Sie im Westen billigen den Frauen zu viel Freiheit zu«, sagte der Chinese. »Sie weisen sie nicht klar genug in ihre Schranken.« Bei diesen Worten sah er Chloe nicht an.
»Dann glauben Sie also nicht an Gleichberechtigung?« Sie bemühte sich, mit ruhiger Stimme zu sprechen; sie war wütender auf Slade als auf den Schneeleoparden.
»China ist noch nicht reif für die Demokratie«, verkündete der General. »Es muß allmählich aus dem Mittelalter herausgeführt werden. Ich glaube, Chiang Kai-shek benutzt leere Worte, um sich die Gunst des Westens zu erschleichen, wenn er China als Repu-

blik bezeichnet. Ich sähe es gern, wenn mein Land später einmal eine Republik würde. Eine Demokratie, in der alle Männer gleiche Chancen haben. Aber es muß langsam geschehen. Ich glaube nicht, daß Chiang an seine eigenen Worte glaubt. Er hat sich selbst zum Generalissimo ernannt und will ebensoviel persönliche Macht haben, wie sie die Mandschu-Herrscher besaßen.«
Er erwärmte sich jetzt für sein Thema.
»Dieses Land war früher einmal das zivilisierteste und kultivierteste Land auf Erden. Ich würde gern sehen, daß wir einen Teil dessen wiedererlangen. Ich will nicht, daß China von Fremdmächten aufgeteilt wird. Ich glaube, daß Ihr Land«, er nickte beiden zu, »aber auch England, Deutschland, Frankreich und Belgien, daß diese Länder dazu beigetragen haben, mein Land zu ruinieren. Sie haben das Opium eingeführt, um sich daran zu bereichern. Ich habe es selbst viele Jahre lang geraucht. Mir schiene es nur fair, wenn Ihr Land eines Tages mit Opium überschwemmt würde, weil Ihre eigenen Warlords daran Geld verdienen wollen. Sie werden ebensowenig Rücksicht auf ihr eigenes Volk nehmen, wie sie Rücksicht auf mein Volk genommen haben. Es gibt Menschen, denen nur an Geld und Macht liegt, und die müssen ausgerottet werden. Aber falls es – was war Ihre Bezeichnung dafür? – ausgleichende Gerechtigkeit gibt, dann werden eines Tages Ihr Land und England – in demselben Maß, in dem es meinem Land widerfahren ist – durch Opiate zerstört werden, die die Sinne abstumpfen, den Körper schwächen und einen Menschen dazu bringen, für einen kleinen Klumpen davon andere zu töten. Das wird auch Ihre Zivilisation vernichten.«
»Ist das eine Prophezeiung?« fragte Slade, der sich emsig Notizen machte.
»Nein, natürlich nicht.« Der General schüttelte den Kopf. »Ich bin kein Hellseher. Ich sage lediglich, daß das nur gerecht wäre. Vergeltung. Aber andererseits wird es wahrscheinlich nie dazu kommen, denn nichts auf dieser Welt ist gerecht.«
»Sie wollen die Warlords töten, die sich an Drogen bereichern?«
»Ich bin gewillt, jene zu töten, die mein Volk gefährden.« Er stellte das als eine simple Antwort hin. »Ich will Japaner töten, die meine Leute töten, um unser Land an sich zu bringen. Ich will diejenigen

unter meinen Landsleuten töten, die Chinesen dafür töten, daß sie ihre Meinung äußern. Ich will die Chinesen töten, die mein Volk noch mehr unter ein Joch beugen wollen. Ich will Menschen ausrotten, die Kinder und Frauen töten und aus reiner Lust daran, andere zu quälen, zu vergewaltigen und zu töten, plündernd durch die Gegend ziehen.«

»Vergewaltigen?« Chloe zwang ihn, eine Pause einzulegen. »Wieso denn das, General? Ich dachte, Sie sähen Frauen als einen Teil der Siegesbeute an.«

Slade warf ihr einen wütenden Blick zu.

Der General senkte jedoch seine Stimme und sah ihr fest ins Gesicht. »Vielleicht habe ich das früher einmal so gesehen. Aber ich möchte mir gern vorstellen, daß wir uns alle weiterentwickeln können. Es wäre mir verhaßt, ein ganzes Leben lang absolut sicher zu sein, daß die Welt flach ist, um dann kurz vor meinem Tod feststellen zu müssen, daß sie rund ist und daß ich mein Leben lang im Irrtum war. Es wäre mir verhaßt, so alt zu werden, daß ich mich nicht mehr ändern kann. Mich entfalten. Ist das das richtige Wort?«

Sie mußte unwillkürlich lächeln. »Ja«, sagte sie, »das ist ein sehr schönes Wort dafür.«

»Chiang Kai-shek und seine Kohorten unterminieren diese Werte, an die ich inzwischen glaube. China kann niemals seine Größe wiedererlangen, solange es sich billig an andere Länder verkauft. Wir müssen uns unter dem Joch imperialistischer Nationen herauswinden, für uns selbst sorgen und uns allein durchschlagen, wenn wir Selbstachtung erringen wollen. Chiang hat Dr. Suns sogenannter demokratischer Revolution den Rücken gekehrt. Er gibt es zwar nicht zu, aber er will die Massen Chinas unter seiner Gewalt haben. Er gestattet es den Leuten nicht, ihre Meinung laut auszusprechen. Wer das trotzdem tut, den läßt er hinrichten. Ihm geht es mehr darum, daß China seinen Platz unter den Nationen der Welt einnimmt, und weniger um das chinesische Volk selbst.«

»Nun«, sagte Slade, »in diesen Punkten sind Sie einer Meinung mit den Kommunisten. Warum schließen Sie sich nicht mit ihnen zusammen?«

Der General zuckte die Achseln. »Bloß, weil wir gegen die gleichen Dinge sind, heißt das noch lange nicht, daß wir für die gleichen Ziele kämpfen. Ich glaube nicht, daß der Kommunismus sich bewähren kann. Wir sind nicht alle ebenbürtig. Der Kommunismus läßt die menschliche Natur außer acht. Falls es Ihnen nicht aufgefallen sein sollte – ich habe gesagt, daß ich die Chancengleichheit für alle anstrebe, aber ich glaube nicht, daß alle Menschen gleich sind. Ich besitze mehr Verstand, mehr Voraussicht und mehr Bildung als die meisten anderen. Ich bin eine Führungspersönlichkeit. Manche Männer können niemals führende Positionen einnehmen.«

»Was ist mit Frauen?« warf Chloe ein. »Besitzen sie niemals Führungsqualitäten?«

»Komm endlich runter von dieser Schiene«, sagte Slade, und aus seiner Stimme sprach Wut.

Aber der Schneeleopard antwortete Chloe. »Natürlich nicht. Ab und zu herrschen Frauen, wie die Kaiserinwitwe. Oder wie Königin Viktoria. Aber das fällt eher unter Mißgeschicke durch Geburt oder Heirat. Sie sind keine echten Herrscherinnen. Zum Beispiel kann eine Frau wie Sie, die nicht in ein Königshaus hineingeboren wird oder in ein Königshaus einheiratet, niemals Herrscherin eines Landes werden.«

Chloe konnte keine Einwände dagegen erheben, wenn es um die beiden Frauen ging, die er genannt hatte. Und sie konnte sich ganz gewiß nicht vorstellen, eine Herrscherin diesen Ranges zu sein.

»Das grundlegende Problem, vor dem China heute steht, ist Japan«, fuhr der Schneeleopard fort. »Ich weiß nicht, warum Chiang so blind ist. Er glaubt, die Kommunisten seien sein einziger Feind.«

»Jetzt hören Sie bloß auf«, sagte Slade. »Ist es denn nicht einfach so, daß Japan aus seinem Staatsgebiet herausgewachsen ist und sein Territorium ausweiten muß?«

»Ihr seid alle Dummköpfe«, erklärte der General. »Wenn Japan jetzt nicht aufgehalten wird, dann werden auch Sie seinen Imperialismus schmerzlich zu spüren bekommen, Sie und die anderen westlichen Nationen.«

Slade lachte. »Sind Sie sich über die Größe Japans und die der Vereinigten Staaten im klaren? Das ist völlig ausgeschlossen, Japan stellt keine Bedrohung für uns dar.«

»Sind Sie sich über die Größe Japans und Chinas im klaren?« fragte der General. »Dann sehen Sie sich doch an, was für eine Bedrohung Japan für uns darstellt.«
»Nun«, entgegnete Slade, »die Japaner behaupten, daß sie nur die Mandschurei haben wollen, diese Provinz, die ungenützt und weitgehend unbevölkert ist. Sie brauchen mehr Platz. Vielleicht machen sie dort halt.«
Der Schneeleopard lachte schroff. »Ihr Land muß entweder einen neutralen Standpunkt beziehen und darf Japan nicht dabei behilflich sein, mein Land zu erobern, oder Sie werden uns helfen – vorausgesetzt, Sie sind intelligent –, diese Nation zu besiegen, die versuchen wird, eine Weltmacht zu werden.«
Chloe überlegte sich, daß der Schneeleopard vielleicht doch kein allzu großes Maß an Weltklugheit erlangt hatte. Er glaubte, wenn Japan sein Land angriff, dann sei die ganze Welt nicht mehr sicher vor japanischen Angriffen.
»Ich muß natürlich zwischen der Form von Imperialismus, die die Japaner einsetzen, weil sie die Macht in meinem Land übernehmen wollen, und dem Imperialismus der Westmächte differenzieren. Letztere wollen uns lediglich ausbeuten, nicht über unser Volk herrschen und unsere Regierung an sich reißen.«
»Ich bin nicht sicher, ob es hier eine nennenswerte Regierung gibt, die jemand an sich reißen wollte«, sagte Slade. »Chiang und die Roten bekämpfen einander, es gibt keine Zentralregierung mit Zusammenhalt...«
»Das Ausland erkennt Chiangs Regierung in Nanking an.«
Chiang hatte kürzlich seinen Regierungssitz von Peking in die frühere Hauptstadt Nanking verlegt, und dort versuchten er und Mei-ling mit Regierungsgeldern diese häßliche Stadt in einen Ort von moderner Schönheit zu verwandeln.
Chloe sah eine hübsche junge Frau neben dem Zelteingang im Schatten lauern. Wie lange sie schon dort stand, hätte Chloe nicht sagen können; sie hatte sie eben erst bemerkt. Offensichtlich nahm auch der Schneeleopard ihre Anwesenheit wahr, denn sein Blick glitt schnell zu der jungen Frau hinüber, die bestenfalls aus der Pubertät herausgewachsen sein konnte, und er klatschte in die Hände.

»Genug jetzt«, sagte er und stand auf. »Wir werden morgen weiterreden.«
Er würde ganz offensichtlich die Nacht mit dieser jungen Frau verbringen. Chloe fragte sich, wie die junge Frau den Schneeleoparden sah. Was sie für ihn empfand. Und ob er voller Leidenschaft und Zärtlichkeit Liebe mit ihr machte oder ob er es einfach nur schnell hinter sich brachte, um seine Lust zu stillen. Sie fragte sich, ob er die junge Frau abschieben würde, sobald sie ihn befriedigt hatte, oder ob er sie die ganze Nacht in seinem Bett behalten würde.
Zum ersten Mal seit mehr als einem Jahr träumte sie nicht von Nikolai.

41

Der Himmel war blaßblau. Die Sonne, die an den Berghängen hinuntertanzte, war noch nicht im Tal angelangt. Chloe stand am Ufer des schmalen Flusses – eigentlich war es eher ein Bach – und beobachtete, wie das seichte Wasser über Felsen stürzte, einem unbekannten Ziel entgegen.

Sie fragte sich, ob das junge Mädchen wohl noch im Zelt des Schneeleoparden war. Vor ihren Füßen wuchs am Flußufer eine kleine purpurne Blume, die sehr zart aussah. Sie bückte sich, berührte sie und ließ ihre Finger über die samtweichen Blütenblätter gleiten. Ihre Nägel kniffen in den Stengel. Sie erhob sich wieder und hob die Blume an ihre Wange.

»Ich hätte nie geglaubt, daß wir uns wiedersehen«, hörte sie ihn mit gesenkter Stimme hinter ihrem Rücken sagen.

Sie drehte sich um und zerdrückte die Blume in den Fingern. »Ich auch nicht.«

Er lehnte an dem großen Baum, dessen Laub über den Fluß hinaushing, und seine Arme waren vor der Brust verschränkt. »Sie paßt gut zu Ihren Augen«, sagte er und wies mit einer Kopfbewegung auf die Blume in ihrer Hand.

Sie lächelte ihn an und wußte nicht, was sie sagen sollte.

»Warum tun Sie so, als seien wir einander nie begegnet?« fragte er.

Chloe wandte verlegen den Blick ab. »Wir haben eine lange Reise hinter uns gebracht, um Sie zu finden«, sagte sie schließlich. »Mein Mann war sehr gespannt darauf, Sie kennenzulernen. Wenn er wüßte, daß Sie der Schneeleopard sind, daß Sie derjenige sind, von dem er glaubt ... dann wäre er viel zu erbost, um Sie zu interviewen. Mir schien es das beste, Ihre Identität geheimzuhalten, damit mein Mann dem gegenüber aufgeschlossen ist, was Sie zu sagen haben.« Jetzt sah sie ihm in die Augen.

»Sie haben ihm nicht gesagt, daß ... daß ich ... daß wir ...?« Seine dunklen Augen wurden groß, und in seiner Stimme spiegelte sich Erstaunen wider.

Sie wandte sich wieder von ihm ab und schaute auf den Fluß hinaus, und er löste sich von dem Baumstamm und ging zu ihr, damit er ihre Antwort hören konnte. »Ich fürchte, ich habe mein Versprechen Ihnen gegenüber gebrochen und ihm die Wahrheit gesagt. Er ist allerdings der absolut einzige, dem ich die Wahrheit gesagt habe. Ich wußte, daß ich damit mein Wort Ihnen gegenüber breche, aber ich wollte unbedingt meine Ehe retten. Ich finde, im Ehebett sollte es keine Geheimnisse geben.«

Sie hörte ihn leise lachen.

»Ich habe ihm die Wahrheit gesagt.«

Nachdem der Schneeleopard einen Moment lang geschwiegen hatte, sagte er: »Ah! Er hat Ihnen nicht geglaubt, ist es das? Er konnte sich nicht vorstellen, daß ein Mann sich die Gelegenheit entgehen lassen würde, mit einer so schönen Frau zu schlafen?«

Er fand sie schön? Damals hatte er ihr gesagt, er fände sie nicht attraktiv. Sie nickte und freute sich über sein Kompliment. »Ja. Ich vermute, so muß es in etwa gewesen sein. Es hat ihn ein Jahr gekostet, über die Vorstellung hinwegzukommen, daß ein anderer Mann mich ... gehabt hat. Er hat den Schneeleoparden aus tiefster Seele gehaßt und auf Rache gesonnen. Und mir wäre es lieb, wenn er Sie mag.«

»Warum?« fragte er, und sein Tonfall war unergründlich.

»Weil ...« Jetzt drehte sie sich um und sah ihn an. »Weil ich Sie mag. Weil ich Ihnen immer dankbar gewesen bin.«

Er verdaute diese Erklärung schweigend und bückte sich, um einen langen Grashalm zu pflücken und ihn sich zwischen die Zähne zu stecken. Dann lachte er. »Aber ich bin doch derjenige, der Ihnen dankbar war. Sie haben mir das Leben gerettet. Außerdem hätte ich vielleicht niemals meine Reise angetreten, wenn ich Ihnen nicht begegnet wäre. Möglicherweise wäre ich nie durch mein ganzes Land gereist und niemals das geworden, was ich jetzt bin oder noch werde. Wahrscheinlich würde ich niemals aus den Gründen gegen die Japaner kämpfen, aus denen ich heute gegen sie kämpfe. Ich wäre nicht«, sagte er mit einem leisen Lachen, »was auch immer ich jetzt bin. Bei jedem Schritt, den ich getan habe, habe ich mir gewünscht, Sie wüßten davon. Ich habe mir gewünscht, Sie würden erfahren, daß ich kein Barbar mehr bin.

Ich habe mir gewünscht, Sie würden erfahren, daß meine Meinung über Frauen sich tatsächlich geändert hat, und das nur, weil eine einzige mein ganzes Denken beeinflußt hat. Ich bin sehr froh, daß Sie zurückgekommen sind und ich Ihnen das sagen kann. Ich hatte nicht die leiseste Ahnung, ob Sie sich noch in meinem Land aufhalten oder wie ich Sie hätte finden können. Letztes Jahr habe ich zwei Wochen in Schanghai verbracht und gehofft, ich könnte Ihnen dort vielleicht begegnen.«
»Ich habe letztes Jahr viel Zeit in Wuhan verbracht«, sagte sie und war überrascht über seine Worte.
»Warum sind Sie nicht zu Hause und haben Kinder?« Keiner von beiden empfand die Frage als aufdringlich.
»Meine Kinder sind tot, alle drei.« Und ebenso tot war ihre Stimme, als sie das sagte.
»Ich habe auch tote Kinder«, sagte er. »In meinem Land kommen diese Dinge vor.«
»Ja.« Sie wandte sich von ihm ab und starrte auf den Fluß hinaus. »Manchmal habe ich Ihr Land gehaßt. Es ist ein grausames Land.«
»Was Sie als grausam empfinden, ist für uns der normale Alltag.«
»Aber«, sagte sie, und ihre Stimme war kaum mehr als ein Flüstern, »Ihr Leben ist durchtränkt vom Tod.«
»Ich glaube, das ist eine typisch westliche Perspektive. Die meisten Chinesen wissen nicht, was das Wort Glück bedeutet. Wir existieren. Und das hat genügt. Man bekommt selten glückliche Bauern zu sehen. Das höchste der Gefühle in ihrem Leben ist das, was ich passive Zufriedenheit nenne. Ein eindeutiges Glücksgefühl, was die eigene Existenz angeht, ist selten. Wenn wir genug zu essen haben und körperlich keine Schmerzen erleiden, dann ist das für uns das Leben. Wenn wir ab und zu einmal lachen können und einen vollen Bauch haben, sind wir zufrieden. Dann finden wir das Leben schön. Wenn nicht alle unsere Kinder sterben und wenn nicht zu viele von unseren Kindern Töchter sind, dann glauben wir, daß das Schicksal es gut mit uns meint.« Er sagte: »Kommen Sie, lassen Sie uns frühstücken. Wecken Sie Ihren Mann und kommen Sie in mein Zelt.«
»Warten Sie.« Sie hielt ihn am Arm fest. »Überfallen Sie immer noch Züge und entführen Menschen?«

Er schaute auf ihre Hand herunter, die auf seinem Ärmel lag, und lachte laut und fröhlich. »Natürlich nicht. Glauben Sie etwa, ich sei immer noch ein Barbar?« Er ging auf sein Zelt zu und ließ die Arme an seinen Seiten schlenkern.
Ich kann es einfach nicht glauben, dachte Chloe. Kann die kurze Zeit, die wir miteinander verbracht haben, wirklich all das bewirkt und ihn derart verändert haben? Dieser Mann, der auf Frauen herabschaute, vermittelte ihr erneut ein Gefühl von Bedeutung, stärker, als es ihr Slade oder sogar Nikolai je gegeben hatten. Seit Cass hatte ihr kein anderer Mann dieses Gefühl von Wichtigkeit vermittelt. Und wenn es das einzig Bedeutsame war, was sie je erreicht hatte, dann hatte ihr der Schneeleopard doch deutlich zu verstehen gegeben, daß sie das Leben eines anderen Menschen verändert hatte, daß sie einen entscheidenden Einfluß darauf gehabt hatte. Und noch dazu auf jemanden, der möglicherweise an der Zukunft beteiligt sein würde, die ganz China verändern könnte.

»Nein«, sagte General Lu-tang, »ich verdamme das nicht, was Sie als Grausamkeit bezeichnen und was wir Gerechtigkeit nennen. Selbstverständlich bin ich rachsüchtig. Der Feind vernichtet mein Volk; ich werde ihn vernichten. Schließlich sind wir nicht das einzige Land, in dem das so ist. Die Welt ist nie frei von Kriegen gewesen. Wenn ich mich mit Geschichte befasse, dann scheint es mir oft, je ›zivilisierter‹ ein Land ist, desto häufiger führt es Kriege.«
Chloe erschauerte. Anderen Schmerzen zu bereiten, gehörte zu den Dingen, die gutzuheißen oder auch nur zu begreifen ihr Schwierigkeiten bereitete. Dazu zählte auch Rachsucht. Jenes: »Auge um Auge …«
»Amerika ist eines der gewalttätigsten Länder auf Erden«, sagte der General zu Slade.
Chloe unterbrach die beiden. »Wie können Sie das sagen? Wir tragen nur Kriege aus, um uns oder unsere Prinzipien zu verteidigen. Wir …«
»… verbringen die Sonntagnachmittage im Kino und sehen uns Western an«, sagte Slade, »und wir sehen uns an, wie Cowboys

Indianer erschießen oder wie Pauline aus einem Zug fällt. Ich bin Ihrer Meinung.« Er nickte dem Schneeleoparden zu. »Jede Form von Gewalttätigkeit läßt uns aufblühen. Man braucht sich doch nur anzusehen, was wir den Indianern angetan haben und wie wir Nachrichten über Hinrichtungen verschlingen. Man braucht sich doch nur anzusehen, wie wir Soldaten ehren, die astronomische Mengen von feindlichen Soldaten töten, zum Beispiel Sergeant York. Je mehr Menschen man getötet hat, desto heldenhafter steht man da.« Slade sah den General an. Chloe konnte deutlich erkennen, daß der Schneeleopard ihn faszinierte.

Die junge Frau von gestern abend bediente sie, lief unter Verbeugungen auf Zehenspitzen rückwärts aus dem Zelt und ließ den Schneeleoparden keinen Moment lang aus den Augen, bis sie die Zeltklappe erreicht hatte. Er bedachte sie mit keinem einzigen Blick. Chloe fragte sich, ob er überhaupt wußte, wie das Mädchen hieß. Sie war sicher, daß sie in der vergangenen Nacht miteinander geschlafen hatten. Sie versuchte, die junge Frau genauer zu betrachten, aber das ließ sich nicht unauffällig bewerkstelligen.

Der Schneeleopard sah phantastisch aus. Gewiß war er kein gutaussehender Mann im konventionellen Sinne. Seine Haut war glatt, obwohl er Mitte Dreißig sein mußte, etwa im selben Alter wie Slade. Und doch sah Slade älter aus. Das war ihr bisher nicht aufgefallen. Sie beobachtete die beiden Männer, als sie miteinander redeten, und ihr fiel auf, daß sich durch Slades Haar graue Fäden zogen, die sie bisher nicht bemerkt hatte. Er hatte Fältchen um die Augen herum, und sein Mund war straff und angespannt. Sie hatte sich seit Jahren nicht mehr die Zeit genommen, ihn objektiv zu betrachten. Und wie stand es jetzt? ... Sie waren seit sechs Jahren verheiratet. Er war vierunddreißig.

Das Gesicht des Schneeleoparden war absolut faltenlos. Sie hatte gehört, daß sich der Haarwuchs der Chinesen von dem der Weißen unterschied. Mußte er sich überhaupt rasieren? Sie hatte ein paar ältere Chinesen mit spärlichem Barthaar und dünnen Schnurrbärten gesehen. Aber nicht viele. Sie fragte sich, ob er Haare auf der Brust hatte oder ob seine Brust so glatt wie die eines Babys war. Seine Handgelenke waren so zart und schmal, daß sie fast weiblich wirkten, und doch dachte sie: Das ist ein echter Mann, und sie bezweifelte, daß er je seine männliche Seite in Frage gestellt hatte. Sie konnte sich gut vorstellen, daß er seiner selbst immer sicher gewesen war, daß er immer genau gewußt hatte, wer er war.

»Ich will, daß China sich das leisten kann, was westliche Nationen sich leisten können, aber andererseits will ich nicht, daß wir so werden wie die westlichen Nationen. Sie sind zu gewinnsüchtig. Sie messen Ihren Wert daran, wieviel Geld Sie verdienen. Was hat das mit den inneren Werten eines Mannes zu tun?«

»Bei Ihnen gibt es doch bestimmt auch Männer, die Ihren Wert daran messen, wieviel Geld und Macht sie auf sich vereinigen können«, sagte Slade.

Der General nickte. »Selbstverständlich. Aber das ist unter gar keinen Umständen das Maß, das man an den Erfolg eines Menschen anlegen kann. Was zählt, das sind die inneren Werte. China ist im Grunde genommen eine Nation von Familien. Unser aller Leben dreht sich um unsere Familie. Sie ist der Mittelpunkt, der unsere Nation zusammengehalten hat.«

»Haben Sie eine Familie?« fragte Chloe.

Der Schneeleopard lächelte. »Wir haben alle Familien. Ich habe mich jedoch von meiner Familie losgesagt, damit ich die Freiheit besitze, ein größeres Ziel zu verfolgen.« Er lehnte sich gegen die Kissen zurück.

»Würde es Sie interessieren«, wandte er sich dann an sie, »die Geschichte meines Lebens zu hören? Würde Ihnen das tiefere Einsichten vermitteln, wer ich bin und wofür ich kämpfe?«

Ehe Chloe etwas darauf antworten konnte, sagte Slade: »Das wäre einfach toll.«

Der Schneeleopard sah jedoch immer noch fest in Chloes Augen. »Wüßten *Sie* gern genauer, was für ein Mann ich bin?«

Slade wühlte in seinen Taschen nach einem Bleistift.

Chloe, die die Ellbogen auf den niedrigen Tisch gestützt hatte, senkte ihr Kinn auf die Hände, schlang die Finger umeinander und sah den Chinesen an.

»Ja.« Ihre Stimme war leise. »Ich wüßte gern, warum Sie … Sie sind.«

Der Schneeleopard lachte. »Werden Sie mich berühmt machen?«

»Darauf können Sie wetten«, antwortete Slade, der nicht merkte, daß er an diesem Gespräch nicht beteiligt war.

Wochen später bereitete es Chloe großes Vergnügen, in einem Brief an Cass und Suzi General Lu-tang zu schildern. Es war ein Brief, von dem sie glaubte, Slade bekäme ihn vielleicht nie zu sehen, aber möglicherweise würde eine halbe Million anderer Menschen ihn lesen.

Hoch oben in den Bergen im Nordosten haust der vielleicht faszinierendste Mann von ganz China.
Wie Chiang Kai-shek und Mao Tse-tung will er China vom westlichen Imperialismus befreien, an den es hundert Jahre lang gekettet war. Wie Mao Tse-tung will er die Lebensbedingungen der Bauern verbessern, dieser knappen halben Milliarde von Chinesen, die wie die Tiere arbeiten.
Aber diese drei Männer unterscheiden sich grundlegend voneinander.
In General Lu-tang lodert nicht das innere Feuer des Idealismus, und er glaubt auch nicht, die alleingültigen Lösungen für seine Landsleute gefunden zu haben. Er hat keine feste Vorstellung von der Zukunft. Er kämpft darum, China zu verändern und seinem Volk ein besseres Leben zu ermöglichen. Tag für Tag arbeitet er auf dieses Ziel hin. Und manchmal tötet er dafür, das stimmt.
General Lu-tang hat für Chiang Kai-shek nur Verachtung und beschimpft ihn als einen machthungrigen General, der sich weigert, die Bedrohung durch die Japaner wahrzunehmen. Das gleiche sagt auch Mao Tse-tung.
Den Kommunisten dagegen steht Lu-tang nicht verächtlich gegenüber, dennoch behauptet er, sie seien naiv und es mangele ihnen an Einsicht in die menschliche Natur. Er ist ein selbsterkorener Warlord, der, was in seinem Land erstaunlich ist, tatsächlich militärisch geschult ist und Armeen in Schlachten geführt hat.
Er ist vor siebenunddreißig Jahren geboren worden, als zweiter Sohn eines wohlhabenden Grundbesitzers, der all

seinen Söhnen aus Überzeugung Bildung vermittelt hat. Lu-tang hat, angeregt von Legenden seines Volkes, das um die Berge von Schantung gekämpft hat, von tapferen Taten geträumt und davon, ebenfalls für sein Volk in den Kampf zu ziehen.

Ich habe nicht alles nur von ihm selbst gehört. Ich bin durch das Zeltdorf gelaufen, in dem er sein Hauptquartier aufgeschlagen hat, und später hat er Slade und mich auf Pferden in die größere Stadt mitgenommen, in der er aufgewachsen ist. Dort habe ich mit vielen Menschen geredet, die ihn als einen draufgängerischen und abenteuerlustigen jungen Mann gekannt haben. Die Erinnerungen an seine jugendlichen Eroberungen wurden mir mit lächelnden Gesichtern erzählt.

Er hat sich ein Leben beim Militär erträumt, und das trotz des Umstands, daß sein Vater das Soldatentum als den niedersten aller Berufe angesehen und behauptet hat, Soldaten zerstörten nur und bauten niemals etwas auf. Als er seinen Sohn nicht davon abbringen konnte, hat der Vater seinen beträchtlichen politischen Einfluß dafür genutzt, Lu-tang in der neugegründeten Militärakademie von Schantung einzuschreiben. Lu-tang ist einer der ersten Chinesen, die mit modernen militärischen Trainingsmethoden vertraut gemacht wurden, was unter anderem bedeutet, daß er nicht von Musikanten begleitet in die Schlacht gezogen ist. Es hieß aber auch, daß er gelernt hat, wie man Gewehre mit aufgepflanztem Bajonett bedient.

Da er bereits ein guter Reiter war, hat sich Lu-tang dadurch hervorgetan, daß er Attacken gegen Warlords angeführt hat, die eine Bedrohung für seine Provinz dargestellt haben, aber auch gegen andere, die versucht haben, die Revolution niederzuschlagen, die Dr. Sun Yat-sen begonnen hat. Im Alter von fünfundzwanzig Jahren war Lu-tang Brigadegeneral in der Armee von Schantung, drei Jahre, ehe der Völkerbund Japan die chinesische Provinz Schantung als einen Teil der Kriegsbeute zugesprochen hat.

Dank des Einflusses und des Reichtums seiner Familie, aber auch durch seine eigenen Heldentaten konnte er in der Politik schnell aufsteigen. Er wurde zum Leiter des Amts für Öffentliche Sicherheit, ein Posten, so sagt er, der weder bedeutend noch verantwortungsvoll war, ihm jedoch Gold und Einfluß verschafft hat. Er lacht, und seine dunklen Augen glänzen – so ganz anders als die Augen der Mehrheit der Chinesen –, wenn er sagt: »Ich war Beamter. Und zwei Dinge konnte man mit Sicherheit über alle Beamten sagen. Sie waren korrupt. Und sie haben Opium geraucht.«

Als ich ihn fragte, ob eines von beidem auch auf ihn zugetroffen hätte, antwortete er: »Beides.«

Ich sah diesen klardenkenden, dynamischen Mann an und sagte: »Erzählen Sie mir zuerst vom Opium.«

Ein Schleier zog sich vor seine Augen. »Die Leute aus dem Westen verstehen das nicht. So viele von uns sind mit Opium aufgewachsen. In dieser Gegend hier raucht man so selbstverständlich Opium, wie man Tee trinkt. Es fängt schon früh an. Eltern stellen gereizte oder ausgelassene Kinder damit ruhig, daß sie Opium auf Zuckerrohr streichen und ihre Kinder daran lutschen lassen. Im Alter von einem Jahr sind wir süchtig. Als ich älter wurde, habe ich, wie alle anderen Jungen auch, begonnen, es zu rauchen. Allerdings brauchte ich es nie zu stehlen oder dafür zu töten.«

Ich schloß daraus, daß viele andere das taten.

»Und was ist mit der Korruption?«

»Das Plündern öffentlicher Mittel war ... eine Pflicht, die man seiner Familie gegenüber hatte, ein Recht. Man ging nur in die Politik, um sich zu bereichern. Genau das hatte man mich gelehrt.«

Zum ersten Mal war er mit vierzehn Jahren verheiratet worden, berichtete er mir. Er hatte irgendwann in seinen Zwanzigern zwischendurch vier Ehefrauen und »ich weiß nicht, wie viele Konkubinen«. Er baute ein palastartiges Haus, in dem sie alle, nach seinen eigenen Angaben, »harmonisch« miteinander lebten. Da stellen sich mir doch einige Fragen.

»Ich hatte«, sagte er, »alles, was man sich nur wünschen kann. Ich besaß Reichtum. Ich hatte meine Mohnträume.

Ich hatte Macht. Ich hatte viele Nachkommen. Ich wurde respektiert. Ich hatte Aussichten auf eine glänzende Zukunft. Aber ich hatte eine fatale Schwäche. Ich habe leidenschaftlich gern gelesen, und das Lesen hat mir ein Bewußtsein von einer größeren Welt um uns herum vermittelt. Es hat mich erkennen lassen, was für ein bedeutungsloses Leben ich und die Menschen um mich herum führen.
Ich habe mich umgeschaut und gesehen, daß Dörfer überfallen wurden, und ich habe davon gehört, daß Bauern erbarmungslos niedergemetzelt wurden. Ich saß in meinem Opiumdämmer da und träumte davon, diese Bauern zu erlösen. Mir wurde auch klar, daß diese sogenannte Revolution für die meisten meiner Landsleute nicht stattgefunden hatte. Der Sturz der Mandschus hatte nicht das geringste in ihrem Leben geändert. Sie lebten immer noch im finstersten Mittelalter.
Ich habe gelesen, daß China in seiner viertausendjährigen Geschichte niemals seinen Platz unter den Weltnationen eingenommen hat. Ich habe mir gedacht: Das läßt sich nicht alles auf einmal erreichen. Als erstes muß mein Volk von der ständigen Angst vor dem Hungertod erlöst werden, vor Krankheiten, vor dem Tod … Angst sogar vor anderen Chinesen. Und ich entschied, daß ich dabei helfen konnte, aber ich wußte, daß ich alles andere aufgeben mußte, was meine Energien ablenkte, wenn ich mich diesem Ziel verschreiben wollte. Ich mußte alles aufgeben, was mir das Leben bequem gemacht und mir Energien geraubt hatte.
Das war ein längerer Prozeß, nichts, was man von einem Tag auf den anderen erreichen kann, aber ich habe alle meine Ehefrauen und Konkubinen aufgegeben. Ich habe ein Haus für sie bereitgestellt, das Haus und das Grundstück, das wir alle miteinander bewohnt hatten, und ich habe jeder von ihnen eine Summe zur Verfügung gestellt, genug Geld, um für sich selbst zu sorgen und vielleicht sogar einen neuen Ehemann anzulocken. All meine Kinder sind finanziell versorgt …«
»All *Ihre Kinder?« fragte ich. »Wie viele Kinder haben Sie?«*

Er zuckte die Achseln. »Ich kann mich nicht erinnern. Später habe ich dann meinen ältesten Sohn zu mir geholt, den Sie kennengelernt haben – er hat Sie hierhergeführt. Ich kann mich nicht mit Kindern belasten.«

Ich versuchte gar nicht erst, diesem Mann meine Wertvorstellungen aufzudrängen, der freiwillig all *seine Kinder aufgegeben hatte – mir war das Herz jedesmal von neuem gebrochen, wenn ich eines meiner Kinder verlor.*

»So war das also.« Er lachte. »Ich schien nicht gerade ein naheliegender Kandidat für einen Revolutionär zu sein, stimmt's? Ein wohlhabender Mann, den sein eigener Besitz niederdrückt, ein korrupter Beamter wie alle anderen Beamten auch, ein Opiumsüchtiger? Ich wußte, daß ich nicht nur meine Familie aufgeben, sondern mich auch von der Sucht freimachen mußte. Ich hatte gesehen, wie andere es versucht hatten, ausnahmslos vergeblich ... ich hatte die Schweißausbrüche gesehen, die Halluzinationen, die körperlichen Qualen. Ich wußte, daß es nicht leicht werden würde, aber ich wußte auch, daß ich nicht an dieser Gewohnheit festhalten und gleichzeitig das Ziel erreichen konnte, das ich mir gesteckt hatte.«

Er erwies sich jedoch als ein Mann aus Stahl. Da er seiner eigenen Selbstdisziplin nicht restlos vertraute, begab sich Lu-tang nach Tschungking, weit westlich von seiner Heimat, Tausende von Meilen weiter oben am Jangtsekiang gelegen. Hier buchte er auf einem britischen Dampfer eine Schiffspassage nach Schanghai, eine Reise, die einen Monat erfordern würde. An Bord eines britischen Schiffes konnte man kein Opium kaufen. Während das Schiff stromabwärts fuhr, setzten die nächtlichen Schweißausbrüche ein, die Alpträume, die unbeschreibliche nervliche Belastung. Schließlich lag er dann bewußtlos auf dem Boden seiner Kabine und kämpfte gegen seine Sucht an.

»Das war der härteste Kampf meines gesamten Daseins«, sagte er mit klarem Blick und voller Zuversicht. »Ich habe ein neues Leben begonnen.«

Ich saß da und schaute ihn an, während er redete, und ich

war außerstande, mir auszumalen, wie es für ihn gewesen sein mußte, sich von dieser Abhängigkeit zu befreien, die ihn beherrscht hatte.
Dann versammelte er eine Schar von Soldaten um sich und begann, Plünderer aus den Dörfern in seiner Heimatprovinz zu vertreiben. Er gab zu, daß er die Bauern besteuern mußte, um seinen Soldaten das Lebensnotwendigste zur Verfügung zu stellen, aber andere erzählten mir, er sei ein Robin Hood. Er war nicht gefürchtet, sondern wurde verehrt, und er verteidigte immer größere Gebiete, beschützte zunehmend mehr Ortschaften. Wenn über den Nordosten Hungersnöte hereinbrachen, wie es in allen Gegenden des Orients gelegentlich vorkommt, hatten seine Dörfer immer Nahrung, und wenn er plündern und von anderen stehlen mußte – vielleicht gerade genug, um sie vor dem Verhungern zu bewahren, einem Tod, der Millionen von anderen ereilte, aber doch genug.
Ja, Millionen. Es ist wie mit den Staatsschulden, deren Summen unser Fassungsvermögen schlichtweg übersteigen. Die Zahlen sagen uns nichts, weil sie absolut außerhalb unseres Erfahrungshorizonts liegen.
Als ich ihn fragte, worin er den Grund dafür sah, daß er sich derart drastisch verändert hatte, antwortete er: »Ich bin gereist. Ich habe studiert. Und ich habe mich gefragt, warum eine Ausländerin mich als einen Barbaren bezeichnet hat. In meinem Bauch habe ich gewußt, daß ich nicht länger untätig zusehen und Teil eines Systems sein kann, das so viele Menschen sterben oder nur am Rande existieren läßt. Ich will mein Volk wachrütteln und erlösen. Früher habe ich geglaubt, die Leute auf den Feldern und in den Ortschaften dieser Provinz seien mein Volk. Aber jetzt glaube ich, daß alle Chinesen mein Volk sind.«
Ich schaute lange Zeit diesen großen Mann mit seinem Wissensdurst und seinen Regungen von Mitgefühl an. Und doch bemerkte ich auch einen grausamen Zug an ihm. Als ich das ansprach, nahm er meine Unterstellung mit einem Nicken hin und sagte: »Ich bin eben gerecht.«

Verschiedene Länder verwenden verschiedene Worte für dieselben Dinge, dachte ich mir.

»Ich habe gelernt, was Liebe bedeutet«, sagte er zu mir.

»Ich dachte«, sagte Slade, »Sie hätten sich die Frauen in Ihrem Leben vom Hals geschafft.«

Der General tat diese Vorstellung mit einer unwirschen Handbewegung ab. »Ihr aus dem Westen seid ja so beschränkt. Ihr seid die einzigen, versteht ihr, die diese Vorstellung von romantischer Liebe haben. Ich rede nicht von der Liebe zu einer Frau. Verlangen, ja. Das habe ich nicht aufgegeben. Ich habe keinerlei Verlangen danach, ein Mönch zu werden. Ich befriedige meine Gelüste schnell, damit sie nicht außer Kontrolle geraten. Aber das hat nichts mit Liebe zu tun. Ich meine die Liebe zu meinen Landsleuten.«

»Ist das nicht eine abstrakte Form von Liebe?«

Er sah mich an, und ich mußte ihm erklären, was abstrakt bedeutet.

Er dachte eine Zeitlang nach. »Vielleicht«, sagte er schließlich. »Wenn es sich als nötig erweist, werde ich für China sterben. Viel mehr weiß ich nicht. Aber für eine Frau sterben? Niemals. Wir Chinesen sind keine so großen Dummköpfe. Es mag sein, daß ich bei dem Versuch sterbe, mein Volk zu befreien, es wachzurütteln und ihm seine Möglichkeiten aufzuzeigen. Möglicherweise würde ich mein Leben geben, um meinen ältesten Sohn zu retten. Ich habe mein Leben oft in Kämpfen aufs Spiel gesetzt, und das werde ich wahrscheinlich wieder tun. Ich könnte bei dem Versuch sterben, einen Freund zu retten … Die Liebe zu einem Freund ist viel wert. Täten Sie das?« fragte er Slade.

»Ich vermute, ich würde mein Leben für mein Land opfern«, antwortete er. »Ob ich es für einen Freund täte, weiß ich nicht.«

»Und was ist mit Ihrer Familie? Würden Sie für Ihre Frau Ihr Leben opfern?«

Slade ließ sich einen Moment lang Zeit. »Das ist nicht fair, General. Mich in ihrer Gegenwart danach zu fragen. Aber wahrscheinlich täte ich es. Wenn ich bereit bin, mein Leben für mein Land zu opfern, dann, damit eine Lebensform, an die ich glaube, weiterbestehen kann. Damit meine Familie in der Freiheit leben kann, die ich als eine notwendige Voraussetzung für das Dasein ansehe.«

»Jetzt sind wir wieder beim Abstrakten gelandet«, sagte der General. »Woher sollen wir überhaupt wissen, wofür wir sterben würden, solange man uns nicht auf die Probe stellt? Ich glaube, daß ich für einen Freund sterben würde, weil ich mir gern vorstellen möchte, daß ich ein Mensch bin, der so etwas tut. Aber woher soll man das wissen, solange der Zeitpunkt nicht gekommen ist?«

Selbstverständlich unterließ es Chloe, in ihrem Brief ihre plötzliche Erkenntnis zu erwähnen, daß sie Slade nicht genügend liebte, um ihr Leben für ihn zu opfern.

General Lu-tang hat keine klare Vorstellung davon, was er sich für sein Land wünscht. Er hat sich nicht einem Ziel verschrieben wie Mao Tse-tung. Er interessiert sich nicht wie Chiang Kai-shek für Macht. Was er weiß, ist, daß er Schantung und ganz China von den japanischen Invasoren befreien will. Was er weiß, ist, daß er seinen chinesischen Mitbürgern begreiflich machen will, daß sie ein besseres Leben führen können, und er will ihnen dabei helfen, auf dieses Ziel hinzuarbeiten. Aber er sucht immer noch nach Lösungen.

Mein Mann und ich waren bei unserer Abreise weitaus mehr von General Lu-tang beeindruckt als von Chiang Kai-shek oder Mao Tse-tung, und das trotz des Umstands, daß er der Meinung ist, Gewalttätigkeit und Vergeltung seien die richtigen Mittel, um Probleme zu lösen. Als ich ihm widersprochen habe, hat er gelacht, und seine dunklen Augen haben geglitzert, als er mich gefragt hat: »Welche Mittel sind denn dann die richtigen?«

»Argumente«, antwortete ich.

Der General bezweifelt, daß je eine Zeit kommen wird, in der man die meisten Probleme durch Gespräche lösen kann. Ich wünsche mir, daß er sich irrt.

42

Es ist kein Wunder, daß du müde bist«, sagte Chloe. »Du hast seit unserer Hochzeit keinen Urlaub mehr gemacht, es sei denn, du zählst diese Reise, die wir letztes Jahr unternommen haben, um Mao und General Lu-tang zu finden, als Ferien.«

»Nun«, sagte Slade, »vielleicht sollten wir einfach Urlaub machen. Im Moment gibt es nicht viel zu berichten, und es stehen auch keine bahnbrechenden Geschichten an. Ganz gleich, was wir alle schreiben, Amerika liebt die Chiangs.« Seine Stimme zeugte von Niedergeschlagenheit.

»Laß uns irgendwo hinfahren, wo wir noch nie gewesen sind«, schlug Chloe vor. »Wie wäre es mit Japan?«

»Ich kann mir nicht mehr als zwei Wochen freinehmen.«

Chloe schüttelte den Kopf. »Vergiß es. Ich weiß, was wir in Japan täten. Wir würden uns so viel wie möglich ansehen, und du würdest dich nicht eine Minute lang entspannen.«

Slade dachte darüber nach. »Wahrscheinlich hast du recht, aber ich führe trotzdem gern hin. Was hältst du davon, wenn ich dir verspreche, keine Interviews dort zu machen, und wenn ich dir verspreche, dort nicht zu arbeiten? Wir fahren zum Fudschijama und mieten uns ein Zimmer in einem dieser Gasthäuser, von denen ich schon so viel gehört habe. Sie gelten als einfach phantastisch.«

»Wann?« Chloe verspürte prickelnde Erregung. Dort hatte sie schon seit langem einmal hinfahren wollen.

»Keine Ahnung. Wann kannst du mit den Vorbereitungen fertig sein?«

»Morgen?« Sie lachte.

Slade grinste. »Ich werde mich umhören, wann das nächste Schiff ausläuft.«

Chloe stellte sich vor, daß es eine zweite Hochzeitsreise sein würde. Keine Arbeit, das hatte er ihr versprochen.

Und die Reise hatte auch wirklich Elemente von Flitterwochen.

Sie standen Händchen haltend an der Reling, als Schanghai aus ihrer Sicht entschwand, und dann wieder, als Yokohama sich am Horizont abzeichnete. Slade hielt sie im Arm, wenn sie schliefen, etwas, was er seit Jahren nicht mehr getan hatte. Nachdem sie den Zug durch die grünen Reisfelder und das fruchtbare Ackerland hinauf in die Berge genommen hatten, brach Slades gewohnte Heiterkeit wieder durch.

Chloe fand das Gasthaus, in dem sie wohnten, reizvoller und aparter als alles andere, was sie kannte. Es war zwar spartanisch eingerichtet, aber einfach zu schön. Der Futon, auf dem sie auf dem Fußboden schliefen, wurde tagsüber zusammengerollt. Eine frische Blume, nur eine einzige Blüte, schwamm in der Schale, die das Zimmermädchen jeden Morgen brachte. An einem Tag war es eine Azalee, an einem anderen eine riesige Chrysantheme, an einem dritten Tag eine weiße Rose, deren Blütenblätter an den Rändern kirschrot waren. Chloe fand das wirkungsvoller als ein Dutzend Blumen.

Eine Schiebetür aus klein getäfeltem durchscheinendem Reispapier führte auf einen Balkon mit atemberaubendem Ausblick auf den Fudschijama. Der Vollmond ließ den schneebedeckten Gipfel als Silhouette sichtbar werden. Von den Gärten unter ihnen stieg der Duft von Rosen auf.

Eines Nachts, als sie sich liebten, hatte Slade es überhaupt nicht eilig. Aber am nächsten Tag schlief er bis in den frühen Abend hinein. Als er aufwachte, bekam er einen Hustenanfall.

»Mir fehlt nichts weiter«, versicherte er Chloe. »Ich muß mir irgendeinen Bazillus eingefangen haben, den ich nicht los werde.«

»Falls du dich morgen wieder besser fühlst – ich habe von einer Gruppe gehört, die eine Bergwanderung unternehmen wird, nur eine begrenzte Strecke, kein Aufstieg bis zum Gipfel. Die Aussicht soll sagenhaft sein.«

Aber am folgenden Morgen sagte Slade zu Chloe, sie solle ohne ihn gehen. Er würde sich auf den Balkon setzen und sich vorstellen, er sähe sie beim Aufstieg.

»Um zwölf Uhr mittags winke ich dir zu«, sagte er.

Sie bemühte sich, Schuldbewußtsein zu verspüren, weil sie den Aufstieg genoß, während Slade erschöpft im Gasthaus lag. Doch es gelang ihr nicht. Es war einfach zu schön, um es jemals wieder zu vergessen. Die Wege waren mühelos begehbar und stiegen niemals zu steil an, doch sie schafften nur ein Drittel des Aufstiegs. Die Aussicht war, wie sie Slade später zu erklären versuchte, einfach unglaublich.

»Ich dachte, ich sei im Himmel«, sagte sie zu Slade. »Von dort oben aus, über dem Rest der Welt, habe ich gesehen, wie schön das alles ist. Von dort oben sieht alles, was unter einem liegt, vollkommen aus. Ich habe versucht dahinterzukommen, was ich empfunden habe, und das einzige, was mir zur Beschreibung dessen eingefallen ist, war unbändige Freude.«

Nachdem sie zum Abendessen Suschi und Saschimi gegessen hatten, fiel sie ins Bett und schlief genauso tief wie Slade. Sie wußte nicht, daß er auch den ganzen Tag über nur geschlafen hatte.

Gegen Ende der zehn Tage, die sie in dem Gasthaus verbrachten, kehrten Slades Energien dann zurück, obwohl er eines Nachts, als er hustete, Blut spuckte.

Chloe bestand darauf, daß er nach ihrer Rückkehr nach Schanghai den Arzt aufsuchte, doch der Arzt hielt es für nichts Besorgniserregendes. Es war schließlich nur ein einziges Mal vorgekommen. Der Arzt glaubte, Slade würde sich bald besser fühlen, da jetzt der Winter gekommen war.

Eine Zeitlang ging es ihm tatsächlich besser, obwohl er sein rasendes Tempo nicht mäßigen wollte. Er reiste nach Kanton, aber als er zurückkam, legte er sich ins Bett und war zu erschöpft für alles andere, nur um die Mittagszeit stand er auf und verbrachte ein paar Stunden im Büro.

Daisy kam eines Tages in ihrer Mittagspause zu Chloe und sagte: »Weißt du eigentlich, daß Lou sich Sorgen um Slade macht?«

»Ich bin auch um ihn besorgt«, gestand Chloe. »Aber ich weiß nicht, was ich tun soll. Er ist beim Arzt gewesen.«

»Hast du schon daran gedacht, aus China fortzugehen? Zurück in die Staaten?«

Chloe seufzte. »Jedesmal, wenn ich darauf zu sprechen komme, weigert er sich, mit mir darüber zu reden. Er sagt, hier tun sich die größten Veränderungen weltweit.«

Daisy trank einen großen Schluck von ihrem Drink. »Überrede Slade dazu, wieder nach Hause zu gehen. Er könnte sich einen verdammten chinesischen Bazillus eingefangen haben, eine von den zahllosen Infektionen, die es hier gibt. Sieh zu, daß du ihn von hier fortschaffst.«

»Sag Lou, er soll es versuchen. Er hört ja doch nie auf mich.«

Daisy schüttelte den Kopf. »Ich glaube, er blockt dich ab, weil du einfach eine zu starke Frau bist.«

»Was um alles in der Welt soll denn das jetzt heißen?« fragte sich Chloe laut.

»Vielleicht hat es gar nichts zu bedeuten.« Daisy zuckte die Achseln.

»Wenn wir gerade von zu starken Frauen reden – ist das vielleicht der Grund, der Lou davon abhält, in bezug auf dich etwas zu unternehmen?« Sie hatte sich bisher nie derart direkt zu den beiden geäußert. »Jagst du ihm Angst ein?«

»Nun, ich habe mein hektisches Leben mit den Durchreisenden aufgegeben«, gestand Daisy, »und bin ruhiger geworden. Ich gehe nicht mehr mit anderen Männern aus, nur noch mit Lou, falls du das meinst. Ich mußte mir wohl selbst den Kopf zurechtrücken, damit ich klar sehen kann. Das hat mich nur etwa ein Jahrzehnt gekostet.«

Chloe konnte nicht recht entschlüsseln, wie Daisy das meinte. »Heißt das, du bist über diese Liebesbeziehung damals in den Staaten hinweggekommen?«

»Was für eine Liebesbeziehung damals in den Staaten?« Daisy zog die Augenbrauen hoch.

»Du hast mir früher einmal erzählt, du hättest nur einen einzigen Mann geliebt, und der wollte dich nicht haben. Ich habe selbstverständlich angenommen, daß das war, ehe du hierher gekommen bist, oder daß das der Grund war, aus dem du hergekommen bist.«

Daisy schüttelte den Kopf, und in ihren Augen spiegelte sich Melancholie wider. »Schätzchen, der einzige Mann, den ich *je* geliebt habe, ist Lou Sidney.«

Chloe hob überrascht den Kopf. Warum hatte Daisy dann mit so vielen Männern geschlafen? Warum machten die Männer Witze über die Sterne an der Decke über Daisys Bett?

»Weiß er es?« Als könnte dieses Wissen ihn dazu bringen, ihre Liebe zu erwidern.
»Natürlich«, erwiderte Daisy. »Er liebt mich auch und hat mich schon immer geliebt. Aber das löst unsere Probleme nicht im geringsten.«
»Warum nicht? Mir scheint, ihr seid doch ständig zusammen.«
»Tja, also.« Daisy stand auf. »Nicht alles auf dieser Welt ist einfach, meine Liebe. Vielleicht ist sogar nichts auf dieser Welt einfach. Ich muß jetzt zurück ins Konsulat. Wenn Slade nicht von hier fortgehen will, dann sollte er vielleicht wenigstens einen zweiten Arzt aufsuchen. Lou ist sicher, daß ihm etwas fehlt.«
»Ich glaube, so weit würde Slade ihm zustimmen. Das geht jetzt schon seit mindestens sechs Wochen so. Natürlich zeigt er nie, wie ihm zumute ist, aber ich bin sicher, er macht sich schon ein wenig Sorgen. Ich werde sehen, was ich tun kann. Ich sehne mich selbst danach, nach Hause zurückzugehen. Ich habe meine Familie seit Jahren nicht mehr gesehen.« Und Cass und Suzi auch nicht.
»Ich habe meine Familie seit einem Dutzend Jahren nicht gesehen«, sagte Daisy, »und ich hätte nicht das geringste dagegen, wenn es ein Dutzend Jahre mehr würden.« Mit diesen Worten ging sie.
Als Slade nach Hause kam, sagte er, er hätte keinen Hunger. Das hatte er in der letzten Zeit schon zu oft gesagt. Su-lin war dazu übergegangen, Kräutertees für ihn zuzubereiten. Sie schienen zwar nichts zu bewirken, doch er trank sie, und manche schmeckten so übel, daß er würgte; andere nahm er dagegen genüßlich zu sich.
Nach dem Abendessen sagte er: »Ich glaube, ich werde mich mit einem guten Buch ins Bett legen.«
Aber als Chloe eine halbe Stunde später mit der Absicht ins Schlafzimmer kam, mit ihm zu reden, schlief er tief und fest.
Am Morgen sagte sie: »Laß uns nach Hause fahren. Es reicht wahrhaftig, seine Familie fast sieben Jahre lang nicht gesehen zu haben.«
»Ich habe keine Familie, abgesehen von meiner Schwester und ihren sechs oder sieben Kindern. Das ist nichts für mich, Chloe. Hast du Heimweh?«

Sie nickte. »Ich ginge gern nach Hause.«
»Nach Oneonta? Ich dachte, du verabscheust diesen Ort.«
»Ja, schon, aber wenigstens zurück in die Staaten. Cass könnte dir bestimmt irgendwo im Land einen Auftrag geben.«
»Gib es schon zu«, sagte er. »Du machst dir Sorgen um mich. Honey, du hast doch gehört, was der Arzt gesagt hat. Sieh mal, mir gefällt das auch nicht, aber es wird ja nicht immer so bleiben. Wenn ich bloß aufhören könnte zu husten und Eiter oder Schleim oder was auch immer zu spucken.«
Davon hatte sie noch gar nichts gewußt. Wenigstens war es diesmal kein Blut.
»Was hältst du davon, einen zweiten Arzt zu Rate zu ziehen?« schlug sie vor.
Er schwieg eine Zeitlang und gab dann zu: »Mit dem Gedanken habe ich auch schon gespielt. Ich könnte diesen Marinearzt aufsuchen.«
»Darf ich mitkommen?«
»Fürchtest du, ich würde dir nicht die Wahrheit sagen?«
»Ja.«
»Okay. Mach mir einen Termin.«
Dr. Cummins, der Marinearzt, untersuchte Slade gründlich. »Ich sage Ihnen, was ich glaube. Sie haben Tb.«
»Tb?« Slades Stimme überschlug sich.
»Ja, Tuberkulose. Dafür gibt es keine wirkliche Behandlung, Mr. Cavanaugh. Bettruhe. Und ein zuträgliches Klima.«
»Damit scheidet Schanghai aus«, sagte Chloe.
»Ja. Gehen Sie in die Berge. Gehen Sie in die Staaten. Sehen Sie zu, daß Sie aus China rauskommen.«
»Tb?« wiederholte Slade. »Wie konnte ich das bloß kriegen?«
Der Arzt schüttelte den Kopf. »Die Antworten auf diese Fragen kennen wir nicht. In China kann man sich so ziemlich alles holen. So viele Menschen. So viel Schmutz. So viele Krankheiten. So wenig Hygiene. Meine Empfehlung lautet, daß Sie das nächste Schiff nach Hause nehmen sollten.«
»Ist es ansteckend?« fragte Slade mit aschfahlem Gesicht.
»Auch darauf kann ich nur sagen: Wer weiß? Und ich kann noch nicht einmal sicher sein, daß es sich wirklich um Tuberkulose

handelt. Sie müssen geröntgt werden. Und selbst dann können wir es vielleicht immer noch nicht mit Sicherheit sagen.«
»Und was ist, wenn ich mich weigere, Schanghai zu verlassen?« Slades Stimme war schneidend.
»Weshalb sollten Sie eine derartige Dummheit begehen?«
Slade antwortete nicht.
»Also, legen Sie sich ins Bett. Hören Sie auf, durch die Gegend zu laufen. Lassen Sie das Reisen sein. Verlassen Sie das Bett aus keinem anderen Grund, um ins Bad zu gehen. Auf die Art könnten Sie es innerhalb von sechs Monaten vielleicht wegkriegen.«
»Und wenn er nach Hause geht, zurück nach Amerika?« fragte Chloe.
»Dann verordne ich ihm genau dasselbe. Wahrscheinlich wird man Sie dort in ein Sanatorium im Gebirge schicken, wo die Luft klar, frisch und sauber ist. Für die Genesung wird man in etwa denselben Zeitraum veranschlagen.«
»Und wenn ich nichts von alledem tue?« fragte Slade.
Der Arzt sah ihn an. Schließlich antwortete er: »Dann könnte es sein, daß Sie sterben.«

»Ich will nicht, daß du stirbst«, sagte Chloe, als sie ihn mit einer Steppdecke zudeckte.
»Sieh mal, der Arzt hat mir sechs Monate Bettruhe verordnet, ob ich nun hier oder dort bin. Was macht das schon für einen Unterschied? In Amerika kann ich mir den Lebensunterhalt nicht verdienen. Hier kann ich es.«
»Wie willst du das anstellen, wenn du bettlägerig bist?«
»Du wirst die Augen und die Ohren für mich offenhalten.«
Chloe setzte sich auf den Stuhl, den sie ans Bett gezogen hatte. Sie nahm seine Hand, die schlaff und kalt in ihrer lag. »Warum nur? Warum weigerst du dich, dir selbst etwas Gutes zu tun oder dir von mir etwas Gutes tun zu lassen?«
»Verdammt noch mal, ich tue mir doch etwas Gutes. Ich habe mich ins Bett gelegt. Kannst du dir vorstellen, daß ich sechs Monate lang im Bett bleibe, um Gottes willen? Glaubst du, das bringt mich nicht um den Verstand, verdammt noch mal?«
»Slade ...«

»Also, ich will nichts mehr davon hören. Ich werde Schanghai nicht verlassen. Wir werden mit Lou reden. Er wird schon wissen, wenn sich etwas tut, worüber berichtet werden muß. Er wird dir Tips geben. Dann kannst du hingehen, dir Notizen machen, sie mir bringen und mir alle Einzelheiten berichten, und ich schreibe die Geschichten dann hier, im Bett. Beschaff mir einen Tisch, auf dem ich vom Bett aus tippen kann.«

Sie fuhr etliche Male nach Harbin, nach Tschungking rüber und nach Peking. Und nicht etwa nur Lou, sondern auch Mitglieder des Presseclubs gewöhnten es sich an, bei ihnen vorbeizuschauen, und das nicht nur, um ein paar Minuten mit Slade zu plaudern, sondern auch, um Chloe die neuesten Nachrichten zu überbringen oder ihr zu berichten, daß sich in Mandschukuo oder Sian oder wo auch immer gerade etwas Wichtiges tat. Den größten Teil jeden Monats verbrachte sie in Zügen, im Reitsattel, in Automobilen, auf der Ladefläche von Heuwagen und zu Fuß unterwegs.

Jedesmal, wenn Chloe von einer Reise zurückkehrte, ob sie zwei Tage oder mehrere Wochen fort gewesen war, mußte sie feststellen, daß Slade schlechter aussah. Obwohl er im Bett blieb und sich in keiner Weise anstrengte, sank sein Energiepegel ständig weiter. Nur an den Mittwochnachmittagen mißachtete er die ärztlichen Vorschriften und beharrte darauf, aus dem Bett aufzustehen, seine elegantesten Sachen anzuziehen und sämtliche Artikel, die er oder Chloe geschrieben hatten, ins Büro zu bringen, um sie nach Chicago zu kabeln.

Chloe stritt sich mit ihm deswegen. »Um Himmels willen, das kann doch ich tun. Das ist wirklich kein Aufwand.«

»Gestatte mir wenigstens diesen Rest an Würde, ja?« Er mußte seine gesamte Kraft aufbieten, um aufrecht dazustehen.

Dann war er fort bis gegen Abend und kam erschöpft nach Hause zurück, ging ins Bett und bekam jedesmal einen Hustenanfall, der stundenlang dauerte, und er spuckte Schleim und mit großen Abständen manchmal auch Blut. Blutrotes Blut, in kleinen Klümpchen.

Dr. Arbuckle hatte die Diagnose des Marinearztes bestätigt – Tb. Wenn Slade sich weigerte, China oder zumindest Schanghai zu verlassen, konnte keiner der Ärzte mehr für ihn tun, als ihm Bettruhe anzuraten. Und sie sagten Chloe, sie solle nicht im selben Bett und noch nicht einmal im selben Zimmer schlafen wie er. Sie hatten keine Ahnung, ob es ansteckend war. Sie sollte sich die Hände waschen, nachdem sie irgend etwas angefaßt hatte, was er auch nur berührt hatte. Dasselbe galt für das Personal.

Sie fand, er sei inzwischen kaum noch mehr als ein Skelett.

Und außerdem kam sie sich wie eine Verräterin vor.

Sie haßte sich selbst.

Sie beobachtete, wie ihr Mann vor ihren Augen dahinsiechte, und nie in ihrem ganzen Leben hatte sie sich ausgefüllter gefühlt. Sie war ständig wie aufgeladen vor Energie, nur dann nicht, wenn sie Slades verdunkeltes Zimmer betrat. Sie besuchte die Veranstaltungen in den Konsulaten jetzt unter einem anderen Blickwinkel und hatte weniger daran auszusetzen. Sie war wieder in den gesellschaftlichen Rummel eingetaucht, weniger als jemand, der dazugehört, eher als eine außenstehende Beobachterin, und doch fühlte sie sich mehr dazugehörig als je zuvor.

Die Ausländergemeinde, die einen Teil der Bevölkerung von Schanghai ausmachte, sah sie wieder einmal als Heldin an. Sie sorgte für ihren kranken Mann und tat noch dazu seine Arbeit.

Chloe hoffte, daß Cass auf dem Umweg über andere Journalisten nichts davon erfuhr. Slade bestand darauf, Cass solle nicht erfahren, daß er krank war.

Doch als sich die Monate dahinschleppten, wies Slade keinerlei Anzeichen einer Besserung auf. Die Sechsmonatsmarke, die der Marinearzt gesteckt hatte, als er die Krankheit diagnostiziert hatte, war längst überschritten. Sein geschwächter Körper lag unter den Decken, und er konnte kaum noch genügend Energie aufbringen, um sein Essen selbst zu sich zu nehmen. Er stand auch nicht mehr auf, um ins Bad zu gehen.

Eines Abends zu Frühjahrsbeginn 1931 brachte Lou Slade ein Telegramm von Cass. *Schiff läuft morgen aus San Francisco aus. Sollte vor Ablauf des Monats in Schanghai eintreffen. Werden wir einander noch wiedererkennen? Plane einmonatigen Aufenthalt. Erwarte, China von Ihnen gezeigt zu bekommen. Grüße an Chloe.*

Dann war es also aus jetzt, dachte sie.

»Was wirst du tun?« fragte Lou. Er wußte, daß Cass keine Ahnung hatte. Sie hatten alle Anstrengungen unternommen, um Chloe dabei zu helfen, Slades Job nicht zu gefährden.
»Im Grunde genommen bin ich erleichtert«, gab sie zu. »Wir können nicht ewig so weiterleben und versuchen, Slades Krankheit geheimzuhalten. Mein Gott, außerdem bin ich so froh, ihn wiederzusehen. In den Jahren, in denen ich aufgewachsen bin, war er einer der wichtigsten Menschen in meinem Leben. In einem Monat«, überlegte sie. »Ich nehme an, ich werde es Slade erst kurz vor Ablauf dieser Zeit sagen. Ich will nicht, daß er sich Sorgen macht.«

Eines Nachmittags zehn Tage später betrat Chloe Slades Schlafzimmer und fand ihn schlafend vor. Er atmete so schwer, daß es klang, als schnarchte er. Sie zog sich einen Stuhl ans Bett und wartete darauf, daß er aufwachen würde. Ehe sie sich setzte, schenkte sie sich einen Sherry ein.
Sie saß immer noch da und fragte sich, ob sie einen Arzt kommen lassen sollte, als Daisy eintraf. Slade atmete schwer und schnell, bis sie glaubte, er würde bersten, und dann hörte er plötzlich auf damit. Sein Atem stoppte. Eine volle Minute verging, in der er überhaupt nicht atmete. Dann ging sein Atem wieder in schnellen, tiefen Zügen. »Er stirbt«, sagte sie.
Daisy legte einen Arm um Chloe. »Ich bleibe bei dir.«
Als Chloe dann doch den Arzt holen ließ, schüttelte er betrübt den Kopf. »Da läßt sich nichts mehr machen, meine Liebe.«
In den nächsten drei Tagen kam Slade ab und zu für kurze Zeit zu sich, verlor jedoch schnell wieder das Bewußtsein. Wenn er klar bei Sinnen war, griff er nach Chloes Hand, und in seinen Augen stand Furcht. Er bemühte sich zu lächeln, doch alles, was Chloe sehen konnte, war die angespannte Haut um seine Knochen herum, die ihn wie ein eingefallenes Skelett aus Haut und Knochen wirken ließ. Sein Atem ging schwer, als würde von dem Ringen um Luft seine gesamte Muskelenergie aufgezehrt. Es war qualvoll für Chloe, ihn zu hören und zuzusehen, wie aus dem Mann, mit dem sie nahezu acht Jahre lang zusammengelebt hatte, das Leben wich.

Sie sah ihn an, hielt seine knochige, klamme Hand und fragte sich, ob sie einander je wirklich gekannt hatten, ob sie sich wirklich geöffnet und dem anderen Einblicke in ihre Seele gestattet hatten. Nie hatten sie ein Gespräch über ihr Zusammengehörigkeitsgefühl geführt. In jenen Monaten vor Nikolai und nach dem Schneeleoparden hatte sie sich bemüht … hatte versucht, einen Kontakt herzustellen, doch er hatte sich ihr gegenüber verschlossen. Waren sie je mehr gewesen als zwei Menschen, die dieselbe Luft einatmeten?

Seine Lider schlugen flatternd auf, und er flüsterte etwas. Sie beugte sich vor, um ihn zu verstehen. Doch er war schon wieder entschwunden, sein Atem ging qualvoll schwer, und er rang nach Luft.

Seine letzten Atemzüge waren ein Rasseln. Seine Finger klammerten sich in das Bettzeug, während seine Augen, die offenstanden, starr zur Decke blickten. Noch ein weiterer tiefer Atemzug, und seine Brust hörte auf, sich zu heben und zu senken.

43

Sie schaute in die Augen hinunter, die ohne zu zucken ins Nichts starrten. Dann beugte sie sich vor, schloß ihm die Lider vor den Augen und dachte dabei, daß seine Haut wie Pergament war, trocken und durchscheinend.

Wohin bist du gegangen? fragte sie stumm und wunderte sich, wo ihre Tränen blieben.

Sie faltete seine knochigen Finger auseinander, die das Bettzeug umklammert hielten, damit sie den Stoff seinem festen Zugriff nicht gewaltsam entreißen mußte, wenn die Totenstarre einsetzte. Er wies nicht mehr die geringste Ähnlichkeit mit dem gutaussehenden jungen Mann auf, in den sie sich vor nicht mehr als acht Jahren verliebt hatte. Plötzlich erschauerte sein ausgezehrter Körper heftig. Nur eine einzige Zuckung, wie ein Krampf, doch sie wich zurück und hörte sich aufschreien: »Jesus Christus!« Gänsehaut kroch ihr über den Rücken.

Sie erinnerte sich an den Tag, an dem sie, umgeben von gelben Rosen, in seinen Armen gelegen hatte und er ihr gesagt hatte, sie würden nach China gehen. Es hatte ganz so geklungen, als stünde ihnen ein phantastisches Abenteuer bevor. Und dieses Abenteuer hatte sie ihre beiden ungeborenen Kinder gekostet, ihren geliebten Damien und jetzt auch noch ihren Mann. Irgendwo in ihrem Herzen hallte ein Echo: Und vergiß Nikolai nicht. Auch Nikolai. Sie ließ sich auf einen Stuhl sinken und stieß einen heiseren Seufzer aus.

»Ein Sohn«, hatte er noch wenige Tage vor seinem Tod geflüstert. »Ich hätte zu gern einen Sohn zurückgelassen.« Das war die einzige Andeutung gewesen, der sich entnehmen ließ, daß er von seinem bevorstehenden Tod wußte.

Sie hätte nicht auf ihn hören dürfen. Schon vor Monaten hätte sie darauf beharren, ihn zwingen müssen, nach Amerika zurückzukehren und sich dort den Ärzten anzuvertrauen.

Chloe trat auf die Veranda hinaus, sank auf die hölzerne Schaukel, wiegte sich sachte darauf und schaute auf den Fluß hinaus.

»Ich werde mit Cass nach Hause gehen«, sagte sie laut vor sich hin.
Nach Hause?
Wo war ihr Zuhause? Sie hatte sich China zugehöriger gefühlt als jedem anderen Ort auf Erden. Und doch, bei Gott, wie sehr sie es haßte. Es dafür haßte, daß es ihr die Menschen genommen hatte, die sie liebte. Und wie sehr ihr der Schmutz und die Armut und die Hoffnungslosigkeit verhaßt waren.
Sie fühlte sich unendlich allein.
Ich bin schon seit langem allein, dachte sie. Es hatte nur vereinzelte Momente gegeben, in denen sie die Einsamkeit nicht in ihrem Innern mit sich herumgetragen hatte – vielleicht schon seit Jahren. Es kam nicht nur daher, daß Slade tot war. Das Eingeständnis, daß das, was ihre Einsamkeit erschaffen hatte, Slade zu seinen Lebzeiten gewesen war, überwältigte sie.
Er hatte sie einmal gefragt, und erst jetzt wurde ihr klar, daß es kein Scherz gewesen war: »Es macht dir Spaß, nicht wahr – eine Heldin zu sein? Du sonnst dich darin, daß ich jetzt als Chloe Cavanaughs Ehemann dastehe, der Ehemann der Frau, die ihren Körper geopfert hat …«
Jetzt erst verstand sie, daß sie taub für seinen Tonfall und blind für die Anklage in seinen Augen gewesen war. Oder hatte sie blind und taub sein wollen? Sie war auf ihn zugegangen und hatte die Arme um ihn gelegt, aber er hatte mit einem Ausdruck auf sie herabgesehen, der sie zurückweichen ließ, und als er sich von ihr abwandte, hatte sie den Schmerz wie einen Schlag empfunden. Das war der Punkt, an dem die Einsamkeit eingesetzt hatte, dachte sie.
Bis auf diese kurze Zeit mit Nikolai war sie nie verschwunden. Noch nicht einmal in Ching-lings Gegenwart, weil sie wußte, daß Ching-ling viel zu tun hatte, daß sie sich Aufgaben gestellt hatte, die für sie von allergrößter Bedeutung waren, Ideen, die in die Wirklichkeit umgesetzt werden mußten.
Einsamkeit, dachte sie, muß mit der Erkenntnis einhergehen, daß man nicht für irgend jemanden der wichtigste Mensch auf Erden ist. Für jemanden, den man liebt.
In dem Moment streckte Lou den Kopf durch die Tür.

»Was kann ich tun?« fragte er. Er kam auf sie zu und beugte sich herunter, um ihre Hände in seine zu nehmen.
»Den Nachruf verfassen«, sagte sie. »Du hast ihn besser als jeder andere gekannt.« Sogar besser als ich, dachte sie und fühlte sich voller Trauer.

Slade wurde auf dem Methodistenfriedhof begraben, er, der als Kongregationalist aufgewachsen war und behauptete, letztendlich an keinen Gott zu glauben. Aber es war ein Fleck amerikanischer Boden, und Chloe wußte nicht, wohin sonst sein Leichnam gehört hätte. Das gesamte amerikanische Kontingent und ein Großteil der Europäer erschienen zu dem Begräbnis.
Hinterher wollte Chloe allein nach Hause gehen, die Vorhänge zuziehen und sich im Dunkeln hinlegen. Sie wollte, daß die Leere verging, und sie wünschte sich, die Kopfschmerzen, die am frühen Morgen eingesetzt hatten, würden aufhören, ihren Schädel zu sprengen.
Sie wollte nach Amerika zurückgehen, nach Oneonta. Sich von ihrer Mutter pflegen lassen wie früher, wenn Chloe wegen Masern oder Angina nicht in die Schule geschickt worden war. Sie wollte den kühlen Waschlappen auf ihrer Stirn spüren, während ihre Mutter bei heruntergelassenen Jalousien am Fußende von Chloes Bett saß und ihr Geschichten erzählte oder ihr etwas vorlas, bis sie in einen fieberfreien Schlaf versank.
Sie wollte aus China fortgehen, den Tod und die Einsamkeit hinter sich zurücklassen.

»Was wirst du jetzt tun?« fragte Daisy sie am nächsten Morgen. Sie schüttete hastig große Mengen Tee in sich hinein, weil sie gleich ins Konsulat eilen mußte. Chloe beobachtete, wie Daisy ein gewaltiges Frühstück in sich hineinschlang, während sie selbst keinen Bissen herunterbrachte. »Zurückgehen«, antwortete Chloe, und ihr fiel auf, daß sie nicht davon gesprochen hatte, *nach Hause* zu gehen. Vielleicht würde Cass sie engagieren. Sie wußte, daß er irgendwie einen Posten für sie schaffen würde. Irgendwo.
Daisy streckte die Hand über den Tisch und legte sie auf Chloes Arm. »Möchtest du vielleicht, daß ich ein paar Tage bei dir bleibe?

Ich meine, ich muß natürlich arbeiten gehen, aber an den Abenden … Was hältst du davon?«
»Oh, liebend gern, Daisy, aber ich bezweifle, daß ich sehr unterhaltsam sein werde.«
Plötzlich wurden sie von Schreien und Wehklagen unterbrochen. Das Tor schlug zu, und als sie aus dem offenen Fenster schauten, sahen sie Su-lin, die auf dem Pfad zum Haus eilte. Sie warteten. Aber Su-lin ließ sich nicht blicken, und es war auch kein Lärm mehr zu vernehmen.
»Wahrscheinlich Hausierer«, vermutete Chloe. »Su-lin hat ihre ganz eigene Art, Leute abzuweisen.«
Daisy lächelte. »Okay«, sagte sie. Sie stand auf und fuhr sich mit einer Hand durch das widerspenstige wellige Haar. »Ich komme dann zum Abendessen wieder, was meinst du dazu? Ich komme nicht her, um unterhalten zu werden. Ich werde ein Buch mitbringen, und wenn du allein sein willst, kann ich lesen. Aber andererseits habe ich auch kräftige Schultern. Denen macht es nichts aus, wenn sich jemand daran ausweint.«
»Ich glaube nicht, daß ich weinen werde«, sagte Chloe. »Das habe ich getan, während ich zugesehen habe, wie er dahinsiechte. Ich habe keine Tränen mehr.«
Daisy beugte sich vor, drückte Chloe einen Kuß aufs Haar und lief zur Tür hinaus.
Nach weniger als drei Minuten war sie wieder da. Chloe saß immer noch da, hatte die Ellbogen auf den Tisch gestützt und die Hände um ihre kalte Teetasse geschlungen und starrte aus dem Fenster.
Daisy blieb in der Tür stehen. »Chloe.«
Chloe blickte auf.
»Ich glaube, du solltest besser ans Tor kommen.« Ihre Augen waren ausdruckslos, doch in ihrer Stimme schwang ein Beben mit.
Hinter ihnen ertönte schrill Su-lins Stimme. »Nein. Mühe nicht wert. Nur Gesindel.«
Daisy sah Su-lin in die Augen. Sie wies mit einer ruckhaften Kopfbewegung zur Tür. »Komm schon, Chloe.«
Chloe nahm ein Tauziehen zwischen den beiden Frauen wahr. Sie merkte ihnen deutlich an, daß sie etwas wußten, wovon sie keine

Ahnung hatte. Daisy streckte einen Arm aus, nahm sie an der Hand und führte sie durch den Gang in den schon so früh am Tag strahlenden Sonnenschein und zu dem alten Holztor. Sie zog das Tor auf und trat zurück.

Davor stand eine hochschwangere junge Chinesin, die ohne jeden Zweifel sehr hübsch war, mit zwei kleinen Kindern, beides Mädchen, die ordentlich gekleidet waren und dicht hinter ihrer Mutter standen.

Chloe sah Daisy verständnislos an. Die junge Chinesin legte den kleinen Mädchen ihre Hände auf die Schultern und gab ihnen einen Schubs nach vorn.

»Sie kaufen?« fragte sie mit zarter Stimme und flehentlichem Blick.

Wieder warf Chloe einen Blick auf Daisy, deren verschleierte grüne Augen keinerlei Emotionen verrieten.

»Nein.« Chloe schüttelte den Kopf. Die Frau war gut gekleidet – sie trug ein Seidenkleid. Sie sah nicht aus wie eine Bettlerin, sondern viel eher wie eine chinesische Hausfrau, eine Städterin, die finanziell nicht schlecht dastand, vielleicht ein paar Stufen über dem Durchschnitt. Die kleinen Mädchen waren wirklich sehr hübsch, dachte sie. Die Kleinere von beiden mußte, nach ihrer Größe zu urteilen, etwa drei Jahre alt sein. Die Ältere mochte fünf oder sechs sein, ein sehr schönes Mädchen. Gewiß war die Frau nicht vom Hungertod bedroht. Chloe hatte Frauen gesehen, die an Straßenkreuzungen standen und versuchten, ihre Kinder zu verkaufen. Sie wußte, daß sie von Fabriken und Bordellen gekauft wurden, und sie hatte immer den Blick abgewandt. Sie hatte nicht nur die Augen davor verschlossen, sondern auch ihr Herz. Aber diese Frau erweckte nicht den Eindruck, mittellos zu sein.

»Kommen Sie in die Küche«, sagte sie und öffnete das Tor weit. Aber die Frau blieb regungslos auf der Stelle stehen.

»Sie nicht kaufen? Dann nehmen. Brave Mädchen. Sie nehmen. Umsonst.« Sie versetzte dem älteren Kind einen leichten Stoß, und das Mädchen starrte Chloe aus großen, glänzenden schwarzen Augen an.

Chloe wandte sich an Daisy und sagte auf Englisch: »Sie macht nicht den Eindruck, als sei sie arm. Sie sind gut gekleidet und offen-

sichtlich gut genährt. Sie ist schwanger, im siebten oder achten Monat, schätze ich. Warum will sie ihre Kinder loswerden?«
Daisy sagte: »Der Vater kommt nicht mehr nach Hause.«
Oh, dachte Chloe. Er hat sie sitzenlassen. »Ich kann Ihnen etwas Geld geben«, sagte sie zu der schwangeren Frau. »Oder brauchen Sie Arbeit? Wo ist der Vater der Kinder? Ihr Ehemann?«
Die schwarzen Augen waren unergründlich. »Tot.« Ebenso tot war auch ihre Stimme.
»Das tut mir leid«, sagte Chloe. »Mein Mann ist auch tot.« Und dann, als die Frau und ihre Kinder weiterhin regungslos dastanden, ohne ein Wort zu sagen, fragte Chloe: »Haben Sie keine Angehörigen?« Vielleicht konnte sie ihr genug für die Zugfahrt geben, damit sie in ihre Stadt oder ihr Dorf zurückkehren konnte, obwohl diese Frau nicht wirkte, als käme sie vom Land.
»Ich kann sie nicht länger ernähren«, sagte die Frau schließlich. »Kein Geld mehr.« Ihre schwarzen Augen waren weiterhin auf Chloe gerichtet.
»Vielleicht kann ich Arbeit für Sie finden. Ich habe viele Freunde ...«
»Ich arbeite nicht für Sie!« Die Stimme der Frau zeugte von Wut, als endlich Leben in ihren Augen aufflackerte. »Ich verkaufe Ihnen Kinder.«
»Vielleicht ...«
»Die Kinder Ihres Mannes.«
Die Worte blieben in der Luft hängen, die plötzlich schwer und drückend wurde, sich zwischen ihnen schlängelte und sich in Knoten zusammenzog.
Chloe spürte Daisys Hand auf ihrer Schulter. »Nein«, sagte sie. »Mein Mann ist tot. Er ist lange Zeit krank gewesen.« Sie schaute auf den dicken Bauch der Schwangeren. Slade konnte nicht der Vater des Kindes dieser Frau sein. Vor sieben Monaten war er schon viel zu krank gewesen. Vor acht Monaten. Vor einem Jahr. Slade hatte schon länger als ein Jahr nicht mehr die Energie oder das Verlangen gehabt. »Sie müssen sich irren.«
»Mittwoch nachmittags«, zischte die Frau. Sie streckte den Arm aus und legte dem älteren Mädchen eine Hand auf den Kopf. »Das hier, als Sie in Kanton.«

Chloe stockte der Atem in der Kehle. Damals war sie selbst zum ersten Mal schwanger gewesen. Das konnte nicht sein. Während sie, Ching-ling und Nikolai sich durch das Geschützfeuer gekämpft hatten, ehe sie die Zeit gefunden hatte, ihre eigene Schwangerschaft bewußt wahrzunehmen? Direkt nachdem Slade sich dort von ihr getrennt hatte, um nach Schanghai zurückzukehren? Direkt nachdem er sie geschwängert hatte, hatte er mit seinem Samen dieses Kind gezeugt? Das war unmöglich.

»Sie lügt. Oder sie irrt sich.« Chloe wandte sich an Daisy. »Natürlich irrt sie sich.«

Daisys Arm schlang sich um Chloe. »Nein«, murmelte sie in ihr Ohr. »Es ist wahr.«

Chloe riß den Kopf herum. »Was soll das heißen, es ist wahr?«

»Ich weiß es schon seit Jahren.«

Chloe sank in sich zusammen, doch Daisy hielt sie auf den Füßen. »Du hast es gewußt? Du meinst, es *ist* wahr? O mein Gott!«

Sie drehte den Kopf um und sah die Chinesin mit den beiden wunderschönen kleinen Töchtern und dem ungeborenen Kind an, das in ihrem Bauch wuchs, und dann griff sie nach der schweren Eichentür. Mit aller Kraft schlug sie ihnen die Tür vor der Nase zu.

Dann sank sie auf die Knie und blickte zu Daisy auf.

Daisy kniete sich neben sie und legte ihre Hände auf Chloes Schulter. »Meine Güte. Wir hatten gehofft, du würdest es nie erfahren.«

»Wir?« Daisy begann, sich vor Chloes Augen rasend schnell im Kreis zu drehen, und sie konnte sie nicht deutlich erkennen. »Wir? Wer weiß es sonst noch? Alle?« Ihre Kehle brannte. Sie konnte nicht schlucken.

»Ich glaube, nur Lou. Nur wir beide.«

Chloe preßte ihre Hände auf die Stirn und versuchte, gegen das Schwindelgefühl anzukämpfen, versuchte, gewaltsam den stechenden Schmerz aus ihrem Kopf zu vertreiben. »Warum habt ihr mir nichts gesagt?« Ihre Stimme überschlug sich. »Jesus Christus, warum habt ihr es mir nicht erzählt?«

»Es wäre zwecklos gewesen.« Daisy erweckte den Eindruck, als wollte sie sich verteidigen.

»O Gott.« Chloe schluchzte und begann, mit ihren Fäusten gegen die Tür mit den schweren Beschlägen zu trommeln. Blut tröpfelte an ihren Knöcheln herunter. »Es ist alles eine Lüge gewesen«, schrie sie, und in diesem Moment wurde ihr klar, daß sie nie einen Menschen derart gehaßt hatte, wie sie Slade jetzt haßte. Während sie drei Kinder verloren hatte, hatte er mit einer anderen Frau Kinder gezeugt.

44

Daisy blieb, bis Lou kam.

Die Sonne blendete sie, und daher zog Chloe die Vorhänge vor und saß in der kühlen Dunkelheit des Wohnzimmers, ohne sich zu rühren. Sie hatte die Ellbogen auf die Knie gestützt und hielt sich die Hände schützend vors Gesicht. Sie hatte ihre Haltung nicht verändert, seit Daisy sie ins Haus gezerrt und Chloe nur lange genug allein gelassen hatte, um Su-lin aus dem Haus zu schicken, damit sie Lou holte. Su-lin hatte einen seltsamen Schnalzlaut von sich gegeben und Daisy voller Abscheu angesehen.

Immer wieder sagte Chloe: »Es ist alles eine Lüge gewesen.«

Nur vage nahm sie wahr, daß Daisy im Hintergrund flüsterte und leise eine Tür schloß. Dann hörte sie Schritte durch das Zimmer kommen.

Lou zog sich einen Stuhl heran, setzte sich, sah Chloe an und nahm ihre Hände in seine.

Als sie begriff, wer er war, sagte sie leise: »Du hast es gewußt?«

Er nickte kaum wahrnehmbar, und seine Finger legten sich sanft über ihre geballten Fäuste.

»Weißt du, was mich mehr als alles andere verletzt?« Sie wußte, daß ihre Stimme klang, als weinte sie, doch ihre Wangen waren trocken. »Ich habe nachgedacht.« Ein gewaltiges Schluchzen entrang sich ihr. »Es ist nicht die Untreue. Es ist nicht der sexuelle Akt an sich – mit einer anderen Frau.« Sie hatte über sich selbst und Nikolai nachgedacht. Das hatte ihre Beziehung zu Slade für immer verändert. Oder diese Beziehung war von seiner Seite aus schon immer verändert gewesen, und nur deshalb hatte es je zu ihr und Nikolai kommen können. Sonst wäre es niemals geschehen.

»Es ist die Lüge. Das Ficken ...« Sie hatte dieses Wort noch nie zuvor benutzt, noch nicht einmal in Gedanken. »Das Ficken an sich ist kein Scheidungsgrund. Es geht um die psychische Untreue, die emotionale Untreue. Es geht darum, daß man glaubt, mit einem anderen Menschen etwas ganz Besonderes zu haben, und dann findet man heraus, daß es absolut nicht das war, wofür man es gehalten hat. Daß es das vielleicht nie gewesen ist.«

Lou wollte etwas sagen, aber jetzt umschlang sie fest seine Finger und redete weiter, als müßte alles, was sie sich in den letzten eineinhalb Stunden überlegt hatte, laut ausgesprochen werden. Die Worte sprudelten mit stockendem Atem aus ihr heraus, und die Laute stachen in ihr Fleisch, als sie sie gewaltsam herauspreßte. Sie schluckte so schwer, daß es schmerzte.

»Ich meine, ich habe geglaubt, wir hätten etwas miteinander, was wir mit keinem Menschen sonst teilen. Und das ist nicht wahr, stimmt's?« Endlich sah sie ihm in die Augen. »Ich dachte, der Schmerz, keine Kinder zu haben, sei ein gemeinsamer Schmerz. Aber er ist die ganze Zeit über Vater gewesen. Du hast es gewußt, stimmt's?«

Lou streckte eine Hand aus und legte sie ihr auf die Schulter. Sie stieß seine Hand weg.

»Am Anfang nicht«, sagte er mit leiser Stimme. »Ich wußte nur, daß es jemanden gibt. Ich ...«

»Habe ich dir in all diesen Jahren leid getan?«

Lou nahm stumm wieder ihre Hände.

»Und es ist noch nicht einmal etwas rein Zufälliges, etwas, wozu es in unregelmäßigen Abständen gekommen ist. Nicht einfach eine Frau nach der anderen. Kein Wunder, daß er mich in dem Jahr nicht gebraucht hat. Und sonst wohl auch nicht, vermute ich. Himmel, Lou.« Chloe entzog Lou ihre Hände und stand auf. »Weißt du, daß er mich ein ganzes Jahr lang nicht angerührt hat, nachdem ich entführt worden bin? Daß er mir nicht glauben wollte, als ich ihm gesagt habe, daß in Wirklichkeit – und das ist wahr – nichts passiert ist? Aber selbst wenn etwas gewesen wäre – selbst wenn ich drei Nächte in den Armen des Schneeleoparden verbracht hätte, selbst dann, wenn es mir Spaß gemacht hätte ... Slade hat mir das Gefühl gegeben, unberührbar zu sein. Er hat dafür gesorgt, daß ich mich bei der Vorstellung, ein anderer Mann könnte mich berühren, schmutzig fühle, um Himmels willen, während er durch die Gegend läuft und sie vögelt, diese Frau, und mich macht er zur Unberührbaren!« Sie erhob die Stimme. »Was für ein Heuchler. Was für ein gottverdammter Heuchler.« Sie

lachte schrill. »Wenn das nicht die reinste Ironie ist! Wie kann er es wagen?«
Sie begann jetzt zu weinen und zu schreien, vielleicht in der Hoffnung, der tote Slade könnte sie hören.
»Er hat ständig diese Frau gefickt und Babys mit ihr gemacht, während er mich nicht anrühren wollte.«
Sie funkelte Lou so finster an, als sei er der Schuldige.
»Es muß angefangen haben, als, o mein Gott ...« Jetzt kam sie zurück, sank neben ihm auf den Boden und begrub ihren Kopf in seinem Schoß. »O Lou, es muß schon im ersten Jahr unserer Ehe angefangen haben.« Ihr ganzer Körper wurde von ihrem Schluchzen erschüttert. Sie spürte, wie seine Finger zart ihren Kopf tätschelten. Er griff in eine Tasche, holte ein Taschentuch heraus und reichte es ihr.
Sie weinte.
Und weinte.
Und weinte.
Schließlich putzte sie sich laut die Nase, und ihr Schluchzen ebbte zu unregelmäßigen tiefen Seufzern ab, bis sie endlich begann, wenn schon nicht normal, dann doch wenigstens gleichmäßig zu atmen.
Sie blickte zu Lou auf und fragte: »Glaubst du, daß er mich geliebt hat?« Dabei sagte sie sich, daß er sie nicht geliebt haben konnte.
Lou antwortete nicht.
Schließlich drückte sie seine Finger. »Lou? Rede mit mir. Bitte.«
Sein Lächeln war betrübt. »Chloe, meine Liebe, ich bin am Überlegen, was ich sagen könnte. Wie ich deine Frage beantworten *und* deinen Schmerz lindern kann.«
Sie schmiegte ihre Wange an seinen Handrücken. »Damals, als wir geheiratet haben, hat er mich geliebt. Das weiß ich. Wann hat es aufgehört? Was ist passiert?« Was sie zu verstehen versuchte, waren nicht die letzten drei Jahre. Auch nicht die Zeit seit dem Blauen Expreß. Sondern, wie man sich ein sechsjähriges Kind erklärte, das gezeugt worden war, ehe sie auch nur ein ganzes Jahr miteinander verheiratet gewesen waren. Eine Tochter, die im Abstand von Wochen, wenn nicht gar Tagen von ihrer eigenen ersten Schwangerschaft gezeugt worden war.

»Ich kann deine Frage nicht beantworten, Chloe.« Lous Stimme war so leise, daß sie sich anstrengen mußte, um ihn zu hören. »Ich habe den Verdacht, du warst zu stark für ihn, eine zu starke Frau.«
Mit steifem Hals riß sie abrupt den Kopf hoch. »Das hat Daisy auch gesagt. Was um Himmels willen soll das heißen?«
Lou schüttelte den Kopf. »Ich bin nicht sicher. Daisy und ich haben im Lauf der Jahre immer wieder darüber diskutiert.«
Darüber diskutiert, daß Slade sie nicht liebte? Allmächtiger Gott.
»Mit der Liebe ist unter anderem auch das Ego verknüpft«, fuhr er fort. »Ihr habt einander nur etwa eine Woche gekannt, als ihr geheiratet habt. Chloe, damals war er bereits berühmt. Du weißt, daß ich auch über den Krieg in Europa berichtet habe, und obwohl ich ihm dort drüben nie begegnet bin, habe ich viel über ihn gehört, und ich habe seine überschwenglichen, wenngleich auch ausnahmslos akkuraten Berichte gelesen. Aber ich habe auch ständig von seinen Eroberungen in der Damenwelt gehört.«
»Aber es war nicht die Damenwelt«, dachte sie laut. »Es war eine einzige Frau, eine ganz bestimmte Frau.«
Lou schaute auf sie herunter.
Oh, dachte sie. Nicht zwangsläufig. Er hält mich für naiv.
»Chloe, ich habe immer geglaubt, daß du nie gewußt hast, wie schön du bist, daß du dir nie bewußt warst, wie dich alle anstarren, wenn du einen Raum betrittst. Ich bin sicher, daß Slade einer derer war, die sich von deiner Schönheit haben erobern lassen. Männer mögen es, wenn andere Männer glauben, daß sie von schönen Frauen geliebt werden. Du weißt natürlich, daß Frauen einen Mann zum Glück im allgemeinen nicht nach seinem Aussehen beurteilen. Aber das trifft auf uns nicht zu, auf die Männer. Ich stelle mir vor, daß kein einziger Mann, der dich je angeschaut hat, sich nicht ausgemalt hat, dich in seinen Armen zu haben, in seinem Bett.«
Chloes Kiefer fiel herunter. Versuchte er, ihr gut zuzureden, ihr ein gewisses Selbstvertrauen wiederzugeben? Sein Ernst konnte das doch bestimmt nicht sein. Sie erinnerte sich daran, wie Slade eines Abends, als sie sich auf dem Weg zu einem Ball vor dem Spiegel angekleidet hatte, zu ihr gesagt hatte: »Weißt du, in Wirklichkeit bist du eigentlich gar nicht schön.« Sie hatte ihn angesehen und gelacht.

Lou fuhr fort. »Slade Cavanaugh und seine wunderschöne Frau. Alles, was ihm noch gefehlt hat, um seinen Zauber zu verstärken. O meine Liebe, hättest du doch nur das und nichts anderes sein können. Slade Cavanaughs Frau.«

Ihre verblüfften Augen stellten ihm stumme Fragen.

»Wärst du doch bloß nicht alles andere gewesen, was du sonst noch bist. Wärst du doch bloß nicht so lebhaft, so intelligent, so voller Lebensfreude, wärst du bloß nicht selbst so begabt im Umgang mit Worten, stündest du bloß nicht immer im Mittelpunkt der Aufmerksamkeit.«

»Willst du damit sagen«, fragte sie, »es ist meine Schuld, daß Slade sich anderen Frauen zugewandt hat?«

Lou schüttelte verneinend den Kopf.

»Ich glaube, ich will damit sagen, daß sein Ego nicht mit dir fertig werden konnte. Du hast bewirkt, daß er zum ersten Mal nicht im Rampenlicht stand. Du hast ihm die Show gestohlen. Ich war einmal dabei, als er als ›Chloes Ehemann‹ vorgestellt worden ist, und ich habe den Ausdruck in seinen Augen gesehen. Ich glaube, der Grund dafür war«, sagte er, und sie wußte, daß er von Slades langjähriger Liaison mit der Chinesin sprach, »daß er seine Überlegenheit dort nie in Zweifel ziehen mußte. Er war der Brennpunkt ihres Lebens. Er hat einmal zu mir gesagt: ›Ganz gleich, was sonst auch passieren mag, ich weiß, daß Chin-Chen *immer* auf mich wartet. Sie besucht keine Partys, und sie lacht auch nicht mit anderen. Sie geht nicht allein aus. Sie ist zu Hause und kümmert sich um unsere Kinder, und die *einzig* wichtige Frage in ihrem Leben ist die, wann ich dort sein werde. Und doch stellt sie nie Forderungen an mich. Sie flößt mir nie Schuldgefühle ein, wenn ich nicht auftauche. Und wenn ich mit ihr zusammen bin, ist ihr nur wichtig, was mir Freude macht. Sie ist eine echte Frau.‹«

Eine echte Frau?

»Was ich damit zu sagen versuche, meine Liebe, ist, daß es nicht deine Schuld war. Du warst ganz einfach mehr als alles, worauf Slade gefaßt war. Er brauchte jemanden, der ihm keine Konkurrenz machte, jemanden, der neben ihm verblaßte. Chloe, du bist nie neben jemandem verblaßt, noch nicht einmal neben Chingling. Wärst du schön und halbwegs seicht gewesen, schön und

nicht furchtbar intelligent, schön, aber ohne deine Lebensfreude, schön, aber nicht so kompetent ... aber andererseits, nein, ich glaube, selbst dann wäre es nicht gegangen. Slade hat wahrscheinlich mehr als eine Frau gebraucht. Er hat es für sein Ego gebraucht. Chloe, es hatte nichts mit dir zu tun. Verstehst du, es hat ihn gegen Nähe gewappnet. Und Slade konnte nicht mit Nähe umgehen, mit Intimität. Die meisten von uns – ich rede von den Männern – können das nicht.« Lous Stimme war wehmütig.
Es bereitete ihr Schwierigkeiten, all das zu verdauen. Sie hatte sich nie so gesehen, wie Lou sie beschrieb. Sie hatte sich als Slades Anhängsel empfunden, als jemanden, der mitspielen durfte, aber damit hatte es sich auch schon.
»Daisy sagt, du weißt nicht, über welche Mittel du verfügst. Vielleicht erweise ich dir einen schlechten Dienst damit, daß ich es dir sage. Einen Teil deines enormen Reizes macht es wahrscheinlich aus, daß du dir nicht darüber bewußt bist. Aber du besitzt ihn, Chloe. Und das macht den meisten Männern eine Heidenangst. Nur die wirklich Starken können sich mit einer Frau wie dir einlassen, obwohl wir Durchschnittsmänner uns eine Frau wie dich erträumen.«
Chloe öffnete den Mund. Sie konnte unmöglich die Frau sein, von der Lou sprach.
»Was kann ich für dich tun?« fragte Lou. »Wie kann ich dir helfen?«
Chloe starrte ihn immer noch an. Sie hörte sich seufzen. Und sie dachte: Ich wünschte, Cass wäre schon hier, damit ich mit ihm nach Hause fahren kann. Ich will fort von hier. Ich ertrage das alles nicht. Es ist der reinste Alptraum, und ich werde jeden Moment erwachen. Aber sie wußte, daß Cass frühestens in zehn Tagen eintreffen würde, und diese Zeit mußte sie durchstehen. Dann würde sie fortgehen. Aus diesem verfluchten Land verschwinden. Für immer. Dieses gottverdammte Land hinter sich lassen, das ihr alles genommen hatte, wovon die meisten Frauen glaubten, daß es ihnen zustand. Und jetzt, erkannte sie, hatte es ihr auch noch ihre Unschuld geraubt.
»Ich weiß es nicht, Lou«, antwortete sie. »Ich muß nachdenken. Im Moment möchte ich nur allein sein.«

»Ruf mich jederzeit an, wenn ich dir irgendwie helfen kann oder auch nur, weil du möchtest, daß ich da bin. Daisy kommt heute abend wieder zu dir.«

Chloe streckte eine Hand aus und legte sie auf seinen Arm. »Lou, ich weiß, daß es mich nichts angeht. Aber du und Daisy, warum ...?«

»Warum wir nie geheiratet haben?« Lou kniff die Lippen zu einem dünnen Strich zusammen, und Chloe sah den Schmerz, der daraus sprach. Er sah ihr nicht in die Augen, als er aufstand, mit den Achseln zuckte und die Schultern hängen ließ. »Ich bin im Krieg verwundet worden.« Seine Stimme war kaum hörbar. »Ich bin impotent, Chloe. Ich bin verdammt noch mal impotent.«

Und dann war er gegangen.

Sie blieb stundenlang wie betäubt da sitzen, wo sie gesessen hatte. Es ist alles zuviel, sagte sie sich.

Slades langsamer Tod war schon schlimm genug gewesen. Sie hatte geglaubt, ihre Grenzen erreicht zu haben, als sie auf seinen ausgemergelten Körper heruntergeschaut hatte. Sie begriff, daß sein Sterben das Ende ihrer bisherigen Lebensweise mit sich brachte. Und doch war ihr klar, daß sie nicht die erste Witwe von neunundzwanzig Jahren war. Sie war noch jung genug, um sich selbst ein Leben aufzubauen.

Sie hatte sich nie mit der Tatsache abgefunden, daß sie nie mehr Mutter werden konnte, nie mehr Babys in ihren Armen wiegen konnte, nie ... Schluß jetzt!

Und nun standen seine Kinder und seine – seine was? Mätresse? Konkubine? – im wahrsten Sinne des Wortes vor ihrer Schwelle.

Sie ballte die Fäuste so fest, daß ihre Fingernägel sich in ihre Handflächen gruben. Dann streckte sie die Finger und holte tief Atem.

Und jetzt auch das noch ... Daisy und Lou. Der seine Last seit mehr als zehn Jahren mit sich herumtrug. Impotent? Wie mußte einem Mann bei dem Wissen zumute sein, daß er nie mehr ... Hieß das, daß auch sein Verlangen erloschen war? Wenn nicht, welche Marterqualen mußte es ihm dann bereiten, Daisy zu begehren ... und Daisy. Die arme Daisy.

Chloe stand erschöpft auf.
»Ich mache einen Spaziergang«, rief sie.
Su-lin, die direkt neben der Tür gestanden haben mußte, kam hereingeeilt. »Ich rufen Rikscha.«
»Nein. Ich möchte zu Fuß gehen.«
»Ich kommen mit.«
»Nein.« Chloe drehte sich zu Su-lin um, sah sie an und nahm ihre Hand. »Mir fehlt nichts. Wirklich nicht. Ich möchte allein sein.«
»Wozu? Allein sein nicht gesund.«
»Ich muß nachdenken.«
»Worüber nachdenken?« hakte Su-lin nach.
Chloe seufzte. »Ich weiß es nicht. Über alles. Vielleicht auch über nichts. Ich komme zurück, ehe es dunkel wird.«
Es war noch vor der Mittagszeit.

Im Zwielicht kam sie nach Hause zurück. Erst dann bemerkte sie, daß Su-lin ihr den ganzen Nachmittag über gefolgt war, weit hinter ihr zurückgeblieben war, sie aber wahrscheinlich keinen Moment lang aus den Augen gelassen hatte.
»Ich denken, Sie vielleicht nicht zurückkommen«, erklärte Su-lin, und auf ihrem runden Gesicht drückte sich sichtliche Erleichterung aus.
Sie blieb in der Tür stehen, als ein Dienstmädchen Chloe das Abendessen brachte. Geistesabwesend hob Chloe die Schale an ihren Mund und begann, das Essen mit ihren Stäbchen in sich hineinzuschaufeln Sie hatte den ganzen Tag über nichts gegessen. Beim Essen schaukelte sie sachte und sagte nichts zu Su-lin, die sich weiterhin ständig in ihrer Nähe herumtrieb.
Als Chloe aufgegessen hatte, streckte Su-lin die Hand aus, nahm ihr die Schale aus den Händen und wandte sich ab, um zu gehen.
»Warte. Su-lin, was wird aus diesen Kindern werden?«
Ein gurgelnder Laut löste sich aus Su-lins Kehle. Chloe fragte sich, ob es ein Schluchzen war. »Zu jung für Bordelle. An Fabriken verkauft, wie meine Babys. Vielleicht als Dienstboten oder Prostituierte angelernt. Wenn neues Baby Mädchen ist, wird es die Mutter wahrscheinlich mit einem Kissen ersticken oder es in den Fluß werfen.«

»Gütiger Gott«, flüsterte Chloe und erinnerte sich wieder an ihren frühmorgendlichen Spaziergang durch die Hafengegend mit Ching-ling.

Su-lin schüttelte den Kopf. »Das geschieht ständig. Besser ersticken als verkauft werden. Besser gleich zu sterben als zu arbeiten, bis man mit zwölf oder dreizehn in Fabrik tot umfällt. Besser gleich zu sterben, als von Männern mißbraucht werden, die alles tun, was sie wollen. Nicht so schlimm, gleich zu sterben. Nie etwas wissen.« Sie watschelte zur Küche. »Dann nur Mutter traurig«, murmelte sie vor sich hin.

Chloe hörte, wie auf dem Fluß Männer einander etwas zuriefen, und sie sah Lichter blinken, wenn Kähne vorbeitrieben. Sie hörte die Stimmen von spielenden Kindern, die vor Freude lachten und kreischten.

Sie ging ins Bad, zog sich ihr Nachthemd an, lehnte sich mit dem Rücken an die Wand und schaute auf den Drachen herunter, der sich um die klauenfüßige Wanne schlängelte. Sie ließ sich an der Wand hinuntergleiten, bis sie auf dem Boden saß, und dann schlang sie die Arme um ihren Oberkörper und schaute dem Drachen in die Augen.

Chloe begann zu weinen, Tränen, denen sie keinen Einhalt gebieten konnte, ein gewaltiges Schluchzen, gegen das sie nicht ankommen konnte. Um drei Uhr morgens raste sie durch das Haus zu Su-lins Zimmer und rüttelte sie wach.

»Am frühen Morgen«, rief Chloe, »sowie es hell wird, wirst du diese Frau suchen. Bring sie her. Sag ihr, daß ich für sie und ihre Kinder sorgen werde. Sie soll hier einziehen. Hast du verstanden?«

Erst dann schlief sie ein.

45

Die schwangere Frau zog gemeinsam mit Slades beiden Töchtern in das Gästehaus mit seinem einen Schlafzimmer. Da das kleine steinerne Haus abseits von dem großen Haus stand, brauchte Chloe sie noch nicht einmal zu sehen, sagte sie sich. Sie wies Su-lin an, dafür zu sorgen, daß sie zu essen bekamen, und sie sagte der Frau persönlich, wenn es soweit war, daß das neue Baby kommen würde, würde sie einen Arzt holen lassen. Sie war sich durchaus der Ironie dieser Situation bewußt. Diese Frau – tagelang konnte Chloe sich nicht dazu durchringen, ihren Namen laut auszusprechen – wollte ihre Kinder nicht haben, wenn sie sie nicht ernähren und ihnen kein Dach über dem Kopf geben konnte. Das war ihr ohne Slades Unterstützung nicht möglich. Und Chloe hatte drei Kinder verloren, drei Kinder, die sie sich sehnlichst gewünscht hatte. Jetzt lebten sie sozusagen unter einem Dach. Diese kleine Dreijährige war in dem Jahr gezeugt worden, in dem Slade sie nicht hatte anrühren wollen, weil er ihr *seine* Überzeugung vorgeworfen hatte, sie hätte ihren Körper geopfert, um Menschenleben zu retten, und dabei hatte er in all der Zeit mit dieser Chinesin geschlafen. Regelmäßig. Sie wußte, daß es nicht nur die Mittwochnachmittage waren. Sie wußte jetzt, daß es viele Abende gewesen sein mußten, an denen er Arbeit vorgeschoben oder behauptet hatte, er ginge mit Lou und Daisy zu den Windhundrennen. Wahrscheinlich machte er an manchen Tagen auch nach dem Mittagessen bei ihr halt, ging vielleicht sogar zum Mittagessen zu ihr. Vielleicht besuchte er sie morgens auf dem Weg ins Büro.

Vielleicht war er bei dieser Frau und ihren Töchtern eingezogen, wenn er sie nach Peking oder über Nacht sonstwohin geschickt hatte, damit sie Material für ihn zusammentrug. Sie fragte sich, ob er je nach Hause gekommen war, nachdem er gerade mit dieser … mit dieser anderen Frau geschlafen hatte, und dann mit ihr geschlafen hatte. Und wenn ja, hatte er es dann getan, weil auch sie

ihn erregte, oder hatte er es getan, weil er dachte, er sollte das tun, damit sie keinen Verdacht schöpfte?
Hatte er mit diesen kleinen Mädchen gespielt und sich ihnen gegenüber wie ein Vater benommen? Hatte er sie in den Park mitgenommen, um dort mit ihnen die Segelboote auf dem See zu betrachten oder um an windigen Tagen mit ihnen Drachen steigen zu lassen? Hatte er sie auf seinen Schoß gezogen und ihnen Geschichten erzählt? Er mußte ihnen Geschenke gemacht haben, denn alle drei trugen hübsche Kleider. Hatte er mit ihnen gelacht und ihnen erzählt, daß sie seine Lieblinge waren? Hatte er neben der Frau gelegen, nachdem sie einander bis zur Erschöpfung geliebt hatten, sie in seinen Armen gehalten und mit ihr geredet?
Sie wußte, daß sie sich mit diesen Fragen, die sie derart verfolgten, selbst quälte. Fast so lange, wie sie miteinander verheiratet gewesen waren, hatte er eine Liaison mit – und jetzt zwang sie sich, der Frau ihren Namen zu geben – Chin-Chen gehabt. Während sie mit Nikolai und Ching-ling in Kanton dem Kugelhagel getrotzt hatten, zeugte Slade ... wie hieß die Älteste überhaupt, diese kleine schwarzäugige Schönheit?
Während sie darüber nachdachte, stieß sie auf das kleine Mädchen, das mitten im Pampasgras saß und einer Puppe etwas vorsummte. Das Mädchen blickte zu Chloe auf und lächelte schüchtern, aber doch strahlend, und ehe sie wußte, was sie tat, hatte Chloe sich gebückt und fragte sie nach ihrem Namen.
»Jade.«
Jade? Das mußte sich Slade ausgedacht haben. Ihr fiel auf, daß ein Arm der Puppe schief herunterhing, und sie fragte: »Hat deine Puppe sich den Arm gebrochen?«
Jade nickte ernst.
»Komm mit, ich bringe das wieder in Ordnung«, erbot sich Chloe.
Das kleine Mädchen sprang mit der Puppe in der einen Hand auf und griff mit der anderen Hand nach Chloes Fingern.
Die Berührung durchzuckte Chloe und traf sie mitten ins Herz, und sie erstickte ein Schluchzen, schlang ihre Hand um die des kleinen Mädchens und hoffte nur, daß sie diese kleine Hand nicht zu fest umklammerte. Im Haus suchte sie Nadel und Faden und nähte der Puppe schnell den Arm wieder an.

»Hier.« Sie hielt sie Jade hin, die sich mit tadellosen Manieren bei ihr dafür bedankte und sich dann abwandte, um zu gehen. Als sie die Tür erreicht hatte, rief Chloe: »Warte.« Sie hob eine Hand, um das Kind zurückzuhalten. »Möchtest du etwas Süßes?«
Jades Augen zeigten keine Reaktion. »Ja, gern«, sagte sie höflich. »Das wäre sehr nett.«
Chloe rannte in die Küche und fand Süßigkeiten. Als sie damit zurückkam, saß Jade auf einem Stuhl und hatte geziert die Knöchel übereinandergeschlagen. Sie sagte: »Mein Vater wollte mir beibringen, wie ich meinen Namen schreibe.«
Chloe starrte sie an und versuchte zu ergründen, was sie fühlte.
»Du warst die Ehefrau Nummer eins von meinem Vater, das ist doch so?«
Nummer eins? Hieß das, daß er Chin-Chen geheiratet hatte? So genau wollte sie es wirklich nicht wissen.
»Wie soll ich dich nennen?« Jade wischte sich Krümel von den Lippen. »Darf ich dich Tante nennen?«
O Gott im Himmel. Chloe hätte beinahe gelacht, aber es wäre ein bitteres Lachen gewesen, und daher hielt sie es zurück. Schließlich brauchte sie ihre Wut nicht an diesem kleinen Mädchen auszulassen. »Nein«, sagte sie. »So möchte ich nicht genannt werden.«
»Wie möchtest du denn dann genannt werden?« Jade stand auf, da sie ihre Süßigkeiten jetzt aufgegessen hatte.
»Ich weiß es nicht. Ich werde mir Gedanken darüber machen.«
»Kannst du lesen?« fragte Jade.
»Ja«, antwortete Chloe und stand auf. »Ich glaube, du solltest jetzt besser wieder gehen. Ich habe noch zu tun.« Sie hatte absolut nichts zu tun, aber sie wollte allein sein. Das Mädchen brachte sie aus der Fassung.
Jade ging zur Tür, ehe sie sich noch einmal umdrehte, um zu sagen: »Vielen Dank.« Und dann huschte sie mit kleinen Tanzschritten zur Tür hinaus.

Am nächsten Tag ertappte sich Chloe dabei, daß sie vor dem Schaufenster eines Geschäfts stand und ein Spielzeugsegelboot ansah. Ich will es nicht haben, sagte sie sich, als sie den Laden betrat. Und doch erstand sie es und war so aufgeregt, daß sie den

Rikschaträger auf dem Heimweg zur Eile antrieb. Sie stellte das Segelboot im Eßzimmer auf den Tisch und ließ es dort stehen, als Su-lin ihr das Mittagessen servierte. Su-lin gab kleine Schnalzlaute von sich, die Chloe nicht deuten konnte.
Nach dem Mittagessen schlenderte sie mit dem Boot in der Hand zum Gästehaus hinüber. Es war sehr still im Haus. Sie klopfte an die Tür und wollte gerade wieder gehen, weil sie keinen Laut aus dem Haus hörte. Als sie sich abwandte, wurde die Tür einen kleinen Spalt weit geöffnet, und Chin-Chen schaute heraus. Sie wartete darauf, daß Chloe etwas sagen würde.
»Ich dachte mir«, brachte Chloe tastend vor, »vielleicht hätte Jade Lust, mit mir in den Park zu gehen und dort dieses Boot schwimmen zu lassen.«
Chin-Chen starrte sie an, doch Chloe konnte nichts anderes sehen als den dicken Bauch, in dem Slades Kind täglich größer wurde. Verdammt noch mal, dachte sie, warum bin ich bloß hergekommen? Es ist, als riebe ich mir selbst Salz in eine offene Wunde. Versuche ich etwa bewußt, mich zu quälen? Sie wünschte, sie hätte einfach kehrtmachen und fortlaufen können, an einen Ort flüchten, an dem sie diese Frau und diese Kinder nie wieder zu sehen bekommen würde.
Aber Chin-Chen wandte sich um und rief mit ihrer melodischen Stimme in einem Singsang etwas ins Haus, und Jade kam angerannt und lachte, als sie Chloe und das Boot sah. Chin-Chen nickte und sagte zu Chloe: »Ja, sie hat große Lust darauf. Pflaumenblüte, meine andere Tochter, käme auch gern mit.«
Damit hatte Chloe nicht gerechnet. Eines der Mädchen war mehr als genug. Slades Kinder beide auf einmal? Aber sie sagte: »Ja, natürlich.«
Pflaumenblüte und Jade. Nichts wie Chin-Chen, Su-lin, Chingling. Hatte Slade diese Namen ausgesucht? Und wie hatte er sich verhalten, als sie geboren wurden? War er dabei gewesen? Hatten ihn Freude und Stolz erfüllt, als er sie gesehen hatte?
Die beiden Mädchen liefen lachend und ungezwungen vor ihr her. Jade paßte auf ihre kleine Schwester auf und zog sie zurück, als sie vor eine schnelle Rikscha lief. Als sie sich dem Park näherten, eben dem Park, in dem Chloe an ihrem ersten Tag in China die

Enthauptungen mit angesehen hatte, zog Jade ihre Schwester zurück und griff nach Chloes Hand. Wieder verknotete sich ihr Innerstes zu einem Gefühl, das sie nicht ergründen konnte.
Die beiden könnten meine Töchter sein, dachte sie. Slades und meine. Doch dann begriff sie, daß sie es nicht hätten sein können. Ihre Mandelaugen, ihr olivfarbener Teint, ihre runden Gesichter. Obwohl sie mein Haar haben, dachte sie. Oder ich ihres. Schwarz und glatt. Es waren wunderschöne Kinder. Als sie den See sahen, konnte sie ihnen anmerken, daß sie noch nie im Park gewesen waren. Slade war wahrscheinlich nirgendwo mit ihnen hingegangen, wo man ihn hätte erkennen können.
Chloe führte sie ans Ufer des Teiches, wickelte die Schnur auf, die um das Segelboot geschlungen war, stieß es ins Wasser und überließ dem Wind den Rest. Zwei große Wildenten schwammen daneben her und stießen ihre Rufe aus. Jade lachte laut und klatschte in die Hände, während Pflaumenblüte eher verblüfft zu sein schien.
Jade bereitete es großes Vergnügen, das kleine Boot über das Wasser zu steuern, bis sie schließlich Pflaumenblüte die Schnur überließ und sie warnte, vorsichtig damit umzugehen. Sie ließ sich Zeit und brachte ihrer kleinen Schwester geduldig bei, wie sie die Schnur zu bedienen hatte, um das Boot zu steuern. Beide waren von den großen Vögeln hingerissen, die so zahm waren. Das nächste Mal, dachte Chloe, nehme ich Brotkrumen mit.
Das nächste Mal?
Als sie nach Hause gingen, nahm Jade Chloe wieder an der Hand und fragte: »Weißt du, wie man meinen Namen schreibt?«
»Ja«, antwortete Chloe. »Das weiß ich.«
Am Abend schrieb sie, nachdem sie grüne Tinte gefunden hatte, das Schriftzeichen für Jade auf.
Morgen früh werde ich es ihr geben, dachte Chloe und lächelte voller Vorfreude bei der Vorstellung, wie sehr sich das kleine Mädchen darüber freuen würde. Und ich werde ihrer Mutter sagen, daß sie auch nach der Geburt des Babys im Gästehaus wohnen bleiben können.
Und doch, erkannte sie, werde ich hinterher nicht mehr lange hier sein. Ich werde mit Cass nach Hause reisen. Er würde in wenigen Tagen kommen.

Cass. Er weiß noch nicht einmal, daß Slade tot ist.
Cass.
In drei Monaten würden es acht Jahre sein. Acht Jahre, seit sie Slade geheiratet hatte. Acht Jahre, seit sie nach China gegangen war. Acht Jahre, in denen sie weder Cass noch Suzi, noch ihre Familie gesehen hatte. Wie wenig hatte sie damals doch gewußt, was das Schicksal für sie bereithielt. Sie hätte niemals Ja zu China sagen dürfen. Und sie hätte niemals Ja zu einem Mann sagen dürfen, den sie nur eine Woche lang gekannt hatte. O Gott, wie dumm die Jugend doch ist! Wie blind ich doch gewesen bin!
Als sie ins Bett ging, dachte sie: Deshalb bin ich in Nikolais Armen gelandet. Wahrscheinlich mußte sie tief in ihrem Innern gewußt haben, daß sie in Slades Leben nicht die oberste Priorität hatte und wahrscheinlich auch nie das Wichtigste für ihn gewesen war. Sie stellte sich vor, daß seine chinesische Familie in seinen Überlegungen den Vorrang gehabt hatte ... in seinem Leben. Wie hatte er sich seine beiden Familien leisten können? Er mußte mehr Geld verdient haben, als sie je gewußt hatte, wenn er seine chinesische Familie und noch dazu sie ernährt hatte.
Sie schlief bis in den späten Nachmittag hinein; das sah sie an den schräg einfallenden Sonnenstrahlen. Was sie weckte, war Tumult am Tor, Rufe und jemand, der laut an die stabile Tür klopfte.
»Wo steckt mein Mädchen?«
Sie sprang aus dem Bett, und ein Freudenschrei kam über ihre Lippen. Das konnte nur Cass sein. Cass, der gute Cass, er war hier. Endlich. Ihr ganzes Wesen fühlte sich in einen Umhang aus Geborgenheit gehüllt. Er würde für sie da sein. Er würde ihr dabei helfen, nach Hause zu kommen. Er würde dafür sorgen, daß sie in Sicherheit war. Und sie begann zu rennen und stolperte fast über den steinernen Hund neben der Türschwelle.
Als sie das Tor erreichte, hatte Su-lin es bereits geöffnet. Vor der Tür stand Cass in voller Lebensgröße. Seine Schläfen waren ziemlich grau geworden, doch ansonsten sah er noch genauso aus, wie sie ihn in Erinnerung hatte. Er hatte die Arme ausgebreitet und wartete darauf, daß sie sich hineinwarf. Wartete darauf, daß er sie in den Armen halten und sagen konnte: »Chloe, mein liebes Mädchen. Mein allerliebstes Mädchen.«

Sie brach in Tränen aus, als seine Arme sie umschlangen.
»He, ist das etwa eine angemessene Begrüßung für jemanden, der in den letzten fünf Wochen an nichts anderes gedacht hat als daran, dich zu sehen? Komm, laß mich dein wunderschönes Gesicht anschauen und sehen, ob ich dich überhaupt noch erkannt hätte!«
Sie löste sich von ihm, wischte die Tränen weg, die über ihre Wangen liefen, lächelte ihn an, griff nach seinen Händen und ließ sie nicht mehr los.
»Oh, ich bin in meinem ganzen Leben noch nicht so glücklich darüber gewesen, jemanden zu sehen.«
»So.« Er grinste. »Das ist es wert, ans andere Ende der Welt zu reisen! Und wie mache ich diesem Kuli verständlich, daß ich die Taschen ins Haus getragen haben möchte?«
Chloe drehte sich zu dem Jungen um, rief ihm etwas zu und sagte dann Su-lin, sie solle sich darum kümmern, daß das Gepäck in das Gästeschlafzimmer gebracht wurde, das Slade oft als sein Büro benutzt und in dem er seine Schreibmaschine stehen gehabt hatte.
Cass lachte sein dröhnendes Lachen, das Chloe schon immer so gern gehört hatte. »Für mich klingt das alles wie das reinste Kauderwelsch. Wie hast du das je gelernt, Chloe? Aber ich hätte mir ja denken können, daß du Chinesisch lernen wirst.«
»Ich bin schließlich seit fast acht Jahren hier«, sagte sie. »Wie hätte ich in der langen Zeit die Sprache nicht lernen sollen?«
Und doch gab es viele, die schon länger hier waren und sich immer noch weigerten, Chinesisch zu lernen.
Sie zog Cass ins Haus und konnte sich gar nicht sattsehen an ihm. O Gott, es war so lange her, seit sie jemanden wie ihn gesehen hatte. Er trug einen wunderbar geschnittenen Seidenanzug, und sein untersetzter Körper signalisierte Energie. Er war so – so amerikanisch! Oh, nach Hause zu gehen und täglich Männer wie ihn zu sehen. Er wirkte so tatkräftig. Sie vermutete, daß selbst die Leute aus dem Westen, die hier so lange gelebt hatten, einen Teil dieser animalischen Energie verloren hatten, die den Amerikanern angeboren zu sein schien.
Als sie im Wohnzimmer standen, sagte Chloe: »Einen Drink?«
»Gin Tonic, falls du das da hast«, sagte Cass und sah sich um. »Du

hast euch hier ein wunderschönes Zuhause eingerichtet, Chloe. Ist das hier das Chinesenviertel?«
Sie lachte. »Das ganze Land ist das Chinesenviertel«, sagte sie und machte sich auch einen Gin Tonic. Sie trank nicht oft etwas.
»Ja, natürlich.« Cass nickte und nahm das Glas entgegen. »Chloe, meine Liebe, du bist eine Augenweide. Du siehst so aus, als bekäme dir China gut. Aber du bist nicht mehr das junge Mädchen, das ich gekannt habe.«
»Ich bin fast dreißig«, sagte sie. »Daher kommt das.«
»Es ist mehr als nur das«, sagte er und trat zur Tür hinaus auf die Veranda. »Können wir uns hier draußen hinsetzen? Und dort auf Slade warten? Kommt er zum Abendessen nach Hause? Es müßte doch schon bald soweit sein, nicht wahr?« Er setzte sich auf die Schaukel und klopfte auf den Platz, der neben ihm frei war.
Aber sie folgte ihm nicht. »Slade ist tot«, sagte sie.
Das Glas fiel Cass aus der Hand und zersplitterte auf dem Steinboden. Er stand auf, ging auf sie zu und sah ihr in die Augen.
»Er ist vor sechs Tagen gestorben«, sagte sie, und in ihrer Stimme spiegelte sich keine Gefühlsregung wider.
»Ist es plötzlich dazu gekommen? Durch einen Unfall?« Er erweckte den Eindruck, als wollte er sie in seine Arme ziehen, doch der Klang ihrer Stimme ließ ihn zögern.
»Nein«, sagte sie. »Laß mich dir noch einen Drink einschenken, und dann erzähle ich es dir. Er ist lange krank gewesen. Über ein Jahr.«
»Was hat ihm gefehlt?« Er folgte ihr wieder ins Wohnzimmer und sah zu, als sie ihm noch einen Drink einschenkte.
»Tuberkulose«, antwortete sie und ging ihm voran wieder zu der Schaukel im Freien. »Komm, setz dich hin und halte meine Hand, während ich es dir erzähle.«
Sie berichtete ihm von nichts anderem als der Krankheit. Er stellte keine Fragen, sondern saß da, hielt ihre Hand in seiner Linken und trank mit der Rechten seinen Gin. Er beobachtete sie, als sie redete, mit einer ruhigen und emotionslosen Stimme redete.
»Ich will mit dir nach Hause fahren«, sagte sie, als sie ihren Bericht beendet hatte. »Ich will fort aus diesem verdammten

Land, das mir so viel genommen hat. Ich wünschte, dein Schiff führe schon morgen. Ich bin ja so froh, so froh – du kannst dir gar nicht vorstellen, wie sehr –, daß du hier bist.« Er legte einen Arm um sie, und sie ließ ihren Kopf auf seine Schulter sinken. Sie schloß die Augen und dachte: Ich bin wieder in Sicherheit. Nach all den Jahren bin ich wieder in Sicherheit.

46

Als sie beobachtete, wie Cass auf Schanghai reagierte, fühlte sich Chloe an ihre eigene Einführung in den Orient erinnert. Alles, was er sah, ließ ihn vor Erstaunen die Augen weit aufreißen.

Sie stellte fest, daß es ihr mehr Spaß machte als je zuvor, Schanghai durch seine Augen zu sehen. Sie führte Cass in dem Stammlokal der Reporter ein – dem Chocolate Shoppe –, und dort verbrachte er etliche Nachmittage und redete mit Journalisten aus aller Welt. Zu Lou Sidney fühlte er sich auf Anhieb hingezogen.

Nachdem er einen Nachmittag damit verbracht hatte, sich mit Lou zu unterhalten, kam Cass zu Chloe zurück, und als er sie mit Jade und Pflaumenblüte auf der Veranda vorfand, bemerkte er mit ausdrucksloser Stimme: »Ich glaube, ich habe es gewußt. Irgendwo im Bauch ... ein Gefühl, das ich ignoriert habe.«

Chloe blickte von dem chinesischen Buch auf, aus dem sie den kleinen Mädchen vorlas. Es war wunderbar, ihn um sich zu haben, plötzlich seine Stimme zu hören, aufzublicken und ihn dort stehen zu sehen. Sie fragte sich, wie sie nach all den Tragödien und Entdeckungen der jüngsten Zeit so fröhlich sein konnte. Sie hatte Cass noch nicht erzählt, warum Chin-Chen und die kleinen Mädchen dort waren. Oder wer der Vater des erwarteten Kindes war. All das würde sie ihm auf dem Schiff auf der Heimfahrt erzählen.

Sie klappte das Buch zu, tätschelte Jades Kopf und sagte: »Morgen geht es weiter. Kommt morgen wieder. Das war es für heute.«

Als die Mädchen davonhuschten, stand sie auf, und ein Lächeln spielte auf ihrem Gesicht, als sie fragte: »Was hättest du wissen müssen?«

»Lou hat mir gerade erzählt, was du im letzten Jahr getan hast und daß nicht etwa Slade diese Geschichten geschrieben hat. Du bist es gewesen. Und weißt du was?« Er lachte. »Ich habe mir eingeredet, daß sein Stil sich verändert, daß sich ein menschlicheres Element einschleicht, daß die reine reportagehafte und politische Analyse von menschlichem Interesse überlagert ist. Für Leser in

Chicago ist China eine Realität geworden und nicht mehr nur ein ferner Ort, dessen Politik und dessen Völker man dort nie verstanden hat.« Er ging auf sie zu und legte seine Hände auf ihre Arme. »Und dabei warst du es ... die die Tatsache vor mir geheimgehalten hat, daß Slade krank ist. Du warst diejenige, die nach Peking, in die Mandschurei und sonstwohin gehechelt ist. Was für eine Ehefrau du ihm gewesen bist, meine Liebe.« Er deutete auf sie. »Was für eine Frau!«

Chloe spürte, wie das Blut in ihre Wangen strömte und sie vor Freude wärmte. »Bist du für einen Drink zu haben?« fragte sie.

Cass warf einen Blick auf seine Armbanduhr. »Die Sonne steht schon über der Rahnock, wie ich sehe. Ja, natürlich. Aber«, sagte er und folgte ihr ins Wohnzimmer, »so leicht kommst du mir nicht davon. Es ist also wahr, daß du im letzten Jahr alles geschrieben hast?«

»Nicht ganz«, sagte Chloe. »Etwa fünfundachtzig Prozent. Slade und ich haben uns darüber unterhalten, was sich tut und wo die Geschichten zu holen sind. Ich muß Lou und den anderen Auslandskorrespondenten viel zugute halten. Sie haben mir Geschichten geliefert, und sie sind sogar zu mir gekommen und haben mir zugeflüstert, wo sich etwas Bahnbrechendes tun wird. Ich habe es als ein Zeichen ihrer Achtung vor Slade empfunden, daß sie helfen wollten. Lou Sidney ist seit dem ersten Tag nach unserer Ankunft hier ein wunderbarer Freund gewesen.«

»Und nicht nur Slades Freund, wenn ich das richtig sehe.« Cass nahm den Drink entgegen und trat wieder in die Kühle auf der Veranda hinaus. »Er bewundert dich, und er hat dich sehr gern.«

»Ich habe Lou sehr ins Herz geschlossen«, sagte Chloe. »Er ist ein unvergleichlicher Freund.« Sie folgte Cass, setzte sich aber nicht neben ihn auf die Schaukel, sondern zog statt dessen das kleine Sofa vor, das ihm gegenüber stand. »Mit Ausnahme von dir, versteht sich.«

Cass beugte sich vor. »Zeig mir China, Chloe. Ich bin nicht so weit gereist, um mir jetzt nur flüchtig Schanghai anzusehen. Stell mir die Chiangs vor und zeig mir die Menschen und Orte, die du kennst. Laß es mich alles mit eigenen Augen sehen.«

Chloe lehnte sich zurück und legte einen Arm auf die Rücken-

lehne des Sofas. Sie nippte an ihrem Drink und schaute über den Rand des Glases hinweg den Mann an, der ihr damals zu ihren College-Zeiten so viel beigebracht hatte. Sie erinnerte sich daran, daß sie sich damals überlegt hatte, wie wunderbar es wäre, Cass zum Vater zu haben und unter seiner Anleitung aufzuwachsen. Jetzt bat er sie, ihm etwas zu zeigen.
»Gerade erst heute morgen habe ich gehört, daß Madame Sun wahrscheinlich nach China zurückkehren wird«, sagte sie, »obwohl ich mir nicht vorstellen kann, daß die Verhältnisse hier ganz nach ihrem Geschmack sind. Ich möchte gern, daß du sie kennenlernst.«
Cass lehnte sich zurück, schaukelte sachte, trank einen Schluck und wartete darauf, daß Chloe weiterreden würde.
»Trotz all der Geschichten, die wir in die Staaten geschickt haben, bin ich nicht sicher, wieviel du wirklich über China weißt.«
»Nun, dank Henry Luce lieben die Amerikaner Chiang. So, wie ich das sehe, geht es Slade und dir nicht so. Tatsächlich scheinen die meisten Journalisten, die hier stationiert sind, nicht viel von ihm zu halten. In Amerika wird er zum Volkshelden, er und seine wunderschöne Frau.«
Ein Lächeln spielte auf Chloes Lippen, doch es gelangte nicht bis zu ihren Augen. »Ich denke, ich werde gar nicht erst versuchen, eine Gehirnwäsche bei dir vorzunehmen. Du hast alles gelesen, was wir geschrieben haben, nehme ich an?«
Cass nickte. »Jedes einzelne Wort.«
»Aber du hast nicht alles veröffentlicht.«
»Das ist mein Vorrecht, das ich mir jedem Reporter gegenüber ausbedinge«, räumte Cass ein. »Ihr, die ihr mitten im Geschehen drinsteckt, könnt anscheinend nicht immer die größeren Zusammenhänge erkennen. Außerdem verkaufe ich unter anderem auch Zeitungen, um damit Geld zu verdienen. Was die Leute nicht interessiert, das lesen sie nicht. Die Hochzeit des Generalissimo mit Mei-ling haben die Leser verschlungen.«
»Ah, ja«, sagte Chloe. »Die Amerikanisierung Chinas, dank seiner First Lady, die in Amerika aufgewachsen ist. Das ist es doch? Und schließlich ist sie noch dazu eine Christin!«
Es machte ihr Spaß, ihn anzusehen und mit ihm zu reden. Es war

lange her, seit sie sich bei jemandem so sicher und geborgen gefühlt hatte. »Jedenfalls weigert sich Chiang, Peking weiterhin als Hauptstadt Chinas gelten zu lassen. Nichts darf so bleiben, wie es unter den Mandschus war. Das ist das neue China, sagt er. Es braucht eine neue Hauptstadt. Daher hat er die Hauptstadt nach Nanking verlegt.«

»Und wo ist das?«

»Von hier aus ein paar hundert Meilen stromaufwärts. Nicht gerade die schönste Stadt, die man sich denken kann. Aber er und Mei-ling benutzen die Steuereinnahmen Chinas und leeren die Schatztruhen, um Nanking zur Hauptstadt des Reichs des Himmels umzugestalten. Ich bin seit Jahren nicht mehr dort gewesen, aber ich habe mir sagen lassen, daß ich die Stadt kaum wiedererkennen würde. Er läßt die übrigen Städte herunterkommen und verwahrlosen, gestaltet aber Nanking zu einem Vorzeigeobjekt um. Um meine Freundin Ching-ling wieder nach China zu locken, zweifellos in der Hoffnung, daß er ihren Beifall und somit Dr. Suns Anhänger für sich gewinnt, hat er nach allem, was ich gehört habe, eine Million Dollar – ja, amerikanische Dollar – ausgegeben, um ein Mausoleum für Dr. Sun zu bauen.«

Sie schlug die Beine übereinander und schlang die Finger um ein Knie.

»Ich war dabei, in seinem Zimmer, als Dr. Sun gestorben ist, als er darum gebeten hat, auf dem Purpurberg bei Nanking begraben zu werden. Und jetzt hat Chiang dieses Mausoleum gebaut, das, nach allem, was ich gehört habe, der Inbegriff von Geschmacklosigkeit ist, und er plant eine gigantische Zeremonie, bei der Dr. Suns Überreste aus den Hügeln im Westen in Peking, wo Dr. Sun niemals seine Ruhe fände, nach Nanking überführt werden. Er hat Ching-lings jüngsten Bruder nach Berlin geschickt, um sie dort abzuholen, damit sie dem Zeremoniell beiwohnt. Zweifellos werden die Kameras der Wochenschauen surren, und der Rest der Welt wird glauben, daß Ching-ling billigt, was ihr Schwager tut.«

Cass saß da und nickte, rauchte seine übelriechende Zigarre und schaukelte.

»Möchtest du an dem Zeremoniell teilnehmen und Ching-ling kennenlernen? Ich glaube, mit einem Mann deines Formats als

Gast läßt es sich einrichten, daß du die Chiangs interviewen kannst. Ich bin Mei-ling schon häufig begegnet und war schließlich Gast auf ihrer Hochzeit. Sie wissen von meiner Freundschaft mit Ching-ling, aber andererseits brauchen sie die ausländische Presse. Ich würde meine liebe Freundin Ching-ling gern wiedersehen. Wir haben uns schon viel zu lange nicht mehr gesehen.« Und hoffentlich kann ich auch etwas über Nikolai in Erfahrung bringen, dachte Chloe. Sie hatte nie mehr etwas von ihm gehört. Und seit weit mehr als einem Jahr auch nichts mehr *über* ihn. »Ich fände es auch schön, wenn du sie kennenlernst. Sie ist die bemerkenswerteste Frau, die mir je begegnet ist. Vielleicht sogar der bemerkenswerteste Mensch überhaupt.«

Cass' Augen strahlten vor Aufregung.

»Wirst du das alles arrangieren? Ich komme mir vor wie ein kleiner Junge. Ich will mir nichts entgehen lassen. Es ist eine andere Welt, nicht wahr? Ich weiß selbst nicht, warum ich nicht schon eher hergekommen bin, statt jedes Jahr nach Europa rüberzufahren.«

»Wahrscheinlich hast du gefürchtet, ich würde dir sagen, unsere drei Jahre seien längst vorbei und ich wollte nach Hause kommen.«

Er warf ihr einen Blick zu und kniff die Augen zusammen. »Ich frage mich, ob das wahr ist. Suzi hat gesagt, es sei nicht fair, dich so lange hier zu lassen.«

»Du hast mir eigentlich noch gar nichts über sie erzählt. Und ich bekomme immer seltener Briefe von ihr. Aus den Augen, aus dem Sinn, oder was ist los? Sie hat diesen Mann nicht mehr erwähnt, in den sie so lange verliebt gewesen ist. Mein Gott, es ist Jahre her. Sag mal, warum haben die beiden nicht geheiratet?«

Cass setzte seine Brille ab und starrte durch die Weide auf den Fluß hinaus. Eine Zeitlang sagte er nichts, und als er dann etwas sagte, schaute er immer noch in die Ferne. »Es liegt an mir. Es ist meine Schuld. Der Mann ist alt genug, um ihr Vater zu sein.«

Chloe wartete. Aber es kam nichts mehr.

»Und?« soufflierte sie.

Er sah sie an. »Und? Genügt das denn nicht? Sie sollte eine eigene Familie haben. Grant ist siebenundvierzig. Er will keine zweite

Familie. Seine beiden Kindern sind nahezu erwachsen. Und außerdem lebt er in St. Louis.«
»Willst du mir damit etwa sagen, das sei Grund genug? Deine Einwände halten Suzi davon ab, ihn zu heiraten? Dann kann sie ihn nicht allzu sehr lieben. Hat sie denn sonst überhaupt keine Kontakte mit Männern?«
»Früher ja. Aber sie sagt, keiner kann sich an ihm messen. Nein. Sie steckt ihre gesamte Zeit in die Arbeit, was natürlich in meinem Interesse ist. Trotzdem mache ich mir Sorgen um sie. Ihr Leben scheint mir sehr schmalspurig zu verlaufen. Und doch macht es mir große Freude, daß sie zu Hause lebt.«
»Mein Gott, Cass, hörst du denn nicht, was du da sagst? Wie kannst du ihr und dir selbst das antun? Es klingt, als sei dir die Vorstellung unerträglich, deine schöne Tochter könnte mit einem älteren Mann im Bett liegen, das ist alles. Sie ist fast dreißig. Ich finde nicht, daß er mit siebenundvierzig alt genug ist, um ihr Vater zu sein.«
»Praktisch doch. Ich bin nur drei Jahre älter als er.«
»Um Himmels willen, liebst du sie denn nicht?« Chloes Stimme nahm einen kämpferischen Tonfall an. »Cass, das hätte ich dir wirklich nicht zugetraut. Du bringst Suzi um das Glück, das sie erleben könnte.«
»Chloe, er wird lange vor ihr sterben und sie in der Blüte ihres Lebens als Witwe zurücklassen.«
»Allmächtiger Gott im Himmel, Cass.« Cass nahm jetzt eine aufrechte Haltung ein. So hatte Chloe noch nie mit ihm geredet. »Wenn man bedenkt, was sie jetzt hat, ist das heute schon nicht viel anders als verwitwet zu sein. Jetzt steht sie nämlich in der Blüte ihres Lebens. Was macht sie aus ihrem Leben? Was fängt sie damit an?«
Cass sah sie an, als hätte er sich darüber noch nie Gedanken gemacht. »Sie arbeitet.«
»Genau wie du? Jetzt hör aber auf, Cass. Sie ist noch jung. Wie kannst du dich dazu berechtigt glauben, so viel Einfluß auf sie auszuüben? Interessiert dich ihr Glück denn gar nicht? Um Himmels willen, gib ihr deinen Segen, alles zu tun, was sie will. Selbst wenn es sie nicht glücklich macht, ist es ihr gutes Recht, es zu

versuchen. O Cass, laß uns jetzt aufhören, darüber zu reden. Es wirkt auf mich wie das Geräusch von Kreide auf einer Schiefertafel. Ich will nicht wütend auf dich sein.«

Er zog eine Augenbraue hoch, stand auf und trat zu ihr. »So ist es also? Du bist wütend auf mich? Ich kann dir versichern, daß ich das auch nicht möchte. Du bist gleich nach Suzi meine Lieblingsfrau.«

Sie lächelte, streckte den Arm aus und nahm seine Hand. »Morgen werde ich die Vorbereitungen für unsere Reise treffen. Wenn wir nach Nanking fahren, solltest du dir auch Peking ansehen. Es hat keine Ähnlichkeit mit irgendeiner anderen chinesischen Stadt. Wahrscheinlich auch nicht mit irgendeiner anderen Stadt auf Erden.«

Er drückte ihre Hand. »Ich würde gern auch etwas von dem Land sehen, nicht nur die Städte. Aber was hältst du davon, wenn ich uns Drinks mixe, während du unsere Route planst?«

Sie blickte lächelnd zu ihm auf.

»Trotz einiger abscheulicher Fehler bist du mir einer der liebsten Menschen auf der ganzen Welt. Und du bist zu einem Zeitpunkt hergekommen, zu dem ich dich *brauche.* Schön, daß es dich gibt.«

»Es ist ein schönes Gefühl, gebraucht zu werden.« Er hob sein Glas. »Ein sehr schönes Gefühl sogar. Und um so schöner, wenn du diejenige bist.«

47

Chiang ist sehr geschickt«, sagte Ching-ling. Sie schaute Cass in die Augen, aber sie hielt Chloes Hand, die sie geistesabwesend streichelte. Chloe fand, ihre Freundin wirkte gehetzt, als könnte sie eine ordentliche Mahlzeit und etwas Ruhe gebrauchen. »Er hat mich überall von Menschenmassen empfangen lassen.«

»Chiang Kai-shek hat es so arrangiert, daß Sie überall von Menschenmasse empfangen werden?« fragte Cass. »Das leuchtet mir nicht ein.«

Ching-ling schüttelte den Kopf. »Die letzte Station der Transsibirischen Eisenbahn in China ist Harbin. Zu meinem Erstaunen habe ich dort Scharen vorgefunden, die mich erwartet haben. Blumen sind mir aufgedrängt worden. Einen Moment lang habe ich geglaubt, es gälte wirklich mir. Aber woher hätten die Leute wissen sollen, daß ich komme? Nein, Chiang schlägt aus meiner Rückkehr so viel Öffentlichkeitswirkung heraus, wie sich nur irgend herausholen läßt, um für sich selbst Reklame zu machen.«

Cass, der offensichtlich genauso fasziniert von ihr war wie jeder andere, der ihr begegnete und ihre Ausstrahlung zu spüren bekam, beugte sich vor und stützte die Ellbogen auf die Knie. »Man sollte meinen, nach Ihrer Verlautbarung aus Berlin würde er es vorziehen, Ihnen keinerlei Beachtung zu schenken.«

Ching-lings Lächeln war melancholisch. »Glauben Sie etwa, die Weltpresse gibt sich mit mir ab? Obwohl mein Aufenthalt in Moskau mich im Hinblick auf die Bolschewiken restlos desillusioniert hat, ist die westliche Welt derart von Chiang und meiner Schwester eingenommen, daß man in mir die rote Fanatikerin sieht und mich ignoriert.«

»Ich werde dieses Interview wortwörtlich abdrucken«, versicherte ihr Cass.

Ching-ling zuckte die Achseln. »Das mag ja sein, aber wer wird es schon lesen? Alle sind derart in diese neuen Landesherren vernarrt, daß sie noch nicht einmal an all die Greueltaten glauben.

Den Leuten ist nicht klar oder ihnen ist gleichgültig, was hier wirklich vorgeht.«
Cass nickte. »Das kann gut sein«, stimmte er ihr zu. »Für die meisten Amerikaner könnte China ebensogut auf einem anderen Planeten liegen.«
Ching-ling wandte sich an Chloe und zog sie in ihre Umarmung. »Und wenn man sich vorstellt, daß es ausgerechnet eine Amerikanerin ist, bei der ich das Gefühl habe, sie sei meine wahre Schwester geworden.«
»Ich habe mir solche Sorgen um dich gemacht«, erwiderte Chloe darauf. Sie kostete die Nähe ihrer Freundin genüßlich aus.
»Du wirst China verlassen, nicht wahr?« Ching-ling sah ihr in die Augen. »Jetzt, nachdem ich zurückgekehrt bin, wirst du fortgehen. Ist das wahr? Ich spüre es in den Knochen.«
Chloe nickte. »Ich habe keinen Grund mehr hierzubleiben. Ich will zurückgehen. Ich will an einen Ort gehen, wo es sauber ist, wo keine verheerenden Krankheiten wüten und wo kein Krieg herrscht. Ich will meine Familie sehen.«
Ching-ling nickte. »Das hatte ich gefürchtet. Ich hatte Angst, ich würde die einzige Schwester verlieren, der ich mich nahe fühle.« Sie drückte Chloes Hand. Dann wandte sie sich wieder an Cass. »Also gut, fragen Sie mich, was Sie wollen, und ich werde es Ihnen beantworten, so gut ich kann.«
»Hätte Ihr Mann seine Freude an dem heutigen Zeremoniell gehabt?«
Ching-lings Lachen klang spröde. »Achtzigtausend Quadratmeter Marmor? Diese riesige Inschrift über dem Bogen, wenn man hereinkommt, die PHILANTHROPISCHE LIEBE anpreist. Der lange, von Bäumen gesäumte Gang, in dem seine Worte zitiert werden: ›Die Welt gehört den Menschen.‹ Und all diese Stufen, die zu dem Mausoleum hinaufführen?«
»Um gar nicht erst von all diesen Kuppeln und dem schillernden blauen Dach zu reden«, warf Chloe ein.
»Es ist häßlich«, stimmte Ching-ling ihr zu. »Sie haben sämtliche Aussprüche Dr. Suns zum Gespött gemacht, indem sie sie auf den Wänden verteilt und seine Flagge an die Decke gehängt haben. Er wäre lieber in einem Grab ohne Grabstein begraben, wenn dafür

seine Überzeugungen in die Tat umgesetzt würden, statt daß all dieser Rummel um leere Worte gemacht wird. Mein Schwager versucht lediglich, sich bei denen lieb Kind zu machen, die die Revolution begonnen haben. Er glaubt nicht an diese Dinge. Ich werde mich weiterhin immer dann, wenn mir jemand zuhört, laut und deutlich gegen ihn aussprechen.«

»Das erscheint mir nicht allzu weise«, meinte Cass.

»Weisheit ist keine Grundmaxime, auf der man sein Leben aufbaut. Zumindest lebe ich nicht danach. Lieber möchte ich sterben und dem treu bleiben, woran ich glaube, als eine Lüge zu leben. Ich will nicht stumm mit ansehen, was dieser Mann und seine Grüne Bande China antun.«

»Halten Sie ihn für die Marionette der Grünen Bande?« fragte Cass.

»Ob er die Fäden in der Hand hält oder die Grüne Bande, ist belanglos. Ihm geht es um persönlichen Ruhm und um seine eigene Macht, und beides kann er ohne die Unterstützung seiner Verbrecherbande nicht bekommen. Keiner von denen interessiert sich auch nur im geringsten für China; allen geht es nur darum, was sie in die eigene Tasche stecken und über wen sie bestimmen können. Sie bestimmen jetzt wirklich über die Westmächte, obwohl man das in Ihrem Land nicht glauben wird. Der Westen glaubt nicht, daß irgendwelche Orientalen gescheit genug sein könnten, um ihm Sand in die Augen zu streuen.«

Das entsprach der Wahrheit, dachte Chloe. Die Amerikaner stellten sich unter Chinesen Kulis oder Gangster in San Franciscoer Tongkriegen vor.

»Hier«, sagte Ching-ling, »halten Sie das als ein wörtliches Zitat fest. Die Nationalistische Bewegung ist verraten und restlos entstellt worden. Der größte Schandfleck, der China anhaftet, ist diese schändliche Konterrevolution, die von Männern angeführt wird, die in der Vorstellung der Öffentlichkeit ganz eng mit der Nationalistischen Bewegung in Verbindung gebracht werden. Diese Männer versuchen, China wieder auf den altbekannten Pfad von Kleinkriegen um der persönlichen Bereicherung und Macht willen zu zerren.«

Später fragte Chloe Cass, was er von all den Menschen hielt, die er an jenem Tag kennengelernt hatte. Sie saßen in Chloes Hotelzimmer, sie mit angezogenen Beinen und einem Kissen hinter sich auf dem Bett und Cass auf dem einzigen hochlehnigen Stuhl. Er trank Scotch. Es war ein langer und ermüdender Tag gewesen.
Er dachte nach, ehe er antwortete. »Ich kann nicht dagegen an, daß ich von den Chiangs beeindruckt bin. Sie ist freundlich und außerordentlich schön, wenn auch nicht so sehr wie ihre Schwester. Die Soong-Schwestern sehen erstaunlich gut aus, findest du nicht auch?«
»Dann bist du ihnen also auch erlegen?« Chloe schlang sich die Arme um die Knie.
»Chloe, ich bin ein Mann, und zwar einer, der seine Freude daran hat, schöne Frauen anzusehen. Das sind jedoch nicht nur Frauen, die reizend aussehen, sondern es geht außerdem noch ein Zauber von ihnen aus, eine magnetische Kraft. Aber an Madame Chiang erscheint mir etwas nicht ganz aufrichtig zu sein. Es fehlt ihr an Wärme, obwohl sie das mit Freundlichkeit ausgleicht. Sie steht ständig auf der Bühne. Sie weiß nicht, was das Wort *Leid* bedeutet, stimmt's? Und doch ist dieses Leiden Ching-ling über das ganze Gesicht geschrieben. Und ich habe so eine Ahnung, daß es sich dabei nicht nur um ihr eigenes persönliches Leid, sondern daß sie das Kreuz für ganz China auf dem Rücken trägt. Beide Frauen sind etwas ganz Besonderes. Was ich höchst interessant fand, ist, daß in einem Land, in dem romantische Liebe so gut wie unbekannt ist, Mei-ling ihren Mann liebt.«
Chloe legte den Kopf zurück. »Das glaubst du? Diese Ehe ist eine reine Verbindung von Macht und Einfluß. Er hatte zwei Ehefrauen, verstehst du, und zahllose Konkubinen. Gerüchteweise heißt es immer noch, daß er viele Frauen hat.«
»Dennoch glaube ich, daß seine Frau ihn liebt. Und er hat sich ständig nach ihr umgesehen. Natürlich dient sie als Übersetzerin, aber das braucht er nicht, wenn er mit seinem eigenen Volk redet. Ich hatte den Eindruck, es schien, als suchte er unablässig ihre Zustimmung.«
»Hm, das ist interessant. Glaubst du, daß er sie braucht?«
Cass setzte sich anders hin und schlug die Beine übereinander. »Was wird Ching-ling jetzt tun?«

»Sie hat mir gesagt, daß sie wieder in ihr Haus in der Rue Molière in Schanghai ziehen wird. Sie war nicht glücklich außerhalb von China.«
Er stellte sein Glas auf den Tisch. »Ich wecke dich früh«, sagte er, während er aufstand. »Fährt der Zug nach Peking nicht im Morgengrauen los?«
»Zehn Uhr morgens ist für dich mitten in der Nacht?«
»Ja, schon gut. Ich werde dich trotzdem früh wecken.«

»Peking mag zwar vielleicht nicht mehr die Hauptstadt des Reiches des Himmels sein, aber seine Aura von Pracht ist unvergleichlich«, sagte Cass. »Keine Stadt in ganz Europa kann sich daran messen. Vielleicht Athen, aber noch nicht einmal Rom.«
»Ja, es *ist* beeindruckend«, sagte Chloe, die froh war, nach ihrem Rundgang endlich zu sitzen. Sie hatten auf ihrem Weg alles mitgenommen – dic Verbotene Stadt, den Platz des Himmlischen Friedens – all die Orte, die sie erstmals mit Nikolai und Slade gemeinsam gesehen hatte, als sie sich die Zeit vertrieben und auf Dr. Suns Tod gewartet hatten. Sie saßen in einem der russischen Teehäuser, die Nikolai solche Freude bereitet hatten, und sie erzählte Cass von jenem Winter vor sechs Jahren.
Sie hatte selbst nicht bemerkt, daß sie von Peking abgeschweift war und mehr über Ching-ling und Nikolai redete, bis Cass sie unterbrach.
»War er in dich verliebt?«
Chloe wurde aus ihrem Gedankengang herausgerissen. »Wer?«
»Der Russe Sacharow.«
Sie war noch nicht soweit, es ihm zu erzählen. Wenn der rechte Zeitpunkt gekommen war, würde sie es tun. Sie wollte Cass in diese Dinge einweihen, aber erst oben in Lu-shan, wenn sie allein miteinander waren. Nicht dann, wenn sie wollte, daß er sich ganz und gar auf Peking konzentrierte.
»In jener Phase hatte er keine Zeit für die Liebe.« Die Klänge der Balalaikasaiten bewirkten, daß Chloes Herz sich zusammenzog, als sie sich an die Abende erinnerte, an denen sie hier gesessen und bis weit in die kalte Nacht hinein geredet hatten.
Cass lächelte und trank einen Schluck von seinem Wodka. »Das

habe ich dich nicht gefragt. Ich muß schon sagen, daß du sehr gut darin geworden bist, Fragen nicht direkt zu beantworten.«

Chloe stellte fest, daß sie lässig auf ihrem Stuhl saß und die Finger fest um ihre Teetasse geschlungen hielt. »O Cass, mein Leben hier ist so seltsam gewesen. Es hat so vieles gegeben, wovon ich überhaupt nichts gewußt habe. Komisch, wenn man über sein eigenes Leben nicht Bescheid weiß, findest du nicht auch? Ich werde es dir mit der Zeit schon noch erzählen.«

Er streckte den Arm über den Tisch und hielt die Handfläche nach oben. Sie lächelte und legte ihre Hand in seine. Seine Faust schloß sich um ihre Finger. »Chloe, meine Liebe. Du kannst dir so lange Zeit lassen, wie du willst, aber du sollst wissen, daß ich hier bin oder wo auch immer, wenn es an der Zeit ist. Und daß ich Interesse daran habe. Großes Interesse.«

»Vielleicht habe ich Angst, dich zu langweilen. Ich meine, was ist schon ein bedeutungsloses Menschenleben, wenn Millionen verhungern oder durch Überschwemmungen, Seuchen oder Kriege ums Leben kommen?«

»Kein Leben ist bedeutungslos. Und deines schon ganz gewiß nicht. Zumindest nicht für mich.«

»Ist dir dein Leben je wertlos oder sinnlos erschienen?«

Cass dachte einen Moment lang nach. »Ich war mir nicht sicher, nachdem Jane gestorben ist.«

Er hatte nie über seine Frau gesprochen, und Suzi war beim Tod ihrer Mutter noch so jung gewesen, daß sie sich kaum noch an sie erinnern konnte. Chloe saß da und beobachtete ihn, und sie sah, wie seine Augen in eine Zeit und an einen Ort zurückkehrten, an den sie ihm niemals folgen konnte. »Ich habe sie geliebt. Von der ersten Minute an, als mein Blick auf sie gefallen ist, als wir beide siebzehn waren, habe ich sie geliebt. Sie war der wunderbarste Mensch, den man sich vorstellen kann. Sie hat Licht in mein Leben gebracht.«

»Dann konnte keine andere Frau jemals dem Vergleich mit ihr standhalten?«

Seine Augen wurden wieder klar. »Ja, so ähnlich war es wohl. Aber es ist lange her.«

»Und es hat nie andere Frauen gegeben?«

»Chloe, Jane ist mit sechsundzwanzig Jahren gestorben. Und wir waren gleichaltrig. Ich bin jetzt fünfzig. Ich bin relativ normal und, zumindest was meine Männlichkeit angeht, gesund. Natürlich hat es andere Frauen gegeben. Viele sogar, im Lauf der Jahre.«
»Aber keine, die du hättest heiraten wollen?«
»Keine, die ich hätte heiraten wollen. Das stimmt. Das hätte eine ganz besondere Frau sein müssen.«
Chloe sagte: »Laß uns von hier fortgehen, ja?« Sie stand auf und wartete noch nicht einmal ab, bis er seinen Wodka ausgetrunken hatte. In der letzten Zeit erschien ihr das Leben unendlich verwirrend. »Laß uns einen Spaziergang machen, und ich werde dir andere interessante Dinge erzählen. Ich habe dir noch gar nicht berichtet, was ich von Mao und dem Schneeleoparden halte.«
»Dem Schneeleoparden? Dem, der dich ... vergewaltigt hat? Ich habe mich bemüht, ihn noch nicht einmal zu erwähnen, aber ich habe mich sehr wohl gefragt, welche Narben dieser Vorfall bei dir hinterlassen hat. Sind die Wunden noch offen?«
»Laß mich erst aus politischer Sicht über ihn reden«, sagte sie, als sie in den heißen staubigen Sonnenschein hinaustraten. »Ich wünschte, ich wüßte, wo er sich aufhält. Er ist jemand, den ich dir gern vorstellen würde. Aber ich habe keine Möglichkeit, den Kontakt zu ihm aufzunehmen. Er könnte überall sein, überall, wo man gegen Japaner kämpfen kann. Manchmal glaube ich, er ist die einzige Hoffnung für dieses Land.«
»Ich dachte, das sei General Lu-tang.« Als sie nicht darauf antwortete, fügte Cass hinzu: »Du magst weder Chiang noch Mao.«
»Ich mag Chiang nicht, soviel steht fest.« Trotz der nachmittäglichen Schwüle waren ihre Schritte schneller geworden. »Ich weiß nicht, wie ich zu Mao stehe. Ich habe das Gefühl, er ist zu intellektuell für einen Führer der Massen. Ich halte ihn für einen Idealisten, der keinen echten Bezug zur Realität hat. Ich sehe in ihm keinen Staatsmann. Viele seiner Ideen gefallen mir. Als wir ihn in seiner Bergfestung aufgesucht haben, hat er behauptet, Frauen und Gleichberechtigung seien ein Bestandteil seiner Vorstellungen vom künftigen China, und doch habe ich ihn als reichlich chauvinistisch empfunden; ich glaube, er benutzt Frauen nur für seine Zwecke.«

Sie begann, über ihre Erlebnisse zu reden, nicht nur mit Mao und General Lu-tang, wie sie den Schneeleoparden jetzt nannte, sondern auch über die Flucht aus Kanton mit Ching-ling und Nikolai vor all diesen Jahren und darüber, wie sie den beiden in Wuhan geholfen hatte. Aber sie streifte kein einziges Mal auch nur das, was sie dabei empfunden hatte, drei Kinder zu verlieren, und ebensowenig erwähnte sie Slades Untreue oder ihre eigene mit Nikolai oder irgend etwas, was ihr zu Herzen ging. Cass beobachtete sie beim Reden unablässig und suchte nach einem Ausdruck in ihren Augen oder ihrer Stimme, doch er fand keinen.
Als sie ihr Hotel erreicht hatten, sagte sie: »Vergiß nicht, daß wir heute mit dem amerikanischen Botschafter zu Abend essen. Er wird nicht mehr lange hier in Peking sein. Die Botschaften müssen nach Nanking umziehen. Wie du selbst beurteilen kannst, kann sich Nanking nicht an Peking messen. Ich glaube nicht, daß auch nur eine der ausländischen Botschaften sich über diesen Umzug freut.«
»Du hast gesagt, du hättest eine Überraschung für mich.«
»Ja, allerdings.« Sie lächelte. »Wir reisen morgen ab und begeben uns an meinen liebsten Ort im ganzen Land. Ich werde dich nach Lu-shan bringen, ehe wir nach Hause fahren.«
»Lu-shan?«
»Du wirst feststellen, daß dieser Ort seinen Zauber hat.«

48

Lu-shan war nicht mehr dasselbe, obwohl seine mystische Ausstrahlung noch unversehrt war. Träger tappten immer noch barfuß die schmalen Bergpfade hinauf, und die Sänften schwangen aberwitzig über den Haarnadelkurven, aber es lagen Veränderungen in der Luft. Dutzende von Männern arbeiteten am Fuß des Gebirges und begannen mit dem Bau einer Straße, damit Wagen die Höhen erklimmen konnten.

Als sie den Gipfel erreichten, lange nachdem die beißend kalte Luft sie auf halber Strecke umfangen hatte, wußte Chloe, daß sie diesmal das letzte Mal nach Lu-shan kam. Die Chiangs bauten sich hier oben ein Sommerhaus, um Mei-ling eine Freude zu machen, damit sie den heißen Sommern des Jangtsekiang-Tals entkommen konnte.

Chloe und Cass saßen auf dem Felsvorsprung mit dem Ausblick über das Tal, Ching-lings Lieblingsplatz. Sie konnten Hunderte von Meilen weit sehen. Cass griff nach Chloes Hand, und sie wandte den Blick von dem Tal ab und sah ihn an, als er mit ruhiger Stimme sagte: »Du haßt China nicht.«

»Nein? Was empfinde ich denn dann? Weißt du, was dieses Land mir angetan hat?«

»Ich glaube, daß du es liebst«, sagte er lächelnd. »Nur deshalb regst du dich derart auf. Du willst nicht, daß dieses Land, das so sehr zu einem Teil von dir geworden ist, zerstört wird, während du sein Potential erkennst.«

»Ich liebe dieses Land nicht«, sagte sie. Sie entzog ihm ihre Hand, legte sich auf den Rücken und faltete die Hände als Kissen unter ihrem Kopf.

»Du wirst dich in den Staaten nicht so schnell einfügen können, ist dir das klar?« Als sie nichts darauf antwortete, sagte er: »Ich habe eine Idee, die ich schon seit einer Woche im Kopf herumwälze. Komm mit mir nach Hause und besuch deine Familie. Triff dich mit Suzi. Bleib eine Zeitlang bei uns in Chicago. Aber geh nach

China zurück. Komm hierher zurück und werde ... werde ›mein Mann in China‹.«
Er ließ die Worte in der Luft hängen.
»Was du in diese Geschichten hast einfließen lassen«, fuhr er fort, als sie ihn entgeistert anstarrte, »die du für Slade geschrieben hast, ist Menschlichkeit. Die Leute haben nicht nur nackte Tatsachen gelesen, sie haben etwas vor sich gesehen, und sie haben etwas empfunden. Die Chinesen sind für die Leser real geworden. Sie sind zu heldenhaften Menschen geworden. Chloe, du liebst dieses Volk. Du machst dir wirklich etwas aus ihnen. Geh hierher zurück und schreib, was du willst. Du brauchst nicht über die Geschichten zu berichten, die alle anderen Reporter abdecken, wenn du es nicht willst. Ich lasse dir völlig freie Hand. Reise herum. Gib den Amerikanern die Chance, an das chinesische Volk zu glauben, es in einem anderen Licht als je zuvor zu sehen. Komm schon«, sagte er und griff wieder nach ihrer Hand. »Arbeite für mich.«
Chloe seufzte und dachte: Ich will nicht hierbleiben. Ich will nach Amerika zurückgehen. Sie sah Cass mit seinem kastanienbraunen Haar an, das graumeliert war, ebenso wie seine Augenbrauen und seine Koteletten. Er wirkte eher distinguiert als gutaussehend. Und er war schon immer imposant gewesen, eine wahrhaft eindrucksvolle Erscheinung. Sie erinnerte sich noch daran, wie sehr sie von ihm beeindruckt gewesen war, als Suzi ihn ihr vorgestellt hatte. Er hatte damals eine Sphäre von Macht und Einfluß ausgeströmt. Das war immer noch so, obwohl sie auf dieser Reise zum ersten Mal den Enthusiasmus sah, der dem kleinen Jungen in ihm entsprang. Er gab sich keine Mühe, das zu verbergen und sich abgeklärt zu geben. Er, der mit Präsidenten und anderen Staatsoberhäuptern zusammengetroffen war, zu dessen gesellschaftlichem Umgang die Vorsitzenden der Motorenwerke von Detroit zählten, diejenigen, die ihren Hauptsitz in Grosse Point hatten, aber auch Gouverneure und Senatoren. Obgleich ihn immer eine Aura von Kultiviertheit umgab, hatte er nie seine immense Freude an allem, was er tat, verloren. Chloe drehte sich auf die Seite, stützte sich auf einen Ellbogen und sagte: »Cass Monaghan, du könntest möglicherweise der netteste Mensch auf der ganzen Welt sein.«

»Was hat mir das eingetragen? Mein Angebot, dich für mich arbeiten zu lassen?«
»Nein, es reicht schon, dich anzusehen. Ich glaube, ich habe, schon als ich dich kennengelernt habe, gefunden, daß du *einer* der nettesten Menschen bist. Mein Gott, wie lange ist das her? Zwölf Jahre?«
Er nickte. »Ich habe dich noch in Erinnerung, wie du als kleines Mädchen warst.«
»Klein? Ich würde eine Siebzehnjährige nicht als kleines Mädchen bezeichnen.«
»Dann eben jung. Sehr jung. Und sieh dich heute an.«
»Nein«, sagte sie und legte den Kopf wieder auf das Kissen, das ihre Hände bildeten. Sie schaute in den Himmel hinauf. »Sag du es mir. Habe ich mich so sehr verändert? Bin ich nicht mehr das Mädchen, das du gekannt hast? Was ist heute so anders an mir?«
Er blieb so lange stumm, daß sie den Kopf drehte und ihn musterte. Er schaute auf sie herunter. »Ich weiß nicht«, sagte er schließlich, »ob ich dir das beantworten kann. In mancher Hinsicht bist du noch genau diejenige, die ich gekannt und als die beste Freundin meiner Tochter sehr ins Herz geschlossen habe. Selbst damals habe ich schon das Potential in dir erkannt.«
»Das Potential wofür?« fiel sie ihm ins Wort.
Er schüttelte den Kopf. »Ich bin nicht sicher. Aber ich habe gewußt, daß du niemals werden wirst wie andere. Selbst damals war es dir schon bestimmt, keinen der konventionellen Pfade einzuschlagen. Ich habe es geahnt. Ich habe es gehofft. Ich wollte dich in die Höhle des Löwen werfen, weil ich wußte, daß du wieder daraus auftauchen wirst, vielleicht blutend, aber ungebeugt. Ich wußte, daß die Löwen dich niemals verschlingen könnten, daß du an der Erfahrung wachsen würdest ...«
»Du wolltest mich Slade in den Rachen werfen, stimmt's?«
Cass lächelte. »Ich bekenne mich schuldig. Habe ich mich geirrt? Es tut dir doch nicht leid, daß du ihn geheiratet hast, oder doch?«
Als sie nichts darauf antwortete, versetzte er ihr einen Rippenstoß. »Du bereust es doch nicht, oder?«
Jetzt, dachte sie, jetzt ist der Zeitpunkt gekommen, um es ihm zu erzählen. Ihm zu erzählen, daß Slade bereits eine Affäre begon-

nen hatte, als sie noch nicht einmal ein ganzes Jahr miteinander verheiratet gewesen waren, daß er zwei halbchinesische Kinder hatte und die Geburt eines dritten dicht bevorstand, daß er sich nach dem Zwischenfall im Blauen Expreß geweigert hatte, sie anzurühren. Und sollte sie ihm auch von Nikolai berichten? Ihm erzählen, daß sie einen russischen Kommunisten geliebt hatte, den sie seit mehr als drei Jahren nicht mehr gesehen hatte? Daß sie mit ihm geschlafen hatte, ehe sie auch nur etwas von Slades Chinesin gewußt hatte? Was würde Cass dann von ihr halten?
»Meine Antwort wird viel Zeit erfordern.«
»Zum Glück haben wir tagelang Zeit.« Er schaute auf das weite Tal hinaus und lehnte sich zurück an den Baumstamm.
Sie erzählte ihm alles ... alles über Slade und die Wahrheit über den Schneeleoparden. Sie erzählte ihm von Nikolai und daß ihr Herz Tausende von Meilen entfernt weilte, sie wußte noch nicht einmal, wo. Doch mit der Zeit, die verging, ließ auch der Schmerz um Nikolai nach. Es war, als sei auch er gestorben, denn sie wußte, daß sie einander nie wiedersehen würden. Es war nicht etwa so, daß sie sich nach ihm verzehrte, obwohl er noch einen Platz in ihrem Herzen einnahm. Sie glaubte, die Trauer um ihn überwunden zu haben. Ching-ling sagte, sie wüßte nicht, wo er sich aufhielt. Chloe erzählte Cass alles, bis in alle Einzelheiten – berichtete ihm von den beiden kleinen Mädchen und der schwangeren Frau in ihrem Haus. Sie ließ nichts aus.
Als sie ihren Bericht beendet hatte, stellte sie fest, daß sie weinte. Tränen rannen über ihre Wangen, als sie aufstand, sich mit durchgedrücktem Rücken an den hohen Baum lehnte und auf das Tal hinausschaute, das von der spätnachmittäglichen Sonne durchflutet wurde. Cass saß immer noch da, wo er gesessen hatte, als sie vor zwei Stunden ihre Geschichte begonnen hatte. Als er merkte, daß sie ausgeredet hatte, daß sie ihren Monolog beendet hatte, stand er auf, ging auf sie zu, zog sie in seine Arme und flüsterte: »O mein Gott, ich hatte keine Ahnung. Ich wußte nichts von alledem.«

Die beiden nächsten Tage verbrachten sie damit, auf den Bergpfaden spazierenzugehen, und zwischendurch blieben sie stehen, um lavendelfarbene und gelbe wildwachsende Blumen zu pflücken, die im Schatten wuchsen, und dabei redeten sie über alles und nichts. Die meisten Häuser standen leer, denn viele der Missionarsfamilien waren nach Hause geschickt worden. China war derzeit kein sicheres Pflaster. Ein oder zwei der Häuser waren bewohnt, aber es würde noch ein Jahr dauern, bis der Zustrom von Chinesen beginnen würde. Diese Steinhäuser waren zu klein für diejenigen, die in China die Zügel in die Hand nahmen. Chloe und Cass hatten Lu-shan fast ganz für sich allein. Sie teilten es nur mit den Vögeln.

Sie fanden zwei Bücher in dem Häuschen, in dem sie untergekommen waren, beide auf Englisch. Eines davon war ein Gedichtband von Walt Whitman.

»Erstaunlich, daß ein Missionar Gedichte von ihm hat.« Cass lächelte und schlug das Buch auf, um Chloe im Schein der Lampe vorzulesen. »Ich lobpreise mich selbst ...« Er sah sie an. »Hast du etwas dagegen, wenn ich es dir vorlese?«

Sie schüttelte den Kopf.

Sie schloß die Augen und lauschte seiner Stimme, und sein tiefer, volltönender Bariton hüllte sie ein. Als er das Gedicht gelesen hatte, sagte sie, ohne sich auch nur darüber klar zu sein, daß sie es gedacht hatte: »Ich wünschte, ich wäre Jane gewesen.«

Es war still im Raum, so ruhig, daß sie eine Sekunde lang glaubte, das Ende der Welt sei gekommen. Als sie die Augen öffnete, stellte sie fest, daß er sie im Schein der Lampe vom anderen Ende des Raumes ansah.

»Ich meinerseits«, sagte er mit gesenkter Stimme, »bin froh, daß ich nie Slade gewesen bin. Ich hätte dir niemals antun können, was er getan hat.«

»Das weiß ich«, sagte sie. »Ich weiß, daß du das nicht gekonnt hättest.«

»Ich weiß nicht, wann ich je vollkommenere Tage verbracht habe als die, die wir hier miteinander verbringen. Du hast mich vergessen lassen, daß der Rest der Welt existiert. Ich weiß nicht, wie Slade jemals eine andere Frau als dich wollen konnte.« Er stand auf und ging zu ihr.

Die Lampe ließ Schatten über Cass' Gesicht flackern, und sie streckte die Hand aus, um über seine Wange zu streichen. Seine

Hand schlang sich um ihre, und sie zog daran und küßte seine Hand. Sie spürte, wie er ihre Hand erst fester hielt und sie dann losließ. Als sie ihn jetzt ansah, waren seine Augen unergründlich.

»Ich möchte, daß die nächsten drei Tage sich endlos lang hinziehen«, sagte sie. »Ich will, daß das niemals endet. Ich will nicht in die wirkliche Welt zurückkehren.«

Er lächelte sie noch nicht einmal an.

Sie stand auf und beugte sich herunter, um mit ihren Lippen flüchtig seine Wange zu streifen. »Gute Nacht«, sagte sie, denn sie fürchtete, etwas getan zu haben, womit sie den Zauber des Moments, von dem sie sich umgeben gefühlt, durchbrochen hatte.

Er sagte immer noch nichts. Sie ließ ihn schweigend dasitzen. Als sie die Tür erreichte, pustete er das Licht aus.

Etwas war geschehen, war dabei, gerade eben zu geschehen, dachte sie, als sie an ihrem Fenster stand und in den Mondschein hinausschaute. Kein Laut war zu hören, kein Rascheln einer Brise, kein Vogelruf, kein Atem. Obwohl die Luft im Hochgebirge kühl war, stand sie nackt am Fenster, hatte die Hände auf die Fensterbank gestützt, beugte sich hinaus und atmete den Duft der Kiefern ein.

Es dauerte einige Minuten, bis sie bemerkte, daß er im Zimmer stand und sie beobachtete. Sie drehte sich um und sah nur einen Schatten neben der Tür. Es dauerte mindestens eine Minute, bis sie ihn fragen hörte: »Chloe?«

Sie hob die Arme und hielt sie ihm entgegen. Innerhalb von einer Sekunde durchquerte er das Zimmer. Sie spürte, wie sie in seine Umarmung gezogen wurde, fühlte seine Küsse auf ihrem Hals und ihren Lidern, spürte, wie sie zum Bett getragen wurde, fühlte seinen Mund auf ihrem, seine Zunge, die zart ihre Lippen berührte, als er begann, an seinen Kleidungsstücken zu zerren. Dann seine Zunge auf ihren Brustwarzen und seine Hände auf ihrem Körper, und sie zog ihn an sich und küßte ihn mit einer Leidenschaft, die sie seit Nikolai nicht mehr verspürt hatte, und sie fühlte, wie ihr Körper unter seinen Berührungen zum Leben erwachte und unter seinen Küssen vor Glut erschauerte.

Cass schlief mit einer Mischung aus Zärtlichkeit und Leidenschaft mit ihr, die Chloe nie erlebt hatte. Wieder und immer wieder führte er sie zu einer bebenden Ekstase und liebte sie, wie noch nicht einmal Nikolai es getan hatte. Er berührte sie an Stellen, die niemand je berührt hatte, und seine Zunge erkundete Orte, von deren Existenz sie gar nichts gewußt hatte. Sie stöhnte vor unmäßiger Lust und hoffte, er würde niemals aufhören.

Aber es hörte dann zwangsläufig auf. Er lag auf dem Rücken, keuchte und griff nach ihrer Hand. Sie lagen nebeneinander, bis sie hörte, wie sein Atem regelmäßiger ging, und dann zog sie sich auf die Knie und begann, das für ihn zu tun, was er mit ihr getan hatte. Das einzige, was er sagte, war: »Allmächtiger Gott im Himmel.« Und sie dachte: Ja. So ist es gedacht.

Sie lagen eng umschlungen da, sogen den Atem des anderen in sich ein und küßten sich lange und ausgiebig. Cass' Hände waren drängend und doch zärtlich, seine Küsse waren fest, seine Lippen dagegen weich, und sein Körper paßte sich ihr an und in sie ein, als seien sie füreinander geschaffen.

Sie fanden mehr Stellungen, als Chloe je für möglich gehalten hätte, und jede einzelne erregte sie, bis sie keinerlei Energie mehr übrig hatte, matt unter ihm lag und endlich sagte: »Cass.«

Er rollte sich von ihr herunter und auf seine Seite, schlang einen Arm um sie, und sie schliefen, bis das kühle, klare Licht des Morgens sie weckte, und dann schliefen sie wieder miteinander, diesmal sanft und träge, und Chloe sagte: »Ist es möglich, daß ich gestorben und in den Himmel gekommen bin?«

Cass lachte laut und schallend, aber das brachte ihn nicht aus seinem Rhythmus, und Chloe dachte: Ah, ein Mann, der lachen kann, während er mit jemandem schläft. Endlich. Die Regelmäßigkeit seines Ein und Aus führte sie zu einem bebenden Höhepunkt, und ein Schluchzen stieg tief aus ihrem Innern auf, als er stöhnte und sie wußte, daß auch er gekommen war.

Sie liefen über Wiesen, folgten einem glitzernden Bach, der sich durch den Wald schlängelte, und pflückten Blumen. Sie lächelten und sagten nichts, was auch nur die geringste Bedeutung gehabt hätte. Sie blieben stehen, um sich zu küssen, und als sie zum Mittagessen in das kleine Haus zurückkehrten, warfen sie einander nur einen Blick zu und begaben sich statt dessen ins Schlafzimmer.

Zwei Tage verbrachten sie so. Sie lachten im Bett und auch außerhalb des Bettes, sie hielten Händchen, lasen einander etwas vor und küßten sich, während sie Omeletts oder gebratenen Reis zubereiteten. Chloe hatte ihren Körper nie so bewußt wahrgenommen. Er war lebendig, wie elektrisch geladen.

»I sing the body electric ...« zitierte Cass Whitman.

An dem Tag, an dem die Träger zurückkommen sollten, um sie zu holen, sagte Cass am Morgen, als sie im Bett lagen: »Ich ziehe mein Angebot zurück.«

»Welches Angebot?« fragte Chloe, die nichts außer seinem Körper wahrnahm, der Nähe zu ihm und daß sie gerade begannen, sich wieder zu lieben. Sie richtete sich auf, küßte seine Brustwarzen, fuhr mit der Zunge über sie und ließ ihre Finger an den Innenseiten seiner Oberschenkel hinuntergleiten.

»Bleib nicht in China. Bitte, Chloe, mein Liebling, bleib nicht in China. Komm mit nach Hause und heirate mich. Oder heirate mich und komm mit nach Hause. Leb mit mir zusammen und sei meine Frau. Laß uns ewig so weitermachen.«

49

Und das gerade jetzt, wo ich mich mit der spannenden Idee anzufreunden beginne, eine berühmte Reporterin zu werden«, sagte Chloe.

»Du weißt, was mich schmerzt, nicht wahr? Wenn ich erkenne, wieviel ich im Lauf der Jahre zu Suzis Unglück beigetragen habe. Ist es nicht eine Ironie des Schicksals, daß ich genau dem zum Opfer falle, was mich dazu gebracht hat, ihr Glück zu opfern?«

»Du meinst das Alter?« Chloe zog eine Augenbraue hoch.

»Ja, natürlich. Ich habe über sie und Grant zu Gericht gesessen, und dann verliebe ich mich in jemanden, der im selben Alter wie meine Tochter ist. Das kann man doch wirklich nur als Ironie des Schicksals bezeichnen.«

Chloe lächelte. »Was hältst du von ausgleichender Gerechtigkeit?«

Cass nickte. »Das auch. Ich werde nach Hause fahren und den Rest meines Lebens damit zubringen, das alles wieder an ihr gutzumachen. Ich werde Grant aus St. Louis wegengagieren. Ihn zu *meinem* Chefredakteur machen!«

»Ich muß zugeben, daß ich niemals geglaubt hätte, ein älterer Mann könnte der beste Liebhaber sein, den man sich nur vorstellen kann.«

»Bin ich das?« Seine Augen lächelten schelmisch.

Sie schüttelte den Kopf. »Deinesgleichen gibt es nicht noch einmal. Cass, du bist ein solcher Experte, daß ich wette, du hast dein Leben im Bett verbracht.« Sie drehte sich zu ihm um und lachte. »Nein, erzähl es mir bloß nicht. Ich will es nicht wissen. Ich will nur, daß du weißt, daß ich nie fünf Tage so verbracht habe wie diese letzten fünf Tage, die wir jetzt zusammen sind. Und die letzten drei haben wir weitgehend im Bett verbracht. Im Moment habe ich das Gefühl, genau da möchte ich auch die nächsten fünfzig Jahre verbringen.«

»Mit mir im Bett?« Er stand von dem Stuhl auf, auf dem er

gesessen hatte, ging auf sie zu, schlang seine Arme um sie und beugte sich vor, um ihren Hals zu küssen, während sie am Herd stand.
»Mit dir im Bett. Oder im Stehen. Oder auf dir sitzend. Oder draußen in den Wäldern liegend. Ganz gleich, wo. Hauptsache, wir schlafen miteinander. Ich habe plötzlich das Gefühl, ich kann gar nicht genug bekommen. Genug von deinen Berührungen, von deinen Küssen ...« Sie drehte den Kopf und küßte ihn auf die Wange. »Ich fühle mich von übermäßigem Verlangen erfüllt, sexbesessen und ekstatisch. Ich fühle mich lebendig. Das ist ein Gefühl, das ich seit Jahren nicht mehr hatte. Vielleicht habe ich mich sogar noch nie so gefühlt.«
»Ich habe dich schon immer geliebt«, sagte er. »Das weißt du ja. Gleich nach Suzi habe ich dich am meisten geliebt. Ich dachte, du seist mir eine zweite Tochter. Und jetzt habe ich mich in dich verliebt, mich Hals über Kopf rasend in dich verliebt.«
Er griff über den Tisch und legte seine Hand auf ihren Arm. »Heirate mich, Chloe. Es mag zwar dir gegenüber unfair sein, weil ich weit vor dir sterben werde. Aber ich glaube, und das glaube ich wirklich, daß ich dich in der Zeit, die wir noch haben, wie lange sie auch sein mag, glücklich machen kann. Ich möchte auslöschen, was Slade dir angetan hat, und dir zeigen, wieviel Spaß es machen kann, verheiratet zu sein.«
»Was glaubst du, wie Suzi darauf reagieren würde, daß ich ihre Stiefmutter werde?«
»Wie irgend jemand sonst dazu steht, ist mir vollkommen gleichgültig. Alles, was ich weiß, ist, daß ich dich an meiner Seite haben möchte. Im Moment habe ich das Gefühl, ich brauche dich für den Rest meines Lebens an meiner Seite.«
»Ich werde nicht nein sagen. Aber ich bin auch noch nicht soweit, ja zu sagen. Läßt du mir Zeit, um darüber nachzudenken? Ich meine, wir haben noch so viel Zeit vor uns. Es ist nicht etwa so, daß ich dich nicht lieben würde. Ich fand dich schon immer wunderbar. Du bist einer der ersten Menschen, vielleicht sogar der erste von denen, die mir das Gefühl gegeben haben ...«
Cass fiel ihr ins Wort. »Mein Gott, mußt du das denn rational erklären!«

Sie streckte die Arme nach ihm aus. »He, ich habe gerade erst eine Ehe hinter mir, die, nun ja, ich weiß auch nicht, was das war. In der ich mich betrogen gefühlt habe, in der ich derart ignoriert worden bin, daß mich das in die Arme eines anderen Mannes getrieben hat. Das ist nicht ganz fair von meiner Seite, stimmt's? Trotzdem glaube ich wirklich, daß ich mich nicht in Nikolai verliebt hätte, wenn Slade mich nicht derart lange zurückgewiesen hätte. Ich hätte nie zugelassen, daß ich in diese Lage komme. Jedenfalls habe ich gerade Wochen hinter mich gebracht, in denen ich alle Männer gehaßt habe ...«

»Wegen dieser Chinesin in Slades Leben?«

Chloe nickte. »Ja, natürlich. Ich mag das Gefühl nicht, das diese Ehe bei mir hinterlassen hat. Mir gefällt die Vorstellung nicht, daß meine Gefühle und Einstellungen dem Leben gegenüber davon gefärbt waren, was er mir angetan hat. Vielleicht will ich einfach nur Zeit haben, um herauszufinden, wer ich bin, falls ich überhaupt eine eigenständige Persönlichkeit bin und nicht nur die Frau von jemandem. Weißt du, seit dem Moment, in dem du mir vorgeschlagen hast, dein ›Mann in China‹ zu werden, habe ich diese Idee in meinem Kopf herumgewälzt. Ich bin bereits mehr als ein Jahr lang hier dein Assistent für China gewesen. Jetzt gefällt mir die Vorstellung ziemlich gut, etwas ganz auf mich gestellt zu versuchen.«

»Da habe ich mir wohl selbst einen Strick gedreht!« sagte Cass und schlug sich mit der Faust gegen die Stirn.

»Nicht zwangsläufig«, sagte Chloe und griff nach seiner Hand. »Du führst mich in vieler Hinsicht in Versuchung. Dein erstes Angebot anzunehmen und selbständig zu arbeiten. Und habe ich dich nicht schon behaupten hören, daß du Ruhm vorhersagen kannst?« Sie lächelte ihn an.

»Eine Frau als Berichterstatterin, die den Amerikanern das wahre China näherbringt, die menschlichen Chinesen, die Wahrheit so, wie sie sie sieht? Jemand mit deiner Fähigkeit, nicht nur zu schreiben, sondern auch die blödsinnigen Äußerlichkeiten zu durchdringen, das Oberflächliche abzublättern und zum Kern vorzustoßen, auf einer intuitiven Ebene?« Dann unterbrach er sich und sah forschend in ihre Augen. »Wenn ich so weiterrede, bringe ich mich selbst um dich, stimmt's?«

Sie schüttelte den Kopf. »Nein, aber du bringst mich dazu, die Dinge abzuwägen. Andererseits liebe ich dich, Cass. Ich liebe dich in so vielfältiger Weise, auf mehr Spielarten, als ich jemals irgendeinen Menschen geliebt habe.«

»Aber die romantische Liebe gehört nicht dazu?«

»Tu das weder dir noch mir an«, sagte sie mit spröder Stimme. »Ich denke nur laut, und das hat nichts mit Ablehnung zu tun. Cass, ich werde dich niemals zurückweisen. Ich werde immer ein Bestandteil deines Lebens sein, wenn du mich in deinem Leben haben willst. Ich weiß nur noch nicht, in welcher Form. Romantische Liebe? Was glaubst du wohl, was diese letzte Woche gewesen ist? Die romantischste Woche meines ganzen Lebens, der Stoff, aus dem Filme gemacht werden. Du hast mir das Gefühl gegeben, die aufregendste und begehrenswerteste Frau auf Erden zu sein.«

»Das bist du«, fiel er ihr ins Wort.

»Du hast mit mir geschlafen und mich auf Gipfel geführt, die ich mir nie erträumt hätte. O Cass, du bist der tollste Liebhaber, den die Welt je gesehen haben kann, einschließlich Rudolph Valentino.«

Er lachte. »Das kommt daher, daß du mir das Gefühl gegeben hast, wieder ein Junge zu sein.«

»Kein Junge könnte eine Frau so lieben, wie du es tust«, sagte sie und beugte sich über den Tisch, um ihn zu küssen. »Mein Gott, ich brauche dich nur zu berühren und bin reif, wieder mit dir ins Bett zu gehen.«

»Dazu ist es zu spät«, sagte er. »Die Träger werden jeden Moment hier sein.«

»Ich weiß. Aber ich möchte, daß du weißt, daß ich über deine beiden Angebote nachdenken werde. Ich kann mir vorstellen, daß das die beiden besten Angebote sind, die ich jemals in meinem Leben bekommen werde. Es ist nur so, daß das eine vielleicht zu kurz nach Slades Tod kommt und nach allem, was ich durch ihn erfahren habe. Ich bin nicht sicher, ob ich reif für eine weitere Ehe bin. Aber ich werde mit dir zurückfahren. Ich muß raus aus China, und wenn schon nicht für immer, dann wenigstens für eine Weile. Ich brauche Urlaub, und wir können den ganzen Monat auf dem Schiff damit verbringen, uns jede Nacht zu lieben – und vielleicht auch den ganzen Tag über – oder etwa nicht?«

»Ich hatte eher anvisiert, genau das ein Leben lang zu tun.«
»Das klingt gut«, sagte Chloe und stand auf. »Und nicht nur das, Cass. Es ist wunderbar, mit dir zu reden, dir zuzuhören und einfach nur in deiner Nähe zu sein. Ich will nicht, daß du glaubst, falls ich mich für dein zweites Angebot entscheide, daß es nur daran liegt, weil du so gut im Bett bist.« Sie lachte und beugte sich herunter, um ihn auf die Wange zu küssen.
»Mir sind deine Gründe eigentlich gar nicht so wichtig«, sagte er. »Laß uns einfach das Leben miteinander verbringen.«
Sie hörten die Glöckchen, die das Eintreffen der Sänftenträger auf dem Berggipfel ankündigten. Chloe schaute sich um. Sie wußte, daß sie nie mehr auf ihren Zauberberg zurückkehren würde. Nie mehr das Glück einfangen würde, das sie hier einmal mit Ching-ling und Damien und diesmal mit Cass gefunden hatte. Mit den drei Menschen, die sie am meisten auf Erden liebte. Das einzige ihrer Kinder, das sie je gekannt hatte. Die Frau und der Mann, die sie mehr als jeder andere in ihrem Leben geprägt hatten.

Sie erzählten dem Kapitän des Dampfers, mit dem sie flußabwärts fuhren, sie seien verheiratet, damit sie das miteinander teilen konnten, was in China als eine Einzelkabine galt. Sie waren die einzigen aus dem Westen, und man überließ sie ganz und gar sich selbst. Chloe fiel die Energie auf, die Cass in alles einfließen ließ, auch wenn er nur auf die Kulisse am Ufer hinaussah, die sich ständig veränderte, und sie beobachtete ihn, während Kulis sich Taue über die Schultern schlangen und sie von beiden Flußufern aus durch schmale Stromschnellen zogen.
»In China löst man alles über körperliche Arbeit, nicht wahr?« sagte er.
Chloe nickte. Sie hatte sich so sehr daran gewöhnt, daß sie vergessen hatte, wie jede andere Lebensform hätte aussehen können. Es gefiel ihr, wie seine Augen vor Aufregung glänzten. Sie musterte sein markantes Profil, das vorspringende Kinn, die Hakennase und die buschigen Augenbrauen. Nicht einmal seine Brille lenkte davon ab, wie ansprechend er aussah. Sie war ein Teil von ihm, und sie nahm sie kaum wahr.

Ich glaube, das ließe sich wirklich machen, dachte sie und lächelte, als Cass sich über die Reling beugte und die langen Taue betrachtete, die die Kulis zogen, während er ihrem Singsang lauschte. Ruhm interessiert mich nicht. Komisch, das hing schon in der Luft und baumelte vor ihren Augen, seit er es gesagt hatte. Jemand zu sein. Nicht nur die Ehefrau von jemandem. Sondern jemand, der sich selbst einen Ruf erwarb. Und doch dachte sie, als sie ihn ansah und seinen Anblick so sehr genoß, weil seine enorme Lebenslust auf sie abfärbte: Vielleicht ist er das, was ich will.

Und ganz gleich, was er glaubt: Ich liebe China nicht. Und China braucht mich nicht. Vielleicht braucht Cass mich. Er könnte mit einer Frau wieder glücklich werden. Mit mir.

Sie streckte einen Arm aus und schlang ihn um seine Taille. Er schaute sie an, grinste, legte seine Hand auf ihre und wandte den Blick wieder dem Fluß zu.

Eine innere Ruhe und Ausgeglichenheit umspülte Chloe. Sie hielt genau zweiundfünfzig Stunden an.

50

Ich mußte eine Amme einstellen«, erklärte Su-lin, die den winzigen Säugling im Arm hielt. Chloe hatte vergessen, daß Babys derart klein sein konnten. »Sie ist verschwunden, ehe das Baby auch nur einen Tag alt war. Hat sich noch nicht mal verabschiedet. Hat einfach das Baby und die Mädchen dagelassen.«

Die beiden kleinen Mädchen lugten schüchtern hinter den Bambussträuchern hervor, und Pflaumenblüte hielt die Hand ihrer Schwester fest umklammert. Jades Augen waren groß, rund und fragend. Stand Furcht in ihnen, fragte sich Chloe, oder war es nur Unsicherheit?

Sie jedenfalls verspürte Furcht in ihrem Innern, so viel wußte sie ganz genau. Kalte erbarmungslose Furcht. Sie versuchte, die Gänsehaut zu ignorieren, die einfach nicht verschwinden wollte, seit sie die Neuigkeiten vernommen hatte. Was sollte sie mit diesen drei Kindern anfangen – den Kindern ihres Mannes?

Sie drehte sich zu Cass um und suchte in seinen Augen eine Antwort, las aber in ihnen so viel Bestürzung wie in ihrem eigenen Herzen. Als Su-lin ihr das Baby hinhielt, schreckte sie zurück.

»Es wird schon nicht beißen«, hörte sie Cass flüstern.

»Wann ist das passiert?« fragte Chloe und ließ sich von Su-lin den kleinen Jungen in die Arme drücken. O Gott, wie gut sich so ein Baby doch anfühlte und wie es roch, ganz nach ... nach Baby. Zu dieser bleichen Haut schienen die Mandelaugen nicht zu passen. Sie fragte sich, ob Jade bei ihrer Geburt wohl auch so ausgesehen hatte.

»Elf Tage ist es jetzt her«, sagte Su-lin. »Ich habe ihr geholfen. Es war gegen Morgen.«

Chin-Chen wollte in jener Nacht weder die Mädchen noch das Baby in ihrem Zimmer haben, und daher hatte Su-lin sie alle ins Haus gebracht und die Mädchen in Chloes Bett schlafen lassen. Das Baby hatte sie zu sich und Han mit ins Bett genommen. Am Morgen, als Su-lin zu Chin-Chen gehen wollte, war sie fort. Ihre

Kleider waren verschwunden, nirgends war eine Spur von ihr, und es wies auch nichts darauf hin, daß sie je dort gewesen war.
Das Baby maunzte an Chloes Brust, und ihre Lippen streiften das flaumig weiche Haar auf seinem Kopf. Das hätte mein Baby sein können, dachte sie.
Sie bemerkte zwei kleine Gestalten, die sich hinter dem Pampasgras bewegten, und sie sah, wie die Mädchen, die einander immer noch an den Händen hielten, aus ihrem Versteck herauskamen und auf sie zukamen. Jade blieb knapp zwei Meter vor ihr stehen, sah mit ihren glänzenden schwarzen Augen Chloe an und wich ihrem Blick nicht aus. Nach einem Moment reichte Chloe Su-lin das Baby und stellte sich mit ausgebreiteten Armen vor die Mädchen. Pflaumenblüte kam in ihre Arme gerannt, doch Jade zögerte. »Sollen wir dich Tante oder Mutter Nummer zwei nennen?«
Cass sah stumm zu, als Außenseiter.

Später, nachdem sie alle miteinander zu Abend gegessen hatten und Chloe das Baby in den Schlaf gewiegt hatte, nachdem sie die kleinen Mädchen ins Bett gepackt und beide auf die Stirn geküßt hatte, nachdem Jade die Arme um ihren Hals geschlungen und gesagt hatte: »Ich bin froh, daß du nach Hause gekommen bist«, erst, nachdem all das geschehen war, saß Chloe mit Cass da.
»Ich habe das Gefühl, heute bin ich emotional in die Mangel genommen worden«, sagte sie und trat sich die Schuhe von den Füßen.
»Ich auch«, sagte er und trat an das Sideboard, um sich einen Drink zu holen.
»Ich könnte auch etwas gebrauchen«, sagte Chloe. »Etwas Hochprozentiges.« Er schenkte auch ihr einen Scotch ein. Unverdünnt. Sie nahm ihm das Glas aus der Hand und stand auf, um auf die Veranda zu gehen.
Es war heiß. Die stickige Hitze aller Sommer in Schanghai. Es war fast August, der Monat und das Wetter, die ihr Damien genommen hatten.
»Das war aber ein tiefer Seufzer«, sagte Cass, der hinter ihr stand. Sie sah auf die nächtlichen Lichter der Dschunken hinaus, die langsam über den Fluß trieben. Ganze Familien lebten auf ihnen.

Sie hörte Stimmen aus der Ferne, Gelächter, einen lauten Ausruf.
»Ich frage mich, ob das, was uns dazu bringt, morgens aufzustehen, das Unvorhergesehene ist, womit wir ständig konfrontiert werden – im Leben, meine ich. Wir wissen nie, was der Tag bringen wird. Unsere Pläne werden immer wieder über den Haufen geworfen, nicht wahr? Ganz gleich, was wir uns vornehmen. Es kommt immer etwas dazwischen. Ich glaube, das Erstaunlichste am Leben sind die Überraschungen, die es mit sich bringt. Es ist nie, wirklich niemals, das eingetroffen, was ich erwartet habe.«
»Beschwerst du dich oder philosophierst du nur?« Er legte einen Arm um sie, und sie lehnte den Kopf an seine Schulter.
Sie beantwortete seine Frage nicht, sondern sagte: »Möglicherweise bist du der wohltuendste Mensch auf Erden. Allein schon, daß ich mich an dich lehnen kann, gibt mir das Gefühl, alles schaffen zu können.«
Er sagte nichts. Sie fand, daß er heute abend außergewöhnlich still war. Ihre eigene Müdigkeit spürte sie schon fast schmerzhaft. Sie drehte den Kopf und küßte ihn auf die Wange. »Ich bin reif, ins Bett zu gehen. Magst du mitkommen?«
Er drehte sich um, ohne den Arm von ihren Schultern zu nehmen, und führte sie ins Schlafzimmer. Da er spürte, daß sie zu müde war für die Liebe, sah er zu, wie sie sich auszog und sich nackt ins Bett legte. Dann schaltete er das Licht aus und legte sich neben sie, ohne sie zu berühren; er konnte sie in der Dunkelheit noch nicht einmal sehen und lauschte auf ihren Atem. Er sagte: »Wir könnten sie einfach mitnehmen, verstehst du.« Als sie nichts darauf antwortete, sagte er: »Das weißt du doch, oder nicht?«
Am Morgen erwachte sie, als die Hähne krähten, noch vor dem Morgengrauen. Und sie dachte: Nein, das können wir nicht tun. Du hast bereits gesagt, daß du keine neue Familie gründen willst. Du bist fünfzig Jahre alt, und diese drei sind kleine Kinder. Die Belastung durch drei Kleinkinder würde alles, aber auch alles kaputtmachen, was du für mich empfindest. Das täte einer Ehe nicht gut.
Sie griff mit der Hand zwischen seine Beine und streichelte ihn zärtlich. Er murmelte etwas Unverständliches, hob aber die Arme,

umschlang sie und zog sie an sich, und sie küßte ihn, erst zart, bis sie spürte, daß er wach wurde, und dann rollte sie sich auf ihn, küßte seine Augen und seine Ohren und spreizte die Beine weit auseinander, als seine Hände sich auf ihre Brüste hoben. Ich will das nicht aufgeben, dachte sie, und ihr Mund war gierig auf ihn. Das tut so verflucht gut, daß ich ihn nicht fortgehen lassen will. Und dann hörte sie auf zu denken, als sich Wildheit in ihren Liebesakt einschlich, ein Drängen, eine Form von Raserei. Es war beinahe gefährlich, dachte sie. Es erregte sie.

Zwischendurch glaubte sie zu hören, daß er »du verdammtes Miststück« sagte, doch sie nahm an, daß sie sich verhört hatte. Bis alles vorbei war, bis sie keuchend nebeneinander lagen, bis ihr stoßweiser Atem sich beruhigte, und dann sagte er es noch einmal: »Du verdammtes Miststück. Du wirst hierbleiben, stimmt's?«

Ein paar Minuten später nahm er zärtlich ihre Hand und sagte: »Verzeih mir. Ich habe es nicht so gemeint. Ich meine nicht, daß du ein verdammtes Miststück bist, sondern daß alles ein einziger verdammter Mist ist. Nicht du. Ich habe nur gemeint – ich meine – verdammt noch mal. Ich habe dich verloren. Als ich dich gerade fast für mich gewonnen hätte, habe ich dich verloren. Ehe ich auch nur eine Chance hatte, was?« Und sie war überrascht über den Schmerz, der sich in seinen Augen widerspiegelte.

Als er zwei Wochen später abfuhr, sagte er: »Das Angebot bleibt bestehen. Und wenn ich hundert werden sollte, es gilt auch dann noch.«

»Ich vermute, für den Moment muß ich mich für den Ruhm entscheiden.« Sie versuchte zu lächeln.

»Wenigstens kann ich mir sagen, daß du immer noch ein Teil von mir bist«, gestand er. »Jedenfalls gehörst du zur CHICAGO TIMES. Ich werde dir jeden Monat ein Gehalt bezahlen, aber knausere nicht. Wann auch immer du eine Reise unternehmen mußt oder willst, um über eine Geschichte zu berichten, dich auf den aktuellen Stand der Dinge zu bringen, dir anzusehen, was die Japaner tun oder um dem wahren China den Puls zu fühlen, dann zögere nicht. Ich werde deine Eltern anrufen. Wahrscheinlich werden sie es nicht verstehen. Und ich werde Suzi und Grant drängen, sich zusammenzutun, und ich werde sogar freiwillig einen Smoking tragen, um die Braut an ihren Bräutigam zu übergeben.«

»Cass.« Sie schlang die Arme um ihn und zog ihn enger an sich, damit sie ihn küssen konnte. »Mit dir habe ich die glücklichsten Monate meines Lebens erlebt. Du hast mich aus der Tragödie herausgeholt und mich zur Ekstase geführt. Du hast mich meinen Schmerz vergessen und Hoffnung in das Leben setzen lassen. Du hast mir das Gefühl gegeben, schön, aufregend und begehrenswert zu sein. Pst, sag jetzt nichts. Laß mich ausreden.« Sie schmiegte ihren Kopf an sein rauhes Tweedjackett und glaubte, sie würde gleich weinen. »Ich halte dich für den interessantesten Mann, den ich je kennengelernt habe. Und den nettesten. Den verständnisvollsten. Ich liebe dich. Ja, wirklich. Ich habe dich schon immer geliebt. Und ich werde dich auch immer lieben. Immer und ewig. Du bist für mich der wichtigste Mensch auf Erden.«

»Nein«, sagte er. »Für dich sind diese Kinder die wichtigsten Menschen auf Erden. Aber vergiß nicht, daß ich dich ebensosehr brauche, wie sie dich brauchen. Wir könnten alle unser Leben gemeinsam verbringen. Ich bin bereit, es zu versuchen.«

Sie schüttelte den Kopf, und ihre Tränen stiegen bis dicht unter die Oberfläche auf.

»Sag Suzi, daß ich dich liebe, wirst du das tun? Sag ihr auch, wie lieb ich sie habe und daß ich hoffe, sie und Grant werden so glücklich miteinander sein, wie wir es in diesem Sommer gewesen sind. Sag meinen Eltern, warum ich im Moment nicht nach Hause kommen kann. Erzähl ihnen nichts über Slade und sag niemandem, daß es seine Kinder sind. Sag einfach, ach, sag eben, daß ich mich um chinesische Waisenkinder kümmere!« Sie versuchte zu lächeln, als die Tränen begannen, über ihre Wangen zu laufen.

»Gib mir Bescheid, was ich tun kann, wenn ich in irgendeiner Form helfen kann. Was auch immer, wo auch immer, wann auch immer … ich werde es tun.« Er zog sie in seine Arme, als sie das Dampfschiff tuten hörten.

Was tue ich bloß? fragte sich Chloe. Ich verstehe nicht das geringste von Kindererziehung. Die Amme und Su-lin versorgten gemeinsam das Baby, und das versetzte sie in die Lage, ihre Aufmerksamkeit Jade und Pflaumenblüte zuwenden zu können. Die Dreijährige plapperte unablässig, und ihr rundes Gesicht mit den Pausbacken lächelte fast immer, doch wenn sie nicht bekam, was sie wollte, konnte sie schmollen und verstummen, und einmal stampfte sie sogar mit dem Fuß auf den Boden. Chloe lachte jedoch, und daraufhin kicherte das kleine Mädchen, kam schnell über seinen Mißmut hinweg und warf sich Chloe in die Arme.

Jade dagegen war ernster. Am Abend nach Cass' Abreise fragte sie: »Wirst du mir das Lesen beibringen?«

Am nächsten Tag erstand Chloe ein halbes Dutzend Lehrbücher und versuchte, sich daran zu erinnern, wie sie begonnen hatte, Chinesisch zu lernen. Sie erinnerte sich wieder an Mr. Yang, den sie seit Jahren nicht gesehen hatte. Sie fragte sich, ob er noch am Leben war, denn er war ihr sehr alt erschienen, als sie ihn damals kennengelernt hatte, vor, ja, wann eigentlich, war es knapp acht Jahre her? Doch sie rief den Rikschaträger, und sie und Jade stiegen ein, und Jade preßte die Bücher an sich, die Chloe ihr gegeben hatte, als sie sich auf die Suche nach dem Mann machten, der ihr so viel beigebracht hatte.

Mr. Yang sah nicht älter aus als damals, als sie ihn kennengelernt hatte. Er trug nicht mehr die langen Seidengewänder, in denen sie ihn in Erinnerung hatte, jetzt trug er schlecht sitzende Khakihosen, ein Zeichen von Modernität und eine Folge der Revolution. Sie fragte sich, wie ein konfuzianischer Gelehrter wie er sich mit den Veränderungen der allerletzten Jahre abfinden konnte, doch sie sprachen nicht darüber.

»Ich möchte, daß Sie diesem kleinen Mädchen das Lesen beibringen«, sagte Chloe, die sich darüber freute, daß er sie sofort wiedererkannte.

»Und das Schreiben«, flötete Jade. Sie lächelte, und Chloe konnte sehen, daß ihre glänzenden dunklen Augen den alten Mann bezauberten.

»Ich erinnere mich noch so gut an unsere gemeinsamen Zeiten«, sagte Chloe. »Ich hoffe, Sie werden Jade so viel beibringen, wie Sie mir beigebracht haben.«

Mr. Yang verbeugte sich, wie es seine Gewohnheit war, und sagte:

»Es wäre mir eine Ehre. Aber meinen Sie nicht, daß sie noch etwas zu jung ist, um Lesen und Schreiben zu lernen?«

Ach, dachte Chloe. Wenn ich mit einem sechsjährigen Jungen zu ihm gekommen wäre, hätte er das nicht gesagt. »Sie ist sehr intelligent«, sagte sie, ohne zu wissen, ob das die Wahrheit war. »Und ich werde zu Hause mit ihr weiterlernen.«

So kam es, daß Chloe an den Abenden, nachdem Pflaumenblüte und der kleine Junge, der immer noch keinen Namen hatte, im Bett lagen, mit Jade dasaß. Das Mädchen schmiegte sich in Chloes Arme, und im Schein der Lampe, der auf ihr seidiges schwarzes Haar fiel, fuhr Jade mit dem Finger über die Schriftzeichen. Chloe atmete ihren Duft ein, ihre Frische, nachdem sie gerade ihr Bad genommen hatte, und sie hielt sie eng an sich, während sie gemeinsam lasen.

Nachdem Jade ins Bett gegangen war, stand Chloe da und beobachtete mit glücklicher Zufriedenheit sie und Pflaumenblüte. Dann ging sie in Su-lins Zimmer, um das Baby aus seiner Wiege zu nehmen und es auf der Schaukel auf der Veranda in ihren Armen zu wiegen, bis sie selbst fast einschlief, und sie liebte auch den Geruch des kleinen Jungen. Li, dachte sie. Ich werde ihn Li nennen. Das ist fast Amerikanisch. Lee.

Als Lou am nächsten Tag zu Besuch kam, wie er es fast jeden Nachmittag tat, sagte er: »Ich spiele mit dem Gedanken, in den Norden zu fahren, hoch in den Norden, nicht weit von Mandschukuo. Magst du mitkommen?«

»Was ist dort los?« fragte Chloe.

»Dort ist eine Hungersnot ausgebrochen, in Ausmaßen, wie die Welt sie noch nicht gesehen hat«, antwortete Lou. »Sie ist jetzt schon in ihrem zweiten Jahr. Die Leute sterben wie die Fliegen.«

»O Gott, und ich habe noch nicht einmal etwas davon gehört«, sagte sie.

»Ich weiß. Deshalb fahre ich ja hin. Ich habe gehört, daß bereits mehr als zwei Millionen Menschen dort verhungert sind.«

»Zwei Millionen?« Sie setzte sich auf. »Zwei Millionen Menschen sind verhungert? Das ist vollkommen unmöglich.«

»Das habe ich mir auch gedacht. Warum fahren wir nicht hin und sehen es uns an?«

»Schau nicht hin, Chloe. Schau einfach nicht hin«, drängte Lou, als sie durch die Straßen von Tschangtschou liefen. »Wir können ja doch nichts tun, um zu helfen.«

Den vergangenen Tag hatte sie damit zugebracht, sich zu übergeben. Nicht einmal ihre schlimmsten Alpträume hätten sie auf diese Wirklichkeit vorbereiten können. Es war ein Land des nackten Grauens.

Blicklose Augen starrten sie aus Gesichtern an, die zu Skeletten gehörten. Manche der Männer schleppten sich durch die Straßen, doch die meisten von ihnen lagen nur stöhnend da und konnten beim besten Willen nicht die Energie aufbringen, die sie gebraucht hätten, um aufzustehen. Die meisten Frauen und Kinder waren schon längst verkauft worden – oder gestorben.

»Was mich wirklich ankotzt«, sagte Lou, dessen Lippen zu einem finsteren Strich zusammengekniffen waren, »ist, daß die Reichen nicht verhungern, sondern nur immer reicher werden.«

Dr. Robert Ingraham zuckte mit den Achseln. »Was haben Sie denn erwartet?« fragte er, doch es war eine rhetorische Frage.

Lou war es gelungen, sich gemeinsam mit Chloe einem Team des internationalen Ausschusses für die Linderung von Hungersnöten in China anzuschließen, das von den Amerikanern finanziert wurde. Es war eine Gruppe, die von einer Gegend Chinas in die andere eilte und versuchte, Abhilfe gegen Hungersnöte zu schaffen, die durch Dürren oder Überschwemmungen oder Heuschreckenplagen ausbrachen. Diesmal führten drei erstaunliche Männer die Hilfsarbeiten an, und sie alle waren erschöpft. Bob Ingraham, ein Mediziner, sagte: »Ich dachte, ich hätte schon das Schlimmste gesehen, was man sich vorstellen kann. Aber das hier übersteigt alles.«

Sie alle riskierten ihr Leben, denn die Menschen waren nicht nur am Verhungern, sondern hatten auch Typhus.

Lou fuhr fort, als redete er mit sich selbst. »Diese Bauern haben nicht nur ihre Kinder, sondern auch ihr Land verkauft. Reiche Grundbesitzer stürzen sich auf sie wie die Geier, und für Land, das ein Jahrtausend lang ihnen und ihrer Familie gehört hat, geben sie ihnen einen Gegenwert von einer Reisration für vier bis fünf Tage. Die Reichen haben ihre Frauen und Familien in den

Süden verschifft, wo sie immer noch ein Luxusleben führen. Während Rom gebrannt hat, hat Nero Geige gespielt. Nun, China hat auch seine Geiger.«

Plötzlich streckte sich eine knochige Hand aus, schloß sich um Chloes Knöchel und hätte fast bewirkt, daß sie gestolpert wäre. Es handelte sich um eine der wenigen Frauen, die sie bisher gesehen hatten, eine Frau, die inmitten von Toten und fast Toten lag und sich ein Bündel an die Brust preßte. Ihr Gesicht war so eingefallen, daß es mehr Ähnlichkeit mit dem Schädel eines Skeletts als mit dem Kopf eines menschlichen Wesens aufwies. Ihre Lippen bewegten sich, aber Chloe konnte die Worte nicht hören. Als sie sich herunterbeugen wollte, umklammerte Lous Hand ihren Arm.

»Tu es nicht, Chloe«, flüsterte er. »Komm keinem von ihnen zu nah. Zieh dir bloß nicht etwas Furchtbares zu und stirb mir weg, denn dann wäre mein Schuldbewußtsein so groß, daß ich selbst nicht weiterleben könnte. Schließlich habe ich dir diese Reise vorgeschlagen.«

Sie streifte seine Hand ab, kniete sich hin und bemühte sich, die Frau zu verstehen, deren Augen ins Leere schauten. Das einzige, was sie verstand, war »bitte« und »retten«. Mit diesen Worten löste sich die Hand der Frau von Chloes Knöchel und glitt auf den Boden. Die Augen der Frau flackerten kurz und wurden dann leblos.

»Ich habe in diesem Land schon zu viele Menschen sterben sehen«, sagte Chloe, die mit sich selbst sprach. »Zu viele Menschen meines einen Lebens.« Und dann hörte sie es, das leise Wimmern, das von der Brust der Frau aufstieg, aus dem Bündel, das auf ihr lag. Trotz Lous Warnungen griff Chloe in die schmutzigen Lumpen und wußte, schon ehe sie es sah, was sie dort vorfinden würde.

Es konnte nicht mehr als ein paar Tage alt sein, wenn überhaupt. Wie diese ausgemergelte Frau, die im Sterben lag, ein Kind hatte gebären können, konnte Chloe sich nicht einmal vorstellen.

Lou sah es auch. »Laß es liegen«, sagte er. »Es hat nicht die leiseste Überlebenschance.«

Chloe starrte ihn an und konnte nicht glauben, daß das der Lou war, den sie schon so lange und so gut kannte. Das Baby wimmerte leise. Ihre Hände streckten sich danach aus, griffen in die schmutzigen Kleider der Toten und fühlten die Kälte des Säuglings, als ihre Hände ihn berührten. Vielleicht lag das Kind auch im Sterben. Möglicherweise hatte Lou recht, aber sie konnte das Kind nicht einfach dort liegen lassen.

Dr. Ingraham streckte die Arme aus, und sie reichte ihm das Baby. Er schüttelte nur immer wieder den Kopf. »Es hat nicht die geringste Chance, solange es hier ist, wo es nichts zu essen gibt.«

»Ich werde heute nacht noch einen Zug nehmen«, sagte Chloe.

Er sah sie an und lächelte. »Nun, ich vermute, ein einziges Leben zu retten, ist besser als gar nichts.«

Wenn das eine Leben jemandem gehörte, den man liebte. Sie sah das Baby an und dachte, es hätte eines von ihren sein können. Wenn jemand in der Lage gewesen wäre, die Hände auszustrecken und Damien zu retten …

»He, Chloe«, rief Bob Ingraham, »kommen Sie her.«

Zwischen dem Wust von Toten und Sterbenden kroch ein Kind herum, das gewiß nicht älter als acht oder neun Monate sein konnte. Es gab keinen Laut von sich und war so mager, daß die Rippen sich durch die Haut bohrten, aber sein Bauch war so prall wie eine Bowlingkugel.

Lou legte eine Hand auf ihren Arm, um sie zurückzuhalten. »Chloe, sieh mal, ich verstehe ja, wie dir zumute ist, aber diese Kinder haben keinerlei Chance, normal aufzuwachsen. Wahrscheinlich hat die Unterernährung ihr Gehirn zerstört, und sie haben körperliche und psychische Defekte, die sich niemals beheben lassen.« Seine Stimme nahm einen flehentlichen Tonfall an. »Laß sie sterben, Chloe.«

Sie blieb einen Moment lang stehen und ließ seine Worte in sich einsinken, und dann riß sie sich von ihm los. »Ich muß es tun, Lou. Ich muß es versuchen. Bloß weil du glaubst, daß ich mich geschlagen geben sollte, ehe ich es auch nur versuche, kann ich den Versuch noch lange nicht aufgeben.«

Sie hörte ihn seufzen, und dann sagte er: »Dann ist es wohl das mindeste, was ich tun kann, daß ich dir helfe.«

Dr. Ingraham sagte: »Es kann keinen beklagenswerteren Anblick geben als den, Menschen vor den eigenen Augen sterben zu sehen, und das nur, weil es nichts zu essen gibt. Man kann jeden einzelnen Knochen durch die Haut sehen. Sehen Sie sich doch nur die toten Kinder an, ihre verbogenen Knochen, ihre Arme und Beine, die nicht dicker als Zweige sind, ihre geschwollenen Bäuche, die nicht nur von der Unterernährung herrühren, sondern auch daher, daß man sie mit Baumrinde und Sägemehl gefüttert hat, ganz gleich womit, nur um sie am Leben zu erhalten. Seltsam, nicht wahr? Selbst in der größten Not dieses qualvollen Sterbens kämpft ein Mensch noch um das Überleben. Die Frauen, die wenigen Frauen, die noch hier sind, liegen nur einfach da, als warteten sie geduldig auf den Tod. Manche von ihnen haben ihre Kinder getötet, damit *sie* nicht zu leiden brauchen, und doch bringen sie es nicht fertig, sich selbst das Leben zu nehmen. Und es ist niemand mehr übrig, der die Kraft hätte, all diese Leichen zu begraben.«

»Sehen Sie sich nur die Geier an.« Lou wies an den Himmel, den die Geier verdunkelten.

»Bob«, sagte Chloe, »lassen Sie uns durch all dieses Elend laufen und nachsehen, ob noch andere Kinder da sind.«

»Gott segne Sie, Chloe«, sagte er und reichte Lou das zweite Kind, während Chloe den Säugling trug.

»Genügen die hier denn noch nicht?« fragte Lou. »Was zum Teufel willst du mit noch mehr Kindern anfangen?«

51

Es war nicht das letzte Mal, daß Lou diese Frage stellte. Im Lauf der nächsten vier Jahre schickten weder Chloe noch Su-lin jemanden fort, wenn ein Baby vor ihr Tor gelegt wurde oder wenn eine Mutter kam und Chloe anflehte, ihr Kind zu nehmen, ob es nun ein Neugeborenes oder ein Fünfjähriges war.

Das Chaos, das in den dreißiger Jahren für China so kennzeichnend war, führte dazu, daß mehr und mehr Kinder von Chloe aufgenommen wurden. Ihr Haus war zu einer Art Institution geworden. Das hielt sie jedoch nicht von ihren weit gefächerten Aktivitäten für die CHICAGO TIMES ab. Und hier bekam sie Hilfe von zwei Frauen, die seit über zwanzig Jahren in China waren, von denen sie jedoch noch nie gehört hatte.

Sie waren Lehrerinnen einer methodistischen Missionsstation in Tschangtschou, zwischen Schanghai und Nanking am Fluß gelegen. Sie tauchten eines Tages vor ihrer Tür auf, zwei Frauen, Anfang bis Mitte Vierzig, und beide hielten chinesische Babys im Arm, die sie auf ihre Reise mitgenommen hatten.

»Wir haben von Ihnen gehört«, sagte die Hellblonde, deren Augen blauer waren als alle, die Chloe je gesehen hatte, »und wir haben gehofft, Sie würden vielleicht diese beiden Ihrer Kollektion hinzufügen. Wir sind auf dem Heimweg ...«

Die andere fiel ihr ins Wort: »Heimweg? Das klingt wirklich seltsam.«

»Ich bin Dorothy Milbank«, sagte die Blonde, »und das ist Jean Burns. Diese Babys sind vor der Missionsstation ausgesetzt worden, die jetzt geschlossen ist. Wir sind auf dem Rückweg in die Staaten und dachten uns ... wir hatten gehofft ...«

Chloe öffnete das Tor weiter. »Kommen Sie herein«, sagte sie und dachte nur: Wie viele denn noch? Sie sah nämlich die Zeichen an der Wand.

»Wenn Sie so seufzen, dann weiß ich, daß Sie mehr Kinder aufgenommen haben, als Sie wollen, oder?« fragte Jean.

»Es tut mir leid. Ich habe nicht einmal gemerkt, daß ich seufze. Manchmal habe ich das Gefühl, es übersteigt das, was ich verkraften kann. Ich habe jetzt bereits dreiunddreißig Kinder. Was bedeuten da noch zwei weitere? Ich habe die Häuser rechts und links neben meinem Haus dazugemietet, und meine Hausangestellten und ich schaffen es irgendwie, aber ... ich muß nebenbei auch noch arbeiten, um genug Geld zu verdienen, damit ich diese Horde durchfüttern kann. Manchmal scheint es mir, als könnte ich das alles gar nicht schaffen.«

Es herrschte Stille. Und dann fragte Dorothy mit einer zaghaften Stimme, die kaum zu vernehmen war: »Jean?«

Und so kam es, daß Jean und Dorothy bei ihr einzogen und sich um die Kinder kümmerten, während Chloe sich in den Hexenkessel stürzte, der im ganzen Land brodelte.

Sie eilte in die Mandschurei, als die Japaner dieses nördliche Gebiet einnahmen. Cass brachte ihren Bericht zwar auf der Titelseite, aber unten rechts und nicht als Leitartikel. Von anderen Zeitungen wurde die Invasion weltweit entweder ignoriert, oder sie berichteten auf einer der letzten Seiten darüber. Der Völkerbund sagte, man würde »Nachforschungen anstellen«, doch dabei kam nie etwas heraus. Die Chinesen, diejenigen unter ihnen, die etwas davon gehört hatten – und es waren nicht viel mehr, die etwas über die Invasion hörten, als die, die von der dreijährigen Hungersnot erfuhren, die zum Glück im selben Jahr endete – waren entrüstet darüber, daß Chiang Kai-shek absolut nichts unternahm und die Japaner noch nicht einmal maßregelte. Er konzentrierte sich ganz auf seinen Kampf gegen die Kommunisten, in denen er *die* Bedrohung seiner Macht sah.

1932 wurden japanische Geschäfte in Schanghai von Aufrührern überfallen, die darauf drängten, Japan den Krieg zu erklären. Sie forderten Chiangs Rücktritt. Chiang verhielt sich so wie üblich, wenn er angegriffen wurde. Er zog sich zurück. Damit überrumpelte er seine Angreifer immer wieder. Er und Mei-ling suchten in Lu-shan Zuflucht und nahmen die Armee mit. Die Armee schlug ihr Lager am Fuß des Gebirges auf, und niemand konnte auch nur in die Nähe des Generalissimo kommen. Sein Stellvertreter nahm in China die Zügel in die Hand, aber er fand die Schatzkammern leer vor.

Der Großohrige Tu und seine Grüne Bande sorgten für den Bankrott Chinas, und daher wurde Chiang innerhalb von einem Monat nach Nanking zurückbeordert. Er machte seinen Schwager T. V. zum stellvertretenden Premierminister und zum Finanzminister. T. V. machte China wieder flüssig, indem er immense Darlehen mit Amerika aushandelte, Darlehen an Industriebetriebe, an denen die Soongs große Anteile hatten. Er und Mei-ling warben erfolgreich um die Amerikaner.

Chloe sah Ching-ling nur, wenn sie sie in ihrem Haus in der Rue Molière besuchte, denn Ching-ling verließ ihr Haus nicht mehr. Wenn sie es verließ, begab sie sich damit automatisch in Gefahr, und sie wollte auch nichts mit dem Land zu tun haben, zu dem China geworden war.

Japaner wurden ermordet oder verschwanden spurlos. Am 24. Januar 1932 tuckerte die japanische Marine über den Hwangpukiang und behauptete, zum Schutz ihrer Staatsangehörigen in China gekommen zu sein. Obwohl Chiangs Armeen – von denen es hieß, sie umfaßten mehr als zwei Millionen Männer – den Japanern zahlenmäßig überlegen waren, unternahm er nichts, um Schanghai zu verteidigen, und erst eine Woche später schickte er ein kleines Truppenkontingent von fünfzehntausend Mann nach Schanghai. Nur ein Drittel der Männer überlebte und konnte später darüber berichten. Am 3. März wurden sechshunderttausend Einwohner von Schanghai obdachlos, und über zwölftausend waren tot. Sämtliche Geschäfte und jede Form von Handel standen still; nahezu eintausend Läden und Fabriken waren zerstört worden. Schanghai war gelähmt.

Während dieser zweiwöchigen Phase und kurz darauf nahmen Chloe und ihre Freundinnen noch mehr Kinder auf.

Etwa um diese Zeit schockierte Daisy Chloe eines Nachmittags.

»Ich gehe fort von hier«, kündigte sie an.

»Was heißt das, du gehst?« Chloe, die gerade Tee einschenkte, hielt mitten in der Bewegung inne.

»Ich will hier raus. Ich habe um eine Versetzung ersucht und sie bewilligt bekommen. Ich gehe zur Botschaft in Indien.«

Chloe merkte, daß ihr Mund sich nicht wieder schließen wollte. »Daisy!«

Daisy sah sie an.
»Was werde ich bloß ohne dich tun?«
»Chloe, um Gottes willen, ich bin achtunddreißig Jahre alt. Ich muß eine Veränderung in meinem Leben erreichen. Ich bin noch nicht zu alt, um ein Baby zu bekommen ... und wenn ich weit genug von Lou weg bin, kann mein Leben vielleicht weitergehen. Im Moment bin ich doch nur eine Grammophonnadel, die in einer Rille festhängt und sich nicht weiterbewegen kann. Ich habe es satt. Wie viele Jahre bist du jetzt hier?«
Chloe mußte nachdenken. »Neun Jahre.«
»Also, ich bin seit vierzehn Jahren hier. Seit vierzehn Jahren bin ich Sekretärin und Übersetzerin für das Konsulat. Und mein Leben hat still gestanden. Es ist nicht einmal eine Rille, das ist eine tiefe Furche. Ich gehe fort.«
Chloe setzte sich hin, und der Tee blieb in der Kanne. »Weiß er es?« Sie spürte jetzt schon den Verlust.
»Nein.« Daisy schüttelte den Kopf. »Ich gehe anschließend zu ihm.«
Chloe dachte an Cass, an ihre gemeinsame Zeit in Lu-shan und an die Dinge, die er dort mit ihr getan hatte. »Weißt du, obwohl er impotent ist, gibt es Dinge, die er tun kann ...«
Daisys Lachen klang bitter. »Glaubst du wirklich, es gäbe etwas, was wir noch nicht probiert haben? Aber es hilft alles nichts, mein Schatz. Ich will hier raus, sonst drehe ich durch.«
Am Tag vor ihrer Abreise kam Daisy noch einmal. »Gib mir eines deiner Kinder, Chloe. Laß mich eines von ihnen von hier fort und in Sicherheit bringen. Gib mir jemand anderen, über den ich mir Gedanken machen kann. Laß mich eine Mutter sein.«

Chloe sah Lou zwei Wochen lang nicht und hörte auch nichts von ihm. Als er wieder zu ihr kam, erwähnte er Daisy mit keinem Wort. Aber aus Lou war das Leben gewichen. Es war, als müßte er sich selbst einen Tritt geben, um jeden einzelnen Tag zu überstehen.
Ohne das Wissen der restlichen Welt durchbrachen unten in den Bergen im Südosten Chinas in den Provinzen Fukien und Kiangsi zwanzigtausend Männer, ein paar hundert Kinder und sechsund-

zwanzig Frauen die schwache Blockade der Nationalisten. Chiangs Soldaten waren nach Hause gegangen, weil sie seit mehr als einem Jahr keinen Sold mehr bekommen hatten. Das waren die Kommunisten, die Chiang ausgerottet zu haben behauptete. Am 16. Oktober 1934 begannen sie einen Marsch, der dreihundertachtundsechzig Tage dauern sollte und sie über sechstausend Meilen führen würde, einen Marsch in einen Teil Chinas, den unbevölkerten Nordwesten, der sie von den ständigen Schikanen Chiangs befreien würde. Es wurde zu einer Reise, die das Leben eines Fünftels der Weltbevölkerung veränderte, obwohl niemand, der daran teilnahm, sich auch nur ausmalte, welche Auswirkungen dieser Marsch haben würde. Eines der entscheidenden Dinge, die auf diesem Marsch passierten, war, daß Mao Tse-tung dazu erwählt wurde, die Kommunisten anzuführen. Zwar hegte zu dem Zeitpunkt niemand auch nur den geringsten Verdacht, daß es so kommen könnte, da die große Mehrheit der Teilnehmer an diesem Marsch junge Männer waren, doch jeder der Machthaber Chinas in der zweiten Hälfte des zwanzigsten Jahrhunderts hatte an diesem Marsch teilgenommen.

Es dauerte Monate, bis sich die Nachricht verbreitete, daß eine Armee von achtzigtausend durch die schroffste Gegend Chinas zog – über die Berge, über die Flüsse und durch die Ebenen Chinas. Noch nicht einmal militärische Strategiker konnten vorhersagen, daß sie sich, um vom Nordwesten in den Südosten zu gelangen, einen so umständlichen Weg aussuchen würden, der jeder Logik widersprach und der Armee der Nationalisten Kopfzerbrechen bereitete.

In der Zwischenzeit marschierten die Japaner durch die nördliche Provinz Tschahar und ließen den Marsch Shermans durch Georgia vergleichsweise friedlich erscheinen. Japan krönte seinen neuesten Triumph und seine Eroberungen mit den Provinzen Hopeh, Schantung, Schansi und Suiyuan und umzingelte Peking, das wie eine an allen Ufern belagerte Insel dalag.

Chiangs Reaktion bestand 1935 darin, den Japanern einen Freundschaftsvertrag anzubieten. Sie sollten die chinesischen Gebiete, die sie an sich gebracht hatten, zurückgeben, und China würde sämtliche Westmächte rauswerfen und all die territorialen

Konzessionen und die Geschäfte an Japan abtreten, die bisher in den Händen von Westmächten lagen.
Die japanische Armee hatte jedoch Blut geleckt. Sie wollten das Land, und sie wollten auch das chinesische Volk unterwerfen. Verträge waren zu friedlich. Sie wollten sämtliche Reichtümer an sich bringen, die China nie zu schätzen gewußt hatte, die Reichtümer, die der Westen so lange ausgebeutet hatte. Sie wollten einfach alles haben.
Ausländer verließen China in Scharen, und Konsulatsangehörige schickten ihre Frauen und Kinder nach Hause zurück. Japanische Kriegsschiffe in der Mündung des Hwangpukiang waren auch nicht gerade beruhigend.
Chloe verbrachte immer mehr Zeit in Schanghai selbst, das immer noch weltweit die Hauptstadt des Lasters war ... dort konnte ein Mann für ein paar Yuan ein junges Mädchen oder einen Knaben haben und mit ihnen ganz nach Belieben umgehen. Manchmal wurden die Kinder nie wieder gesehen. Für ein paar Yuan konnte man es aber auch einrichten, daß jemand verschwand, daß seine Achillessehne durchtrennt wurde, damit er nie mehr laufen konnte, oder daß ein Unfall arrangiert wurde, damit derjenige nie mehr etwas heben konnte und somit jeder Möglichkeit beraubt war, sich seinen Lebensunterhalt zu verdienen. Man konnte aber auch Entführungen arrangieren oder Morde, jede Form von Sadismus, die der menschliche Geist ersinnen kann. Rache und Lust hatten den gleichen Preis – ein paar Yuan.
Chloes Beschützertrieb für die Kinder wurde immer stärker, vor allem bei Slades Kindern, Sie und Su-lin brachten es gemeinsam fertig, das Baby unsäglich zu verwöhnen. Mit vier Jahren war der Kleine pausbäckig und süß und lächelte ständig. Pflaumenblüte mit ihrem sonnigen Naturell plapperte unablässig und spielte mit Han. Sie liefen hinter dem Haus herum, erfanden Spiele und versteckten sich im Pampasgras.
Aber an wen Chloe wirklich ihr Herz verlor, das war Jade. Sie hätte dieses Kind und das, was es verkörperte, hassen sollen, doch Chloe ertappte sich dabei, daß sie an das kleine Mädchen dachte, wenn sie nicht zu Hause war, und daß sie nach ihrem Gesicht und ihren ernsten Augen Ausschau hielt, sobald sie durch das Tor trat.

Jade, die inzwischen zehn war, hatte etwas Elfenhaftes an sich. Ihre Nase steckte ständig nur in Büchern, und sie sog Wissen in sich auf wie ein Schwamm. So jung wie sie war, begann sie bereits, abstrakt zu denken, und Chloe hatte ihre helle Freude an ihr. Chloe erzählte ihr von fernen Orten und von der Geschichte und Geographie Chinas, und sie redete stundenlang ohne Unterbrechung mit ihr, während Jade, die ihr gegenübersaß, das Feuer und die Schatten und den träumerischen Ausdruck in Chloes Augen wahrnahm.

TEIL IV

1935–1939

52

Ein Bettler«, sagte Su-lin, und in ihrer Stimme war entschieden Abscheu zu vernehmen, »besteht darauf, Sie zu sprechen. Er nennt Sie ›Madame‹.«

Wir haben selbst kaum genug zu essen, dachte Chloe. Na ja, was macht da einer mehr schon aus? »Hast du ihn in die Küche geführt?«

Su-lin schüttelte den Kopf. »Er will kein Essen. Es geht ihm um Sie.«

Chloe fühlte sich zu müde, um aufzustehen. »Was bringt dich dann darauf, er könnte ein Bettler sein?«

»Seine Kleider.« Su-lin zog die Nase hoch. »Er riecht wie ein Pferd.« Sie klopfte mit den Fingern auf den Tisch, an dem Chloe saß. »Lassen Sie mich ihn wegschicken.«

Sie weiß zu gut Bescheid, dachte Chloe und lächelte unwillkürlich. Sie weiß nur zu gut, daß ich niemals jemanden wegschicke. Aber wenn er nichts zu essen will, was will er dann? Su-lin hieß nur diejenigen willkommen, die Kinder brachten. Zu viele Kinder konnte es für Su-lin gar nicht geben.

»Führ ihn herein.« Chloe seufzte und dachte, daß ihr das alles allmählich zuviel wurde. Sie hatte den Tag damit zugebracht, durch die Straßen zu laufen und einen Ausweg aus dem Würgegriff zu finden, in dem die Japaner die Stadt jetzt hielten. Wenn es nur um sie selbst und die anderen Frauen gegangen wäre, hätte sie es schaffen können. Aber die Japaner verlangten Lebensmittelmarken. Und für die Kinder hatte sie keine.

Niemandem war es gestattet, die Stadt zu betreten oder zu verlassen. Die Japaner waren höflich und lächelten, aber außerhalb der Stadt waren – vor allem nach Einbruch der Dunkelheit – Schüsse zu hören; die Menschen versuchten, aus dem Gefängnis auszubrechen, zu dem Schanghai geworden war.

Sie würden sie, aber auch nur sie allein, hinauslassen, sagte ihr der japanische Leutnant. Nicht hinaus nach China, sondern auf ein

Schiff, das nach Japan oder Amerika fuhr. Schließlich hatte sie die amerikanische Staatsbürgerschaft.

Su-lin sagte: »Er weigert sich, ins Haus zu kommen. Er erwartet Sie am Tor.«

Chloe sah auf ihre Armbanduhr. Es war nach neun. Niemand rief sie so spät abends noch ans Tor, und es waren niemals Männer, die sie baten, ihre Kinder aufzunehmen. Sie griff in die Schublade des lackierten Tisches, holte die kleine Pistole heraus, die Cass ihr aufgedrängt hatte, und steckte sie in ihre Jackentasche. Sie hatte sich angewöhnt, es abends so zu handhaben. Es waren seltsame Zeiten angebrochen.

In ihren Stoffschuhen tappte sie durch den Garten und nahm den Geruch von Chrysanthemen und die kühle Luft der mondlosen Nacht wahr. Vor dem Tor stand in zerrissenen und schmutzigen Kleidern und mit einem Schal vor dem Gesicht ein großer Mann.

»Madame Cavanaugh?« Er sprach die Silben langsam und deutlich aus. »Ich bin es.« Er zog sich den Schal vom Gesicht, doch sie konnte ihn nicht sehen. »Ich bin gekommen, um Sie aus Schanghai fortzubringen.«

Sie ging näher auf ihn zu und blickte zu ihm auf. »General Lutang?« Es kam als ein Keuchen heraus. Der Schneeleopard, hier?

»Packen Sie so wenig wie irgend möglich ein.« Er sprach leise, aber eindringlich. »Wir müssen uns eilen, wenn wir meine Männer im Morgengrauen treffen wollen.«

Sie starrte ihn an.

Er streckte eine Hand aus und legte sie fest auf ihre Schulter. »Verstehen Sie mich denn nicht?«

»Kommen Sie herein«, sagte sie. »Es ist niemand da, der Sie sehen könnte. Kommen Sie herein und lassen Sie mich Ihnen eine Tasse Tee anbieten.«

Seine Stimme klang ungeduldig. »Das ist nicht der rechte Zeitpunkt für Höflichkeiten. Es herrscht Krieg. Niemand ist sicher in dieser Stadt, die vom Feind umzingelt ist.«

»Ich weiß«, sagte sie. Es war eine Tatsache, daß Menschen einfach verschwanden.

»Meine Männer und ich sind auf dem Weg in den hohen Norden. Ich bin gekommen, um Sie mitzunehmen.«

Chloe lachte wider Willen. »Wollen Sie mich wieder einmal entführen?« Und dann, als sie erkannte, daß es ihm ernst war, wiederholte sie: »Kommen Sie herein.« Sie wandte sich ab, und ihm blieb nichts anderes übrig, als ihr zu folgen.

Als sie das Haus betraten, nickte Chloe Su-lin zu. »Es ist alles in Ordnung. Er ist kein Bettler. Er ist jemand, den ich schon seit langem kenne.«

Seit langem. Es war neun Jahre her, seit er den Blauen Expreß überfallen und die Fahrgäste entführt hatte. Sieben Jahre, seit sie ihn das letzte Mal gesehen hatte, als sie und Slade in den Norden gereist waren, um ihn zu interviewen. Sie wandte sich um und sah in das Gesicht, das sie überall erkannt hätte. Dieses Gesicht, das keinem anderen glich, mit den hohen Backenknochen, dem vorspringenden Kinn, den sinnlichen Lippen, die jetzt schmal und angespannt waren. Das einzige Anzeichen, das auf das Verstreichen der Zeit hinwies, waren Krähenfüße um die jetzt blutunterlaufenen Augen.

Er sah sich im Zimmer um und bemerkte: »So also leben Ausländer.« Er trat an den dunklen Tisch, ließ seine Finger über die glatte Oberfläche gleiten und setzte sich auf den weich gepolsterten Stuhl. »Packen Sie nur das ein«, sagte er, »was Sie unbedingt brauchen.«

»Nein, das kann ich nicht tun.« Sie stellte zu ihrem Erstaunen fest, daß ihre Hände sich ineinander verschlungen hatten. Ich will es, dachte sie. Ich will weg von hier, raus aus der Umzingelung der Japaner, fort von den Sorgen, woher die Kinder etwas zu essen bekommen werden, fort von flehentlichen Augen. Nicht nur Sulin, sondern auch Dorothy und Jean erwarten von mir, daß ich für sie sorge. Sie glauben immer, daß mir schon irgend etwas einfällt.

»Sie haben keine Kinder und keinen Mann. Es steht Ihnen frei, von hier fortzugehen.«

Woher wußte er all das?

»Ich bin nicht ungebunden.« Sie wünschte jedoch einen Moment lang, sie wäre es.

Er zog fragend die Augenbrauen hoch.

»Ich habe sechsundvierzig Kinder, die alle unter zwölf Jahren sind und für die ich verantwortlich bin.«

»In China gibt es zu viele Kinder.« Seine Stimme war ausdruckslos. »Es wird immer wieder neue Kinder geben. Diese Frau, die mir das Tor geöffnet hat, sie kann für sie sorgen. Opfern Sie sich nicht für Kinder auf, die keine Zukunft haben. Kinder, die nicht Ihre sind.«
Sie sah ihn an. »Die Zukunft liegt in den Kindern. Es wäre mir lieber, Sie nähmen eines von ihnen mit als mich. Ich kann für mich selbst sorgen. Sie können es nicht. Und diese Frau – wohin ich gehe, dort wird sie auch hingehen. Ich liebe diese Menschen.«
Er saß da und hatte die Beine weit von sich gestreckt. »Ich glaube«, sagte er, »daß wir vor vielen Jahren über Liebe gesprochen haben. Sie ist, wie die Hygiene und die Philosophie, etwas für die Wohlhabenden.«
»Das glaube ich nicht«, sagte Chloe, »denn sonst wären Sie nicht hier und würden Ihr Leben für mich aufs Spiel setzen. Sie werten eine andere Person höher als Ihre eigene Sicherheit. Das ist ein Akt der Liebe.«
»Ich habe mich selbst gefragt«, sagte er und gestattete sich ein kleines Lächeln, »was mich zu einer derart uncharakteristischen Handlung getrieben hat.«
Chloe lächelte. »Das nennt sich Humanität.«
»Was auch immer es ist«, sagte er. Er stand auf und kam ein paar Schritte auf sie zu. »Es ist Zeitvergeudung, darüber zu reden. Wollen Sie mir etwa sagen, daß Sie sich weigern, sich retten zu lassen?«
Sie nickte. »Ich würde sehr gerne gerettet werden und aus dieser Stadt fortgehen, in der es jetzt nur noch Terror gibt. Ich möchte liebend gern vor den Japanern davonkommen. Ich will meine Kinder weit weg bringen – in Sicherheit. Aber ich werde sie nicht verlassen, General.«
Seine schwarzen Augen durchbohrten sie.
»Ich weiß«, fuhr sie fort, »Ihre Rücksichtnahme zu schätzen. In Wahrheit überwältigt mich die Erkenntnis, daß Sie auch nur an mich gedacht und einen so weiten Umweg für mich gemacht haben.«
»Sie haben mir früher einmal das Leben gerettet.« Sie starrten einander an. Dann verbeugte er sich kaum wahrnehmbar, machte auf dem Absatz kehrt und verließ den Raum.

Ein Mann, den sie seit Jahren nicht gesehen hatte, erbot sich, sie aus diesem Kriegsgebiet zu retten, und sie schlug sein Angebot aus? Sie wußte, daß er sein eigenes Leben dabei gefährdet hatte, um nach Schanghai zu kommen. Irgendwie war er durch die feindlichen Linien vorgedrungen. Für diese Geste war er Hunderte von Meilen nach Süden gezogen, und auch beim Verlassen der Stadt würde er wieder sein Leben riskieren.
Sie dachte wieder daran, wie sie ihm zum ersten Mal begegnet war, damals, als er ihr gesagt hatte, er würde Leben verschonen, wenn sie sich ihm hingab. Selbst damals hatte sie sich nicht vor ihm gefürchtet. Letztendlich hatte er ihr Würde verliehen.
Am nächsten Nachmittag um fünf klopfte eine zahnlose alte Frau an das Tor und fragte nach »Madame«. Sie streckte eine schmutzige Hand aus, in der sie einen zusammengeknüllten Zettel hielt. Sie wartete mit aufeinandergepreßten Lippen, während Chloe die Mitteilung las.

Halten Sie Ihre Kinder um Mitternacht bereit. Schärfen Sie ihnen ein, daß sie keinen Lärm machen dürfen. Packen Sie nur ein, was jeder mühelos tragen kann. Sie werden viele Meilen zurücklegen. Geben Sie dieser Frau fünfzig Li.

Die Nachricht trug keine Unterschrift.
Sieben Stunden Zeit, um sechsundvierzig Kinder zu füttern und sie marschbereit zu machen, wobei sie noch nicht einmal in der Verfassung waren wachzubleiben. Sieben Stunden! Sieben Stunden, um ihr Leben zu verändern.
Chloe rannte ins Haus und sagte Su-lin, sie sollte der alten Frau fünfzig Li geben.
»Fünfzig Li?« rief Su-lin aus.
»Tu es einfach. Und dann such Jean und Dorothy. Füttert so schnell wie möglich alle.«
Su-lin starrte sie mit aufgerissenem Mund an.
Chloe warf den Kopf zurück. »Tu einfach, was ich sage.« Sie wollte es ihr noch nicht erklären, und sie wollte auch nicht, daß der Koch etwas davon erfuhr. Sie fand, niemand sollte etwas davon wissen. Instinktiv beschloß sie, alles in absoluter Heimlichkeit vorzubereiten.

»Packt sie alle ins Bett, wenn sie gegessen haben.« Sie konnte ihnen ruhig ein wenig Schlaf gönnen. Das war immer noch besser als gar kein Schlaf. Sie würde sie ihre Kleider zu Bündeln zusammenrollen lassen, Bündeln, die sie sich um den Hals hängen konnten. Natürlich gab es auch die Kinder, die noch zu klein zum Laufen waren, und viele waren zu jung, um es auch nur an den Stadtrand zu schaffen. Sie setzte sich an ihren Schreibtisch. Ich muß eine Liste aufstellen, dachte sie, und alles niederschreiben, was mir einfällt. Nachdem sie das getan hatte, blickte sie auf und starrte ins Leere.
Sie stützte den Kopf in die Hände und weinte vor Erleichterung.

53

Jeden Morgen bei Tagesanbruch verschmutzten die Wagen, die den nächtlichen Dreck beförderten, alle Straßen, die aus der Stadt herausführten. Die Hunderte von Männern, die die Exkremente und die Abfälle der größten Stadt Chinas einsammelten, fächerten sich auf den Pfaden und den Lehmwegen auf, die zu den umliegenden Bauernhöfen führten, denn dort konnte ihre Fracht als Dünger eingesetzt werden.

Die Japaner ließen sie durch und winkten sie schnell weiter, damit der Gestank sich bald wieder verzog. Um exakt dieselbe Uhrzeit, genau in der Stunde, in der die Nacht zum Tag wurde, stellten zweiunddreißig von den Hunderten, die sich ihren Lebensunterhalt damit verdienten, Exkremente zu transportieren, fest, daß ihre Wagen fehlten. Jeder von ihnen schwor, nur einen Moment lang fort gewesen zu sein, im Garten von jemandem, in den Dienstbotenunterkünften, wo auch immer. Doch als sie mit einem weiteren Eimer übelriechender Abfälle zu ihren ekelhaften Wagen zurückkehrten, waren diese verschwunden.

An jenem Nachmittag wurden auf dem Land auf sämtlichen Straßen nach Westen zweiunddreißig Müllwagen gefunden, alle weit voneinander entfernt.

Von den sechsundvierzig Kindern war nicht ein einziger Aufschrei zu vernehmen, und in den fünf Stunden, die die Durchführung der Flucht erforderte, gab keines einen Laut von sich. Viele übergaben sich jedoch. Und auch die Frauen übergaben sich, mit Ausnahme von Su-lin. Der Gestank war unerträglich.

Chloe kauerte im Dunkeln und erbrach sich in das Stroh, während sie über Pfade gezogen wurde, die im Lauf der Jahre von nackten Füßen, die darüberliefen, geglättet worden waren.

Der Karren blieb stehen. Sie konnte erkennen, daß der Träger die Bambusrohre hingelegt hatte, die vorher auf seinen Schultern geruht hatten. Konnte sie sich schon bewegen? Hände tasteten über das Stroh, mit dem sie bedeckt war, und sie spürte, daß sie

hochgehoben wurde. Der immer noch dunkle Himmel war am Horizont bleich, und sie konnte ihre Knie nicht durchdrücken. Der Schneeleopard hielt sie in den Armen.
Er hatte ihren Karren selbst gezogen, wie ein Kuli. Sie drückte das linke Bein durch, hielt sich an dem General fest und stellte ihren Fuß auf den Boden. Stechender Schmerz durchzuckte sie, war jedoch im nächsten Moment vergangen.
Die Augen des Schneeleoparden schweiften über die Umgebung, ehe er sagte: »Wir müssen zum Fluß laufen.«

Sie gelangten an den breiten, schlammigen Fluß, der gelb war in der verschwommenen Morgensonne, die jetzt über den Horizont rückte.
Der Schneeleopard wandte sich an sie. »Die Japaner behalten den Fluß gut im Auge, wir können also nicht mit einem Schiff weiterfahren. Wir werden mit Sampans übersetzen, in unregelmäßigen Abständen, und sie werden nicht erkennen können, ob es sich bei uns um Fischer oder Gemüseverkäufer handelt. Um keinerlei Verdacht zu erregen, wird das einige Stunden kosten. Am anderen Ufer erwarten uns meine restlichen Männer.«
Chloe konnte dem verdrossenen Gesichtsausdruck seiner Männer ansehen, daß sie nicht gerade freudig an diesem Exodus teilnahmen.
»Sind denn gar keine Väter unter diesen Männern?« fragte sie sich, ohne zu merken, daß sie die Frage laut ausgesprochen hatte.
Der Schneeleopard schaute auf sie herunter. »Wahrscheinlich sind wir alle Väter.«
Sie richtete es so ein, daß Jean und Dorothy auf den ersten Sampans waren und die beiden kleinsten Kinder trugen, damit sie am anderen Ufer für Ordnung unter den Kindern sorgen konnten.
Sie trösten. Sie würde am diesseitigen Ufer bleiben, sagte sie dem Schneeleoparden, bis alle sicher übergesetzt waren.
Etliche begannen zu wimmern ... sie waren müde, hungrig und fühlten sich ausgesetzt. Sie schauten auf den Fluß hinaus und konnten das andere Ufer nicht sehen. Sie nahm die Mißbilligung in den Augen der Soldaten deutlich wahr. Der General erteilte mit ruhiger Stimme Befehle, versetzte einem Sampan einen leichten

Stoß und wartete, bis es außer Sicht war, ehe er einem weiteren das Übersetzen gestattete und es stromabwärts stieß. Bootsführer mit langen Stangen glitten lautlos aus dem Schilf, das sie verbarg; ihre Augen waren unergründlich, sie waren sogar in der morgendlichen Kühle von der Taille aufwärts entblößt, und sie sagten nie auch nur ein Wort.

»Ich habe ihnen den Fischfang eines Tages am anderen Ufer versprochen«, erklärte der Schneeleopard.

»Und ein paar Li noch dazu, kann ich mir vorstellen«, sagte Chloe. Die Fischer setzten ihr eigenes Leben aufs Spiel ... Wenn die Japaner sie entdeckten ...

»Nein.« Er schüttelte den Kopf. »Keine Li.«

Warum taten sie es dann? fragte sie sich. Und wie hatte er all das so schnell arrangieren können? Es war das erste Mal in all ihren Jahren im Orient, daß sie auf ein rasches und rationelles Vorgehen stieß.

Er sah ihr in die Augen. »Ich werde jetzt gehen, damit ich alles für den Aufbruch vorbereiten kann. Sie werden als letzte kommen. Dann werden wir wissen, daß alle in Sicherheit sind und daß wir losreiten gönnen.«

Die Sonne stand hoch am östlichen Himmel, ehe sämtliche Kinder vom Südufer übergesetzt worden waren. Als sie fort waren, tauchte die Dschunke auf, die den Schneeleoparden befördert hatte, und Chloe ging an Bord.

Am anderen Flußufer erwartete sie nur der Schneeleopard. Von den anderen war nirgendwo etwas zu sehen. Er saß auf einem großen schwarzen Pferd und schaute auf seine gebieterische Art auf sie herunter. Er stieg nicht ab. Statt dessen tänzelte und wieherte sein Pferd, als sie aus der Dschunke stieg und ihre Füße und Knöchel im feuchten Schlamm des Flußufers versanken. Der Schneeleopard kam mit einem strahlenden Lächeln in den Augen näher auf sie zu, beugte sich herunter und griff nach ihrer Hand.

Er schwang seinen Fuß aus dem Steigbügel und zog sie hoch, damit ihr nasser Fuß, der in einem Stoffschuh steckte, hineingleiten konnte, und dann zog er sie vor sich auf das Pferd. Er wies auf

den hohen Sattelknauf und sagte: »Daran können Sie sich festhalten.« Und schon ging es los; sein Pferd bäumte sich auf und ließ sie gegen ihn sinken.
Was sie durch diese Nähe spürte, war nicht der Mann, sondern die Sicherheit. Die Pferdehufe trommelten auf den Boden, und das Tier galoppierte mit der Wildheit eines Derwischs. Die Welt um sie herum verschwamm. Das einzige, was sie von ihrer Umgebung wahrnahm, war der Luftstrom. Ihr ganzer Körper entspannte sich, und sie begann zu weinen ... stumme Tränen, die der Schneeleopard nicht sehen konnte, da sie auf ihren Wangen trockneten, während das Pferd seine Reiter in den Wind wirbelte.
Wenig später hielten sie an, und sie sah mehr als zweihundert berittene Männer. Vor fünfundvierzig von ihnen saßen die Kinder auf dem Sattel. Ihre Augen suchten und fanden Su-lin, Jade, Dorothy und Jean, die auf eigenen Pferden saßen. Am Ende der aufgereihten Reiterschar standen etliche Dutzend Esel, von denen viele Sänften mit zugezogenen Vorhängen trugen. Konkubinen, dachte Chloe. Ich schätze, sie brauchen ständig Frauen. Ob sie sich diese Frauen wohl miteinander teilten? Oder gehörten sie dem Schneeleoparden? Waren sie entführt worden, oder waren sie freiwillig hier? Sie wollte nicht darüber nachdenken. Das ging sie nichts an, sagte sie sich. Und für wen hielt sie sich, ein Urteil über den Mann zu fällen, der sie und ihre Kinder rettete?

Nachdem die Kinder in jener ersten Nacht schlafen gelegt worden waren, war der Schneeleopard offensichtlich auf der Suche nach ihr und bedeutete ihr, daß er sie allein sprechen wollte.
Chloe folgte ihm an das Lagerfeuer vor seinem Zelt.
»Sie müssen sich an unsere Regeln halten.« Er kauerte vor dem Feuer auf seinen Hacken.
»Selbstverständlich.«
»Wir haben Geld. Wenn wir Bauern Lebensmittel abnehmen, bezahlen wir sie dafür. Es kann vorkommen, daß ich mit den hiesigen Warlords verhandeln muß, aber es sollte wenig Ärger geben, da wir keine Bedrohung für sie darstellen. Unsere Reise wird wahrscheinlich zwei Monate erfordern.«
»Zwei Monate? Wohin gehen wir denn?«

»So weit werden Sie nicht reisen. Wir sollten Sian in etwa sechs Wochen erreichen.«
»Sian? Ich bin dort gewesen.«
Er nickte. »Das ist eine Stadt, in der Sie und Ihre Kinder in Sicherheit sein werden. Es liegt zwar im Norden, aber es ist doch noch weit von den Japanern entfernt. Wenn es in Sian unsicher wird, können Sie von dort aus Verkehrsmittel in den Süden nach Tschengtou nehmen und von dort aus entweder nach Tschungking oder nach Kunming weiterreisen.« Er zögerte. »Meine Männer sind nicht gerade erfreut darüber, daß die Kinder unser Vorankommen verzögern und durchgefüttert werden müssen.«
Das war nicht zu übersehen.
»Wird einer von ihnen rebellieren wie dieser Mann, der Sie damals zu töten versucht hat?«
Die Augen des Schneeleoparden wurden schmal. »Aus diesem Vorfall habe ich gelernt.« Im Schein des Feuers sah sie weiße Zähne aufblitzen. »Manchmal nimmt die Demokratie seltsame Anfänge.«
»Wie meinen Sie das?« fragte sie.
»In den Momenten, in denen ich einen Grund dafür habe, etwas zu tun, was sie wahrscheinlich nicht verstehen, erkläre ich ihnen meine Motive und fordere sie zur Diskussion auf.«
»Und wenn manche nicht Ihrer Meinung sind?« Chloe glaubte nicht, daß viele Armeen auf die Weise angeführt wurden.
»Manchmal bin ich für Alternativen aufgeschlossen. Wenn ich es nicht bin, schlage ich nach reiflicher Überlegung diesen Männern vor, daß sie nach Hause zurückkehren und uns verlassen. Oder es ergibt sich, so wie in diesem Fall, daß fünfundsiebzig sich geweigert haben, in den Süden mitzukommen, um eine Frau zu retten, obwohl sie mir das Leben gerettet hat. Ich habe einen Anführer ernannt und diese Männer nach Yenan vorausgeschickt.«
»Nach Yenan?« Sie streckte die Beine aus.
»Im Norden von Sian«, sagte er zu ihr. »Dort versammeln sich die Kommunisten nach dem Langen Marsch.«
»Ah, dann sind sie also aufgefunden worden.« Die Journalistengemeinde von Schanghai, die jetzt hoffnungslos von allen Nachrichten abgeschnitten war, hatte davon noch nichts gehört. Als sie

an diese Gruppe von Menschen dachte, wurde ihr klar, daß Lou keine Ahnung haben konnte, wohin sie und die Kinder verschwunden waren. »Wie sind sie dort hingekommen – nach Yenan? Es ist Tausende von Meilen von dort entfernt, wo man das letzte Mal von ihnen gehört hat, unten im Süden.«

»Alles, was ich weiß«, antwortete der Schneeleopard, »ist, daß sie sich in Yenan versammeln. Falls wir sie finden können, werden meine Männer und ich uns ihnen anschließen.«

»Dann sind Sie also Kommunist geworden?«

»Nein.« Seine Stimme war barsch. »Aber im Moment ist Japan der Feind Chinas. Die Nationalisten sitzen da und versuchen dahinterzukommen, wohin die Kommunisten verschwunden sind, und dabei ignorieren sie, daß die Japaner an unseren Grenzen im Norden und Osten nagen. Chiang hat fünfzehntausend Soldaten gegen die Japaner nach Schanghai geschickt, während er Armeen von Hunderttausenden versammelt, die darauf warten, zu hören, wo die Roten sind.«

»Wie bringen Sie das alles in Erfahrung?« fragte sie; es kränkte sie, daß sie so wenig wußte.

Darauf antwortete er nicht, er sagte nur: »Meine Männer sehen es als eine Belastung an, ein halbes Hundert Menschen mehr zu haben. Das läßt uns täglich langsamer vorankommen, und es ist keine Kleinigkeit, täglich für so viele Personen genug Nahrung zu erstehen. Sie und Ihre Kinder müssen damit rechnen zu hungern – nicht zu verhungern, aber zu hungern. Sagen Sie Ihren Kindern, daß sie sich nicht darüber beklagen und nicht weinen sollen.«

Chloe musterte ihn, zog die Knie an und schlang die Arme darum. »General, es sind Kinder, die noch keine zwölf Jahre alt sind. Mindestens zwei Dutzend von ihnen sind fünf oder gar jünger. Sie können diese Anweisungen nicht verstehen. Babys weinen, weil sie sich unwohl fühlen – weil sie Hunger haben, naß sind oder weil ihnen etwas weh tut. Sie können nichts dafür, daß sie weinen. Waren Sie denn nie in solchen Momenten mit Ihren eigenen Kindern konfrontiert?«

»Nein.« Er stand auf. »Wenn sie geweint haben, habe ich sie fortgeschickt, gemeinsam mit ihren Müttern.«

»Und haben Sie geglaubt, daß das dem Weinen automatisch ein Ende bereitet?«
Der Schneeleopard antwortete nicht. Nach einer Weile sagte er: »Meine Männer werden die Kinder auf ihren Pferden transportieren, aber wir wollen nicht, daß sich unser Vorankommen dadurch verzögert. Wenn wir über Nacht Rast machen, werden Sie und die anderen Frauen dafür sorgen, daß die Männer nicht gestört werden. Die Kinder dürfen nicht herumlaufen. Wir werden so weiterziehen, um auch kleine Gefechte und Kämpfe auf der ganzen Strecke zu vermeiden. Wir wollen unsere Munition, unsere Pferde und unsere Energien für die Japaner aufsparen. Daher sollten Sie alle in Sicherheit sein. Aber falls ich irgendwelche anderen Befehle erteilen sollte, ganz gleich, wie überstürzt, dann sorgen Sie dafür, daß alle Kinder sie augenblicklich befolgen.«
Er sah sie über das erlöschende Feuer hinweg an und lächelte. »Das gilt auch für Sie.«
Chloe lachte. »Ich habe auch gewisse Bedingungen.«
Er legte den Kopf auf die Seite und wartete.
»Es geht hier um kleine Kinder. Sie müssen alle zwei Stunden anhalten, damit sie sich erleichtern können. Mehr als zehn Minuten verlange ich nicht. Ihre Männer dürfen sie nicht bestrafen. Sagen Sie mir oder einer der anderen Frauen Bescheid, wenn etwas ist, und wir werden uns darum kümmern. Sie müssen um die Mittagszeit anhalten, damit wir die Kinder verpflegen. Ihre Mägen sind noch zu klein, um den ganzen Tag ohne Nahrungsaufnahme durchzustehen. Ich möchte Sie weder aufhalten noch von etwas zurückhalten. Ich bin Ihnen ewig dankbar, General, und wir werden alles tun, was wir können, um Ihnen so wenig wie möglich zur Last zu fallen.«
Er nickte.
»Da wäre noch etwas«, sagte sie.
Er sah ihr in die Augen.
»Sagen Sie Ihren Männern, daß Sie meine Mädchen nicht belästigen.« Sie hatte gesehen, wie Fen-tang, der Adjutant des Generals, Jade ansah und daß seine Blicke jede ihrer Bewegungen verfolgten. »Meine Älteste ist zehn Jahre alt. Ich will nicht, daß jemand meine Mädchen anrührt. Ich weiß, daß Ihre Männer an Kriegsbeute gewöhnt sind ...«

Der Schneeleopard winkte mit einer Hand ab, um sie zum Schweigen zu bringen. »Das habe ich schon lange nicht mehr zugelassen. Den Männern stehen Konkubinen zur Verfügung. Aber ich werde es ihnen trotzdem sagen.«
»Sagen Sie ihnen, daß ich jeden umbringe, der eines meiner Mädchen anrührt.« Sie stand jetzt auf, stellte die Füße ein wenig nach außen, um eine resolute Haltung einzunehmen, und stemmte die Arme in die Hüften. »Oder einen meiner Jungen, wenn wir schon dabei sind.«

54

Sie hielten sich von allen Ortschaften fern, außer den kleinsten, in denen die Bauern ihnen mit Freuden Getreide und Gemüse verkauften.

Su-lin schlug vor: »Wenn wir für diese Männer kochen, werden sie nicht so wütend auf uns sein.«

»Für zweihundert Männer und fünfzig Kinder kochen?«

Su-lin grinste. »Kochen für zwei ist einfach. Kochen für zehn ist nicht sehr schwierig. Kochen für fünfzig ist reichlich viel. Aber wenn man das erst einmal gewohnt ist, was machen dann zweihundert mehr schon aus? Alles, was wir kochen könnten, ist besser als das, was sie für sich selbst kochen. Sie nehmen Konkubinen mit, um die Gelüste der Männer in dieser einen Form zu stillen, aber sie haben für die andere Form von Gelüsten keine Köche mitgenommen ...«

Es wurde von jedem der Männer erwartet, daß er sich selbst etwas kochte.

»Was meint ihr dazu?« fragte Chloe Dorothy und Jean.

»Wie sollen wir fünfzig Kinder versorgen und noch dazu kochen?« fragte Dorothy.

»Ihr kümmert euch um die Kinder, während Su-lin und ich kochen.« Es würde angenehm sein, wenn die Männer sie nicht mehr böse anfunkelten und ihre Ablehnung gegenüber den Kindern sich legte, die sie vor sich auf dem Sattel sitzen hatten.

Als Chloe diese Idee dem Schneeleoparden gegenüber ansprach, nickte er. »Mit vollem Bauch sieht die Welt anders aus. Aber Sie ... Sie sollten nicht kochen. Sie sind eine Dame.«

Ironischerweise fühlte sich Chloe bei seinen Worten plötzlich schuldbewußt, weil sie nicht kochen konnte. Su-lin würde ihr sagen, was sie zu tun hatte, und sie würde es lernen, und sei es auch für zweihundertfünfzig Personen gleichzeitig.

»Mutter?« Sie hatten sich schon vor Jahren auf einen Namen geeinigt, mit dem Jade sie ansprechen konnte. Chloe hatte ihr das

Wort in ihrer Sprache beigebracht. Das war kein Name, mit dem das Mädchen die eigene Mutter jemals angesprochen hatte. Es war kein Name, mit dem ein eigenes Kind sie jemals ansprechen würde. Jedesmal, wenn Jade es sagte, ging Chloe das Wort zu Herzen. Aber auch wirklich jedesmal.

»Mutter«, sagte Jade noch einmal. »Ich möchte gern helfen.«

»Ja, natürlich. Wir können gemeinsam kochen lernen.« Sie legte einen Arm um das Mädchen.

Erstaunlicherweise schmeckte der Eintopf, den Su-lin sich ausdachte, köstlich. Er bestand aus Reis, Süßkartoffeln, Rüben, etlichen Hühnern und ein paar Kräutern, und er traf auf einhelligen Beifall. Zwar bekamen die hungrigsten der Männer vielleicht nicht genug zu essen, doch es reichte für alle.

Ihre Tage und Nächte folgten mit der Zeit einem routinemäßigen Ablauf. Und als die Zeit verging, änderte sich die Stimmung der Männer. Chloe fragte sich, ob es mit Su-lins Vorschlag zu kochen begonnen hatte. Jetzt brannten nicht mehr Dutzende von kleinen Lagerfeuern, und die Männer beschäftigten sich auch nicht mehr nach einem langen Tag im Sattel mit Hausarbeiten und schaufelten unappetitliches Essen, das sich jeder selbst zubereitet hatte, in hungrige Münder; die Soldaten saßen herum, rauchten und redeten und scherzten miteinander – nach dem Klang ihres Gelächters zu urteilen –, während Su-lin, Chloe und Jade die Mahlzeiten für sie zubereiteten. Sie aßen alle gemeinsam, bildeten ihre Kreise, gingen humorvoll miteinander um und aßen schließlich bei den Mahlzeiten mit den Kindern zusammen.

Eines Abends, als sie, ohne je das Lager aus den Augen zu verlieren oder sich aus seiner Hörweite zu entfernen, spazierenging, löste sich aus den Bäumen auf einem Bergkamm ein Schatten. Einen Moment lang schlug ihr Herz rasend vor Furcht, aber es war der Schneeleopard.

»Ich beobachte Sie«, sagte er, »und ich frage mich, wohin Sie gehen.«

»Ich gehe nirgends hin«, sagte sie und freute sich über seine Gesellschaft. »Ich gehe einfach nur spazieren.«

Er paßte sich ihrem Schrittempo an. Eine Zeitlang sprachen sie nicht miteinander.

Schließlich sagte sie: »Ihre Männer sind sehr nett zu meinen Kindern. Ich weiß das zu würdigen.«
Er nickte und lief mit baumelnden Armen neben ihr her. »Ja. Das kommt unerwartet. Niemand beschwert sich über das Tempo, in dem wir vorankommen. Wir sind nicht in Schwierigkeiten geraten. Sie sehen in Ihnen jetzt nicht mehr einen – wie bezeichnen Sie das?«
»Einen Unglücksbringer?« Sie lachte.
»Ja«, sagte er.
»Warum lassen Sie nicht zu, daß diese anderen Frauen, die in den Sänften, gemeinsam mit uns essen? Sie könnten uns auch dabei helfen, das Abendessen zu kochen. Es muß doch gräßlich sein, den ganzen Tag über in diesen Sänften eingesperrt zu sein und abends Abstand halten zu müssen.«
Er lachte. »Nachts fehlt es ihnen nicht an Gesellschaft, und sie haben ein Dienstmädchen, das ihnen die Mahlzeiten zubereitet. Sie würden dagegen rebellieren, selbst kochen zu sollen.«
Ließ er jede Nacht eine von ihnen zu sich kommen?
»Also, jedenfalls sind sie meinen Frauen und mir willkommen«, sagte sie.
»Die Männer verlieren nicht annähernd so oft die Geduld, wenn wir diese Frauen mitnehmen.«
Es schien, als versuchte er, sich bei ihr dafür zu entschuldigen.
»Sie brauchen sich nicht zu verteidigen«, sagte sie.
»Bei uns ist das eben Brauch.«
Ihr fiel nichts ein, was sie darauf hätte sagen können. Sie vermutete, für Slade war das auch das Übliche gewesen.
Sie liefen schweigend weiter. Dann fragte er zu ihrem Erstaunen:
»Glauben Sie an den amerikanischen Gott?«
Sie blieb stehen. »Warum fragen Sie das?«
»Ich glaube nicht an einen Gott«, sagte er, »aber ich glaube an einen Moralkodex. Soweit ich gehört habe, wird man in Amerika nicht als ein Mensch mit ethischen Wertmaßstäben angesehen, wenn man nicht an einen christlichen Gott glaubt. Das verwundert mich.«
So hatte sie das noch nie gesehen.
»Nun«, dachte sie laut, »ich glaube nicht, daß ein Gott mir sagt,

was gut oder böse ist, und daß er mir sagt, wie ich mich verhalten soll. Ich glaube, das kommt von innen heraus.«

»Von wo im Innern?«

»Mein Gewissen sagt es mir«, antwortete sie.

»Ist Ihre Vorstellung von Gut und Böse absolut?«

»Wie meinen Sie das?«

»Ich meine«, sagte er bedächtig, »wenn Sie etwas für sich selbst als falsch empfinden, empfinden Sie es dann als falsch für die gesamte Menschheit?«

Das weiß ich nicht, antwortete sie stumm.

Er fuhr fort. »Wenn etwas nicht Ihre Art ist, wenn etwas in Amerika nicht üblich ist, erachten Sie es dann für falsch?«

»Nein.« Sie schüttelte den Kopf. »Aber ich glaube, daß die meisten Amerikaner und Briten, denen ich in China begegnet bin, es so sehen.« Sie machten sich über Bräuche lustig, die nicht ihre eigenen waren. »Sie wollen, daß die Dinge in anderen Ländern und in anderen Kulturen genauso gemacht werden wie zu Hause. Sie sind sich sehr sicher, im Recht zu sein. Ich glaube nicht, daß sie sich auch nur ausmalen können, sie könnten etwas Wertvolles ... von einer Kultur lernen, die so ...«

»Sind wir denn derart rückständig?«

Chloe antwortete nichts darauf.

»Und Sie sind nicht so?« verfolgte er das Thema weiter.

Chloe lachte. »Ich bin sehr glücklich, wenn ich glaube, daß ich recht habe. Früher habe ich geglaubt, mir sei der Unterschied zwischen falsch und richtig klar, zwischen Gut und Böse, aber je älter ich werde, desto verwirrter werde ich. Ich kann nicht behaupten, daß die Bräuche von fast einer halben Milliarde Chinesen falsch sind, weil sie das Gegenteil dessen sind, was ich als Kind gelernt habe.«

Sie waren nicht wieder weitergelaufen, sondern standen in der Dunkelheit, da Wolken vor den Mond gezogen waren.

»Sie sind nicht wie andere Amerikanerinnen.«

»Nein, das ist nicht ganz wahr«, sagte sie. »Es mag sein, daß ich nicht so bin wie andere Amerikaner, die Ihnen begegnet sind. Aber ich bin vielen anderen Amerikanern sehr ähnlich. Ich habe große Ähnlichkeit mit Menschen auf der ganzen Welt.«

»Sie drängen uns Ihre Werte nicht auf, wie es die Westmächte hundert Jahre lang versucht haben.«
Seufzend sagte sie: »Ich finde, die Welt ist groß genug für verschiedene Überzeugungen, Glaubensrichtungen und Wertvorstellungen. Uns alle verbindet unsere Menschlichkeit miteinander, General. Sie und ich ... Sie retten uns. In mancher Hinsicht sind wir alle eins. Sie und ich, Ihre Soldaten und meine kleinen Kinder, wir sind alle ein Teil voneinander, Teil eines gemeinsamen Nenners ...«
»Eines Nenners?«
»Der Nenner ist die Menschheit, General. Wir sind weltweit miteinander verbunden, weil wir menschliche Wesen sind, die dieselben Triebe, Gelüste und Bedürfnisse verspüren, wenn wir nicht gar dieselbe Form haben, uns darum zu bemühen, daß wir bekommen, was wir wollen.«
Er zögerte und dachte nach. »Dann glauben Sie also, daß alle Menschen durch ein gemeinsames Band miteinander verknüpft sind und daß sie gut sind?«
»Nein, ich glaube nicht, daß alle Menschen gut sind. Dennoch verbindet uns eine gewisse Menschlichkeit miteinander. Ich glaube, die Liebe ist das übermächtige versöhnende ...«
»Wir haben vor langer Zeit über Liebe geredet«, sagte er. »Damals habe ich geglaubt, sie sei nur für die da, die die Muse dazu haben. Wenn ich mir jetzt jedoch meine Männer mit Ihren Kindern ansehe, dann ... dann verspüre ich in meinem Innern das Bedürfnis, für mein Land zu kämpfen. Ich glaube, daß meine Sicht dieses Lieblingswortes von Ihnen vielleicht zu eng war. Ich habe geglaubt, die Liebe beschränke sich auf einen Mann und eine Frau. Ich glaube immer noch nicht, daß das es wert ist, dafür zu sterben, aber ich sehe Sie mit diesen Ihren Kindern Liebe in die Praxis umsetzen, und ich habe nicht nur Hoffnung für China, sondern für die ganze Welt.«
Chloe lächelte. »Überschätzen Sie mich nicht, General. Ich kann die Kinder dieser Welt nicht retten. Nur diejenigen, die mir anvertraut worden sind. In den Kindern der Welt liegt unser Morgen, Ihres und meines.«
»Dieses junge Mädchen«, sagte er. »Diese Jade. Ich würde meinen, sie sei Ihr Kind.«

»Das ist sie auch«, sagte Chloe. »Sie ist nicht aus meinem Körper entsprungen, aber sie ist meine Tochter. Sie ist die Hoffnung für die Zukunft.«
»Sie ist Ihre Unsterblichkeit?« schlug er vor.
Chloe starrte ihn an, obwohl sie seine Augen in der Dunkelheit nicht sehen konnte.
»General, Sie hören niemals auf, mich in Erstaunen zu versetzen.«
»Mir ist auch klar, daß Ihre Form von Liebe zur Menschheit, wenn man ihr eine Chance gäbe, die Gewalttätigkeit ersetzen könnte, wenn es um Überzeugungskraft geht.«
»Ich glaube unter gar keinen Umständen an Gewalt«, sagte sie. »So viel weiß ich.«

Der Schneeleopard unterhielt sich nicht jeden Abend mit ihr, aber er bemühte sich, mindestens einmal am Tag nachzusehen, ob ihr und ihren Kindern irgend etwas fehlte. Nicht ein einziges der Kinder erkrankte, abgesehen von gelegentlichem leichtem Durchfall, was in China an der Tagesordnung war. Jean glaubte, daß Gott auf ihrer Seite war. Ihre Sitzbeschwerden, weil sie sich wundgeritten hatten, wurden zu Schwielen, ihre Haut wurde ledrig und windgegerbt, und nachts schliefen sie tief und fest.
So fest, daß Chloe anfangs dachte, der Schrei sei das Rauschen des Windes gewesen. Er kam nachts aus den sibirischen Steppen gefegt, pfiff über die Ebenen und wehte den Staub so heftig vor sich her, daß sie kaum sehen konnten, was vor ihnen lag. Manchmal heulte der Wind auch.
Es genügte, um sie zu wecken. Sie lag da und sagte sich, daß es jetzt wie ein wimmernder Welpe klang, und dann drehte sie sich um. Aber sie begriff, daß es nicht der Wind war. Der Wind hatte sich gelegt, wie er es kurz vor Morgengrauen immer tat. Wieder vernahm sie den wimmernden Tierlaut, ein Geräusch, in dem sich Furcht und Schmerz ausdrückte. Sie schlug die Augen weit auf, lag da und blickte zu den Sternen auf. Nichts. Vielleicht ein verwundetes Tier. Sie drehte sich auf die Seite.
Jade lag nicht unter ihrer Steppdecke an ihrer Seite. Das Mädchen war wahrscheinlich aufgestanden und hatte sich an all den schlafenden Menschen vorbeigeschlichen, um sich zu erleichtern. Aber

dieses Geräusch. Jetzt war nicht einmal mehr ein Flüstern zu vernehmen, doch die Erinnerung daran verfolgte Chloe. Wo steckte Jade? Sie saß endlose Minuten da und wartete auf die Rückkehr des Mädchens. Als Jade nicht zurückkam, stand Chloe auf.

Die Haare in ihrem Nacken hatten sich aufgestellt. Hier stimmte etwas nicht, so viel wußte sie genau. Wo mochte Jade bloß stekken? Sie zitterte, nicht nur wegen der Kälte, sondern auch, weil Furcht sich in ihr Inneres einzuschleichen begann.

Sie sah sich um und konnte in der Dunkelheit nicht weit sehen. Sogar die Wachposten, die um die große Gruppe herum ihre Runden drehten, waren außer Sichtweite. Als ihre Augen sich an die Nacht gewöhnt hatten, bahnte sie sich einen Weg zwischen den schlafenden Körpern hindurch, zum äußeren Rand der Gruppe. Dort blieb sie stehen und wartete auf einen vorüberkommenden Wachposten. Sie patrouillierten im Umkreis des Lagers jede halbe Stunde, das wußte sie.

Wenn gerade ein Wachposten vorbeigekommen war, dann würde es eine Ewigkeit dauern, bis er wieder zurückkam. Dieser Schrei, der zu einem Wimmern abgeflaut war, ließ ihr keine Ruhe. Hatte ihn denn niemand sonst gehört? War er ihrer Einbildung entsprungen, ihren Träumen? Sie stand da und hörte nichts.

Und dann begann sie zu laufen und konnte Umrisse erkennen, die dunkler als die Nacht waren ... drei Bäume, die dicht beieinanderstanden und über der Landschaft wachten. Dahinter stand eine kleine Scheune, von deren Besitzer sie für das Abendessen Hirse gekauft hatten. Sie lief auf die Bäume zu, doch dort war nichts zu sehen. Nur nackte Erde. Sie schaute sich um und konnte nichts sonst am Horizont entdecken, dessen östlicher Rand sich jetzt mit einer Vorahnung des Morgengrauens bleich färbte.

Ein Geräusch drang aus der Scheune, nicht direkt ein Schrei, kein Klagelaut, aber eine Stimme ... fast wie das Miauen einer Katze. Sie rannte auf die Scheune zu, deren Tür offenstand. Der Bauer hätte sie niemals offen gelassen und damit die Elemente aufgefordert, seine Ernte zu vernichten.

Sie rannte schneller, als ihre Füße sie vorher jemals getragen hatten, und dabei dachte sie: Ich sollte nicht laut rufen ... ich muß still sein, und sie wußte nicht, was sie vorzufinden erwartete, fürchtete sich jedoch davor. Keuchend blieb sie in der Tür stehen, und ihre Augen durchsuchten das Dunkel.

Dort auf dem Lehmboden sah sie die Rundung eines nackten Rückens, der sich hin und her bewegte, auf und ab, während der Körper darunter sich wehrte, während das Mädchen aufschrie, der Schrei jedoch so leise und voller Schmerz war, daß es klang, als sei der Atem aus ihrem Körper gewichen. Chloe wußte, was hier los war. Einen kurzen Moment lang stand sie wie angewurzelt da.

Neben der Tür lehnte eine abgerundete dreieckige Schaufel. Chloe packte sie und stürzte zu den Gestalten, die auf dem Boden lagen. Sie hob die Schaufel in die Luft, umklammerte fest den Griff und ließ die Schaufel mit einer Wut durch die Luft sausen, die mehr Energie freisetzte, als sie je aufgebracht hatte.

Ein zersplitternder Laut zerriß die Luft, während der Mann vor Schmerz aufschrie. Sie hob die Schaufel noch einmal und ließ sie erneut auf seinen Rücken sausen. Und dann noch einmal. Und sie hob sie noch einmal, ehe das kleine Stimmchen rief: »Mutter?«

Chloe, die keuchend nach Luft schnappte, hielt in der Bewegung inne.

Sie kniete sich hin und sah Jades tränenüberströmtes Gesicht. Der Mann lag regungslos auf ihr, und tief aus seinem Innern drang ein abgehacktes Stöhnen. Chloe warf die Schaufel zur Seite und zerrte an ihm, doch er wollte sich nicht von der Stelle rühren.

O Himmel, dachte sie, er ist in ihr. Sie stand auf, beugte sich herunter, zog an ihm und zerrte, als der matte Körper unverständliche Schmerzenslaute von sich gab. Während sie den Mann von Jade stieß, rollte sich das Mädchen zu einer embryonalen Stellung zusammen und weinte unbeherrscht. Ihre Kleidung war zerrissen und ihr Körper von blutenden Kratzern bedeckt. Chloe zog das Mädchen in ihre Arme, wiegte sie, weinte mit ihr und murmelte immer wieder: »O mein Liebling.«

Wenige Momente später erschien der Schneeleopard. Chloe brauchte das Gesicht des Vergewaltigers gar nicht erst zu sehen, um zu wissen, daß es Fen-tang war, dem sie das Rückgrat gebrochen hatte. Sie hatte den Ausdruck gesehen, der jedesmal in seine Augen trat, wenn Jade an ihm vorüberging.

55

Der Schneeleopard, der keuchte, weil er gerannt war, erfaßte die Situation sofort. Ohne Chloe anzusehen, bückte er sich, um die Finger auf Fen-tangs Handgelenk zu legen.

»Ich habe Ihnen doch gesagt, daß Sie ihn von ihr fernhalten sollen.« Sie wiegte sich mit Jade in ihren Armen und konnte ihre Wut kaum beherrschen.

Speichel rann aus Fen-tangs Mund, während seine Augen sich verdrehten.

»Er war in ihr«, sagte Chloe mit bebender Stimme. »Es soll mir nur recht sein, wenn ich ihn getötet habe.«

Endlich sah der Schneeleopard sie an. »Er ist nicht tot.«

»Das sollte er aber sein. Oder kastriert. Genau das hat er verdient.«

Der Schneeleopard sah sich um und deutete auf die Schaufel, als er aufstand. »Sie haben damit auf ihn eingeschlagen?«

Das war doch wohl offensichtlich.

»Sie haben ihm wahrscheinlich das Rückgrat gebrochen.«

»Gut«, sagte sie. »Ich hoffe, er leidet für den Rest seines Lebens. Ich hoffe, er wird unfähig sein, jemals wieder etwas so Abscheuliches zu tun. Die Narben, die dieses junge Mädchen davontragen wird ...«

»Verschwinden Sie.« Die Stimme des Schneeleoparden war kalter Stahl.

Chloe sah ihn an.

Jades Augen wurden groß vor Furcht. Sie klammerte sich an Chloe, als würde sie sie nie mehr loslassen.

»Verschwinden Sie von hier«, wiederholte er.

Chloe wiegte Jades Kopf in ihren Armen, als sie flüsterte: »Kannst du laufen?«

Sie half Jade beim Aufstehen. Blut rann an den Beinen des Mädchens herunter. Ihre Hose lag zerfetzt neben Fen-tang. Zu zweit verließen sie die Scheune, wobei Chloe die humpelnde Jade nahezu trug. Im einsetzenden Morgengrauen wurden sie von dem gesamten Lager schweigend beobachtet. Sie schlang sich Jades Arm um die Schultern, um sie leichter führen zu können.

Jean kam ihnen mit ausgestreckten Armen entgegengelaufen, und ihre Stimme war ein gequältes Klagen. »O Jade, meine liebe kleine Jade ...« Sie griff nach dem freien Arm des jungen Mädchens, und gemeinsam trugen sie und Chloe Jade zu ihrem Schlafplatz zurück.

Das Mädchen preßte die Hände zwischen ihre angewinkelten Beine und weinte lautlos; ihr ganzer Körper bebte wie in Krämpfen.

»Wo ist noch eine Decke?« hörte Chloe Dorothys Stimme fragen.

Dann ertönte in der Stille der Knall eines Schusses. Ein einziger Schuß, der aus dem Innern der Scheune drang, hallte über das flache Land.

Der Schneeleopard tauchte auf. Die Waffe, die er in der Hand hielt, rauchte noch, und er hatte die Arme an den Seiten herunterhängen. Seine Schultern waren heruntergesackt, und Chloe wußte sogar bei dieser großen Entfernung, daß er zwar auf sie alle hinausschaute, sie aber nicht sah.

Die Anspannung in ihrem Körper nahm noch mehr zu, als sie begriff, daß er Fen-tang erschossen hatte. Erst jetzt wurde ihr wirklich klar, daß sie ihn beinahe getötet hatte und daß der Schneeleopard ihr Werk zu Ende gebracht hatte, indem er tat, was man mit einem verletzten Pferd getan hätte. Fen-tang hätte nie mehr laufen können. Er hätte dagelegen und wäre langsam gestorben.

Wenn er es zugelassen hätte, dachte sie, dann hätte ich es getan. Ich hätte eine Kugel nach der anderen in ihn hineinschießen können. Ihre Wut wurde durch Fen-tangs Tod nicht gemindert. Sie sah auf Jade herunter, die so klein und zerbrechlich war, auf das Blut, das ihre Oberschenkel verklebte, während sie zitterte, als könnte sie nie mehr damit aufhören. Und jetzt, jetzt erst, wurden ihre Schreie hörbar.

Die beiden folgenden Tage verbrachte Jade mit einer der Frauen des Lagers in einer Sänfte. Sie hatte zu große Schmerzen, um laufen oder auf einem Pferd sitzen zu können. Am dritten Abend bestand sie jedoch darauf, sich Chloe und den anderen anzuschließen. In all der Zeit hatte sie kein einziges Mal etwas gesagt. Zur Schlafenszeit rollte sie sich in Chloes Armen zusammen und schlief die ganze Nacht über dort, ohne sich von der Stelle zu rühren.

Sie wollte keinem der Männer auch nur in die Nähe kommen.

Und der Schneeleopard hielt sich völlig von ihnen fern.

Die Männer aßen Su-lins Essen, doch obwohl die Kinder immer noch mit den Soldaten auf den Pferden ritten, lachten die beiden Gruppen nach dem Abendessen nicht mehr miteinander.

»Sie sind wütend auf uns«, sagte Dorothy. »Sie denken, wenn wir nicht wären, wäre Fen-tang noch am Leben.«

»Natürlich«, stimmte Jean ihr mit gereizter Stimme zu. »Es ist doch wahr. Wenn Frauen nicht so attraktiv wären, würde man uns nicht vergewaltigen! Ich habe diese Haltung satt. Sie benehmen sich, als sei es unsere Schuld.«

»Unsere Schuld!« Chloe, die noch nicht über ihre Wut hinweggekommen war, kochte. »Ich frage mich, ob Jade jemals wieder einem Mann trauen wird, ob sie diesen Vorfall jemals wird vergessen können. Unsere Schuld!«

Eine Woche später nahmen die Soldaten nach dem Abendessen wieder ihre Gespräche mit den kleinen Jungen auf, wollten aber nichts mit den Frauen und den Mädchen zu tun haben. Sie spielten Spiele mit den Jungen und stellten sehr deutlich klar, daß sie nichts gegen die Kinder hatten. Ihre Abneigung galt den Frauen.

»Damit nehmen sie sich doch nur selbst etwas«, murmelte Jean.

Aber es war mehr als nur das.

Als der Schneeleopard nach fast zwei Wochen immer noch nicht wieder in ihre Nähe kam, suchte Chloe ihn eines Abends auf. In all der Zeit hatte er nicht mit ihr geredet, und Jade hatte seitdem auch nicht mehr gesprochen.

Der Winter hing in der Luft, und weder sie noch ihre Kinder waren dafür gekleidet.

»Was glauben Sie, wie lange wir noch unterwegs sind?« fragte sie, als sei es nie zu einer Entfremdung gekommen.

Er wandte ihr den Kopf nicht zu, um sie anzusehen.
Schließlich antwortete er mit monotoner Stimme: »Drei oder vier Tage. Nicht mehr lange.«
So dicht standen sie also vor ihrem Ziel. Was für eine Erleichterung.
Sie unternahm keine Anstalten zu gehen, sondern blieb stehen und schaute auf seinen Hinterkopf, während er auf einem großen Stein saß.
Als er ihre Anwesenheit nicht zur Kenntnis nahm, sagte sie schließlich: »General ...«
Er fiel ihr ins Wort. »Ihretwegen habe ich zwei meiner engsten Freunde getötet.«
»Das ist ungerecht«, sagte sie. »Es ist nicht meine Schuld.«
Nach einer Weile sagte er: »Nein.« Er nickte kaum wahrnehmbar. »Es ist meine Schuld.«
Er drehte sich immer noch nicht zu ihr um, um sie anzusehen.
Sterne sprenkelten den Winterhimmel.
»Ich dachte, Sie hätten vor langer Zeit zu mir gesagt, ich hätte Ihnen das Leben gerettet. Als Sie uns entführt haben, hatte dieser Freund – so haben Sie ihn genannt – vor, *Sie* zu ermorden!«
Wieder Stille. Dann wandte er sich langsam zu ihr um, stützte eine Hand auf sein linkes Knie und ließ den anderen Arm herunterhängen. »Aber wenn ich nicht damit gedroht hätte, Sie zu nehmen, wenn ich nicht selbstsüchtig gehandelt – und dabei nur an mein eigenes Vergnügen gedacht – hätte, nämlich mich mit einer Frau aus dem Westen einzulassen, statt ... dann hätte er keinen Grund gehabt, auf den Gedanken zu kommen, mich zu töten. Dann hätten Sie mir das Leben nicht zu retten brauchen.«
»Das ist ungerecht!« rief sie aus.
»Hat jemand Sie gelehrt, das Leben sei gerecht?« Seine Stimme war ohne jeden Ausdruck.
Ja, dachte sie. Man hat es mich in der Schule gelehrt. Meine Eltern haben es mich gelehrt. Ich dachte, so sollte es sein.
»Wenn ich nicht beschlossen hätte, galant zu sein und Sie zu retten – und Ihre Kinder ... wenn ich meine Männer direkt nach Yenan geführt hätte, wie ich es hätte tun sollen, dann wäre Fen-tang jetzt noch am Leben.«

»Es ist nicht Ihre Schuld! Sie haben Ihren Männern gesagt, daß sie meine Kinder nicht anrühren sollen. Ich habe es selbst gehört. Er hat Ihren Befehlen nicht gehorcht! Es ist ja schließlich nicht so, als sei er nicht gewarnt worden ... und außerdem war es von Ihnen aus ein Akt der Liebe, ihn zu töten, das weiß ich schließlich auch.«
»Der Liebe?« Jetzt hob er die Stimme, und sie hörte den Zorn, der darin mitschwang. »Dieses Wort, das Sie so gern gebrauchen, hängt mir zum Hals heraus. Ich habe ihn aus Mitleid erschossen. Er hätte nie mehr laufen können. Ich konnte ihn nicht derart leiden lassen, wie er gelitten hätte.«
»Und was ist mit mir?« fragte sie herausfordernd. »Ich muß täglich sehen, wie Jade leidet. In jeder einzelnen Minute. Sie hat seitdem nicht mehr geredet. Sie kann sich nicht von mir lösen. Wenn ich nachts aufstehe, um zur Toilette zu gehen, muß sie mitkommen. Auch sie ist bemitleidenswert. Vielleicht wird sie niemals darüber hinwegkommen.«
Er fauchte: »Frauen stößt so etwas laufend zu. Das hinterläßt keine Narben! Es ist es nicht wert, dafür einen Mann zu töten!«
In diesem Moment haßte sie ihn. Haßte ihn mit all der Wut, die sie auf Fen-tang verspürt hatte. Haßte ihn im Namen all der Frauen, die je vergewaltigt worden waren, und im Namen all der Männer, die glaubten, daß Frauen keine Gefühle hatten. Haßte ihn dafür, daß er sie nicht verstand, daß er sie haßte. Sie haßte ihn und alle Männer.
Erst kurz vor dem Morgengrauen schlief sie ein.

Als sie durch die breiten Tore in den hohen Mauern ritten, von denen Sian umgeben war, begann es zu schneien.
Der Schneeleopard ließ den größten Teil seiner Armee fünf Meilen außerhalb der Stadt lagern, während er und vier seiner Männer Chloe und ihre Schar begleiteten. Nachdem sie die Kinder dort hingebracht hatten, würden er und seine Männer denen, die sie draußen in der Ebene erwarteten, Vorräte an Nahrungsmitteln mitbringen.
Sie stellten fest, daß die methodistische Missionsstation in Sian wenig Schwierigkeiten hatte, aber es standen keine fünfundvierzig Betten zur Verfügung.

»Und das nach alledem«, seufzte Dorothy. »Und was jetzt?«
Der Schneeleopard warf einen Blick auf Chloe.
Alle sahen Chloe an.
»Hier gibt es doch ein Waisenhaus, oder nicht? Das von Nonnen geführt wird?«
»Das gab es früher einmal«, sagte Mrs. Butler, die Aufseherin. »Aber die sind mit den Kindern nach Süden gezogen, ich glaube, nach Tschungking.«
Das ist ja perfekt, dachte Chloe. »Wo ist das Waisenhaus?«
»Ihre Überlegungen sind mir klar«, sagte Mrs. Butler. »Aber wovon wollen Sie sich ernähren? Und selbst, wenn sie dort die Betten dagelassen haben, dann gibt es wahrscheinlich kein Bettzeug.«
»Irgendwie werden wir etwas zu essen finden«, antwortete Chloe mit einer Selbstsicherheit, die sie nicht verspürte. »Sie können uns doch gewiß für ein paar Tage weiterhelfen?«
»Natürlich«, antwortete die grauhaarige Frau. »Wir tun mit Freuden alles, was wir für Sie tun können.«
»Dann machen wir uns doch auf die Suche nach dem Haus«, sagte Chloe und hob ihr Bündel auf.
»Lassen Sie die Kinder hier. Wir werden ihnen eine Mahlzeit vorsetzen, während Sie sich das Waisenhaus ansehen. Ich glaube nicht, daß es groß genug sein wird, denn die Nonnen haben nicht so viele Kinder dort gehabt. In all den Jahren waren es nur drei Frauen.«
Chloe lächelte. »Nun, wir sind vier.« Sie wandte sich an den Schneeleoparden. »Kommen Sie mit mir? Bleiben Sie bei uns, bis die Kinder untergebracht sind?«
Er nickte. Seit dem Zwischenfall mit Fen-tang hatte er kaum mit ihr geredet. Aber wie wenig er auch gesagt haben mochte, es war immer noch mehr als das, was Jade von sich gab.
Der Schnee fiel jetzt in dicken Flocken und dämpfte die Geräusche der Stadt. Auf Chloe wirkte Sian nicht mehr so wie damals, als sie mit Nikolai auf dem Weg nach Ulan Bator gewesen war. Aber andererseits hatte sie es damals auch mit anderen Augen betrachtet. Ihr Augenmerk hatte weit mehr Nikolai gegolten.
Der Schneeleopard ließ seine Männer bei den Kindern und den

anderen Frauen, während er und Chloe sich auf den Weg machten, um das zu finden, was sie sich erhoffte: das leerstehende Waisenhaus. Es klang zu schön, um wahr zu sein.
Und doch war es so.
Die Katholiken mußten viele Jahre lang in Sian gewesen sein, dem soliden Steingebäude nach zu urteilen, das nicht allzu weit vom alten Drum Tower entfernt war. Nirgends war ein Lebenszeichen zu sehen, doch nachdem Chloe die Hand ausgestreckt und an der schweren Glocke gezogen hatte, hörte sie leise Schritte im Haus. Die Tür öffnete sich quietschend einen Spalt weit, und ein einziges Auge starrte heraus.
Als Chloe erklärte, wer sie waren und daß sie nach einer Unterkunft für fast ein halbes Hundert Kinder suchten, schwang die Tür weit auf. Die Frau, die sie anstarrte, konnte nicht größer als einen Meter fünfzig sein, sie war runzelig, ihre Haut war so durchsichtig wie Pergament, und sie trug eine verknitterte und sehr stark ramponierte Nonnentracht. »Um Sie habe ich gebetet«, sagte sie. »Ich habe zu Gott gebetet, daß ich noch weiter von Nutzen sein darf.«
Innerhalb von vier Stunden waren die fünfundvierzig Kinder und die vier Frauen in dem früheren katholischen Waisenhaus untergebracht, wenn auch ohne Laken, Decken oder Essen. Chloe hegte nicht den geringsten Zweifel, daß sie auf irgendeine Weise an Nahrungsmittel kommen würden. »Morgen«, sagte sie zu dem Schneeleoparden, »werde ich das Krankenhaus suchen und dort von unserer Notlage berichten. Irgend etwas wird sich schon ergeben.«
»Wenn das so ist, dann verlasse ich Sie jetzt«, sagte er.
»Was werden Sie tun? Weiter nach Norden ziehen, nach Yenan?«
Er nickte. »Die andere Hälfte meiner Männer ist zweifellos bereits dort. Wir werden uns den Kommunisten im Kampf gegen die Japaner anschließen. Wenn diese Schlacht geschlagen ist, werden wir unsere Überlegungen dem zuwenden, was innerhalb unseres eigenen Landes geschehen soll.«
»Ich beneide Sie«, sagte sie. »Sie werden die Geschichten über den Langen Marsch hören, und Sie werden ein Teil der Zukunft Chinas sein.«

Er sah sich um. Niemand außer ihnen hielt sich in dem riesigen leeren steinernen Innenhof auf.
»Wir beide haben noch nicht gegessen, Sie und ich«, sagte er.
»Das habe ich ganz vergessen. Wir hatten so viel anderes zu tun.«
Er streckte einen Arm aus und legte die Hand auf den Ärmel ihrer Jacke. »Ich werde Sie zum Essen und zum Tee einladen. Kommen Sie mit.«
Das war die erste freundliche Geste von ihm seit Wochen.
Sie fanden ein Restaurant nicht weit von dem Waisenhaus, das um diese späte Stunde nahezu leer war.
»Werden Sie sich Ihr Leben lang um diese Kinder kümmern?« fragte er, sobald sie saßen und er bestellt hatte.
Chloe zuckte die Achseln. »Sie werden mich nicht ihr Leben lang brauchen. Ich werde mich jedoch um Jade, Pflaumenblüte und Li kümmern. Was die anderen angeht, General, weiß ich nicht, was passieren wird. Schließlich habe ich auch noch meine Arbeit. Einen Job in Amerika, verstehen Sie? Wenn ich sicher bin, daß den Kindern hier nichts zustoßen kann, werde ich mich vielleicht auf den Weg nach Yenan machen, damit ich die Kommunisten interviewen kann. Ich wäre gern die erste Journalistin, die an ihre Geschichte kommt.«
Daran hatte sie bisher noch gar nicht gedacht. Plötzlich wußte sie, daß das etwas war, was sie einfach tun *mußte.* Es konnte durchaus eine der größten Geschichten sein, die sich je in China ereignet hatten. Warum war sie vorher nicht auf diesen Gedanken gekommen? Ein Jahr lang hatte man so gut wie keine Informationen über die Roten gehabt. Jetzt tauchten sie plötzlich Tausende von Meilen von dort entfernt wieder auf, wo man sie das letzte Mal zu sehen bekommen hatte. Wie viele waren es? Was taten sie? Was hatten sie vor? Wie war diese Unternehmung verlaufen? War Mao bei ihnen? Wer war ihr Anführer? Wie würden sie gegen die Japaner *und* Chiang Kai-shek kämpfen?
Auf dieser ganzen Reise hatte sie nicht eine einzige dieser Fragen gestellt. Jetzt strömten sie plötzlich in ihren Kopf.
»O General, ich wünschte, ich könnte mit Ihnen kommen!«
»Warum? Um der Welt die Geschichte der Kommunisten zu berichten?« Aus seiner Stimme war Verachtung herauszuhören.

Ihr fiel wieder ein, daß er die Ideale der Kommunisten nicht billigte.
»Um der Welt die Geschichte dieses Teils von China zu berichten!«
Er beugte sich über den Tisch, stützte die Arme auf die Kante, und in seiner Stimme schwang etwas mit, das sie als Zorn erkannte, als er fragte: »Warum interessieren Sie sich so sehr für mein Land?«
Sie lehnte sich auf ihrem Stuhl zurück. »Ich weiß es nicht, General. Früher einmal habe ich geglaubt, daß ich dieses Land hasse. Es hat mir meine Kinder und meinen Mann geraubt ... und meine Unschuld.« Sie dachte einen Moment lang nach. »Alles, was ich weiß, ist, daß es zu einem Teil von mir geworden ist. Ich glaube nicht, daß ich dieses Land liebe.« Schon wieder dieses Wort. »Es versetzt mich in Wut, und es frustriert mich. Manchmal erfüllt es mich mit Zorn. Und doch habe ich es nicht geschafft, von hier fortzugehen, wenn sich mir die Gelegenheit dazu geboten hat. Vielleicht verbindet mich meine Wut nur noch enger mit dem Land. Ich weiß auch nicht, warum ich mich so sehr für Ihr Land interessiere.«
»Gehen Sie nach Hause«, sagte er. »Das hier ist nicht Ihr Kampf. Es wird viel Blut vergossen werden, ehe alles ausgestanden ist. Gehen Sie nach Hause in Ihr sicheres Land. Reißen Sie sich von unserem Kampf los.« Er bedeutete einem Kellner, die Rechnung zu bringen.
Chloe sah ihn an. »Das klingt sehr schön. Aber wie kann ich mich davon freimachen, wenn ich derart damit verbunden bin? Nicht nur das, General. Ich werde in nicht allzu langer Zeit selbst nach Yenan gehen, und ich werde Schlagzeilen auf der Titelseite damit machen, daß ich die Männer interviewe, die ein Jahr lang durch China marschiert sind. Ich werde der Welt zeigen, daß es außer dem China Chiangs auch noch ein anderes China gibt.«
Er sah sie eine Minute lang schweigend an.
»Sind Sie denn so berühmt und so wichtig, daß Sie das tun können?«
»Ich glaube, ja.« Sie lächelte. »O doch, das glaube ich wirklich.«
Oder zumindest war es Cass. Cass und seine Zeitung.
Der Schneeleopard stand auf und sah auf sie herunter.

»Sie sind wirklich erstaunlich. Ich glaube noch nicht einmal, daß ich Sie mag, und doch gefährde ich für Sie alles, woran ich glaube. Ich mag Frauen von Ihrer Sorte nicht, weil Sie nicht so umgänglich wie Chinesinnen sind. Ich töte Ihretwegen. Seit dem Blauen Expreß ist mein Leben nicht mehr so wie vorher gewesen. Falls diese Erfahrung mich etwas gelehrt hat«, sagte er, und seine Augen verzogen sich zu einem Lächeln, »dann, nie mehr einen Zug zu überfallen.«

Sie stand jetzt auch auf und folgte ihm aus dem Restaurant, konnte jedoch beim besten Willen nicht ergründen, ob er sie beleidigte oder nett zu ihr war.

Als sie über die verschneite Straße liefen, sagte er: »Ehe meine Männer und ich morgen aufbrechen, werde ich noch einmal zurückkommen und dafür sorgen, daß Sie Essen für Ihre Kinder haben. Es wird nicht vor dem Abend sein, denn ich habe vor unserem Aufbruch noch Geschäfte in der Stadt zu erledigen. Wir werden erst übermorgen nach Yenan weiterziehen.«

»Um uns brauchen Sie sich keine Sorgen zu machen. Wir werden das schon alles hinkriegen.« Woher, fragte sie sich, nahm sie eigentlich diese Zuversicht?

»Ich werde morgen vor Einbruch der Dunkelheit vorbeikommen.«

Er ließ sie vor der Tür stehen, und sie schaute ihm nach, als seine Schuhe Abdrücke im Schnee hinterließen.

Was für ein rätselhafter Mann, dachte sie. Ich habe nie auch nur zwei Tage hintereinander dieselben Empfindungen für ihn gehabt.

Am Morgen wurden vor Tagesanbruch vierzehn Säcke Reis geliefert. Chloe fragte sich, ob der Schneeleopard so schnell vorgegangen sein konnte.

56

Am nächsten Tag tauchte er nicht vor dem Zwielicht auf. Dagegen kam ein Arzt. Chloe brauchte sich noch nicht einmal ins Krankenhaus zu begeben. Der Arzt tauchte in Gestalt einer Amerikanerin mit silbernem Haar auf, die Esther Browning hieß.
»Mrs. Butler hat mir erzählt, daß Sie sich hier eingerichtet haben«, sagte die Ärztin und drückte Chloe fest die Hand. »Sie werden harte Zeiten vor sich haben.«
Sie erweckte nicht den Eindruck, als sollte das jemanden abschrecken. »Ich dachte mir, ich sehe mir am besten mal die Kinder an. Sind Kranke darunter?«
»Erkältungen. Schnupfen. Ein paar Fälle von leichtem Durchfall. Nichts, was für China ungewöhnlich wäre.«
»Sie sind aus Schanghai gekommen?« Dr. Browning drückte Su-lin einen Beutel in die Hand. »Brühen Sie mir einen Tee auf, wären Sie so nett?« Sie sprach ein reizendes Mandarin. Ihre Bewegungen waren behende, und ihre kleine Gestalt erinnerte Chloe an einen Vogel, der gleich davonfliegt. »Wir sollten am besten darüber nachdenken, wie wir so viele Kinder durchfüttern.« Sie sah sich in dem geräumigen Gemeindesaal um, in dem sie standen. »Das ließe sich doch in einen Schlafsaal umwandeln, nicht wahr?«
Chloe hatte bisher noch keine Zeit gehabt, Pläne zu schmieden. »Eine gute Idee«, sagte sie. Sie hatte auch noch keine Gelegenheit gehabt, mehr zu tun, als die Ärztin zu begrüßen.
»Sie sind mit dieser chinesischen Hausangestellten allein hier?«
Chloe schüttelte den Kopf. »Ich habe zwei Freundinnen bei mir. Amerikanerinnen.«
Dr. Browning griff in eine Tasche, holte eine Zigarette heraus und zündete sie an, indem sie mit dem Fingernagel ein Streichholz anstrich. »Warum sind wir Amerikaner bloß derart von China besessen? Antworten Sie mir nicht. Es war eine rhetorische Frage. Tja, sind Sie hier am Ziel angekommen?«

Als Chloe nickte, fuhr Dr. Browning fort. »Was sie im Moment am dringendsten brauchen, das sind Decken. Wie viele sind es?«
Ehe Chloe etwas darauf antworten konnte, kam die Ärztin zur Tür herein und fing an, durch die Eingangshalle zu laufen. Chloe folgte ihr.
»Mein Gott, die sind ja alle noch ganz klein, stimmt's?« sagte sie schließlich. »Wie alt ist das älteste Kind?«
»Zehn.«
Diesmal sah die Ärztin Chloe an und wartete auf eine Reaktion.
»Meine Tochter.« Ehe sie wußte, wie ihr geschah, erzählte ihr Chloe – die Worte kamen atemlos heraus – von Jades Vergewaltigung. »Sie hat seit Wochen kein Wort mehr gesagt«, sagte Chloe.
Die Ärztin warf ihre Zigarette auf den Steinboden und trat sie mit dem Absatz ihres Stiefels aus. »Wo ist sie?«
Chloe führte sie in das Zimmer, das sie und Jade mit Pflaumenblüte und Li teilten. Es war kaum acht Quadratmeter groß. Nur Jade war dort. Die beiden anderen Kinder waren fortgegangen, um sich der übrigen Gruppe anzuschließen.
Lange Zeit stand die Ärztin in der Tür und schaute Jade an, die zusammengekauert an der Wand lehnte. Sie wandte sich an Chloe. »Lassen Sie mich mit ihr allein, ja? Danach setzen wir uns alle zusammen – nicht die Kleine, sondern Ihre beiden Freundinnen, Sie und ich – und planen, was wir tun können.«
Schon wieder einmal ein Deus ex machina, dachte Chloe. Aus dem Nichts heraus, eine Retterin.

Als die Ärztin eine Stunde später ging, sagte sie: »Ich werde vor Einbruch der Dunkelheit noch einmal wiederkommen. Ich glaube, ich werde die Nacht hier mit Ihnen gemeinsam verbringen. Wir können Pläne schmieden. Geben Sie mir Ihr Hausmädchen mit. Sie haben keine Männer hier, oder? Ein Jammer. Jedenfalls werden wir Nahrungsmittel besorgen. Sie können dann später lernen, wohin Sie sich zu wenden haben, nachdem wir die Dinge durchorganisiert haben.«
Sie nahm ganz einfach alles in die Hand.
Es war Spätnachmittag, ein grauer Tag mit tiefhängenden Wolken. Es schneite nicht, aber es hätte ebensogut auch schneien können,

wenn man spürte, wie die feuchte Kühle in die Knochen ging. Das Zwielicht nahte, und daher nahm Chloe an, es müsse etwa halb fünf sein; sie waren den ganzen Tag über derart beschäftigt gewesen, daß sie gar keine Zeit gefunden hatte, sich zu fragen, woher sie Decken nehmen sollten. Sie hatten kein Geld. Sie hatten Schanghai überstürzt verlassen. Aber das, sagte sie sich, hatte eigentlich gar nichts miteinander zu tun. In Schanghai gab es auch kein Geld mehr.

Die Glocke am großen Tor ertönte laut. Chloe sah sich um. Su-lin war mit Dr. Browning außer Haus. Das dissonante Läuten der Glocke hörte nicht auf.

Der Schneeleopard stand da, allein, und führte sein Pferd hinter sich her.

Er streckte einen Armvoll Pelze aus. »Hier«, sagte er. »Falls Sie Mao interviewen und sich anhören wollen, was sich auf diesem Langen Marsch der Kommunisten zugetragen hat, damit Sie der Welt vom Heldentum der Chinesen berichten können, werden Sie warme Kleidung brauchen. Der Pelz wird innen getragen. Ich hoffe, die Stiefel sind groß genug. Chinesinnen haben kleinere Füße als Sie. Halten Sie sich in der Stunde vor dem Morgengrauen bereit, falls Sie uns begleiten wollen.«

Er hielt ihr die Sachen hin, doch Chloe stand mit aufgesperrtem Mund da. »Ich kann nicht fortgehen«, sagte sie. »Wir haben uns hier noch nicht einmal vollständig eingerichtet. Ich muß bei den Kindern bleiben.«

Ich kann Jade nicht allein lassen, dachte sie.

»Sie werden überall warme Kleidung brauchen.« Er drückte ihr die Sachen in den Arm, und sie taumelte unter dem Gewicht.

Er sah sie über den Arm voller Kleidung an, und sein Blick war fest, seine Augen ernst. Fast zornig, dachte sie.

»Ihre Männer hassen mich. Ich dachte, sie wären froh, mich los zu sein.«

»Meine Männer verstehen den Tod eines ihrer Kameraden aufgrund einer Frau nicht. Sie haben kein Verständnis für Frauen, die mit uns reisen, es sei denn, sie ... sie sitzen in Sänften.«

»Nein«, sagte sie und hielt ihm die Kleidung hin. »Ich kann nicht mitkommen.«

Er lächelte sie an, aber sie hatte nicht den Eindruck, daß es sich um ein freundliches Lächeln handelte. »Dann werden Sie der Welt diese Geschichte nicht berichten? Ich dachte, Sie könnten die Welt darüber informieren, was andere als Chiang zu tun versuchen. Dann können Sie es also doch nicht tun?«
Sie zog die Kleider wieder an ihre Brust, und ihre Arme waren schon jetzt müde davon, das schwere Leder und die Pelze zu halten.
Er verspottete sie, er versuchte, sie zu manipulieren.
»O General.« Sie lachte, und jetzt wurden auch seine Augen freundlicher. »Wie kann ich Ihr Angebot ausschlagen? Lassen Sie mich sehen, was ich tun kann. Ob ich all diese Kinder allein lassen kann. Wie lange wäre ich fort von hier?«
»Ich weiß nicht, wie lange Sie brauchen, bis Sie diese Geschichte in der Tasche haben, die Sie der Welt erzählen wollen.«
Das weiß ich auch nicht, dachte sie. Wird Mao mir überhaupt ein Interview geben? Er will doch auch, daß die Welt davon erfährt, oder etwa nicht? »Wie lange brauchen wir, um nach Yenan zu gelangen?«
»Das hängt von den Wetterverhältnissen ab und davon, ob wir auf dem Weg aufgehalten werden. Vielleicht eine Woche. Zehn Tage.«
Ein Monat. In einem Monat müßte sie sicher wieder zurück sein können, dachte sie. »Ich werde meine Freundinnen und die Ärztin fragen.« Sie kennt Sian besser als wir. Können fünfundvierzig Kinder und drei Erwachsene in einer fremden Stadt ohne mich zurechtkommen? Und sie lachte in sich hinein. Was kann ich schon tun, was sie nicht auch tun könnten?
»In der Stunde vor Morgengrauen«, sagte er und wandte sich seinem Pferd zu.
Seine aufrechte Haltung erinnerte sie daran, wie Ching-ling dastand. Majestätisch.

Er saß auf seinem Pferd, als sie die Tür öffnete, um in die Dunkelheit hinauszuschauen. Große, nasse Flocken fielen langsam. Wie lange hatte er schon auf sie gewartet? Neben ihm stand ein großer gescheckter Grauer, der in der Kälte schnaubte. Das Gesicht des Schneeleoparden war von dem dunklen Pelz einge-

rahmt, mit dem die Kapuze seiner schweren Jacke gefüttert war. Schneeflocken hingen an seinen Wimpern.
Die Welt war stumm.
Er schwieg, als er sein Pferd kehrtmachen ließ und es über die Straße zu trotten begann; das Klappern der Pferdehufe war das einzige Geräusch.
Allmählich hellte sich der Himmel auf, wurde erst stahlgrau, dann zinngrau, bis er schließlich perlgrau wurde und die Flocken weniger dicht fielen. Sämtliche Zelte im Lager waren abgebaut worden. Als die Männer den Schneeleoparden sahen, sprangen diejenigen, die nicht schon aufgestiegen waren, auf ihre Pferde. Die Sänften bildeten die Nachhut. Chloe fragte sich, ob die Damen sogar in Schlachten mitgetragen wurden.
Jetzt hielt der Schneeleopard sein Pferd an und wandte sich an sie. »Sie werden den Abschluß bilden und sogar noch hinter den Sänften reiten. Meine Männer halten Sie für meine Frau und werden Sie auf dieser Basis und auf keiner anderen akzeptieren.«
Chloe wollte Einwände erheben, doch der Schneeleopard galoppierte an die Spitze der aufgereihten Männer und überließ es ihr, das Rücklicht zu bilden. Das Heer begann, sich in Bewegung zu setzen. Niemand schenkte ihr auch nur die geringste Beachtung. Sie wartete, bis das Dutzend von Sänften an ihr vorbeigeschwungen war, um ihnen im Abstand von wenigen Metern zu folgen. Das tat er, um sie zu demütigen, dachte sie. Das Angebot, sie die Männer begleiten zu lassen, mußte ihn in ein moralisches Dilemma gebracht haben. Es war ihm wichtiger, der Welt ihre Geschichte zu berichten, als Chloe loszuwerden. Es mußte ihm ein Ärgernis sein, daß er sie überhaupt mitnehmen mußte.
Sie war froh, die Pelze zu haben. Ihre Hände wären bereits abgefroren gewesen, wenn sie diese Fäustlinge nicht gehabt hätte. Sie zog sich den Schal über das Gesicht, bis in der öden Weite der Landschaft überhaupt nur noch ihre Augen zu sehen waren. Der Schnee klebte auf dem gefrorenen Boden, doch die braune Erde und ihre stoppeligen toten Pflanzen behinderten ihr Vorankommen.
Sie machten nicht Rast, um zu Mittag zu essen.
Am späten Nachmittag kamen sie nach Lochuan, wo die Männer

des Schneeleoparden um Eßbares handelten, und Chloe sah zu, wie Hühner geschlachtet wurden, sie hörte Schweine quieken, das Winseln von Hunden, die Schreie von Eseln. Jeder, der Hundefleisch essen konnte, fand sie, war einem Kannibalen verwandt. In der Ferne erhoben sich die Lößhügel und setzten sich gegen den Himmel ab, der dunkler wurde.

Kurz vor der Stadt schlugen sie in jener Nacht ihr Lager auf und bauten im Dunkeln ihre Zelte auf. Der Schneeleopard kam ans Ende des Zuges geritten, um sie zu holen.

Er nickte ihr zu. »Kommen Sie in mein Zelt. Und halten Sie dabei den Kopf gesenkt.«

Sie folgte ihm, senkte jedoch den Kopf nicht.

Er sprang von seinem Pferd und schritt in das bereits aufgebaute Zelt. Dort zog er sich die Handschuhe aus. Vor dem Zelt brühte ein Dienstmädchen Tee auf. Ein großes Bärenfell lag auf dem Lehmboden.

Ohne sie anzusehen, sagte er: »Ich glaube, die Bedingungen, unter denen ich Sie mitgenommen habe, werden Ihnen peinlich sein.« Wie immer diese Bedingungen auch aussehen mochten, sie nahm an, daß jede Peinlichkeit ihrerseits ihm Freude bereiten würde. »Das einzige Gefühl einer Frau gegenüber, das meine Männer verstehen, ist Verlangen. Damit sie Sie nicht wegen Fen-tangs Tod verabscheuen ...«

»Ich habe Fen-tang nicht getötet!«

Er ignorierte ihren Zwischenruf und sprach weiter. »Ich muß sie in dem Glauben wiegen, daß ich Sie begehre, daß Sie meine Frau sind. Das können die Männer verstehen. Daher werden Sie hier essen und schlafen. Sie werden nicht durch das Lager laufen oder jemandem zu Gesicht kommen. Sie werden sich so verhalten, als sei es Ihr oberstes Anliegen, mir zu Gefallen zu sein. Haben Sie das verstanden?«

Kostet er es aus, mich zu demütigen? fragte sie sich. Das würde sie ihm nicht gönnen. Aber sie schlug die Augen nieder und sagte unterwürfig: »General, ich stehe in Ihrer Schuld. Ich werde tun, was Sie wollen, und ich danke Ihnen dafür, daß Sie es mir gestattet haben, mich Ihrem Heer anzuschließen.« Du verfluchter Kerl, dachte sie. Aber davon lasse ich mich nicht aus der Fassung bringen. Ich werde an die Geschichte des Jahrzehnts kommen, dank ihm. Und außerdem hat er mich schon zu oft zu gut behandelt. Er ist immer noch wütend, weil er seinen Freund töten mußte. Ich werde ihn nicht noch mehr in Wut versetzen. Sie wußte, daß sie in seinem Zelt sicher war. Er hatte sie nie begehrt. Er hatte sogar gesagt: »Ich weiß noch nicht einmal, ob ich Sie mag.«

Sie aßen schweigend. Es kam zu keinem der anregenden Gespräche, die sie von dem letzten Mal in Erinnerung hatte, als sie vor so vielen Jahren ein Zelt mit ihm geteilt hatte. Es kam zu keinem Geplänkel, keinem Gelächter, keinem Austausch von Gedanken. Sowie die Mahlzeit abgeräumt worden war, hüllte sich der Schneeleopard in seine Pelze und ging in die Nacht hinaus. Sie saß da und lauschte den Geräuschen, mit denen die Männer im Lager sich zum Schlafen bereit machten. Hatte er sich zu einer der Konkubinen begeben?

Als er zurückkehrte, hörte sie im Dunkeln seine Bewegungen und wurde sich darüber klar, daß er sich auf das Bärenfell gelegt hatte, auf dem sie saß. Bald darauf hörte sie seinen gleichmäßigen Atem und glaubte, er sei eingeschlafen. Doch er sagte: »Laufen Sie nicht herum, falls Sie sich erleichtern müssen. Tun Sie es gleich neben dem Zelt.«

Sie schlich sich in die Dunkelheit hinaus und tat genau das. Als sie wieder ins Zelt kam, tastete sie nach dem Fell und legte sich darauf, und dabei streiften ihre Füße den Schneeleoparden. Er rührte sich nicht, er war wohl bereits eingeschlafen.

Als sie spürte, daß sie in jenen Zustand zwischen Bewußtsein und Schlaf trieb, hörte sie ihn sagen, als spräche er mit sich selbst: »Ich habe den Verstand verloren«, und Wut klang aus seiner Stimme.

57

Januar 1936. Yenan, China.

»Es ist eine bezeichnende Übereinstimmung«, sagte Mao Tse-tung zu mir, »daß sich die Geschichte in dieser Provinz im hohen Norden wiederholt. Diese Region entspricht fast genau der Wiege Chinas. Es ist Jahrtausende her, aber genau hier war der Ort, an dem sich das chinesische Volk vereinigt hat.«

Dann lachte er. »Wissen Sie, daß Chiang Kai-shek eine Viertelmillion Silberyuan auf meinen Kopf ausgesetzt hat – ganz gleich, ob mit Körper oder ohne?«

Mao Tse-tung ist aus dem Langen Marsch als der unangefochtene Vorsitzende der Kommunistischen Partei Chinas hervorgegangen.

Er hatte mich noch von damals in Erinnerung, als mein Mann und ich ihn vor fast acht Jahren für kurze Zeit in seiner Gebirgsfestung im Süden besucht hatten. Sechstausend Meilen südwestlich von dort, wo er jetzt ist. Sechstausend Meilen in einer der rauhesten und entlegensten Regionen auf dem Angesicht der Erde. Sechstausend Meilen, die Tausende von Männern und sechsundzwanzig Frauen innerhalb von 368 Tagen zurückgelegt haben, laufend, kletternd, schwimmend, schlitternd und manchmal auch kriechend. Eine Heldentat, die in der Geschichte der Menschheit keine Parallele kennt.

Mao berichtete mir, daß er bereit ist, den zehnjährigen Bürgerkrieg zu beenden. Er wird sogar Chiang Kai-shek als Staatsoberhaupt anerkennen, falls Chiang einwilligt, nicht mehr Jagd auf Kommunisten zu machen und sein Augenmerk auf die unberechtigt vordringenden Japaner zu richten und seine Armeen gegen sie einzusetzen.

Wie war ich – eine Amerikanerin – in dieses abgelegene Hauptquartier der chinesischen Kommunisten im Nordwesten des Landes gelangt?

Ich kam zu Pferd, zu Fuß und auf einem Maultier. Wir sind Flußläufen gefolgt, ich und meine Begleiter – nicht-kommunistische Chinesen unter Führung von Lu-tang, einem berühmten General aus dem fernen Nordosten, der das letzte Jahrzehnt seinem Ziel verschrieben hat, die Japaner zu bekämpfen.

Es war nicht schwierig, nachdem wir Yenan erst einmal erreicht hatten, eine Audienz bei Mao zu bekommen. Aber vorher bin ich von Chou En-lai interviewt worden, einem gutaussehenden, intelligenten, charmanten Mann mit starkem Bartwuchs (für einen Chinesen), der ausgezeichnet Englisch spricht (und fließend Französisch). Mir scheint, er steht zwischen Mao und der Welt.

Chou hat mich und meinen Begleiter General Lu-tang eingeladen, an jenem Abend gemeinsam mit ihm und Mao zu essen. Mao hat sich verändert, seit ich ihn das letzte Mal gesehen habe. Aber andererseits habe auch ich mich in der Zwischenzeit verändert. Er hat immer noch diese vermeintliche Einfalt chinesischer Bauern an sich, aber er ist keineswegs naiv. Er ist ein gebildeter Mann, der Gedichte schreibt und an den abstrakten Fragen des Universums herumrätselt. Er kann derb und vulgär sein und ist gleichzeitig ein gewissenhafter Historiker und Philosoph. Er ist achtlos, wenn es sich um seine eigene Person handelt, doch er gilt als Pedant, wenn es um die Einhaltung von Disziplin geht. Seine Offizierskameraden halten ihn für einen absolut genialen militärischen und politischen Strategen. Er sagt, daß der Krieg lange dauern wird. Er ist der Meinung, er wird Jahre dauern.

»Wissen Sie eigentlich schon«, fragte er, beugte sich über den Eßtisch und fuchtelte mit einem Eßstäbchen vor meinem Gesicht herum, »daß auf Vergewaltigung jetzt die Todesstrafe steht?« Er wollte mir zeigen, daß seine Vorstellungen von der Gleichberechtigung der Geschlechter keine leere Drohung waren.

Mao hatte dem Schneeleoparden mitgeteilt, daß, falls seine kleine Armee sich den Kommunisten im Kampf gegen die Japaner anschließen sollte, alle seine Männer sich an dieselben Vorschriften halten mußten. Chloe schrieb dies nicht nieder, und die gerade Haltung des Schneeleoparden ihr gegenüber begann sich zu ändern.

Mao und Chou En-lai leben wie die einfachen Soldaten ihrer Armee. Mao sagt, daß er nichts weiter als zwei Uniformen und sein Bettzeug besitzt. Wie bei allen anderen Soldaten der Roten weist auch seine Uniform als einzige Zierde die üblichen zwei roten Streifen auf.
In den Wochen, die ich in Yenan verbracht habe, habe ich ihn nie anders als angenehm und umgänglich erlebt, aber es sind genügend Geschichten über seine Wutausbrüche und seine Fähigkeit im Umlauf, jeden beliebigen Menschen zu einem Klumpen bebender Götterspeise zu machen.
Er glaubt, daß der Mensch seine Probleme selbst zu lösen vermag, und daß er den Menschen dabei helfen kann, ihre Probleme selbst zu lösen.
Seine Augen trüben sich, wenn er an tote Kameraden und die Ursache ihres Todes denkt.
»Wissen Sie eigentlich«, fragte er mich, »daß mein Land in diesem Augenblick von einer der schlimmsten Hungersnöte in der Geschichte der Menschheit betroffen ist? (Nein, ich wußte es nicht.) Über dreißig Millionen Menschen ernähren sich von Rinde und Erde. Und wissen Sie auch, warum? Die Steuern sind für sechzig Jahre im voraus kassiert worden. Da sie nicht in der Lage sind, astronomische Preise und zusätzlich die Darlehenszinsen zu bezahlen, haben Bauern Hunderttausende von Morgen Land aufgeben müssen. Die habgierigen Grundbesitzer übernehmen das Land, aber es liegt brach. Auf dem Lande herrscht Bankrott. Die Menschen verhungern. Wir« – und ich kam zu dem Schluß, daß er die Kommunisten meinte –, »wir werden dafür sorgen, daß niemand den Hungertod erleidet. Wir werden Flüsse eindämmen und Überschwemmungen verhindern, Cholera, Ty-

phus und Malaria ausrotten ...« Gewaltige Träume sind das, dachte ich mir. Unrealisierbare Träume. Und doch sind Träume das, was die Welt verändert. Also, vielleicht ...

»Im Moment ist es jedoch der Feind von außen, den wir angreifen müssen. Der japanische Imperialismus ist nicht nur der Feind Chinas, sondern der Feind aller Menschen auf Erden, die Frieden anstreben. Wir erwarten von befreundeten Nationen, daß sie den Japanern zumindest nicht *helfen und wohlwollende Neutralität wahren. Wahrscheinlich wäre es zuviel erhofft, daß irgendeine Nation China aktive Hilfe dabei leisten würde, sich der Invasion und der Eroberung zu widersetzen.«*

Ich mußte ihn fragen: »Falls es China tatsächlich gelingt, Japan zu besiegen, wie löst das das uralte Problem der imperialistischen Fremdherrschaft, der Chiang Vorschub leistet?«

Er lächelte. »Eine seltsame Frage, wenn sie von einer Imperialistin kommt.«

»Verwechseln Sie mich nicht mit meinem Land«, sagte ich. »Bloß, weil ich Amerikanerin bin, heißt das noch lange nicht, daß ich die Politik dieses Landes immer gutheiße.«

Mao sah mich an und antwortete: »Falls China Japan besiegt, dann wird das bedeuten, daß die chinesischen Massen erwacht sind, sich mobilisiert und ihre Unabhängigkeit durchgesetzt haben. Und damit wird das Hauptproblem mit dem Imperialismus gelöst sein.«

Er zündete sich eine Zigarette an. Er raucht ununterbrochen.

Chloe legte ihren Bleistift hin und streckte die Finger. Würde überhaupt irgend jemand, Cass inbegriffen, auch nur das geringste Interesse daran aufbringen, was ein unbekannter chinesischer Kommunist im Hinterland einer abgelegenen Region Chinas dachte?

Sie erschauerte in der Höhle, die sie mit acht anderen Frauen gemeinsam bewohnte, die alle Überlebende des Langen Marsches waren. Sie hatten unterwegs Kinder geboren. Es war nicht leicht, während der Schwangerschaft Berge hinaufzusteigen und durch

Flüsse zu waten, hatten sie ihr berichtet. Zwei der Frauen waren gezwungen gewesen, ihre Säuglinge auf dem Weg bei Bauern zurückzulassen. Keine von beiden war sicher, ob ihre Babys überlebt hatten. Die dritte hatte ihr Kind in dem weiten Grasland des westlichen Szetschuan geboren und darauf bestanden, von da an ihr Baby jeden Schritt weit an jedem einzelnen Tag jedes einzelnen Monats selbst zu tragen. Das Baby, das von seiner Mutter gestillt wurde, hatte überlebt, wie Chloe schrieb.

Die Männer und Frauen teilten die Höhlen nicht miteinander.

Es war schon spät, und Chloe war müde. Sie hatte über ihren Notizblock gebeugt dagesessen, und ihre Augen brannten von dem Flackern des Kerzenscheins. Nicht nur ihre Finger waren steif, auch ihr Rücken schmerzte.

Sie griff nach ihrem Mantel, stand auf, verließ die Höhle und trat in die Nachtluft hinaus. Lichter von den wenigen Häusern unten im Tal funkelten in der frischen Winternacht. Trotz des Fellfutters ihres Mantels schlang sie die Arme um ihren Oberkörper.

Eine Million Sterne. Sie sagte laut vor sich hin: »Einen kann ich erreichen, indem ich einfach nur danach greife.«

»Was können Sie erreichen?«

Sie drehte sich abrupt um; die Stimme in der Dunkelheit hatte sie erschreckt, obwohl sie sie wiedererkannte. Er stand keine zwei Meter von ihr entfernt.

»Einen Stern«, antwortete sie und fragte sich, wie der Schneeleopard so schnell hatte auftauchen können, als sei er aus dem Nichts gekommen. In ihrer Nähe war nur die Höhle der Frauen.

»Nach einem fernen Stern greifen?« Er lachte, ohne sich von der Stelle zu rühren.

»Sind sie nicht wunderschön?« sagte sie.

»Sie sind immer da.«

»Davon werden sie nicht weniger schön. Nehmen Sie sie denn gar nicht wahr?«

Er zögerte, ehe er antwortete. »Doch, immer.«

Sie schwiegen ein paar Minuten lang. Dann fragte er: »Was halten Sie von ihm?«

Sie brauchte nicht zu fragen, von wem er sprach. »Ich bin nicht sicher«, antwortete sie, denn sie hatte zuvor schon mehrfach

vergeblich versucht, diese Frage zu beantworten. »Seine Vorstellungen ähneln denen Ching-lings.« Und denen von Nikolai.
»Ching-ling?«
»Madame Sun Yat-sen.«
»Ah, ja.«
Nach einer Weile sagte er: »Sie haben meine Fragen nicht beantwortet.«
»Ich weiß.« Sie zog ihre Hände in die Ärmel des Mantels zurück, und das Fellfutter fühlte sich warm und weich an. »Er scheint die Hoffnung Chinas zu sein, und doch macht mir etwas an ihm angst.«
»Ich bin Ihrer Meinung. Es liegt daran, daß er zu sicher ist, daß seine Form die einzige ist und seine Vorstellungen die einzig lohnenden sind; mir macht jemand angst, der derart überzeugt ist, im Recht zu sein.«
»Das nennt man Missionarseifer«, sagte sie und erinnerte sich wieder daran, daß vor langer Zeit Cass in etwa dasselbe gesagt hatte.
»Wenn die Japaner erst einmal besiegt sind ...«
»Wird es denn dazu kommen?« fiel sie ihm ins Wort.
»Wenn die Japaner erst einmal besiegt sind, was wird er dann nicht alles tun, um seine Ziele zu erreichen?«
»Wie Sie?« Sie sah ihn nicht an, sondern schaute über das Tal hinaus.
»Nein. Ich bin ungefährlicher. Ich bin zwar Optimist, aber kein Idealist. Chiang ist schlimm, weil er andere Chinesen tötet, die ihm im Weg sind. Wenn sich ihm die Gelegenheit dazu bietet, wird Mao das auch tun, obwohl er im Moment die Nationalisten dafür verdammt, daß sie es tun.«
»Das glauben Sie wirklich?«
Der Schneeleopard antwortete nicht.
»Mao und auch Chou En-lai scheint es sehr zu beeindrucken, daß ein General Ihres Formats sich ihnen anschließt. Sie wissen all das zu schätzen, was man sich über Sie erzählt.«
»Ich schließe mich dem Kampf gegen die Japaner an.«
»Sie scheinen das gutzuheißen, was Chou Ihren militärischen Scharfblick genannt hat.«

Er lachte. »Ich habe nie eine Schlacht verloren. Strategie ist meine Stärke. Ich weiß, welche Schritte der Feind unternehmen wird, ehe er selbst es weiß. Ich brauche mir nur das Land anzusehen und zu wissen, wer die feindlichen Truppen befehligt.«

Chloe war beeindruckt. »Aber Sie werden die japanischen Befehlshaber nicht kennen.«

»Ich werde mir trotzdem die Gegend gründlich ansehen können.«

»Vielleicht führen die Japaner anders Krieg als die Chinesen.«

»So, wie Sie nicht wie die chinesischen Frauen sind?«

Sie lächelte in die Nacht. »Ich bezweifle, daß alle Chinesinnen gleich sind.«

»Sie ähneln keiner von ihnen, so viel steht für mich fest.« Er hatte die Stimme so sehr gesenkt, daß sie sich anstrengen mußte, um ihn zu hören. »Sie sind wie keine andere Frau auf der ganzen Welt.«

Es herrschte Schweigen. Nach einer Minute drehte sie sich zu ihm um, doch er war nicht mehr da.

Der Wind heulte durch die Schlucht.

*»Dem Volk«, sagte Mao, »*muß *das Recht verliehen werden, sich selbst zu organisieren und sich zu bewaffnen. Das ist eine Freiheit, die Chiang Kai-shek den Massen verwehrt hat. Studenten beginnen, sich politisch zu orientieren. Die Intellektuellen werden auf die Straße gehen – vielleicht auf den Platz des Himmlischen Friedens, um die Bauern wachzurütteln. Die Massen haben ihre Freiheit noch nicht bekommen, können noch nicht mobilisiert werden, können noch nicht ausgebildet und bewaffnet werden. Wenn den Massen die ökonomische, die soziale und die politische Freiheit gegeben wird, dann wird das ihre Macht verstärken, und die wahre Kraft der Nation wird zum Vorschein kommen.«*

Ich erfuhr, daß Maos vier Maximen anfangs von Männern mit militärischer Erfahrung kritisiert worden waren. Auf dem Langen Marsch wurden diese Taktiken jedoch zur Grundlage aller Siege der Roten.

Erstens: Wenn der Feind vorrückt, ziehen wir uns zurück!

Zweitens: Wenn der Feind anhält und Rast macht, machen wir ihm Ärger!

Drittens: Wenn der Feind einen Kampf zu vermeiden versucht, greifen wir an!
Viertens: Wenn der Feind sich zurückzieht, nehmen wir die Verfolgung auf.
Das klingt doch naiv, nicht wahr? Ich meine, kindlich naiv. Vielleicht rührt daher der Erfolg.
Ich erfuhr, daß die Provinz Kiangsi bis 1930, vor sechs Jahren, gänzlich unter kommunistischer Herrschaft stand. Land wurde den »habgierigen« Warlords weggenommen und neu verteilt, steuerliche Erleichterungen wurden eingeführt. Arbeitslosigkeit, Opium, Prostitution, die Versklavung von Kindern und Zwangsehen wurden abgeschafft. Die Lebensumstände der Bauern wurden enorm verbessert.
Warum hatte ich von alledem nichts gehört? wollte ich wissen.
Weil die Regierung in Nanking keinem einzigen ausländischen Journalisten die Einreise in die kommunistische Provinz gestattet hatte. Es stimmte, Massenhinrichtungen von Großgrundbesitzern hatten immer mehr zugenommen. Das gestand Mao offen ein. »Die Revolution ist keine Teegesellschaft«, sagte er.
Nein, vermutlich nicht.
Der Lange Marsch bedeutete ein verwegenes Unternehmen von unbeugsamem Heroismus und unübertrefflicher Zähigkeit, einen Sieg, aber auch Elend, Entsagungen, Treue und mitreißende Begeisterung. Tausende von jungen Männern und Frauen setzten grenzenlose Zuversicht in ihre Erwartungen und ließen einen erstaunlichen Enthusiasmus einfließen – eine Hochstimmung, die keinen Gedanken an Bezwungenwerden oder Niederlage zuließ ... weder durch andere Menschen noch durch die Wechselfälle der Natur, aber auch nicht durch einen Gott oder den Tod von Kameraden. Es war eine heroische Odyssee, die in den Annalen der Geschichte nicht ihresgleichen hat.
Knapp achtzigtausend Männer der Roten Armee und Tausende von Bauern vollbrachten eine der herausragendsten Leistungen der Menschheit. In einem Jahr und drei Tagen

beendeten weniger als zwanzigtausend von ihnen das Unternehmen. Zu Fuß überquerten sie Berge, die als unzugänglich galten; sie bezwangen die gewaltigsten Ströme Chinas und einige von deren gefährlichsten Stromschnellen; sie durchquerten die riesigen unbewohnten Grasebenen. Wenn sie den viele Meilen langen Zug von Menschen entdeckten, bombardierten die nationalistischen Kräfte ihn aus der Luft und griffen an, wenn sie die Bodentruppen aufspüren konnten.

Allen Berichte nach wurden Chiangs Soldaten in vielen Gegenden nicht freundlich aufgenommen und müssen sich oft gefragt haben, warum sie eigentlich auf ihrem eigenen Territorium ihre chinesischen Mitbürger angriffen, statt die Japaner, die in ihr Land einmarschierten.

Die Armee der Nationalisten wurde in jedem Punkt ausmanövriert. Wenn Chiangs Männer glaubten, die Roten hätten gar keine andere Wahl, als nach Norden zu gehen, dann wandten sich die Kommunisten nach Westen. Wenn die Nationalisten der Überzeugung waren, sie hätten sie in einem Tal eingekesselt, dann stiegen hunderttausend Chinesen auf Berge, die vorher nie erklommen worden waren, und sie rutschten und glitten und bahnten sich zentimeterweise ihren Weg durch Engpässe und steile Klippen hinauf. Mehr als hunderttausend Menschen, die sich flach an Berghänge pressen, sich an Bäumen und aneinander festhalten, den Elementen trotzen und dem Feind entkommen, der diesmal nicht in den Armeen der Aufgehenden Sonne bestand, sondern ihr eigenes Volk war.

Eine der gewaltigsten Großtaten, die je von Menschen unternommen worden sind, wird eines Tages, da bin ich ganz sicher, schon allein aufgrund ihrer absoluten Unglaublichkeit Ruhm erlangen. Über den Tatukiang im Westen führt eine Jahrhunderte alte eiserne Hängebrücke; sechzehn eiserne Ketten sind dort zwischen den abschüssigen Klippen beidseits des schäumenden Flusses gespannt und halten eine Brücke, die für Hunderte von Meilen die einzige Möglichkeit darstellt, den Fluß zu überqueren.

Am nördlichen Ende der Brücke erwarteten die nationalistischen Soldaten die Roten mit vorgehaltenen Maschinenpistolen. Sie hatten die hölzernen Bohlen entfernt, damit die Kommunisten die Brücke nicht überqueren konnten. Mit Handgranaten, die sie sich auf den Rücken geschnallt hatten, erboten sich jedoch dreißig Freiwillige unter den Roten, sich an den eisernen Ketten, die die Brücke trugen, hinüberzuhangeln.

Der Feind gab Schüsse ab, und drei Soldaten stürzten in die strudelnden Stromschnellen. Siebenundzwanzig dagegen schafften es, den Fluß zu überqueren. Sie setzten die Planken wieder in die Brücke ein, und die übrigen rund Hunderttausend setzten ihren Weg nach Norden fort.

Inzwischen hatten sie nur noch sehr wenig zu essen und stießen auf keine Ortschaften mehr. Die Marschteilnehmer verschlangen wilde Beeren und Wurzeln, aber so viele Menschen erschöpften schnell die natürlichen Ressourcen. Sie aßen ihre Pferde und kochten ihre Schuhe und ihre Ledergürtel, damit sie weicher wurden. Es gelang ihnen, sich ihre Kräfte zu erhalten, und sie konnten wieder Berge besteigen.
Die Grasebenen. Als sie mir von dieser gewaltigen Region im Westen Chinas berichteten, verdrehten sie die Augen zum Himmel. Meere von nassem Gras, gefährliche Sümpfe, in denen nur zu oft ein Kamerad im tückischen Schlamm versank. Stammesangehörige der Mantzu, die Fremde haßten und deren Königin damit drohte, jeden bei lebendigem Leib zu kochen, der diesen Eindringlingen half.
Auf dem Weg gaben Tausende von Menschen auf. Sie kehrten nach Hause zu ihren Familien zurück, oder das revolutionäre Fieber erstarb durch die unerwarteten Härten des Marschs; sie starben in Kämpfen und an Krankheiten. Die Kranken und die Gebrechlichen wurden in Ortschaften zurückgelassen. Viele konnten das Tempo nicht mithalten.
Es war ein enorm strapaziöser Fußmarsch von sechstausend Meilen durch einige der unwirtlichsten Gegenden auf dem

Angesicht der Erde – durch Regen und Schnee und drückende sommerliche Hitze, durch heftige Sturmwinde –, eisig durch die Kälte der Gebirge oder staubige Schmelzöfen durch die sengende mittsommerliche Hitze, durch Heuschreckenplagen und Moskitoschwärme und oft dicht am Hungertod vorbei.
Sie marschierten in den äußersten Nordwesten, nach Yenan, wo die tiefe Schlucht, die der brausende Strom erschaffen hat, von Klippen gesäumt ist. Und in den Klippen sind Höhlen, in denen die Menschen hausen und in denen es ein Krankenhaus und eine militärische Kommandozentrale gibt. Diese Höhlen sind im Sommer kühl und bieten im Winter Schutz gegen die Elemente und Chiangs Luftangriffe.
Nächsten Monat plant die Armee nach Osten zu ziehen, um die Japaner anzugreifen. Die Kommunisten haben alle anderen Ziele dem einen untergeordnet, sich der japanischen Offensive zu widersetzen. Sie bieten sogar an, mit ihren verhaßtesten Feinden zusammenzuarbeiten, den Grundbesitzern, falls sich die Grundbesitzer ihrem Kampf gegen Nippon anschließen. Für das Überleben ihres Landes haben sie sich miteinander verbündet.
Ihre Aufforderung, sich ihnen in diesem Kampf um das Überleben Chinas anzuschließen, ist auf Chiangs Entschlossenheit gestoßen, die Kommunisten aus Yenan und überhaupt aus dieser Welt zu vertreiben (die »Vernichtungskampagne«, so nennen es die Nationalisten). In der Zwischenzeit erobern die Japaner immer mehr chinesisches Land und unterwerfen immer mehr Chinesen. Sowohl sie als auch Chiang haben den Blick nach Westen gerichtet. Chiang auf die Kommunisten und die Japaner auf ganz China. Man ist gezwungen, sich zu fragen, ob Chiang je einmal nach Osten sieht.

Chloe Cavanaugh

58

Ich muß zurück zu Jade, dachte Chloe, als sie zitternd erwachte. Ich habe sie zu lange allein gelassen.

Sie wußte auch, daß sie die Geschichte in der Tasche hatte, deretwegen sie hergekommen war, eine Geschichte, die kein anderer Journalist kannte. Mao hatte jeden einzelnen der letzten sechs Abende damit zugebracht, ihr seine Lebensgeschichte zu erzählen, seine Überzeugungen und seine Philosophie. Seinen Plan für China.

Von Dutzenden von Menschen hatte sie Berichte über den Langen Marsch gehört.

Jetzt war es an der Zeit aufzubrechen.

Sie wollte sehen, ob Dr. Browning Wunder gewirkt hatte und ob Jade wieder redete. Ein Anflug von Schuldgefühl stieg in ihr auf. Sie wußte, daß sie das Mädchen niemals in einem derart traumatisierten Zustand hätte allein lassen dürfen. Gleichzeitig wußte sie aber auch, was für eine einmalige Chance sich ihr hier geboten hatte.

Was sie störte, war, daß sie übermäßig viel Zeit darauf verwendete, über den Schneeleoparden nachzudenken, daß sie jedesmal aufblickte, wenn jemand näher kam, und daß sie hoffte, ihn abends wieder vor ihrer Höhle zu finden. Aber er war nicht mehr gekommen.

Seine Haltung gab ihr Rätsel auf. Seit er damals Fen-tang erschossen hatte, war er voller Zorn auf sie gewesen. Er hatte gesagt, in China gäbe es ohnehin zu viele Kinder, und es hatte ihn erbost, daß sie sich geweigert hatte, Schanghai ohne die Kinder zu verlassen. Dennoch war er bis zu dem Zwischenfall mit Fen-tang, nachdem er sich von ihnen allen zurückgezogen hatte, eine Vaterfigur für die Kinder geworden.

Chloe wußte, daß er jetzt den größten Teil seiner Zeit damit zubrachte, nicht nur seine eigenen Soldaten auszubilden, sondern auch die, die ihm Chou En-lai zugeteilt hatte. Sie hatte gehört,

daß seine Guerillataktiken unvergleichlich waren. Plötzlich sehnte sie sich nach Lou. Immer wenn sie ihm Fragen gestellt hatte, war es ihr gelungen, Ordnung in ihre Gedanken zu bringen.
Sie hörte, wie andere Frauen begannen, sich in der Dunkelheit der Höhle zu regen, da ihre inneren Uhren ihnen allen selbst dann sagten, wenn noch keine Anzeichen auf das Tageslicht hinwiesen, daß der Morgen gekommen war.
Es kam unerwartet. Sie wollte nach Hause. »Ich will nach Amerika zurückgehen«, sagte sie laut vor sich hin.
Sie hatte sich diesen Gedanken nicht einmal mehr gestattet, seit die Kinder bei ihr waren. Noch nicht einmal dann, als die Japaner Schanghai eingenommen hatten. Jetzt überkam sie diese Sehnsucht, und zu ihrem Erstaunen spürte sie eine Träne auf ihrer Wange brennen.
Wenn ich dafür sorgen könnte, daß die Kinder in Sicherheit sind, dachte sie. Ich könnte Jade und Li und Pflaumenblüte nach Oneonta bringen und dann zu den anderen zurückkommen.
Aber sie wußte mit Sicherheit, daß sie nicht zurückkommen wollte.
Vielleicht würde ihr etwas einfallen, wie sie es schaffen konnte, sämtliche fünfundvierzig Kinder in die Staaten mitzunehmen.
Jedenfalls würde sie heute erst einmal aus Yenan aufbrechen. Sie würde um einen Führer bitten und nach Süden ziehen, nach Sian, zu Jade. Und zu den technischen Möglichkeiten, ihre Geschichte an Cass zu kabeln. Sie konnte ausführlicher über Mao und den Langen Marsch schreiben, wenn sie mehr Zeit hatte. Sie besaß genug Informationen, um ein Buch damit zu füllen, dachte sie, fragte sich aber sofort, woher sie die Energie nehmen sollte.

Chou En-lai teilte ihr mit, er würde ihr einen Führer zur Verfügung stellen, der sie zur nächsten Ortschaft im Süden brachte, und dort könnte sie einen anderen finden, der sie zum nächsten Ort brachte, und so weiter. Mit seinem typischen angedeuteten Lächeln sagte er außerdem noch zu ihr: »Wir sind hier auf das Kabeln eingerichtet. Wir können alles, was Sie wollen, nach Tschungking schicken, und von dort aus kann es nach Kanton oder Hongkong weitergeleitet werden und dann nach Amerika.«

Sie verbrachte den Morgen damit, diese Aufgabe zu erledigen, und dann packte sie erleichtert ihre spärliche Habe. Wieder einmal war sie froh um den pelzgefütterten Mantel und die schweren Stiefel, die sie trug, weil der Schneeleopard darauf bestanden hatte.

Sie mußte ihn finden und sich bei ihm bedanken. Sich von ihm verabschieden.

Er kam ihr jedoch zuvor.

Seine Augen blitzten wütend, als sie aufblickte und ihn im Höhleneingang stehen sah.

»Sie wollten mir nicht Bescheid sagen?«

»Doch.« Sie packte den letzten Gegenstand in ihre kleine Tasche. »Natürlich wollte ich Ihnen Bescheid sagen. Ich habe erst heute morgen beschlossen abzureisen. Ich wollte mich nach dem Mittagessen auf die Suche nach Ihnen machen …«

»… nach dem Mittagessen? Während ich auf dem Exerzierplatz bin?«

»Ich hätte doch nicht einfach aufbrechen können, ohne mich zu verabschieden, ohne mich bei Ihnen zu bedanken.«

»Ich werde Ihr Führer sein, zwar nicht bis Sian, aber bis zur nächsten Ansiedlung im Süden.«

Sie lachte. »Sie kennen den Weg kein bißchen besser als ich. Wir haben den Weg hierher nachts zurückgelegt.«

»Ich habe bereits Vorkehrungen getroffen. Ich kann morgen abend wieder hier sein.«

»Also, wirklich, General, Sie werden hier gebraucht …« Und doch wollte sie nicht so lautstark protestieren, daß er es sich anders überlegte. Er versetzte sie immer wieder in Erstaunen.

Er schüttelte den Kopf. »Wir planen nicht, die feindlichen Linien vor Ablauf von drei Wochen zu infiltrieren, und auch kämpfen werden wir erst in einem Monat.«

Sie wußte bereits, daß das die Strategie war: Männer hinter feindliche Linien zu schicken, sich als Dorfbewohner auszugeben und gleichzeitig in aller Stille Waffen in den Ort zu schmuggeln und den Bewohnern Mut zum Widerstand einzuflößen, damit sie den Feind in Stücke hackten, wenn die Schlacht begann. Von innen heraus. Und bisher hatte der Feind das noch nicht begriffen.

Sie und der Schneeleopard brachen nach dem Mittagessen mit einem Wasserkanister und einem Tornister Lebensmitteln auf; der Schneeleopard hatte sein Gewehr an den Sattel gebunden, seine Pistole im Halfter stecken und Stroh für die Pferde mitgenommen. So begannen sie ihren Abstieg von den hohen Klippen von Yenan. Die nächste Ortschaft im Süden war einen halben Tagesritt entfernt.

In den ersten Stunden redeten sie nicht miteinander. Sie folgte ihm auf dem schmalen Pfad, der sich durch die Berge schlängelte. Als der Weg breiter wurde, war der späte Winternachmittag ins Zwielicht getaucht, und der Schneeleopard drehte sich um und wartete auf sie. Sie ritten nebeneinander her, während dicke weiße Flocken ihre Schultern sprenkelten und den Weg zu überziehen begannen.

Ihr fiel auf, daß seine Blicke beide Seiten des felsigen Pfads absuchten.

»Wir sollten besser eine Höhle finden«, sagte er.

Sie hatte schon begonnen, sich Sorgen zu machen, sie könnten sich in der verschneiten Dunkelheit verirren. Im selben Moment sahen sie beide das dunkle Loch, das sich gegen den grauen Hügel abhob.

Innerhalb weniger Minuten fand der Schneeleopard ein paar Zweige und hatte am Höhleneingang ein Feuer entfacht. Chloe band die Pferde an Sträuchern fest und dachte sich dabei, wenn sie auch nur einen Funken Verstand besäßen, könnten sie die Büsche mühelos ausreißen und verschwinden. Das Feuer ließ Schatten auf den Wänden tanzen. Die Höhle schien endlos tief in den Berg hineinzureichen, und das machte ihr angst. Sie rückte nahe zu dem Schneeleoparden und seinem Feuer.

»Ich habe Fleischklöße und Nudeln«, sagte er. Es waren Reste, die vom Mittagessen übrig geblieben waren. Wenn sie noch in Yenan gewesen wären, hätten sie dasselbe zum Abendessen bekommen.

»Das klingt gut.« Sie lächelte. Er würde nicht zulassen, daß ihr etwas zustieß, so viel wußte sie.

Er drehte sich zu ihr um, weil er sie ansehen wollte, starrte sie einen Moment lang an, wandte sich dem Feuer wieder zu und schöpfte das Essen auf einen Blechteller, den er ihr reichte. Er

setzte sich zu ihr auf den gefällten Baumstamm und aß aus dem Topf, in dem er das Essen aufgewärmt hatte.
»Das Holz wird nicht lange reichen«, sagte er. »Das Feuer ist schon am Ausgehen. Holz war im ganzen Land rar, da Holzfäller schon vor Jahrhunderten alles abgeholzt hatten.«
Der Schneeleopard stand auf, verließ die Höhle und kehrte wenig später mit seiner Satteldecke zurück. Es gab nur diese eine. »Es wird eine kalte Nacht werden«, sagte er und warf sie ihr zu.
Sie war nicht müde. Wahrscheinlich war es noch nicht einmal sieben Uhr, doch es gab nichts anderes zu tun.
»Breiten Sie die Decke unter sich aus, um die feuchte Kälte der Höhle fernzuhalten.«
Sie breitete die Decke aus und legte sich hin, faltete die Hände als Kissen unter ihrem Kopf, tat so, als ob sie in das Feuer starrte, beobachtete aber in Wirklichkeit ihn. Er lehnte im Höhleneingang und hatte die Arme vor der Brust verschränkt.
»Ich habe mich bemüht«, sagte er nach einer Weile, »Worte zu finden.«
»Worte?«
»Lassen Sie mich sprechen.« Er verschränkte die Hände hinter sich, lief ein paar Schritte und schaute dabei zu Boden. »Es ist nicht leicht für mich. Ich habe an Worten herumgegrübelt und sie mir immer wieder neu überlegt, Worte, die ich zu Ihnen sagen kann. Ich habe viele Tage lang darüber nachgedacht, viele Wochen lang, viele Jahre lang.« Er drehte sich zu ihr um, um sie im Feuerschein anzusehen. »Es kommt nicht oft vor, daß ein einziger Mensch das Leben eines anderen Menschen verändert. Aber in meinem Leben sind es Sie gewesen.« Er hob die Hand zu einer Geste, die ihr bedeuten sollte, sie solle schweigen. »Wenn Sie mich unterbrechen, kann es sein, daß ich mich nie dazu durchringen werde, das zu sagen, was mein Herz zu sagen hat.«
Mein Herz? So redeten Chinesen nicht.
»Vor vielen Jahren, als ich den Zug überfallen habe, als Sie mir das Leben gerettet haben – das nur durch meine eigene Arroganz in Gefahr geraten ist – und als wir diese Nächte damit zugebracht haben, miteinander zu reden, haben Sie etwas in mir geweckt. Sie haben mir gezeigt, daß es auf Erden mehr gibt, als ich mir je

ausgemalt hätte. Nachdem wir auseinandergegangen sind, konnte ich Sie nicht vergessen. Sie waren eine Frau, und Sie haben mir innerhalb von ein paar Nächten viele Lektionen erteilt. Ich hatte vorher nie geglaubt, es könnte lohnend sein, einer Frau zuzuhören. Und doch konnte ich *nichts* von dem vergessen, was Sie gesagt haben.«

Er kam auf sie zu, blieb stehen und starrte auf sie herunter. Sie konnte seine Augen nicht sehen.

»Sie haben mich auf eine Reise der Selbsterkenntnis und eine Entdeckungsreise in die Welt hinausgeschickt. Sie sind dafür verantwortlich, daß ich meiner Lebensweise entsagt habe – meinen Frauen und Konkubinen und Kindern. Sie haben mich dazu gebracht, dem Opium zu entsagen, die Welt in einem größeren Maßstab zu sehen und mir über mein Land klarzuwerden. Und Sie haben mich zu der Erkenntnis geführt, daß mein Volk wachgerüttelt werden muß, daß es den Menschen nicht erlaubt sein sollte, weiterhin wie die Tiere zu leben, sondern daß sie in der Lage sein sollten, sich zu erheben und als Menschen mit Gedanken, Gefühlen und Leidenschaften angesehen zu werden. Ja, Leidenschaften. Durch Sie bin ich nämlich zu einem leidenschaftlichen Menschen geworden. Mir ist keineswegs alles gleichgültig!«

Er setzte sich neben sie auf die Decke und lachte. »Kurz und gut, Sie haben mich ruiniert!«

Sie sah ihn an und war erstaunt über seine Worte.

»Sie haben mich als Warlord ruiniert, als einen Mann, der voller Zufriedenheit sein eigenes Leben führen kann. Sie haben mich davon träumen lassen, mein Land zu retten, mich mit meinen Landsleuten zu verbrüdern.«

Jetzt drehte er sich auf die Seite, legte sich flach neben ihr hin, stützte einen Ellbogen auf die Decke und das Kinn auf die Hand und sah ihr fest in die Augen. »Sie haben mir jede andere Frau unmöglich gemacht.«

Dann verstummte er. Sie sah ihm in die Augen und streckte die Finger aus, um kurz über seine Hand zu streichen.

»Sie haben die Sehnsucht in mir geweckt, mit fremden Bräuchen vertraut zu werden. Sie haben in mir den Wunsch geweckt, die Liebe kennenzulernen. Ich habe die Liebe zu meinen Mitmenschen erlernt, aber ich war nicht in der Lage, sie für irgendeine Frau wachzurufen, mit der ich geschlafen habe. Es ist nichts weiter als ein Akt. Einmal habe ich sogar versucht«, sagte er und lachte laut, »eine Frau zu küssen, aber ich wußte nicht, was ich mit meinen Lippen anfangen soll. Es war nichts. Wie sehr alle meine Beziehungen zu Frauen belanglos geworden sind. In den alten Zeiten haben mich wenigstens ihre Körper gereizt. Meine Lust konnte von jeder hübschen Frau augenblicklich befriedigt werden. Aber die Gelüste, die Sie in mir geweckt haben, sind nie gestillt worden, und das muß ich Ihnen sagen, ehe wir auseinandergehen.«

»Ich dachte, Sie fänden mich nicht begehrenswert«, sagte sie schließlich und gestattete es sich nicht, die Hand nach seinem Gesicht auszustrecken und ihn zu berühren.

»Wie sind Sie bloß auf den Gedanken gekommen?«

»Sie haben es mir selbst gesagt, damals, als Sie mich entführt hatten – daß Sie mich nicht begehrenswert finden. Daß Sie sich von einer Weißen nicht angezogen fühlen.«

Seine Stimme war kein Flüstern, und doch mußte sie sich anstrengen, um ihn hören zu können. »Wenn ich Ihnen das gesagt habe, dann habe ich gelogen. Von dem Moment an, in dem ich Sie zum ersten Mal gesehen habe, habe ich Sie begehrt. Ich habe Sie in all diesen Jahren gewollt. Ich habe Sie so sehr begehrt, daß all die anderen Frauen, die ich gehabt habe, so gut wie nicht vorhanden waren. Ich habe mir«, sagte er mit einem Lächeln, das mehr eine Grimasse war, »seit mehr als drei Jahren nicht einmal mehr die Mühe gemacht, mich mit einer Frau abzugeben, da sie mich ja doch alle nur mit einem größeren Verlangen denn je nach etwas zurücklassen, was ich nicht verstehe.«

Das Feuer knisterte.

»Warum erzählen Sie mir das?« fragte sie. Sie war sich seiner Männlichkeit und seiner Nähe deutlich bewußt.

»Weil Sie wissen sollten, daß das, was ich früher einmal als ›nur eine Frau‹ angesehen habe, für mich von äußerster Bedeutung geworden ist. Sie haben meinem Leben, meinen Gewohnheiten und meinen Träumen eine andere Richtung gegeben.«

Er war so nah, daß sie seinen Atem spürte und sich fragte, ob er

hören konnte, was er mit ihrem Herzen anrichtete. Bestimmt mußte er es schlagen hören.
»In der letzten Zeit träume ich, daß ich im Kampf sterben werde. Und ich habe nichts dagegen einzuwenden. Ich halte es für ehrenwert, für einen Traum zu sterben, indem ich meinem Land helfe, das Joch der Unterwerfung abzuschütteln. Manchmal träume ich, daß ich im Kampf gegen die Japaner sterben werde und daß ich ein Teil des Prozesses der Befreiung sein werde. Wenn Sie mir nie begegnet wären, könnte ich nicht so denken.«
Sie streckte einen Arm aus und legte eine Hand auf den Ärmel seiner Jacke. »Sie werden nicht sterben. Sie werden leben, damit sich in China etwas ändert. Das weiß ich.«
Er legte seine Hand auf ihre. Das Feuer, das vor ihr tanzte, war nichts im Vergleich zu der Glut, die durch ihren Arm zuckte.
Die Glutasche ließ sie sein schimmerndes Gesicht sehen. Sie nahm seine Hand in ihre, führte sie an ihre Lippen und küßte zart die Handfläche.
»Das ist ein Kuß«, sagte sie.
»Ich *weiß,* was ein Kuß ist.« Er lächelte. »Es sind Lippen, die einander berühren ...«
Sie ließ seine Hand nicht los, und ihre Augen lösten sich nicht von seinen. »Nein, es ist nicht nur die Berührung. Es ist das, was passiert, wenn Lippen einen Menschen berühren. Sehen Sie, das ist jetzt anders als beim ersten Mal.« Sie fuhr mit ihrer Zungenspitze über seine Handfläche. Seine Hand schloß sich zu einer Liebkosung um ihr Kinn.
Sein Kopf war direkt über ihr. Sie streckte die Arme aus und zog seinen Mund auf ihren. »Tu, was ich tue«, flüsterte sie. »Ich werde dir das Küssen beibringen.« Ihre Zunge schoß in seinen Mund, und sie hörte, wie er nach Luft schnappte. Er riß sie in die Arme und zog sie zu sich hoch. Sein Mund löste sich nicht von ihren Lippen.
Als seine Lippen sich zurückzogen, lachte sie.
»Ich habe es nicht richtig gemacht?« fragte er.
»Oh, ich glaube, du wirst sehr gut darin werden«, sagte sie, »aber ich lache über unseren Versuch, einander mit all diesen Fellen zwischen uns nah zu sein.« Sie wollte seine Wärme spüren, wollte

seine Wangen und seine Wimpern küssen und ihre Zunge über seinen Hals gleiten lassen. Sie wollte seine Hand auf ihrer Brust spüren, aber ihr fiel wieder ein, daß Chinesen Brüste nicht reizvoll fanden.

Er streckte die Hände aus und begann, die Lederriemen ihrer Jacke aufzuschnüren, weil er ihr dabei helfen wollte, sie abzulegen. »Komm, meine ist groß genug für uns beide«, sagte er und zog sie so eng an sich, daß sie den rauhen Stoff seines Hemdes spüren konnte, als er sie in seinen schweren Mantel hüllte.

So hielt er sie einige Minuten lang fest, und dann fragte er: »Fürchtest du dich vor mir?«

»Du hast mir immer wieder das Leben gerettet. Wie könnte ich mich vor dir fürchten?«

»Aber jetzt«, sagte er, »wenn wir uns so nah sind? Wenn ich dich begehre?« Er lachte leise. »Ich habe dich schon immer begehrt. Aber ich bin es nie gewohnt gewesen, Frauen Freude zu machen. Und dir möchte ich Freude bereiten. Ich weiß nicht, wie.«

»Du machst deine Sache sehr gut.« Sie seufzte. »Versuch, mich noch einmal zu küssen, oder hat es dir nicht gefallen?«

Als Antwort senkte sich sein Mund gierig auf ihren. Sie nahm seine Hand und legte sie auf ihre Brust, ließ die Zunge über seine Lippen gleiten und stellte fest, daß ihr Körper auf sein Verlangen reagierte. Als er schließlich aufhörte, sie zu küssen, sagte sie: »Lippen sind nicht das einzige, was man küssen kann.« Sie löste sich aus der Wärme seines Mantels, zog ihren Pullover aus und öffnete dann schnell den Verschluß ihres Büstenhalters. Sie legte sich auf die Decke, und er starrte sie an. »Küß meine Brüste«, sagte sie. »Das ist etwas, was ich sehr gern mag.«

Er beugte sich vor, und sie sagte: »Beiß mich, aber ganz zart.« Er tat es. Und sie verzehrte sich nach ihm. Sie hatte seit fünf Jahren keinen Mann mehr gehabt, und seine Lippen auf ihrem Körper weckten rasendes Verlangen in ihr.

Sie griff nach den Knöpfen seines Hemdes. Er riß den Kopf zurück, sah sie an und stand auf, um seine Kleider abzulegen. Sie stand auch auf und wand sich aus ihrer formlosen chinesischen Hose. Er streckte eine Hand aus und sagte: »Halt. Laß dich ansehen. Chinesinnen sehen nicht so aus wie du.«

Sie blieb einen Moment lang stehen, wie eine Statue, sonnte sich darin, daß er sie betrachtete, und dann ging sie langsam auf ihn zu. Er sank auf die Knie, als sie näher kam, und sie sagte: »Bäuche sind auch zum Küssen da.« Er packte sie, schmiegte ihren Bauch an sein Gesicht, küßte sie ungestüm, knabberte an ihrem Fleisch, streckte die Hände nach ihren Brüsten aus und zog sie auf sich, als er sich auf die Decke sinken ließ.

»Warte«, flüsterte sie. »Nur nicht zu schnell.« Und sie beugte sich vor, um ihre Zunge über seine Brustwarzen gleiten zu lassen, ihren Körper von Kopf bis Fuß an ihn zu schmiegen, die Beine weit zu spreizen und seinen Hals zu küssen, als seine Hände sich in ihren Hintern gruben.

Das Feuer erlosch. In der Dunkelheit suchte sie wieder seinen Mund, küßte ihn und spürte seine Zunge, die sich zart und doch drängend an ihre preßte. Als sie sich auf ihm hochzog, damit er ihre Brüste küssen konnte, spürte sie, wie seine Zunge ihr Verlangen anfachte und die Leidenschaft tief in ihrem Bauch entflammte.

Sie rollte sich von ihm herunter und auf den Rücken, und er folgte ihr. Sie schlang die Beine um ihn, zog ihn in sich und spürte sein Gleiten, die Kraft, die Ekstase, die sie nahezu vergessen gehabt hatte. Seine Hände lagen unter ihr und hoben sie gegen ihn, damit sie eins waren, als sie sich auf und ab bewegten.

Später, als sie nebeneinander lagen, griff sie nach seiner Hand und hielt sie. Sie konnte es nicht lassen zu fragen: »Lieben sich die Chinesen auf die gleiche Weise?«

Er drückte fest ihre Hand. »Ich habe noch nie zuvor geliebt.«

59

Am Morgen lag der Schnee höher als dreißig Zentimeter. Aber das stellten sie erst fest, nachdem sie sich wieder geliebt hatten. Der Schneeleopard ließ sie nur ungern aus seiner Umarmung.
»Nachdem das alles vorbei ist«, sagte er, »werde ich zu dir kommen.«
»Was ist, wenn ich nicht in Sian bin?« fragte sie.
»Ich werde dich finden. Ich werde immer wissen, wo du bist.«
Sie lachte und schlang die Arme um seinen Hals. »Wie wirst du das anstellen?«
»Mein Herz ist zu einem Kompaß geworden, der immer in deine Richtung weist.«
»Küß mein Herz«, sagte sie leise.
Er ließ seine Zunge über ihre Brust gleiten. »Chinesinnen haben nicht solche Brüste wie du«, murmelte er. »Sie sind eher wie Jungen. Deine Brüste sind wunderschön.« Er streichelte sie und schaute an ihrem Körper herunter. Dann grinste er. »Ich bin froh, daß du mir das Küssen beigebracht hast.«
»Ich frage mich, warum das in China nicht Brauch ist. Das Küssen ist, glaube ich, immer ein Bestandteil der westlichen Zivilisation gewesen. Es macht doch wirklich Spaß, findest du nicht?« Sie streckte sich, um sein Ohr zu küssen.
»Vielleicht heißt das, daß ich jetzt in ein fortgeschrittenes Zivilisationsstadium eingetreten bin?« Er lachte.
»Du weißt nicht, oder doch, daß ich ein ganz klein wenig enttäuscht war, als du mich entführt hattest und mich dann doch nicht wolltest? Nein, ich *wollte* dich nicht wirklich, oder zumindest habe ich mir diese Überlegung nicht gestattet. Aber ich habe mich gefragt, ob Chinesen und Amerikaner sich auf dieselbe Weise lieben. Es war keine erschreckende Vorstellung für mich. Ich wußte, daß ich nichts gegen das haben würde, was du mit mir tust. Du hast mir keine Angst gemacht.«
Er sah sie erstaunt an. »Aber du hättest mich damals nicht geküßt, oder doch?«

Darüber mußte sie nachdenken. »Ich weiß es nicht. Das wäre darauf angekommen. Du hast mir das Gefühl gegeben, wichtig zu sein.«
Er hielt sie so fest, und sie schmiegte sich so eng an ihn, daß sie seinen Herzschlag hören konnte.
»Ich werde zu dir kommen, wenn dieser Krieg mit den Japanern vorbei ist, und dann werden wir uns gemeinsam ein Leben aufbauen.« Er grinste. »Sogar mit mehr als vierzig Kindern. Wir werden nach Kunming gehen, denn dort ist es sehr schön und friedlich.«
»Wenn die Japaner besiegt sind, werden sich die Kämpfe wieder darum drehen, welche Chinesen und welche Philosophie in China herrschen werden. Ich glaube, du wärst besser als Mao und als Chiang. Ich glaube nicht, daß du nach Kunming gehörst. China braucht dich.«
»Und du brauchst mich nicht?«
Sie dachte einen Moment lang darüber nach. »Ich will dich, das ist wahr. Aber ich brauche dich nicht so, wie China dich braucht.«
»Für den Moment genügt es, daß du mich willst. Die Zukunft wird sich von selbst herausschälen. Versprich mir, daß du lange genug in Sian bleiben wirst, damit ich ein paar Monate lang Schlachten schlagen und dann zu dir kommen kann. Nachdem ich dich jetzt habe, will ich mit dir zusammensein. Versprich mir bis dahin, daß du in Sian bleiben wirst, bis ich kommen kann und wir gemeinsam Pläne schmieden können.«
»Ich werde warten«, sagte sie, »bis du kommst.«

Der Abstieg war in dem tiefen Schnee mühselig. Am Fuß des Berges lag ein kleines Dorf, und dort fanden sie einen Führer, der einwilligte, Chloe gegen einen unverschämten Preis zum nächsten Dorf zu bringen. Da sie und der Schneeleopard so spät aufgebrochen waren, würde sie die Ortschaft erst bei Anbruch der Nacht erreichen.
»Ich werde zügig reiten und vor Anbruch der Dunkelheit wieder in Yenan sein«, sagte er. Es war noch vor der Mittagszeit.
Mit keinem der Männer, mit denen sie ins Bett gegangen war, mit Slade nicht und auch nicht mit Nikolai und noch nicht einmal mit Cass, hatte sie eine solche Verbundenheit gefühlt. Sie ließ sich nicht die Zeit, ihre Gefühle zu ergründen. Sie beobachtete einfach nur, wie der Schneeleopard sein Pferd umkehren ließ, den Paß

hinauf ritt und um die Biegung verschwand, die hinter dem großen Felsen verborgen war. Er sah sich nicht noch einmal nach ihr um. Ein Teil von ihr zog für China in die Schlacht, während der Teil von ihr, der dort stehen geblieben war, zu ihren Kindern zurückkehrte. Ihren chinesischen Kindern. Sie würde wohl doch nicht nach Amerika zurückgehen.

Vielleicht, dachte sie, empfinde ich so für ihn, weil ich inzwischen mehr Chinesin als Amerikanerin bin. Weil ich nur einen chinesischen Geliebten gebraucht habe, um Chinesin zu werden. Jetzt habe ich das, was andere Chinesinnen haben. Und sie dachte: Das nächste Mal werde ich den Schneeleoparden um einen chinesischen Namen bitten. Ich werde mir von ihm einen Namen geben lassen. Plötzlich erfüllte es sie mit übermächtiger Traurigkeit, daß sie kein Kind von ihm bekommen konnte. Kein chinesisches Kind bekommen konnte.

»Aber ich habe schließlich chinesische Kinder«, sagte sie laut und hatte jetzt keinen sehnlicheren Wunsch, als zu Jade, Pflaumenblüte und Li zurückzukehren. Sie hatte so viel Zeit damit verbracht, sich über Jades Trauma und ihr Schweigen Sorgen zu machen, daß sie kaum noch einen Gedanken auf die beiden anderen verwendet hatte. Als sie dem Führer folgte, der auf sein Maultier stieg und lostrabte, dachte Chloe: Ich liebe die beiden anderen auch.

Und doch war es Jade, die Chloe als ihr eigenes Kind empfand, und oft fühlte sie das für sie, was sie jetzt für den Schneeleoparden empfand – als sei das Mädchen ein integraler Bestandteil ihrer selbst.

Der Schneeleopard. Sie konnte seine Hände noch auf ihrem Körper spüren, seine zaghaften Küsse, seine Zunge auf ihren Brustwarzen, und sie erinnerte sich daran, wie er sich schnell in sie gestoßen hatte und sie ihn hatte in sich einschließen wollen, um ihn nie mehr fortgehen zu lassen. O Gott, es schien schon jetzt so lange her.

Ihre Gedanken schweiften ab, als der Führer eine gleichmäßige Gangart einschlug. Meine Mutter wäre wirklich schockiert, dachte sie. Ich habe mit vier Männern geschlafen. Und doch habe ich in so vieler Hinsicht ein sexuell unausgefülltes Leben geführt. Es war so viele Jahre her, seit ein Mann sie berührt hatte, seit jenen zehn Tagen mit Cass oben in Lu-shan, direkt nach Slades Tod.

Und jetzt plötzlich der Schneeleopard. Ein Teil von ihr war wieder zum Leben erwacht. Ein Teil von ihr, von dem ihr gar nicht klar gewesen war, daß sie ihn begraben hatte. Sie schloß die Augen und fühlte wieder seinen nackten Körper auf ihrem, seine Geschmeidigkeit, seine Wärme neben ihr.

Ihr Pferd blieb stehen.

Der Führer hatte sein Maultier angehalten. Er wies weit in die Ferne, und dort konnte Chloe nur mit Mühe ein Dorf ausmachen, das lehmfarben wie die Erde war und von einer dünnen Schicht Schnee verborgen wurde.

»Ich werde Sie hier verlassen. Es gibt ein Gasthaus, in dem Sie über Nacht bleiben können. Fragen Sie nach dem Mann mit dem Klumpfuß. Er wird Sie zum nächsten Ort bringen.«

Chloe griff tief in ihren Pelzmantel und holte ein paar Münzen heraus, um ihn zu bezahlen. »Danke«, sagte sie und neigte höflich den Kopf.

»Nichts zu danken«, sagte er und nahm das Geld. Dann machte er kehrt, trieb sein Maultier an und ritt los.

Chloe näherte sich dem Dorf, in dem am späten Nachmittag bis auf das Krähen eines Hahnes Stille herrschte. Sie lachte. In ganz China krähten Hähne zu den merkwürdigsten Tageszeiten. Sie warteten nie auf das Morgengrauen.

Es war ein gesichtsloses Dorf wie Tausende von anderen in China, und im verschneiten Winter war es finster dort. Bis auf einen Mann, der auf einem großen grauen Pferd auf sie zuritt, war nirgends ein Lebenszeichen zu sehen. Er war in einen dicken Mantel gehüllt, doch sie fand, daß er in einer aufrechteren Haltung ritt als ein Bauer, und nahm daher an, daß er Soldat sein mußte. Je näher sie einander kamen, desto leichter konnte sie das Gewehr auf seinem Sattel erkennen.

Als sie dicht voreinander anhielten, begrüßte sie ihn mit: *»Ni hau.«*

Er fragte sie beharrlich aus, und sie erzählte ihm, daß sie eine Unterkunft für die Nacht und den Mann mit dem Klumpfuß suchte, damit er sie zum nächsten Dorf brachte. Er starrte sie an. Über den zusammengekniffenen Lippen hatte er einen geraden dünnen Schnurrbart.

Er sagte etwas, was sie nicht verstand, und dabei griff er nach

seinem Gewehr. Er legte zwar nicht auf sie an, doch er bedeutete ihr mit Gesten, daß sie vor ihm her ins Dorf reiten sollte. Vielleicht hatte er nicht gemerkt, daß sie eine Frau war, dachte Chloe. Sie war derart vermummt, daß man es kaum erkennen konnte.
Als sie ins Dorf kamen, war immer noch kein Lebenszeichen zu entdecken. Furcht überlief sie. Der Mann sagte wieder etwas. Es hatte mehr von einem Fauchen, doch sie verstand ihn immer noch nicht. Er ritt jetzt um sie herum, blieb vor ihr stehen und bedeutete ihr, sie solle absteigen. Sie tat es.
Er richtete die Waffe auf sie und bedeutete ihr mit einer Kopfbewegung, daß sie vorausgehen sollte, in das Gasthaus.
Im Schankraum, in dem nur eine einzige Kerze brannte, saß ein uniformierter Mann mit einer Flasche Bier an einem Tisch. Er hatte die Beine vor sich ausgestreckt; dicht neben seiner Hand lag eine Pistole auf dem Tisch, und als er Chloe anlächelte, fiel ihr auf, daß einer seiner Schneidezähne aus Gold war. Chinesen konnten sich keine Goldzähne leisten.
Die beiden Soldaten sprachen miteinander, und plötzlich dachte Chloe: Das sind Japaner. Ich glaube, sie sind Japaner. O mein Gott.
Der Soldat, der am Tisch saß, sprach in gebrochenem Chinesisch mit ihr. »Sie sind eine Frau?«
Sie nickte. »Ich bin Amerikanerin.«
Er stand auf, ging auf sie zu und starrte sie voller Erstaunen an. Dann hob er die Hand und zog ihr die Kapuze herunter. Das Haar fiel ihr gewellt um die Schultern. Er musterte sie und ließ einen Finger über ihre Wange gleiten.
»Woher kommen Sie?«
Nicht aus Yenan, dachte sie. Das darf ich nicht verraten. »Ich habe mich verirrt«, sagte sie. »Ich versuche, nach Sian zu kommen.«
Er sah sie scharf an, setzte sich wieder auf seinen Stuhl an dem Tisch und trank aus der Flasche. »Ich habe Sie nicht danach gefragt, wohin Sie gehen. Ich habe gefragt, woher Sie kommen.«
»Ich komme aus Schanghai«, sagte sie.
Er sah sie an und stand wieder auf. »Ich habe gefragt, woher Sie kommen, wenn Sie jetzt hier in diesem kleinen Bergdorf sind.«
Jetzt mußt du auf Draht sein, dachte Chloe. Bleib bei klarem

Verstand, Mädchen. Laß keinen Moment lang in deiner Wachsamkeit nach. »Das weiß ich selbst nicht so genau«, sagte sie und bemühte sich, ihre Nervosität nicht in ihrer Stimme durchklingen zu lassen. »Ich habe Schanghai vor vielen Wochen verlassen, und ich bin von einer Ortschaft in die andere geritten. In der letzten hat man mir gesagt, wenn ich diesem Weg folgte, käme ich zu einem Dorf mit einem Gasthaus, und vielleicht könnte ich dort einen Führer finden, der mich in den Süden bringt.«

Er kam auf sie zu und sah ihr in die Augen. Er war vielleicht drei bis fünf Zentimeter kleiner als sie. »Ich frage Sie noch einmal. In welcher Ortschaft waren Sie und woher kommen Sie?«

Sie schüttelte den Kopf. »Ich weiß es nicht.«

Seine Hand sauste durch die Luft, und sie spürte das Brennen einer Ohrfeige auf ihrer Wange. Gegen ihren Willen hob sie die Hand und legte sie darauf.

»Ich weiß wirklich nicht, wo ich letzte Nacht gewesen bin«, sagte sie und bemühte sich, mit ruhiger Stimme zu reden. »Ich lüge Sie nicht an. Ich weiß noch nicht einmal, wo ich heute war.«

Er kehrte zu seinem Stuhl zurück, setzte sich bequem hin und sagte: »Sie sprechen Chinesisch wie eine Einheimische.«

Sie antwortete nichts darauf.

Er rief etwas, und ein weiterer Soldat kam hereingeeilt. Nach einem kurzen Wortwechsel nickte der neu hinzugekommene Soldat, ein Knabe, was sie als eine Aufforderung auffaßte, vor ihm herzulaufen. Sie liefen durch einen schmalen dunklen Gang, und als sie vor einer offenen Tür ankamen, stieß er sie hinein und schloß die Tür hinter ihr.

Es war zu dunkel, um etwas zu sehen, aber als sie sich durch den Raum tastete, stellte sie fest, daß es keinerlei Einrichtungsgegenstände gab. Sie setzte sich auf den Boden. Zum Glück konnte sie die Kälte durch ihre dicken Lagen Kleidung nicht spüren. Sie hörte keinen Laut.

Sie werden mich laufenlassen, sagte sie sich. Wenn sie begreifen, daß ich keine Chinesin bin. Wenn es ihnen erst einmal dämmert, daß ich Amerikanerin bin und daß Japan nicht Krieg gegen die Vereinigten Staaten führt. Natürlich werden sie mich laufenlassen. Gott sei Dank, daß der Zuständige ein bißchen Chinesisch ver-

stand. Am Morgen würde sie es ihm erklären ... Was würde sie ihm erklären? Was konnte sie ihm sagen?
Am Morgen stellte sie fest, daß es sich um eine kleine Gruppe von nur fünf Japanern handelte, doch sie waren bewaffnet und hatten Munition, und sie hatten das Dorf ihrem Terror unterworfen. Im Morgengrauen wurde Chloe ins Freie geführt, und sie sah die Leichen von einem Dutzend Dorfbewohnern, die wie Marionetten in gekrümmten Haltungen dalagen. Irgendwo in der Ferne hörte sie ein Weinen.
Seit der Mittagszeit des Vortages hatte sie nichts gegessen. Die Japaner setzten ihr kein Essen und kein Wasser vor. Und doch kam ihr alles hoch, was sie noch im Magen hatte. Sie übergab sich, als sie auf die Toten sah. Eine der Frauen hielt ein Baby im Arm. Es sah so aus, als sei eine Kugel durch seinen Kopf geschossen worden und auf der anderen Seite in das Herz seiner Mutter gedrungen. Auf dem Baby war kein Blut zu sehen, kein Tropfen. Es hatte nur ein Loch über dem linken Auge. Die Mutter hielt es immer noch an ihre Brust gepreßt, und ihre Brust war voller Blut.
Der Kommandant der Japaner – oder was auch immer er war, er war jedenfalls ihr Anführer – musterte sie mit hochgezogenen Augenbrauen. Als sie sich umdrehte, um ihm ins Gesicht zu sehen, lächelte er sie an.
»Ich bin Amerikanerin«, sagte sie.
Er nickte. »Sie können reiten.«
Der Kommandant stieg auf sein Pferd. Die Dorfbewohner liefen hinter ihm her, und hinter ihnen durfte Chloe herreiten. Zwei Soldaten bildeten die Nachhut, während die beiden anderen zu beiden Seiten der Kolonne ritten, die Leute ermahnten, die zu langsam liefen, und einmal zischte eine Peitsche durch die Luft, streifte jedoch niemanden. Sie marschierten bis um die Mittagszeit, und dann hielten die Soldaten an, um etwas zu essen. Den Gefangenen wurde kein Essen vorgesetzt. Und auch kein Wasser. Chloes Lippen waren so trocken, daß sie rissig wurden. Ihre Mitgefangenen hatten keine warme Kleidung und keine Schuhe. Rote Spuren blieben hinter ihnen zurück, als sie durch den Schnee liefen. Niemand sagte ein Wort.
Am späten Nachmittag begann es wieder zu schneien, und ein

alter Mann sank in eine Schneewehe neben dem Weg. »Ich kann nicht mehr«, murmelte er. Eine Frau in mittleren Jahren beugte sich zu ihm herunter und zog an seinem Arm.
Es ertönte jedoch ein Schuß in der dünnen Luft, und der alte Mann wurde auf den Boden gedrückt; Blut spritzte aus seiner Brust.
Zehn Minuten später erreichten sie ein anderes Dorf, in dem es keine Bewohner, keine Tiere, einfach nichts gab. Die Gefangenen wurden in das Gasthaus getrieben, und dort wurde den Frauen befohlen zu kochen. Suppe aus Rüben und Kohl. Chloe hatte nic in ihrem ganzen Leben etwas so schmackhaft gefunden.
Nachdem sie gegessen hatten, kam der Kommandant in den Raum, in dem die Gefangenen sich um die Feuerstelle scharten und versuchten, so viel Wärme wie möglich in sich aufzunehmen.
»Kommen Sie mit«, sagte er zu Chloe.
Sie folgte ihm in das kleine Zimmer, das er als sein Büro beschlagnahmt hatte.
Ohne sich zu ihr umzudrehen und sie anzusehen, schloß er die Tür und sagte: »Ziehen Sie Ihre Hose aus.«
Sie starrte ihn an.
»Nein.«
Er riß abrupt den Kopf herum und sah sie an. »Vielleicht haben Sie mich nicht verstanden. Sie sind meine Gefangene. Sie werden tun, was ich sage.«
»Ich bin nicht Ihre Gefangene. Ich bin Amerikanerin, und Japan führt keinen Krieg gegen Amerika.«
»Gegen wen Japan kämpft, hat nichts damit zu tun, daß Sie meine Gefangene sind. Sie sind eine Frau. Und ich bin bewaffnet. Ziehen Sie Ihre Hose aus.«
»Ich denke gar nicht daran.« Konnte er ihr anmerken, daß sie sich fürchtete, oder hörte er lediglich die Wut aus ihrer Stimme heraus? Langsam ging er auf sie zu, zog den Arm zurück und schlug ihr mit aller Kraft so fest seitlich ins Gesicht, daß sie zu Boden fiel.
Er schrie etwas, und einer seiner Soldaten kam hereingerannt. Der Kommandant, dessen Stimme wütend klang, stieß ein paar unverständliche Laute aus, die den Soldaten dazu veranlaßten zu lächeln, als er sich hinkniete, ihre Hände packte und sie auf den Boden preßte. Der Kommandant trat sie in die Hüften. Er beugte sich vor und

zog ihre Hose herunter. Mit seinem Messer schnitt er ihr die Unterhose vom Körper. Der junge Soldat hielt weiterhin ihre Hände fest. Der Kommandant schnallte seinen Gürtel auf und ließ seine Hose auf den Boden fallen. Ohne sie jedoch auch nur von seinen Füßen zu streifen, kniete er sich über sie, ein Bein auf jeder Seite, die Hose hing um seinen linken Knöchel. Sie hörte, wie der Soldat, der ihre Arme festhielt, lachte.

Mit einem schnellen Stoß drang der Kommandant in sie ein, und Schmerz durchzuckte sie. Sie schrie und versuchte, um sich zu treten, aber er war zu kräftig. Er stieß sich in sie, rammte sich in einem qualvollen Rhythmus in sie hinein und zog sich wieder heraus, bis sie, direkt bevor er stöhnte, jenen verschleierten Ausdruck in seine Augen treten sah. Für eine Minute fiel er auf sie, und dann richtete er sich auf und lachte sie aus, ehe er sie anspuckte, seine Spucke über ihre Wange lief und in ihr Auge sickerte.

Beim Aufstehen zog er die Hose mit sich hoch und sagte etwas zu dem Soldaten, der sie immer noch auf dem Boden festhielt. Dann ging er zur Tür und rief etwas. Da das Licht von hinten kam, sah sie, daß die drei anderen Soldaten vor der Tür Schlange standen.

Einer kam rein, ohne die Tür zu schließen. Er sprach mit dem Soldaten, der sie festhielt, und daraufhin ließ dieser ihre Arme los, und der andere packte sie. Der junge Soldat, der ihre Hände auf den Boden gepreßt hatte, ließ seine Hose fallen und bestieg sie. Sie spürte, wie er sich in sie stieß, sich in ihr wand, sich in sie bohrte – und dann war alles vorbei. In weniger als drei Minuten. Sie hätte ihn am liebsten umgebracht.

Sie taten es der Reihe nach. Als sie damit fertig waren, nachdem sie gegangen waren, berührte sie sich mit der Hand, zog sich die Hose wieder hoch und fühlte klebriges Blut.

Es konnte nicht länger als fünfzehn Minuten gedauert haben.

Von fünfzehn Minuten lasse ich mein Leben nicht ändern, dachte sie und ballte die Hände zu Fäusten. Fünf Männer hintereinander innerhalb von fünfzehn Minuten. Der Teufel soll mich holen, wenn ich zulasse, daß sich dadurch mein Leben ändert.

Aber sie kam nicht gegen ihr Weinen an.

60

Die Soldaten vergewaltigten sie nicht noch einmal. Sie nahmen sich der Reihe nach jede Nacht eine andere Frau vor. Keine von ihnen schrie. Chloe begriff, daß sie eine solche Behandlung gewohnt sein mußten.

Sie wurde von den chinesischen Dorfbewohnern abgesondert. Ab und zu, wenn sie an einem Bauernhof vorbeikamen, machten die Soldaten weitere Gefangene. Zwischendurch hörte Chloe einen Schuß in der Ferne.

Jedesmal, wenn Chloe versuchte, mit einer der Chinesinnen zu sprechen, schritt ein Soldat ein und schlug nicht etwa sie, sondern die Chinesin. Sie gab den Versuch bald auf.

Ein zehntägiger Marsch führte sie zu einem großen Lager, Hunderte von Zelten und ein Gebäude aus Lehmziegeln, alle mit Netzen bedeckt, auf die Zweige und Laub geworfen worden waren. Es war das erste Mal, daß Chloe auf Tarnmaßnahmen stieß. Maos Männer konnten von den Berggipfeln aus in dieses Tal hinunterschauen oder darüberfliegen, abgesehen davon, daß sie keine Flugzeuge hatten, sie hätten das Lager niemals entdeckt.

Inzwischen war die Anzahl der Gefangenen gestiegen, obwohl eine Reihe der ursprünglichen Dorfbewohner auf dem Weg gestorben oder erschossen worden waren, wenn sie zu schwach wurden, um weiterzulaufen. Man befahl ihnen, sich auf dem vereisten Schlamm aufzureihen. Sie warteten. Und warteten. Es dauerte mehr als eine Stunde, ehe ein untersetzter Japaner mit einer randlosen Brille und Epauletten auf den Schultern aus dem Hauptquartier geschlendert kam. Er trug eine Reithose, und seine Uniform war schmuck, ganz anders als alles, was sie an chinesischen Soldaten je gesehen hatte. Er stemmte die Arme in die Hüften, stand da und musterte die Gefangenen. Chloe war die einzige, die auf einem Pferd saß. Sie überlegte sich, daß sie heruntergleiten und sich zwischen die anderen hätte stellen sollen, um unauffälliger zu sein. Die Soldaten hatten nie auch nur vorge-

schlagen, daß sie laufen sollte, und sie hatten auch nicht versucht, ihr Pferd zu beschlagnahmen.
Chloe hatte versucht zu ermitteln, in welche Richtung sie zogen. Die Sonne blieb tagein, tagaus hinter einem bleiernen Winterhimmel verborgen. Sie glaubte, daß sie sich in nordöstlicher Richtung voranbewegt hatten, was einleuchtend war. Dort hatten die Japaner ihre Festungen.
Der Kommandeur schwenkte den Arm durch die Luft und deutete auf die Gefangenen, und etliche Soldaten rannten auf sie zu, trieben sie zusammen und drängten sie zu zwei der großen Zelte in der Nähe des Hauptquartiers. Chloe wollte ihnen folgen, doch ein Soldat hielt sie auf und schüttelte den Kopf, um ihr zu bedeuten, daß das für sie nicht galt. Sie blieb an Ort und Stelle auf ihrem Pferd sitzen und hoffte, dieser japanische Kommandant würde begreifen, daß sie Amerikanerin war und als solche nicht wie eine Kriegsgefangene behandelt werden sollte.
Die Gefangenen wurden vom Feld geschafft, und sie allein saß jetzt noch dort, auf ihrem Pferd, die Pelzkapuze auf dem Kopf und durch den Mantel gegen den Wind geschützt, der aufgekommen war. Jetzt war niemand mehr zu sehen, nur noch der Kommandeur und sein Adjutant.
Er stand da, die Arme immer noch in die Hüften gestemmt, und sah sie über den Exerzierplatz hinweg an, bis er sich schließlich an seinen Adjutanten wandte, etwas sagte und dann wieder in das Gebäude schlenderte. Der Adjutant kam auf sie zu und bedeutete ihr, sie solle absteigen und ihm folgen.
In dem Gebäude schlug Chloe die erste Wärme seit Wochen entgegen. Sie folgte dem Adjutanten durch einen breiten Gang in ein Büro, das spartanisch eingerichtet, aber sauber war. Der Kommandeur stand da, hatte die Hände auf dem Rücken gefaltet und sah aus dem Fenster in den dunkler werdenden Nachmittag hinaus.
Er drehte sich um und sah sie an. »Soweit ich gehört habe, sind Sie Amerikanerin.«
Sie stieß einen Seufzer der Erleichterung aus. »Ja, das bin ich.«
Er wies auf einen der hochlehnigen Stühle, die seinem Schreibtisch gegenüberstanden. »Lassen Sie uns eine Tasse Tee mitein-

ander trinken«, sagte er und klatschte forsch in die Hände. Sein Mandarin war tadellos.
Ein Offiziersbursche erschien, und der Kommandeur bestellte Tee.
Chloe setzte sich auf den Stuhl. Die erste Höflichkeit nach all der Brutalität, die sie erlebt hatte.
»Gestatten Sie mir, mich Ihnen vorzustellen.« Sein Benehmen war zuvorkommend. »Ich bin Colonel Sakigawa.« Er zündete sich eine lange Zigarette in einer langen Zigarettenspitze an. »Und wer sind Sie?«
Sie hätten sich auf einer nachmittäglichen Teegesellschaft aufhalten können.
»Ich bin Chloe Cavanaugh.«
Er lächelte, und seine Zähne waren gleichmäßig und sehr weiß. Ihr fiel auf, daß sein Gesicht sich zu einem Lächeln verzog, seine Augen jedoch stahlhart blieben.
»Was«, fragte er, als sein Offiziersbursche zwei Tassen dampfenden Tee brachte, »tun Sie in China?«
All ihre Geschichten lösten sich in Luft auf. »Ich versuche, wieder zu meinen Kindern nach Sian zu gelangen.«
Er inhalierte tief, blies Rauchringe und betrachtete sie, als er fragte: »Und was tun Ihre Kinder in Sian?«
»Sie versuchen, den japanischen Armeen zu entkommen.« Sie verbrannte sich an dem heißen Tee die Zunge, atmete jedoch seinen köstlich aromatischen Duft ein. »Dieser Tee ist sehr gut.«
Er nickte. »Was meinen Tee angeht, bin ich sehr eigen.« Er sah sie an. »Das ist aber wirklich nicht die Antwort, die ich hören wollte. Warum sind Sie und Ihre Kinder in China? Sind Sie Missionarin, ist es das?«
»Nein.« Sie entschied sich für Ehrlichkeit. »Meine Kinder waren in Schanghai am Verhungern, und daher sind wir von dort fortgegangen und haben den Weg nach Sian eingeschlagen. Drei Freundinnen sind mit mir gekommen. Ich habe« – sie unterbrach sich kurz – »über vierzig Kinder bei mir. Wir leiten ein Waisenhaus, und in Schanghai gab es nichts zu essen. Daher haben wir uns entschlossen, in den Westen zu ziehen. Ich habe mich von ihnen getrennt, weil ich versuchen wollte, eine Abkürzung zu finden,

und ich hoffe, daß sie sicher in Sian angelangt sind. Ich war auf dem Weg dorthin, als Ihre Soldaten mich gefunden haben.«
Sie erzählte ihm nicht, daß sie sie vergewaltigt hatten. Sie glaubte nicht, daß er sich daran gestört hätte.
Er hielt ihr ein Päckchen Zigaretten hin, doch sie schüttelte den Kopf. »Ich glaube Ihnen nicht, daß Sie sich verirrt haben. Aber das spielt keine Rolle.«
»Sie müssen mich gehen lassen«, sagte sie. »Ihr Kampf gegen dieses Land ist nicht meine Sache. Ich bin amerikanische Staatsbürgerin.«
Er musterte einen seiner Fingernägel, als sei dies ein faszinierender Anblick. »Wie lange sind Sie schon in China?«
»Viele Jahre.«
»Ja. Das dachte ich mir. Ihre Aussprache ist perfekt. Madame, ich sehe Sie als Kriegsgefangene an. In meinen Augen sind Sie Chinesin. Sie haben lange Zeit hier gelebt, und offenkundig stehen Sie auf der Seite der Chinesen. Sie sind unsere Gefangene. Sie können ein eigenes Zelt haben, da Menschen aus dem Westen, soweit ich gehört habe, großen Wert auf ihre Privatsphäre legen. Das wird Ihnen zugebilligt, solange Sie tun, was man Ihnen sagt. Sie werden mit größter Rücksichtnahme behandelt werden, wenn Sie sich entsprechend verhalten. Wir werden bald von hier aufbrechen, und ich erwarte von Ihnen, daß Sie sich als kooperativ erweisen.«
Chloe sagte nichts dazu.

Die Privatsphäre, auf die die Menschen aus dem Westen größten Wert legten, begann, sie um den Verstand zu bringen. Zweimal am Tag war es ihr gestattet, ihr Zelt zu verlassen, und ein Soldat ging mit ihr zur Latrine, stand da und beobachtete sie unablässig. Eines Morgens, als sie über den häufig benutzten Trampelpfad liefen, schnappte Chloe nach Luft. Bis zum Hals im Boden eingegraben sah sie eine junge Frau, in deren Augen Panik stand. Die Erde um sie herum war erst kürzlich geschaufelt worden. Was auf Erden ...? Chloe blieb stehen und wollte sich hinknien, doch der Soldat stieß ihr sein Gewehr in den Rücken. Weiß vor Wut drehte Chloe sich zu ihm um.

»Bringen Sie mich zum Colonel«, sagte sie.
Er schenkte ihr keinerlei Beachtung und trieb sie an, ihren Weg zur Latrine fortzusetzen.
O Gott, würden sie diese Frau dort sterben lassen? Würde sie einen langsamen Tod erleiden und an Hunger und Durst sterben, lebendig im Boden begraben und ohne sich rühren zu können? Gütiger Gott im Himmel. Gibt es Dich? Siehst und hörst Du uns zu? Der Colonel konnte nichts davon wissen. Er war zivilisiert. Ich muß zu ihm gelangen, dachte Chloe. Er wird sie retten. Er ist nicht so wie seine Soldaten.
Als der Soldat kam, der ihr jeden Morgen Haferschleim brachte, sagte sie ihm, sie müsse den Colonel sehen. Er nickte.
Nichts geschah.
Im Lauf des Nachmittags hielt sie es nicht mehr aus und schlug gegen die Vorschriften ihre Zeltklappe hoch. Sie konnte den Kopf der Frau sehen, die immer noch im Erdboden eingegraben war. Was für ein Ausdruck mochte jetzt in ihren Augen stehen?
Chloe trat aus dem Zelt in die schwache Sonne und lief auf das Stabsquartier zu. Zwei Soldaten kamen augenblicklich auf sie zugeeilt und richteten ihre Gewehre auf sie.
Sie hob den Arm und stieß das Gewehr zur Seite, das auf ihre Brust gerichtet war. Sie glaubte nicht, daß sie sie töten und sich vor dem Colonel dafür verantworten würden. Sie ging auf das Gebäude zu, als hämmerte ihr Herz nicht vor Furcht. Aber es war nicht nur Furcht, die sie verspürte, sondern auch Zorn.
Ein Soldat bewachte die Tür, doch sie lief an ihm vorbei, und alle drei Soldaten hielten ihre Waffen jetzt auf sie gerichtet. Sie unternahm keinen Fluchtversuch, und sie würden sie nicht erschießen, sagte sie sich.
Sie eilte durch den Gang und riß die Tür zum Büro des Colonel auf. Er blickte von seinem Schreibtisch auf, an dem er in irgendwelche Papiere vertieft gewesen war, und seine Augenbrauen zogen sich hoch.
»Was ist mit dieser Frau?« fragte Chloe. »Das ist ein Verstoß gegen die Genfer Konvention und bedeutet, einem Menschen eine unbarmherzige und grausame Behandlung zuzumuten. Wissen Sie überhaupt, was hier vorgeht, Colonel? Eine Frau ist neben

dem Pfad zu den Latrinen bis zum Hals eingegraben. Ich weiß, daß Ihnen das nicht bekannt sein kann. Unternehmen Sie etwas dagegen. Bitte, kommen Sie mit mir und sehen Sie sich das an. Sie werden so erschüttert sein wie ich. Bitte, Colonel. Kommen Sie mit, jetzt gleich.«

Er lehnte sich auf seinem Stuhl zurück und sah sie an. Dann murmelte er etwas, und die drei Soldaten zogen sich zurück und schlossen die Tür hinter sich.

»Mrs. Cavanaugh, setzen Sie sich, bitte«, sagte er mit beherrschter Stimme.

»Nein. Ich will, daß Sie mitkommen und sich dieses abscheuliche Verbrechen ansehen. Ich will, daß Sie denjenigen bestrafen, der dafür verantwortlich ist!«

Er seufzte. »Werden Sie uns jetzt doch Probleme machen, Mrs. Cavanaugh? Die Soldaten gehorchen meinen Befehlen. Sie tun nichts ohne meine ausdrückliche Anweisung.«

Jetzt setzte Chloe sich tatsächlich. »*Sie* haben das befohlen? O Colonel, wie konnten Sie das bloß tun?«

»Sie hat einen Fluchtversuch unternommen.« Er sagte das so, als sei sein Vorgehen damit gerechtfertigt.

»Dann erschießen Sie sie. Unternehmen Sie etwas, was schnell geht, etwas Humanes. Aber doch nicht auf diese Weise!«

Das Lächeln gelangte jetzt bis zu seinen Augen. »Ah, aber so können alle sehen, was passiert, wenn eine solche Situation entsteht. Morgen werden sie sie wiedersehen, und das Grauen wird sie davon abhalten, sich unseren Befehlen zu widersetzen. Erschießen löst dieses Grauen nicht aus. Nur ein einziger sauberer Schuß, etwas, was im Krieg erwartet wird. Sie sollten gemeinsam mit den anderen etwas daraus lernen, Mrs. Cavanaugh. Und aus diesem Ausdruck in Ihren Augen, dieser selbstgerechten Wut, würde ich schließen, daß Sie versuchen werden, sich etwas einfallen zu lassen, wie Sie sie retten können. Oder wie Sie sie erschießen können, um sie von ihrem Elend zu erlösen. Tun Sie das nicht, Mrs. Cavanaugh, sonst wird ein Loch im Boden für Sie gegraben werden.«

In seiner Stimme lag keine Drohung. Es klang ganz so, als betriebe er höfliche Konversation.

»Die Gefangenen werden innerhalb der allernächsten Tage nach Norden aufbrechen. In der nächsten Stadt wartet ein Zug, der Sie nach Taiyüan bringt, wo es ein Gefangenenlager gibt. Dort wird man Sie nicht so verständnisvoll und auch nicht mit der Zuvorkommenheit behandeln, die ich Ihnen gegenüber habe walten lassen.«

»Zuvorkommenheit!« zischte sie. »Einzelhaft! Zwei ungenießbare Mahlzeiten am Tag. Frauen, die im Boden eingegraben werden. Vergewaltigung! Das nennen Sie Zuvorkommenheit! Colonel, Sie sind ein Barbar!« Ihr fiel wieder ein, wie sie das letzte Mal jemanden einen Barbaren genannt hatte.

Er war nicht etwa eingeschüchtert, sondern er lachte. »Frauen aus dem Westen fallen einem nur zur Last. Was Sie wirklich gebrauchen könnten, das wäre eine ordentliche Tracht Prügel. Japanerinnen können sich benehmen.«

»Darauf würde ich wetten. Jeder Funke Mut wird aus ihnen herausgeprügelt. Sie mögen keine Frauen, Sie wollen Roboter. Sie ...«

Der Colonel fiel ihr ins Wort. »Sie werden jetzt in Ihr Zelt zurückkehren und nicht noch einmal hier hereinstürmen. Sie sind gewarnt worden. Morgen früh, wenn Sie wieder über diesen Pfad laufen, sollten Sie sich diese Frau genau ansehen und daraus lernen, was passiert, wenn man uns Ungehorsam leistet, sei es uns als Männern oder uns als dem Feind.«

»Es scheint, als sei das im Orient ein und dasselbe«, sprudelte Chloe heraus.

»Sie gefährden sich mit Ihrem Leichtsinn.«

»Ich wäre lieber tot, als so zu leben, wie Ihre Frauen es tun!«

»Sehen Sie sich vor«, sagte er, und seine Stimme wurde härter, »denn das läßt sich mühelos einrichten.«

»Dann haben Sie die gesamten Vereinigten Staaten am Hals.«

Er lachte. »Seien Sie nicht so dumm. Dort weiß man noch nicht einmal, wo Sie sind. Sie sagen selbst, daß Sie sich verirrt haben. Sie sind spurlos verschwunden. Niemand weiß, wo Sie sind. Ihre Nationalität verleiht Ihnen keine Sicherheit, Mrs. Cavanaugh. Ihre Existenz hängt ausschließlich von unserer Lust und Laune ab. Ich werde Sie nicht noch einmal warnen.«

An jenem Abend wurde ihr kein Essen ins Zelt gebracht.
Aber am nächsten Morgen, als der Soldat sie über den Pfad zu der Latrine führte, starrten die Augen der eingegrabenen Frau ins Leere, und die Zunge hing aus ihrem Mund. Chloe hoffte, daß sie bewußtlos war. Oder tot. Sie hatte vorher noch nie gehofft, ein Mensch möge tot sein. Sie betete: Wenn sie nicht tot ist, dann laß sie schnell sterben.

Drei Tage später brach eine Karawane zu dem Zug auf, der sie nach Norden in das Gefangenenlager bringen würde. Sie liefen zu Fuß. Diesmal hatte Chloe kein Pferd, und es war ihr gestattet, sich unter die Chinesen zu mischen, die sie mit Argwohn behandelten. Nachts schliefen sie in kalten Höhlen, in die die Männer und die Frauen gemeinsam getrieben wurden, und Soldaten bewachten den Eingang. Es gab kein Licht. Die einzige Mahlzeit bekamen sie mittags, wenn die Soldaten anhielten, um Rast zu machen.
Die Soldaten trieben sie an, bis sie umfielen, und diejenigen, die taumelten, ließen sie auf den Gebirgspässen zurück und schlugen sie mit einem Gewehrkolben bewußtlos. Die Angehörigen derjenigen, die nicht mehr mithalten konnten, versuchten, bei den Gebrechlichen zurückzubleiben, doch die Japaner trieben sie weiter. Manchmal erschossen sie diejenigen, die ausfielen, eine Kugel mitten in die Stirn, und sie lächelten, wenn eine Ehefrau in Klagerufe ausbrach oder wenn ein Ehemann seinen Schädel gegen einen Felsen schlug.
Eines Morgens wurde eine junge Gefangene, ein siebenjähriges Mädchen, tot und blutend vorgefunden. Chloe wußte, daß sie mehrfach vergewaltigt worden war. Auf dem Boden neben ihrem blaugefrorenen Körper lag ihr Schlüpfer.
Als sie in der ersten Märzwoche die Bahnstation erreichten, roch die Luft nach Frühling. Geschlossene Güterwagen erwarteten sie in dem Depot, und viele von ihnen waren bereits mit Gefangenen beladen. Chloes gesamte Schar wurde in einen einzigen Wagen getrieben, und das Gedränge war so dicht, daß sie sich nicht setzen oder hinlegen konnten und gezwungen waren, aufrecht dazustehen. Sie hatten alle auf der Reise Gewicht verloren, und Chloe mußte ihre Hose ständig mit der Hand halten, damit sie

an dem mageren Körper, den sie jetzt hatte, nicht herunterrutschte.

Der Zug rührte sich nicht von der Stelle. Man setzte ihnen kein Essen und kein Wasser vor. Sie standen die ganze Nacht über da. Und dann, im frühen Morgengrauen, wurde die Lokomotive angelassen, und Dampf zischte in die Luft. Mit einem Ruck setzte sich der Zug in Bewegung; er schwankte unter seiner schweren Last. Der Waggon stank nach Exkrementen, Urin und Erbrochenem.

Es war noch früh, obwohl die Sonne schnell aufging, die erste Sonne, die sie seit Wochen gesehen hatten, und jetzt machte sie den Waggon zur reinsten Hölle. Plötzlich waren Rufe zu hören, Geschrei, das die Luft zerriß, als die Lokomotive abrupt abgebremst wurde und die Gefangenen gegen das vordere Ende des Wagens geschleudert wurden. Salven von Artilleriefeuer donnerten durch die Luft.

Wir werden gerettet, dachte Chloe. Jemand greift den Zug an.

Und sie wußte so bestimmt, als könnte sie aus dem Wagen hinaussehen, daß es der Schneeleopard war. Sie wußte es mit absoluter Sicherheit.

61

Sie kamen von den Hügeln heruntergestürmt, mehr als fünfhundert Mann. Sie kamen mit Gewehren, mit Pistolen und mit Bajonetten angeritten. Sie kamen mit Granaten und Messern und mit Schreien, die eine Todesfee mit den Zähnen hätten knirschen lassen.

Sie wählten sorgfältig aus, worauf sie schossen; sie mieden die geschlossenen Güterwagen und legten nur auf die Lokomotive an, und sowie sie stehen blieb, verteilten sich die chinesischen Soldaten über den ganzen Zug, kletterten auf die Dächer der Wagen, standen da und hielten ihre Waffen auf jeden gerichtet, der versuchen könnte, fortzulaufen oder ihnen Widerstand zu leisten, und sie bombardierten die beiden Wagen, in denen die japanischen Soldaten untergebracht waren. Ein Wagen war gleich hinter der Lokomotive, und der andere war der Dienstwagen. Innerhalb von Sekunden richteten die Chinesen ein Maschinengewehr in den Wagen hinter der Lokomotive, und Glassplitter sprühten, während japanische Soldaten, die nach ihren Waffen tasteten, aus Fenstern herausstürzten und sich auf dem Boden zusammenkauerten, um dem Kugelhagel zu entgehen.

Einem Japaner gelang es, aus kürzester Entfernung direkt auf die näherrückenden Chinesen zu zielen, und er traf ihren Anführer in den Oberschenkel. Er hielt sich zwar das Bein, blieb aber nicht eine Sekunde stehen. Er schwenkte den Arm durch die Luft, und die Männer hinter ihm sprangen von ihren Pferden, brachen wie Ameisen über den Waggon herein, krochen an seinen Seiten herauf, schlüpften an beiden Enden durch die Türen und schossen wild drauflos.

Der Schneeleopard, der sich das Bein hielt, sprang von seinem Pferd und kuppelte unter heroischen Anstrengungen und mit Hilfe von zwei Soldaten die beiden ersten Wagen von dem Zug ab. Die Chinesen schoben die Waggons, von denen der zweite jetzt voll von toten und sterbenden Japanern war, fort. Als sie etwa

sechzig Meter von den Güterwagen entfernt waren, in denen die Gefangenen eingepfercht waren, hasteten die chinesischen Soldaten übereilt davon, ehe zwei Bomben im Abstand von Sekunden explodierten und die beiden Wagen in Splitter bersten ließen.
Dann wandte der Schneeleopard seine Aufmerksamkeit den Wagen zu, die voller Gefangener waren. Seine Soldaten hatten sämtliche Japaner im Dienstwagen liquidiert. Der Rauch der Geschützsalven färbte die Luft grau.
Mit Beilen hieben die Soldaten auf die Türen ein. Der Schneeleopard, in dessen Augen so etwas wie Wahnsinn leuchtete, schaute in jeden einzelnen der Waggons, in die Düsterkeit hinein, und sah zu, wie die befreiten Bauern in das Tageslicht hinausquollen. Chloe war im fünften Wagen. Sie brach in Tränen aus, als sie ihn vor der Tür stehen und nach ihr suchen sah. Als sein Blick auf sie fiel, schloß er einen Moment lang die Augen. Als würde er damit sagen: Gott sei Dank, ja, Gott sei Dank. Sie wußte zwar, daß es nicht so war, aber es hätte ebensogut so sein können.
In seinen Augen stand kein Lächeln, als er auf sie zugehumpelt kam, ihre Hand packte und den Hunderten von anderen Gefangenen, die auf die Felder hinausströmten, keine Beachtung schenkte. Er schlang die Arme um sie und zog sie eng an sich, und sie flüsterte: »Ich wußte gleich, daß du es bist.«
»Natürlich«, sagte er, und seine Stimme war rauh. »Ich habe dir doch gesagt, ich wüßte immer, wo du bist.«
»Ich meine«, sagte sie mit dem Kopf an seiner Brust, denn er hielt sie fest, als wollte er sie nie mehr loslassen, »sowie ich wußte, daß wir gerettet werden, sowie ich die Rufe gehört habe, wußte ich, daß du es bist.«
Er nickte und sagte noch einmal: »Natürlich.« Menschen rasten an ihnen vorbei in die Freiheit.

Der Schneeleopard zog Chloe auf sein Pferd und hielt sie eng an sich gedrückt. »Wir werden den japanischen Schienenkopf zerstören, und dann werden wir diese Menschen wieder zurück zu ihren Dörfern führen.«
»Es hat uns Wochen gekostet, hierher zu gelangen«, sagte Chloe.
»Im Krieg geht nie etwas schnell«, sagte er, die Arme um sie

gelegt, als sie langsam losritten, um die Führung der berittenen Soldaten und der zerlumpten Schar von befreiten Bauern zu übernehmen. »Wir wissen von einem Ort hier in der Nähe, an dem ein Bach fließt, und du kannst dort warten, während wir in der Stadt kämpfen. Wir werden bei Sonnenuntergang zurück sein.«
Ihre Hand lag auf seinem Bein, und jetzt erst fühlte sie es, das dicke, gerinnende Blut. »Du bist verwundet«, sagte sie erschrokken.
»Ich habe schon andere Verwundungen gehabt«, sagte er. »Damit rechnet man als Soldat.«
»In dieser Verfassung kannst du nicht kämpfen.«
Der Schneeleopard reagierte mit Schweigen auf ihre Worte. Sie konnte nicht sagen, ob es daran lag, daß sie die erste Frau war, die versuchte, ihm zu sagen, was er zu tun hatte, oder daran, daß er Schmerzen hatte.
»Tu, was du tun mußt«, sagte sie, und seine Arme schlossen sich enger um sie.
»Ich tue immer, was ich tun muß«, sagte er.
»Gott sei Dank«, flüsterte sie, doch er hörte sie und streifte mit seinen Lippen ihr Haar.

Als sie die Stadt von Japanern gesäubert hatten und der Schneeleopard die Gefangenen sichten konnte, stellte er fest, daß es dreihundertsiebenundzwanzig Personen waren, von denen mehr als zweihundertfünfzig aus anderen Orten als Chloes Gruppe stammten. Keiner von ihnen wußte, aus welcher Richtung sie gekommen waren oder wo ihre Dörfer lagen.
»Kommt mit uns«, sagte der Schneeleopard, und die meisten von ihnen nickten. Natürlich, irgendwohin mußten sie schließlich gehen. Sie waren von einem unversöhnlichen Haß erfüllt und inzwischen bereit, überall hinzugehen, solange sie dort Rache an diesem Feind üben konnten, von dessen Existenz sie noch nicht einmal etwas geahnt hatten. Sie wollten den Feind vertreiben und ihn töten. Ihn mit bloßen Händen töten, der Wunsch nach Rache drang ihnen aus allen Poren.
Jetzt hatten sie keine Zeit, aber später würden sie um den Verlust des Landes ihrer Ahnen trauern und sich Sorgen darüber machen,

wer sich um ihre Toten kümmern würde. Ihnen würde erst später in vollem Ausmaß klarwerden, was ihnen eigentlich zugestoßen war, und zu diesem Zeitpunkt würde Chloe längst nicht mehr dasein und sich nicht vollends darüber bewußt werden, was ein Krieg und seine Nachwehen Menschen antaten.

Sie selbst hatte sich noch nicht damit auseinandergesetzt, daß sie vergewaltigt worden war … fünf Männer, die sie nicht kannte, hatten sie mißbraucht wie ein Tier, sie nicht wie ein menschliches Wesen behandelt, sondern schlichtweg als ein Gefäß, in das sie ihre Männlichkeit ergossen. Und sonst gar nichts. Sie gestattete sich nicht, darüber nachzudenken, sondern begrub es unter vielen Schichten Bewußtsein, und sie hoffte, sich nie damit auseinandersetzen zu müssen. Sie sagte sich, daß sie es hinter sich hatte.

Aber so war es nicht.

Obwohl sie und der Schneeleopard mit Hunderten von anderen draußen auf dem Feld schliefen, zog er sie eng an sich und störte sich nicht daran, was andere von seinem Vorgehen halten mochten. Sie schmiegte sich die ganze Nacht über an ihn und lauschte, wie er im Schlaf stöhnte, weil die Kugel in seinem Bein ihm Schmerzen bereitete. Als sie aufwachten, glühte er vor Fieber.

»Wir müssen dich zu einem Arzt bringen«, sagte sie, und die Sorge war deutlich aus ihrer Stimme herauszuhören.

»Im Umkreis von Hunderten von Meilen gibt es keinen Arzt«, sagte er.

»Dein Bein hat sich infiziert. Wir müssen die Kugel rausholen. Sieh es dir an.« Er hatte ein Loch in sein Hosenbein schneiden müssen. Chloe legte heiße Kompressen auf sein geschwollenes Bein und bestand darauf, das Wasser vorher abzukochen, doch der Schneeleopard wollte von nichts hören, das ihn in seinem Vorankommen behindern würde.

»Ich kann reiten«, sagte er. »Es hilft nichts, hier zu bleiben.«

Die berittenen Soldaten schlugen ein möglichst langsames Tempo an, damit die Schar von Menschen, die zu Fuß liefen, nicht hinter ihnen zurückblieb. Aber der Schneeleopard und Chloe ritten gemeinsam mit drei Dutzend weiteren Soldaten voraus. »Dort«, sagte Chloe und wies auf die zahlreichen Zelte. »Dort hat man uns festgehalten. Dort haben sie eine Frau bis zum Hals eingegraben

und sie sich selbst überlassen, bis sie gestorben ist. Es war gräßlich. Unerträglich.« Aber sie hatte es ertragen. Sie waren alle damit fertig geworden.
Der Schneeleopard, der auf einer Decke lag, entwickelte einen Schlachtplan. Er bot seine gesamte Energie auf, um jedem der Soldaten genau zu erklären, was er zu tun hatte.
»Tötet den Colonel nicht«, sagte Chloe. »Bringt ihn her.«
Der Schneeleopard nickte. Rache, das konnte er verstehen.
Die Japaner, die am Nachmittag Karten spielten oder dösten, wurden überrumpelt. Innerhalb von zehn Minuten nach dem Angriff der Chinesen waren sie tot. Bis auf den Colonel, der allein in seinem Büro gesessen und dort gearbeitet hatte. Als er die Schüsse hörte, griff er nach seiner Pistole, blieb hinter dem Schreibtisch stehen und schoß auf die Männer, die die Tür öffneten. Er konnte nur den ersten töten. Die nächsten beiden packten ihn an den Armen und brachten ihn in die Hügel, wo sie von dem Schneeleoparden und Chloe erwartet wurden.
In dem Moment, in dem der Japaner Chloe sah, wußte er, daß er sterben würde. Sie befahl den Soldaten, ein Loch zu graben.
»Das ist Vorbestimmung, meinen Sie nicht auch, Colonel?« fragte sie. »In meinem Land gibt es das Sprichwort: ›Was du säst, das wirst du ernten.‹ Ich tue es nicht aus den Gründen, aus denen Sie es getan haben, nicht um eine Lektion zu erteilen. Ich tue es, weil ich nicht will, daß Sie einen – wie war noch das Wort, das Sie verwendet haben? – einen *sauberen* Tod erleiden. Jeder, der tut, was Sie getan haben, verdient es, das gleiche Schicksal zu erleiden. Hier, setzen Sie sich hin und warten Sie. Sehen Sie ihnen zu, wie sie dieses Loch graben, Colonel.«
Der Schneeleopard, der auf der Decke lag, beobachtete sie. Beobachtete sie, als sie den Colonel von den Männern in das Loch heben ließ, so daß nur noch sein Kopf über dem Boden war. Und dann kniete sich Chloe neben den Colonel, neben den Erdhaufen, den die Soldaten aus dem Boden geschaufelt hatten, und langsam, eine Hand nach der anderen, warf sie die Erde wieder in das Loch und umgab damit den Colonel, der mit keiner Wimper zuckte. Chloe ging langsam vor, so langsam, daß sie über eine Stunde brauchte, um das Loch zu füllen. Und dann

setzte sie sich, schlang die Arme um die Knie und musterte den Japaner.

»Ich hoffe, Sie werden in all der Zeit, die Ihnen noch bleibt, an diese Frau denken, die Sie eingegraben haben, und Sie werden wissen, was sie empfunden hat. Wissen, daß Ihr Los nicht wäre, wie es ist, wenn Sie niemals so etwas getan hätten.«

»Alles ist vorherbestimmt«, waren die einzigen Worte, die der Colonel von sich gab.

Sie ritten eine Meile weiter, ehe sie ihr Lager für die Nacht dort aufschlugen, wo sie unter Bäumen Schutz fanden und es genug Holz gab, um eine Tragbahre für den Schneeleoparden zu bauen. Er schlief augenblicklich ein.

Chloe schlang die Arme um ihn, doch sie konnte nicht schlafen. Sobald sie die Augen schloß, sah sie das Gesicht der eingegrabenen Frau vor sich. Sie sah den starren, ausdruckslosen Blick und die Zunge, die aus ihrem Mund heraushing. Sie sah den Colonel allein in der Dunkelheit und malte sich seinen langsamen Tod aus, stellte sich die Furcht vor, den Durst, die Unentrinnbarkeit. Sie sagte sich, daß er jede Sekunde verdient hatte. Wahrscheinlich hatte er das Dutzende von Malen Frauen – und vielleicht auch Männern – angetan. Er hatte sich nie die Zeit genommen, sich vorzustellen, was es für die Opfer bedeuten mußte. Jetzt würde er es erfahren. Jetzt ...

Sie versuchte, sich auszumalen, wie es wohl war, langsam zu sterben, zu verhungern, zu verdursten, sich nicht rühren zu können, verrückt zu werden ... Und sie wälzte sich herum und konnte einfach nicht einschlafen.

Als die Sterne zu verblassen begannen, nahm sie die Pistole des Schneeleoparden, stieg auf ihr Pferd und ritt die Meile zurück, die sie seit dem Lager zurückgelegt hatten. Ihre Augen, die an die Dunkelheit gewöhnt waren, sahen den Kopf neben der Straße.

Sie ließ sich auf den Boden gleiten und ging auf den Colonel zu. Es war nicht hell genug, um zu erkennen, ob er sie sah. Sie kniete sich hin und sagte: »Colonel?«

»Sie sind es.« Seine Stimme war matt.

»Ich bin gekommen, um eine saubere Sache daraus zu machen.«

»Ja.« Und dann: »Ich danke Ihnen.«

Sie entsicherte die Pistole und trat zurück. Sie hörten beide das Klicken. Mit steifem Arm zielte sie auf ihn und sah nur den dunklen Umriß seines Kopfes, nicht seiner Gesichtszüge. Und dann drückte sie ab.

Der Schuß hallte durch die Hügel, die einander das Echo zuwarfen. Sie sprang auf ihr Pferd, trabte los und wünschte, sie könnte galoppieren, aber in der Zeit vor dem Morgengrauen war der Weg nicht deutlich genug zu erkennen.

Als sie zurückkam, hatte der Schneeleopard noch Fieber, griff aber nach ihrer Hand und sagte: »Ich habe es gehört. Und ich bin froh darüber. Genau das habe ich für Fen-tang getan. Dein Japaner hatte den Tod verdient, aber es bestand kein Grund, unmenschlich zu sein.«

»Warum hast du mir das gestern nicht gesagt?«

»Es war deine Rache, nicht meine. Es mußte aus deinem Innern kommen. Und ich bin froh, daß du getan hast, was du getan hast. Du hättest sonst für den Rest deines Lebens Schwierigkeiten mit dem Einschlafen gehabt.«

Er zog sie mit der wenigen Kraft, die er noch hatte, an sich und küßte sie. »Ich bin froh, daß du mir das Küssen beigebracht hast.« Sein Lächeln war matt.

»Ich bin auch froh darüber.« Sie preßte seine Hand auf ihre Brust und hob sie dann an ihre Lippen.

Am späten Nachmittag waren sie gezwungen anzuhalten. Der Schneeleopard lag im Delirium. Sie legten ihn auf eine Decke auf dem Boden, und Chloe merkte, daß er vor Fieber glühte. Sie untersuchte sein Bein und war entsetzt über den übelriechenden Bereich, der gerötet und geschwollen war. Dicker Eiter rann aus der brandigen Wunde.

O Gott, dachte sie. Er wird wohl doch nicht mehr dasein und die Führung Chinas übernehmen können.

Sie entfernte sich von den Soldaten und fand ein paar Bäume, unter denen sie auf den Boden sank und weinte. Weinte und weinte.

Sie saß die ganze Nacht über an seiner Seite und hielt seine Hand. Gegen Morgen erwachte er und war bei Bewußtsein, und seine Hand bewegte sich in ihrer. Er lächelte sie an. »Was du säst, das wirst du ernten, ist es nicht das, was du gesagt hast? Und ich habe

vor langer Zeit, als ich meiner selbst so sicher war, gesagt, eine Frau sei es niemals wert, für sie zu sterben.« Er streckte die Arme nach ihr aus, und sie rückte eng an ihn heran. »Es ist es wert gewesen.«
Sie schlang die Arme um ihn und sagte: »Du wirst nicht sterben. China und ich brauchen dich zu sehr.« Sie berührte seinen Mund mit ihren Lippen.
»Die Liebe entdeckt zu haben, obwohl ich nicht an ihre Existenz geglaubt habe, läßt all das lohnend werden.«
Tränen fielen von ihren Wangen.
»Irgendwann, *falls* es ein Leben nach dem Tod gibt, könnte sich unser Staub miteinander vermischen.« Seine Stimme wurde matter. »Bis dahin ... Seltsam, nicht wahr? Wir haben uns durch einen Zug kennengelernt. Und jetzt wegen eines Zuges zu sterben ...«
Er lag in ihren Armen und hatte die Augen geschlossen. »In deinen Armen zu sterben, mit deinen Tränen auf meinen Wangen, mit deinen Lippen auf meinen ...«
Sie legte ihren Mund wieder auf seinen und spürte den letzten Hauch seines Lebens.
»Auf dieser ganzen Welt gibt es niemanden wie dich«, flüsterte sie.
Doch er hörte es nicht mehr.

Sie begruben ihn hoch oben auf einem Bergkamm.
Jetzt wollte sie diejenige sein, die alle Japaner tötete, die ihnen auch nur nahe kommen könnten. Sie hatte das Gewehr des Schneeleoparden an sich genommen. Sie wollte töten, all diese Japaner töten. Sie wollte sie bestrafen, sie ausrotten. Sie wollte sie anschreien und ihnen die Augen auskratzen. Sie wollte mit den Nägeln über ihre Arme fahren und das Blut tropfen sehen. Sie wollte ...
Vor ihnen, unten im Tal, brannte ein Lagerfeuer. Die Soldaten, die bei ihr waren, hielten an. Jemand erbot sich, herauszufinden, ob es sich um Freund oder Feind handelte. Chloe sagte: »Ich komme mit.«
Sie sahen sie stumm an. Sie konnte ihnen anmerken, daß keiner von ihnen es guthieß. Aber das spielte keine Rolle. Solange keiner von ihnen sie zurückhielt.
Sie und Chin-li, der Freiwillige, rutschten den Hügel hinunter und krochen länger als eine halbe Stunde durch das dichte Unterholz.

Als sie das Feuer erreicht hatten, war das Zwielicht zur Nacht geworden. Um das Feuer herum saßen elf Japaner, von denen einer redete und wild gestikulierte, während die anderen zuhörten und ab und zu lachten. Sie nahmen nicht wahr, wie nahe die Gefahr gerückt war.

Und dort saß auch der Kommandant, dessen Soldaten Chloe damals gefangengenommen hatten, und starrte sie an, obwohl sie wußte, daß er sie nicht sehen konnte. Der Kommandant, der sie vergewaltigt hatte, der sie behandelt hatte, als sei sie kein Mensch. Der Kommandant, der seinen Soldaten gestattet hatte, sie nach Belieben zu mißbrauchen. Der Kommandant, von dem sie sicher war, daß er den Vorfall bereits vergessen hatte. Der Kommandant, von dem sie sicher war, daß er sein Leben lang Frauen auf diese Weise mißbraucht hatte. Der Kommandant, der, gemeinsam mit seinen Männern, auf dem Weg zum Lager jede Nacht eine andere Frau vergewaltigt hatte. Der Kommandant, der nach den Armeen suchte, die sich in Yenan verborgen hatten, wie sie annahm. Der Japaner, der durch die Berge im Norden von China zog und nach Möglichkeiten suchte, das Land und all seine Völker so zu unterdrücken, wie er Frauen zu unterdrücken pflegte.

Wenn sie das Gewehr des Schneeleoparden bei sich gehabt hätte, hätte sie mitten auf seine Stirn gezielt und den Abzug betätigt. Er hätte nie erfahren, was ihm eigentlich zugestoßen war.

Eine Stunde später, als sie und Chin-li den Hügel wieder hinaufkletterten, hatten die Soldaten in ihrer Gruppe beschlossen, es sei das Beste zu warten, bis die Japaner eingeschlafen waren. Sie würden sie kurz vor dem Morgengrauen angreifen. Bis dahin würden sie sich einen Weg durch den Wald suchen, in der Nähe der Japaner warten und sich selbst vorher noch ein wenig Schlaf gestatten.

Chloe schlief nicht. Sie lag da, starrte in die Dunkelheit und dachte nach. Sie wollte sie nicht einfach tot sehen. Das war zu schmerzlos. Zu sauber.

In der verschlafenen Stunde vor dem ersten Tageslicht nahmen sie die Japaner schnell und lautlos gefangen. Chloe ließ den Kommandanten und die vier Männer heraustreten, denen er gestattet hatte, sie zu mißbrauchen. Die anderen wurden erschossen. Chloe

stand da und starrte auf die Männer herunter, die sie vergewaltigt hatten. Sie sah sich nach den Soldaten hinter sich um. »Ist einer von Ihnen Mediziner oder Sanitäter?« fragte sie.
Ein junger Soldat trat vor. »Ich habe bei Operationen assistiert.«
»Kastrieren Sie sie«, sagte sie mit kalter Stimme. »Lassen Sie sie nicht sterben, wenn Sie es irgend vermeiden können.«
Kastrier sie, damit sie für den Rest ihres Lebens nie mehr einer Frau das antun können, was sie mir angetan haben.
Das Gefühl ihres gewaltsamen Eindringens in ihren Körper überfiel sie wieder, und sie erbrach sich auf die dunkle Erde. Laß sie leben, aber so, daß sie nie wieder eine Frau haben können.
Der junge chinesische Soldat wetzte sein Messer an einem Stein. Drei andere hielten den Kommandanten fest.
»Töten Sie mich«, flehte er. »Ich möchte lieber tot sein.«
Sie lächelte und sah ihm direkt ins Gesicht. »Ganz genau.«
Sie stand da und sah sich an, was geschah, und sie hörte Schreie, die die Luft zerrissen, beobachtete, wie der junge Chinese den Japanern die Hoden abschnitt. Nach jeder Operation nähte er den betreffenden Mann mit grobem schwarzem Garn. Chloe sah es sich fünfmal hintereinander an, ohne mit einer Wimper zu zucken.
Sie verspürte keinen Schmerz, kein Schuldbewußtsein. Aber auch keine Hochstimmung. »Laßt sie laufen. Wir können sie als Gefangene nicht gebrauchen.«
Ob sie infolge von Infektionen starben oder ob sie überlebten, um weitere Chinesen zu töten, spielte für sie keine Rolle. Sie hatte die Rechnung beglichen, so gut es eben ging. Sie glaubte, jetzt damit fertig zu sein, daß sie vergewaltigt worden war.
Sie tat es auch für Jade.
Sie tat es aus unbezähmbarem Haß heraus. Sie tat es voller Gehässigkeit und schöpfte aus dieser Rache Befriedigung. Jetzt verstand sie, wie es jemandem immense Freude bereiten konnte, einen Feind langsam zu garrottieren. Oder zu köpfen.
In jener Nacht träumte sie von den weißen Blüten des Birnbaums zu Hause im Garten.
Zu Hause. Oneonta.
»Ich will nach Hause gehen«, sagte sie laut vor sich hin, wie sie es vor fast sechs Wochen in einer Höhle in Yenan gesagt hatte.

62

Sie sind ja nur noch Haut und Knochen«, rief Su-lin aus und drohte Chloe mit dem Finger, während ihr gleichzeitig die Tränen über die Wangen liefen.
Aus dem langen dunklen Gang, der vom Innenhof ins Haus führte, ertönte ein Schrei, und Chloe hörte, wie Füße über die kalten Fliesen tappten. Als Jade in den Hof kam, fiel ein einziger Lichtstrahl auf sie, und sie blieb stehen und starrte Chloe an, die dem Mädchen die Arme entgegenstreckte.
Aber Jade blieb einfach nur in der Tür stehen, ihr Mund zuckte, und ihre Hände ballten sich zu Fäusten. Und dann flüsterte sie: »Ich dachte, du kommst nie mehr zurück«, ehe sie auf Chloe zulief und sich in ihre ausgebreiteten Arme warf. »O Mutter, Mutter.«
Sie weinten alle. Chloe, Jade und Su-lin.
»Was ist das für ein Tumult hier?« rief Dorothy, und dann, als sie es sah, traten auch in ihre Augen Tränen. »O Gott, Chloe. Wir hatten schon gefürchtet ...«
Chloe nickte und streckte einen Arm aus, um auch Dorothy an sich zu ziehen. »Ich weiß noch nicht einmal, wie lange ich fort gewesen bin. Es ist so viel passiert.«
Jade klammerte sich an sie und weigerte sich, sie loszulassen.
»Es sind mehr als zwei Monate gewesen«, sagte Dorothy und wischte sich mit dem Ärmel ihrer Jacke die Augen trocken.
»Es waren neunundsechzig Tage«, sagte Jade, deren Stimme brüchig war.
Chloe lachte, als Pflaumenblüte und Li durch den Gang gerast kamen, gefolgt von Jean, die einen Säugling im Arm trug. Chloe bückte sich, um sie in ihre Arme zu ziehen, während Jades Arme noch um ihren Hals geschlungen waren.
»Meine Güte, bist du mager«, rief Jean aus, während das Baby an ihrer Schulter ein Bäuerchen machte.
Su-lin entfernte sich von der Gruppe und sagte: »Ich werde etwas zu essen machen.«

Jade sagte: »Ich habe ihnen allen gesagt, der einzige Grund, weshalb du nicht zurückgekommen bist, ist der, daß du von den Japanern gefangengenommen worden bist oder daß du dich verirrt hast.«
Dorothy lachte über diese aberwitzige Idee. Chloe blickte zu ihrer wunderschönen Tochter auf. »Es ist wahr«, sagte sie. »Ich war eine Kriegsgefangene.«
Schweigen senkte sich über die Gruppe herab.
»Ich erzähle euch mehr darüber, wenn ich etwas gegessen und mich an euch satt gesehen habe. Wißt ihr überhaupt, wie schön ihr alle seid?«
Auf dem gesamten Rückweg nach Sian hatte sie sich gesagt, wenn Dorothy und Jean die Lage unter Kontrolle hatten, wenn sie das Gefühl hatten, es allein schaffen zu können, dann würde sie Jade, Pflaumenblüte und Li mitnehmen und nach Hause gehen. Die christlichen Missionsstationen würden vielleicht bereit sein, das Waisenhaus finanziell zu unterstützen, und in Sian schienen sie im Moment sicher zu sein. Ganz bestimmt wesentlich sicherer, als sie in Schanghai gewesen wären.
Aber die Weltpolitik verschwor sich gegen sie, denn die Weltpolitik spielte sich in Sian ab. Chloes erste dunkle Ahnung wurde durch ein Telegramm von Cass ausgelöst, das sie erwartete.

Geschichte aus Yenan der Knüller. Froh, Daß du aus Schanghai raus bist. Kontaktiere Chang Hsüeh-liang, Sitz in Sian. Er führt Armeen an, die gegen Japaner und Rote kämpfen.

Liebste Grüße. Cass.

Er wußte natürlich nichts über die beiden letzten Monate in Chloes Leben. Wenn er es wüßte, würde er darauf bestehen, daß ich nach Hause komme, sagte sie sich. Aber statt dessen beschaffte sie sich einen Interviewtermin mit Chang Hsüeh-liang, der besser als der Junge Marschall bekannt war. Ehe sie sich mit ihm traf, machte sie sich jedoch daran, soviel wie möglich über den Mann herauszufinden, der Chinas Armeen im Nordwesten anführte. Was sie herausfand, faszinierte sie.
Aber vorher mußte sie die unglaubliche Neuigkeit vernehmen,

daß Chiang Kai-shek einen Vertrag mit Japan aushandelte. Chiang erbot sich freiwillig, sämtliche westlichen Nationen zum Verlassen Chinas zu zwingen, ihnen jegliche Konzessionen zu entziehen und alle ihre kommerziellen und territorialen Rechte an die Japaner abzutreten. Auf diese Weise hoffte er, einer weiteren Machtausdehnung Japans in seinem Land Einhalt zu gebieten, damit er sein Hauptaugenmerk weiterhin auf die Ausrottung jener kommunistischen Bedrohung richten konnte.

Der Junge Marschall, ein intelligenter, sensibler Mann, der umgeben von korrupten und käuflichen Warlords aufgewachsen war, führte Chinas nördliche Armeen an. »Ich werde nicht ruhen«, sagte der Junge Marschall zum Abschluß des Interviews zu Chloe, »bis wir als ein Land im Kampf gegen die Aggressoren vereinigt sind. Die Japaner haben jetzt fünf Provinzen von China, und ich werde daran arbeiten, diese Provinzen zu befreien.«

»Wird der Feind bis nach Sian kommen?« fragte Chloe.

Der Junge Marschall zuckte die Achseln und zündete sich eine Zigarette an, die er zwischen Daumen und Zeigefinger hielt. »Sagen Sie Ihrer amerikanischen Presse, sie soll ihr Volk warnen, daß es auch durch die Japaner bedroht ist. Wenn die Amerikaner uns nicht helfen, werden auch sie dem Feind auf Gedeih und Verderb ausgeliefert sein.«

Chloe, die keine Liebe für die Japaner übrig hatte, lächelte in sich hinein. Die kleinen Inseln Japans stellten für die Vereinigten Staaten von Amerika nicht die geringste Bedrohung dar.

Später im selben Jahr kündigte Chiang Kai-shek einen »Vernichtungsfeldzug« an, in dem all seine Streitmächte angewiesen werden sollten, die Eliminierung sämtlicher Kommunisten in China vorzunehmen. Er flog nach Sian, um dem Jungen Marschall sein Kommando zu entziehen und ihn zum Dienst in einer abgelegenen Region im Süden einzuteilen, in der es bisher noch keine Japaner gab und die weit von der Hochburg der Kommunisten im Norden entfernt war.

Als der Junge Marschall und ein Mitstreiter, General Yang, versuchten, mit Chiang zu argumentieren, geriet der Generalissimo in Wut, knallte die Tür zu und wies seinen Chauffeur an, ihn zu

den heißen Quellen in den Hügeln von Li-shan, zwölf Meilen weiter nördlich, zu fahren.
Während Chloe darüber schrieb, was dann geschah, erinnerte sie sich wieder daran, daß sie und Nikolai vor ihrer langen Reise in die Mongolei dort haltgemacht hatten, um zu baden. Sie wußte nicht, daß die Geschichte, die sie Cass schicken würde, mehr Interesse weckte als ihr Bericht über ihre Zusammenkunft mit Mao. In den Augen der Welt existierte Mao nicht. Chiang Kai-shek war China.

Am frühen Morgen, nach einer langen Nacht, in deren Verlauf die beiden Generäle mit ihrem Gewissen rangen, schritten sie zur Tat. Sie wußten, wenn sie es zuließen, daß Chiang Kai-shek seinen Vernichtungsfeldzug antrat, dann würden sie den Süden geschickt und dort völlig machtlos sein; ihr Kampf gegen die Japaner wäre verloren. General Yang sagte, vielleicht zum zehnten Mal, zu dem Jungen Marschall: »Laß uns Chiang Kai-shek als Geisel nehmen.« Endlich willigte der Junge Marschall ein.
Es ist allgemein bekannt, daß Chiang eine Stunde vor Morgengrauen aufsteht, um zu meditieren. Seine falschen Zähne lagen auf einem Nachttisch, und er trug nur sein Nachthemd. Anscheinend sah er aus dem Fenster in die kalte Nacht vor der Morgendämmerung hinaus, als Schüsse zu vernehmen waren.
Zwei Adjutanten eilten in sein Zimmer und drängten ihn zur Eile. Unter Zurücklassung seines Gebisses und mit nichts anderem als seinem Nachthemd bekleidet, folgte Chiang ihnen zur Hintertür, und dort hievten sie ihn über die Mauer. Auf der anderen Seite fiel er hin, verstauchte sich den Knöchel und zog sich Rückenschmerzen zu. Vor ihm lag nichts anderes als ein von Dornen bewachsener Hügel. Er stieg den Hügel so schnell hinauf, wie er es mit einem anschwellenden Knöchel nur irgend konnte.
Soldaten durchkämmten den Ort und suchten den Hügel ab, da sie wußten, daß Chiang nicht entkommen sein konnte. Vier Stunden, nachdem sie die Mauern des Anwesens

niedergerissen hatten, entdeckten sie Chiang, der sich in einer kleinen Höhle versteckt hielt. Als ein Soldat ihn herauszog, zitterte er vor Schmerz, Kälte und Furcht. Er wurde auf dem Rücken eines Soldaten den Hügel hinuntergetragen und in den bereitstehenden Wagen gepackt.

Sie fuhren zurück nach Sian, wo General Yang und der Junge Marschall ihn in ihrem Stabsquartier begrüßten, es ihm gestatteten, sich ins Bett zu legen, und einen Arzt kommen ließen.

Ihr Einsatz war von Erfolg gekrönt.

Der Junge Marschall und General Yang gaben eine offizielle Verlautbarung heraus, in der sie forderten, Chiang solle seine Regierung in Nanking umorganisieren und alle Faktionen einbeziehen, darunter auch die Kommunisten; er solle gestatten, daß politische Versammlungen jeglicher Art ungehindert stattfinden durften; der Bürgerkrieg solle beendet werden; sämtliche politischen Gefangenen sollten freigelassen werden: den Bürgern sollten politische Demonstrationen gestattet werden, und das Vermächtnis Dr. Sun Yat-sens sollte erfüllt werden.

Freunde wurden zu ihm vorgelassen und drängten ihn, zu begreifen, daß der Junge Marschall kein Feind, sondern ein Patriot war. Sein erster Gedanke sollte China gelten.

Drei Tage später flog Madame Chiang nach Sian, um bei ihrem Gemahl zu sein. Als sie aus ihrer dreimotorigen Fokker stieg, trug sie einen Nerzmantel, um sich gegen den kalten Winter im Norden zu schützen. Sie wurde von ihrem Hausmädchen und ihrer Köchin begleitet, da sie niemandem traut. Als sie vom Flughafen aus durch die Stadttore gefahren wurde, war die Leiche des erschlagenen Soldaten noch an die Holztore genagelt.

Falls einer von uns Madame Chiang je unterschätzt hat, und ich gestehe, daß ich zu jenen zähle, dann sollten wir das nicht noch einmal tun. Madame Chiang Kai-shek hörte dem Jungen Marschall und Chou En-lai zu, der aus Yenan gekommen war, und sagte: »Von jetzt an müssen all unsere internen Probleme durch Diplomatie und nicht durch Ge-

walt gelöst werden. Schließlich sind wir alle Chinesen.« Sie willigte in die Forderungen ein.
Der Generalissimo wurde freigelassen. Um sein Vertrauen zu bekunden, begleitete der Junge Marschall die beiden zurück nach Nanking.
Wird Chiang das Wort halten, das seine Frau gegeben hat?

Diese Frage würde nur die Zeit beantworten können.
Aber Chloe konnte nicht länger warten. Dorothy und Jean gaben, wenn auch betrübt, zu, daß sie glaubten, das Waisenhaus ohne Chloes Hilfe leiten zu können. Sie verstanden ihren Wunsch, nach Hause zu gehen.
Sie hätte im Traum nicht geglaubt, daß die Reise fast zwei Jahre dauern würde.

TEIL V

1939–1949

63

Es schimmerte weiß. Chloe glaubte, nie etwas Weißeres gesehen zu haben. Umgeben von Bäumen schmiegte sich die Stadt an ihre Hügel und lag an der Bucht. Das Weiß war mit Pastelltönen durchsetzt, und man roch nichts. Überhaupt nichts, abgesehen von dem Geruch – als das Schiff im Hafen anlegte – nach frischem Brot aus einer nahen Bäckerei.

»Es ist wunderschön«, hauchte Jade, die an ihrer Seite stand. »Aber ich dachte, du hättest gesagt, es sei eine große Stadt. Wo sind all die Leute?«

Chloe lachte und legte dem Mädchen einen Arm um die Schultern. Es stimmte. Selbst nach einer chinesischen Kleinstadt wirkten die Straßen von San Francisco halbleer. Es sah so sauber aus, so rein. Es war nicht grau; es war nicht braun; die Gebäude hatten nicht die gleiche Ziegelfarbe wie die Erde.

Es gab so viel, worüber sich Chloe nicht im klaren war. Die Weltausstellung war im Frühjahr in Flushing Meadows, New York, eröffnet worden. Deutschland war in Polen einmarschiert, und Großbritannien und Frankreich hatten Deutschland im vergangenen Monat, dem September, den Krieg erklärt. Amerikaner summten »Three Little Fishies«, »Mairzy Doats« und »Sleepy Lagoon«. *Vom Winde verweht* hatte Amerika im Sturm erobert und sollte zu dem Film werden, der am längsten lief und die höchsten Summen aller Zeiten einspielte. Clark Gable herrschte als der unangefochtene König Hollywoods. Und es sah ganz so aus, als käme Amerika endlich aus seiner nahezu ein Jahrzehnt andauernden Wirtschaftskrise heraus. Franklin D. Roosevelt war der beliebteste Präsident seit seinem Cousin Teddy. John L. Lewis war einer der verhaßtesten und einer der beliebtesten Männer im ganzen Land. Gehaßt von jenen, die fanden, daß Gewerkschaften Amerika ruinierten; natürlich rangierte er erst hinter Hitler und Mussolini, was sein Verhaßtsein betraf.

In Europa wurden Juden abgeschlachtet. Ein europäisches Land nach dem anderen kapitulierte vor Hitlers Armeen. Amerika tanzte nach Glenn Miller, Guy Lombardo und Tommy Dorsey, tanzte den Big Apple und den Lindy Hop. Unter Studenten war es gerade die große Mode, Goldfische zu schlucken, Schulkinder sagten immer noch den Staatsbürgereid auf und meinten es ernst, und Lana Turner hatte mit ihrem Pullover gerade die Leinwand ausgefüllt.

Es war nicht ungewöhnlich, daß Amerikaner, wenn sie in den Filmtheatern die Wochenschauen von Fox Movietone sahen und die Stimme von Lowell Thomas im Hintergrund hörten, die immer klang, als stünde man am Rande einer Katastrophe, meinten: »Warum geben die sich mit all diesem blöden Kriegsgeschwafel ab? Ich habe es satt. Ich kann sowieso nie erkennen, wer wer ist. Die Japse und die Chinamänner sehen doch alle gleich aus.« Aber sie setzten sich aufrechter hin und lächelten, wenn ein Bild von Mei-ling auf der Leinwand erschien. Sie waren stolz darauf, daß eine so schöne und intelligente Frau in Amerika aufgewachsen und zur Schule gegangen war, ihren Mann zum Christentum bekehrt hatte und daher für das Rechte kämpfte. Sie wußten alle, daß sie die Japaner haßten, weil Japan in China einmarschiert war. Aber sie verstanden nicht so recht, warum sie China mögen sollten, es sei denn, es ginge um den sprichwörtlichen Hang der Amerikaner, sich mit den Unterprivilegierten zu solidarisieren.

Sie wußten, warum sie Hitler haßten. Aber sie kamen nicht damit zurecht, sich mit den Chinamännern zu identifizieren, und sie waren froh, wenn dieser Teil der Nachrichten vorüber war.

Amerika war immer noch unschuldig. Oder war *ignorant* das treffendere Wort?

Als sie auf die Stadt sah, die so schnell in ihr Gesichtsfeld rückte, erinnerte sich Chloe wieder daran, wie sie das letzte Mal auf diese Stadt gesehen hatte und wie überschwenglich glücklich sie damals gewesen war.

In diesem Moment kamen Pflaumenblüte und Li über das Deck gerannt, auf dem sie Verstecken gespielt hatten, und kreischten vor Lachen. Sie stellten sich neben Chloe und Jade an die Reling. Chloe sah sich die drei an. Wie schön diese Kinder doch sind, dachte sie. Die Mädchen waren absolute Schönheiten. Nach Jade,

die fast fünfzehn war, drehten sich bereits Männer um. Sie war ein ernsthaftes Mädchen und hatte noch nie zu der Sorglosigkeit und dem Kichern geneigt, das so typisch für ihre Schwester war.
»Werden die Leute über mein Englisch lachen?« fragte sie Chloe noch einmal.
»Wahrscheinlich. Aber daran darfst du dich nicht stören. Man wird es dir hoch anrechnen, daß du dich bemühst. Wenn du ausgelacht wirst, sollte das deine Gefühle niemals verletzen. Die Chinesen waren sehr nett zu mir, als ich versucht habe, Chinesisch zu lernen, und doch konnte ich sehen, wie sie hinter vorgehaltener Hand gelächelt haben. Die Amerikaner werden wahrscheinlich weniger höflich sein. Aber das ist nicht böse gemeint.«
Sie fragte sich, ob sie die Wahrheit sagte. Sie hatte ihren Eltern zwar schon vor Jahren geschrieben, sie hätte drei chinesische Waisenkinder adoptiert, aber jetzt fragte sie sich doch, wie sie auf diese Enkelkinder reagieren würden. Würden die Kinder verfemt werden? Nun, es war zwecklos, sich um Dinge zu sorgen, die sie nicht ändern konnte.
Sie würden den transkontinentalen Zug nach Oneonta nehmen, und sie überlegte sich, daß sie auf dem Weg in Chicago aussteigen und Cass besuchen wollte. Es waren fast neun Jahre vergangen, seit sie ihn gesehen hatte. Es war jedoch in all den Jahren, die sie in Schanghai verbracht hatte, kein Monat vergangen, in dem sie nichts von ihm gehört hatte. Und diese Kontakte waren nicht etwa rein geschäftlich gewesen, sondern sie hatte immer wieder lange persönliche Briefe und einen Scheck für das Waisenhaus von ihm bekommen. Er hatte ihr geschrieben, daß Grant sein Chefredakteur geworden war, daß er und Suzi unglaublich glücklich miteinander waren und wie sehr er, Cass, sich dafür schämte, sich so lange so verhalten zu haben, wie er es getan hatte. Er schrieb aus England, Paris und München, wo er – 1935, in seinem letzten persönlichen Brief an sie – Krieg vorhergesagt hatte. Er schrieb Liebesbriefe, die sie wieder und immer wieder las, in der Schublade ihres Nachttischs aufbewahrte und immer wieder einmal hervorholte. Doch alle diese Briefe waren vor vier Jahren zurückgeblieben, als der Schneeleopard sie geholt hatte und sie mit den Kindern aus Schanghai geflohen war.

Als sie vor sechs Wochen das Telegramm geschickt hatte, hatte sie lediglich geschrieben: *Ich komme nach Hause.* Sie hatte noch nicht einmal ihren Namen daruntergesetzt. Er hätte ebensogut wieder verheiratet sein können.
Sie hatte nichts von ihm oder von ihrer Familie gehört. Was war, wenn ihre Eltern tot waren und sie nichts davon wußte? Sie hatte sie nicht mehr gesehen, seit sie einundzwanzig war. War es vielleicht sogar möglich, daß sie einander nicht wiedererkannten? Die Vorstellung, in Oneonta zu leben, übte einen starken Reiz auf sie aus. Das Leben war ein Kreis, der sich geschlossen hatte. Kein Gedränge. Sauberkeit. Kein Krieg. Keine Brutalität. Keine sterbenden oder im Stich gelassenen Kinder. Keine eingebundenen Füße. Keine Männer, die Frauen für ihr momentanes Vergnügen mißbrauchten und sie dann liegen ließen. Nun, jedenfalls taten sie es nicht offenkundig, auf der Straße.
Wenigstens hatten sie es alle gemeinsam lebend geschafft. Es war nicht leicht gewesen. Von dem Tag an, an dem sie Anfang Januar 1937 Sian verlassen hatten, hatten sie mehr als zweieinhalb Jahre gebraucht, um nach Amerika zu kommen.
Als der Zug nach Tschengtou aus dem Bahnhofsgewölbe von Sian gefahren war, hatte Chloe geglaubt, es könnte einen Monat dauern, höchstenfalls sechs Wochen. Aber das Reisen in China war niemals einfach gewesen, und der Krieg hatte alle Dienstleistungen, die vielleicht früher einmal funktioniert hatten, zum Stocken gebracht.
Ihr war Tschengtou verhaßt gewesen, wo die Menschen weißen Ausländern mit Argwohn begegneten. Man hatte sie angespuckt. Ihr schien es, als drängten sich die Menschenmassen in dieser Stadt noch dichter als in Schanghai. Es war kalt und finster dort, und einen Monat lang hatte sie gefürchtet, sie sei dazu verdammt, an diesem Ort zu bleiben. Die Bahnverbindung nach Kunming war eingestellt worden, und es war zwecklos, den Weg in den Osten einzuschlagen, flußabwärts nach Tschungking.
Zwischen Tschengtou und Kunming liegen fünfhundert Meilen. Sie legten sie in Ochsenkarren zurück, auf Kamelen, zu Fuß, auf Eseln. Manchmal bekamen sie tagelang nichts zu essen.
In Kunming erholten sie sich sechs Wochen lang. Ah, Kunming!

Das muß meine Lieblingsstadt in ganz China sein, sagte sich Chloe versonnen. Es wurde »die Stadt des ewigen Frühlings« genannt und lag hoch oben in den Bergen von Yünnan, der nordwestlichsten Provinz Chinas. Sie machten Picknicks und segelten auf dem Dianchisee. Sie mästeten sich mit den scharfen, würzigen Gerichten, für die der Westen Chinas berühmt war. Die Kinder starrten verdutzt die zahlreichen ethnischen Gruppen an, die an ihrer Nationaltracht festhielten und Kunming eine Farbenpracht und eine Vielfalt verliehen, die man nirgends sonst in China fand.

In Sänften schlossen sie sich einer Karawane an, die nach Hanoi aufbrach, im Norden von Französisch-Indochina. Von dort aus buchten sie die Überfahrt auf einer Dschunke nach Saigon, einer Stadt, die Chloe faszinierte. Auf den ersten Blick hätte es eine typisch orientalische Stadt sein können, doch es gab zahllose Hinweise auf den französischen Einfluß. Es war eine Stadt der Gärten, der Schönheit, der Kultur, des Schmutzes und der Intrigen. Der amerikanische Konsul dort fand schließlich für Chloe und die Kinder Plätze auf einem Kopraschiff, das nach Darwin fuhr.

In Darwin, auf der äußersten Spitze Australiens gelegen, erwischten sie schließlich einen Bus nach Alice Springs, und von dort nahmen sie den Zug nach Adelaide und dann weiter nach Sidney. Keine Stadt ließ sich mit Sidney vergleichen, dachte sie, mit seinem Hafen als Hintergrund. Außerdem war es die sauberste Stadt, die sie seit sechzehn Jahren gesehen hatte. Dort stank es nicht. Sie trank Wasser aus der Leitung und fand den Klang von Toilettenspülungen schöner als Werke von Mozart.

Zum Abendessen aß sie T-Bone-Steaks, Pommes frites und Kopfsalat. Die Kinder rümpften angesichts solcher Gerichte die Nasen. Sie duschte morgens und abends und manchmal auch zwischendurch. Aber auf keinem Schiff, das nach San Francisco fuhr, ließen sich vier Personen unterbringen.

Schließlich begab sich Chloe zur amerikanischen Botschaft, und dort erkannte man ihren Namen wieder und sagte zu ihr: »Wir dachten, Sie seien tot.« Innerhalb von einem Monat waren sie auf einem Frachter, der sich durch den Pazifischen Ozean schlängelte. Auf dem Schiff, mit dem sie Sidney verließen, hatte sie aufgehört,

Chinesisch mit den Kindern zu reden, damit sie nur noch von der Sprache umgeben waren, die sie jetzt brauchen würden.
In San Francisco, nach ehrfürchtigem Staunen, als sie unter der erst kürzlich errichteten Golden Gate Bridge durchfuhren, bemerkte Chloe, daß nur wenige Menschen auf dem Kai standen, und daher vermutete sie, daß ein Frachtschiff jeden Moment ...
Und dann sah sie ihn. Sah Cass, der winkte und seinen Hut hoch in die Luft hielt, um ihre Aufmerksamkeit auf sich zu lenken. Er hielt einen riesigen Strauß weißer Blumen in der Hand. Gott sei Dank, daß sie nicht gelb sind, dachte sie. Oh, wie hatte er sie bloß aufgespürt, wie hatte er bloß wissen können, wann sie ankommen würde? Dieser wunderbare Mann. Allein schon bei seinem Anblick fühlte sie sich wieder sicher. Dieses Gefühl hatte sie so lange nicht mehr gehabt. Tränen liefen ihr über die Wangen.
Sie machte Jade auf ihn aufmerksam, die ihn 1931 kennengelernt, aber nicht die geringste Erinnerung an ihn hatte. Jade hielt sich eine Hand über die Augen, um sie gegen die Sonne zu schützen, und dann kniff sie die Augen zusammen, um ihn sehen zu können.
»Sehen alle Amerikaner so aus?«
»Nein, sie sind alle verschieden. In China seid ihr es gewohnt, daß alle schwarzes Haar und schwarze Augen haben. Hier ist das nicht so.«
Sie sagte: »Kommt, Kinder«, und dann nahm sie Pflaumenblüte und Li an der Hand, damit sie nicht verlorengingen, aber es dauerte eine Stunde, bis sie all die bürokratischen Formalitäten abgewickelt hatten und die Gangway hinunterlaufen konnten. Ihr Blick war auf Cass gerichtet. Er rührte sich nicht von der Stelle, aber sie konnte erkennen, daß er lächelte. Er eilte ihr nicht entgegen, um sie zu begrüßen. So viele Passagiere waren nun auch nicht auf dem Schiff, dachte sie. Es ist ja schließlich nicht so, als herrschte hier ein enormes Gedränge. Warum bleibt er so unbeweglich stehen? Als ihre Füße amerikanischen Boden berührten, war ihr Blick immer noch auf Cass gerichtet, der etwa sechs Meter vor ihr stand, und sie stolperte fast über eine ältere Frau.
»Entschuldigung«, sagte sie, ohne die Frau genauer anzusehen, und wollte gerade auf Cass zulaufen, als sie abrupt stehenblieb.

Sie riß den Kopf herum und starrte die Frau an. Hinter der Frau stand ihr Vater.

»Meine Güte«, rief sie aus, und plötzlich lachten und weinten sie und umarmten einander, und Chloe konnte sich nicht mehr zusammenreißen. Die Kinder standen bestürzt da.

»Du bist ja total abgemagert«, rief ihre Mutter aus. »Du bestehst ja nur noch aus Haut und Knochen. O Liebling, wir dachten, du seist tot.« Sie brach wieder in Tränen aus.

Chloe war zu erschüttert, um etwas zu sagen. Ihr Vater tätschelte immer wieder ihren Arm, machte »Tss, tss« und sagte: »Mr. Monaghan hat unsere Fahrkarten für den Zug bezahlt und uns im Drake Hotel untergebracht. Das schickste, was ich je gesehen habe.«

»Das schickste?« sagte Mrs. Sheperd. »Das einzige, in dem du je gewesen bist!« Sie wischte sich mit einem trockenen Taschentuch die Augen ab.

Und dann mischte sich Cass ein. »Du siehst wirklich furchtbar aus, aber für mich bist du eine Augenweide.«

»O Cass.« Chloe streckte die Arme nach ihm aus und küßte ihn. »Wie wunderbar von dir. Du guter Mann.« Und jetzt konnte sie die Tränen nicht mehr zurückhalten, als seine Arme sich um sie schlangen.

Sie hörte ihre Mutter sagen: »Und das müssen wohl meine neuen Enkelkinder sein?«

Oh, Gott sei Dank. Danke, Mutter.

Cass hatte für sie und die Kinder eine Suite reserviert, gegenüber von ihren Eltern und neben seinem Zimmer.

Nachdem Chloe die Kinder ins Bett gebracht hatte, saßen sie und Cass und ihre Eltern im Wohnzimmer und redeten bis weit nach Mitternacht miteinander. Sie saß zwischen ihren Eltern auf dem Sofa und hielt sie die ganze Zeit über an den Händen. Nachdem sie in ihr Zimmer auf der anderen Seite des Korridors gegangen waren, legte Cass seine Arme um Chloe und zog sie eng an sich.

»Ich nominiere mich zum selbstlosesten Mann des Jahres. Ich wollte dich jeden Moment in meinen Armen halten, und doch hast du es mir zu verdanken, daß deine Familie hier erschienen ist.«

»Ich dachte, vielleicht hast du inzwischen wieder geheiratet.«
»Sehr naheliegend«, sagte er und küßte sie aufs Haar.
Sie fand, nichts in ihrem ganzen Leben sei ein besseres Gefühl gewesen, als Cass' Arme um sich zu spüren.
Er legte einen Finger unter ihr Kinn und bog ihren Kopf zurück. »Wenn du soweit bist, möchte ich bis in alle Einzelheiten hören, was passiert ist, seit du Schanghai verlassen hast. Ich brauche dich nur anzusehen, um zu wissen, daß du durch die Hölle gegangen bist.«
Chloe schüttelte den Kopf. »Es war mühselig und manchmal etwas kritisch, aber es ist nicht die Hölle gewesen. Eigentlich hat es aufgehört, die Hölle zu sein, als ich von Yenan nach Sian zurückgekommen bin.«
Cass sah ihr in die Augen, und sie sah ihr Spiegelbild in seinen Brillengläsern. »Ich will diese Erlebnisse mit dir teilen und alles hören«, sagte er. »Ich möchte den Menschen kennenlernen, zu dem du geworden bist, seit ich dich das letzte Mal gesehen habe. Ich will ... O Gott, Chloe, ich will dich.«
Sie lächelte und sagte: »Ich habe den Verdacht, meine Eltern sind immer noch puritanisch, aber ich kann mir vorstellen, daß ich es schaffe, mich für ein paar Minuten nebenan in dein Zimmer zu schleichen, ohne von jemandem gesehen zu werden.«
Cass zog eine Augenbraue hoch. »Eine reizvolle Idee, meine Liebe.« Und ohne einen weiteren Moment zu vergeuden, öffnete er die Tür und schloß sie leise hinter sich.
Chloe sah nach den schlafenden Kindern und folgte Cass in sein Zimmer. »Fast hätte ich mir die Zeit genommen, vorher noch zu duschen, aber ich dachte, das kann ich ebensogut bei dir tun.«
Cass griff nach ihrer Hand. »Hast du je zusammen mit jemandem geduscht?«
Chloe schüttelte den Kopf. »Ich muß gestehen, daß ich das nie getan habe.«
Cass schrubbte ihren Rücken, wusch ihr mit Shampoo das Haar und knabberte an ihren Brustwarzen. Er wusch jede ihrer Zehen und ihren Nabel und küßte sie feucht, während die Dusche prickelnde Perlen heißen Wassers auf beide sprühte.
Er trocknete sie mit einem riesigen weichen Handtuch ab, nahm

sie in die Arme und warf sie auf das Bett. Chloe entspannte sich und ließ seine Berührungen und Küsse sämtliche Gedanken auslöschen. Sie gab sich ganz ihren Gefühlen hin, fühlte Cass' zarte Liebkosungen, seine zärtlichen Küsse und seine Zunge. Sie hörte sein Murmeln, seine Liebesbeteuerungen, und sie spürte, wie ihr Körper zum Leben erwachte und vor Verlangen prickelte. Sie schlug die Augen auf und sah den Mann auf sich zukommen, sich auf sie legen, spürte, wie er versuchte, in sie einzudringen, und sie schrie und versuchte die Fäuste zu heben, ihre Arme dem Soldaten zu entreißen, der sie wie in einem Schraubstock festhielt, versuchte, die Knie anzuziehen, damit sie ihn in die Lenden treten konnte, doch sie konnte nur schreien, sonst nichts.

Cass wich zurück. »Mein Gott, Chloe!«

Er preßte seine Hand auf ihren Mund, um ihren Schrei zu ersticken.

Ihre glasigen Augen wurden wieder klar, sie sah das besorgte Gesicht von Cass, den Schock, der in seinen Augen stand, und sie fing an zu weinen, heftige Schluchzlaute, gegen die sie ohnmächtig war.

Cass schlang die Arme um sie, wiegte sie, schaukelte sie sanft und murmelte in ihr Haar: »Aber, aber, mein Liebling. Es kann dir nichts passieren. Du bist hier, bei mir, und ich werde auf dich aufpassen. Es ist alles in Ordnung, Liebling.«

Später, als sie reden konnte, erzählte sie ihm, was die Soldaten ihr angetan hatten. »Ich habe es noch nie jemandem erzählt«, sagte sie, und ihre Stimme überschlug sich immer noch. »Ich habe geglaubt, ich hätte es vergessen. Es ist vor mehr als drei Jahren passiert.«

»Wir werden das gemeinsam durchstehen«, sagte er, und liebevolle Sorge stand in seinen Augen. »Es hat keine Eile, mein Liebling. Wir werden wieder darüber reden – und auch über alles andere, was du durchgemacht hast. Im Moment zählt nur, daß du in Sicherheit bist und daß du hier bist.« Er schlang die Arme um sie. »Später werden wir Zeit allein miteinander verbringen können, und dann können wir diese Ungeheuer bezwingen, die dich heimsuchen und dir keine Ruhe lassen. Oh, meine liebe tapfere Chloe.«

Sie blieb in seiner Umarmung liegen, bis sie die Augen nicht mehr offenhalten konnte. »Ich darf Jade in einem neuen Land nicht die ganze Nacht allein lassen«, sagte sie. Von Jade würde sie ihm später erzählen. Sie würde ihm alles erzählen. Cass war der einzige Mensch auf Erden, dem sie alles anvertrauen konnte. Nun, vielleicht würde sie nicht mit ihm über den Schneeleoparden reden. Der gehörte ihr ganz allein.

64

Sie nahm die Kinder mit nach Oneonta und blieb über Weihnachten dort, und das verlief so, wie sie es in Erinnerung hatte. Die Kinder wurden als Kriegswaisen aufgenommen – was damals Mode war, vor allem bei denen aus Europa. Daß die drei von Chloe exotischer waren, machte sie nur um so interessanter. Lee, der seinen Namen in diese Schreibweise änderte, ließ sich mit Begeisterung auf Amerika ein. Pflaumenblüte reagierte scheu und zaghaft. Jade sperrte die Augen auf, während die Jungen die Augen nach ihr aufsperrten.

Chloe schlief viel. Sie trank unmäßige Mengen Wasser aus der Leitung. Das Leben in Amerika hatte sich in all den Jahren, in denen sie fort gewesen war, so sehr verändert.

Dennoch waren drei Monate etwa ein Monat mehr, als sie ertragen konnte. Sie war wieder bei guter Gesundheit und hatte zehn Kilo zugenommen. Es gelang ihr mühelos zu lächeln. Sie war nicht nur unruhig, sondern sagte sich, daß sie sich ihren Lebensunterhalt verdienen mußte.

Cass schickte ihnen allen Geschenke, aber er kam nicht über Weihnachten. Er rief an, wie er es jede Woche tat, und er sagte ihr, daß er gern käme, aber nie Weihnachten ohne Suzi verbracht hätte und es nicht wollte. Er fragte sie, ob sie vielleicht gern den Zug nehmen und Silvester mit ihm am See verbringen würde. »Es wird dort kalt sein«, sagte er. »Bring lange Unterwäsche mit.«

Chloe lachte. »Viel kälter als hier kann es dort nicht sein.« Ihre Mutter redete ihr gut zu. »Jade und ich werden uns um die Kinder kümmern«, sagte sie und schlang einen Arm um das Mädchen. »Stimmt's?«

Chloe merkte, wie sehr Jade sich darüber freute, wie eine Erwachsene behandelt zu werden, und sie hatte Mrs. Sheperd von Anfang an ins Herz geschlossen.

»Ich bin in einer Woche wieder da«, sagte Chloe später zu Jade, aber das hatte sie auch schon gesagt, als sie nach Norden gezogen war, um Mao zu interviewen, und dann war sie erst neunundsechzig Tage später zurückgekehrt. »Ich glaube, ich werde versuchen, bei Cass einen Job zu bekommen. Es könnte sein, daß wir alle nach Chicago ziehen. Aber sag Großmama kein Wort.«

»Von hier weggehen?« Jades Stimme klang kläglich.

Chloe schlang die Arme um das schlanke Mädchen. »Du hast Umzüge satt, stimmt's? Nun, vielleicht kann ich uns ein Zuhause schaffen und eine Stellung bekommen. Ich muß Geld verdienen, Schätzchen. Und ich muß etwas tun. Ich brauche die Herausforderung.«

Cass holte sie um sieben Uhr dreißig morgens an der Union Station ab, und eine Fellmütze ließ ihn so aussehen, wie Chloe sich einen Kosaken vorstellte. Sein schwarzer Packard erwartete sie.

Es war fast dunkel, als sie die Hütte erreichten. Chloe war eingeschlafen und erwachte von Cass' Worten: »Wir sind da.«

»Es sieht genau so aus, wie ich es in Erinnerung habe«, seufzte sie glücklich.

Aber innen waren neuere Möbel, und es war nicht mehr ganz so rustikal. Trotzdem immer noch Öllampen, keine Elektrizität und kein Telefon.

»Hier«, sagte Cass, als er die Koffer hereinbrachte. »Hier ist Öl für die Lampen. Und Streichhölzer. Lauf rum und such die Lampen, ja? Ich hole noch mehr Feuerholz herein; in weniger als einer halben Stunde werden wir es hier gemütlich haben. Ich habe zwei Steaks mitgebracht, und wir können Kartoffeln im Feuer backen. Mrs. Donovan hat auch eine Pekannußtorte eingepackt. Ach ja, und in dieser Kiste ist Wein. Du könntest dich nach zwei Gläsern umsehen.« Er küßte sie und begab sich wieder ins Freie zu der Kiste mit dem Feuerholz.

Das Abendessen war köstlich.

Cass nahm Kissen vom Sofa und warf sie vor das Feuer. Er schenkte jedem von ihnen noch ein Glas Wein ein und sagte: »Komm schon, Frau, hier ist es warm. Komm, laß dich von mir küssen.«

Seine Lippen waren warm und zärtlich und schmeckten nach Beaujolais. Er lehnte den Kopf auf das Kissen zurück und legte

einen Arm um Chloes Schultern. »Wir werden gegen ein paar von deinen Drachen kämpfen«, sagte er, »aber nicht heute nacht.«
Als sie ins Bett gingen, schmiegte sich Chloe in seine Arme, doch er küßte sie nur auf die Stirn.
Sie machten lange Spaziergänge durch die dunklen Kiefern. Als sie unter einem Himmel herumliefen, der schwer von Schnee war, durch abgefallenes Laub, sahen sie die Spuren von Rotwild. Sie saßen auf dem Anlegesteg und beobachteten, wie die Fische in die Luft sprangen, und sie beobachteten den Flug von Fischadlern, die sich auf der Suche nach Beute herunterstürzten. Sie liefen Hand in Hand durch die kalte Wintersonne und sahen zu, wie ihr Atem wie Rauchwolken aufstieg. Dann blieb er stehen, drehte sich um, zog sie an sich, küßte sie und sagte: »Ich habe endlich wieder das Gefühl zu leben.«
Er half ihr, dasselbe zu empfinden.
Und er zwang sie zu reden.
Sie erzählte ihm, wie sie dem Freund des Schneeleoparden das Rückgrat gebrochen hatte, vom Eingraben des Colonel und von der Kastration ihrer Vergewaltiger.
»Ich habe Dinge getan, von denen ich im Traum nicht geglaubt hätte, daß ich sie je tun könnte«, sagte sie mit ausdrucksloser Stimme. »Ich bedaure es, daß ich in Situationen gekommen bin, in denen ich solche Dinge tun mußte, aber du mußt wissen, daß es mir nicht leid tut, irgend etwas davon getan zu haben. Ich habe keine dieser furchtbaren Taten auch nur ein einziges Mal bereut.«
Sie fühlte sich, als erzählte sie ihm Dinge über eine Fremde.
Die Farbe wich aus Cass' Gesicht, und in seinen Augen spiegelte sich Gequältheit wider, doch er unterbrach sie kein einziges Mal. Er streckte keinen Arm nach ihr aus, um sie zu berühren, sondern saß still da, als sie für ihn diese Jahre noch einmal durchlebte. Und für sich selbst.
Das einzige, was sie ausließ, war die Nacht, die sie mit dem Schneeleoparden in der Höhle zugebracht hatte. Aber als sie ihm vom Tod des Schneeleoparden erzählte, sagte Cass: »Er hat dich wohl doch geliebt, stimmt's?«
Sie ging nicht darauf ein, sondern stand auf und schaute durch das Sprossenfenster in den grauen Winter hinaus.

Sie waren seit vier Tagen oben in Michigan. In der Nacht vor ihrer Abreise sagte Chloe: »Ich habe Jade gesagt, daß wir vielleicht nach Chicago ziehen.«
Cass, der gerade ein Scheit Feuerholz nachlegte, drehte sich um, und sein Gesicht war rot und halb im Schatten. Seine Koteletten waren inzwischen weiß, obwohl sein übriges Haar immer noch das Rostrot hatte wie damals, als sie ihn kennengelernt hatte.
»Ich brauche einen Job«, sagte sie. »Ich muß mir Gedanken darüber machen, wie ich mir meinen Lebensunterhalt verdiene. Und außerdem brauche ich eine Herausforderung.«
Cass lachte. »Chloe, man könnte meinen, du hättest genug Herausforderungen für ein ganzes Leben hinter dir.«
»Ich brauche einen Job«, sagte sie noch einmal. »Wirst du mir einen geben? Mir ist alles recht.«
Er zog sie enger an sich, schaute in das Feuer und reagierte ein paar Minuten lang nicht. Dann sagte er: »Ich nehme an, du ziehst mein bleibendes Angebot nicht in Erwägung?«
»Laß mir Zeit«, antwortete sie und legte ihre Hand auf sein Knie. »Ich glaube, ich stehe immer noch unter einem Kulturschock. Ich habe mich noch nicht an Amerika gewöhnt. Es ist so sauber überall, alles ist so einfach, und in den Geschäften steht soviel von allem in den Regalen, daß es mir obszön erscheint. Ich bin noch nicht wirklich soweit, langfristige Pläne zu schmieden. Ich muß mich eingewöhnen. Aber ich kann mich nicht einfach nur treiben lassen. Ich habe für drei Kinder zu sorgen.«
Er beugte sich vor und küßte sie auf die Wange. »Chloe, du kannst meiner Zeitung und wahrscheinlich auch jeder anderen Zeitung im ganzen Land die Bedingungen stellen, die du willst. Ich habe dir gesagt, daß du berühmt werden wirst. Du weißt doch, oder habe ich unterlassen, es dir zu sagen, daß andere Zeitungen mich immer wieder angerufen haben, weil sie deine Artikel übernehmen wollten, bis du in sechsundzwanzig Städten im ganzen Land vertreten warst?«
Sie setzte sich aufrecht hin und sah ihm in die Augen. »Nein, das hast du mir nicht gesagt. Wie konntest du so etwas vergessen?«
Er lockerte seinen Griff auf ihren Schultern. »Möge Gott mir vergeben, Chloe, aber ich weiß es nicht. Seit diesem Knüller über

Chiang in Sian haben wir in diesen letzten drei Jahren noch nicht einmal mehr von dir gehört. Vielleicht hast du Lust, ein paar Artikel darüber zu schreiben, wie du mit den Kindern aus Schanghai geflohen bist, über deine Abenteuer seitdem, über deine Gefangennahme durch die Japaner, über diese Dinge.«

Sie lehnte sich an ihn. »Nein, das glaube ich nicht, Cass. Ich möchte diese Zeiten nicht noch einmal durchleben.«

Er küßte ihr Haar und griff nach ihrer Hand. »Es könnte dir dabei helfen, diese Phantome zu vertreiben«, sagte er. »Diese Dämonen loszuwerden, die dich so straff wie eine Trommel angespannt haben.«

»So siehst du mich jetzt?«

Er nickte.

»Ich habe so lange so gelebt, daß ich es nicht mehr wahrnehmen kann.«

»Hol es aus dir raus, wenn du es schaffst.« Sein Arm legte sich enger um ihre Schultern. »Schreibe darüber. Du könntest der Welt einen Gefallen damit tun, wenn du ihr einen echten Einblick vermittelst, einen Einblick von innen heraus, was sich bei den Japanern, den Nationalisten und den Roten tut. Amerika liebt heroische Geschichten. Diesen Kindern zur Flucht zu verhelfen und deine drei nach Amerika mitzubringen. Schreib eine Artikelserie für meine Sonntagsbeilage. Ich kann mir vorstellen, daß ich fast alle führenden Zeitungen im Land überreden kann, deine Artikel zu übernehmen.«

»O Cass, glaubst du das wirklich?«

»Warum denn nicht? Du mußt eine Menge über Mao und darüber zu erzählen haben, was du über den Langen Marsch in Erfahrung gebracht hast. Berichte uns die Einzelheiten über die Chiangs, die die Amerikaner nicht wissen. Aber vor allem über deine Heimreise mit drei chinesischen Kindern.«

»Aber ich brauche regelmäßig Geld, um davon zu leben.«

»Mach dir darüber keine Sorgen. Komm nach Chicago, zieh dort hin, lebe in meiner Nähe und schreib deine Artikel. Es kann ruhig noch ein paar Monate dauern. Besorg dir eine Wohnung oder ein Haus in einem Vorort, falls das für die Kinder besser wäre. Du kannst sie dort zur Schule schicken und ihnen die Gelegenheit

geben, mich besser kennenzulernen. Vielleicht werden sie dich davon überzeugen, daß ich ihnen ein guter Vater wäre.«
»Du hast einmal zu mir gesagt«, sagte Chloe, und dabei spürte sie, wie jede Faser ihres Seins zum Leben erwachte, »daß du keine zweite Familie gründen möchtest, nicht in deinem Alter.«
»Ach«, sagte er lächelnd, »damals war ich erst fünfzig, und jetzt bin ich älter und weiser und habe eine andere Einstellung.«
Sie dachte: Ich liebe ihn wirklich. Cass Monaghan ist einer der nettesten Menschen auf Erden. Und das dachte sie keineswegs zum ersten Mal.
»Ich will alles tun, was dir Freude macht.«
»Dann sage ich dir, was wir jetzt tun«, sagte sie und schlang ihm die Arme um den Hals. »Was hältst du davon, wenn wir uns ausziehen und uns auf diesen Teppich vor dem Feuer legen und sehen, was passiert? Ich habe den Verdacht, das würde mir Freude machen.«
Sie hatten seit neun Jahren nicht mehr miteinander geschlafen.
Es war es wert gewesen, darauf zu warten.

65

Cass drängte Chloe, ein Haus in einem Vorort wie Oak Park zu mieten, damit die Kinder in gute Schulen gehen und Freunde finden konnten, aber Chloe wollte mitten in der Stadt leben. Also half er ihr, ein großes altes Haus in einer Straße mit hohen Ahornbäumen aufzuspüren, in der Nähe einer Schule, von der er ihr versicherte, daß sie erstklassig war. Er besorgte Privatlehrer für Jade, damit sie mit Amerikanern in ihrem eigenen Alter mithalten konnte. An den Wochenenden machte er Picknicks mit ihnen, oder sie gingen in einem kleinen Park, nicht weit von ihrem Haus, auf dem Teich Schlittschuhlaufen. Im Frühjahr nahm er Lee zu einem Baseballspiel mit und kaufte eine Schaukel für den Garten. Er ging mit den Kindern ins Kino und machte mit ihnen Urlaub in der Hütte am See. Und er ließ Chloe die Zeit, die sie für sich allein brauchte, um zu schreiben.

Die meisten Zeitungen im Land veröffentlichten tatsächlich ihre Artikelserien, und sie wurde aufgefordert, in zahlreichen Städten in ganz Amerika Vorträge zu halten. Was ihre Artikel in allererster Linie auslösten, waren Hunderte und schließlich mehr als tausend Anfragen von Lesern, die sich erkundigten, wie sie Kriegswaisen adoptieren konnten und wie sie selbst Kindern aus fremden Ländern ein Zuhause und Liebe geben konnten.

»Gründe eine Organisation«, schlug Cass ihr vor, »die Waisenkinder aus diesen kriegführenden Ländern nach Amerika bringt. Liste die Namen all dieser Briefschreiber auf, und wenn du sie und die Öffentlichkeit auf deiner Seite hast, wird es dir keine Schwierigkeiten bereiten, für diese Kinder ein Zuhause zu finden. Das kann außerdem auch noch eine Lektion in internationaler Verständigung sein, über die Rassengrenzen hinweg.«

Chloe sah ihn an. »Cass, so etwas kann ich unmöglich tun. Ich wüßte gar nicht, wo ich anfangen sollte.«

Sie saßen, umgeben von Postsäcken, in ihrem Wohnzimmer.

»Meine Liebe, ich setze Vertrauen in dich.« Er grinste. »Wo ein Wille ist ... Laß mich mal sehen, es muß doch unter all meinen Freunden jemanden geben, der Gelder aufgetrieben und solche Dinge getan hat und dir helfen könnte, gewisse Einblicke in das notwendige Vorgehen zu gewinnen. Das wäre doch ein möglicher Anfang.« Er schnalzte mit den Fingern. »Wilburn Bruce. Der ist genau der Richtige, einfach ein Spitzenmann. Ich werde es so einrichten, daß wir nächste Woche irgendwann mit ihm zu Mittag essen.«

»Was täte ich ohne dich in meinem Leben?«

»Ich hoffe, das findest du nie heraus«, sagte er und knabberte an ihrem Ohr.

»Ich weiß noch nicht einmal, wie ich ohne dich mein Leben *leben* könnte«, sagte sie. »Du bist so wichtig geworden.«

»Wie wichtig?« Er küßte jetzt ihren Hals, und seine Stimme war gedämpft.

»Nun, ich habe mir überlegt, da meine kleine Familie dich inzwischen als einen Bestandteil von sich ansieht, könnte es vielleicht an der Zeit sein ...«

Während sie das sagte, stand er auf, löste sich von ihr, nahm eine aufrechte Haltung ein und forschte in ihren Augen.

Sie blickte zu ihm auf und begann zu lächeln. »... all das legal zu machen. Aber ich vermute, wenn es dir lieber ist, daß ich diesen Job betreibe, diesen Job, der mich zu viel Zeit kosten würde, um dir eine gute Ehefrau zu sein ...«

Er streckte die Arme aus, nahm ihre Hand und zog sie auf die Füße, damit sie ihm gegenüberstand. »Also, da soll mich doch der Teufel holen«, sagte er. »Ich habe das Gefühl, ich habe gerade einen Heiratsantrag bekommen. Stimmt das?«

Sie legte ihren Kopf auf seine Schulter und genoß es, seine Nähe zu spüren. »Ich glaube, ich bin soweit, nach so vielen Jahren – wie viele sind es eigentlich? Ja, es ist mein Ernst. Ich habe in der letzten Zeit viel darüber nachgedacht. Und ich glaube, ich bin es mir selbst schuldig. Du bist für mich zum wichtigsten Menschen auf Erden geworden.«

Er küßte sie auf die Stirn und zog sie enger an sich. »Das klingt nach einem guten Grund, um zu heiraten.«

Er kaufte das größte und nobelste Haus, das Chloe je gesehen hatte. Und sein Penthouse in der Stadt behielt er außerdem.

Die Kinder wurden, zu ihrer großen Freude, Amerikaner. Jade Monaghan. Lee Monaghan und Laura Monaghan. Pflaumenblüte fand jetzt, ihr Name paßte nicht zur amerikanischen Kultur, und sie fragte, ob sie ihn ändern dürfte. Sie wollte Laura genannt werden. Woher das kam, wußte niemand, aber sie wurde offiziell zu Laura, obgleich Chloe und Jade sie nie so nannten. Sie war viel zu lange Pflaumenblüte gewesen. Die Kinder nannten Cass Daddy.

Die Hilfsorganisation für Kriegswaisen erforderte acht Monate Planung, und dann flogen Chloe und Cass Anfang Oktober 1941 nach China. Sie ließen die Kinder in Chicago, da Mr. und Mrs. Sheperd sich erboten, herzukommen und in das große Haus zu ziehen.
Chinas Krieg mit Japan war in vollem Gange, und sie mußten auf Umwegen fliegen und über den Himalaja – der in der Fliegersprache bereits »der Buckel« genannt wurde – nach China gelangen, von Birma nach Kunming. Das war Chinas einziger Eingang und Ausgang, da die Ostküste jetzt vollständig von den Japanern eingenommen worden war – Hongkong, Kanton, Schanghai und Peking waren ausnahmslos in japanischer Hand. Die Hauptstadt war von Nanking, das von den Japanern geplündert und angezündet worden war, nach Tschungking, weiter oben am Jangtsekiang, verlegt worden. Dort hatten der Generalissimo und Madame Chiang Kai-shek ihren Sitz, und Ai-ling und H. H. hatten gezwungenermaßen ihr Haus räumen und ebenfalls ihren Wohnsitz nach Tschungking verlegen müssen. Zu ihrem Erstaunen erfuhr Chloe, daß Ching-ling jetzt auch dort lebte. Da sich inzwischen alle Faktionen in China gegen die Japaner verbündet hatten, war tatsächlich ein familiärer Waffenstillstand geschlossen worden, und die drei Soong-Schwestern arbeiteten gemeinsam an der Linderung von Hungersnöten. Chloe und Ching-ling, die sich maßlos freuten, einander wiederzusehen, verbrachten einen Abend allein miteinander. Ching-ling reagierte enthusiastisch auf die Idee, Hunderte von Kindern vor dem Verhungern zu retten und ihnen ein Zuhause zu geben. Chloe versicherte ihr, daß es in Amerika Familien gab, die sie bereitwillig adoptieren wollten.

Ching-ling trat an ihre Schwestern heran, die ebenfalls ihre Hilfe anboten.
Chloe und Cass nahmen 222 Kinder mit zurück, in die wartenden Arme von Amerikanern, die sich nach eigenen Kindern sehnten – oder nach Kindern, die sie in ihre Familie eingliedern konnten –, Menschen, die Liebe im Übermaß zu vergeben hatten und das Bedürfnis verspürten, mit anderen zu teilen.
Schon bald begann die Organisation, auch gerettete Kinder aus Westeuropa miteinzubeziehen. Chloe und ihre Organisation fanden für sie alle ein Zuhause.
Und das Unternehmen war zu einer gewaltigen Organisation geworden. Mehr als zwei Dutzend Freiwillige und drei bezahlte Helfer weihten jetzt ihr Leben in jeder wachen Minute diesem Ziel. Sie flogen nach China oder Europa oder Australien, wo viele der chinesischen Kinder vorübergehend untergebracht worden waren und auf ihren Transport nach Amerika warteten. Sie reisten per Zug oder Bus durch Amerika, um die Kinder zu überbringen.
An einem Abend Anfang Februar 1942 sagte Cass: »Ich brauche deinen Rat.«
Chloe blickte von ihrem Schreibtisch in einer Ecke der Bibliothek auf. »Ist irgend etwas passiert?« fragte sie.
Er lächelte. »Nein. Aber diese Entscheidung kann ich nicht allein treffen.«
Sie legte ihren Bleistift hin und schenkte ihm ihre gesamte Aufmerksamkeit.
»Ich hatte heute Besucher«, sagte er und rückte seine Brille zurecht, »die wollen, daß ich als Senator kandidiere.«
Sie holte tief Atem. »Das ist eine wunderbare Idee.«
»Findest du das wirklich?«
»Ja, Liebling, selbstverständlich.« Sie stand auf, ging zu ihm und setzte sich neben ihn auf das Sofa. »Wenn es in der Regierung mehr Menschen wie dich gäbe, würde ich mir weniger Sorgen um die Zukunft der Welt machen. Wer waren diese Leute?«
»Einer war der Gouverneur.«
»Möchtest du es tun?«
»Ich habe ihnen gesagt, ich sei einundsechzig; mir scheint das alt dafür, Senator zu werden.«

»Anscheinend ist man doch mit einundsechzig nicht zu alt, um zum Präsidenten gewählt zu werden. Cass, du hast mehr Energien als die meisten Männer in deinem Alter.«
»Das bestreite ich nicht. Aber wie wäre dir dabei zumute, alles einzupacken und nach Washington zu ziehen? Du könntest«, sagte er und griff nach ihrer Hand, »deine Organisation auch von dort aus leiten, vielleicht sogar besser als von Chicago aus.«
»Natürlich könnte ich das«, sagte sie und lachte dann. »Du redest bereits, als seist du der Wahlsieger.«
»Was ist mit der Wahlkampagne? Hast du Zeit dafür?«
Sie beugte sich vor, um ihn zu küssen. »Ich werde mir die Zeit dafür lassen. Ich nehme mir die Zeit für alles, woran ich glaube. Und ich glaube, daß du dich in dieser Regierung wunderbar machen würdest. Und nicht nur dort, könnte ich noch hinzufügen.«
»Ich bräuchte mehr von deiner Zeit, als ich hier gebraucht habe. Und doch will ich nicht, daß du die Dinge aufgibst, die du tust.«
»Du vergißt eines. Auch ich habe mehr Energien als die meisten Menschen. Und ich bin jung! Liebling, ich bin einundzwanzig Jahre jünger als du. Hättest du dir nicht Zeit für alles genommen, als du vierzig warst? Ich muß einfach nur lernen, mit weniger Schlaf auszukommen. Oder unglaublich rationell vorzugehen.«

Sie tat beides und verlegte ihre Zentrale nicht nur nach Washington, sondern bezauberte die Hauptstadt mit ihrer Wortgewandtheit, ihren improvisierten Partys, ihrem Wissen über den Fernen Osten und ihrem betörend guten Aussehen. Kongreßmitglieder, die in Ausschüssen saßen, die sich mit dem Fernen Osten beschäftigten, legten sich die Gewohnheit zu, am späten Nachmittag bei Senator und Mrs. Monaghan vorbeizuschauen, vor den Partys und Essenseinladungen, die es allabendlich reichlich gab. Sie wollten Chloes Wissen über den Orient aus erster Hand heranziehen und sie nach ihrer Meinung fragen. Gemeinsam bildeten die Monaghans eine blendende Ergänzung für die Hauptstadt der Nation.
Beide waren begeistert von diesem Leben, und das, obwohl Cass klagte: »Ich bin es nicht gewohnt, auf irgendeinem Gebiet ein Neuling zu sein oder den Mund zu halten. Manchmal fällt mir beides schwer.«

»Dann spiel eben nicht nach den Regeln«, schlug Chloe ihm vor. »Du bist derjenige, der mir zuerst gesagt hat, daß ich mich nicht daran halten soll. Du brauchst dir keine Sorgen darüber zu machen, ob es den anderen paßt. Es ist ja schließlich nicht so, als wolltest du in diesem Beruf Karriere machen. Halte den Mund einfach nicht.«

Und so tat er es nicht.

Er wurde als der Außenseiter des Kongresses bekannt, als der »derbe, unverblümte Senator, den man nicht kaufen kann«.

Washington schien für sie geschaffen zu sein. Und sie schienen füreinander geschaffen zu sein. Trotz der chaotischen Verhältnisse, die auf der Welt herrschten, war Chloe nie glücklicher gewesen.

66

Mit dem Kriegsende endete Chloes Arbeit ganz und gar nicht. Wenn überhaupt möglich, dann nahm sie eher noch zu. Jade, die gerade in Georgetown ihren Abschluß in internationalen Studien gemacht hatte, bewarb sich beim Außenministerium um einen Job, aber sie wollte nicht nach China zurückkehren. Sie wollte in Chloes Nähe bleiben.

In ihrer Collegezeit war sie ein paarmal mit Jungen ausgegangen, aber nachdem sie versucht hatten, sie zu betatschen, hatte sie sie nicht mehr treffen wollen. Ein junger Mann, den Chloe sehr nett fand, ein junger Soldat im V-12-Programm des College, schien viele Monate lang einen direkten Draht zu ihr zu haben. Jade gestand nicht nur Chloe, sondern auch sich selbst ein, daß sie seine Küsse mochte, aber dann, nachdem sie einander vier Monate lang jedes Wochenende gesehen hatten, ließ er seine Hand über ihren Pullover gleiten und legte sie auf ihre Brust, und sie brach in Tränen aus und weigerte sich, ihn wiederzusehen.

»Um Himmels willen, laß uns sie zu einem Psychiater schicken«, platzte Cass heraus, als Chloe ihm gegenüber wiederholte, was Jade ihr anvertraut hatte. »*Du* bist schließlich darüber hinweggekommen.«

»Mit deiner Hilfe. Und ich war in meinen Dreißigern, als es passiert ist. Außerdem habe ich Rache geübt. Ich habe – wie hast du es genannt? – meine Dämonen mit Exorzismus ausgetrieben.«

Aber ganz gleich, wie viele Ratschläge Jade erteilt wurden, sie brachte es nicht fertig, wieder mit Jungen auszugehen. Sie tanzte mit Männern, sie lachte mit ihnen auf Picknicks oder Partys oder beim Schlittschuhlaufen. Aber sie gelobte sich, daß kein Mann sie jemals wieder auf diese Weise berühren würde. Sie sorgte dafür, daß sie nie mit einem Mann allein war, der bedrohlich für sie werden konnte. Sie war zwar liebenswürdig zu Cass, mochte Grant wirklich gern und hatte ihre Freude an ihrem amerikani-

schen Großvater, doch sie verweigerte sich jedem männlichen Annäherungsversuch.
»All diese Schönheit ist umsonst«, sagte Lee eines Tages zu seiner Schwester.
Jade funkelte ihn wütend an. »Du meinst, es sei eine Vergeudung, wenn ich keinem Mann gehöre? Mein Aussehen ist Verschwendung, wenn kein Mann mit mir ins Bett geht?«
Damit brachte sie ihn zum Schweigen.
Chloe unternahm 1946 sechs Reisen nach Europa. Cass konnte sie nur auf einer einzigen begleiten, da er in Washington nicht abkömmlich war. Ihre Reisen waren kurz, und sie kam immer mit Dutzenden von Kindern zurück. Jedesmal mußte sie Hunderte zurücklassen, die Eltern wollten und brauchten. Chloe und ihre Organisation hatten mehr als hunderttausend Kinder bei amerikanischen Eltern untergebracht. Ihr Foto schmückte die Titelseite von TIME, Artikel waren über sie und ihre Organisation in der SATURDAY EVENING POST und in LOOK erschienen. Sie und Cass kamen gemeinsam auf die Titelseite von LIFE und wurden als »Washingtons dynamischstes Paar« bezeichnet. Diejenigen, die die Welt veränderten. Wenn es um eine gute Sache geht und du willst, daß etwas geschieht, dann wende dich an das aktivste Ehepaar in der Hauptstadt. Vielleicht sogar in ganz Amerika.
Obwohl er nicht gelernt hatte, als der neue und unerfahrene Senator von Illinois den Mund zu halten, war Cass gerade mit der größten Mehrheit, die ein Senator aus Illinois je erzielt hatte, in eine zweite Amtsperiode gewählt worden. Und für einen Mann von siebenundsechzig leistete er eine sagenhafte Menge Arbeit. Als er in den Senat gegangen war, hatte er bereits eine beachtliche Reihe von Freunden gehabt, die die Regierungen der Welt auf Trab hielten. Aber die einzigen Fäden, die er zog, waren die, die Chloe und ihren Kindern halfen. Im letzten Jahr hatte die Hilfsorganisation für Kriegswaisen internationale Ausmaße angenommen, da Australien sich erbot, heimatlose Kinder aus Europa aufzunehmen, wenn auch keine Asiaten. Sie würden noch zwanzig Jahre, wenn nicht länger, warten müssen. Europäer, die ihre eigenen Kinder verloren hatten, baten um heimatlose Kinder.

Der größte Teil ihres Haares war zwar noch schwarz, doch eine graue Strähne, die über der linken Stirnhälfte begann, durchsetzte jetzt ihre schimmernden Locken. Sie fand das recht effektvoll und mochte es.

»Weißt du was?« sagte sie zu Cass, als sie vor ihrem Spiegel saß und sich für eine Party zurechtmachte. An Partys oder Essenseinladungen mangelte es nie. »Ich spüre mein Alter.«

»Mein Gott, als ich in deinem Alter war, habe ich geglaubt, ich kann alles auf Erden haben. Vermutlich sehe ich es immer noch so. Was hältst du davon, am zweiten Weihnachtsfeiertag zum See raufzufahren?« fragte er.

Sie verbrachten Weihnachten immer bei Suzi. Chloe lächelte. »Nur wir zwei allein, was hältst du davon? Laß uns die Kinder diesmal zu Hause lassen. Ich könnte es gebrauchen, eine Weile nur mit dir allein zu sein.«

»Chloe, mein Liebes, du weißt aber auch immer, wie du mich drankriegst. Die Welt mag denken, daß ein Mann in meinem Alter jenseits der Berge ist, aber wenn du mich so ansiehst, fühle ich mich, als sei ich achtzehn. Laß uns heute abend früh nach Hause kommen, oder, was noch besser wäre, laß uns überhaupt nicht zu dieser Party gehen.«

Sie schaute zu ihm auf und lachte. »Ich bin dafür zu haben, wenn es dein Ernst ist.«

Er unterbrach sich dabei, seine Krawatte zu binden, und schaute statt dessen auf sie herunter. Sie begann, ihre Ohrringe abzunehmen, und dabei lächelte sie ihn schelmisch an. »Oder laß uns zumindest zu spät kommen. Viel später, als es üblich ist, und das ohne jede Entschuldigung. Komm her und mach meinen Reißverschluß auf. Ich komme nicht dran.«

Er tat, worum sie ihn gebeten hatte, und grinste sie an. »Wie konnte ich bloß dieses Glück haben?« fragte er sich laut. »Mann, ich bin siebenundsechzig Jahre alt und werde zu einer Party zu spät kommen, weil meine Ehefrau mit mir ins Bett will.«

»Beschwerst du dich etwa?« fragte sie und schlüpfte aus ihrem Kleid.

»Nein, ich prahle«, sagte er, als er sein gestärktes Rüschenhemd aufknöpfte. »Laß uns das in der Hütte jede Nacht tun.«

Sie stand in ihrem Slip da, ließ provokativ langsam die schmalen

Satinstrapse fallen, lächelte ihn dabei an und sagte: »Laß mich vergessen, daß ich älter werde, Cass.«
Er tat es.

Die Woche am See zwischen Weihnachten und Neujahr verlief friedlicher als jede andere Zeitspanne, an die Chloe sich erinnern konnte. Sie saßen vor dem Feuer und lasen, sie spazierten über die dünne Schneeschicht zu ihren Lieblingsplätzen, sie beobachteten, wie das Rotwild am Wasser zur Tränke kam. Sie redeten über nichts Wichtiges, blieben morgens lange im Bett liegen, hielten einander in den Armen, liebten sich bedächtig und tranken Kaffee, während ihre Hände auf dem Tisch ineinander verschlungen lagen. Cass übernahm das Kochen, und Chloe spülte ab. Es war eine Zeit der Verjüngung, fand Chloe, die ihr Kraft gab, um weiterzumachen. Nahrung für ihre Seele, damit sie wieder in die Welt zurückgehen und noch mehr geben konnte.

Keiner von beiden hatte den leisesten Verdacht, daß sie zum letzten Mal zusammen waren.

Auf dem Rückflug nach Washington wandte sich Cass an sie und sagte: »Weißt du, ich fühle mich nicht gut.«

Sie sah, wie grau sein Gesicht war, sah den verblüfften Ausdruck in seinen Augen, während er sich eine Hand auf die Brust preßte und die andere nach ihr ausstreckte, und dann war es vorbei. Tot. Einfach so. Ehe das Flugzeug auch nur in Washington landen konnte.

67

Nach der Beerdigung sagte Chloe zu Suzi: »Wir haben immer gewußt, daß es passieren wird, ehe ich darauf vorbereitet bin. Wir haben immer gewußt, daß ich spätere Jahre allein verbringen werde. Aber die vergangenen Jahre sind die glücklichsten meines Lebens gewesen, die erfülltesten. Ich nehme an, jeder, der irgendwann in seinem Leben solche Jahre verlebt, sollte sich glücklich schätzen.«

Sie war überrascht. Keine Tränen waren bei Slades Tod geflossen, nicht einmal bevor sie von seiner Untreue erfahren hatte. Sie hatte sich nicht erlauben dürfen zu weinen, als Nikolais Flugzeug im Nichts verschwunden war. Mit dem Tod des Schneeleoparden hatte ihre Suche nach Rache jedes Bedürfnis zu weinen ausgelöscht.

Geweint hatte sie, als sie Damien verloren hatte. Wochenlang geweint. Und jetzt ertappte sie sich wieder dabei, daß sie weinte.

Alle äußerten sich zu ihrer Tapferkeit und ihrem Stoizismus beim Begräbnis, aber als das erst einmal vorbei war, schien sie die Tränen nicht mehr zurückhalten zu können. Sie gestattete es sich, den Verlust zu beweinen – die Leere, die das Ableben von Cass in ihrem Innern zurücklassen würde. Sie weinte um den Verlust ihres Glücks und ihrer Zufriedenheit. Sie weinte, weil sie nicht länger aufblicken und diese blauen Augen sehen würde, die ihr zuzwinkerten. Sie weinte, weil die Stütze, die er ihr immer gewesen war, nicht mehr existierte. Sie weinte, weil die Welt jetzt leerer war.

Sie stürzte sich zwar in die Arbeit, die auf sie wartete, doch sie hatte Schwierigkeiten mit dem Schlafen, und an den Abenden – wenn Cass nicht da war, um ihr von seinem Tag zu berichten und sich ihre Probleme oder Erfolge anzuhören – wurde sie von übermächtiger Einsamkeit gepackt. Seit den Jahren, in denen sie mit Slade verheiratet gewesen war, hatte sie keine Einsamkeit mehr gekannt, und sie war ihr kein willkommener Gefährte. Die Einsamkeit bewirkte, daß die Vergangenheit sie wieder bestürmte. An den Abenden, wenn sie allein im Bett lag und nicht nur an Cass und alles dachte, was sie gemeinsam unternommen hatten, sondern auch an Menschen, die sie gekannt und so lange nicht mehr gesehen hatte, wurde sie von Erinnerungen überschwemmt. Nikolai kam ihr immer wieder vor Augen, und sie begann, oft an Ching-ling zu denken. Chloe beschloß, nach China zurückzufliegen, nur für eine Woche – mehr Zeit konnte sie nicht erübrigen – und ihre Freundin zu besuchen. Zu sehen, ob sie in irgendeiner Form Hilfe brauchte. Sich anzusehen, ob Ching-ling die Hoffnung verloren hatte. Sie mußte inzwischen Mitte Fünfzig sein. Chloe hatte seit langer Zeit nichts von ihrer Freundin gehört. War sie immer noch von Idealismus erfüllt und kämpfte für das, woran sie glaubte?

Ching-ling war älter und molliger geworden. Vielleicht physisch nicht mehr die Schönheit, die sie früher einmal gewesen war, aber sie hatte immer noch diese ruhige Ausstrahlung, diese majestätische Haltung, die tiefschwarzen Augen und das zurückgekämmte Haar. Sie war begeistert, Chloe zu sehen, und sie beharrte darauf, daß Chloe ihren »allzu kurzen Aufenthalt« bei ihr verbrachte.

Die Chiangs waren wieder in Nanking. Die Hauptstadt war im Krieg verwüstet worden, und die ganze Stadt war immer noch ein einziger Trümmerhaufen. Schanghai war trotz seiner langen Besatzung durch die Japaner nicht zerstört worden. Aber es gab keine Konzessionen an Ausländer mehr. Es war kaum noch eine Spur von Leuten aus dem Westen zu sehen. In der Luft lag Vitalität, obwohl China so viele Jahre lang eine vom Krieg zerrissene Nation gewesen war und jetzt Chaos herrschte.

Ching-ling und Chloe unternahmen lange Spaziergänge am Bund und hielten einander dabei an der Hand. Ching-lings Leben war immer noch den Maximen ihres Mannes geweiht, und sie hatten selbst dreiundzwanzig Jahre nach seinem Tod noch nicht die Hoffnung aufgegeben. »Mein Schwager hat die Saat seines eigenen Untergangs gesät, du wirst es sehen. Er hat das chinesische Volk seiner eigenen Machtgelüste wegen vernachlässigt, und das chinesische Volk wird sich erheben. Es ist dabei, sich in den Hügeln und den Bergen zu erheben, und Mao und Chou En-lai und all diese Menschen werden triumphieren. Wir werden Chiang

aus dem Land vertreiben. Wir, das chinesische Volk, sind sein Feind.«
Als Chloe eine Woche später abreiste, brachte sie weitere fünfzehn Kinder nach Amerika mit. Es gab Tausende von weiteren, denen zu helfen Chloe entschlossen war, obwohl es immer noch einfacher war, europäische Kinder unterzubringen als Asiaten.
In Washington erwartete sie eine Nachricht des Gouverneurs von Illinois. Sie rief ihn am Morgen nach ihrer Ankunft zu Hause an.
»Chloe«, sagte er mit seiner brummigen Stimme, »ich muß Sie sehen. Wollen Sie herkommen oder soll ich zu Ihnen kommen?«
Sie schaute auf ihren Kalender. »Ich kann vor Donnerstag nicht weg. Ich bin gerade erst gestern aus China zurückgekommen, und ich habe fünfzehn Kinder, mit denen ich etwas anfangen muß. Hat es bis dahin Zeit?«
»Nein, es hat keine Zeit. Ich werde mich heute nachmittag in ein Flugzeug setzen«, sagte er.
Was der Gouverneur zu sagen hatte, schockierte sie derart, daß sie nicht schlafen konnte, obwohl sie unglaublich müde war.
»Ich möchte Sie als Nachfolgerin von Cass im Senat vorschlagen«, sagte er fast im selben Moment, als er sich an den Tisch gesetzt und einen Scotch mit Eis bestellt hatte. »Und sagen Sie nicht gleich nein, lassen Sie mich ausreden.«
Chloe sah ihn an und war sprachlos.
»Okay, dann kommen wir doch mal zur Sache«, sagte der stämmige Mann. »Ich stelle mir vor, daß wir ein paar Stunden brauchen, um das zu bereden. Versprechen Sie mir nur, daß Sie mir heute abend keine abschlägige Antwort geben, sondern darüber nachdenken werden.«
Es gelang ihr, sich zu einem kleinen Lächeln zu zwingen. »Ich vermute, so viel kann ich Ihnen zusichern.«
»Sie wissen, daß ich jemanden vorschlagen muß, der für Cass' unerwartetes Ausscheiden einspringt. Seine Amtszeit läuft noch für fünfeinhalb Jahre. Wir haben uns im Parlamentsgebäude zusammengesetzt und Namen durch die Gegend geworfen, und ich komme immer wieder auf einen bestimmten zurück. Ihren. Nein, warten Sie, unterbrechen Sie mich nicht. Ich glaube, es wäre ein netter Zug, wenn ich dafür berühmt würde, die erste Frau als

Senatorin vorgeschlagen zu haben. Wen haben wir denn schon im Kongreß? Clare Boothe Luce. Margaret Chase Smith. Sie wird bald Senatorin werden, das verspreche ich Ihnen. Nun, ich käme denen allen gern zuvor. Indem ich die erste Frau zur Senatorin ernenne, und zwar aus meinem Staat.«

»Ich weiß diese Geste zu würdigen, das versichere ich Ihnen. Ich fühle mich geschmeichelt ...«

»Warten Sie.« Er streckte die Hand aus und legte sie auf ihren Arm. »Lassen Sie mich meinen Trumpf ausspielen. Es geht nicht nur darum, daß Sie eine Frau sind, obwohl ich zugebe, daß mir diese Vorstellung gefällt. Es geht darum, daß Sie Sie sind. Sie sind die fähigste Frau, die ich kenne, und das heißt, einer der fähigsten Menschen, die mir je begegnet sind. Sie sind bereits bekannt. Sie sind wahrscheinlich eine der angesehensten Frauen im ganzen Land. Sie und Eleanor Roosevelt, und Sie sehen wesentlich besser aus. Sie besitzen einen hohen Aufmerksamkeitswert. Ich glaube, Sie sind jemand, der Dinge durchsetzen könnte.«

»Dinge, die *Sie* durchsetzen wollen?«

Das ließ ihn innehalten. Er betrachtete sein Glas und trank dann einen Schluck. Er blickte zu ihr auf. »Das verlange ich nicht. Ich versuche nicht, Sie zu kaufen. Ihr Mann und ich haben derselben Partei angehört und oft gleich gedacht. Aber nicht immer. Ich verlange nicht mehr als das von Ihnen. Ich will, daß Sie ein eigenständiger Mensch sind und mit Ihrem eigenen Gewissen leben, obwohl ich«, sagte er und grinste sie an, »dann, wenn wir nicht einer Meinung sind, möchte, daß Sie sich meine Argumente zumindest anhören.«

Das brachte sie zum Lächeln. »Das klingt fair.« Sie trank ihr Glas leer und wünschte, sie hätte mit etwas Hochprozentigerem als Wein begonnen.

Die erste Senatorin. Gewiß hatte das seinen Reiz. Aber war sie dem gewachsen? Konnte sie das schaffen? Würden die anderen Senatoren sie akzeptieren? Wollte sie eine derart enorme Verantwortung tragen?

»Ich denke mir immer wieder«, sagte der Gouverneur, »daß das ein posthumer Tribut an Ihren Mann wäre.«

Darüber mußte sie lachen. »Setzen Sie mir so etwas nicht vor. Lassen Sie die Schmeicheleien weg und seien Sie ehrlich.«

»Chloe, ist irgendein Politiker ehrlich? Ich glaube, das habe ich hinter mir gelassen, als ich in die Politik gegangen bin, obwohl ich als Idealist begonnen habe. Ich wollte Dinge für die Menschen erreichen, für den Staat. Aber irgendwie verdrehen sich Ideale auf dem Weg oder gehen verloren, und dann begnügt man sich mit dem Praktischen.«

»Ich habe mich schon gefragt, was das wohl ist, wovon ich glaube, daß wir es als ganzes Land verlieren. Dann sind es also die Ideale, ja?«

»Chloe, es gibt Zeiten, in denen ich mich nach der Unschuld sehne, die das Amerika verkörpert hat, in dem ich aufgewachsen bin. Das Amerika, das nichts von Gemetzel im großen Stil wußte, das Amerika, das über Carole Lombard und William Powell gelacht hat. Die Kinder, die fünf Cents gespart haben, um samstags in die Nachmittagsvorstellung zu gehen. Die unschuldigeren Zeiten.«

»Ignorante Zeiten, würde ich sagen.« Sie schaute auf ihre Hände herunter, die sich um den Stil des Weinglases geschlungen hatten. »Das heißt, ich müßte lügen, wenn ich Senatorin würde?«

Er schwieg eine Zeitlang. Dann sagte er: »Ich fordere Sie nicht dazu auf, jemand anderes als Sie selbst zu sein, Chloe. Aber ich fordere Sie dazu auf, die junge Senatorin von Illinois zu werden, die fünfeinhalb Jahre abzuleisten, die Cass noch geblieben wären. Und ich vermute, ich hoffe, daß Sie dann selbst für einen eigenen Posten kandidieren würden. Sie könnten für unseren Staat etwas aufbauen. Ich finde, der Senat wäre dämlich, wenn er Ihre Erfahrungen in China nicht für sich nutzen würde. Man könnte Sie dort gebrauchen, Chloe, und ich habe das Gefühl, daß man mir dankbar sein wird, wenn Sie diesen Posten annehmen, ob Sie nun eine Frau sind oder nicht.«

Sie konnte das alles nicht fassen und sagte es ihm.

»Okay, das wußte ich schon vorher«, sagte er. »Und ich weiß, daß Sie so kurz nach dem Verlust, den Sie erlitten haben, emotional nicht zu einer so schwerwiegenden Entscheidung bereit sind. Aber ich muß innerhalb eines Monats jemanden ernennen. Wenn möglich früher. Also lassen Sie mich reden, weil ich weiß, daß ich bei Ihnen nur diesen einen Versuch habe. Und dann lasse ich Ihnen ein paar Wochen Zeit, um darüber nachzudenken. Sagen Sie bloß nicht so aus dem Handgelenk nein.«

Die erste Frau als Senatorin. Der zweite Senator Monaghan. Wie habe ich es bloß so weit gebracht? fragte sie sich. Und doch war es keine leichte Entscheidung. Sie wurde immer noch in der Hilfsorganisation für Kriegswaisen gebraucht. Schließlich hatte sie sie ins Leben gerufen und sieben Jahre lang geleitet. Sie wußte nicht, ob sie sich davon lösen konnte, ob sie jemand anderem zutrauen konnte, die Zügel in die Hand zu nehmen, so viel zu wissen, wie sie wußte, die Kontakte zu haben, die sie hatte. Es war ihr eine unerträgliche Vorstellung, diese Organisation scheitern zu sehen, jetzt, wenn sie so sehr wie eh und je gebraucht wurde, vielleicht sogar noch mehr.

Sie rief Suzi an und sagte: »Besteht auch nur die leiseste Chance, daß Grant und du Lust hätten, ein Wochenende in D.C. zu verbringen? Ich brauche euren Rat.«

Letztendlich sagten sie ihr, daß sie ihr die Entscheidung nicht abnehmen konnten. Suzi bemerkte: »Ich bin jetzt die Verlegerin der TIMES, und du könntest Senatorin werden. Chloe, hätten wir nicht über die Vorstellung gelacht, daß wir einmal so enden könnten?«

»Tja«, sagte Chloe, »wenn du nicht meine Zimmergenossin gewesen wärst, wäre mir das alles nicht geschehen. Es hat alles mit deinem Vater zu tun. Er hat mich nach China geschickt. Und er war derjenige, der diese Waisenhilfsorganisation vorgeschlagen hat. Dein Vater, mein guter Freund, hat einen enormen Einfluß auf mein Leben ausgeübt, abgesehen davon, daß er mir das größte Glück geschenkt hat, das ich je gekannt habe.«

»Nun, dein Leben ist noch nicht vorbei«, sagte Grant.

»Nein.« Chloe war sich darüber durchaus im klaren.

Suzi beugte sich über die Couch und legte eine Hand auf Chloes Arm. »Ich gebe zu, daß nach Daddy ein anderer Mann wahrscheinlich keine Chancen bei dir hätte. Es gibt nicht viele Männer, die sich an ihm messen können.«

»Es gibt keinen einzigen«, sagte Chloe. »Dein Vater ist der einzige und tiefgreifendste Einfluß in meinem Leben gewesen. Ich meine, als Mensch. Ich muß zugeben, daß auch meine China-Erfahrungen dazu beigetragen haben, mich zu prägen. Aber selbst, als ich noch im College war und wir gemeinsam zum See raufgefahren sind, und daran kann ich mich noch gut erinnern, hat er mir gesagt, ich könne alles tun, was ich will, außer vielleicht Präsident zu werden.«

»Vielleicht hat er sich geirrt.« Suzi umarmte sie und lachte. »Vielleicht könntest du jetzt sogar das.«

Wer weiß? dachte Chloe. Vielleicht wäre es möglich.

Nachwort

Als ich in der High-School war, stieß ich auf die Bücher von Pearl S. Buck. Seitdem hat China mich fasziniert. Mein Interesse an Pearl S. Buck hat abgenommen, aber nie mein Interesse an China. Im Lauf der Jahre habe ich belletristische Werke und Sachbücher über China verschlungen. 1985 habe ich die beiden physisch unbequemsten Monate meines Lebens damit zugebracht, mit meiner Tochter Debra, die gerade frei hatte und ein Jahr Englisch an einer medizinischen Fakultät in Sian unterrichtet hat, dreitausendsechshundert Meilen durch China zu ziehen. Uns stand es absolut frei zu reisen, wohin wir wollten, und zu tun, was wir wollten. Seitdem habe ich weit mehr als hundert Bücher über China gelesen, um mich darauf vorzubereiten, dieses Buch zu schreiben. Ich kann mich unmöglich erinnern oder all die nennen, die mir Hintergrundinformationen und Vorfälle geliefert haben, die Geschehnissen in diesem Roman zugrunde liegen.

Ich muß jedoch etliche hervorheben, die von unschätzbarer Bedeutung für mich gewesen sind. Das wahrscheinlich wertvollste Buch ist *The Soong Dynasty* von Sterling Seagrave. Andere waren *My China Years* von Helen Foster Snow, *Edgar Snow's China* von Lois Wheeler, Pearl S. Bucks Autobiographie *My Several Worlds* (ich habe sie anscheinend doch nicht hinter mir zurückgelassen), *Red Star Over China* von Edgar Snow, *My Life in China: 1926–1941* von Hallett Abend, *The Long March* von Harrison Salisbury, *My Twenty-Five Years in China* von John G. Powell und Brian Croziers Biographie über Chiang Kai-shek, *The Man Who Lost China.* Manche der Dinge, die Chloe passieren, sind in Wirklichkeit (wesentlich eher) Rayna Prohme und dem berühmten Journalisten Edgar Snow zugestoßen. Andere Dinge sind Hallett Abend, Chinakorrespondentin der NEW YORK TIMES über viele Jahre, tatsächlich geschehen, aber auch John B. Powell, der in Peking eine englischsprachige Zeitung herausgegeben hat.

Wie in meinen bisherigen Büchern habe ich es genossen, Fakten und Fiktion miteinander zu verweben. Die historischen Ereignisse sind Tatsachen, zu denen es wirklich gekommen ist. Meine Schilderungen von Orten und Bedingungen in China sind wahr. In den meisten Personen sind Realität und meine eigene Phantasie verschmolzen. Dr. Sun Yat-sen und seine Frau Soong Ching-ling, Generalissimo und Madame Chiang Kai-shek (Soong Mei-ling), T. V. Soong, Mao Tse-tung und den Jungen Marschall hat es natürlich wirklich gegeben; ich habe ihnen die Färbung meiner Interpretation der Geschichte verliehen. In sämtlichen oben genannten Büchern werden diese Menschen in dem Licht gesehen, in dem ich sie darstelle.

Madame Sun Yat-sen ist 1981 gestorben (im Alter von achtundachtzig), und ich bin ihrem Gedenken treu geblieben, soweit es mir meine Nachforschungen nur irgend erlaubt haben. Sämtliche Dinge, die Madame Sun Yat-sen zustoßen, begründen sich auf tatsächlichen Geschehnissen. Nur ihre Gespräche sind nicht absolut wortgetreu wiedergegeben worden, aber ihrer Person und den Vorfällen, die sich ereignet haben, so entsprechend wie möglich. Ching-ling zog nach dem Tode Dr. Suns tatsächlich nach Wuhan, das für eine gewisse Zeit das Zentrum für revolutionäre Aktionen war. Sie lehnte wirklich Chiang Kai-sheks Heiratsantrag ab und blieb ihr Leben lang ihm gegenüber ein kritischer Gegenpol. Sie floh auch wirklich so wie von mir geschildert nach Rußland (und obwohl es in ihrem Leben keine Chloe gab, wurde eine junge amerikanische Journalistin, Rayna Prohme, ihre engste Freundin und begleitete sie 1927 auf dem Flug nach Moskau, wo sie krank wurde und starb), und etliche Jahre später kehrte sie zurück, um Dr. Suns Überführung nach Nanking beizuwohnen. Ich vermute, daß der revolutionäre Eifer sie blendete, obwohl sie sich nie der Kommunistischen Partei anschloß, doch unter Mao wurde sie Vizepräsidentin von China und entschloß sich, zu übersehen, daß er sich den gleichen Sünden schuldig machte wie die Mandschus und Chiang Kai-shek, weil er in seinem Streben nach Macht das gesamte Volk unterwarf. Sie ist »das Gewissen Chinas« genannt worden. Tatsächlich hat ihre enge Freundschaft mit Rayna Prohme mich auf die Idee zu diesem Buch gebracht. Meine Romanfigur Chloe hat nichts mit einer real existierenden Person zu tun, aber ihre Freundschaft mit Madame Sun ist durch Rayna angeregt worden.

Meine Hauptpersonen sind frei erfunden, obwohl sie der Realität entstammen. Nikolai Sacharow geht gewissermaßen – in seinen Taten, nicht in seiner Persönlichkeit oder in seinem Privatleben – auf Mikhail Borodin zurück, der noch größeren Einfluß darauf hatte als Nikolai, den Kommunismus nach China zu bringen. Borodin hat wirklich eine gewisse Zeit in Chicago verbracht, Ausländern Englisch gelehrt, und in den frühen Jahren des zwanzigsten Jahrhunderts Fanya, eine Amerikanerin, geheiratet. Lenin rief ihn 1917 nach Rußland zurück und schickte ihn 1922 nach China. Als Chiang Kai-shek 1927 einen Preis auf seinen Kopf aussetzte, rief Stalin ihn nach Hause zurück. Soweit ich weiß, hat ihn jedoch seine Frau in Rußland und in China unterstützt, obwohl es gerüchteweise heißt, er hätte über zwanzig Jahre eine Beziehung zu einer amerikanischen Korrespondentin gehabt. Die persönlichen Aspekte Nikolais und seine Beziehung zu meinen erfundenen Personen entspringen ausschließlich meiner Phantasie und spiegeln in keiner Weise Borodin wider.

Im elften Kapitel entstammen die Einzelheiten der Flucht aus dem Haus der Suns in Kanton Madame Suns eigenen Worten, mit denen sie diese Flucht geschildert hat, die sich im Mai 1922 tatsächlich zugetragen hat. Natürlich waren meine Romanpersonen Chloe und Nikolai nicht bei ihr, aber abgesehen davon, beruhen sämtliche Einzelheiten der Flucht und der darauf folgenden Ereignisse, bis sie Dr. Suns Kanonenboot erreichten, auf Tatsachen.

Der Zwischenfall, in dem es um die Entführung der Passagiere des Blauen Expreß geht, begründet sich auf einen Bericht von 1923 aus *My Twenty-Five Years in China.* Die Autorin war für viele Jahre die Chinakorrespondentin der NEW YORK TIMES. Der Schneeleopard ist natürlich ausschließlich meiner Phantasie entsprungen.

Der Lange Marsch hat tatsächlich stattgefunden, und etliche Bücher sind darüber geschrieben worden. Sämtliche Staatsoberhäupter Chinas seit 1949 haben daran teilgenommen.

Nach dem Langen Marsch wurde Mao Tse-tung so, wie ich es geschildert habe, interviewt. Chloes Interview mit ihm basiert auf jenem, das der Journalist Edgar Snow geführt hat, der dieses Interview nach dem Langen Marsch und Maos erste Autobiographie in seinem berühmten Buch *Red Star over China* veröffentlicht hat. Ich entschuldige mich dafür, daß ich ihn in diesem Buch nicht würdige und meine Romanheldin seinen Platz in der Geschichte einnehmen lasse. Das Interview, das Slade und Chloe früher mit ihm in seiner Bergfestung vorgenommen haben, geht auf Beschreibungen von ihm *und* diesem Ort zurück, aber in Wirklichkeit war dort kein ausländischer Korrespondent.

Die Flucht von Nikolai und Madame Sun aus Wuhan begründet sich weitgehend auf Tatsachen. Zwei Ausnahmen: Madame Sun stieg nicht aus der Transsibirischen Eisenbahn aus, um sich in Ulan Bator mit jemandem zu treffen, sondern fuhr einfach weiter. Zu Borodins Gefolge zählte ganz gewiß nicht Chloe, und sie reisten in einem weit prunkvolleren Stil, doch ansonsten sind die Berichte wahr. Während die individuellen Gespräche zwischen den historischen Personen Erfindungen von mir sind, fußt alles andere, was über sie berichtet wird, auf historischen Berichten.

Dr. Robert Ingraham, ein Mediziner, der in Kapitel fünfzig erwähnt wird, hat viele Jahre damit zugebracht, den Hunger in China zu bekämpfen.

Als Chiang Kai-shek nach Nanking zurückkehrte, nachdem er bei dem Zwischenfall in Sian 1936 entführt worden war, hat er dafür gesorgt, daß der Junge Marschall nie wieder auf freiem Fuß sein würde; er hat ihn für den Rest seines Lebens eingekerkert – in den Jahren, die China damit zubrachte, gegen Japan zu kämpfen, und in all den Jahren, die Chiang Kai-shek in Taiwan verbrachte.

Meine Romanfiguren spiegeln keine lebenden Menschen wider. Wahrscheinlich sind alle meine Hauptpersonen Facetten meiner selbst. Das gehört zu den Dingen, die das Schreiben so wunderbar machen. Und so schwierig. So qualvoll und doch so erfreulich.

Dieses Buch ist in Eugene, Oregon, begonnen worden und im Hinterland Australiens und in Mexiko beendet worden.

Ajijc, Mexiko
Oktober 1991